Reader's Digest
Auswahlbücher

Reader's Digest Auswahlbücher

Verlag DAS BESTE

Stuttgart · Zürich · Wien

Inhalt

 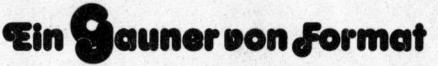

DAS VIERTE PROTOKOLL

Eine Kurzfassung des Buches von FREDERICK FORSYTH
Nach der Übersetzung von Rolf und Hedda Soellner
Illustrationen von Günter M. Heesch

Seltsam, daß sich niemand für die gestohlenen Diamanten interessiert: weder die Polizei noch die Versicherung, nicht einmal der ehemalige Besitzer. Nur ein vollkommen harmlos wirkendes „Behältnis" wollen einige Leute unbedingt von dem Londoner Meisterdieb Jim Rawlings zurückhaben.

Als Rawlings merkt, was für hochbrisante Ware er da nebenbei „abgestaubt" hat, überläßt er es hohen Herren in den Londoner Ministerien, sich darüber Gedanken zu machen. Diskret und vorsichtig, wie es die feine englische Art ist, setzen die Beamten mit den Adelsprädikaten den Staatsapparat in Gang. Erst als die Bombe so laut tickt, daß es ihnen schon in den Ohren dröhnt, schalten die Männer an den Hebeln der Macht auf Hochtouren. Für Großbritannien ist es vielleicht schon zu spät, denn jeden Moment kann die Falle zuschnappen, in der der englische Löwe bereits sitzt.

1. Kapitel

Schlag Mitternacht würde er sich die Glen-Juwelen holen, hatte der Mann in der grauen Chauffeurlivree beschlossen. Vorausgesetzt natürlich, die Besitzer der Wohnung waren verreist. Das mußte er feststellen. Also beobachtete er das Haus und wartete. Um halb acht wurde seine Geduld belohnt.

Eine große Limousine schoß mit geschmeidiger Kraft aus der Tiefgarage, verharrte sekundenlang in der Ausfahrt, während der Fahrer nach rechts und links schaute, dann bog sie in die Straße ein und fuhr Richtung Hyde Park Corner, den Verkehrsknotenpunkt zwischen dem Park und dem Buckingham-Palast.

Jim Rawlings, der gegenüber dem Luxusappartementblock „Haus Savoy" in einer geliehenen Chauffeurlivree am Steuer eines gemieteten großen Volvo saß, stieß einen Seufzer der Erleichterung aus. Ein rascher Blick über die Belgrave Street hatte ihm gezeigt, was er sehen wollte: Der Wohnungsbesitzer hatte am Steuer gesessen, seine Frau neben ihm. Rawlings manövrierte den Volvo aus der Reihe der geparkten Wagen hinaus und fuhr hinter dem Jaguar her.

Es war ein frischer, schöner Morgen. Rawlings war seit fünf Uhr auf dem Posten, und die wenigen Passanten hatten keine Notiz von ihm genommen. In Belgravia, dem vornehmsten Viertel des Londoner Westends, erregt ein Chauffeur in einem großen Wagen keinerlei Aufmerksamkeit, schon gar nicht am Morgen des 31. Dezember. Viele reiche Leute verlassen in der Frühe die Hauptstadt, um Silvester in ihren Landhäusern zu feiern.

Am Hyde Park Corner, an der südöstlichen Ecke des Parks, war er fünfzig Meter hinter dem Jaguar. Am Marble Arch, dem am nordöstlichen Rand des Parks gelegenen Triumphbogen, atmete er ein zweites Mal erleichtert auf. In der Park Lane hatte er einen Augenblick lang befürchtet, das Paar im Jaguar könne an der dortigen Filiale der Coutts-Bank halten und den Diamantschmuck im Nachtsafe deponieren. Die Limousine vor ihm war aber nicht um den Triumphbogen herum und über die Gegenspur der Park Lane nach Süden, zur Bank, gefahren. Sie brauste geradewegs zum Great Cumberland Place, dann über Gloucester Place, eine breite, schnurgerade Straße, weiter nach Norden. Die Besitzer der Luxuswohnung im achten Stock von Haus

Savoy hinterlegten also die Steine nicht bei Coutts; sie hatten sie entweder im Wagen, oder aber sie ließen sie über die Feiertage in der Wohnung. Rawlings war überzeugt, daß die zweite Annahme zutraf, denn für private Silvesterpartys waren die Glitzerdinger doch etwas zu bombastisch.

Er folgte dem Jaguar nach Hendon und beobachtete noch, wie der Wagen bis zur Autobahn M1 flitzte. Dann wendete Rawlings und fuhr zurück in die Stadt. Ganz wie er gehofft hatte, war das Ehepaar zweifellos zum Bruder der Frau, dem Herzog von Sheffield, unterwegs, der im Norden von Yorkshire, gute fünf Autostunden von der Hauptstadt entfernt, ein Landgut besaß. Das würde Rawlings mehr Zeit geben, als er brauchte.

Um die Mitte des Vormittags hatte er den Volvo zur Autovermietung und die Livree zum Kostümverleih zurückgebracht. Jetzt befand er sich wieder in seiner komfortablen Wohnung im obersten Stock eines umgebauten Teelagerhauses in Wandsworth. Hier war er aufgewachsen. Mochten seine Geschäfte auch blendend gehen, er war und blieb ein Südlondoner, und wenn Wandsworth auch nicht so schick sein mochte wie Belgravia oder Mayfair, es war sein Revier.

Wie alle erfolgreichen Ganoven verhielt er sich in seinem Revier unauffällig und fuhr ein bescheidenes Auto. Obwohl die Polizei mit ziemlicher Sicherheit seine Spezialität kannte, war er im Strafregister ein unbeschriebenes Blatt. Rawlings betrieb offiziell eine Altmetallhandlung und Autoverschrottung. Damit verfügte er über eine gut ausgerüstete Werkstatt und über Metalle aller Art. Außerdem konnten die beiden Schlägertypen, die in seinem Hinterhof Altwagen ausschlachteten, ihm als Leibgarde dienen, falls ihm irgendwelche „Kollegen" Scherereien machen wollten.

Schließlich ging ihm noch Billy Rice, sein „Lehrling", ein gerissener Dreiundzwanzigjähriger, zur Hand. Der würde eines Tages Klasse, sogar große Klasse sein! Er bewegte sich vorläufig noch an der Randzone der Unterwelt und war erpicht darauf, einem Profi wie Rawlings mit Gefälligkeiten zu Diensten zu sein, ganz abgesehen von der unschätzbaren Erfahrung, die er dabei erwerben konnte.

Vor vierundzwanzig Stunden hatte Billy an der Tür der Wohnung im achten Stock von Haus Savoy geklingelt, mit einem riesigen Blumenstrauß in der Hand und angetan mit der Livree eines teuren Blumengeschäfts. Diese beiden „Requisiten" hatten ihn mühelos am Portier vorbei in die Vorhalle gebracht, wo er sich die genaue Lage der Portiersloge und des Wegs zum Treppenaufgang eingeprägt hatte.

Die Dame des Hauses öffnete ihm höchstpersönlich die Tür, und beim Anblick der Blumen leuchtete ihr Gesicht vor freudiger

Überraschung auf. Der Strauß kam angeblich vom Hilfswerk für in Not geratene Kriegsveteranen, dessen Galaball Lady Fiona in ihrer Eigenschaft als Schirmherrin am Abend dieses Tages, des 30. Dezember, besuchen wollte. Selbst wenn sie auf dem Ball im Gespräch mit einem Vorstandsmitglied die Blumen erwähnen sollte, so würde der- oder diejenige, dachte Rawlings, ganz einfach annehmen, das Bukett sei von einem anderen Mitglied im Namen aller übersandt worden.

An der Tür hatte Lady Fiona den Strauß entgegengenommen. Billy hatte ihr sodann seinen Quittungsblock und einen Kugelschreiber gereicht. Da sie die drei Dinge nicht zugleich halten konnte, war sie in den Salon geflattert, um die Blumen irgendwo hinzulegen. Ein paar Sekunden lang stand Billy allein in der kleinen Diele.

Mit seinem knabenhaften Aussehen, dem flaumigen Goldhaar, den blauen Augen und dem schüchternen Lächeln war Billy ein Geschenk des Himmels. Er konnte sicher sein, daß ihm keine weibliche Person mittleren Alters den Weg in ihre Wohnung verwehren würde. Doch seinem unschuldigen Blick entging kaum je etwas.

Als er allein in der Diele stand, suchte er den Türrahmen und die Wände nach einem Drücker oder Schalter ab. Bis die Dame des Hauses wieder erschien, um die Quittung zu unterschreiben, hatte Billy festgestellt, daß die Tür mit einem Sicherheitsschloß versehen und an ein Alarmsystem angeschlossen war.

Lady Fiona nahm Block und Kugelschreiber und versuchte zu quittieren. Ohne Erfolg. Diese Mine war schon lange leer geschrieben. Billy entschuldigte sich untertänigst bei der hochadeligen Dame. Mit strahlendem Lächeln entgegnete Lady Fiona, das sei doch gar nicht schlimm, sie habe einen Füller in ihrer Handtasche, und wieder verschwand sie hinter der Salontür. Billy hatte bereits gefunden, was er suchte. Aus der Kante der geöffneten Tür ragte hoch oben ein winziger Federstift. Gegenüber war in den Türrahmen eine ebenso winzige Steckdose eingelassen. Darin befand sich, wie Billy wußte, ein Mikroschalter. Wenn die Tür geschlossen wurde, schnappte der winzige Stecker in die Dose ein, und der Kontakt war hergestellt.

Bei eingeschalteter Einbruchssicherung würde der Mikroschalter den Alarm auslösen, sobald der Kontakt unterbrochen, das heißt die Tür geöffnet wurde. Innerhalb von drei Sekunden hatte Billy eine Tube Superklebstoff aus der Tasche gezogen, einen deftigen Schuß in die Öffnung mit dem Mikroschalter gespritzt und das Ganze mit einer kleinen Kugel aus Plastilin und Klebstoff zugestopft. Nach weiteren vier Sekunden war die Masse steinhart, und der Mikroschalter wurde auch ohne den Federstift niedergedrückt. Als Lady Fiona mit der unterschriebenen Quittung zurückkam, fand sie den netten jungen Mann mit einer Hand an den Türpfosten gelehnt.

Später hatte Billy dann Rawlings eine vollständige Beschreibung der Eingangshalle des Appartementhauses, der Portiersloge, der Lage der Treppen und Aufzüge geliefert, ferner beschrieb er den Zugang zur Wohnungstür, die kleine Diele dahinter und die Teile des Salons, die ihm kurz zu Gesicht gekommen waren.

Rawlings nahm sich eine Mappe mit Zeitungsausschnitten vor. Wie alle Juwelendiebe war er ein aufmerksamer Leser der Klatschspalten. Die Ausschnitte dieser Mappe befaßten sich ausschließlich mit den gesellschaftlichen Auftritten Lady Fionas und mit dem einzigartigen Diamantschmuck, den sie auch gestern abend auf dem Galaball für die notleidenden Veteranen wieder getragen hatte – zum letzten Mal, wenn es nach Rawlings ging.

ZWEIEINHALBTAUSEND Kilometer weiter östlich stand ein alter Mann am Fenster seines Wohnzimmers im Block 111 am Mira-Prospekt und dachte ebenfalls an Mitternacht. Die Neujahrsglocken würden nicht nur den 1. Januar, sondern auch seinen 75. Geburtstag einläuten. Obwohl es bereits in den Nachmittag ging, war der Mann immer noch im Morgenrock. Es gab, wie die Dinge lagen, keinen Anlaß, früh aufzustehen, um etwa ins Büro zu gehen. Seine um dreißig Jahre jüngere Frau Erita hatte ihre beiden Jungen in den Gorki-Park geführt, wo die Kinder auf den in Eisbahnen verwandelten Wegen Schlittschuh·laufen konnten. Der Mann war also allein.

Er warf einen flüchtigen Blick in den Wandspiegel, und was er darin sah, stimmte ihn nicht fröhlicher als der Gedanke an sein Leben beziehungsweise an das, was davon noch übrig war. Unmäßiger Alkohol- und Nikotinkonsum hatten in seinem Gesicht wüste Spuren hinterlassen. Der Mann ging wieder ans Fenster und sah auf die schneeverwehte Straße hinunter. Ein paar bis zur Nasenspitze eingemummte Babuschkas räumten den Schnee weg, bevor über Nacht neuer fiel.

Es ist schon so lange her, seit ich hierhergekommen bin – vierundzwanzig Jahre fast auf den Tag genau, sinnierte der Mann. Zuerst war es ihm erschienen, als sei er in seine eigentliche geistige Heimat zurückgekehrt. Er hatte sich begeistert in sein neues Leben geworfen, lernte fließend russisch sprechen und glaubte voller Überzeugung an die kommunistische Weltanschauung und ihren Sieg. Warum auch nicht? Schon bevor er hierherkam, hatte er bereits siebenundzwanzig Jahre damit verbracht, ihr zu dienen. In jener ersten Zeit nach seiner Ankunft in den sechziger Jahren war er glücklich und in Einklang mit sich selbst gewesen. Mittlerweile haßte er dieses Land. Seine Gesellschaft war ihm vollständig fremd geblieben, und seine letzten politischen Illusionen hatte er verloren. Er mußte sich eingestehen, seine Jugend und sein bestes Mannesalter damit vertan zu haben, einer Lüge zu dienen.

In all den Jahren, in denen er von Amts wegen alle britischen Magazine und Zeitungen analysierte, hatte er die Kricketresultate verfolgt, während er Ratschläge für die Anzettelung von Streiks gab, und in den Zeitschriften nach altvertrauten Stätten Ausschau gehalten, während er die Desinformation vorbereitete, die diesen westlichen Popanz zu Fall bringen sollte. Aber nun war ohnehin alles zu spät; es führt kein Weg mehr zurück, sagte er sich. Und doch, und doch . . .

Die Türklingel ertönte. Philby war überrascht. Mira-Prospekt 111 war ein reiner KGB-Block, der in einer ruhigen Nebenstraße in der Stadtmitte lag. Jeder Besucher mußte sich über den Pförtner anmelden. Philby öffnete und sah einen jungen, athletisch gebauten Mann vor sich, der einen gutgeschnittenen Mantel und eine warme Pelzmütze ohne Abzeichen trug. Sein Gesichtsausdruck war kalt und starr.

„Genosse Oberst Philby?" fragte der Fremde.

Philby war überrascht. Seit vielen Jahren lebte er unter einem Pseudonym. Nur für ganz wenige an der Staatsspitze war er Philby, Oberst a. D. des KGB.

„Ich bin Major Pawlow, vom Neunten Direktorat, abgestellt zum persönlichen Stab des Generalsekretärs der KPdSU."

Philby kannte das Neunte Direktorat des KGB. Es stellte die Leibwächter für alle Spitzenfunktionäre der Partei und besorgte den Schutz der Gebäude, in denen diese Funktionäre arbeiteten und wohnten.

Der Major hielt ihm einen länglichen Umschlag aus Büttenpapier hin. „Das ist für Sie, Genosse Oberst." Ohne ein weiteres Wort neigte der Major kurz den Kopf, machte auf dem Absatz kehrt und ging den Korridor hinunter.

Harold Philby schlitzte den Umschlag mit einem Küchenmesser auf, zog einen Brief heraus und legte ihn auf den Tisch im Wohnzimmer. Er kam aus dem Staunen nicht heraus. Dies war ein persönliches Handschreiben des Generalsekretärs der KPdSU; Philby erkannte die gestochene Schönschrift des Sowjetführers. Der Text lautete:

> Lieber Philby,
> ich wurde auf eine Bemerkung aufmerksam gemacht, die Sie kürzlich während eines Abendessens in Moskau geäußert haben. Sie lautete: „Die

politische Stabilität Großbritanniens wird hier in Moskau dauernd überschätzt, und heute mehr denn je. "

Würden Sie mir bitte diese Bemerkung näher und ausführlicher erläutern? Fertigen Sie mir einen schriftlichen Bericht an, in einem einzigen Exemplar, ohne Durchschlag für Sie und ohne die Hilfe einer Schreibkraft.

Meine Glückwünsche zu Ihrem morgigen Geburtstag.

Ihr . . .

Der Brief endete mit der Unterschrift.

Philby atmete tief durch. Das Abendessen, das Kryutschow vor einigen Tagen, am 26. Dezember, für höhere KGB-Offiziere gegeben hatte, war also abgehört worden. Er hatte es fast vermutet. Obwohl Kryutschow den Titel eines Generalobersten trug, war er kein Militär, ja nicht einmal ein berufsmäßiger Nachrichtendienstler; er war ein Parteiapparatschik reinsten Wassers, einer von denen, die der jetzige Sowjetführer hereingebracht hatte, als er das KGB leitete.

Philby schob den Brief weg. Der Stil des alten Herrn ist immer noch der gleiche, dachte er. Klar und präzise, ohne Höflichkeitsfloskeln, von einer Bestimmtheit, die jeden Widerspruch ausschließt. Selbst die Anspielung auf Philbys Geburtstag war kurz und sollte nur zeigen, daß der Generalsekretär sich die Personalakte hatte kommen lassen.

Ein persönliches Handschreiben vom eisigsten und distanziertesten aller Menschen war eine ungewöhnliche Ehre, die viele Leute aus der Fassung gebracht hätte. Der Generalsekretär hatte als KGB-Chef Philby oft um eine Deutung oder Analyse von Ereignissen in England gebeten. Es kam ihm damals so vor, als wolle er die Berichte, die von seinem hauseigenen Englandexperten kamen, anhand eines Gegengutachtens überprüfen. Manchmal hatte er sich dann Philbys Ansichten zu eigen gemacht. Und jetzt suchte er wieder seinen Rat.

Philby rief sich die Bemerkung, die er bei Kryutschow gemacht hatte, und die Überlegungen, die sie ausgelöst hatten, ins Gedächtnis zurück. Er wußte, was im Innersten der Labour Party vor sich ging und auf welches Ziel hingearbeitet wurde. Auch andere KGBler hatten die Masse des nachrichtendienstlichen Rohmaterials bekommen, das er so viele Jahre hindurch geprüft hatte und das man ihm immer noch als eine Art Gunstbeweis zuleitete. Doch nur er allein war in der Lage, die einzelnen Teile zusammenzusetzen, sie in Bezug zu der britischen Massenpsychologie zu bringen und daraus ein zutreffendes Bild zu formen.

Die Rückkehr Eritas und der Jungen riß Philby aus seinen Gedanken. 1975, als die Oberen beim KGB befanden, daß seine ewige Sauferei und Herumhurerei ihren Reiz verloren habe, war Erita beordert worden, zu ihm zu ziehen. Sie war damals ein KGB-Mädchen, Jüdin gegen alle Regel, vierunddreißig Jahre alt, dunkelhaarig und von ausgeglichenem Wesen. Sie heirateten noch im selben Jahr. Nach der Hochzeit hatte er sie mit seinem beträchtlichen persönlichen Charme für sich eingenommen. Sie hatte sich wirklich in ihn verliebt und sich geweigert, dem KGB noch irgendwelche Berichte über ihren Mann zu liefern. Ihr Führungsoffizier hatte die Achseln gezuckt, höheren Orts Meldung erstattet und war beschieden worden, die Sache fallenzulassen. Die Jungen waren zwei und drei Jahre später geboren.

„Ist was Wichtiges passiert, Kim?" fragte Erita, als er aufstand und den Brief in die Tasche steckte.

Er schüttelte den Kopf. „Nichts von Bedeutung, Liebes."

JIM RAWLINGS verbrachte die Stunde zwischen neun und zehn Uhr an diesem Silvesterabend in einem anderen, kleineren Mietwagen vor dem Haus Savoy. Er prüfte aufmerksam die erhellten und die dunklen Fenster hoch oben im Gebäude. Die Wohnung, auf die er es abgesehen hatte, war natürlich stockdunkel, doch er stellte mit Genugtuung fest, daß die Appartements darüber und darunter hell erleuchtet waren. Nach den vielen Leuten zu urteilen, die an den Fenstern auftauchten, waren in diesen Wohnungen Silvesterpartys im Gange.

Nachdem er den Wagen in einer Seitenstraße geparkt hatte, schlenderte er um zehn Uhr zum Portal von Haus Savoy. In der Eingangshalle befand sich linker Hand die Portiersloge, wie Billy Rice gesagt hatte. Der Nachtportier kam an die Tür, als wolle er etwas fragen.

Rawlings, der einen Smoking angezogen hatte, trug eine Magnumflasche Champagner mit einer roten Schleife unterm Arm. Er hob die freie Hand zu einem beschwipsten Gruß. „Abend", rief er und fügte hinzu, „oh, und ein gutes Neues."

Sollte der alte Portier die Absicht gehabt haben, sich nach dem Wieso und Wohin zu erkundigen, so besann er sich jetzt eines Besseren. Im ganzen Gebäude waren mindestens sechs Partys im Gang. Die Hälfte der Gastgeber schien das Haus der offenen Tür zu praktizieren. Wie sollte er da die Gästeliste überprüfen?

Rawlings benützte die Treppe bis zum ersten Stock, dann den Lift bis zum achten. Um fünf nach zehn stand er vor der gesuchten Wohnungstür. Wie Billy berichtet hatte, befand sich hier ein Chubb-Sicherheitsschloß.

Das Chubb-Sicherheitsschloß verfügt über insgesamt 17 000 Kombinationen. Es ist ein Schloß mit fünf Zuhaltungen, für einen erfahrenen „Schlüssel-Mann" kein unüberwindliches Problem, da nur die ersten zweieinhalb Zuhaltungen ermittelt werden müssen; die anderen zweieinhalb sind die gleichen, nur in umgekehrter Anordnung, so daß der Schlüssel genauso gut funktioniert, wenn er von der anderen Seite der Tür eingeführt wird.

Rawlings zog einen Ring mit zwölf Dietrichen aus der Tasche. Er wählte drei aus, probierte sie nacheinander und entschied sich schließlich für den sechsten am Ring. Er führte ihn in das Chubb-Schloß ein und tastete damit nach den Druckpunkten. Dann holte er einen Satz dünner Stahlfeilen aus der Brusttasche und bearbeitete damit den Weichmetallteil des Dietrichs. Innerhalb von zehn Minuten hatte er das passende Profil für die ersten zweieinhalb Zuhaltungen zurechtgefeilt. Nach weiteren fünfzehn Minuten war das Muster für die zweieinhalb anderen Zuhaltungen fertig. Er steckte den Dietrich ins Schloß und drehte ihn langsam und sorgfältig um.

Der Dietrich paßte. Rawlings wartete sechzig Sekunden, für den Fall, daß Billys Mischung aus Plastilin und Superklebstoff im Türrahmen nicht gehalten hatte. Keine Alarmklingel. Es war dunkel in der Wohnung, aber das Licht vom Hausflur ließ die Umrisse der Diele erkennen. Sie war ungefähr zweieinhalb mal zweieinhalb Meter groß und mit einem Teppich belegt.

Rawlings vermutete, daß unter diesem Teppich irgendwo ein Druckfühler war, nicht zu nahe an der Tür, damit der Wohnungsinhaber nicht selbst den Alarm auslöste. Er trat in die Diele, wobei er sich dicht an der Wand hielt, schloß die Tür hinter sich und schaltete das Licht ein. Nachdem Rawlings eine Flachzange aus der Brusttasche gezogen hatte, bückte er sich und hob den Teppich an den Fransen in die Höhe. Er entdeckte den Druckfühler genau in der Mitte der Diele. Nur einen. Den Teppich ließ er wieder sacht zurückgleiten, ging um ihn herum und öffnete die Salontür.

Rawlings machte auch hier das Licht an. Das war riskant, aber er befand sich acht Stockwerke über der Straße, und er hatte nicht die Zeit, um in einem Raum voller Alarmfallen beim Licht einer Miniaturtaschenlampe zu arbeiten.

Das Zimmer war länglich, ungefähr acht mal fünf Meter groß, mit einem Teppich ausgelegt und teuer möbliert.

Rawlings verharrte einige Minuten regungslos und tastete mit geübtem Blick die Wände und die Decke ab, aus dem ganz einfachen Grund, daß in diesem Raum ein Passiv-Infrarot-Bewegungsmelder vorhanden sein konnte, den Billy Rice nicht gesehen hatte. Solche Geräte reagieren auf jede durch Bewegung ausgelöste Änderung der statischen Temperaturverhältnisse im Raum. Sollte der Alarm losgehen, konnte Rawlings in drei Sekunden draußen sein. Nichts geschah.

Mittlerweile hatte Rawlings entdeckt, daß das Sicherungssystem in diesem Zimmer aus Erschütterungskontakten an den Türen – und vielleicht auch an den Fenstern, die er ohnehin nicht berühren wollte – sowie aus mehreren Druckfühlern bestand.

Den Safe fand Rawlings kurz vor elf Uhr. Direkt vor ihm, an der Wand zwischen zwei Panoramafenstern, befand sich ein goldgerahmter Spiegel, der nicht wie die Bilder leicht schräg von der Wand hing, sondern flach auflag, als sei er an einem Scharnier befestigt.

Rawlings arbeitete sich an den Wänden entlang vorwärts, wobei er mit seiner Zange die Teppichkante hochhob und die fadendünnen Drähte bloßlegte, die von den Fußleisten zu den Druckfühlern irgendwo in der Zimmermitte führten.

Als er den Spiegel fast erreicht hatte, bemerkte er, daß unter dem Teppich auf dem Boden ein Druckfühler genau auf Höhe des Spiegels lag. Er wollte den Druckfühler zuerst beseitigen, nahm aber dann der Einfachheit halber einen breiten, niedrigen Couchtisch und stellte ihn darüber, wobei er darauf achtete, daß die Tischbeine in gebührender Entfernung von den Fühlerrändern blieben.

Rawlings hob den Spiegel an und lächelte. Der Wandsafe war ein niedlicher kleiner Hamber, Modell D. Er wußte, daß die Tür aus einem Zentimeter dicken, gehärteten Stahl bestand. Der Sicherheitsmechanismus bestand aus drei Stahlbolzen, die aus der Tür ragten und vier Zentimeter tief in den Rahmen eindrangen. Innen an der Stahltür befand sich ein fünf Zentimeter tiefes Weißblechgehäuse mit den drei Verschlußbolzen, dem senkrechten Bolzen zur Steuerung der drei Verschlußbewegungen und dem dreischeibigen Kombinationsschloß.

Es war nicht Rawlings' Absicht, sich mit all diesen Verschlußraffinessen einzulassen. Es gab einen einfacheren Weg: die Tür von oben bis unten auf der Scharnierseite mit Sprengstoff aufzuschlitzen. Das würde sechzig Prozent der Tür intakt lassen, und zwar den Teil, der das Kombinationsschloß enthielt sowie die drei Verschlußbolzen, die im Rahmen steckten. Die anderen vierzig Prozent würden so weit aufgehen, daß er die Hand hinein- und den Inhalt herausbrächte.

Aus der Diele holte er nun seine Champagnerflasche und ging mit ihr wieder zum Safe. Auf dem Couchtisch hockend, schraubte er den Boden der falschen Flasche ab und nahm sein Material heraus. Außer einem elektrischen Sprengzünder, der in einer kleinen Schachtel in Watte gebettet lag, einer Anzahl kleiner Magnete und einer gewöhnlichen 5-Ampere-Verbindungsschnur kam ein V-förmiges Metallstück zum Vorschein, das biegsam war und in Plastiksprengstoff eingebettet lag.

Schnell und sachkundig fertigte Rawlings die Länge, die er

brauchte, befestigte den Sprengstoff von oben bis unten an der Safetür und schloß den Zünder an, der seinerseits in einem dreipoligen Stecker endete. Die Schnur zwischen Zünder und Stecker spulte er sorgfältig ab, als er an der Wand entlang in den Korridor ging, der zu den Gästezimmern führte. Der Verbindungsgang würde ihm Schutz gegen die Explosion bieten. In der Küche zog Rawlings einen großen Plastikbeutel aus der Hosentasche und füllte ihn mit Wasser. Diesen Beutel befestigte er mit Reißnägeln an der Wand über der Sprengladung. Es gibt keinen besseren Stoßdämpfer als Wasser.

Es war zwanzig Minuten vor Mitternacht. Die Party über ihm wurde immer lauter. Bevor er sich in den Korridor zurückzog, schaltete er den Fernseher ein. Im Korridor suchte er nach einer Steckdose, versicherte sich, daß der Schalter an seiner Schnur auf „Aus" stand, und führte den Stecker ein. Dann wartete er.

Ungefähr eine Minute vor Mitternacht war der Krach über ihm ohrenbetäubend. Plötzlich verstummte er, als jemand „Ruhe!" brüllte. Rawlings konnte jetzt den Fernseher hören, den er im Salon eingeschaltet hatte. Dort erschien jetzt wahrscheinlich wie jedes Jahr das Bild von Big Ben. Der Fernsehsprecher plauderte über die Sekunden bis Mitternacht hinweg, während alle Welt im Königreich England die Gläser füllte. Dann erklangen die vier Viertelstundenschläge.

Danach kam eine kurze Pause. Dann ertönte das tiefe Dröhnen des ersten Mitternachtsschlags. Es hallte wider in zwanzig Millionen Heimen im ganzen Land; es schmetterte durch die Wohnung im neunten Stock von Haus Savoy und wurde dann von Glückwunschgebrüll übertönt. Rawlings stellte den Schalter auf „Ein".

Niemand außer Rawlings hörte den dumpfen Knall. Er wartete sechzig Sekunden, dann zog er seine Schnur aus der Dose und arbeitete sich wieder bis zum Safe vor, wobei er unterwegs sein Werkzeug aufsammelte. Die Rauchschwaden verzogen sich. Von dem Plastikbeutel und den fünf Litern Wasser waren nur ein paar feuchte Flecken übriggeblieben. Die Safetür sah aus, als wäre sie mit einer stumpfen Axt von oben bis unten gespalten worden. Die Öffnung war so groß, daß Rawlings hineinspähen konnte: Eine Geldkassette und ein großer Samtbeutel lagen darin. Er zog den Beutel heraus, löste die Verschnürung und leerte den Inhalt auf den Couchtisch.

Sie glitzerten und blitzten im Licht, als lodere in ihnen ein Feuer. Die Glen-Diamanten, so benannt nach dem Familiennamen der Herzöge von Sheffield. Rawlings packte den Rest der Ausrüstung – die Schnur, die leere Zünderschachtel und den übriggebliebenen Sprengstoff wieder in die falsche Champagnerflasche, als er sich einem unerwarteten Problem gegenübersah. Die Brosche und die Ohrringe würde er in den Hosentaschen unterbringen, aber das Diadem war breiter und höher, als er gedacht hatte. Er sah sich nach einem unauffälligen Behälter um. In einigen Schritten Entfernung lag ein Diplomatenkoffer auf dem Schreibtisch. Genau richtig. Der faßte den ganzen Glen-Schmuck und die Champagnerflasche. Nach einem letzten Rundblick schaltete Rawlings das Licht im Salon aus, trat in die Diele, hinaus auf den Flur und sperrte die Wohnungstür wieder ab. Sechzig Sekunden später schlenderte er an der Portiersloge vorbei in die Nacht hinaus. Der alte Mann sah nicht einmal auf.

Es WAR fast Mitternacht an jenem ersten Januartag, als Philby sich in Moskau an seinen Wohnzimmertisch setzte. In Gedanken war er nur noch mit dem Bericht für den Generalsekretär beschäftigt. Der Bericht muß gut sein, sagte er sich zum hundertsten Mal. Der Generalsekretär konnte sehr unangenehm werden, wenn man ihn täuschte oder enttäuschte. Wenn ihm auch seine Gesundheit zu schaffen machte und er zeitweise an den Rollstuhl gefesselt war, so arbeitete sein Gehirn doch noch mit der Präzision eines Computers, nichts entging ihm. Philby nahm Papier und Bleistift und machte sich an die Ausarbeitung seiner Antwort.

VIER Stunden später – in London war immer noch der 1. Januar – kehrte der Inhaber der Wohnung in Haus Savoy kurz vor Mitternacht allein in die Hauptstadt zurück. Der große grauhaarige, vornehm aussehende Mann fuhr direkt in die Tiefgarage, nahm seinen Koffer aus dem Wagen und trug ihn zum Aufzug. Er war miserabel gelaunt. Nach einem heftigen Streit mit seiner Frau hatte er den hochherrschaftlichen Besitz seines Schwagers drei Tage früher als vorgesehen verlassen. Sein knochiges und pferdegesichtiges Ehegespons liebte das Landleben ebenso innig, wie er es haßte. Das Silvesteressen war für ihn eine Qual gewesen. Bei den Tischgesprächen, die von den Jugendfreundinnen seiner Frau bestritten wurden, ging es ausschließlich ums Jagen, Reiten und Fischen. Am Morgen hatte er in Gegenwart des Herzogs eine Bemerkung fallenlassen, über die Lady Fiona sich furchtbar aufgeregt hatte. Daraufhin wurde beschlossen, daß er nach dem Tee allein zurückfahren und sie so lange bleiben würde, wie sie Lust hatte, vielleicht den ganzen Januar.

Er betrat die Diele seiner Wohnung und stutzte; das Einbruchsicherungssystem hätte, bevor der Hauptalarm ausgelöst wurde, dreißig Sekunden lang ein kräftiges „Piep, Piep" aussenden müssen. Diese Vorkehrung gab dem rechtmäßig Eintretenden Zeit genug, um die

Anlage abzuschalten. Verdammtes Ding, dachte er, wahrscheinlich gestört. Er stellte den Strom mit einem Schlüssel ab. Dann betrat er den Salon und knipste das Licht an.

Sein Blick fiel geradewegs auf die versengte Wand und die gespaltene Safetür. Mit ein paar großen Schritten stand er vor dem Geldschrank und stierte hinein. Kein Zweifel, die Diamanten waren weg. Fassungslos sank er in einen Ohrensessel.

Zehn Minuten lang blieb er wie gelähmt sitzen und starrte auf das Loch in der Wand. Sein Blick fiel auch auf den Schreibtisch, aber erst nach einer Weile wurde ihm klar, daß sein Aktenkoffer fehlte, wobei er sich genau erinnern konnte, ihn am Silvestertag dort liegengelassen zu haben. Wie von der Tarantel gestochen sprang er auf und raste zum Telefon. Mit zitterndem Zeigefinger wählte er eine Nummer. Am anderen Ende läutete und läutete es, doch niemand hob ab.

AM NÄCHSTEN Morgen ging John Preston kurz vor elf im Stadtteil Mayfair die Charles Street hinunter zum Hauptsitz der Dienststelle, für die er arbeitete. Preston sah weder bemerkenswert gut noch bemerkenswert schlecht aus, war mittelgroß und kräftig.

Seit drei Jahren arbeitete er im Referat F der britischen Spionageabwehr, das sich mit der Überwachung von rechts- und linksradikalen politischen Organisationen befaßte. Zwei der drei Jahre war er bei F1 Leiter der Sektion D gewesen, wo man die Unterwanderung der Labour Party durch Elemente des äußersten linken Flügels mit Argusaugen beobachtete. Das Ergebnis seiner Nachforschungen während dieser Zeit hatte er vor zwei Wochen, knapp vor Weihnachten, vorgelegt.

Die meisten Angestellten des öffentlichen Dienstes machten, da der Neujahrstag auf einen Donnerstag gefallen war, ein verlängertes Wochenende und arbeiteten an diesem Freitag nicht. Aber Brian Harcourt-Smith hatte ihn eigens gebeten zu kommen. Preston glaubte zu wissen, worüber der stellvertretende Generaldirektor von MI5, der Spionageabwehr, die dem Innenministerium unterstand, mit ihm sprechen wollte. Er war überrascht, daß man höheren Ortes den Bericht so schnell gelesen hatte.

Zu seinem Bedauern konnte Preston nicht den Generaldirektor selbst sprechen. Er mochte Sir Bernard Hemmings, aber es war ein offenes Geheimnis, daß der alte Mann krank war und immer weniger Zeit im Büro verbrachte. Während seiner Abwesenheit wurden die laufenden Geschäfte in zunehmendem Maße von seinem ehrgeizigen Stellvertreter Brian Harcourt-Smith wahrgenommen, zum Mißvergnügen einiger Veteranen der Dienststelle.

Harcourt-Smith war wie immer tadellos gekleidet und empfing seinen Untergebenen etwas zu herzlich. Auf seinem Schreibtisch lag John Prestons Bericht. „Also, John, zu Ihrem Dossier. Wie alles, was von Ihnen kommt, nehme ich es natürlich äußerst ernst."

„Danke", sagte Preston.

„Der Bericht ist – wie soll ich sagen – ganz schön extrem. Sie haben ja vor nichts zurückgeschreckt. Die Frage ist nur, und diese Frage muß ich mir selbst stellen, bevor unsere Abteilung eine bestimmte Vorgehensweise aufgrund Ihres Dossiers empfiehlt: Ist das alles absolut wahr? Nachprüfbar? Denn genau das wird man auch mich fragen."

„Ich habe zwei Jahre auf diese Nachforschungen verwendet. Meine Leute haben tief, sehr tief geschürft. Die ausgewiesenen Tatsachen sind unumstößlich."

„Mein lieber John, ich würde nie irgendwelche Tatsachen in Frage stellen, die Sie eruiert haben. Aber die Konsequenzen, die Sie daraus ziehen, sind ziemlich weitgehend, das müssen Sie doch zugeben."

„Stimmt, Brian, meine Schlußfolgerungen sind sehr weitgehend. Aber diese Leute, mit denen wir es hier zu tun haben, sind schließlich auch Extremisten."

„Hören Sie, John, ich behalte Ihren Bericht noch ein Weilchen. Muß ihn nochmals überdenken und ein paar Sondierungen vornehmen, um rauszukriegen, wohin ich ihn am besten weiterleiten kann."

Preston wollte etwas erwidern, doch Harcourt-Smith stand auf, zum Zeichen dafür, daß die Audienz zu Ende war. „Übrigens, wie gefällt es Ihnen bei F 1 D?"

„Großartig", erwiderte Preston und stand ebenfalls auf.

„Möglicherweise habe ich etwas für Sie, wo es Ihnen vielleicht noch besser gefällt", meinte Harcourt-Smith.

Als Preston gegangen war, starrte der stellvertretende Generaldirektor noch einige Zeit auf die Tür, durch die sein Mitarbeiter verschwunden war. Er schien gedankenverloren. Dann nahm er seinen roten Filzstift und beschrieb sorgfältig den Umschlag des Preston-Dossiers mit den Buchstaben KWV und seinen Initialen. KWV bedeutete in der Dienststelle „Keine weitere Veranlassung". Der Bericht sollte begraben werden.

2. KAPITEL

ERST am Sonntag darauf, dem 4. Januar, erreichte der Inhaber der Wohnung im Haus Savoy die Nummer, die er drei Tage lang stündlich angerufen hatte. Kurz vor Mittag traf er sich dann mit dem

Angerufenen, und zwar in einer stillen Nische der Gasträume eines kleinen Hotels im Westend.

Der Gesprächspartner war um die Sechzig, hatte eisengraues Haar und wirkte in seinem korrekten Anzug wie ein Beamter, was er in gewissem Sinn auch war. „Tut mir schrecklich leid, daß ich die letzten drei Tage nicht zu erreichen war", sagte er. „Ich bin Junggeselle und war über Neujahr bei Freunden auf dem Land. Also, wo brennt's?"

Der Besitzer der vornehmen Belgravia-Wohnung berichtete in kurzen, klaren Sätzen. Er hatte Zeit gehabt, sich genau zu überlegen, wie er die Ungehcuerlichkeit des Geschehenen darstellen würde, und tat es in wohlgesetzten Worten.

„Gewiß, Sie haben völlig recht", meinte sein Gegenüber dazu, als er geendet hatte. „Es könnte gravierend sein. Haben Sie die Polizei benachrichtigt, als Sie Donnerstagnacht nach Hause kamen? Oder zu irgendeinem späteren Zeitpunkt?"

„Nein, ich wollte zuerst mit Ihnen sprechen."

„Wäre aber besser gewesen. Die Experten würden nun feststellen, daß der Tresor schon vor drei oder vier Tagen aufgesprengt wurde. Jetzt ist es ohnehin zu spät, um die Polizei einzuschalten."

„Aber was zum Teufel tu ich dann?" fragte der Bestohlene. „Der Schmuck muß ganz einfach wiedergefunden werden."

„Wie lange wird Ihre Frau noch wegbleiben?" fragte der andere.

„Schwer zu sagen. Es gefällt ihr in Yorkshire. Ein paar Wochen, hoffe ich."

„Dann müssen wir dafür sorgen, daß der beschädigte Safe durch einen neuen, völlig gleichen ersetzt wird. Und wir brauchen eine Kopie der Diamanten. Das wird einige Zeit in Anspruch nehmen. Ich will sehen, ob wir den Einbrecher fassen und die Dinger und den Koffer wiederbeschaffen können."

Der Mann stand auf und schickte sich zum Gehen an. Der Wohnungsinhaber aus Belgravia blieb sitzen, offensichtlich zutiefst besorgt. Der korrekt gekleidete Mann war nicht weniger erschüttert, ließ es sich jedoch nicht anmerken.

„Sehen Sie zu, daß Ihre Frau so lange wie möglich auf dem Land bleibt", riet er. „Benehmen Sie sich normal. Seien Sie ganz ruhig. Sie werden von mir hören."

AM MORGEN darauf schloß sich John Preston dem gewaltigen Menschenstrom an, der sich nach den fünf arbeitsfreien Tagen der Neujahrswoche wieder in die Londoner Innenstadt ergoß. Fast am Ende der Gordon Street, im Stadtteil Bloomsbury, bog er in den Zugang zu einem unauffälligen Gebäude ein, das vielen anderen

Bürohäusern glich, modern, solide und mit dem Firmenschild einer Versicherungsgesellschaft versehen. Erst in der Eingangshalle zeigten sich gewisse Unterschiede zu den benachbarten Verwaltungsgebäuden.

Erstens standen hier drei Männer in der Halle, einer an der Tür, einer hinter dem Empfangspult und einer neben den Lifttüren; alle drei waren nach Maß und Gewicht höchst untypisch für Versicherungsangestellte. Falls ein argloser Bürger sich hierher verirrte, um ausgerechnet bei dieser und keiner anderen Gesellschaft seinen Hausrat oder sein Kraftfahrzeug zu versichern, so würde er barsch dahingehend beschieden werden, daß nur Leute mit einem Spezialausweis, der vor dem Auge des kleinen Computers unter der Empfangstheke Gnade fand, weiter kamen als bis in die Halle.

Die Dienststellen des britischen Geheimdienstes, besser bekannt als MI5, sind nicht nur in einem einzigen Gebäude untergebracht. Sie verteilen sich vielmehr auf vier Bürohäuser, was ebenso umsichtig wie unpraktisch ist. Das Hauptquartier befindet sich in der Charles Street. Die zweitgrößte Abteilung hat ihren Sitz in der Gordon Street und wird schlicht „Gordon" genannt, so wie das Hauptquartier kurz und bündig unter der Bezeichnung „Charles" läuft.

Der Abwehrdienst ist in sechs Referate unterteilt, die über sämtliche Gebäude verstreut sind. Und einige Referate haben wiederum Unterabteilungen in den verschiedenen Häusern.

Referat F, zu dem Preston als Sektionschef von F1D gehörte, residiert hauptsächlich in der vierten Etage der Gordon Street, und dorthin, zu seinem Büro, begab sich Preston an jenem Januarmorgen. Er nahm zwar nicht an, sein vor drei Wochen eingereichter Bericht werde ihn zu Brian Harcourt-Smiths „Held des Monats" befördern, aber er glaubte noch immer, daß der Bericht seinen Weg auf den Schreibtisch des Generaldirektors finden würde, zu Sir Bernard Hemmings. Hemmings, davon war Preston überzeugt, würde die darin enthaltene Information an den zuständigen Staatssekretär im Innenministerium weiterleiten. Ein guter Staatssekretär würde vermutlich der Ansicht sein, daß sein Minister einen Blick in das Dossier werfen sollte, und der Innenminister könnte die Premierministerin darauf aufmerksam machen.

Die Dienstanweisung, die Preston bei seiner Ankunft auf dem Schreibtisch fand, belehrte ihn eines Besseren. Vom heutigen Montag an fungierte er als Sektionschef von C1A, verantwortlich für die Sicherheit aller Ministerien Ihrer Majestät – Objekt- und Personenschutz, Überwachung der Geheimhaltungsvorschriften –, ein Polizistenjob.

Preston setzte sich und überlegte. Nach einer Umbesetzung würde der neue Leiter von F1D das Preston-Dossier aufs Tapet bringen müssen. Aber Preston wußte nur zu gut, daß zu seinem Nachfolger mit Sicherheit einer von Harcourt-Smiths getreuesten Schützlingen ausersehen war, der nichts dergleichen tun würde, und Preston hatte von der neuen Stelle aus jede Einwirkungsmöglichkeit bezüglich seines eigenen Berichts verloren.

Er rief in der Registratur an. Ja, der Bericht war abgelegt worden. Er ließ sich das Aktenzeichen geben, nur für den Fall künftiger Wiedervorlage.

„Was sagen Sie? KWV?" fragte er ungläubig. „Schon gut, tut mir leid, ja, ich weiß, Sie können nichts dafür. War nur eine Frage; kommt ein bißchen überraschend, weiter nichts."

Er legte den Hörer auf und versank wieder in Gedanken. Gedanken, die man nicht über einen Vorgesetzten hegen darf, auch wenn man sich gegenseitig nicht sympathisch ist. Aber die Gedanken ließen sich nicht verdrängen. Zugegeben, wäre das Dossier weitergeleitet worden, so hätte man sich höheren Orts auch Gedanken über den Fraktionsführer der Labour-Opposition gemacht, der darüber nicht gerade entzückt gewesen wäre.

Es war ferner möglich, daß bei den nächsten, spätestens in siebzehn Monaten fälligen Wahlen die Labour Party gewinnen würde und daß Brian Harcourt-Smith sich in der Hoffnung wiegte, die neue Regierung werde nichts Eiligeres zu tun haben, als ihn zum Generaldirektor von MI5 zu ernennen. Daß man keine amtierenden oder vielleicht bald amtierenden einflußreichen Politiker vor den Kopf stoßen wollte, war ein alter Hut. Ein Mann von hochfliegendem Ehrgeiz, wie Harcourt-Smith es nun einmal war, mochte durchaus die ganze Geschichte unter den Teppich kehren, um sich nicht durch Überbringung schlechter Nachrichten unbeliebt zu machen.

ZWEI Kilometer entfernt öffnete Jim Rawlings die Tür eines kleinen, aber exklusiven Londoner Juweliergeschäfts in einer stillen Seitenstraße in der Nähe der Bond Street. Rawlings trug einen eleganten dunklen Anzug sowie ein Seidenhemd mit dezenter Krawatte und hatte ein mattglänzendes Diplomatenkölferchen bei sich. Er fragte die junge Dame hinter dem Ladentisch, ob er Mr. Zablonsky sprechen könne. In diesem Augenblick öffnete sich die Spiegeltür im Hintergrund des Ladens, und Louis Zablonsky erschien. Er war ein kleiner dürrer Mann von sechsundfünfzig Jahren, sah jedoch älter aus.

„Mr. James", strahlte er, „wie nett, Sie zu sehen. Bitte, kommen Sie in mein Büro. Wie geht's denn so?" Er komplimentierte Rawlings in sein Allerheiligstes und verriegelte die teilweise verspiegelte Tür, durch die man in den Laden sehen konnte. Er bot Rawlings einen Sessel vor seinem altmodischen Schreibtisch an und setzte sich selber auf den Drehstuhl dahinter. Zablonsky beäugte Rawlings eindringlich. „Also, Jim, worum geht's?"

„Ich hab was für Sie, Louis, und es wird Ihnen gefallen. Reden Sie mir bloß nicht ein, es wär Tinnef."

Rawlings ließ den Diplomatenkoffer aufschnappen.

Zablonsky breitete die Hände aus. „Jim, hab ich je –?" Die Worte blieben ihm im Hals stecken, als er sah, was Rawlings auf die Schreibunterlage dekorierte. Als alle Stücke ausgepackt waren, starrte er sie ungläubig an. „Die Glen-Diamanten", flüsterte er. „Sie haben glatt die Glen-Diamanten geklaut. Und noch kein Wort darüber steht in der Zeitung."

„Vielleicht sind die – ehemaligen – Besitzer immer noch verreist", sagte Rawlings. „Ist ja kein Alarm losgegangen."

Zablonsky war völlig in die Betrachtung der Juwelen versunken, die auf seinem Schreibtisch funkelten. Es mußte ihm nicht gesagt werden, woher sie stammten. Er erinnerte sich vage, irgendwo gelesen zu haben, daß Lady Fiona Glen Mitte der sechziger Jahre einen vielversprechenden jungen Staatsbeamten geheiratet hatte, der Anfang der achtziger ein hohes Tier in einem Ministerium geworden war, und daß das Paar dank Lady Fionas Privatvermögen irgendwo im Westend auf großem Fuß lebte.

„Nun, was meinen Sie, Louis?"

„Ich bin beeindruckt, mein lieber Jim. Sehr beeindruckt. Aber auch ratlos. Das hier sind keine gewöhnlichen Steine. Jeder in der Diamantenbranche würde sie auf den ersten Blick erkennen. Was soll ich mit ihnen anfangen?"

„Das frage ich Sie", erwiderte Rawlings.

Louis Zablonsky faltete die Hände. „Ich will Sie nicht belügen, Jim. Ich spreche freiheraus. Die Glen-Diamanten haben vermutlich einen Versicherungswert von siebenhundertfünfzigtausend Pfund, und etwa soviel brächten sie auch ein, wenn sie legal, etwa durch Cartier, verkauft würden. Aber das geht selbstverständlich nicht. Bleiben zwei Möglichkeiten. Zum einen, daß sich ein reicher Käufer findet, der die Glen-Diamanten haben will, obwohl er weiß, daß er sie nie zeigen oder zugeben kann, daß er sie besitzt – ein reicher Filz, der sich im stillen Kämmerchen an seinem Schatz berauscht. Solche Leute gibt es – aber sie sind rar. Sie würden vielleicht die Hälfte des Preises zahlen, den ich genannt habe."

„Wann könnten Sie einen solchen Käufer finden?"

Zablonsky zuckte mit den Achseln. „Dieses Jahr, nächstes Jahr, irgendwann, nie. Wir können ja keine Annonce in die Zeitung setzen."

„Also hoffnungslos", sagte Rawlings. „Und die andere Möglichkeit?"

„Die Steine aus der Fassung brechen – das allein würde den Wert auf sechshunderttausend Pfund drücken –, umschleifen und die vier großen Einzelstücke verkaufen. Dreihunderttausend Pfund könnte man kriegen. Aber der Schleifer will auch seinen Schnitt machen. Wenn ich selber diese Kosten übernehme, kann ich Ihnen noch um die hunderttausend Pfund geben – aber erst, wenn die Verkäufe getätigt sind."

„Und was können Sie mir als Vorschuß zahlen? Ich kann nicht von der Luft leben, Louis."

„Wer kann das schon?" entgegnete der alte Hehler. „Also: Für die Weißgoldfassung kriege ich auf dem Markt für Abfallgold vielleicht zweitausend Pfund. Wenn ich die vierzig kleinen Steine durch den regulären Markt schleuse, bringen sie, sagen wir, zwölftausend. Macht zusammen vierzehntausend, die ich in Kürze beisammenhätte. Ich kann Ihnen die Hälfte als Vorschuß geben, in bar und sofort. Was meinen Sie?"

Sie schlossen den Handel ab. Louis Zablonsky entnahm seinem Safe siebentausend Pfund. Rawlings öffnete den Diplomatenkoffer und verstaute die Bündel gebrauchter Banknoten darin.

„Hübsch", sagte Zablonsky und wies auf den Aktenkoffer. „Zur Feier des Tages gekauft?"

Rawlings schüttelte den Kopf. „War bei der Sore."

Zablonsky machte „ts, ts, ts" und drohte Rawlings mit dem Finger. „Weg damit, Jim. Nie was von einem Bruch zurückbehalten. Lohnt das Risiko nicht."

Rawlings überlegte, nickte, verabschiedete sich und ging.

Louis Zablonsky arbeitete den ganzen Dienstag hinter der verschlossenen Tür seines Büros. Nur zweimal mußte er herauskommen, um einen Kunden persönlich zu bedienen. Im Geschäft herrschte an diesem Tag Flaute, wofür Zablonsky ausnahmsweise dankbar war.

Nachdem er das Jackett abgelegt und die Hemdsärmel hochgerollt hatte, holte er die Glen-Diamanten behutsam aus ihren Weißgoldfassungen. Sowohl die beiden Zehnkaräter der Ohrgehänge als auch die großen Steine in Diadem und Brosche ließen sich mühelos und in kurzer Zeit lösen.

Als sie aus der Fassung genommen waren, konnte er sie genauer prüfen. Sie waren wirklich prachtvoll, sie funkelten und sprühten im Licht. Die vier Hauptstücke verwahrte er, nachdem er sie hinlänglich bewundert hatte, in einem Samtsäckchen. Daraufhin begann er mit der zeitraubenden Arbeit, die kleineren Steine aus dem Gold zu lösen. Während er hantierte, fiel das Licht von Zeit zu Zeit auf ein verblaßtes Mal, eine fünfstellige Zahl, an der Innenseite seines linken Unterarms. Für jeden, der die Herkunft solcher Male kannte, konnte die Nummer nur eines bedeuten: Es war die Tätowierung von Auschwitz.

Zablonsky war 1930 als dritter Sohn eines polnischjüdischen Juweliers in Warschau geboren worden. Beim Einmarsch der Deutschen war er neun Jahre alt gewesen, und ein Jahr später, 1940, wurde das Warschauer Getto eingeschlossen. Als das Getto nach dem Aufstand am 16. Mai 1943 von Einheiten der Waffen-SS unter General Jürgen Stroop dem Erdboden gleichgemacht worden war, gehörte der Junge zu den wenigen, die den Massenerschießungen entgingen. Er landete in Auschwitz.

Louis Zablonsky war eigentlich für die Gaskammer bestimmt, doch als er seinen Beruf als „Juwelier" angab, weil dies der Beruf seines Vaters war, wurde er zurückgestellt und mußte die Wertgegenstände, die noch immer bei den neu eingelieferten Juden gefunden wurden, sortieren und registrieren.

Er fischte den letzten der kleinen Steine aus der Goldfassung und überzeugte sich, daß er keinen übersehen hatte. Er zählte die Steine und fing an, sie zu wiegen. Vierzig insgesamt; im Durchschnitt ein halbes Karat, meist jedoch kleiner. Nur geeignet für Verlobungsringe, aber alles in allem ungefähr zwölftausend Pfund wert. Er kannte Wege, um sie unauffällig abzusetzen; Bargeschäfte mit zuverlässigen Händlern.

Ende 1944 wurden die Überlebenden von Auschwitz in Gewaltmärschen westwärts getrieben, und Zablonsky landete in Bergen-Belsen, wo er schließlich, mehr tot als lebendig, von der britischen Armee befreit wurde.

Nach langem Krankenhausaufenthalt wurde Zablonsky nach England gebracht und in die Obhut eines Nordlondoner Rabbi gegeben. Nach einer weiteren Genesungskur kam er zu einem Juwelier in die Lehre. In den frühen sechziger Jahren verließ er seinen Meister und eröffnete ein eigenes Juweliergeschäft im Eastend, der Hafengegend. Zehn Jahre später gründete er die jetzige, weit einträglichere Firma im Westend.

Noch im Eastend hatte er angefangen, Edelsteine „weiterzuveräußern", die von Matrosen ins Land gebracht wurden – Smaragde aus Ceylon, Diamanten aus Afrika, Rubine aus Indien und Opale aus Australien. Mitte der achtziger Jahre hatten ihn seine beiden Geschäftszweige, der legale und der illegale, zum reichen Mann gemacht. Er war einer der Spitzenhehler Londons und besaß ein ansehnliches Landhaus mit Garten in Golders Green.

Er wartete, bis die Verkäuferin gegangen war, verschloß die Ladentür, räumte sein Büro auf, steckte die vier großen Steine ein und verließ das Gebäude. Auf dem Heimweg rief er von einer Telefonzelle aus eine Nummer in einem Ort nahe Antwerpen an, genau gesagt, in dem Städtchen Nijlen. Von seiner Wohnung aus buchte er telefonisch bei der British Airways einen Flug nach Brüssel für den nächsten Tag.

Am Mittwoch vormittag reihte sich Louis Zablonsky mit seinem schweren Überzieher und dem weichen Tweedhut, eine Reisetasche in der Hand und eine gewaltige Bruyère-Pfeife zwischen den Zähnen, am Flughafen Heathrow in den Strom der Geschäftsleute ein, die von London nach Brüssel reisten. In der Maschine beugte sich eine der

Stewardessen zu ihm und flüsterte: „Tut mir leid, Sir, Pfeife dürfen Sie an Bord nicht rauchen." Zablonsky entschuldigte sich und steckte die Pfeife in die Tasche. Ohne Bedauern. Er war Nichtraucher, und selbst wenn er die Pfeife angezündet hätte, hätte sie nicht besonders gut gezogen. Nicht, solange vier birnenförmige achtundfünfzigfacettige Diamanten unter dem festgedrückten Tabak im Pfeifenkopf steckten.

In Brüssel-National mietete er sich einen Wagen und fuhr auf der Autobahn nordwärts Richtung Mecheln, wo er nach rechts abbog und Nijlen im Nordosten ansteuerte.

Einer der bedeutendsten Plätze der internationalen Diamantenindustrie ist die belgische Hafenstadt Antwerpen. Aber wie die meisten Industrien ist auch das Diamantengeschäft auf ein Heer kleiner Zulieferer angewiesen, auf freie Mitarbeiter und selbständige Einmannbetriebe, die auf Vertragsbasis Fassungen liefern und das Schleifen besorgen.

In der Mittleren Molenstraat in Nijlen lebte ein gewisser Raoul Levy, ein polnischer Jude, der ein Vetter zweiten Grades von Louis Zablonsky aus London war. Der verwitwete Levy war Diamantschleifer und wohnte in einem kleinen schmucken Backsteinhäuschen, an dessen Rückseite seine Werkstatt lag. Dorthin fuhr Zablonsky. Kurz nach dem Mittagessen traf er bei seinem Verwandten ein.

Eine Stunde lang verhandelten sie, dann waren sie einig: Levy würde die Steine umschleifen und darauf achten, daß zwar sowenig wie möglich an Gewicht verlorenging, die Steine aber doch nicht mehr identifizierbar waren. Als Entgelt einigten sie sich auf fünfzigtausend Pfund, eine Hälfte als Anzahlung, die andere nach Verkauf des vierten Steins. Zablonsky verabschiedete sich und kehrte nach London zurück.

WÄHREND Louis Zablonsky in Belgien war, richtete sich John Preston in seinem neuen Büro in der zweiten Etage ein. Er war froh, daß er nicht aus „Gordon" in ein anderes Gebäude übersiedeln mußte. Sein Vorgänger war zum Jahresende ausgeschieden, und der stellvertretende Leiter von C 1 A, der nur ein paar Tage im Amt gewesen war, hatte zweifellos gehofft, selbst nachzurücken. Doch er trug die Enttäuschung mit Fassung und wies Preston ausführlich in alle Obliegenheiten ein, die hauptsächlich in nervtötender Routine zu bestehen schienen.

Als Preston am Nachmittag allein war, überflog er die Liste der Regierungsgebäude, die zu seiner Sektion A gehörten. Prestons große Brocken waren das Außenministerium und das Verteidigungsministerium, die beide Material der allerhöchsten Geheimhaltungsstufen

bergen. Aber sie verfügen auch über recht zuverlässige Sicherheitsein-
richtungen, für die hauseigene Teams zuständig sind. Preston seufzte.
Er griff zum Telefon und traf eine Reihe von Verabredungen mit den
Sicherheitschefs aller wichtigen Ministerien, damit man sich kennenlernte.

Zwischendurch warf er immer wieder einen Blick auf den Stapel
von Unterlagen, den er aus seinem zwei Stockwerke höher gelegenen
alten Büro mitgenommen hatte. Darunter war auch sein Bericht vom
Vormonat, seine persönliche Kopie. Abgesehen von dem Exemplar,
das, wie er wußte, im Archiv zur letzten Ruhe gebettet war, existierte
keine weitere Kopie. Er zuckte die Achseln und legte den Bericht ganz
hinten in den Safe, den er gerade einräumte. Vermutlich würde ihn
niemand mehr sehen wollen, aber er wollte ihn verwahren, als
Erinnerung an alte Zeiten. Schließlich hatte er höllisch über der
Fertigstellung geschwitzt.

3. Kapitel

Der Haken bei Raoul Levy war nicht etwa, daß er ungeschickt
gewesen wäre; aber er war einsam. Die ganze Woche über freute er
sich schon auf seine einzige Abwechslung, die Bahnfahrt nach
Antwerpen, wo er am Abend die Stammkneipe seiner Freunde aus der
Branche aufsuchte und mit ihnen fachsimpelte. Drei Tage nach
Zablonskys Besuch ging Levy wieder in das Lokal und fachsimpelte
ein wenig zuviel.

Zu viert suchten sie Raoul Levy auf: große, stämmige Männer, die
in einer Limousine vorfuhren. Es war ein bitterkalter Abend, kurz
nach neunzehn Uhr, stockfinster, und niemand sonst war um diese
Zeit am 15. Januar in der Mittleren Molenstraat unterwegs.

Die Männer, die an die Haustür klopften, traten energisch und
bestimmt auf, wie Leute, die keine Zeit zu verlieren haben. Sie stellten
sich nicht vor, als Levy öffnete, sondern schritten einfach ins Haus und
drückten die Tür hinter sich zu. Levy hatte noch nicht den Mund
aufgemacht, als sein Protest durch einen Hieb in den Magen im Ansatz
erstickt wurde.

Die großen Männer zogen ihm seinen Mantel über, stülpten ihm
einen Hut auf und schoben ihn aus der Tür. Draußen steuerten sie ihn
geschickt zum Wagen. Als sie Levy auf dem Rücksitz zwischen sich
geklemmt hatten, fuhren sie mit ihm zur Kesselse Heide. Das ist ein
großer öffentlicher Park nordwestlich von Nijlen, der aus fünfzig
Hektar Gras- und Heideland besteht, in dem Eichen und verschiedene

Nadelbäume wachsen. Der Park lag völlig verlassen da. Ein gutes Stück abseits der Fahrstraße, inmitten der Heide, hielt der Wagen. Der Mann auf dem Beifahrersitz, der das Verhör führen sollte, drehte sich zum Fond des Wagens um und nickte seinen beiden Kumpanen zu. Der rechts von Levy sitzende Mann schlang die Arme um den schmächtigen Diamantschleifer, so daß er sich nicht mehr bewegen konnte, und preßte seine Hand auf Levys Mund. Der andere Mann brachte eine starke Rohrzange zum Vorschein, packte Levys linke Hand und zerquetschte blitzschnell drei Fingerknöchel. Levy stieß einen langen gurgelnden Schrei aus. Als er verstummte, fragte der Mann auf dem Beifahrersitz: „Wo sind die Diamanten aus London?"

Levy sagte es ihm sofort. Was half ihm alles Geld, wenn er seine Hände nicht mehr gebrauchen konnte und dadurch seine Existenz verlor?

„Noch eine Frage: Wer ist der Mann, der sie gebracht hat?"

Levy schüttelte den Kopf. Der Fragende seufzte über die Zeitverschwendung und nickte dem Mann an Levys rechter Seite zu. Der packte die Zange und Levys rechte Hand. Als auch an dieser Hand zwei Fingerknöchel zerquetscht waren, sagte Levy, was man von ihm wissen wollte. Die Limousine rumpelte wieder zurück nach Nijlen, dann zwei Kilometer weiter, wo die Looy Straat die Eisenbahnschienen kreuzt. Die Strecke Lier–Herentals verläuft schnurgerade an dieser Stelle, und die großen Dieselloks brausen mit hundertzwanzig Stundenkilometern durch. Die Limousine hielt knapp vor dem schienengleichen Bahnübergang. Scheinwerfer und Motor wurden ausgeschaltet.

Ohne ein Wort öffnete der Fahrer das Handschuhfach, holte eine Flasche heraus und reichte sie nach hinten zu seinen beiden Kumpanen. Der eine hielt Levy die Nase zu, und der andere goß ihm den Kornschnaps in die nach Luft ringende Kehle. Als die Flasche bis auf ein Viertel leer war, hörten sie auf und ließen von ihrem Opfer ab. Der Alkohol begann Raoul Levys Hirn zu umnebeln. Sogar die Schmerzen ließen ein wenig nach.

Um einundzwanzig Uhr fünfzehn hievten seine Nebenmänner Raoul Levy aus dem Wagen und schleppten ihn zu den Schienen. Einer von ihnen schlug dem Diamantschleifer mit einer schweren Eisenstange über den Kopf. Sie legten ihn auf die Gleise, die zerschmetterten Hände auf eine Schiene und den Kopf dicht daneben.

Der letzte Güterexpreß von Lier nach Herentals hielt unterwegs nicht, und er durchquerte pünktlich um einundzwanzig Uhr neunzehn Nijlen. Nachdem er den Stadtbereich passiert hatte, nahm er volle Fahrt auf und brauste die gerade Strecke zum Übergang an der

Looy Straat dahin. Die Scheinwerfer der großen Lok beleuchteten achtzig vor ihr liegende Schienenmeter.

Erst kurz vor der Looy Straat sah der Lokführer die schlaffe Gestalt auf dem Gleis liegen. Sofort leitete er eine Vollbremsung ein. Ein Funkenregen sprühte unter den Rädern hervor. Der Güterexpreß verlangsamte die Fahrt, aber es war längst zu spät. Der Lokführer spürte nicht einmal einen Anprall, als die kreischenden Räder über die Stelle hinwegsausten.

BRIGADEGENERAL BERTIE CAPSTICK, der Sicherheitsbeauftragte des Verteidigungsministeriums, hatte sich kaum verändert, seit Preston ihn vor Jahren in Ulster, der nordirischen Provinz des Vereinigten Königreichs, zum letztenmal gesehen hatte. Der große, gesund aussehende, freundliche Mann mit den Apfelbäckchen, der mehr einem Farmer als einem Soldaten ähnelte, empfing ihn mit einem donnernden Hallo. Trotz seiner onkelhaften Art war er ein harter Kämpfer gewesen, der lange im Dschungel von Südostasien seine Erfahrungen gesammelt hatte.

Capstick bot Preston bei dessen Antrittsbesuch im Verteidigungsministerium einen Stuhl an und brachte aus einem Aktenschrank eine Flasche Whisky zum Vorschein. Über den Schreibtisch hinweg schob er Preston ein Glas zu. „So, und was ist mit Ihnen passiert, mein Junge?"

Preston schnitt ein Gesicht. „Ich hab's ja schon am Telefon angedeutet, was sie mir verpaßt haben", sagte er. „Einen langweiligen Polizistenjob. Nichts für ungut, Bertie."

„Mir ging's genauso, John. Abgehalftert. Natürlich bin ich jetzt als General außer Dienst nicht schlecht gestellt. Bin mit fünfundfünfzig in Pension gegangen und hab zum Zeitvertreib das Pöstchen hier übernommen. Nicht übel. Jeden Morgen mit der Bahn reinzuckeln, alle Sicherheitsmaßnahmen im Ministerium kontrollieren, achtgeben, daß kein Kuckucksei in der Mannschaft ist, und dann wieder heim zum Frauchen. Könnte schlimmer sein. Also, auf die alten Tage!"

Die alten Tage waren allerdings nicht ganz so rosig gewesen, erinnerte sich Preston. Als er vor nunmehr sechs Jahren den damaligen Obersten Bertie Capstick zuletzt gesehen hatte, war der scheinbar so joviale Offizier stellvertretender Leiter des militärischen Abschirmdienstes in Nordirland gewesen. Preston war einer von Capsticks „Jungs" gewesen. Er hatte in Zivil als „Verdeckter" gearbeitet, sich in die Zirkel und Wohnviertel hartgesottener Militanter von der Provisorischen Irisch-Republikanischen Armee vorgewagt, um mit Spitzeln zu sprechen oder Päckchen aus toten Briefkästen abzuholen.

Bertie Capstick hatte loyal zu ihm gestanden, als Preston bei einem Einsatz für ihn „verbrannte" und fast ums Leben gekommen wäre.

Das war am 28. Mai 1981 gewesen. Preston war in einem Privatauto zum Bogside-Viertel in Londonderry unterwegs gewesen, wo er einen Spitzel treffen wollte. Ob irgendwo weiter oben eine undichte Stelle war oder ob er dasselbe Auto einmal zu oft gefahren hatte, kam nie heraus. Egal, sie hatten ihm einen Hinterhalt gelegt. Gerade als er in dieses Stadtviertel, eine Hochburg der Republikaner, die für den Anschluß an Irland kämpften, einfuhr, war ein Wagen mit vier bewaffneten IRA-Terroristen aus einer Seitenstraße hinter ihm aufgetaucht und ihm gefolgt.

Er hatte sie natürlich bald im Rückspiegel geortet und den Treff sofort abgeschrieben. Aber diese Untergrundkämpfer von der IRA wollten mehr als das. Im Zentrum des Stadtviertels waren sie an ihm vorbeigezogen, hatten sich quer auf die Fahrbahn gestellt und waren aus ihrem Wagen gestürzt, zwei mit Maschinenpistolen und einer mit einem Revolver.

Preston, der nur noch zwischen Himmel und Hölle wählen konnte, ergriff die Initiative. Wider jede Vernunft und zur Verblüffung seiner Angreifer öffnete er blitzschnell die Tür seines Wagens und ließ sich hinausrollen, genau in dem Augenblick, als die Maschinenpistolen das Fahrzeug durchsiebten. Er hatte seinen dreizehnschüssigen 9-mm-Browning in der Hand, auf Automatik gestellt. Auf dem Kopfstein-pflaster liegend, gab er es ihnen. Sie hatten erwartet, daß er sich mit Würde abmurksen ließe. Sie standen zu nah beisammen.

Mit einer Serie von Schüssen hatte er zwei auf der Stelle getötet und dem dritten eine Kugel in den Hals gejagt. Der Fahrer des IRA-Autos hatte den Gang hineingehauen und war mit quietschenden Reifen verschwunden. Preston schaffte es bis zu einem Unterschlupf, der mit vier Mann von der SAS belegt war. Die Elitesoldaten von der britischen Spezialeinheit zur Terrorismusbekämpfung hatten ihn dortbehalten, bis Capstick erschien, um ihn heimzubringen.

Natürlich war der Teufel los gewesen – Nachforschungen, Ver-höre, besorgte Fragen von oben. Daß er weitermachte, kam nicht in Frage. Er war ein für allemal „verbrannt", um den Fachausdruck zu gebrauchen, das bedeutete identifiziert. Er war nutzlos geworden. Der überlebende IRA-Mann würde sein Gesicht überall wiedererken-nen. Er durfte nicht einmal zurück zu seiner alten Einheit, den Fallschirmjägern in Aldershot.

Man ließ ihm die Wahl zwischen Hongkong und dem Rausschmiß. Dann führte Bertie Capstick ein Gespräch mit einem Freund. Es gab eine dritte Möglichkeit. Die Armee als einundvierzigjähriger Major verlassen und Späteinsteiger beim Abwehrdienst, bei MI5, werden. Preston hatte sich für diesen Weg entschieden.

„Irgendwas Besonderes?" fragte Capstick.

Preston schüttelte den Kopf. „Mache nur eine kleine Runde zum Kennenlernen", antwortete er.

„Kopf hoch, John. Ich weiß jetzt, wo Sie Ihre Zelte aufgeschlagen haben, und ruf Sie an, falls hier mehr passiert, als daß einer die Portokasse mitgehen läßt. Übrigens, was macht Julia?"

„Hat mich sitzenlassen. Schon vor drei Jahren. Es war wegen des Jobs . . . Sie wissen ja."

Capstick nickte finster. „Hab's miterlebt. Oft sogar. Trotzdem, ist immer ein Schlag. Sehen Sie Ihren Jungen?"

„Gelegentlich", gab Preston zu.

Capstick hätte keine wundere Stelle berühren können. Als Tommy vor zwölf Jahren zur Welt gekommen war, war John Preston wunschlos glücklich, nicht aber seine Frau. Julia hatte báld genug gehabt von den Mutterpflichten, der Langeweile während seiner Abwesenheit und hatte angefangen, sich über die Geldknappheit zu beklagen. Sie drängte ihn ständig, er solle die Armee verlassen, da er in einem Zivilberuf mehr verdienen könne.

Nach seiner Versetzung zum militärischen Abschirmdienst wurde alles nur noch schlimmer. Er wurde nach Ulster geschickt, wohin Ehefrauen nicht mitdurften. Nach der Geschichte in Bogside machte Julia aus ihren Gefühlen keinen Hehl. Eine Weile versuchten sie es noch; sie wohnten in einem Vorort, und als Preston in „Fünf" arbeitete, fuhr er fast jeden Abend heim. Aber die Ehe war nicht mehr zu retten. Julia wollte mehr, als man für das Anfangsgehalt eines Späteinsteigers bei „Fünf" bekommen konnte. Ein Jahr später war Julia ausgezogen und hatte Tommy mitgenommen. Preston wußte, daß sie mit einem Mann zusammenlebte, der alt genug war, um ihr Vater zu sein, aber er vermochte ihr einen angemessenen Lebensstandard zu bieten und Tommy in ein gutes Internat zu schicken. Jetzt sah Preston seinen Sohn nur noch selten.

„Ja, leider muß ich gehen, Bertie", verabschiedete sich John Preston und erhob sich. „Sie wissen, wo ich zu finden bin, wenn sich was Wichtiges tut."

LOUIS ZABLONSKY kannte die Typen, die am späten Samstagabend in einem Lieferwagen vorfuhren und jetzt an seiner Haustür klopften. Wie jeden Samstag war er allein zu Hause. Seine Frau Beryl besuchte wie immer ihre Schwester und würde erst spät zurückkommen. Vermutlich wußten die Männer das.

Er hatte sich den Spätfilm im Fernsehen angeschaut, als es läutete. Zunächst dachte er sich nichts dabei und öffnete. Zu dritt stürmten sie in die Diele und schlossen die Tür hinter sich. Im Gegensatz zu den vier Profigangstern, die zwei Tage zuvor Raoul Levy heimgesucht hatten, waren sie angeheuerte Schläger aus dem Londoner Eastend.

Zwei waren Rohlinge mit zerschundenen Gesichtern; Unmenschen, die blindlings alles taten, wofür sie bezahlt wurden. Der dritte gab die Befehle; er war mickrig, pockennarbig und hatte fettige blonde Haare. Zablonsky kannte sie nicht persönlich; er kannte die Typen; er hatte sie in den Konzentrationslagern gesehen, in Uniform. Die Erkenntnis brach seine Widerstandskraft. Männer wie diese machten mit Menschen wie ihm immer, was sie wollten.

Sie stießen ihn ins Wohnzimmer und drückten ihn in seinen Sessel. Einer der Schläger stellte sich hinter den Sessel, beugte sich vor und hielt Zablonsky eisern fest. Der andere stand daneben und rieb seine Faust in der Innenfläche der anderen Hand. Der Blonde zog einen Hocker vor den Sessel, setzte sich darauf und starrte den Juwelier an. „Schlag zu!" sagte er.

Der Schläger, der neben Zablonsky stand, versetzte ihm einen Schwinger. Er trug einen Schlagring. Ein paar Rippen krachten. Zablonsky gab einen schrillen Klagelaut von sich.

Blondi lächelte. „Is die Strafe, Louis", flüsterte Blondi. „Ein Freund von mir is bös. Er meint, Sie ham was, wo ihm gehört, und das will er wieder." Er erklärte dem Juwelier, worum es ging.

„Ich hab's nicht", krächzte er. Blondi überlegte eine Weile.

„Das Haus filzen!" befahl er seinen Kumpanen. „Er hat nix dagegen. Alles auseinandernehmen."

Die beiden Schläger machten sich auf die Suche, Blondi blieb mit dem Juwelier im Wohnzimmer zurück. Es dauerte eine Stunde.

Kurz nach Mitternacht kamen die beiden Schläger vom Dachboden zurück. „Nix", sagte einer.

„Wer hat's denn dann, Louis?" fragte Blondi. Zablonsky wollte es nicht sagen, also droschen sie so lange auf ihn ein, bis er es doch tat. Als der Mann hinter dem Sessel ihn losließ, kippte Zablonsky vornüber auf den Teppich und rollte auf die Seite. Er wurde blau um die Lippen, die Augen quollen aus den Höhlen, und sein Atem ging in kurzen, mühsamen Stößen. Die drei Männer sahen auf ihn hinunter. „Der kriegt 'n Herzklaps", sagte einer und beobachtete den Sterbenden neugierig. „Der geht uns ein."

„Hast 'n wohl zu fest verwamst, was?" bemerkte Blondi sarkastisch. „Los, raus jetzt! Wir wissen, wer's hat."

Die drei verließen das Haus, kletterten in ihren Lieferwagen und

fuhren ab. Blondi wußte nicht recht weiter. Der Auftrag hatte
gelautet: Geht zu dem Mann und holt gestohlenes Gut zurück. Aber
sie hatten es nicht zurückgeholt. In der Nähe des Regent's Park sah er
eine Telefonzelle.

„Da drüben halten!" befahl er. „Ich muß mal wen anrufen."

BERYL ZABLONSKY kam kurz vor zwei Uhr morgens von ihrer
Schwester zurück. Zwei Minuten nachdem sie das Haus betreten
hatte, stürzte sie tränenüberströmt zum Telefon und rief den Notarzt
an. Sechs Minuten später war ein Rettungswagen zur Stelle, der
Sterbende wurde auf einer Bahre abtransportiert, und es wurde alles
getan, um ihn auf dem langen Weg zum Krankenhaus am Leben zu
erhalten. Beryl fuhr im Rettungswagen mit.

Auf der Fahrt kam Zablonsky einmal für kurze Zeit zu sich. Nur mit
Mühe vermochte sie die wenigen Worte zu verstehen, die er von sich
gab. Es waren seine letzten. Als sie endlich im Krankenhaus eintrafen,
gehörte Louis Zablonsky zu jenen Fällen, die während der Nacht als
„auf dem Transport verstorben" eingeliefert wurden.

Beryl Zablonsky kannte Jim Rawlings seit langem und hatte eine
gewisse Schwäche für ihn, also führte sie den letzten Wunsch ihres
Mannes unverzüglich aus.

Als Rawlings an den Apparat kam, weinte Beryl noch immer, und
in seiner Schlaftrunkenheit wurde ihm erst nach einer Weile klar, wer
die Anruferin war. Schließlich lauschte er ihrer Mitteilung mit wach-
sender Verwirrung. „Mehr hat er nicht gesagt? . . . Nur die paar Worte?
Ach, meine Liebe, all das tut mir leid, tut mir wirklich leid. Ich komm
vorbei, wenn die Polente abgezogen ist. Sag, wenn ich etwas tun
kann. Oh, und Beryl . . ., vielen Dank." Rawlings legte den Hörer auf,
dachte eine Weile nach und tätigte dann nacheinander zwei Anrufe.

Ronny, der Mann vom Schrottplatz, kam als erster an, Syd traf zehn
Minuten später ein. Beide hatten, wie von Rawlings gewünscht, ihr
Werkzeug mitgebracht. Es war höchste Zeit gewesen. Eine Viertel-
stunde später trampelten die ungebetenen Gäste zu ihm ins oberste
Stockwerk hinauf.

Blondi hatte den zweiten Auftrag eigentlich nicht übcrnchmcn
wollen, aber das Sonderhonorar, das ihm am Telefon zugesichert
worden war, erschien allzu verlockend.

Als Jim Rawlings seine Wohnungstür öffnete, wurde er sofort in
den Korridor Richtung Wohnzimmer zurückgeschoben. Die beiden
Schläger führten den Zug an, Blondi bildete das Schlußlicht.
Rawlings, der das erwartet hatte, ging, ohne Widerstand zu leisten,
rasch rückwärts durch den Korridor, bis alle in der Wohnung waren.

Als Blondi die Tür hinter sich ins Schloß geworfen hatte, kam Ronny aus der Küche zum Vorschein und legte den ersten Schläger mit einem Axtstiel auf die Fliesen. Syd stürzte aus dem Garderobenschrank hervor und zog dem zweiten Mann eine Brechstange über den Schädel. Beide Besucher gingen zu Boden wie gefällte Ochsen.

Blondi fummelte fieberhaft an der Türverriegelung, um sich im Treppenhaus in Sicherheit zu bringen, als der sprungbereite Rawlings ihn am Nackenfell erwischte. Ronny und Syd fesselten die beiden Schläger, während Blondi von Rawlings ins Wohnzimmer geschleift wurde. Wenige Augenblicke später ragte Blondi, von Ronny an den Füßen und von Syd an der Taille festgehalten, ein gutes Stück weit aus dem Panoramafenster, acht Stockwerke hoch über dem Hof des Hauses. „Siehst du den Parkplatz da unten?" fragte ihn Rawlings.

In der dunklen Winternacht konnte Blondi gerade noch die schwachen Reflexe der Straßenbeleuchtung auf den Karosserien sehen, weit, weit unten.

„In einer Viertelstunde ist da unten alles voller Polente. Die steht rings um eine Plastikplane. Und jetzt rat mal, wer unter der Plane liegt, bloß noch Brei und Lumpen?"

Blondi, dem klar war, daß seine Lebenserwartung unter ungünstigen Umständen nur noch wenige Sekunden betrug, rief in Todesangst: „In Ordnung, ich pack aus!"

Sie zogen ihn wieder herein und setzten ihn auf einen Stuhl. Er bemühte sich, gefällig zu sein. „Hören Sie, Chef, wir wissen doch, wie so was läuft. Ich bin bloß für den Job geheuert worden, ja? Was Geklautes wieder beibringen . . ."

„Der alte Mann in Golders Green", sagte Rawlings, „war mein Freund. Jetzt ist er tot. Er hat gar nicht geklaut."

„Tut mir leid, Chef. Hab von allem nichts gewußt. Auch nicht, daß er's am Herz hat. Die Jungs ham ihm bloß ein paar Klapse versetzt."

„Du Scheißkerl. Ihr habt ihm die Rippen gebrochen. Also, was hast du jetzt bei mir holen wollen?"

Blondi sagte es ihm.

„Bitte, was?" fragte Rawlings ungläubig. Blondi wiederholte es. „Fragen Sie nich mich, Chef. Ich werd bloß bezahlt, damit ich 'n zurückbringe. Oder rauskriege, was damit passiert is."

„Am liebsten", versetzte Rawlings, „würde ich dich und deine Kumpel in die Themse schmeißen, bevor es hell wird, alle drei in Betonhöschen neuesten Zuschnitts. Bloß, mir liegt nichts an Zoff. Drum lass' ich euch laufen. Sagt euerm Kunden, er war leer. Vollständig leer. Oder noch besser: ich hätt ihn verbrannt . . ., nur noch ein Haufen Asche übrig. Ihr glaubt doch wohl nicht, daß ich irgendwas aus einem Bruch zurückbehalte? Ich bin doch nicht total verrückt. Und jetzt raus mit euch. "

Minuten später wurden die bewußtlosen Eastender auf den Rücksitz ihres Lieferwagens verfrachtet. Blondi saß hinterm Steuer und mußte fahren. Ronny und Syd folgten ihnen bis zur Waterloo-Brücke, dann machten sie kehrt und fuhren heim.

Jim Rawlings schwirrte der Kopf. Er hatte tatsächlich den Diplomatenkoffer auf einem Trümmergelände verbrennen wollen. Aber es war ein so wundervolles, handgearbeitetes Stück aus mattglänzendem Leder. Er hatte den Koffer gründlich auf irgendwelche Erkennungszeichen hin untersucht und keine gefunden. Entgegen seinem besseren Wissen und Zablonskys Warnung hatte er beschlossen, ihn zu behalten.

Von einem hohen Schrankfach holte Rawlings den Koffer herunter und inspizierte ihn mit der Gründlichkeit des professionellen Schränkers. Es dauerte einige Minuten, bis er neben den Scharnieren das kleine Plättchen entdeckte, das zur Seite glitt, wenn man mit dem Daumen fest darauf drückte. Im Innern des Koffers klickte etwas. Als er den Koffer öffnete, hatte der Boden sich an einer Seite ein wenig gehoben. Rawlings löste die Bodenplatte vorsichtig mit Hilfe eines Papiermessers. In einem flachen Hohlraum zwischen dem echten und dem falschen Kofferboden steckten zehn Papierbogen.

Rawlings war kein Experte für Regierungsdokumente, aber er sah den Briefkopf des Verteidigungsministeriums, und was Top secret bedeutet, weiß jeder. Er lehnte sich zurück und pfiff leise vor sich hin. Zwar war er ein Einbrecher und ein Dieb, aber er wollte nicht zulassen, daß jemand sein Land verschaukelte.

Rawlings wußte, in wessen Wohnung er eingebrochen war. Die Presse hatte nichts über den Raub gemeldet und würde es aus Gründen, die er erst jetzt verstand, vermutlich auch niemals tun. Also machte er am besten kein Aufhebens von der Sache. Andererseits waren die Diamanten nun, nach Zablonskys Tod, wahrscheinlich für immer verloren und mit ihnen sein Anteil am Erlös. Rawlings begann den Mann zu hassen, dem die beraubte Wohnung gehörte.

An diesem Sonntagnachmittag warf er einen neutralen braunen Briefumschlag, wohlverklebt und überreichlich mit Marken versehen, in einen Briefkasten in Covent Garden, einem Stadtteil auf der anderen Seite der Themse. Die nächste Leerung war erst am Montag, und es wurde Dienstag, bis die Sendung beim Empfänger eintraf.

An diesem Dienstag, dem 20. Januar, rief Brigadegeneral Bertie Capstick bei John Preston in Gordon an. Alle Jovialität war aus seiner Stimme verschwunden. „John, wissen Sie noch, was wir neulich ausgemacht haben? Wenn irgend etwas passiert ...? Jetzt ist es soweit. Und es handelt sich nicht um die Portokasse. Ein dicker Hund, John. Jemand hat uns etwas per Post zugeschickt. Keine Bombe, obwohl, die Wirkung könnte nicht schlimmer sein. Sieht aus, als hätten wir ein Leck an Bord. Und es muß sehr, sehr weit oben sitzen. Die Sache fällt also in Ihr Ressort. Am besten kommen Sie rüber und sehen sich's an. "

AM SELBEN Vormittag erschienen, in Abwesenheit des Wohnungsinhabers, aber auf Anweisung und mit regulären Schlüsseln versehen, zwei Handwerker in der Wohnung im achten Stock von Haus Savoy. Sie waren den ganzen Tag damit beschäftigt, den beschädigten Hamber-Safe aus der Mauer zu entfernen und durch ein identisches Modell zu ersetzen. Bis zum Abend sah die Wand wieder genauso aus wie vor dem Einbruch.

BIS zu diesem Dienstag hatte auch Harold Philby gebraucht, um seinen Bericht an den Generalsekretär der KPdSU vollständig auszuarbeiten. Darin hatte er die Geschichte der britischen Labour Party nachvollzogen und detailliert ausgeführt, wie die Partei während der letzten fünfundzwanzig Jahre immer stärker von harten Linken unterwandert worden war. Es ist möglich, stellte Philby fest, daß sich die Labour Party eines Tages völlig zu unseren Gunsten verändert. Einmal an die parlamentarische Macht gelangt, könnte ein innerparteilicher Führungswechsel dafür sorgen, daß Labour sich von einer gemäßigten Linksregierung in eine volksdemokratische Bewegung umwandelt. Philby schrieb weiter:

Der politische Forderungskatalog der harten Linken beinhaltet nach dem gegenwärtigen Stand zwanzig Maßnahmen, von denen ich nur fünf Punkte wiedergeben möchte:

1. Der sofortige Austritt aus der Europäischen Gemeinschaft ohne Rücksicht auf vertragliche Bindungen.
2. Die unverzügliche Reduzierung der gesamten britischen Streitkräfte auf ein Fünftel ihrer gegenwärtigen Stärke.
3. Die sofortige Abschaffung sämtlicher Kernwaffen Großbritanniens sowie die Zerstörung ihrer Herstellungsstätten.
4. Die umgehende Ausweisung aller amerikanischen Streitkräfte mitsamt ihrer konventionellen und nuklearen Ausrüstung.
5. Sofortiger Austritt aus der NATO und Ächtung dieser Organisation.

Ich brauche nicht besonders darauf hinzuweisen, Genosse Generalsekretär, daß die Realisierung der genannten fünf Punkte die Verteidigungskraft der westlichen Allianz so erschüttern würde, daß sie für die

Zeit unseres Lebens, wenn nicht für immer, gebrochen wäre. Die
kleinen NATO-Länder würden wahrscheinlich dem Beispiel Großbritanniens folgen, die NATO würde aufgelöst werden, und die USA wären
völlig isoliert auf der anderen Seite des Atlantiks.

Natürlich hängt die Realisierung der Möglichkeiten, die ich in diesem
Memorandum beschrieben habe, von einem Sieg der Labour Party ab,
und dafür könnten die nächsten, im Frühjahr 1988 stattfindenden
Wahlen die vielleicht letzte Gelegenheit bieten.

Das alles wollte ich ausdrücken mit meiner während des Abendessens
bei General Kryutschow gemachten Bemerkung: „Die politische
Stabilität Großbritanniens wird in Moskau dauernd überschätzt, und
heute mehr denn je."

Die Antwort des Generalsekretärs kam überraschend schnell. Einen
Tag nachdem Philby den Bericht an Major Pawlow ausgehändigt
hatte, stand der undurchdringlich und kalt blickende junge Offizier
vom Neunten Direktorat schon wieder vor seiner Tür und überreichte
Philby wortlos einenUmschlag. Dann machte er auf dem Absatz kehrt
und verschwand.

Es war wieder ein Handschreiben vom Generalsekretär persönlich,
kurz und sachlich wie immer.

Der Sowjetführer dankte darin Philby für seine Mühe. Er könne die
Richtigkeit von Philbys Ausführungen im großen und ganzen
bestätigen. Der Sieg der Labour Party bei den nächsten allgemeinen
Wahlen sei daher für die UdSSR eine Sache von vordringlicher
Wichtigkeit. Er werde einen kleinen, nur ihm persönlich verantwort-
lichen Ausschuß ins Leben rufen, der ihn über eventuell zu treffende
Maßnahmen beraten solle. Er forderte Harold Philby auf, sich diesem
Ausschuß als Berater zur Verfügung zu stellen.

4. KAPITEL

JOHN PRESTON saß im Verteidigungsministerium im Büro von
Brigadegeneral Bertie Capstick, der sehr besorgt wirkte. Vor ihm auf
dem Schreibtisch lagen zehn fotokopierte Blätter ausgebreitet, und
Preston las jedes einzelne genau durch. „Ich muß Scotland Yard
bitten, das Papier auf Abdrücke zu untersuchen", meinte Preston,
„obwohl ich mir, ehrlich gesagt, keine großen Hoffnungen mache.
Und jetzt zum Inhalt. Sieht nach einer hochdelikaten Angelegenheit
aus."

„Hoch, höher, am höchsten", bekräftigte Capstick düster. „Einiges
davon ist äußerst sicherheitsempfindlich und betrifft außerdem unsere

Verbündeten: Sofortmaßnahmen der NATO zur Abwehr verschiedener Bedrohungen durch die Sowjets – so in dieser Art."

„Also gut", sagte Preston, „gehen wir mal die Möglichkeiten durch. Angenommen, die Papiere wurden von einem verantwortungsbewußten Bürger an uns zurückgeschickt, der sie zufällig gefunden hat und aus irgendeinem Grund nicht in Erscheinung treten möchte. Wo könnte unser Bürger sie entdeckt haben? In einer Aktentasche, die in einer Garderobe, in einem Taxi, in einem Klub liegengeblieben ist?"

Capstick schüttelte den Kopf. „Auf legale Weise konnte das Zeug unter gar keinen Umständen aus dem Hause gelangen, John, außer vielleicht in einem versiegelten Umschlag hinüber ins Außenministerium. Niemand, wirklich ausnahmslos niemand darf solches Material zur Durchsicht mit nach Hause nehmen. Beantwortet das Ihre Frage?"

„Also muß es illegal hinausgeschafft worden sein", folgerte Preston. „Entweder durch grobe Unachtsamkeit des Geheimnisträgers, der sie einfach zusammen mit anderen Papieren eingesteckt hat, oder es handelt sich um einen vorsätzlichen Versuch des Geheimnisverrats."

„Sehen Sie sich die jeweiligen Abfassungsdaten an", erläuterte Capstick. „Diese zehn Blätter decken einen vollen Monat ab. Daß sie alle zusammen an einem bestimmten Tag auf einem bestimmten Schreibtisch gelandet sind, ist bei uns unmöglich. Sie müssen über einen ganzen Zeitraum gesammelt worden sein."

Preston steckte unter Zuhilfenahme seines Taschentuchs die zehn Dokumente vorsichtig wieder in den Umschlag, in dem sie gekommen waren. „Ich muß sie in die Charles Street, in unsere Zentrale, mitnehmen, Bertie. Schlagen Sie zunächst keinen Alarm, das könnte den mutmaßlichen Verräter aufschrecken, und er setzt sich womöglich ab. Sie sagen zu niemandem ein Wort. Ich melde mich wieder."

Preston trug die Dokumente in seiner Aktentasche aus dem Ministerium und nahm ein Taxi zur Charles Street. Am Hauptsitz von MI 5 wurde Preston erst nach zehnminütigem Hin und Her vom Generaldirektor, Sir Bernard, empfangen.

Der alte Agentenfänger sah grau und elend aus. Von der Krankheit, die in ihm wütete, ließ er sich ansonsten nichts anmerken und wirkte aufmerksam und freundlich wie immer. „Ein Jahr", hatten die Ärzte gesagt, „und nicht zu operieren." Am 1. September würde er das Pensionierungsalter erreichen, und da ihm noch Urlaub zustand, konnte er Mitte Juli aufhören, sechs Wochen vor seinem sechzigsten Geburtstag.

Preston erklärte, was sich am Vormittag im Verteidigungsministerium ereignet hatte.

„O mein Gott", murmelte Sir Bernard. „Und wo wollen Sie
anfangen, John?"

„Ich sagte Bertie Capstick, er solle zunächst Stillschweigen bewahren", antwortete Preston. „Falls wir wirklich einen Verräter im
Ministerium sitzen haben, dann stellt sich eine zweite Frage. Wer hat
die Papiere an uns zurückgeschickt? Ein ehrlicher Finder, ein
Langfinger, eine Ehefrau mit Gewissensbissen? Wir wissen es nicht.
Aber wenn wir den Absender finden, dann können wir vielleicht auch
herausbringen, wo er oder sie die Dokumente herhat. Von dem Briefumschlag erhoffe ich mir nicht viel – gewöhnliches braunes Papier,
kann überall gekauft worden sein, normale Briefmarken, Adresse
mit Filzstift in Blockbuchstaben geschrieben. Aber auf den Fotokopien der Dokumente könnten Fingerabdrücke sein. Ich möchte sie
gern alle von Scotland Yard untersuchen lassen – unter Aufsicht
natürlich. Danach wissen wir vielleicht, wie wir weitermachen
müssen."

„Sie kümmern sich um diese Seite der Angelegenheit, John. Wenn
der Yard irgend etwas findet, will ich es wissen", beschied ihn Sir
Bernard. „Möglicherweise müssen wir auch den Koordinierungsausschuß einschalten."

Bei Scotland Yard war man sehr hilfsbereit und stellte Preston einen
der besten in den Labors tätigen Experten zur Verfügung. Preston
stand neben ihm und beobachtete, wie er sorgfältig jedes einzelne Blatt
einstäubte.

Als der Labortechniker fertig war, schüttelte er den Kopf. „Nichts",
sagte er, „rein wie frisch gefallener Schnee. Aber etwas kann ich Ihnen
sagen. Die Papiere sind abgewischt worden. Man kann es am
gleichmäßigen Verlauf der Fasern erkennen. Eine Garnitur Abdrücke
ist natürlich drauf, vermutlich Ihre."

Preston nickte. Es ging den Mann nichts an, daß diese Abdrücke
von Brigadegeneral Capstick stammten. Er ging zurück in die Charles
Street und wartete darauf, bei Sir Bernard vorgelassen zu werden.

Der komplette Koordinierungsausschuß, den Sir Bernard ange-
sprochen hatte, ist ein ziemlich großes Gremium. Nicht nur ein halbes
Dutzend Ministerien sind darin vertreten, sondern auch die drei
Teilstreitkräfte, die beiden Nachrichtendienste, die in London statio-
nierten Vertreter der kanadischen, australischen und neuseeländischen
Geheimdienste und natürlich der amerikanische CIA.

Plenarsitzungen finden eher selten statt und verlaufen ziemlich steif. In der Regel werden kleinere Unterausschüsse gebildet, die ganz bestimmte Probleme behandeln. Deren Mitglieder kennen einander meist persönlich und können in kürzerer Zeit mehr Arbeit erledigen.

Der Unterausschuß, den Sir Anthony Plumb in seiner Eigenschaft als Koordinator der Nachrichtendienste am Vormittag des 21. Januar einberufen hatte, erhielt den Kodenamen Eisenherz. Die Sitzung begann um zehn Uhr. Den Vorsitz hatte Sir Anthony. Sir Percy Jones vertrat das Verteidigungsministerium, Sir Patrick Strickland das Außenministerium und Sir Hubert Villiers das Innenministerium, das die politische Verantwortung für MI 5 trägt.

GCHQ *(Government Communications Headquarters)*, der „Horch-posten" des Landes in Gloucestershire, der in einem hochtechnisierten Zeitalter so wichtig ist, daß er fast einem eigenen Nachrichtendienst gleichkommt, hatte seinen stellvertretenden Generaldirektor geschickt. Sir Bernard Hemmings kam aus der Charles Street und wurde von Brian Harcourt-Smith begleitet. Schließlich saß am Ende des langen Tisches mit unbeteiligter Miene noch Sir Nigel Irvine, Chef von MI 6, dem Geheimdienst.

Der Generaldirektor von MI 6 ist in der Geheimdienstwelt und in Whitehall, dem Londoner Regierungsviertel, einfach als „C" bekannt. Dieses „C" steht nicht etwa als Abkürzung für „Chef", sondern der erste Leiter von MI 6 hieß Mansfield-Cummings, und das „C" entstammt dem Anfangsbuchstaben des zweiten Namensteils. Bei dieser Bezeichnung ist es geblieben, wie immer der Name des jeweiligen Amtsträgers auch lauten mag.

Der Koordinator, Sir Anthony Plumb, eröffnete die Sitzung mit einer kurzen Darstellung der Entdeckung vom Vortag. Dann erhielt Sir Bernard Hemmings das Wort. Der Chef von Fünf steuerte weitere Details bei, einschließlich der ergebnislosen Laboruntersuchung der Papiere durch Scotland Yard. Als er geendet hatte, herrschte Schweigen am Konferenztisch. Ein Wort hing unausgesprochen über der Runde: Schadensfeststellung. Wie lange war das schon so gegangen? Wie viele Dokumente waren beiseite geschafft worden? Und wohin? (Obwohl das ziemlich klar zu sein schien.) Wieviel Schaden war England und den NATO-Verbündeten zugefügt worden? Und, nicht zuletzt, wie sollte man es den Verbündeten beibringen?

„Wen haben Sie auf die Sache angesetzt?" wollte Sir Hubert Villiers, der oberste Dienstherr von MI 5, von Hemmings wissen.

„Er heißt John Preston", sagte Hemmings. „Leitet C 1 A. Brigadegeneral Capstick vom Verteidigungsministerium rief ihn an, als die Sendung mit der Post eintraf."

„Wir könnten . . . äh . . . einen erfahreneren Mann damit betrauen", schlug Brian Harcourt-Smith vor.

Sir Bernard Hemmings runzelte die Stirn. „Ich habe volles Vertrauen zu John Preston. Wir müssen davon ausgehen", meinte er weiter, „daß der Verdächtige – ich will ihm einmal das Kodewort Schornsteinfeger geben – weiß, daß ihm diese Dokumente abhanden gekommen sind. Wir können hoffen, daß der Schornsteinfeger nicht weiß, daß sie anonym an das Ministerium zurückgeschickt wurden. Aber der Schornsteinfeger dürfte auf jeden Fall auf der Hut sein. Wenn ich ein ganzes Team von Ermittlern ausschicke, wird er wissen, daß er verspielt hat. Es fehlte gerade noch, daß er sich heimlich davonmacht und bei einer internationalen Pressekonferenz in Moskau die Starrolle spielt. Ich schlage vor, daß wir möglichst unauffällig vorgehen. Da Preston als Leiter von C 1 A neu ist, kann er ohne weiteres eine Runde durch die Ministerien machen, angeblich um sich zu informieren und die Sicherheitsmaßnahmen zu überprüfen. Eine bessere Tarnung können wir nicht finden. Mit ein bißchen Glück denkt der Schornsteinfeger sich nichts dabei."

Sir Nigel Irvine, der Chef des Nachrichtendienstes MI6, nickte zustimmend. „Klingt vernünftig", meinte er.

„Nigel, könnten wir vielleicht eine Ihrer Quellen anzapfen, um in dieser Angelegenheit weiterzukommen?" fragte Sir Anthony Plumb.

„Werde einige Fühler ausstrecken", erwiderte Sir Nigel Irvine unverbindlich, während er schon an Andrejew dachte; er mußte einen Treff mit Andrejew vereinbaren.

„Die Aufgabe, die Geheimdienste unserer Verbündeten oder zumindest einige von ihnen zu informieren, dürfte Ihnen ohnehin zufallen, Nigel", erinnerte ihn Plumb. „Also, was meinen Sie?"

Sir Nigel war seit sieben Jahren auf seinem Posten und stand nun im letzten Dienstjahr. „C" war als kluger, erfahrener und nüchterner Mann bei den alliierten Nachrichtendiensten von Europa und den USA hoch angesehen. Trotzdem – das Überbringen solcher Nachrichten würde keine erfreuliche Abschiedsvorstellung. „Bernard hat recht", gab Sir Nigel nach kurzem Zögern zu. „Schornsteinfeger dürfte sich große Sorgen machen. Wir können wohl davon ausgehen, daß er so bald nicht wieder einen Stoß streng geheimer Unterlagen mitgehen läßt. Es wäre schön, wenn man unseren Verbündeten wenigstens einen gewissen Fortschritt melden könnte. Und das scheint fast unmöglich, ehe wir Schornsteinfeger finden und überreden können, ein paar Fragen zu beantworten. Ich möchte abwarten, was dieser Preston zuwege bringt. Zumindest ein paar Tage."

Sir Anthony nickte.

Die Sitzung wurde geschlossen. Die Staatssekretäre eilten davon, um schleunigst ihre Minister im strengsten Vertrauen ins Bild zu setzen, und Sir Anthony Plumb begab sich zum Tête-à-tête mit der weithin gefürchteten Premierministerin in die Downing Street.

AM FOLGENDEN Tag trat in Moskau ein anderer Ausschuß zu seiner ersten Sitzung zusammen. Major Pawlow hatte Philby kurz nach dem Mittagessen angerufen und ihm mitgeteilt, er werde den Genossen Oberst um achtzehn Uhr abholen; der Genosse Generalsekretär der KPdSU wünsche ihn zu sprechen. Philby vermutete (zu Recht), daß ihm die fünfstündige Warnfrist eingeräumt wurde, damit er nüchtern und korrekt gekleidet erschien.

Bei heftigem Schneetreiben raste der Tschaika auf der Innenspur, die für die Nomenklatura reserviert war, dahin. Als sie am Hotel Ukraina vorbeigekommen waren, bog der Wagen zum Eisentor eines gewaltigen achtstöckigen Baus am Kutusowski-Prospekt Nummer 26 ab. Philby staunte; es war eine seltene Ehre, die Privatwohnung eines Mitglieds des Politbüros betreten zu dürfen.

Wortlos führte der Major Philby in das Gebäude, durch zwei weitere Ausweiskontrollen, vorbei an einem verborgenen Röntgen-detektor und in den Lift. In der dritten Etage stiegen sie aus; dieses Stockwerk war ausschließlich für den Generalsekretär reserviert. Major Pawlow klopfte an eine Tür; sie wurde von einem weißgeklei-deten Butler geöffnet, der Philby einließ. Der schweigsame Major blieb zurück, die Tür wurde hinter Philby geschlossen. Der Butler nahm ihm Mantel und Hut ab, und er wurde in ein großes Wohnzimmer komplimentiert, das sehr gut geheizt – alte Leute frieren leicht –, aber erstaunlich bescheiden eingerichtet war.

Das Mobiliar war, nach skandinavischem Geschmack, spärlich, nüchtern und funktionell. Keine Antiquitäten, wenn man von zwei eindeutig unschätzbaren Buchara-Teppichen absah. Um einen niedri-gen Tisch waren vier Stühle gruppiert, der Platz für einen fünften Stuhl war frei gelassen. Im Zimmer standen bereits – niemand würde sich ohne Erlaubnis gesetzt haben – drei Männer. Philby kannte sie alle, und sie nickten ihm grüßend zu.

Der eine war Professor Wladimir Iljitsch Krilow, der an der Moskauer Universität Zeitgeschichte lehrte. Er war ein wandelndes Lexikon auf dem Gebiet der sozialistischen und kommunistischen Parteien Westeuropas. Mehr noch, er gehörte dem Obersten Sowjet an, diesem aus lauter Jasagern bestehenden Einparteienparlament der UdSSR, ferner der Akademie der Wissenschaften.

Der Mann, dem man trotz seiner Zivilkleidung den Militär ansah, war General Pjotr Sergejewitsch Martschenko, ein hoher Offizier des GRU, des Geheimdienstes der sowjetischen Streitkräfte. Martschenko war Fachmann in den Techniken zur Aufrechterhaltung der inneren Sicherheit, aber auch Destabilisierungsexperte. Sein Interesse hatte von jeher vor allem den Demokratien Westeuropas gegolten.

Der dritte war Dr. Josef Wiktorowitsch Rogow, gleichfalls Mitglied der Akademie und seines Zeichens Physiker. Seinen Ruhm verdankte er jedoch dem Titel eines Schachgroßmeisters. Man wußte, daß er einer der wenigen persönlichen Freunde des Generalsekretärs war, ein Mann, den der Sowjetführer in der Vergangenheit mehrmals hinzugezogen hatte, wenn ihm dessen phantastisches Denkvermögen bei der Planung gewisser Operationen als unerläßliche Hilfe erschienen war.

Die vier Männer hatten nicht mehr als zwei Minuten gewartet, da öffneten sich die Doppeltüren am Ende des Zimmers, und der absolute Herrscher über Sowjetrußland, seine Satellitenstaaten und Kolonien erschien.

Er saß im Rollstuhl, der von einem Diener an den frei gebliebenen Platz gerollt wurde. „Bitte Platz zu nehmen", sagte der Generalsekretär. Er verschwendete keine Zeit mit Vorreden. Das tat er nie, wie Philby wußte. Er nickte den drei anderen Männern zu und sagte: „Genossen, Sie haben den Bericht unseres Freundes, des Genossen Oberst Philby, gelesen."

Es war keine Frage, aber die drei Männer nickten bejahend.

„Dann werden Sie nicht überrascht sein zu erfahren, daß ich den Sieg der britischen Labour Party, und zwar des ultralinken Flügels dieser Partei, als vorrangig im Interesse der Sowjetunion betrachte. Folglich werden Sie einen streng geheimen Viererausschuß bilden und Methoden erarbeiten, mit deren Hilfe wir, ganz unterderhand natürlich, zu diesem Sieg beitragen könnten. Sie werden mit niemandem darüber sprechen. Keine Zusammenkünfte in der Öffentlichkeit veranstalten. Von keinem Außenstehenden irgendeinen Rat einholen. Berichterstattung nur an mich persönlich, nach telefonischer Voranmeldung über Major Pawlow."

Philby war klar, daß der Sowjetführer die Geheimhaltung außerordentlich ernst nahm. Er wollte ganz offensichtlich einen Beraterausschuß, der völlig seine Privatangelegenheit war. Niemand durfte etwas davon erfahren, und seltsamerweise war auch niemand vom KGB anwesend.

„Irgendwelche Fragen?"

Philby hob zögernd die Hand. „Genosse Generalsekretär, früher fuhr ich meinen Privatwagen selber. Das haben mir die Ärzte seit meinem Schlaganfall im vergangenen Jahr verboten. Jetzt fährt mich

meine Frau. Aber in diesem besonderen Fall, im Hinblick auf die
Geheimhaltung –"

„Ich werde Ihnen für die Dauer Ihres Auftrags einen Fahrer des
KGB zuweisen lassen", antwortete der Generalsekretär ruhig. Die
drei anderen Männer verfügten, ihrem Rang entsprechend, bereits
über Dienstwagen mit Fahrer.

Weitere Punkte waren nicht zu erörtern. Die vier Berater standen
auf und verließen die Wohnung.

Zwei Tage später nahm der Ausschuß im Landhaus eines der beiden
Akademiemitglieder seine intensive Tätigkeit auf. Er wählte für sich
den Namen, mit dem einst England poetisch genannt wurde: Albion.

JOHN PRESTON erzielte tatsächlich einige Fortschritte. Wie ein
Maulwurf grub er sich durch die verliesartigen Räume der Registratur
im Keller des Verteidigungsministeriums. Capstick hatte überall im
Ministerium austrompetet, der neue Sektionschef von C 1 A klappere
sämtliche Ministerien ab, um zu zeigen, wie bienenfleißig er sei. Die
Archivare warfen flehende Blicke gen Himmel und erfüllten Prestons
Wünsche mit kaum verhüllter Erbitterung. Aber auf diese Weise
verschaffte er sich leicht Zugang zu den Akten, zu den Listen über
Aus- und Wiedereingänge der Geheimdokumente, erfuhr die Namen
der Empfänger und, was das Wichtigste war, die Ausleihdaten.

Einen ersten Durchbruch konnte er schon bald verzeichnen. Alle
Dokumente bis auf eine Ausnahme hatten sowohl dem Außenministerium als auch dem Verteidigungsministerium zur Verfügung
gestanden. Aber dieses eine Dokument war nicht aus dem Verteidigungsministerium gelangt. Es handelte sich um ein Gesprächsme-
morandum, das der Staatssekretär im Verteidigungsministerium, Sir
Percy Jones, der kürzlich aus Washington zurückgekehrt war, verfaßt
hatte. Sir Percy hatte dort Gespräche mit dem Pentagon geführt, bei
denen es um gemeinsame Patrouillenfahrten britischer und amerikanischer Atom-U-Boote im Mittelmeer, im Mittel- und Südatlantik und
im Indischen Ozean ging. Seine Gesprächszusammenfassung hatte er
einigen hohen Beamten innerhalb des Ministeriums zugehen lassen.
Die Tatsache, daß eine Fotokopie dieses Papiers zu den gestohlenen
Dokumenten gehörte, bewies zumindest, daß sich die undichte Stelle
innerhalb des Verteidigungsministeriums befand.

Preston hatte festgestellt, daß insgesamt vierundzwanzig Männer
Zugang zu allen zehn Dokumenten gehabt hatten. Er überprüfte
die Abwesenheitslisten, Auslandsreisen, Krankheitsfälle und strich
alle, die für die Zeit der Entwendungen nicht in Frage kamen. Außerdem konnte er die Namen weiterer Geheimnisträger in den Fällen

streichen, in denen ein Dokument an jemanden gegangen war, der es
wieder ins Archiv zurückschickte, ohne Kopien anfertigen zu lassen.
Am 27. Januar legte Preston in seinem Hauptquartier in der Charles
Street einen Zwischenbericht über seine Nachforschungen vor. „Gut,
daß Sie was für uns haben, John", seufzte Harcourt-Smith, dem er
berichtete, erleichtert auf. „Sir Anthony Plumb hat schon zweimal
angerufen. Die Leute vom Eisenherz-Ausschuß setzen ihm zu, wie's
scheint. Schießen Sie los."

„Erstens", erklärte Preston, „wurden die Dokumente sorgfältig
ausgewählt. Es muß meiner Meinung nach jemand sein, der den Inhalt
beurteilen kann. Das schließt Bürokräfte und Boten aus."

Harcourt-Smith nickte. „Also suchen Sie weiter oben?"

„Vierundzwanzig leitende Beamte hatten Zugang zu allen zehn
Dokumenten. Ich glaube, die Hälfte davon kann ich streichen, weil sie
immer nur eine Kopie bekamen, nie alle zehn. Bleiben die zwölf
Männer, die Zugang zu den Originalen im Archiv hatten. Sieben von
ihnen waren aus verschiedenen Gründen an den Tagen, die als
Entnahmedaten festgehalten sind, nicht anwesend."

„Dann waren's nur noch fünf", murmelte Harcourt-Smith.

„Stimmt. Also – es ist nur eine Hypothese, aber mehr kann ich im
Moment nicht bieten. Drei von diesen fünf hatten zur in Frage
kommenden Zeit weitere Dokumente auf dem Schreibtisch, die von
ähnlicher Art waren wie die entwendeten Papiere, ja sogar weit
interessanter, aber diese Dokumente wurden nicht gestohlen. Eigentlich hätten sie mitgeklaut werden müssen. Diese drei können wir wohl
vergessen. Hiermit komme ich zu den zwei letzten Männern. Nichts
Konkretes, nur erstklassige Verdächtige."

Preston schob zwei Kladden über den Schreibtisch, die Harcourt-
Smith neugierig durchsah. Sir Richard Peters und Mr. George
Berenson, las er. „Sir Richard ist als stellvertretender Staatssekretär
für internationale Gemeinschaftsprojekte verantwortlich, und Mr.
Berenson ist stellvertretender Leiter des Beschaffungsamts. Was ver-
langen Sie?" fragte Harcourt-Smith schließlich.

„Totale verdeckte Überwachung beider Männer über eine
begrenzte Zeitspanne, einschließlich Postüberwachung und Abhören
des Telefons", erwiderte Preston prompt.

„Ich werde den Eisenherz-Ausschuß darum bitten", stimmte
Harcourt-Smith bei. „Aber die beiden Männer sind hochrangige
Spitzenbeamte. Wäre Pech für Sie, wenn Sie unrecht haben."

Die zweite Sitzung des Eisenherz-Ausschusses fand am Spätnachmittag desselben Tages statt. Harcourt-Smith vertrat Sir Bernard
Hemmings. Jedem Anwesenden gab er eine Zusammenfassung von

Prestons Bericht, die die Herren schweigend durchlasen. Als alle fertig waren, fragte der Koordinator, Sir Anthony Plumb: „Nun?"

„Reimt sich alles logisch zusammen", sagte Sir Hubert Villiers vom Innenministerium.

„Ich finde, Mr. Preston hat in der kurzen Zeit präzise und effizient gearbeitet", meinte Sir Nigel Irvine, der sonst mit Lob eher zurückhaltende „C".

Harcourt-Smith lächelte säuerlich. „Ich persönlich glaube nicht, daß es einer dieser beiden Herren sein kann", versuchte er zu widersprechen. „Eine Bürokraft, die die Papiere hätte vernichten sollen, könnte leicht alle zehn Dokumente entwendet haben."

Brian Harcourt-Smith war das Produkt eines sehr unbedeutenden Internats und litt unter einem beträchtlichen und völlig unnötigen Minderwertigkeitskomplex. Hinter seiner höflichen Fassade verbarg sich ein gewaltiger Haß auf diese privilegierten Herren. Von Jugend an beneidete er sie um die scheinbare Mühelosigkeit, mit der sie mit dem Leben fertig wurden. Er beargwöhnte ihr unübersehbar dicht geflochtenes Netz von Beziehungen und Freundschaften, das oft schon in der Schulzeit, an der Universität oder beim Militär geknüpft worden war und auf das sie jederzeit zurückgreifen konnten. Man nannte es das „Netz der alten Herren" oder auch den „magischen Zirkel", und am meisten ärgerte ihn, daß er nicht dazugehörte.

Eines Tages, so hatte er sich schon tausendmal geschworen, wenn er den Posten des Generaldirektors und sein Adelsprädikat haben würde, könnte er als ihresgleichen unter ihnen sitzen, und sie würden ihn respektieren, wirklich respektieren müssen.

Sir Nigel Irvine, ein sensibler Mensch, tat in diesem Moment von seinem Platz am Tischende aus einen erschreckenden Blick hinter Harcourt-Smiths mit Mühe zur Schau getragene Selbstbeherrschung und war betroffen. Dieser Mann steckt voller Vorurteile und falschem Ehrgeiz, überlegte er. Sir Nigel war so alt wie Sir Bernard Hemmings, und sie hatten einen langen Weg gemeinsam zurückgelegt. Er sann über die Nachfolge im Herbst nach – über Harcourt-Smiths Ambitionen, über den wahrscheinlich schon lange gehegten Groll und wohin beides führen mochte oder vielleicht schon geführt hatte.

„Jetzt wissen wir also, was Mr. Preston haben möchte", sagte Sir Anthony Plumb, der Koordinator. „Totale Überwachung. Soll er sie bekommen?" Alle hoben zustimmend die Hand.

JEDEN Freitag wird bei MI5 die sogenannte „Bittsitzung" abgehalten. Den Vorsitz führt der Verwaltungschef als Leiter der allgemeinen Abteilung. Bei dieser Konferenz bringen die übrigen Sektionsleiter ihre Ansuchen um Hilfen vor, die sie für notwendig erachten – Geld, technische Dienste und Überwachung ihrer Lieblingsverdächtigen. Am stärksten sind meist die Observanten gefragt. In dieser Woche fanden die Bittsteller am Freitag, dem 30. Januar, die Krippe leer. Zwei Tage zuvor hatte Harcourt-Smith auf Anweisung des Eisenherz-Ausschusses Preston die gewünschten Observanten zugewiesen.

Bei je sechs Leuten pro Team (vier bilden den „Rahmen", zwei sitzen in geparkten Autos) und vier Teams in jeweils vierundzwanzig Stunden, die zwei Personen zu überwachen hatten, waren achtundvierzig Leute gebunden. Einige Sektionschefs regten sich zwar darüber auf, aber niemand konnte etwas dagegen machen.

Kurz bevor die Observanten anrückten, wurde in Haus Savoy ein Päckchen abgegeben. Als der Adressat von seiner Arbeit nach Hause kam, händigte es ihm der Portier aus. Es enthielt eine aus Zirkonen angefertigte Kopie der Glen-Diamanten, die von ihm am nächsten Tag bei der Coutts-Bank deponiert wurde.

Der Albion-Ausschuß hatte sich auf Professor Krilow, den Historiker mit den Spezialkenntnissen über den westeuropäischen Kommunismus, als Vorsitzenden geeinigt. Der Professor ließ Major Pawlow wissen, daß der Ausschuß bereit sei, seine Überlegungen dem Generalsekretär vorzutragen. Das war am Samstagmorgen. Innerhalb von ein paar Stunden wurde jedem der vier Ausschußmitglieder mitgeteilt, es solle sich in der Wochenenddatscha des Genossen Generalsekretär in Usowo einfinden.

Im Westen Moskaus, jenseits der Uspenskojebrücke, liegt nahe an den Ufern der Moskwa ein Komplex von künstlich geschaffenen Dörfern, um die herum die Wochenenddatschas der sowjetischen Nomenklatura gruppiert sind. Eigentlich sind die russischen Datschas einfache Landhäuser, doch die der Oberen sind luxuriöse Herrensitze inmitten von ausgedehnten Föhren- und Birkenwäldern. Sie werden von den Sicherheitsbeamten des Neunten Direktorats bewacht, die für die Ungestörtheit der Nomenklatura sorgen.

Major Pawlow fuhr Philby heute selbst, statt des Chauffeurs aus der Fahrbereitschaft des KGB. Sie näherten sich einem langen, niedrigen Bau aus Quadersteinen mit einem Schindeldach. Drinnen zeichnete sich die Einrichtung wie die der Wohnung am Kutusowski-Prospekt durch skandinavische Schlichtheit aus. Es war sehr warm im Haus, und der Generalsekretär empfing sie in einem geräumigen Wohnraum, wo ein mächtiges Kaminfeuer die Hitze noch um einige Grad erhöhte. Nach einer kurzen Begrüßung, verbunden mit der Bitte, Platz zu nehmen, forderte der Generalsekretär Professor Krilow auf, die Überlegungen des Albion-Ausschusses vorzutragen.

„Wie Sie sehen werden, Genosse Generalsekretär, haben wir darüber nachgedacht, auf welchem Weg man mindestens zehn Prozent aus der schwankenden Mitte der britischen Wählerschaft zu zwei bestimmten Verhaltensweisen veranlassen könnte: Dazu sollte man erstens das Vertrauen dieser Briten in die konservative Regierung massiv erschüttern und sie zweitens zu der Überzeugung bringen, daß in der Wahl einer Labour-Regierung die besten Chancen für eine friedliche und sichere Zukunft liegen. Wir haben uns gefragt, ob es nicht ein politisches Hauptproblem gibt, welches die Wahlen beherrscht oder mit einiger Nachhilfe unsererseits beherrschen könnte. Dazu haben wir uns das Thema herausgesucht, das derzeit in Großbritannien und in ganz Westeuropa am stärksten mit Emotionen befrachtet ist, ohne mit Wirtschaftsproblemen zusammenzuhängen – die nukleare Abrüstung. Man hat es dabei mit einer Massenhysterie zu tun, und diese sollten wir heimlich schüren und ausnützen."

„Haben Sie schon konkrete Vorschläge?" fragte der Generalsekretär mit tonloser Stimme.

„Sie wissen, Genosse Generalsekretär, daß die britische Labour Party die einzige der vier für einen Sieg bei den nächsten Wahlen in Frage kommenden Parteien ist, die sich für einseitige nukleare Abrüstung einsetzt. Wir sind dafür, daß wir alle verfügbaren Mittel einsetzen sollten, um die schwankenden zehn Prozent der britischen Wählerschaft zu einem Votum in unserem Sinne zu veranlassen. Durch jede Art von Desinformation und Propaganda müssen wir sie zu der Überzeugung bringen, daß eine Stimme für Labour eine Stimme für den Frieden ist."

Die Stille, in der die Ausschußmitglieder auf die Reaktion des Generalsekretärs warteten, war fast mit Händen zu greifen. Als das Schweigen nahezu unerträglich wurde, ergriff er endlich das Wort: „Seit acht Jahren machen wir bereits riesige Anstrengungen, um auf diese Weise das Vertrauen der westeuropäischen Wählerschaften in ihre Regierungen zu destabilisieren. Heute sind zwar alle diese Bewegungen für einseitige nukleare Abrüstung so linksorientiert, daß sie auf die eine oder andere Art unter unsere Kontrolle gekommen und in unserem Sinne tätig sind. Aber im wesentlichen hat sich nichts geändert." Die Stimme des Generalsekretärs klang schrill. „In Genf haben wir gemauert, weil wir uns unter dem Einfluß unserer eigenen Propaganda eingeredet hatten, die westeuropäischen Regierungen würden unter dem Druck der heimlich von uns unterstützten riesigen

‚Friedensdemonstrationen' die Aufstellung von Cruise-Missiles und Pershings verweigern. Aber sie haben sie aufgestellt."

Philby nickte. Damals, 1983, hatte er sich mit einem Bericht hervorgewagt, in dem er behauptete, die westliche Friedensbewegung werde trotz lärmender Massendemonstrationen keine wichtige Wahl beeinflussen oder irgendeine Regierung zu einem Meinungswechsel veranlassen. Er hatte recht behalten.

„Und nun, Genossen", fuhr der Generalsekretär fort, „schlagen Sie mir dasselbe, nur in größerem Rahmen, vor. Genosse Oberst Philby, wie sehen die letzten britischen Meinungsumfragen zu diesem Thema aus?"

„Leider nicht gut", erwiderte Philby. „Die letzte zeigt, daß nur zwanzig Prozent der Briten für einseitige nukleare Abrüstung sind. Aber auch das ist mit Vorsicht zu genießen. Bei den Werktätigen, die traditionell für Labour stimmen, ist der Anteil noch kleiner. Es ist nun mal eine traurige Tatsache, daß die britische Arbeiterklasse zu den konservativsten der Welt zählt. Umfragen zeigen auch, daß sie zu den patriotischsten gehört. Und nichts deutet darauf hin, daß die britischen Werktätigen nun plötzlich ihre Meinung ändern werden."

„Sehen Sie der harten Wirklichkeit ins Auge", ermahnte der Generalsekretär seine Berater. „Nehmen Sie Ihre Beratungen wieder auf, Genossen. Bringen Sie mir den Plan für eine einzige, durchschlagende Maßnahme, mittels deren die Massenfurcht, von der Sie gesprochen haben, besser als je zuvor ausgebeutet werden kann; etwas, das selbst die stockvernünftigen Engländer dazu bringt, für eine Ächtung der Kernwaffen in ihrem Land zu stimmen."

Als sie fort waren, stand der alte Russe aus seinem Rollstuhl auf und ging, auf einen Stock gestützt, langsam zum Fenster. Er schaute auf den tief verschneiten Birkenwald. Er war alt und krank und wußte, daß seine Tage gezählt waren. Er hatte sich immer viel darauf zugute gehalten, ein Pragmatiker, ein Realist zu sein. Doch selbst Pragmatiker haben ihre Träume und alte Männer ihre Eitelkeiten. Sein Traum war einfach: Er wollte einen einzigen, gigantischen Triumph, eine einzige Riesentat für sich und nur für sich allein.

5. KAPITEL

Als der Eisenherz-Ausschuß an einem Freitag in der zweiten Hälfte des Februar um elf Uhr wieder zusammentrat, war auch John Preston dabei. Seit dreiundzwanzig Tagen wurden die beiden Verdächtigen ergebnislos observiert.

Unter den Herren herrschte kaum verhüllte Ungeduld. „Die Zeit drängt immer mehr", polterte Sir Patrick Strickland vom Außenministerium los. „Das Problem der Schadensfeststellung ist immer noch ungelöst, und ich für meinen Teil weiß nach wie vor nicht, wann und wie Nigel es unseren Alliierten beibringen soll."

„Der Schuldige könnte immer noch ein Mitarbeiter oder eine Sekretärin eines dieser beiden Männer sein", betonte Sir Percy Jones vom Verteidigungsministerium, „nicht wahr, Mr. Preston?"

„Durchaus, Sir", entgegnete Preston. „Darf ich einen Vorschlag machen?"

„Bitte", sagte Sir Anthony, der Koordinator.

„Die zehn zurückgeschickten Dokumente passen alle inhaltlich zusammen", erklärte Preston. Die Männer rund um den Tisch nickten. „Sieben davon", fuhr Preston fort, „enthielten Informationen über die Flottenaufstellungen Großbritanniens und der NATO im Nord- und Südatlantik. Das scheint ein Gebiet der NATO-Planung zu sein, das für unseren Mann oder seine Auftraggeber von besonderem Interesse ist. Wäre es möglich, über Mr. Berensons Schreibtisch ein fingiertes Dokument von so unwiderstehlichem Reiz gehen zu lassen, daß er eine Kopie davon machen würde, um sie weiterzugeben – natürlich vorausgesetzt, er ist der Schornsteinfeger."

„Ihn herauskitzeln, meinen Sie?" sinnierte Sir Bernard Hemmings. „Was meinen Sie dazu, Nigel?"

„Keine schlechte Idee", bekräftigte „C". „Wäre das in Ihrem Ministerium machbar, Percy?"

Der Angesprochene, Sir Percy Jones, war Berensons Dienstherr. „Bei meinem letzten Aufenthalt in Amerika kam ein Punkt zur Sprache, über den ich bis jetzt noch nichts habe verlauten lassen, nämlich die Notwendigkeit, eines Tages unsere Auftank- und Verproviantierungseinrichtungen auf der Südatlantikinsel Ascension so auszubauen, daß auch unsere Atom-U-Boote versorgt werden können. Die Amerikaner haben sich sehr interessiert gezeigt und finanzielle Beteiligung angeboten für das Recht, die Anlagen eventuell mitzubenützen. Aber dann wurde der Plan wieder fallengelassen. Ich könnte einen streng vertraulichen Bericht anfertigen, worin diese Sache als nahezu definitiv geschildert wird, und das Schriftstück vier oder fünf hohen Beamten zugehen lassen, einschließlich Berenson."

„Würde Berenson ein derartiges Papier normalerweise zu sehen bekommen?" fragte Sir Patrick Strickland.

„Als stellvertretender Chef des Beschaffungsamtes – selbstverständlich", antwortete Sir Percy. „Er würde es ebenso wie drei oder vier andere bekommen. Einige Kopien würden für die wichtigsten

Mitarbeiter meiner Ministerialbeamten gemacht werden. Diese Kopien kommen nach dem Rücklauf in den Reißwolf. Originale gehen wieder an mich persönlich."

Alle waren sich einig. Das Ascension-Papier sollte am Dienstag auf George Berensons Schreibtisch landen.

DIESEN Sonntag, den 22. Februar verbrachte die britische Premierministerin auf ihrem offiziellen Landsitz in Chequers in der Grafschaft Buckinghamshire. Sie bat drei ihrer engsten Berater sowie den Parteivorsitzenden, ihr unter Wahrung der größtmöglichen Diskretion einen Privatbesuch abzustatten.

Was die Premierministerin zu sagen hatte, versetzte alle in tiefe Nachdenklichkeit. Im Juni würden vier Jahre ihres zweiten Regierungsmandats vergangen sein. Sie war entschlossen, noch einen dritten Wahlsieg zu erringen. Die Wirtschaftsprognosen wiesen darauf hin, daß im Herbst eine Talfahrt bevorstand, begleitet von einer Welle von Lohnforderungen. Es konnte zu Streiks kommen. Die Premierministerin wollte nach einem solchen Winter nicht in einen Wahlkampf ziehen müssen, sondern sie plante eine Überraschungswahl bereits im Juni dieses Jahres. Eine Parlamentsauflösung wie ein Blitz aus heiterem Himmel und eine dreiwöchige Wahlschlacht, das hatte sie sich in den Kopf gesetzt.

Sie vergatterte ihre Vertrauten zu strengstem Stillschweigen; das Datum, das ihr vorschwebte, war der 18. Juni, der vorletzte Donnerstag in diesem Monat.

AM MONTAG hatte Sir Nigel Irvine seinen Treff mit Andrejew. Die Begegnung fand unter äußerster Geheimhaltung statt. Irvine hatte seine Leute über das ganze Stadtgebiet verteilt, in dem der Treff stattfinden sollte. Er wollte sichergehen, daß Andrejew nicht von den Abwehrknilchen der sowjetischen Botschaft beschattet wurde. Doch der russische Diplomat war „sauber".

Nigel Irvine betreute Andrejew als „Direktorenfall". Direktorenfälle sind selten, denn so hochstehende Männer „führen" normalerweise selbst keine Agenten. Sie tun es nur dann, wenn der Agent außergewöhnlich wichtig ist oder wenn die Anwerbung stattfand, bevor der Agentenführer innerhalb seiner eigenen Dienststelle zu so hohem Rang aufstieg, und der Agent sich weigert, von jemand anderem betreut zu werden. Und genau so lagen die Dinge bei Andrejew.

Als Agent war Andrejew ein kapitaler Fang. Er gehörte zum KGB-Direktorat der Illegalen, war, genauer gesagt, ein N-Mann.

Das Erste Hauptdirektorat des KGB, das für alle Auslandsaktivitäten zuständig ist, zerfällt in eine Vielzahl von Unterabteilungen, die sogenannten Direktorate. Den innersten und geheimsten Kern des Ersten Hauptdirektorats des KGB bilden die sogenannten Illegalen. Sie drillen und führen die illegalen Agenten, die keinerlei diplomatische Immunität genießen, sondern in dem fremden Land mit gefälschten Papieren und in geheimer Mission im Untergrund arbeiten. Die Illegalen operieren außerhalb der Sowjetbotschaft.

Trotzdem sitzt in jeder KGB-Residentur einer jeden Sowjetbotschaft mindestens ein Agent, der unter der Bezeichnung N-Mann bekannt ist. Diese Leute befassen sich nur mit Sonderaufträgen, führen oft einheimische Spione oder leisten technische Hilfestellung für Illegale aus dem Ostblock.

Andrejew war einer der drei N-Männer in London. In bezug auf die undichte Stelle im britischen Verteidigungsministerium hatte Andrejew wenig zu bieten. Er wußte nichts davon. Wenn ein derartiges Leck existierte, dann wurde der Londoner Ministerialbeamte entweder direkt von einem illegalen, in England ansässigen sowjetischen Agenten betreut, der einen direkten Draht nach Moskau hatte, oder er wurde von einem der zwei anderen N-Männer in der Botschaft geführt. Aber diese Leute würden über einen derart wichtigen Fall nicht beim Kaffee in der Kantine diskutieren. Er persönlich habe nichts davon gehört, werde aber Augen und Ohren offenhalten. Dabei ließen es Irvine und Andrejew bewenden.

Das von Sir Percy Jones am Montag morgen im Verteidigungsministerium verfaßte Ascension-Memorandum wurde am Dienstag verteilt. Es ging an vier Leute, unter ihnen Sir Richard Peters und George Berenson. Brigadegeneral a. D. Bertie Capstick hatte sich bereit erklärt, jede Nacht ins Ministerium zu kommen, um die Anzahl der rechtens gemachten Fotokopien zu überprüfen. Preston hatte seine Observanten beauftragt, ihm auf der Stelle zu melden, wenn George Berenson sich auch nur hinter dem Ohr kratze, und das Telefonabhörteam wurde in höchste Alarmstufe versetzt. Dann hieß es, abwarten und Tee trinken.

Am ersten Tag passierte nichts. In der Nacht gingen Brigadegeneral Capstick und John Preston ins Verteidigungsministerium und stellten die Zahl der angefertigten Fotokopien fest: sieben; drei von Berenson und je zwei von den beiden anderen hohen Tieren, denen das Papier über die Insel Ascension zugegangen war; keine von Sir Richard.

Am Abend des zweiten Tages tat Mr. Berenson etwas Seltsames. Die Observanten berichteten, er habe seine Wohnung in Belgravia verlassen und sich zu einer nahe gelegenen Telefonzelle begeben. Welche Nummer er wählte, konnten sie nicht feststellen. Er sagte nur ein paar Worte, legte auf und ging wieder heim. Warum, fragte Preston sich, tut Berenson so was, obwohl er ein tadellos funktionierendes Telefon in seiner Wohnung hat – wofür Preston sich verbürgen konnte, schließlich hörte er es laufend ab.

Am dritten Tag, dem Donnerstag, verließ George Berenson das Ministerium zur üblichen Zeit, nahm ein Taxi und fuhr in eine Eisdiele in der Nähe des Regent's Park. Berenson ging hinein, setzte sich und bestellte einen wirklich lecker aussehenden Früchteeisbecher, eine Spezialität des Hauses. Prestons Observanten lief das Wasser im Munde zusammen.

Er hatte es sich in einer Nische bequem gemacht, aß seinen Eisbecher und füllte die letzten Felder des Kreuzworträtsels im *Daily Telegraph* aus, den er seiner Aktenmappe entnommen hatte. Er nahm keine Notiz von dem Pärchen in Jeans, das in der Ecke knutschte.

Nach einer halben Stunde bezahlte Berenson und ging hinaus, die Straße entlang, auf der Suche nach einem Taxi. Die Zeitung ließ er liegen. Der Inhaber ging zum Tisch, wischte ihn ab und nahm den leeren Eisbecher und die Zeitung mit nach hinten in die Küche.

Preston schickte einen Wagen hinter dem Taxi her. Alle übrigen Leute mußten die Eisdiele im Auge behalten. Preston hatte Glück. Das Taxi fuhr zu Mr. Berensons Haus Savoy, und er ging hinein.

In der Eisdiele geschah nichts. Das auf der Straße verteilte Viermannteam sah, wie die Angestellten herauskamen, der Inhaber die Tür abschloß, die Lichter erloschen.

Die inzwischen durchgeführte polizeiliche Nachforschung ergab, daß es sich bei dem Inhaber der Eisdiele um einen Mr. Benotti handelte, einen legal eingewanderten Neapolitaner, der seit zwanzig Jahren ein untadeliges Leben führte. Um Mitternacht waren die Telefone in der Eisdiele und in Mr. Benottis Wohnung angezapft. Ohne Ergebnis.

Preston verbrachte eine schlaflose Nacht. Am Freitag vormittag öffnete Benotti seine Eisdiele um zehn Uhr. Um elf Uhr hielt an der Vordertür ein kleiner Lieferwagen. Der Fahrer verlud offenbar Großpackungen mit Eis, die in der Eisdiele hergestellt wurden.

Der Eiscremewagen belieferte an diesem Vormittag zwölf Kunden, die meisten in der Nachbarschaft um den Regent's Park, und zwei Kunden in einer weiter südlich gelegenen Gegend am Hydepark. Einige Lieferungen gingen in große Wohnblocks, wo die Observanten Mühe hatten, nicht aufzufallen, aber sie notierten jede Adresse. Dann fuhr der Lieferwagen zur Eisdiele zurück.

An diesem Abend berichteten die Lauscher, Berenson habe in seiner Wohnung vier Telefonanrufe erhalten. In einem Fall habe der Anrufer behauptet, sich verwählt zu haben. Berenson selber habe nirgends angerufen. Alles sei auf Band. Ob Preston das Band abspielen wolle? Es sei nichts auch nur annähernd Verdächtiges darauf. Er hörte es trotzdem ab. Resultat: Null.

Am Samstag vormittag beschloß Preston, auch die geringsten Chancen wahrzunehmen. Vom technischen Dienst ließ er sich in seinem Büro ein Tonbandgerät an sein Telefon anschließen. Dann überlegte er sich ein paar Ausreden für seine Gesprächspartner und rief sämtliche Empfänger der Eiscremelieferungen an. Wenn eine Frau den Telefonhörer abnahm, fragte er, ob er ihren Mann sprechen könne. Da Samstag war, klappte es bei allen, bis auf einen.

Eine der Stimmen kam ihm entfernt bekannt vor. Woran lag es? An einer Spur von Akzent? Er stellte den Namen des Teilnehmers fest: Jan Marais. Der Name sagte ihm nichts. Er spielte die Bänder mit Berensons Anrufern und seine eigenen mit den Eiscremekunden nochmals ab. Da kam ihm ein Verdacht. Nicht hundertprozentig sicher, aber ziemlich wahrscheinlich.

Scotland Yard besitzt im gewaltigen Instrumentarium seiner kriminalwissenschaftlichen Abteilung auch ein Labor für Stimmenanalyse. Da MI5 nicht über derartige Einrichtungen verfügt, muß man sich in solchen Fällen an Scotland Yard wenden, falls man spezielle Untersuchungen durchgeführt haben will.

An diesem Samstagnachmittag hatte nur ein Techniker Dienst. Der magere junge Mann mit den dicken Brillengläsern spielte Prestons Bänder ein halbes dutzendmal ab und beobachtete dabei den Bildschirm des Oszilloskops, wo eine auf- und absteigende leuchtende Kurve die geringfügigsten Schwingungen in Klang und Modulation der Stimmen sichtbar machte. „Dieselbe Stimme", stellte er schließlich fest. „Ganz klarer Fall."

Preston rief Sir Bernard Hemmings in dessen Landhaus in Surrey, südlich von London, an. „Sieht aus, als hätten wir dem Eisenherz-Ausschuß etwas zu berichten, Sir", sagte er. „Vielleicht gleich am Montag vormittag."

DER Eisenherz-Ausschuß trat um elf Uhr zusammen, und der Koordinator, Sir Anthony Plumb, forderte Preston zur Berichterstattung auf. Etwas wie Erwartung lag in der Luft.

Preston schilderte so knapp wie möglich, was sich in den ersten beiden Tagen nach der Verteilung des Papiers über die Insel Ascension ereignet hatte. Die Erwähnung von Berensons seltsamem, sehr

kurzem Anruf aus einer öffentlichen Telefonzelle vor seiner Privatwohnung am Mittwoch abend rief Interesse wach.

„Haben Sie diesen Anruf auf Band?" fragte Sir Percy Jones.

„Nein, wir konnten nicht nah genug heran", antwortete Preston.

„Um was, glauben Sie, ging es?"

„Ich glaube, Mr. Berenson avisierte seinem Agentenführer eine
fällige Sendung, wobei er vermutlich einen Kode für Ort und
Zeitpunkt benutzte."

Preston schilderte nun den Besuch in der Eisdiele, erwähnte den
liegengelassenen *Daily Telegraph* und daß die Zeitung vom Inhaber
persönlich weggeräumt wurde. Er beschrieb sodann die Lieferung
von Eiscreme an ein Dutzend Kunden am folgenden Vormittag, wie
er von elf dieser Kunden Stimmproben hatte nehmen können und daß
Berenson am selben Abend einen „Falsch-verbunden"-Anruf erhalten
habe. „Ich habe es im Labor für Stimmenanalysen bei Scotland Yard
überprüfen lassen. Die Stimme des Mannes, der Berenson an jenem
Abend anrief und behauptete, er habe sich verwählt, war die Stimme
eines der Eiscremekunden."

Eine Weile herrschte Schweigen.

„Könnte es nicht ein Zufall sein?" fragte Sir Hubert Villiers, der
Vertreter des Innenministeriums, dem MI5 formell unterstand. Er
wollte wohl nicht, daß eventuelle Fehler in der Recherche unüberseh-
bare Folgen hatten. „In dieser Stadt kommt es schrecklich oft zu völlig
harmlosen falschen Verbindungen. Krieg selber dauernd welche."

„Die Chancen", sagte Preston unbeirrt, „daß jemand in einer
Zwölfmillionenstadt eine Eisdiele aufsucht und einen Früchteeis-
becher ißt, daß diese Eisdiele am darauffolgenden Vormittag zwölf
Kunden beliefert, daß einer dieser Kunden um Mitternacht den
Eiscremeesser ,versehentlich' anruft, diese Chancen stehen eins zu
einer Million. Der Anruf Freitag nacht bestätigte den Erhalt der
Sendung."

„Mal sehen, ob ich richtig verstanden habe", sagte Sir Percy Jones.
„Berenson ließ sich von seinen drei Mitarbeitern deren Fotokopien
meines fingierten Papiers geben und gab vor, sie im Reißwolf zu
vernichten. Eine davon behielt er aber zurück und steckte sie in eine
Zeitung, die er in der Eisdiele liegenließ. Der Inhaber nahm die
Zeitung an sich, suchte das Geheimdokument heraus und stellte es
am nächsten Vormittag dem Agentenführer, durch eine Plastikhülle
geschützt, in einer Packung Eiscreme zu. Der Einsatzleiter ließ
Berenson dann wissen, daß er es erhalten habe."

„So hat es sich meiner Meinung nach abgespielt", bestätigte
Preston.

„Eins zu einer Million, daß es ein Zufall ist", grübelte Sir Anthony Plumb. „Nigel, wie sehen Sie die Sache?"

Der Chef von MI 6 schüttelte den Kopf. „Ich glaube nicht an Zufälle von eins zu einer Million. Es handelte sich bestimmt um eine Zustellung, John Preston sieht das ganz richtig. Gratuliere. Berenson ist unser Mann."

Respektvolle Stille trat ein, wodurch sich Preston geehrt fühlen durfte.

„Und was haben Sie getan, nachdem Sie diese Entdeckung machten, Mr. Preston?" fragte Sir Anthony.

„Ich lasse seitdem statt Mr. Berenson dessen Agentenführer überwachen", antwortete Preston. „Heute vormittag haben die Observanten und ich diesen Mann von seiner Wohnung in der Nähe des Hydeparks, wo er als Junggeselle allein lebt, bis zu seinem Büro verfolgt. Er heißt übrigens Jan Marais."

„Jan? Klingt tschechisch", sagte Sir Percy Jones.

„Nicht ganz", erwiderte Preston düster. „Jan Marais ist akkreditierter Diplomat und gehört zur Botschaft der Republik Südafrika."

Betroffenes, ungläubiges Schweigen trat ein. Aller Augen richteten sich auf Sir Nigel Irvine. „Verdammter Mist!" Er saß zutiefst erschüttert am Tischende. Ein Spion war in das britische Verteidigungsministerium eingeschleust worden, und zwar von einem Geheimdienst, der *nicht* zum gegnerischen Block zählte.

„Ich wäre Ihnen dankbar, Gentlemen, wenn Sie mir ein paar Tage Zeit ließen, damit ich diese Angelegenheit ein wenig weiterverfolgen kann", bat Sir Nigel.

Zwei Tage später, am 4. März, frühstückte einer der wenigen britischen Minister, denen die Regierungschefin ihren Wunsch nach vorgezogenen Parlamentswahlen anvertraut hatte, mit seiner Frau in seinem schönen Stadthaus im Holland-Park-Viertel von London. Die Frau blätterte einen Stapel Reiseprospekte durch.

„Korfu ist hübsch", meinte sie, „oder Kreta." Da sie keine Antwort erhielt, wurde sie deutlicher. „Darling, wir sollten wirklich versuchen, in diesem Sommer vierzehn Tage wegzufahren. Wie wär's im Juni? Da sind noch nicht so viele Touristen unterwegs."

„Nicht im Juni", entgegnete der Minister, ohne von der Zeitung, die er gerade las, aufzublicken.

„Aber der Juni ist wundervoll", beharrte sie.

„Nicht im Juni", wiederholte er. „Jederzeit, bloß nicht im Juni."

Sie hob die Augenbrauen. „Was ist denn im Juni so Wichtiges?" fragte sie gespannt. „Da hat die Regierungschefin die Hand im Spiel, wie? Das gemütliche Plauderstündchen in Chequers am vorletzten Sonntag. Sie ruft zu den Urnen. Wetten, daß ich recht habe?"

„Pst!" machte ihr Mann. Sie blickte auf und sah ihre Tochter Emma auf der Türschwelle stehen. „Gehst du weg, Darling?"

„*Yeah*", antwortete das Mädchen. „Bis dann."

Emma war neunzehn und Kunststudentin. Sie verabscheute die politischen Ansichten ihres Vaters und versuchte, durch ihren eigenen Lebensstil dagegen zu protestieren. Sie fehlte beispielsweise bei keiner Anti-Raketen-Demonstration. Zu ihren privaten Protestaktionen gehörte auch, daß sie mit Simon Devine schlief, Dozent an einer technischen Hochschule, den sie bei einer Demo kennengelernt hatte. Er war kein berauschender Liebhaber, aber Emma bewunderte ihn wegen seines fanatischen Trotzkismus und seines pathologischen Hasses auf die „Bourgeoisie". Diesen Mann beglückte Emma abends auf seiner Schlafcouch mit dem Hinweis, den sie aufgeschnappt hatte, als sie in der Tür des elterlichen Frühstückszimmers stand.

Devine war Mitglied mehrerer revolutionärer Studentengruppen und berichtete zwei Tage später dem Redakteur eines linksextremen Blattes, das sich durch großes Engagement und geringe Auflage auszeichnete, welch sensationelle Neuigkeit er von Emma erfahren hatte. Der Redakteur fand, zur Veröffentlichung in Form eines Artikels sei die Information zu vage, er wolle jedoch mit seinen Kollegen darüber sprechen; Devine solle das Gehörte unbedingt für sich behalten.

Nachdem Devine gegangen war, sprach der Redakteur tatsächlich mit einem seiner Kollegen, seinem Verbindungsmann, dieser gab die Information an seine Leitstelle in der Residentur an der sowjetischen Botschaft weiter. Am 10. März traf die Meldung in Moskau ein. Devine wäre entsetzt gewesen, hätte er davon gewußt. Als glühender Anhänger von Trotzkis Forderung nach permanenter Revolution haßte er Moskau und das ganze Sowjetsystem.

Sir Nigel Irvine war erschüttert über die Enthüllung, daß der Agentenführer eines gefährlichen Spions innerhalb des britischen Regierungsapparats ein südafrikanischer Diplomat war, und er beschloß, den einzig möglichen Schritt zu tun: direkt an den südafrikanischen Geheimdienst NIS, der von General Henry Pienaar geführt wurde, heranzutreten und eine Erklärung zu fordern.

Die Beziehung zwischen dem britischen Nachrichtendienst MI6 und dem südafrikanischen NIS ist aus politischen Gründen äußerst heikel. Wegen der weitverbreiteten Ablehnung der Apartheid wurde eine Zusammenarbeit in Großbritannien seit langem und unter jeder

Regierung mißbilligt. Die Briten haben, meist in Johannesburg, einen Residenten, was dem NIS bekannt ist, und führen auf südafrikanischem Territorium keine „operativen Maßnahmen" durch. Die Südafrikaner haben mit Wissen des MI 6 ein paar Geheimdienstleute in ihrer Londoner Botschaft sitzen und ein paar weitere außerhalb, auf die MI 5 ein wachsames Auge hat. Letztere haben die Aufgabe, die Londoner Aktivitäten verschiedener südafrikanischer revolutionärer Organisationen wie ANC, SWAPO und so weiter zu überwachen. Solange die Südafrikaner sich auf diese Tätigkeit beschränken, läßt man sie gewähren.

Nunmehr erbat und erhielt der britische Resident in Johannesburg eine Unterredung mit General Henry Pienaar und meldete seinem Chef in London, was der Leiter der NIS zu sagen hatte. Sir Nigel berief für den 10. März eine Sitzung des Eisenherz-Ausschusses ein.

„General Pienaar schwört bei allem, was ihm heilig ist, daß er nichts von Jan Marais weiß. Er behauptet, Marais arbeite nicht für ihn und habe nie für ihn gearbeitet."

„Sagt er die Wahrheit?" fragte Sir Patrick Strickland vom Außenministerium.

„In unserer Branche sollte man nie davon ausgehen", entgegnete Sir Nigel. „Aber möglich wäre es. Für seine Aufrichtigkeit spricht, daß er ebensogern wissen möchte wie wir, was es mit Marais auf sich hat. Er ist sogar damit einverstanden, einen von unseren Leuten zusammen mit seinen eigenen in Südafrika Nachforschungen vor Ort machen zu lassen. Ich möchte einen von unseren Männern hinschicken."

„Was läuft zur Zeit in Sachen Berenson und Marais?" wollte Sir Anthony Plumb, der Koordinator, von Harcourt-Smith wissen.

„Beide werden unauffällig beschattet, aber zugepackt wird noch nicht. Keine Wohnungseinbrüche. Nur Post- und Telefonüberwachung und die Observanten, rund um die Uhr", erwiderte Harcourt-Smith.

„Wieviel Zeit brauchen Sie, um aus Südafrika Informationen zu bekommen, Nigel?" fragte Plumb.

„Etwa zehn Tage."

„In Ordnung, aber das ist wirklich das Äußerste. In zehn Tagen müssen wir Berenson mit allem, was wir haben, auf die Pelle rücken und zur Schadensfeststellung schreiten."

ANDERNTAGS rief der bedächtige „C", Sir Nigel Irvine, seinen Generaldirektorkollegen von MI 5, Sir Bernard Hemmings, in dessen Haus in Surrey an. „Bernard, es geht um Ihren Mann, diesen Preston. Ich weiß, es ist ungewöhnlich. Aber ich schätze seine effiziente

Arbeitsweise. Könnte ich ihn für die Nachforschungen in Südafrika
ausborgen?"

Sir Bernard war einverstanden. Preston flog in der Nacht vom 12.
zum 13. März nach Johannesburg. Die Maschine war bereits
unterwegs, als die Nachricht auf dem Schreibtisch von Brian
Harcourt-Smith landete. Er war fuchsteufelswild, denn er wußte, daß
er übergangen worden war.

Der Albion-Ausschuß erstattete dem Generalsekretär am Abend
des 12. März Bericht; die Sitzung fand in dessen Wohnung am
Kutusowski-Prospekt statt.

„Und was, bitte, haben Sie mir mitzuteilen?" fragte der Sowjetführer und bugsierte seinen Rollstuhl näher an den niedrigen Couchtisch.

Professor Krilow, Vorsitzender des Ausschusses, wies auf Groß-
meister Rogow, der die vor ihm liegende Akte aufschlug und
vorzulesen begann.

Wie immer in Gegenwart des Generalsekretärs war Philby fasziniert
von der unbegrenzten Macht dieses Mannes. Bei der Ermittlungs-
arbeit der Ausschußmitglieder genügte die bloße Erwähnung seines
Namens, und schon öffneten sich alle Türen. Philby, der das
Phänomen der Macht und ihrer Anwendung gründlich studiert hatte,
bewunderte die Rücksichtslosigkeit und Schläue, mit der sich der
Generalsekretär die absolute Gewalt über jeden Lebensbereich in der
Sowjetunion gesichert hatte.

„Wir haben einen Plan ausgearbeitet, Genosse Generalsekretär",
begann Dr. Rogow. „Es handelt sich um eine konkrete Maßnahme,
um bei der britischen Bevölkerung eine Massenhysterie auszulösen,
gegen die das Attentat von Sarajevo und der Berliner Reichstagsbrand
Bagatellfälle waren. Wir gaben dem Plan den Namen Aurora."

Bis Dr. Rogow alle Einzelheiten vorgelesen hatte, verging eine
Stunde. Danach warteten die Ausschußmitglieder schweigend auf die
Reaktion des sowjetischen Herrschers.

„Nicht ohne Risiken", meinte der Generalsekretär gelassen. „Was
garantiert uns, daß kein Eigentor daraus wird wie letztens bei dem
Papstattentat?"

„Es sind für jedes Stadium Rückzugs- und Ausweichmöglichkeiten
vorgesehen", erwiderte Rogow. „Der Ausführende darf Aurora nicht
überleben. Und für die Folgezeit sind weitere Pläne ausgearbeitet, die
das Geschehene überzeugend den Amerikanern zur Last legen."

General Martschenko holte tief Atem. „Technisch ist das Unternehmen machbar", bestätigte er. „Meiner Meinung nach würden zehn bis
sechzehn Monate nötig sein, um den Plan in die Tat umzusetzen."

„Genosse Oberst?" wandte sich der Generalsekretär nun an Philby. Philby geriet ins Stottern. Das war immer so, wenn er unter Streß stand. „Was die Risiken angeht, so bin ich überfragt. Desgleichen was die technische Durchführbarkeit betrifft. Aber über die Wirkung besteht kein Zweifel. Ganz sicher würden mehr als zehn Prozent der britischen Wechselwähler spontan für die Labour Party stimmen."

„Genosse Professor Krilow?"

„Ich muß abraten, Genosse Generalsekretär. Ich halte den Plan für extrem gefährlich. Er steht in krassem Widerspruch zu den Paragraphen des vierten Protokolls. Sollte dieses Abkommen je gebrochen werden, so könnte das unabsehbare Konsequenzen haben."

Der Generalsekretär schien in tiefes Nachdenken versunken, worin ihn wohlweislich niemand störte. Dann hob er den Kopf. „Es existieren keine Aufzeichnungen, keine Tonbänder über diesen Plan außerhalb dieses Zimmers?"

„Keine", bekräftigten die vier Männer.

„Geben Sie mir sämtliche Akten und Kladden", verlangte der Generalsekretär von seinen Beratern. Als diese vor ihm lagen, fuhr er in seiner üblichen monotonen Sprechweise fort: „Das ganze Vorhaben ist unglaublich leichtfertig, absurd, abenteuerlich und gefährlich", leierte er. „Der Ausschuß ist aufgelöst. Ich wünsche, daß Sie zu Ihren beruflichen Pflichten zurückkehren und nie mehr und niemandem gegenüber den Albion-Ausschuß oder den Plan Aurora erwähnen."

Schweigend nahmen die vier ihre Hüte und Mäntel, wobei sie es vermieden, einander anzusehen. Dann wurden sie zu ihren im Innenhof wartenden Wagen geleitet. Unten angekommen, stieg jeder in sein Auto. Philby hatte in seinem privaten Wolga Platz genommen und wartete darauf, daß der Fahrer Grigorjew den Motor startete. Aber jemand klopfte an Philbys Fenster. Er kurbelte es herunter. Major Pawlow beugte sich zu ihm hinein. „Würden Sie bitte mitkommen, Genosse Oberst."

Philby befürchtete das Schlimmste. Er begriff jetzt, daß er sich zu weit auf dieses Spiel eingelassen hatte. Er wußte zuviel, er war der einzige Ausländer der Gruppe. Der Generalsekretär war bekannt dafür, Risiken ein für allemal zu beseitigen. Philby folgte Major Pawlow wieder ins Haus. Zwei Minuten später stand er aufs neue im Wohnzimmer des Generalsekretärs. Der alte Mann saß noch immer in seinem Rollstuhl. Er bedeutete Philby, Platz zu nehmen.

„Wie finden Sie ihn wirklich?" fragte der Generalsekretär leise.

„Den Plan?" Philby schluckte. „Genial, gewagt, gefährlich. Aber, wenn er funktioniert, höchst wirkungsvoll."

„Er ist brillant", murmelte der Generalsekretär. „Und er wird ausgeführt. Aber unter meiner persönlichen Leitung. Das soll ausschließlich mein Unternehmen werden. Und Sie werden mir dabei zur Seite stehen."

„Darf ich eine Frage stellen?" sagte Philby beherzt. „Warum ich? Auch wenn ich der Sowjetunion mein Leben lang gedient habe, bin ich dennoch Ausländer."

„Stimmt", erwiderte der Generalsekretär, „und Sie genießen niemandes Schutz außer meinem. Sie könnten keine Verschwörung gegen mich anzetteln. Sie werden sich von Ihrer Frau und den Kindern verabschieden und den Fahrer entlassen. Dann beziehen Sie die Gästezimmer meiner Datscha in Usowo. Dort stellen Sie die Gruppe zusammen, die den Plan Aurora in Angriff nehmen soll. Alle nötigen Befugnisse werden Sie erhalten, und zwar durch mein Büro im Zentralkomitee. Sie selber werden nicht in Erscheinung treten."

Er drückte auf einen Summer unter der Tischplatte. „Während der ganzen Zeit werden Sie unter den Augen dieses Mannes arbeiten. Ich glaube, Sie kennen ihn bereits." Die Tür hatte sich geöffnet, in ihrem Rahmen stand Major Pawlow mit seinem teilnahmslosen Gesicht.

„Er ist hochintelligent und außerordentlich argwöhnisch", sagte der Generalsekretär anerkennend. „Und ich kann mich ganz auf ihn verlassen. Er ist mein Neffe."

Als Philby aufstand, um dem Major zu folgen, reichte ihm der Generalsekretär ein Stück Papier. Es handelte sich um ein Fernschreiben aus dem Ersten Hauptdirektorat des KGB, an den Generalsekretär der KPdSU persönlich gerichtet. Philby traute seinen Augen nicht, und er hielt vor Schreck die Luft an.

„Es kam gestern. General Martschenko irrt, Sie werden keine zehn bis sechzehn Monate Zeit haben. Es scheint, daß die Regierungschefin von England ihren Schachzug für Juni plant. Wir müssen ihr mit unserem eine Woche zuvorkommen."

Philby atmete langsam aus. Englands größtem Verräter aller Zeiten blieben genau neunzig Tage zur Vorbereitung.

6. Kapitel

Als John Preston am Vormittag des 13. auf dem Jan-Smuts-Flughafen landete, erwartete ihn der Chef der dortigen Residentur, ein großer, schlanker blonder Mann namens Dennis Grey. Schon dreißig Minuten nach der Ankunft raste der Wagen mit den beiden Männern nordwärts in das knapp fünfzig Kilometer entfernte Pretoria.

Preston trug sich in seinem Hotel ein, packte seinen Koffer aus, wusch und rasierte sich und war um halb elf wieder bei Grey in der Halle. Gemeinsam fuhren sie zum Union Building.

Die meisten südafrikanischen Regierungsstellen haben ihren Sitz in den drei Stockwerken dieses mächtigen, langgestreckten ockerbraunen Sandsteinblocks, dessen dreihundert Meter lange Fassade durch vier Säulenvorbauten gegliedert ist.

Dennis Grey wies sich am Empfang aus, und nach wenigen Minuten erschien ein junger Beamter und führte sie zum Büro des NIS-Chefs.

General Pienaar war ein großer, schwerer Mann. Grey übernahm die Vorstellung, und der General dirigierte die Besucher zu einer Sitzgruppe in einer Ecke seines geräumigen Büros. Kaffee wurde serviert, aber das Gespräch beschränkte sich auf den Austausch von Höflichkeiten. Grey erfaßte die Lage, verabschiedete sich und ging.

General Pienaar starrte Preston eine Weile schweigend an. „Und jetzt, Mr. Preston", begann er dann in fast akzentfreiem Englisch, „zu unserem Diplomaten Jan Marais. Ich erklärte es bereits Sir Nigel, und jetzt wiederhole ich es: Er arbeitet nicht für uns. Sie sind hierhergekommen, um herauszufinden, für wen er dann arbeitet?"

„Das ist meine Aufgabe, Herr General."

General Pienaar nickte mehrmals. „Ich werde Ihnen einen meiner persönlichen Adjutanten zur Verfügung stellen. Er wird sein möglichstes für Sie tun: Akten beibringen, die Sie eventuell einsehen wollen, wenn nötig, auch dolmetschen. Sprechen Sie Afrikaans?"

„Nein, Herr General, kein Wort."

Er drückte einen Summer auf dem Tisch; im Handumdrehen öffnete sich die Tür, und ein Mann trat ein, der ebenso groß war wie der General, aber viel jünger. Preston schätzte ihn auf Anfang Dreißig. Er hatte rötliches Haar und sandfarbene Brauen.

„Ich möchte Ihnen Hauptmann Andries Viljoen vorstellen. Andi, das ist John Preston aus London, dem Sie behilflich sein werden."

Preston stand auf und gab dem Hauptmann die Hand. Er spürte eine kaum verhüllte Feindseligkeit von dem jungen Afrikaander ausgehen.

„Ich habe einen Arbeitsraum für Sie reservieren lassen, er liegt auf dieser Etage", fuhr General Pienaar fort. „Machen Sie sich ans Werk."

Als sie allein in dem ihnen zugewiesenen Büro waren, legte Viljoen die Personalakte Jan Marais, einen dicken Ordner mit braunem Deckel, vor Preston hin. „Wenn es eine Hilfe für Sie ist, möchte ich zusammenfassen, was wir daraus entnehmen konnten. Marais trat im Frühjahr 1946 in den auswärtigen Dienst der Republik Südafrika in Kapstadt ein. Er gehört ihm mittlerweile seit über vierzig Jahren an und wird im Dezember pensioniert. Marais stammt aus einfachen, aber tadellosen Verhältnissen einer Afrikaander-Familie und geriet nie auch nur in den leisesten Verdacht. Deshalb erscheint sein Verhalten in London so rätselhaft. "

Preston nickte. Deutlicher brauchte man nicht zu werden. Man war hier der Ansicht, daß London sich geirrt hatte. Preston schlug die Akte auf. Zu den obersten Papieren gehörte ein von Hand in englischer Sprache abgefaßtes Dokument.

„Das", erklärte Viljoen, „ist sein handgeschriebener Lebenslauf, wie ihn alle Bewerber für den auswärtigen Dienst einreichen müssen. Damals, als die United Party unter Jan Smuts am Ruder war, benutzte man sehr viel mehr Englisch als heute. Heute würde ein solches Dokument auf afrikaans abgefaßt werden. "

Preston begann zu lesen: „Ich wurde im August 1925 geboren als einziger Sohn eines Farmers im Mootsekital, das zu der kleinen Gemeinde Duiwelskloof in Nord-Transvaal gehört. Mein Vater, Laurens Marais, war gebürtiger Afrikaander, meine Mutter Mary war britischer Abstammung. Eine solche Ehe war damals ungewöhnlich, aber ihr verdanke ich, daß ich beide Sprachen, Englisch und Afrikaans, fließend beherrsche.

Mein Vater war beträchtlich älter als meine Mutter, eine Frau von schwacher Gesundheit. Sie starb, als ich zehn Jahre alt war. Mein Vater baute hauptsächlich Kartoffeln und Tabak an, ein bißchen Weizen und hielt Geflügel und Vieh. Als 1939 der Krieg ausbrach, verfolgte mein Vater, der mit ganzem Herzen auf der Seite Englands und des Empire stand, alle Meldungen aus Europa an seinem Rundfunkgerät. Ich wünschte mir nichts sehnlicher, als am Krieg teilzunehmen.

Zwei Tage nach meinem achtzehnten Geburtstag im August 1943 sagte ich meinem Vater Lebewohl, fuhr nach Pretoria, ging dort zum Generalkommando, meldete mich zum Kriegsdienst und kam ins Lager Roberts Heights, wo ich die Grundausbildung erhielt. Dann wurde ich zu den Witwatersrand-Schützen/De-La-Rey-Regiment überstellt; diese beiden Einheiten waren nach den Verlusten bei Tobruk zusammengelegt worden. Wir wurden nach Italien geschickt. Während des Frühjahrs rückten wir in Richtung Florenz vor. Am 13. Juli befand ich mich nördlich von Monte Benichi in den Chiantibergen mit einigen Kameraden auf Erkundungsgang. Im dichtbewaldeten Gelände wurde ich nach Einbruch der Dunkelheit von den Kameraden getrennt und sah mich wenige Minuten später von deutschen Soldaten umringt. Ich saß in der Falle.

Zunächst wurde ich in ein provisorisches Lager nördlich von Florenz gebracht. Als die Alliierten Florenz erreicht hatten, wurde das

Lager mitten in der Nacht evakuiert. Wir wurden in Viehwaggons geladen und fuhren tagelang nach Norden, bis wir in einem viel größeren Lager, Stalag 344 bei Breslau, ausgeladen wurden. Hier vegetierten elftausend alliierte Gefangene, die sich nur durch Rotkreuzsendungen am Leben erhalten konnten. Das war Ende 1944.

Als Gefreiter wurde ich einer Arbeitsbrigade zugeteilt, die jeden Morgen mit dem Lastwagen in eine zwanzig Kilometer entfernte Fabrik gebracht wurde. Jener Winter in Oberschlesien war bitter kalt. Eines Tages, kurz vor Weihnachten, hatte unser Lastwagen eine Panne. Zwei Kriegsgefangene versuchten unter Aufsicht der deutschen Wachen, den Schaden zu beheben. Einige von uns durften aussteigen. Ein junger südafrikanischer Soldat neben mir starrte auf den nur zwanzig Meter entfernten Tannenwald, sah mich an und zog die Augenbraue hoch. Ich werde nie wissen, warum ich es tat, aber im nächsten Moment rannten wir beide durch den hüfthohen Schnee, während unsere Kameraden die Wachen anstießen, so daß sie nicht richtig zielen konnten. Wir erreichten die Bäume und rannten ins Dickicht des Waldes.

Nach zwei Tagen waren wir erschöpft und hätten am liebsten aufgegeben, als uns polnische Partisanen aufstöberten. Um ein Haar hätten sie uns als deutsche Deserteure erschossen, aber ich schrie aus Leibeskräften, daß wir Engländer seien.

Es gab zwei Gruppen von Partisanen: die Kommunisten und die Katholiken. Wir hatten Glück gehabt, daß uns eine Gruppe katholischer Widerstandskämpfer erwischt hatte. Man behielt uns während dieses harten Winters, als man im Osten bereits die russischen Geschütze donnern hörte und die Front näher kam. Im Januar erkrankte mein Kamerad an Lungenentzündung; ich versuchte, ihn gesund zu pflegen, aber er starb, und wir begruben ihn im Wald.

Im Februar 1945 waren plötzlich die Russen da. Aber wenn ich gehofft hatte, die Heimat bald wiederzusehen, so hatte ich mich getäuscht. Die Partisanen mußten mich dem NKWD übergeben.

Fünf Monate lang wurde ich in verschiedenen dumpfen, eiskalten Zellen einer brutalen Behandlung unterworfen. Mehrmals wurde ich verhört, denn ich sollte gestehen, daß ich ein Spion sei. Im späten Frühjahr (in Europa ging der Krieg zu Ende, aber das wußte ich nicht) wurde ich, mehr tot als lebendig, in einem Lastwagen nach Potsdam gebracht und dort der britischen Armee übergeben. Nachdem ich einige Zeit in einem Lazarett gepflegt worden war, wurde ich nach Südafrika eingeschifft, wo ich Ende Januar 1946 ankam.

In Kapstadt erfuhr ich, daß inzwischen mein Vater, der einzige Angehörige, den ich besaß, gestorben war. Diese schlimme Nachricht bewirkte einen Rückfall, und ich mußte wiederum für zwei Monate ins Lazarett in Kapstadt.

Jetzt bin ich als vollständig gesund entlassen und bewerbe mich hiermit um eine Anstellung beim auswärtigen Dienst der Republik Südafrika."

Preston klappte den Ordner zu, und Viljoen blickte auf. „Jetzt wissen Sie, was diese russischen Schufte ihm angetan haben. Deshalb glaube ich, daß Sie unrecht haben, Mr. Preston. Er ißt also gern Eiscreme und hat sich beim Telefonieren verwählt. Reiner Zufall."

„Mag sein", erwiderte Preston. „Aber irgend etwas an diesem Lebenslauf ist seltsam."

Hauptmann Viljoen schüttelte den Kopf. „Wir arbeiten an dieser Akte, seit Ihr Sir Nigel Irvine den General anrief. Wir haben sie immer wieder durchgeackert. Alles stimmt genau."

Preston sah störrisch drein.

„Wie Sie wollen", meinte Viljoen. „Ich habe Order, Ihnen zu helfen. Womit möchten Sie jetzt beginnen?"

„Am liebsten am Anfang." Preston überlegte laut. „Dieser Ort namens Duiwelskloof, ist das weit von hier?"

„Ungefähr vier Autostunden. Heute schaffen wir das nicht mehr. Ich bestelle einen Dienstwagen und hole Sie morgen früh um sechs Uhr in Ihrem Hotel ab. Dann haben Sie den ganzen Tag für Ihre Nachforschungen." Viljoen machte jedenfalls nicht viel Umstände, was Preston durchaus gefiel.

Der junge Hauptmann hatte einen neutralen Wagen genommen. Er fuhr zügig bis Pietersburg, wo sie nach drei Stunden anlangten. Die Fahrt gab Preston Gelegenheit, die gewaltigen, grenzenlosen Horizonte Afrikas zu sehen, die einen an kleinere Dimensionen gewöhnten Europäer stets tief beeindrucken.

In Pietersburg bogen sie nach Osten ab und fuhren fünfzig Kilometer durchs flache Middle Veld. Wieder erstreckten sich endlose Horizonte unter einem blaßblauen Himmel, bis sie an den steilen Buffelberg gelangten, wo das Middle Veld zum Mootsekital abfällt. Als sie die Serpentinen hinunterkurvten, hielt Preston den Atem an.

Tief unter ihnen lag das Tal, reich und üppig. Auf der breiten Talsohle standen an die tausend bienenkorbförmige afrikanische Hütten, Rondavels genannt, umgeben von Kraals, Viehpferchen und Maisfeldern. Aus den Öffnungen in der Dachmitte der Hütten stieg Rauch auf, und sogar aus der Entfernung konnte Preston die afrikanischen Jungen sehen, die kleine Herden höckeriger Rinder hüteten, und die Frauen, die sich über ihre Gartenbeete beugten.

Jenseits des Tals verlief eine zweite Bergkette und dazwischen ein

tiefer Einschnitt, durch den die Straße führte. Das war die Duiwelskloof, die Teufelsschlucht.

Eine halbe Stunde später rollten sie langsam durch die Hauptstraße
der kleinen Gemeinde Duiwelskloof.

„Wohin möchten Sie?" fragte Viljoen.

„Als der alte Marais starb, hat er bestimmt ein Testament
hinterlassen", überlegte Preston. „Und es muß durch einen Rechtsanwalt vollstreckt worden sein. Läßt sich feststellen, ob es in Duiwelskloof einen Anwalt gibt und ob er an einem Samstagvormittag zu
sprechen ist?"

Viljoen fuhr an einer Autowerkstatt vor und wies über die Straße
auf einen Gasthof. „Trinken Sie da drüben eine Tasse Kaffee, und
bestellen Sie mir auch eine. Ich werde auftanken und mich um-
hören."

Fünf Minuten später setzte er sich zu Preston in die Gaststube.

„Es gibt einen Anwalt", berichtete er, während er seinen Kaffee
trank. „Er ist englischer Abstammung und heißt Benson. Sein Vater
war früher hier der Anwalt. Der alte Herr ist über achtzig, aber er
scheint noch sehr rüstig zu sein. Die Kanzlei befindet sich gleich auf
der anderen Straßenseite, zwei Häuser von der Autowerkstatt
entfernt. Gehen wir rüber."

Mr. Benson war anwesend. Viljoen wies der Sekretärin einen
Ausweis vor, der seine Wirkung nicht verfehlte. Die beiden Männer
wurden unverzüglich in das Büro von Mr. Benson geführt.

Viljoen erklärte dem Rechtsanwalt kurz, worum es ging.

Statt eine Antwort zu geben, griff Mr. Benson zum Telefon und
erklärte seinem Vater, es seien zwei Herren gekommen, einer davon
aus London, die offenbar ihn sprechen wollten. Dann legte er auf.
„Mein Vater wohnt nicht weit entfernt. Er sagte, er werde sofort
kommen. Ich könnte inzwischen die Akten aus dem Jahr 1946
heraussuchen. Es wäre natürlich möglich, daß Mr. Marais einen
Anwalt aus Pietersburg hatte. Aber damals hielten die Leute sich lieber
an einen ortsansässigen Anwalt."

Er verließ das Büro. Die Sekretärin brachte etwas zu trinken. Nach
zehn Minuten hörte man Stimmen im Vorzimmer. Die beiden
Bensons betraten gemeinsam den Raum, der Sohn trug einen
staubigen Ordner.

Der Senior hatte einen schneeweißen Haarschopf und wirkte so
munter wie ein Fisch im Wasser. Wortlos nahm der alte Benson hinter
dem Schreibtisch Platz und überließ es seinem Sohn, sich eine andere
Sitzgelegenheit zu suchen. Über den Brillenrand hinweg blickte er die
Besucher an.

„Ich erinnere mich an Laurens Marais", erzählte er. „Er war Witwer und lebte allein. Hatte einen Sohn, Jan. Der Junge war gerade aus dem Zweiten Weltkrieg zurückgekommen. Laurens Marais wollte hinunter nach Kapstadt, um ihn zu besuchen, doch er starb, bevor er die Reise antreten konnte. Ein tragischer Fall."

„Wie lautete Laurens Marais' Letzter Wille?" fragte Preston.

„Der Sohn sollte alles bekommen", antwortete Benson. „Farm, Haus, Geräte, Einrichtung. Die Farm wurde mit allem Zubehör an Ort und Stelle versteigert."

„Waren keine persönlichen Andenken da, die nicht verkauft wurden?" wollte Preston weiter wissen.

Der alte Mann runzelte die Stirn. „Nicht viel. Alles ging in Bausch und Bogen weg. Doch, ich erinnere mich an ein Fotoalbum. Es hatte keinen Verkaufswert. Ich glaube, ich habe es Mr. Van Rensberg gegeben, dem Lehrer."

„Lebt er noch?"

„Nein, er ist vor zehn Jahren gestorben", erwiderte Benson.

„Aber er hatte eine Tochter", schaltete sein Sohn sich ein. „Sie ist längst verheiratet. Mit einem Sägewerksbesitzer namens Duplessis draußen an der Straße nach Tzaneen."

„Eine letzte Frage", wandte Preston sich an den Senior. „Warum wurde der ganze Besitz verkauft? Wollte ihn der Sohn nicht haben?"

„Offenbar nicht. Er lag damals im Lazarett. Ich bekam seine Adresse von den Militärbehörden, und sie beglaubigten auch seine Identität. Jan Marais hat mir ein Telegramm geschickt, in dem er mich bat, den gesamten Besitz zu veräußern und das Geld telegrafisch an ihn zu überweisen."

„Ist er denn nicht zur Beerdigung gekommen?"

„Dazu war keine Zeit. Im Januar ist in Südafrika Hochsommer. Leichenhäuser gab es damals kaum. Die Toten mußten unverzüglich beerdigt werden. Ich glaube sogar, er ist überhaupt nie wieder hierhergekommen. Verständlich. Was hätte er auch hier tun sollen?" Der alte Herr erhob sich. „Wenn das alles ist, gehe ich jetzt zum Mittagessen."

Nachdem Viljoen und Preston zehn Kilometer auf der Straße in Richtung Tzaneen gefahren waren, fanden sie die Sägemühle von Mr. Duplessis. Seine Frau, die Lehrerstochter, öffnete ihnen. Sie war eine rundliche Person um die Fünfzig, mit Apfelbäckchen und mit Mehl an Händen und Schürze. Offensichtlich backte sie gerade.

Sie hörte sich aufmerksam an, worum es ging. Dann ging sie zu einem Schrank und holte eine flache Schachtel heraus. Darin lag das Familienalbum der Marais. Preston blätterte es langsam durch. Es war

alles da: die zarte, hübsche Braut aus dem Jahr 1920, die schüchtern lächelnde Mutter von 1930. Der Junge, der mit konzentrierter Miene auf seinem ersten Pony ritt. Der Vater – Pfeife zwischen den Zähnen –, der versuchte, sich den Stolz auf seinen Sohn, der neben ihm stand, nicht allzusehr anmerken zu lassen. Auf der letzten Seite klebte das Schwarzweißfoto eines Jungen in Krickethosen, eines hübschen Burschen von siebzehn Jahren, der zum Wurf gegen das Mal ausholt. Die Unterschrift lautete: „Jan, Kapitän der Kricketmannschaft, 1943".

„Darf ich dieses Bild an mich nehmen?" fragte Preston.

„Gern", entgegnete Mrs. Duplessis.

„Hat Ihr verstorbener Vater Ihnen jemals etwas über Mr. Marais erzählt, zum Beispiel, woran er starb?"

Sie war erstaunt. „Das hat Ihnen der Anwalt nicht gesagt? Es war ein Unfall mit Fahrerflucht. Der alte Marais war offenbar aus seinem Auto gestiegen, um einen geplatzten Reifen zu reparieren, und wurde von einem Lastwagen erfaßt. Es kam niemals heraus, wer den Lastwagen gefahren hat."

Auf der Rückfahrt zur Hauptstraße kamen die beiden Agentenjäger am Friedhof vorbei. Preston bat Viljoen, er möge anhalten. Es war ein schönes stilles Fleckchen hoch oben auf einem Hügel. In einer Ecke entdeckten die Männer einen bemoosten Stein. Preston kratzte das Moos ab und fand in den Granit gemeißelt die Inschrift: „Laurens Marais, 1879–1946. Gatte von Mary und Vater von Jan Marais. Der Herr sei mit ihm. R.I.P."

Preston ging zu einer Hecke, brach einen Blütenzweig ab und legte ihn vor den Stein. Viljoen sah ihn erstaunt an.

„Fahren wir zurück nach Pretoria, bitte", sagte Preston. Er brauchte noch mehr Informationen und wenn möglich Beweise. Aber wenn ihn nicht alles täuschte, war er dem Geheimnis von Jan Marais bereits auf der Spur.

AN DIESEM Abend wurde Harold Philby aus dem Gästetrakt der Datscha in das Wohnzimmer des Generalsekretärs geleitet, der ihn bereits erwartete. Philby legte dem alten Herrn mehrere Dokumente vor. Der Generalsekretär las sie und legte sie dann auf den Tisch. „Es sind nicht viele Leute beteiligt", sagte er. „Wegen der besonderen Vertraulichkeit von Plan Aurora war es sehr klug, die Zahl der Teilnehmer auf das absolute Minimum zu beschränken. Erklären Sie mir, warum Sie diese Männer brauchen."

„Schlüsselfigur der ganzen Operation", begann Philby, „ist ein Illegaler, der nach England geht, dort eine Zeitlang als Brite getarnt lebt und schließlich Plan Aurora durchführt. Zwölf Kuriere werden die Objekte ins Land schmuggeln. Keiner der Kuriere wird wissen, was er befördert oder warum. Jeder hat Zeit und Ort eines Treffs und eines unter Umständen notwendigen Ausweichtreffs auswendig gelernt. Die Kuriere unterstehen einem Führungsoffizier. Mit ihm wird ein Beschaffungsoffizier zusammenarbeiten, der den Inhalt der Sendungen beizubringen hat. Zur Nachrichtenübermittlung wäre noch etwas zu sagen. Übermittlungen während eines persönlichen Zusammentreffens sind ausgeschlossen. Wir können uns mit dem Illegalen durch chiffrierte Morsesignale in Verbindung setzen, die wir unter Benutzung von Einmalkodes über die Frequenzen des Moskauer Rundfunks ausstrahlen. Aber für den Fall, daß er eine dringende Mitteilung an uns hat, muß ihm in England ein Sender zur Verfügung stehen. Wir haben dafür einen schlafenden Sender bei zwei Griechen in Chesterfield ausgesucht. Es ist riskant, aber es muß sein."

Der Generalsekretär vertiefte sich wieder in die Papiere. Schließlich blickte er auf. „Sie bekommen Ihre Leute", bestätigte er. „Und noch etwas. Ich wünsche nicht, daß jemand, der mit Aurora zu tun hat, in irgendeiner Form mit den KGB-Leuten in unserer Residentur in der Londoner Botschaft Kontakt aufnimmt. Man weiß nie, wer unter Beobachtung steht, oder –" Was immer seine zweite Befürchtung sein mochte, er sprach sie nicht aus. „Das ist alles."

AM MORGEN darauf trafen sich Preston und Viljoen wieder in ihrem Büro im Union Building. Da es ein Sonntag war, befanden sie sich fast allein in dem Gebäude.

„Irgend etwas paßt nicht ins Bild", legte Preston dem jungen Hauptmann dar. „Ich bin die ganze Nacht wach gewesen und habe überlegt. Ich möchte mehr über diesen anderen Soldaten wissen, der zusammen mit Marais in Oberschlesien flüchtete. Marais erwähnt nie seinen Namen. Ich möchte ihn aufspüren."

„Aber er ist doch tot", wandte Viljoen ein. „Er liegt seit über vierzig Jahren in einem Wald in Polen begraben. Wo zum Kuckuck sollen wir mit der Suche beginnen?"

„Marais schrieb in seinem Lebenslauf, die Lagerinsassen konnten sich nur durch Sendungen des Roten Kreuzes am Leben erhalten. Er und sein Kamerad sind kurz vor Weihnachten geflohen. Diese Flucht muß die Deutschen in Rage gebracht haben. In solchen Fällen wurde meist die ganze Lagerbaracke, in der der Flüchtige untergebracht war, bestraft: keine Vergünstigungen mehr, keine Lebensmittelpakete. Jeder, der in Marais' Baracke war, dürfte sich bis an sein Lebensende an dieses Weihnachten erinnern. Läßt sich feststellen, wer damals in jener Lagerbaracke war?"

In Südafrika gibt es keinen Verband ehemaliger Kriegsgefangener; es gibt nur einen Veteranenverein, dem lediglich aktive Feldzugsteilnehmer angehören. Preston und Viljoen fingen an, jedes Vereinsmitglied in Südafrika anzurufen und zu fragen, ob man einen ehemaligen Gefangenen von Stalag 344 kenne.

Es war eine mühsame Sache. Von den noch lebenden ehemaligen Kriegsgefangenen befanden sich an diesem Sonntag viele gerade auf dem Golfplatz, andere waren verreist. Die Fragesteller wurden mit freundlichem Bedauern beschieden und erhielten eine Menge gutgemeinter Ratschläge, die sich alle als Nieten erwiesen. Am Spätnachmittag machten sie Schluß und begannen am Montag früh von neuem. Kurz vor Mittag konnte Viljoen einen Erfolg verzeichnen. Er hatte einen ehemaligen Obersten in Kapstadt an der Strippe. Viljoen, der afrikaans gesprochen hatte, legte die Hand über die Sprechmuschel: „Ein ehemaliger Oberst namens Roberts."

Preston nahm den Hörer. „Mr. Roberts? Ja, mein Name ist Preston. Ich stelle Nachforschungen über Stalag 344 an … Vielen Dank, sehr liebenswürdig … Ja, mir ist bekannt, daß Sie dort waren. Erinnern Sie sich noch an Weihnachten 1944? Als zwei junge Afrikaander beim Außeneinsatz geflüchtet sind …"

Roberts, vermutlich in den Siebzigern, war sofort auf Draht. „Natürlich erinnere ich mich. Wurde deswegen vor den deutschen Kommandanten zitiert, der eine Stinkwut hatte. Hat der ganzen Baracke wegen dieser Geschichte die Rotkreuzpakete gestrichen."

„Erinnern Sie sich noch an die Namen?" fragte Preston.

„Natürlich. Vergesse nie einen Namen. Beide sehr jung, noch keine zwanzig, würde ich sagen. Einer hieß Marais, der andere Brandt, ein Unteroffizier. Beide Afrikaander. An ihre Einheit kann ich mich aber nicht mehr erinnern."

Preston bedankte sich überschwenglich und fuhr mit Viljoen ins südafrikanische Militärarchiv. Unglücklicherweise ist Brandt ein sehr häufiger Name. Es gab Hunderte davon.

Bis zum Abend hatten sie, unterstützt von den Archivaren, sechs Unteroffiziere Brandt ermittelt, die von den Jahrgängen und Einsatzorten her in Frage kamen, aber alle waren schon gestorben. Es sah so aus, als ob die Spur hier ende.

Am selben Abend rief Preston von seinem Hotelzimmer aus Oberst Roberts in Kapstadt an. „Verzeihen Sie, daß ich nochmals störe, Herr Oberst. Können Sie sich noch entsinnen, ob Unteroffizier Brandt einen besonders guten Freund oder Kameraden in dieser Baracke hatte? Nach meiner eigenen Erfahrung in der Armee gibt es gewöhnlich Kameraden, die besonders zusammenhalten."

„Ganz recht, gibt es häufig. Aus dem Stegreif kann ich's Ihnen nicht sagen. Lassen Sie mich's überschlafen. Wenn mir etwas einfällt, rufe ich Sie morgen früh an."

Der hilfreiche Oberst Roberts rief an, als Preston beim Frühstück saß. Seine abgehackte Stimme klang, als mache er Rapport ans Hauptquartier. „Habe nachgedacht. Die Baracken waren ursprünglich für ungefähr hundert Mann gebaut. Aber es kamen immer mehr Gefangene, und am Ende lagen wir drin wie die Heringe. Über zweihundert pro Baracke. Mußten immer zwei auf einer Pritsche schlafen. Brandt hat seine Pritsche mit einem Gefreiten namens Levinson von der Royal Durban Light Infantry geteilt."

Im Militärarchiv ging es diesmal schneller. Levinson war kein so häufiger Name, und sie wußten die Einheit. In einer Viertelstunde lag die Akte vor. Der Mann hieß Max Levinson, geboren in Durban. Nach Kriegsende hatte er abgemustert, daher war nichts über eine Pension oder eine Adresse verzeichnet.

Preston versuchte sein Glück mit dem Telefonbuch von Durban, während Viljoen die dortige Polizei bat, den Namen durch ihren Computer laufen zu lassen. Viljoen wurde als erster fündig. Es hatten zwei Ordnungswidrigkeiten wegen falschen Parkens vorgelegen, und damit hatte man die Adresse. Max Levinson besaß ein kleines Hotel an der Küste. Viljoen rief an, und Mrs. Levinson kam an den Apparat. Sie bestätigte, daß ihr Mann im Stalag 344 gewesen sei, dann kam Levinson selbst an den Apparat, und Preston sprach mit ihm. Der fröhliche Hotelier dröhnte übers Telefon: „Klar erinnere ich mich an Frikki, ich meine Frederik. Der Blödmann ist in die Wälder abgehauen. Nie mehr von ihm gehört. Was ist mit ihm?"

„Woher stammten er und seine Familie?"

„Port Elizabeth", antwortete Levinson ohne Zögern. „Er gab sich selbst als Afrikaander aus, aber seine Eltern sind aus Deutschland gekommen. Einwanderer. So Mitte der dreißiger Jahre."

Preston bedankte sich für die Hilfe, sagte auf Wiedersehen und wandte sich an Viljoen. „Wo werden die Unterlagen über die Einwanderer in Südafrika aufbewahrt?"

„Im Staatsarchiv im Union Building", erwiderte Viljoen.

„Könnten die Archivare für mich nachsehen, während wir warten?" fragte Preston.

„Klar."

Preston und Viljoen brachten ihr Anliegen vor und gingen zum Lunch in die Kantine, während ein Archivar die Akten durchsehen mußte. Glücklicherweise waren sie alle bereits elektronisch gespeichert, und der Computer gab die Aktennummer im Handumdrehen aus. Die gewünschte Information erreichte Preston und Viljoen, als sie beim Kaffee saßen. Viljoen übersetzte Wort für Wort.

Preston dachte eine Weile nach. „Gibt es in Port Elizabeth eine Synagoge?" fragte er schließlich.

„ALSO", begann General Pienaar, als sie in den Klubsesseln um den niedrigen Tisch saßen, „unser Diplomat Jan Marais. Wo ist er umgedreht worden? Wir haben jeden Schritt dieses Mannes nachgeprüft, von seiner Geburt bis zum heutigen Tag. Wir fanden keine Unstimmigkeit. Alles, was nachprüfbar ist, ist auch wahr."

„Alles, was nachprüfbar ist, ja. Alles ist wahr, bis zu dem Zeitpunkt, als diese beiden jungen Kriegsgefangenen in Schlesien von dem deutschen Lastwagen sprangen und die Flucht ergriffen. Alles Spätere ist Lüge. Ich möchte jetzt mit dem Mann beginnen, der zusammen mit Jan Marais flüchtete, mit der Geschichte des Frikki Brandt. 1933 kam Hitler in Deutschland an die Macht. 1935 erschien ein Deutscher namens Josef Brandt in der Botschaft Südafrikas in Berlin und suchte um ein Einwanderungsvisum nach – aus Gründen der Menschlichkeit. Er werde verfolgt, sei in Gefahr, weil er Jude sei. Das Gesuch wurde anerkannt, und man bewilligte ihm und seiner jungen Familie die Einreise nach Südafrika. Das Gesuch und die Ausstellung des Visums sind in Ihren Akten vermerkt."

„Richtig." General Pienaar nickte. „Während der Hitlerzeit kamen viele jüdische Einwanderer nach Südafrika."

„Im November 1935", fuhr Preston fort, „gingen Josef Brandt, seine Ehefrau Ilse und der zehnjährige Sohn Friedrich in Port Elizabeth von Bord. Damals gab es dort eine große deutsche und eine kleine jüdische Gemeinde. Brandt blieb in Port Elizabeth und bekam Arbeit bei der Eisenbahn. Ein Beamter der Einwanderungsbehörde benachrichtigte den Rabbi von der Ankunft der neuen Mitbürger.

Der Rabbi ist jetzt ein alter Mann, aber ich habe ihn befragt. Er besuchte die Brandts und lud sie ein, am Leben der jüdischen Gemeinde teilzunehmen. Sie lehnten ab, und er vermutete, sie wollten versuchen, sich der nichtjüdischen Bevölkerung anzuschließen. Er war enttäuscht, aber er schöpfte keinen Verdacht.

1938 wurde der Junge, dessen Name jetzt auf afrikaans Frederik oder Frikki lautete, dreizehn Jahre alt. Zeit für seine Bar-Mizwa, die Einführung in die religiösen Pflichten eines erwachsenen Israeliten. Selbst wenn die Brandts sich ihrer neuen Heimat anpassen wollten, so ist dies doch für einen Juden mit einem einzigen Sohn eine wichtige Sache. Obwohl der junge Brandt nie die Talmud-Schule besucht hatte, ging Rabbi Shapiro zu ihnen und fragte sie, ob er seines Amtes walten solle. Sie ließen ihn abblitzen, und jetzt wurde er hellhörig und gelangte zu der Überzeugung, daß sie überhaupt keine Juden waren."

„Demnach sind sie unter Vorspiegelung falscher Tatsachen nach Südafrika gekommen", empörte sich General Pienaar.

„Das ist noch nicht alles", berichtete Preston weiter. „Ich kann es nicht beweisen, glaube aber, daß ich recht habe. Josef Brandt sagte die Wahrheit, als er vor vielen Jahren bei Ihrer Botschaft angab, er werde von der Gestapo bedroht. Aber nicht als Jude, sondern als militanter, aktiver deutscher Kommunist. Er wußte natürlich, daß er das nicht sagen durfte, wenn er ein Visum bekommen wollte."

„Weiter", sagte der General grimmig.

„Mit achtzehn Jahren war der Sohn völlig von den geheimen Idealen seines Vaters durchtränkt, er war überzeugter Kommunist und wollte für seine ideologische Heimat, für die Sowjetunion, kämpfen. 1944 trafen zwei junge Männer im Stalag 344 zusammen. Ich weiß nicht, ob Brandt damals schon Fluchtpläne hatte, aber er suchte sich als Begleiter einen jungen Mann, der groß und blond war wie er. Jedenfalls ergriff er die Gelegenheit, als der Lastwagen die Panne hatte."

„Aber die Sache mit der Lungenentzündung?" fragte Viljoen.

„Es gab keine Lungenentzündung", erklärte Preston, „und die beiden fielen auch nicht in die Hände katholischer polnischer Partisanen. Vielmehr stießen sie auf kommunistische Partisanen. Auf diesem Weg kam er zur Roten Armee und weiter zum NKWD; der arglose Marais immer hinterher.

Der Identitätstausch fand zwischen März und August 1945 statt. Marais dürfte nach jeder kleinsten Einzelheit aus seiner Kindheit und Schulzeit ausgequetscht worden sein, Brandt lernte das Ganze auswendig, bis er diesen Lebenslauf im Schlaf kannte. Der echte Jan Marais war jetzt überflüssig und wurde wahrscheinlich liquidiert.

Sie drehten Brandt durch die Mangel, gaben ihm ein paar Medikamente, die ihn wirklich krank machten, und schickten ihn nach Potsdam. Er lag eine Weile im Lazarett. Im Winter 1945 dürften alle südafrikanischen Soldaten wieder zu Hause gewesen sein. Brandt lief kaum Gefahr, einem Regimentskameraden zu begegnen. Und im Dezember schiffte er sich nach Kapstadt ein, wo er im Januar 1946 landete.

Es gab nur noch ein Problem. Er konnte nicht nach Duiwelskloof. Aber das hatte er auch gar nicht vor. Dann schickte jemand vom Kriegsministerium dem alten Farmer Marais ein Telegramm des Inhalts, daß sein Sohn, der als ,vermißt, wahrscheinlich gefallen' gegolten hatte, doch zurückgekommen sei. Zu Brandts nicht geringem Schrecken – ich gebe zu, daß ich nur rate, aber so muß es gewesen sein – erhielt er von seinem ‚Vater' ein Telegramm, daß man ihn zu Hause erwarte. Er wurde vorsichtshalber wieder ‚krank' und legte sich ins Lazarett in Kapstadt.

Der alte Vater ließ sich nicht entmutigen. Er telegrafierte nochmals, daß er selber nach Kapstadt kommen wolle. In seiner Panik wandte Brandt sich an die Genossen der Komintern, und die nahmen sich der Sache an. Sie überfuhren den alten Mann auf einer verlassenen Landstraße im Mootsekital, täuschten einen halb durchgeführten Radwechsel an seinem Wagen vor und arrangierten alles so, daß es nach einem Unfall mit Fahrerflucht aussah. Danach ging alles glatt. Der junge Mann konnte nicht zur Beerdigung nach Hause fahren, was die Leute in Duiwelskloof einsahen, und Rechtsanwalt Benson schöpfte keinerlei Verdacht, als er Anweisung erhielt, den Besitz zu verkaufen und den Erlös nach Kapstadt zu überweisen."

Im Büro des Generals herrschte Totenstille, nur eine Fliege stieß summend gegen die Fensterscheibe.

„Es klingt einleuchtend", gab der General schließlich zu. „Aber es liegen keine Beweise vor. Haben Sie etwas, das Ihre Ausführungen zweifelsfrei belegt?"

Preston griff in die Tasche und zog ein Foto heraus, das er auf den Tisch legte. „Dies ist das letzte Foto des echten Jan Marais. Wie Sie sehen, war er als Junge ein recht guter Kricketspieler. Er war Ballmann, also ein Werfer. Auf dem Bild hält er den Ball so, als wolle er ihn auf das Mal schleudern. Dabei können Sie erkennen, daß der echte Marais Linkshänder war.

Ich habe den Jan Marais in London eine Woche lang beobachtet, oft aus nächster Nähe, durch einen Feldstecher. Herr General, man kann alles mögliche mit einem Menschen anstellen, um ihn zu verändern. Man kann sein Haar ändern, seine Sprache, sein Gesicht, seine Gewohnheiten. Aber aus einem Linkshänder wird nie und nimmer ein Rechtshänder."

General Pienaar starrte das Foto an. „Mit wem haben wir es also dann in London zu tun, Mr. Preston?"

„Herr General, mit einem in der Wolle gefärbten kommunistischen Agenten, der seit vierzig Jahren innerhalb des auswärtigen Dienstes der Republik Südafrika für die Sowjetunion arbeitet."

General Pienaar hob den Blick von der Tischplatte und richtete ihn nach draußen auf das Voortrekker-Denkmal. „Ich mache Hackfleisch aus ihm", murmelte er.

Preston räusperte sich. „Dürfte ich Sie, eingedenk der Tatsache, daß dieser Mann auch für uns Probleme aufwirft, noch um Zurückhaltung bitten, bis Sie persönlich mit Sir Nigel Irvine gesprochen haben?"

„Sehr richtig, Mr. Preston", gab General Pienaar zu, „ich werde zuerst mit Sir Nigel sprechen. Und wie sind nun Ihre Pläne?"

„Ich möchte mit der nächsten Maschine nach London fliegen, Sir. Heute abend noch."

General Pienaar stand auf und reichte Preston die Hand. „Leben Sie wohl, Mr. Preston. Hauptmann Viljoen wird Sie zum Flugzeug begleiten. Und vielen Dank für Ihre Hilfe."

Vom Hotel aus, wo er seine Sachen packte, rief Preston bei Dennis Grey an, dem Residenten von MI6, damit er eine kodierte Nachricht nach London übermittelte. Zwei Stunden später traf die Antwort ein, Sir Bernard Hemmings werde am morgigen Samstag in seinem Büro auf Preston warten.

PRESTON und Viljoen standen in der kühlen Abenddämmerung auf dem Flughafen.

„Eines muß ich Ihnen lassen, Sie sind ein verdammt guter *jaghond*."

„Vielen Dank", sagte Preston.

„Kennen Sie den südafrikanischen *jaghond?*"

„Soviel ich weiß", entgegnete Preston vorsichtig, „ist er langsam, linkisch, aber sehr zielstrebig."

Zum erstenmal in dieser ganzen Woche warf Hauptmann Viljoen den Kopf zurück und lachte lauthals. Dann wurde er ernst. „Darf ich Sie etwas fragen?"

„Bitte."

„Warum haben Sie dem Toten einen Blumenzweig aufs Grab gelegt?"

Preston blickte hinüber zu seiner Maschine. „Sie haben ihm den Sohn genommen", antwortete er, „und ihn selber dann umgebracht, damit er es nicht herausfinden konnte. Ich mußte es einfach tun."

Viljoen reichte ihm die Hand. „Leben Sie wohl, John, und viel Glück."

„Leben Sie wohl, Andi."

Zehn Minuten später entschwebte die Düsenmaschine in nördlicher Richtung, mit Kurs auf Europa.

7. KAPITEL

ALS Major Waleri Petrowski in das Wohnzimmer der herrschaftlichen, aber spartanisch eingerichteten Datscha in Usowo geführt wurde, erfaßte ihn panische Aufregung. Noch nie war er dem Generalsekretär der Kommunistischen Partei der Sowjetunion persönlich begegnet und hatte sich nicht im Traum vorgestellt, daß es je dazu kommen werde.

Er hatte drei nervenaufreibende Tage hinter sich. Seit er von seinem Vorgesetzten zur besonderen Verwendung abkommandiert worden war, hatte man ihn in einer Wohnung im Zentrum von Moskau eingesperrt und von zwei Männern des Neunten Direktorats, der Kremlgarde, bewachen lassen. Dann erhielt er am Sonntag abend plötzlich Befehl, seinen besten Zivilanzug anzuziehen und den Wachen zu einem unten wartenden Tschaika zu folgen. Auf der Fahrt wurde kein Wort gesprochen. Er kannte nicht einmal die Datscha, vor der schließlich angehalten wurde. Erst als Major Pawlow ihm erklärte: „Der Genosse Generalsekretär möchte Sie sprechen", hatte er begriffen, wo er war.

Als er das Wohnzimmer betrat, blieb er in Habtachtstellung an der Tür stehen. Der alte Mann im Rollstuhl musterte ihn schweigend, hob dann die Hand und bedeutete ihm, näher zu kommen. Petrowski trat vier Schritte vor und stand abermals stramm.

„Major Petrowski, haben Sie etwa einen Stock verschluckt? Kommen Sie hierher ins Licht, wo ich Sie sehen kann. Und nehmen Sie Platz."

Petrowski hielt den Atem an. Es war für einen jungen Major unerhört, in Gegenwart des Generalsekretärs zu sitzen. Er tat, wie ihm geheißen wurde, blieb aber auf der äußersten Stuhlkante sitzen, mit steifem Rücken und geschlossenen Knien.

„Haben Sie eine Ahnung, warum ich Sie kommen ließ?"

„Nein, Genosse Generalsekretär."

„Natürlich nicht. Es durfte auch niemand etwas davon erfahren. Ich habe Sie, Waleri Alexejewitsch, persönlich dazu auserwählt, einen bestimmten Auftrag auszuführen. Im Fall des Gelingens wird der Nutzen für unser Land unschätzbar sein; ein Fehlschlag würde eine Katastrophe bedeuten."

Petrowski schwirrte der Kopf. Schon seit er, der brillante Student der Moskauer Universität, statt die beabsichtigte Laufbahn im Außenministerium einzuschlagen, in das Erste Hauptdirektorat zu den vielversprechenden jungen Männern geholt worden war, hatte er von einem wichtigen Auftrag geträumt. Aber selbst seine kühnsten Träume hatten nicht an diese Wirklichkeit herangereicht. „Danke für diese Ehre, Genosse Generalsekretär."

„Die Einzelheiten werden Sie von anderen erfahren", fuhr der Generalsekretär fort. „Über eines müssen Sie sich dabei allerdings im klaren sein, und das möchte ich Ihnen zuerst selber auseinandersetzen. Wenn Sie Ihren Auftrag zur Zufriedenheit ausführen, und daran

zweifle ich nicht, dann werden Sie hierher zurückkehren und nie
dagewesene Beförderung und Auszeichnung erfahren. Dafür werde
ich sorgen. Sollte jedoch etwas nicht nach Plan gehen, so müssen Sie
ohne Zögern Maßnahmen ergreifen, die garantieren, daß Sie unter
keinen Umständen lebend gefaßt werden. Wenn Sie rigoros verhört
werden, zu einem Geständnis gezwungen würden – o ja, das ist
heutzutage möglich, kein noch so großer Mut kann diesen Chemika-
lien widerstehen –, würde das allein schon verheerend sein. Aber falls
Sie danach noch auf einer internationalen Pressekonferenz vorgeführt
werden – ein solches Schauspiel würde der Sowjetunion, Ihrem
Vaterland, einen unermeßlichen und nie wiedergutzumachenden
Schaden zufügen."

Major Petrowski holte tief Atem. „Ich werde nicht versagen",
versprach er. „Aber sollte es dazu kommen, so werde ich ihnen nicht
lebend in die Hände fallen."

Der Generalsekretär drückte auf den Summer unter der Tischplatte,
und Major Pawlow erschien.

„Dann gehen Sie jetzt, junger Mann. Jemand, den Sie vielleicht
schon einmal gesehen haben, wird Sie über Ihren Auftrag unterrichten. Wir werden uns nicht wiedersehen – bis Sie zurückkehren."

Als Petrowski hinter Major Pawlow den langen Korridor zum
Gästeflügel durchschritt, war sein Herz geschwellt von Tatendrang
und Stolz. Major Pawlow machte vor einer der Türen halt, klopfte an
und öffnete. Er ließ Petrowski eintreten, schloß dann die Tür und
entfernte sich. Hinter einem mit Papieren und Landkarten bedeckten
Tisch erhob sich ein weißhaariger Mann und trat auf Petrowski zu.
„Sie sind also Major Petrowski", begrüßte er den Eintretenden
lächelnd und reichte ihm die Hand.

Petrowski wunderte sich über die stockende Redeweise. Er kannte
diesen Mann, obwohl er ihm noch nie begegnet war. Für die
Nachwuchskräfte des Ersten Hauptdirektorats war er ein Idol; ein
Mann, dem Respekt gebührte, der den Triumph der Sowjetideologie
über den Kapitalismus personifizierte. „Jawohl, Genosse Oberst",
sagte Petrowski.

Philby kannte die Personalakte des Majors genau. Petrowski war
erst sechsunddreißig und wurde seit einem Jahrzehnt dafür ausgebildet, Engländer zu spielen. Er war zweimal in England gewesen, um
die dortigen Verhältnisse kennenzulernen und hatte beide Male unter
einer Legende gelebt. Solche Aufenthalte dienten nur dazu, die
Illegalen vor ihrem eigentlichen Einsatz mit allem vertraut zu machen,
was ihnen eines Tages selbstverständlich sein mußte: wie man ein
Bankkonto eröffnet, sich bei einem Blechschaden mit dem Fahrer des

anderen Wagens einigt, die Londoner U-Bahn benutzt. Außerdem sollten sie in der Umgangssprache auf dem laufenden bleiben. Philby selber bediente sich jetzt des Englischen. „Setzen Sie sich", forderte er Petrowski auf. „Ich will Ihnen nun in groben Umrissen Ihren Auftrag beschreiben. Die Zeit ist knapp, verzweifelt knapp, Sie werden sich daher alles schnellstens einprägen müssen."

Zwei Stunden vergingen, ehe Philby den Plan Aurora mit allem, was dazugehörte, umrissen hatte. Petrowski sog jedes Wort gierig ein. Die Kühnheit des Plans erregte und erstaunte ihn.

„In den nächsten Tagen werden Sie über eine Reihe von Namen, Orten, Daten, Sendezeiten, Treffs und Ausweichtreffs instruiert werden. Das alles müssen Sie auswendig lernen. Mit hinübernehmen werden Sie nur ein Heft mit Einmalkodes. So, das wäre alles."

Petrowski nickte. „Ich habe dem Genossen Generalsekretär versichert, daß ich nicht versagen werde", erklärte er jetzt. „Sobald das Zubehör eingetroffen ist, wird die Sache laufen."

Philby stand auf. „Gut, dann lasse ich Sie jetzt wieder nach Moskau fahren, wo Sie die restliche Zeit bis zu Ihrem Aufbruch verbringen werden."

DIE Mitglieder des Eisenherz-Ausschusses lasen alle schweigend Prestons Bericht. „So", sagte Sir Anthony Plumb, der Nachrichtendienstkoordinator, und eröffnete damit die Diskussion, „jetzt wissen wir wenigstens um das Was, Wo, Wann und um die Person. Aber wieviel wissen wir noch immer nicht! Mit der Schadensfeststellung kann nicht mal angefangen werden, und wir müssen jetzt einfach unsere Alliierten verständigen. Was machen wir mit dem Mann? Irgendwelche Vorschläge, Brian?"

Da Brian Harcourt-Smiths Generaldirektor nicht anwesend war, repräsentierte er allein MI5. Er wählte seine Worte sehr vorsichtig. „Wir von der Abwehr neigen zu der Ansicht, daß der Agentenring ausschließlich aus Berenson, Marais und dem Verbindungsmann Benotti besteht. Berenson dürfte so wichtig gewesen sein, daß man vermutlich das ganze Theater nur für ihn aufgezogen hat."

Mehrere Ausschußmitglieder nickten zustimmend.

„Und was empfehlen Sie?" fragte Sir Anthony.

„Daß wir sie alle hochgehen lassen."

„In die Sache ist ein ausländischer Diplomat verwickelt", gab Sir Hubert Villiers vom Innenministerium zu bedenken.

„Ich glaube, Pretoria würde in diesem Fall bereit sein, die Immunität aufzuheben", meinte Sir Patrick Strickland, der Vertreter des Außenministeriums. „Kein Zweifel, daß sie Marais für sich haben wollen, nachdem wir uns mit ihm unterhalten haben. Was meinen Sie, Nigel?"

Sir Nigel, der Chef von MI6, hatte die ganze Zeit wie gedankenverloren zur Decke gestarrt. Die Frage schien ihn aufzuwecken. „Ich habe gerade überlegt. Wir nehmen die drei also hoch. Und was dann?"

„Verhör", erklärte Harcourt-Smith. „Wir können mit der Schadensfeststellung beginnen und unseren Alliierten mitteilen, daß wir den ganzen Ring zerschlagen haben."

„Schön und gut", sagte „C", „aber danach? Es besteht immer noch die Möglichkeit, daß Berenson unter falscher Flagge angelaufen wurde."

Alle Anwesenden wußten, was „Anlaufen unter falscher Flagge" bedeutete. Man versteht darunter die Anwerbung einer Quelle durch Leute, die vorgeben, für ein dem Angeworbenen sympathisches Land zu arbeiten, während sie in Wahrheit für ein anderes Land tätig sind.

„Und es würde auf unseren Fall passen", fuhr Sir Nigel fort. „Wir alle haben Berensons Akte durchgeackert bis zum Überdruß. Nach dem, was wir über ihn wissen, liegt die ‚falsche Flagge' sehr nahe, und dies könnte eine Spur sein, die uns noch weit über diesen kleinen Agentenring hinausführt."

Die Ausschußmitglieder riefen sich den Inhalt von Berensons Akte wieder ins Gedächtnis, und einige nickten. Er hatte seine Karriere im Außenministerium unmittelbar nach dem Universitätsabschluß begonnen. Mitte der sechziger Jahre hatte er Lady Fiona Glen geheiratet und kurz darauf, begleitet von seiner jungen Frau, einen Posten in Pretoria angetreten. Vermutlich hatte er dort, unter dem Eindruck der traditionellen und nahezu grenzenlosen südafrikanischen Gastfreundschaft, seine Bewunderung für diese Republik entwickelt. In England war eine Labour-Regierung an der Macht, Rhodesien in Aufruhr, und so wurde Berensons immer offenkundigere Wertschätzung Pretorias in London nicht gut aufgenommen. Nach seiner Rückkehr nach England 1969 kam ihm vermutlich zu Ohren, sein nächster Auslandsposten werde wohl in einem weniger umstrittenen Land sein – etwa in Bolivien. Es war durchaus wahrscheinlich, daß Lady Fiona, die sich Pretoria gerade noch hatte gefallen lassen, das Ansinnen schlankweg zurückwies, drei Jahre irgendwo in den Anden zu verbringen. George Berenson hatte sich jedenfalls um eine Versetzung ins Verteidigungsministerium bemüht, was als Abstieg betrachtet wurde. Aber angesichts des Vermögens seiner Frau mußte er auf sie Rücksicht nehmen und versuchen, in London zu bleiben. Nachdem er nicht mehr den Zwängen des auswärtigen Dienstes unterlag, wurde er Mitglied mehrerer prosüdafrikanischer Verbände. Nach der Lektüre des Berichts hatten die Ausschußmitglieder angenommen, Berensons Sympathien für Südafrika seien die Tarnung für seine prosowjetische Einstellung gewesen. Nun hatte Sir Nigel Irvines Hinweis ein neues Licht auf die Sache geworfen.

„Unter falscher Flagge?" sinnierte Sir Patrick Strickland. „Sie meinen, er hat wirklich selbst daran geglaubt, daß er Geheimdokumente an Südafrika liefert?"

„Wenn er tatsächlich mit den Sowjets sympathisiert oder insgeheim Kommunist ist", führte „C" weiter aus, „warum hat die Moskauer Zentrale ihn nicht durch einen Russen führen lassen? Ich kenne fünf Leute an ihrer hiesigen Botschaft, die diesen Job genausogut hätten erledigen können."

„Also, ich muß gestehen, ich weiß nicht . . .", begann Sir Anthony Plumb, hob den Kopf und erhaschte Sir Nigels blinzelnden Blick. Damit war für Sir Anthony alles klar. „C" stellte keine Mutmaßungen an, er wußte es genau.

Tatsächlich hatte Andrejew zwei Tage zuvor etwas zu berichten gehabt. Es war nicht viel gewesen, nur Kantinenklatsch aus der Sowjetbotschaft. Er hatte mit dem N-Mann ein Glas getrunken und ein bißchen gefachsimpelt. Dabei hatte er auch die gelegentlichen Vorteile eines Anlaufens unter falscher Flagge erwähnt. Der Vertreter des Direktorats der Illegalen hatte gelacht, gezwinkert und sich mit dem Zeigefinger an die Nase getippt. Andrejew legte das so aus, daß im Moment in London tatsächlich eine Operation unter falscher Flagge lief, von der der N-Mann etwas wußte.

„Ich glaube, wir sollten Nigels Hinweis ernstlich in Betracht ziehen", fuhr Sir Anthony fort. „Er klingt vernünftig. Was schlagen Sie vor, Nigel?"

„Der Mann ist ein Verräter, daran ist nicht zu zweifeln", sagte „C". „Wenn man ihn mit den Dokumenten konfrontiert, die uns anonym zurückgeschickt wurden, so muß ihm das einen ordentlichen Schlag versetzen. Und wenn man ihm Prestons Südafrikabericht zu lesen gibt, und er hat wirklich geglaubt, daß er für Pretoria arbeitete, so wird ihm das vermutlich den Rest geben, und er wird zusammenklappen. War er die ganze Zeit über heimlicher Kommunist, dann ist ihm auch bekannt, auf welcher Seite Marais steht, es könnte ihn folglich nicht überraschen. Ein geschulter Beobachter müßte das feststellen können."

„Und wenn er tatsächlich unter falscher Flagge angelaufen wurde?" fragte Sir Percy Jones.

„Dann, glaube ich, können wir bei der Schadensfeststellung mit seiner uneingeschränkten Mitarbeit rechnen. Mehr noch, ich glaube, wir könnten ihn dazu bringen, uns dabei zu helfen, eine Kampagne zur Desinformation Moskaus aufzuziehen, indem wir über ihn die Sowjets mit getürktem Material beliefern. Und das könnten wir unseren Verbündeten als großes Plus präsentieren."

Man kam einstimmig überein, Sir Nigels Taktik zu verfolgen.

AM DIENSTAG, dem 24. März, landete ein südafrikanischer Tourist aus Johannesburg auf dem Londoner Flughafen Heathrow. Als er mit seiner Reisetasche in der Hand aus der Zollhalle auftauchte, trat ein junger Mann auf ihn zu und stellte leise eine Frage. Der bullige Südafrikaner nickte bestätigend. Der junge Mann nahm ihm die Reisetasche ab und führte ihn hinaus zu einem Wagen.

Anstatt die Richtung nach London einzuschlagen, wie man vielleicht hätte erwarten können, fuhr der Chauffeur über die Ringautobahn M 25 zur M 3, die nach Hampshire führt. Nach einer Stunde hielt er vor der Tür eines hübschen Landhauses in der Nähe von Basingstoke. Der Südafrikaner wurde, nachdem er sich seines Mantels entledigt hatte, in die Bibliothek gebeten. Ein Engländer, etwa gleichaltrig, in ländlichen Tweed gekleidet, erhob sich aus einem Sessel am Kamin, um den Gast willkommen zu heißen.

„Henry Pienaar, freut mich, Sie wiederzusehen. Es ist lange her, seit wir uns das letzte Mal begegnet sind. Willkommen in England."

„Nigel, wie geht's Ihnen?"

Die Chefs der beiden Geheimdienste hatten bis zum Mittagessen noch eine Stunde Zeit. Sie besprachen das Problem, das General Pienaar in dieses Landhaus geführt hatte, in dem der britische Geheimdienst MI 6 seine ebenso hochrangigen wie heimlichen Gäste beherbergt.

Bis zum Abend hatte Sir Nigel Irvine sein Ziel erreicht. Die Südafrikaner würden Jan Marais vorläufig unbehelligt auf seinem Posten belassen und damit Irvine Gelegenheit geben, auf dem Weg über George Berenson – vorausgesetzt, daß der mitspielte – eine groß-angelegte Gegenspionageaktion aufzuziehen. Die Engländer würden Marais unter totaler Beobachtung halten; sie übernahmen die Verantwortung dafür, daß er keine Gelegenheit zu einer heimlichen Flucht nach Moskau haben würde, denn jetzt mußten auch die Südafrikaner an ihre Schadensfeststellung gehen – bis vierzig Jahre zurück.

Ferner kam man überein, daß Irvine nach Beendigung der Gegenspionageaktion Pienaar benachrichtigen würde, daß man Marais nicht mehr brauche. Marais sollte dann zurückberufen werden, die Engländer würden ihn an Bord des südafrikanischen

Flugzeugs „begleiten" und Pienaars Leute ihn festnehmen, sobald der Jet abgehoben hätte, also auf südafrikanischem Territorium.

Nach dem Abendessen verabschiedete sich Sir Nigel, dessen Fahrer draußen wartete. Pienaar würde im Landhaus übernachten, anderntags im Londoner Westend ein paar Einkäufe machen und mit der Abendmaschine wieder nach Hause fliegen.

„Lassen Sie ihn bloß nicht laufen", mahnte General Pienaar, als er Sir Nigel hinausbegleitete. „Spätestens Ende des Jahres will ich den Scheißkerl zu fassen kriegen."

„Sie werden ihn bekommen", versprach Sir Nigel. „Machen Sie ihn nur inzwischen nicht kopfscheu."

JOHN PRESTON saß in Brian Harcourt-Smiths Büro in der Charles Street. Der stellvertretende Generaldirektor war in leutseligster Laune. „Mein lieber John, ich glaube, man darf gratulieren. Der Ausschuß war von Ihrem Untersuchungsbericht aus Südafrika zutiefst beeindruckt."

„Danke, Brian."

„Doch, wirklich. Von nun an wird der Ausschuß sich um alles kümmern. Kann nicht genau sagen, was sie vorhaben, aber Sir Anthony Plumb läßt Ihnen ausdrücklich seine Zufriedenheit ausrichten. Und nun . . .", er breitete die Hände aus, „. . . zu Ihrer Zukunft."

„Meine Zukunft?"

„Wissen Sie, ich hab da ein kleines Problem. Sie arbeiten jetzt seit acht Wochen an diesem Fall. Die ganze Zeit über hat der junge March, Ihre Nummer zwei, C1A geleitet und sich dabei recht gut gehalten. Ich meine, es wäre nicht ganz fair, wenn er wieder die zweite Geige spielen müßte . . . Na, egal. So wie Sie sich schon mit Ruhm bekleckert haben, könnte es genau der richtige Moment sein, ein Stück weiter zu rücken. Ich habe mit der Personalabteilung gesprochen, und wie's der glückliche Zufall will, geht Cranley von C5C, das sind See- und Flughäfen, Ende der Woche vorzeitig in Pension. Ich dachte, das würde Ihnen zusagen."

Preston überlegte. C5C? Wieder ein Gemischtwarenladen. Statt Behördensicherung jetzt mal Grenzschutz. Auch so ein Polizistenjob mit Koordinierungsaufgaben verschiedener Bereiche auf nationaler Ebene: Einwanderungsbehörde, Zoll, Verbrechensbekämpfung, Drogenbekämpfung – Überwachung von See- und Flughäfen und Ausschauhalten nach unerwünschten Personen, die sich oder ihre Konterbande ins Land bringen wollten.

Harcourt-Smith hob mahnend einen Finger. „Eine wichtige Sache, John. Ihre besondere Aufgabe besteht natürlich darin, ein scharfes

Auge auf Ostblock-Illegale, Kuriere und so weiter zu halten. Dabei kommt man viel herum, und das mögen Sie doch. "

Und weg vom Stammhaus, solange das Gerangel um die Nachfolge läuft, dachte Preston.

„Auf jeden Fall möchte ich Sie's versuchen lassen", sagte Harcourt-Smith. Preston wußte, daß er ausmanövriert war.

AM FREITAG reiste Major Waleri Petrowski, ohne aufzufallen, in England ein. Er war mit schwedischen Papieren von Moskau nach Zürich geflogen und hatte dort beim Postamt in der Abflughalle die für ihn bereitliegenden Papiere eines Schweizer Ingenieurs abgeholt. Nach diesem ersten Identitätstausch flog er von Zürich weiter nach Dublin.

In einem Zimmer des Flughafenhotels traf er einen sowjetischen N-Mann aus der dortigen Botschaft. Petrowski zog sich bis auf die Haut aus und gab seine kontinentaleuropäische Kleidung ab. Er zog an, was der andere mitgebracht hatte – englische Sachen von Kopf bis Fuß. Dazu bekam er ein Wochenendköfferchen mit dem üblichen Inhalt: Pyjama, Waschbeutel, Reiselektüre und Wäsche zum Wechseln.

Der N-Mann übergab Petrowski außerdem einen Umschlag. Darin steckten eine abgerissene Eintrittskarte des Eblana-Theaters für die Vorstellung vom vergangenen Abend, eine Rechnung des Hotels New Jury für eine Übernachtung mit heutigem Datum und ein Rückflugticket von Aer Lingus für die Reise London–Dublin. Schließlich erhielt Petrowski seinen neuen Paß. Er war nun ein Engländer, der nach eintägiger Geschäftsreise von Dublin nach London zurückkehrte. Zwischen Irland und Großbritannien gibt es keine Paßkontrolle. Auf Anforderung hätte er einen einwandfreien britischen Paß auf den Namen James Duncan Ross vorzeigen können.

Der Russe kam durch den Zoll, ohne kontrolliert zu werden, und fuhr im Taxi vom Flughafen zum Bahnhof King's Cross im Norden der Londoner Innenstadt. Dort ging er zu einem Gepäckschließfach. Den Schlüssel dazu hatte er. Es gehörte zu einer Reihe von Schließfächern, die von den N-Leuten der Botschaft ständig überall in der britischen Hauptstadt belegt sind und für die schon vor langer Zeit Zweitschlüssel angefertigt worden waren. Dem Fach entnahm der Russe einen Koffer, der noch in genau demselben Zustand war, wie er zwei Tage zuvor mit der Diplomatenpost in der Botschaft eingetroffen war. Von King's Cross fuhr er, wiederum im Taxi, quer durch London zum Bahnhof Liverpool Street, der an die City, den ältesten Teil Londons, grenzt. Dort stieg Petrowski alias Ross in den Abendzug nach Ipswich in der Grafschaft Suffolk. Mit dem Zug dauerte es knapp anderthalb Stunden, um in diese in Küstennähe, Holland gegenüber liegende Stadt zu gelangen.

In dem Reisekoffer, mit dem Petrowski/Ross nun nach Ipswich unterwegs war, lag alles, was sonst noch zur Legende von James Duncan Ross gehörte. Eine Legende ist die fiktive Lebensgeschichte eines nicht existierenden Menschen, gestützt durch eine Anzahl völlig echt wirkender Dokumente. Der wirkliche James Duncan Ross lag irgendwo im tiefsten Busch am Sambesi begraben. Davon wußten aber zunächst nur sehr tüchtige KGB-Offiziere in Lusaka, die die Leiche des 1976 gefallenen rhodesischen Antiguerillakämpfers mit britischem Paß zufällig entdeckt hatten und zu neuem Leben erweckten.

Als Rhodesien unter dem Namen Zimbabwe unabhängig wurde, übersiedelte James Ross dank sowjetischer Geisterhände nach England. Zum Aufbau einer guten Legende werden Dutzende von Leuten und Tausende von Arbeitsstunden benötigt. Dem KGB hat es noch nie an Personal oder an Geld gefehlt. Bankkonten werden eröffnet und aufgelöst; Führerscheine umsichtig erneuert; Autos gekauft und verkauft, so daß der Name im Computer der Zulassungsstelle erscheint. Petrowski trug also eine sehr britische Identität zur Schau, und dazu paßte der Kofferinhalt vollkommen. Einzig die finnische Sako-Automatik nebst gefülltem Magazin war ein etwas ungewöhnlicher Gegenstand im Gepäck eines englischen Geschäftsmannes. Er war – und konnte es beweisen – James Ross, der von Plymouth im Westen des Landes herüberkam, um in Suffolk die Vertretung einer Schweizer Firma für Computer-Software zu übernehmen. Er hatte ein ansehnliches Guthaben bei der Barclay's Bank in Plymouth in Devonshire, das er jetzt nach Ipswich überschreiben lassen wollte. Von diesem Abend an war für ihn ein Zimmer im Great White Horse Hotel reserviert, wo er allerdings den Rechnungsvordruck seines Kreditkartenunternehmens blanko quittieren mußte. Die kritzelige Unterschrift von James Ross konnte er vollendet nachahmen.

Waleri Petrowski war, als er dann im Hotel in Ipswich zu Abend aß, völlig überzeugt, und dies mit Recht, daß niemand seine Identität als James Duncan Ross anzweifeln werde. Nach dem Abendessen ließ er sich am Empfang das Branchentelefonbuch geben und schlug die Sparte „Immobilien" auf.

WÄHREND Major Petrowski im Great White Horse Hotel in Ipswich sein Abendessen einnahm, läutete in der Wohnung im achten Stockwerk von Haus Savoy die Türklingel. Der Wohnungsinhaber, Mr. George Berenson, öffnete. Sekundenlang starrte er überrascht auf die Gestalt im Korridor. „Mein Gott, Sir Nigel . . ."

Sie kannten einander nicht gut, aber in den Korridoren von Whitehall läuft man sich gelegentlich über den Weg. Der Chef von MI6 nickte höflich. „Abend, Berenson, darf ich reinkommen?"

„Natürlich, natürlich, aber selbstverständlich . . ."

„Ist Lady Fiona zu Hause?"

„Sie ist zu einer ihrer Komiteeversammlungen gegangen. Wir sind ganz unter uns."

Das war Sir Nigel bereits bekannt, schließlich wurde sein Gastgeber observiert. Der Herr des Hauses half Sir Nigel aus dem Mantel und führte ihn dann zu einem Sessel im Salon. Berenson setzte sich seinem unerwarteten Gast gegenüber. „Nun, was kann ich für Sie tun?"

Sir Nigel öffnete seine Aktenmappe, von der er sich in der Diele nicht getrennt hatte, und legte sorgfältig einen Stoß Fotokopien auf die Glasplatte des Couchtisches. „Sie sollten einmal einen Blick auf diese Papiere werfen."

Nach der Lektüre des dritten Blattes legte Berenson es zusammen mit den beiden ersten wieder zurück auf den Stoß. Er war sehr bleich geworden, hatte sich aber immer noch in der Gewalt. „Ich kann dazu wohl kaum etwas sagen."

„Nicht viel", erwiderte Sir Nigel ruhig. „Wir wissen, wie Ihnen die Dokumente abhanden gekommen sind. Nach der Wiederbeschaffung der Papiere haben wir Sie überwachen lassen; wir haben das Verschwinden des Ascension-Memorandums, seinen Weg zu Benotti und von dort aus zu Marais verfolgt. Völlig lückenlose Geschichte."

Von dem, was er sagte, war einiges Tatsache, manches jedoch reiner Bluff; er wollte gegenüber Berenson nicht durchblicken lassen, wie schwach die rechtlichen Handhaben gegen ihn waren.

„Nun, wenn Sie schon alles wissen, was wollen Sie dann noch?"

„Ein paar Fragen stellen", antwortete Sir Nigel. „Zum Beispiel, warum haben Sie es getan?"

„Ich nehme an, daß Sie sich das selbst denken können, wenn Sie schon so viel wissen."

„Ich bin vielleicht ein bißchen langsam von Begriff", meinte Sir Nigel. „Also, klären Sie mich auf. Warum?"

Berenson holte tief Luft. „Ich bin der Ansicht, und das schon seit einer Reihe von Jahren, daß der einzige politische Kampf, der die Mühe wert ist, der Kampf gegen den Kommunismus und gegen die sowjetischen Hegemoniebestrebungen überall auf der Welt ist", begann er. „In diesem Kampf bildet Südafrika eine der Hauptbastionen. Seit langem verüble ich es den Westmächten, daß sie aus dubiosen moralischen Gründen Südafrika wie einen Aussätzigen behandeln und es nicht an unseren gemeinsamen Planungen teilnehmen lassen, die

darauf abzielen, der sowjetischen Bedrohung weltweit entgegenzu-
treten. Die Westmächte machen einen Fehler, wenn sie Südafrika den
Zugang zu den NATO-Plänen für den Ernstfall verwehren."

Sir Nigel nickte. „Und Sie hielten es für richtig und angebracht,
diesem Übel abzuhelfen?"

„Ganz recht. Und bei dieser Meinung bleibe ich."

Die Eitelkeit, dachte Sir Nigel, immer diese gigantische Selbstüber-
schätzung von im Grunde nicht ausreichend qualifizierten Menschen.
Typisch für diese Art von Verräter ist seine Überzeugung, daß er
allein recht hat und alle seine Kollegen Narren sind. „Hm. Sagen Sie,
haben Sie aus eigenem Antrieb angefangen, oder hat Marais Sie dazu
gebracht?"

Berenson überlegte eine Weile. „Jan Marais ist Diplomat, und daher
genießt er Immunität", führte Berenson aus. „Ich kann ihm also nicht
schaden. Ja, er hat mich dazu gebracht. Solange ich in Pretoria
stationiert war, sind wir uns nie begegnet. Das geschah erst hier, kurz
nach seiner Ankunft. Wir teilten über vieles die gleichen Ansichten. Er
überzeugte mich, daß bei einem eventuellen Konflikt mit der UdSSR
Südafrika auf der südlichen Erdhalbkugel allein stehen würde. Wir
waren beide der Meinung, daß der zuverlässigste Alliierte des Westens
in diesen Breitengraden ohne einen Hinweis auf vorgesehene NATO-
Operationen auf den lebenswichtigen Routen zwischen Südatlantik
und Indischem Ozean völlig handlungsunfähig sein würde. Man
denke nur an die Riesentanker, die für den Suezkanal zu groß sind."

„Wie recht Sie haben, Sie Neunmalkluger", meinte Sir Nigel
kummervoll. „Vielleicht werfen Sie einen Blick auf diesen Bericht."

Er zog aus seiner Aktenmappe den Preston-Bericht aus Pretoria mit
dem an die erste Seite geklammerten Foto des jungen Marais.
Berenson machte sich achselzuckend an die Lektüre der sieben Blätter.
An einer Stelle sog er scharf die Luft ein, preßte die Faust an den Mund
und fing an, an einem Fingerknöchel zu nagen. Als er die letzte Seite
umgedreht hatte, entglitten ihm die Blätter, er bedeckte sein Gesicht
mit beiden Händen und wiegte den Oberkörper langsam hin und her.
„Mein Gott", stöhnte er, „was hab ich getan!"

„Eine ganze Menge Schaden angerichtet", beschied ihn Sir Nigel.
Er ließ Berenson Zeit, sich über das ganze Ausmaß seiner Tat klarzu-
werden. Berenson war jetzt nicht mehr bleich, sondern aschgrau. Als
er die Hände vom Gesicht nahm, schien er um Jahre gealtert.

„Gibt es etwas, irgend etwas, was ich tun kann? Sir Nigel, ich
würde alles ..."

Allerdings, dachte „C", jetzt hab ich dich soweit. Du ahnst gar
nicht, wie sehr du nun zur Abwechslung nach meiner Pfeife tanzen

wirst. „Drei Dinge, genau gesagt", erklärte er Berenson laut.
„Erstens, Sie gehen wie immer ins Ministerium, verhalten sich, als sei
nichts geschehen, die übliche Routine. Zweitens, Sie helfen uns nach
Dienstschluß hier in Ihrer Wohnung bei der Schadensfeststellung. Wir
müssen nämlich bis ins kleinste wissen, was nach Moskau gegangen
ist."

„Ja, ja, natürlich, das kann ich machen. Ich erinnere mich an jedes
einzelne Dokument, das hinübergegangen ist. Alles ..., äh, Sie
sprachen von drei Dingen."

„Ja", fuhr Sir Nigel fort und musterte den vor Scham vergehenden
Berenson. „Die dritte Sache ist kitzlig. Sie bleiben nämlich in
Verbindung mit Marais ..."

„Ich ...?"

„Sie brauchen nicht mit ihm zusammenzukommen. Mir wär's
lieber, wenn sich das vermeiden ließe. Sie scheinen mir nicht genug
Schauspieler zu sein, um sich in seiner Gegenwart nicht zu verraten.
Nur der übliche Kontakt über verschlüsselte Telefonanrufe, wenn Sie
eine Sendung weiterleiten wollen."

Berenson war ehrlich verwirrt. „Was für eine Sendung?"

„Material, das meine Leute, gemeinsam mit anderen, für Sie
anfertigen werden. Getürktes Material. Abgesehen davon, daß Sie die
Leute vom Verteidigungsministerium bei der Schadensfeststellung
unterstützen, arbeiten Sie auch noch mit mir zusammen. Um den
Sowjets ordentlich eins reinzuwürgen."

Berenson griff nach dieser Chance wie ein Ertrinkender nach einem
Strohhalm. Fünf Minuten später erhob sich Sir Nigel und verließ die
Wohnung. Als er den Korridor entlang zum Lift ging, war er mit dem
Erreichten recht zufrieden.

Das Mädchen im Vorzimmer der Immobilienagentur Oxborrow
blickte auf, als der Fremde eintrat. Sie war von seiner Erscheinung
angetan: mittelgroß, kräftig und gut in Schuß, mit einnehmendem
Lächeln, nußbraunem Haar und bernsteinfarbenen Augen. Sie liebte
bernsteinfarbene Augen. „Kann ich etwas für Sie tun?"

„Hoffentlich. Ich bin neu in der Gegend, und man hat mir gesagt,
daß Sie möblierte Häuser vermieten."

„Stimmt. Am besten sprechen Sie mit Mr. Knights. Er befaßt sich
mit der Vermietung von Häusern. Wen darf ich melden?"

Er lächelte wieder. „Ross", sagte er, „James Ross."

Sie drückte auf eine Taste und säuselte in die Sprechanlage:
„Mr. Knights, hier ist ein Mr. Ross. Wegen eines möblierten Hauses.
Kann er kommen?"

Wenige Augenblicke später saß Mr. Ross im Büro von Mr. Knights.

„Bin gerade aus Devonshire zugezogen, um Suffolk für meine Firma zu beackern", erzählte er locker. „Mir wär's lieb, wenn meine Frau und die Kinder möglichst bald nachkommen könnten. Vielleicht werde ich aber auch nur für einige Zeit hier arbeiten. Hängt vom Stammhaus ab. Sie verstehen."

„Natürlich, natürlich." Mr. Knights verstand vollkommen. „Sie mieten für kurze Zeit ein Haus, damit Sie in aller Ruhe warten können, bis Ihre Firma sich entschieden hat."

„Haargenau", entgegnete Ross. „Sie haben's erfaßt."

Mr. Knights griff nach einer Anzahl von Schnellheftern, in denen Polaroidfotos der in Frage kommenden Objekte klebten. Zwei der Häuser schienen Mr. Ross' besonderes Wohlgefallen zu finden. Mr. Knights fuhr ihn zu beiden.

Das eine war geradezu ideal. Es handelte sich um das Haus Cherryhayes Close Nummer 12, ein unauffälliges Reihenhaus, das sich in nichts von all den anderen Backsteinkästen straßauf, straßab unterschied. Die ganze Neubausiedlung bestand aus mehreren sternförmig zueinander liegenden Sackgassen, deren Namen alle auf „hayes" endeten. Eine ruhige Gegend. Genau das Haus, das jemand aussuchen würde, der seine Familie am Ende des Schuljahres aus Devonshire nachkommen lassen will, was die natürlichste Sache von der Welt war. Es gehörte einem Mr. Johnson, einem Ingenieur, der sich für ein Jahr nach Saudi-Arabien verpflichtet hatte. Sechs Monate waren davon schon um.

„Dieses hier gefällt mir sehr gut", stellte Mr. Ross fest. „Ich nehm es."

„Wenn Sie auf einen Sprung mit mir ins Büro zurückkommen würden, damit wir die Einzelheiten regeln können ...", sagte Mr. Knights.

Mr. Ross brachte dort eine Referenz von seiner Firma in Genf zum Vorschein und bat Mr. Knights, am Montag morgen bei seiner Bank in Plymouth anzurufen wegen der Deckung des Schecks, den er sofort ausschrieb. Mr. Knights wollte den Papierkram zur beiderseitigen Zufriedenheit bis Montagabend erledigen.

AM MONTAG morgen mietete Petrowski bei einem Autoverleih in der ungefähr dreißig Kilometer südlich gelegenen Nachbarstadt Colchester eine kleine und bescheidene Familienlimousine. Er bezahlte die Grundgebühr und die Tagesmieten für eine Woche im voraus in bar und hinterließ einen Scheck für den darauffolgenden Monat. Das nächste Problem war schwieriger und nur mit Hilfe eines Versicherungsvertreters zu lösen. Petrowski suchte ein Versicherungsbüro in der gleichen Stadt auf und erklärte dort, er habe einige Jahre im Ausland gearbeitet und vorher immer einen Firmenwagen gefahren. Daher sei er persönlich in England nie versichert gewesen. Nun sei er aber wieder zurückgekommen und wolle sich selbständig machen. Dazu müsse er ein Fahrzeug kaufen und benötige also eine Versicherung.

Der Versicherungsvertreter wollte gerne behilflich sein. Der neue Kunde besaß einen einwandfreien internationalen Führerschein, eine vertrauenerweckende Erscheinung und ein Bankguthaben, das an diesem Morgen von Plymouth nach Colchester überschrieben worden war. An welche Art Fahrzeug habe der Herr gedacht? An ein Motorrad. Jawohl. Viel bequemer im dichten Berufsverkehr. Bei Halbwüchsigen seien diese Dinger natürlich schwer zu versichern. Aber bei einem gestandenen Geschäftsmann – kein Problem. Vollkasko würde vielleicht ein bißchen schwierig sein ... Wenn der Herr mit Haftpflicht vorliebnehmen wolle? Und die Adresse? Im Augenblick auf Haussuche. Sehr verständlich. Aber gegenwärtig im Great White Horse in Ipswich abgestiegen? Völlig in Ordnung. Wenn Mr. Ross ihm nach Kauf des Motorrads die Zulassungsnummer sowie eine etwaige Adressenänderung mitteilen wolle, dann könne die Haftpflichtversicherung ohne weiteres abgeschlossen werden.

Petrowski fuhr in seinem Leihwagen nach Ipswich zurück. Er war sicher, daß er keinerlei Verdacht erregt und keine verfolgbare Spur hinterlassen hatte. Dem Autoverleih und dem Hotel hatte er eine Adresse in Plymouth gegeben, die nicht existierte. Die Immobilienvermittlung Oxborrow und der Versicherungsvertreter hatten das Hotel als vorläufige Adresse, und für Oxborrow galt Cherryhayes Nummer 12. Für alle, außer Oxborrow, endete die Spur im Hotel oder bei einer nicht existierenden Adresse in Plymouth. Solange die Zahlungen für Haus und Wagen weiterliefen, solange der Versicherungsvertreter einen gedeckten Scheck für die Jahresprämie bekam, würde keiner sich Gedanken machen. Er fuhr zum Immobilienbüro, um den Mietvertrag zu unterschreiben.

AM MONTAG abend traf das Schadensfeststellungsteam bei George Berenson in Belgravia ein. Es war eine kleine Gruppe von Experten der Abwehr und des Verteidigungsministeriums. Zunächst galt es, jedes einzelne Dokument zu identifizieren, das nach Moskau gegangen war. Sie hatten Kopien aller Akten mitgebracht, die über Berensons Schreibtisch gegangen waren. Der demaskierte Spion war die Hilfsbereitschaft in Person.

Später würden andere Experten anhand der nach Moskau gegangenen Dokumente vorschlagen, welche Projekte noch geändert werden könnten, welche Pläne aufgegeben werden müßten, welche taktischen und strategischen Maßnahmen zu annullieren wären, um den Schaden in Grenzen zu halten. Ein anderes Team machte sich im Ministerium daran, ein Bündel von falschen Geheimdokumenten zu erstellen, das Berenson an Jan Marais und an dessen Agentenführer im Ersten Hauptdirektorat des KGB weiterleiten würde.

AM MITTWOCH bezog John Preston sein neues Büro als Leiter von C5C. Glücklicherweise mußte er nur ein Stockwerk höher ziehen, in das dritte in Gordon. Er setzte sich an den Schreibtisch, und sein Blick fiel auf den Wandkalender. Es war der 1. April. Wie sinnig, dachte er bitter.

Preston studierte die Listen, die vor ihm ausgebreitet lagen. Gab es wirklich so viele Flughäfen in England mit internationalem Luftverkehr? Und die Liste der Häfen, in denen Frachtschiffe aus dem Ausland abgefertigt wurden, erstreckte sich über Seiten und Seiten. Seufzend wollte er sich schon an die Lektüre machen, da fiel ihm etwas Besseres ein. Zuerst brauchte er einen ordentlichen Drink. Er fuhr mit dem Lift ins Souterrain, wo eine gutbestückte und gemütliche Kasinobar eingerichtet war.

AM DARAUFFOLGENDEN Tag fand Petrowski, was er suchte. Dabei hielt er sich genau an die Anweisung, die verschiedenen Einkäufe in verschiedenen Städten von Suffolk und der Nachbargrafschaft Essex zu tätigen. Deshalb war er nach Stowmarket gefahren, das von Ipswich aus gesehen in der Colchester entgegengesetzten Richtung liegt. Das Motorrad, das er entdeckt hatte, war eine BMW K 100, nicht neu, aber in ausgezeichnetem Zustand, eine große, schnelle Maschine. Der Motorradhändler führte auch das übliche Zubehör – schwarze Ledermonturen, Schaftstiefel mit seitlichem Reißverschluß und Sturzhelme mit getöntem, herabklappbarem Visier. Petrowski staffierte sich von Kopf bis Fuß aus.

Er zahlte zwanzig Prozent des Preises für das Motorrad an, damit man ihm die Maschine reservierte, und bat, zwei Motorradkoffer an beiden Seiten des Hinterrades zu montieren sowie einen Topcase, einen abschließbaren Behälter, obendrauf. Er erhielt den Bescheid, daß er die Maschine mit den anmontierten Koffern in zwei Tagen abholen könne.

Von einer Telefonkabine aus rief er den Versicherungsvertreter in Colchester an und gab ihm die Fahrgestellnummer der BMW durch.

Von Stowmarket fuhr Petrowski in nördlicher Richtung nach
Thetford in Norfolk, knapp jenseits der Grafschaftsgrenze. Thetford
lag ungefähr auf der Linie, die ihn interessierte. Kurz nach dem
Mittagessen fand er, was er wollte. Eine abschließbare Garage in
einem Hof, die zu vermieten war.

Er ging zu dem Besitzer, der im Ort wohnte, mietete die Garage
gegen Barzahlung für drei Monate und erhielt den Schlüssel. Die
Garage war klein und verstaubt, eignete sich jedoch hervorragend für
seine Zwecke. Der Eigentümer war über den steuerfreien Verdienst
froh gewesen und hatte keinerlei Ausweispapiere verlangt. Petrowski
hatte daher einen fiktiven Namen und eine ebenso fiktive Adresse
angegeben.

Er hängte die Ledermontur, den Helm und die Stiefel in der Garage
auf. Bei Sonnenuntergang fuhr er nach Ipswich zurück und gab an der
Hotelrezeption Bescheid, daß er anderntags ausziehen werde.

Während Preston die Zeit mit der Lektüre von Akten verbrachte,
verließ Petrowski das Hotel. Am Empfang erzählte er, er werde nach
Norfolk ziehen, und bat darum, eventuell ankommende Post abhol-
bereit aufzubewahren. Er fuhr bei dem Versicherungsbüro in Colchester vorbei, um den Versicherungsschein für das Motorrad abzuholen.

Am Spätnachmittag zog er in das Haus Cherryhayes Close
Nummer 12 ein. Einen Teil der Nacht verbrachte er damit, mit Hilfe
der Einmalkodes eine chiffrierte Nachricht anzufertigen, die kein
Computer würde knacken können.

Am Samstag morgen fuhr er nach Thetford, stellte seinen Wagen in
die Garage und nahm ein Taxi nach Stowmarket. Hier bezahlte er mit
einem Scheck den Restbetrag für die BMW. Gleich an Ort und Stelle
zog er seine Ledermontur an, die Stiefel und den Sturzhelm. Das alles
hatte er in einer Segeltuchtasche mitgebracht. Die ausgezogene
Kleidung, Jacke, Hose und Schuhe, stopfte er in die Motorradkoffer
und brauste ab.

Erst sehr spät am Abend kam er wieder nach Thetford zurück,
stellte das Motorrad in die Garage, zog sich um und fuhr gemächlich in
seiner Familienlimousine nach Ipswich, wo er erst lang nach
Mitternacht in seinem Haus Cherryhayes Close Nr. 12 ankam.

Am Samstag abend hätte der Stabsfeldwebel Averell Cook von der
US-Army liebend gern seine Freundin im nahe gelegenen Bedford
getroffen. Statt dessen schob er Nachtschicht im britisch-amerikani-
schen Lauschposten in Chicksands.

Der Hauptsitz des elektronischen Funküberwachungs- und Dechiffrierkomplexes GCHQ befindet sich in Cheltenham, Gloucestershire, in Westengland. GCHQ ist die Abkürzung für *Government Communications Headquarters,* eine staatliche und in erster Linie nachrichtendienstliche Einrichtung. Das GCHQ hat auch mehrere Außenstellen in verschiedenen Teilen des Landes, und eine von ihnen, Chicksands in Bedfordshire, wird gemeinsam vom GCHQ und dem amerikanischen Geheimdienst betrieben.

Der Stabsfeldwebel Cook konnte sich hundertprozentig darauf verlassen, daß jedes von dem Antennenwald über ihm aufgefangene Wispern elektromagnetischer Wellen an die Computeranlagen unter ihm weitergeleitet würde. Das Abtasten der Wellenbänder geschah automatisch, ebenso wie die Aufzeichnung aller Geräusche im Äther, die normalerweise dort nichts zu suchen hatten.

Bei Auftreten solcher Funksignale würde der ewig wachsame Zentralcomputer die Sendung aufzeichnen, unverzüglich die Quelle anpeilen und seine Rechnerbrüder im ganzen Land anweisen, eine Kreuzpeilung vorzunehmen.

Um einundzwanzig Uhr dreiundvierzig wurde der Zentralcomputer veranlaßt, eine Funkmeldung aufzuzeichnen, die außerhalb des wirbelnden Kaleidoskops elektronischer Signale lag. Der Computer hatte dies an den wachhabenden Stabsfeldwebel Cook per Warnsignal gemeldet, und der streckte die Hand zum Telefon aus.

Was der Computer da aufgeschnappt hatte, war ein „Spritzer", das Endprodukt einer aufwendigen Prozedur beim Senden von Geheimnachrichten. Zuerst wird die Botschaft im „Klartext" abgefaßt, und zwar so kurz wie möglich. Dann wird sie verschlüsselt, aber auch danach besteht sie immer noch aus einer Folge von Buchstaben und Zahlen. Die verschlüsselte Botschaft wird auf einem Morseapparat getastet, jedoch nicht in die Ohren einer lauschenden Welt, sondern auf ein Magnetband. Das Band wird dann auf Höchstgeschwindigkeit gebracht, so daß die Punkte und Striche, aus denen die Botschaft sich zusammensetzt, eng ineinandergeschoben werden und zu einem einzigen, nur einige Sekunden dauernden Pfeifton verschmelzen. Sobald der Sender einsatzbereit ist, schickt der Bediener diesen Pfeifton ab, packt sein Gerät zusammen und verdrückt sich schleunigst.

Samstag nacht hatten die Triangulationsgeräte innerhalb von zehn Minuten gemessen, woher der Ton gekommen war. Als die Polizei an der georteten Stelle eintraf, erwies sich diese als ein Parkstreifen auf einer einsamen Straße, hoch oben in der Gegend des Derbyshire Peak.

Die verschlüsselte Botschaft kam auf dem Dienstweg nach Cheltenham, wo man sie so langsam ablaufen ließ, daß die Punkte und Striche wieder in Buchstaben umgesetzt werden konnten. Nach einer vierundzwanzigstündigen Bearbeitung durch elektronische Kode-knacker war man genauso schlau wie vorher. „Ein schlafender Sender, wahrscheinlich irgendwo in den Midlands, der aktiv geworden ist. Unser Mann scheint einen neuen Einmalkode zu benutzen. Wenn wir nicht mehr davon kriegen, können wir die Signale nicht dechiffrie-ren", berichtete der Chefanalytiker dem Generaldirektor des GCHQ.

Ein kurzes Fernschreiben über diesen Vorfall flatterte unter anderem auf die Schreibtische von Sir Bernard Hemmings und Sir Nigel Irvine.

Die Botschaft war auch in Moskau empfangen worden. Entschlüs-selt lautete sie, daß der „Mann vor Ort" seine Vorbereitungen vorzeitig abgeschlossen habe und bereit sei, den ersten Kurier zu empfangen.

8. Kapitel

Das Tauwetter würde nicht mehr lange auf sich warten lassen, aber noch lag verkrusteter Schnee auf den Zweigen der Birken und Föhren. Vom Panoramadoppelfenster im siebenten und obersten Stockwerk des KGB-Gebäudes in Jasjenewo aus konnte man jenseits des winter-lichen Waldes die Westspitze des Sees ausmachen, an dem die auslän-dischen Diplomaten mit Vorliebe im Sommer Erholung suchten.

Mit siebenundfünfzig Jahren hatte Generalleutnant Jewgeni Serge-jewitsch Karpow die oberste Sprosse der Beförderung und der Macht erreicht, die einem berufsmäßigen Nachrichtendienstler im KGB oder zumindest im Ersten Hauptdirektorat zugänglich war. Schließlich hatte es der schlanke Mann in dem erstklassigen Maßanzug bis zum Generalleutnant und ersten stellvertretenden Leiter des Ersten Haupt-direktorats gebracht. Er war damit der ranghöchste Berufsoffizier im Auslandsnachrichtendienst, das Pendant zum stellvertretenden Direk-tor des CIA oder zu Sir Nigel Irvine vom MI 6.

Das Telefon auf Karpows Schreibtisch klingelte, und er hob den Hörer ab.

„Genosse Generalmajor Borisow möchte Sie sprechen."

Karpow runzelte die Stirn. Er hatte eine Hausleitung, die nicht über die Vermittlung ging, und sein alter Kollege vom Illegalen-Direktorat hatte sie nicht benützt. Rief wohl von außerhalb an. Er drückte auf die Amtsleitungstaste: „Pawel Petrowitsch, wie geht's Ihnen an diesem schönen Tag?"

„Jewgeni Sergejewitsch, ich muß Sie unbedingt sehen."

„Wann immer ich Zeit habe. Wo sind Sie?"

„Kennen Sie meine Datscha?"

„Natürlich." Merkwürdig, Karpow wurde klar, daß die Sache ernst war. „Soll ich rauskommen?"

„Ja, ich wär Ihnen dankbar. Wann haben Sie Zeit?" fragte Borisow.

„Heute ist Samstag, da habe ich schon Verpflichtungen. Sagen wir, morgen gegen achtzehn Uhr", schlug Karpow vor.

„Eine Flasche Pfefferwodka wartet schon auf Sie", sagte Borisow und legte auf.

„Nicht auf mich", brummte Karpow. Im Gegensatz zu den meisten Russen trank Karpow kaum. Wodka betrachtete er als das Scheußlichste vom Scheußlichen und Pfefferwodka sogar als etwas noch Schlimmeres. Aber Borisows Aufgeregtheit war merkwürdig bei einem Mann, der sonst die Ruhe in Person war.

AM SONNTAG nachmittag landete die reguläre Aeroflot-Maschine aus Moskau kurz nach achtzehn Uhr auf dem Londoner Flughafen Heathrow. Wie bei allen Aeroflot-Mannschaften arbeitete ein Besatzungsmitglied für zwei Herren: für die staatliche russische Fluglinie und für das KGB. Der Erste Offizier Romanow gehörte nicht fest zum KGB, er war nur ein „Agent", das heißt jemand, der die Kollegen bespitzelte und gelegentlich Kurierdienste leistete.

Die ganze Mannschaft verließ das Flugzeug und übergab es für die Nacht dem Bodenpersonal. Sie würden am nächsten Tag wieder nach Moskau zurückfliegen. Wie immer unterwarfen sie sich den Einreiseprozeduren für Flugzeugbesatzungen, und der Zoll prüfte oberflächlich ihre Umhänge- und Tragetaschen. Ein paar hatten Transistorradios dabei, und niemand beachtete das Sony-Gerät, das Romanow am Schulterriemen trug.

Die ganze Besatzung stieg in einen Minibus und fuhr zum Hotel Green Park, wo das Flugpersonal von Aeroflot oft absteigt.

Kurz darauf saßen die Russen gemütlich beim Abendessen zusammen. Um 21 Uhr 29 sah der Erste Offizier Romanow auf die Uhr und ging in die Herrentoilette. Die letzte Kabine war bereits besetzt. Er betrat die Nachbarkabine und verriegelte die Tür.

Um 21 Uhr 30 legte er einen kleinen Zettel mit den sechs vorgeschriebenen Zahlen auf den Boden dicht an der Trennwand. Eine Hand kam unter der Trennwand durch, nahm den Zettel, schrieb etwas darauf und legte ihn wieder zurück auf den Boden. Romanow hob das Papier auf. Auf der Rückseite standen die sechs erwarteten Zahlen.

Nach vollzogener Identifizierung stellte Romanow das Transistorgerät auf den Boden, und dieselbe Hand zog es lautlos in die

Nachbarkabine. Romanow betätigte die Spülung, entriegelte die Tür, wusch sich die Hände und verließ dann die Toilette.

Kurier Nummer eins hatte geliefert.

KARPOWS Wagen fuhr an diesem Sonntagabend kurz vor achtzehn Uhr knirschend über den tief verschneiten Pfad, und der Tschaika hielt vor der Bohlentür.

„Warten Sie hier", sagte Generalleutnant Karpow zu seinem Fahrer und kletterte aus dem Wagen. Er hämmerte gegen die Tür. Sie ging auf, und im Türrahmen stand Generalmajor Pawel Petrowitsch Borisow, angetan mit einem sibirischen Kittel und Kordhosen.

„Ah, original Tolstoi", bemerkte Karpow. Jeder im Dienst wußte, daß Borisow ein Unikum war. Er genoß Narrenfreiheit, weil er in seinem Beruf ein As war. Einige seiner Aktionen gegen die Westmächte machten die Runde in den Kantinen, wo die Nachwuchskader zu Mittag aßen.

„Besser als original Bond Street", brummte Borisow, während er Karpows Mantel nahm und ihn mit mißbilligender Geste an einen Holzhaken hängte. Er entkorkte eine Flasche Wodka, der so stark war, daß er wie Sirup in die beiden Gläser floß. Die Männer setzten sich einander gegenüber an den Tisch. „Ex", Karpow hob sein Glas, wobei er es auf russische Art zwischen Zeigefinger und Daumen hielt und den kleinen Finger abspreizte.

„Na sdorowje", antwortete Borisow, und sie kippten das erste Glas.

Eine alte Bäuerin mit ausdruckslosem Gesicht und grauem, in einen straffen Knoten gefaßtem Haar tauchte, wie Mütterchen Rußland persönlich, aus dem Hintergrund auf, knallte einen Imbiß aus Schwarzbrot, Zwiebeln, Gewürzgurken und Käsewürfeln auf den Tisch und entfernte sich wortlos.

„Nun, wo drückt der Schuh?" fragte Karpow.

„Jewgeni, wie lange kennen wir uns schon?"

„Eine Ewigkeit und drei Tage", antwortete Karpow.

„Was zum Teufel treiben Sie dann mit meiner Abteilung?"

„Was passiert denn mit Ihrer Abteilung?" konterte Karpow.

„Sie wird ausgenommen", knurrte Borisow. „Und Sie stecken dahinter. Oder wissen davon. Wie zum Teufel soll ich die Illegalen leiten, wenn mir meine besten Leute, meine besten Dokumente und meine besten Geräte weggenommen werden? Viele Jahre harter Arbeit . . ., alles futsch und dahin in ein paar Tagen."

Karpow neigte sich vor. „Pal Petrowitsch", sagte er, indem er die sehr familiäre Verkleinerungsform von Pawel verwendete, „wir ziehen schon seit vielen Jahren am selben Strang. Glauben Sie mir, ich hab keine Ahnung, wovon Sie sprechen. Also hören Sie auf rumzubrüllen und erzählen Sie."

„Na schön." Borisow war besänftigt. „Zuerst kommen zwei Knilche vom Zentralkomitee und wollen meinen besten Illegalen, einen Mann, den ich jahrelang persönlich ausgebildet und in den ich alle meine Hoffnungen gesetzt habe. Soll ‚zur besonderen Verwendung' abgestellt werden – was immer das heißt. Gut, ich geb ihnen Petrowski. Zwei Tage später sind sie schon wieder da. Diesmal wollen sie meine beste Legende, eine Legende, die ich in jahrelanger Kleinarbeit aufgebaut habe."

Karpow runzelte die Stirn. Die Geschichte war seltsam. Eigentlich hätte das Ganze über ihn gehen müssen. „Wer zeichnete für die Requisitionen verantwortlich?"

„Nun, formell das ZK. Aber der Letztverantwortliche –"

Borisow zeigte wiederholt mit ausgestrecktem Finger zur Decke, als wolle er noch weit darüber hinaus in den Himmel deuten.

„Gott?" fragte Karpow.

„Fast. Unser geliebter Generalsekretär. Vermute ich wenigstens."

„Sonst noch was?"

„Ja. Gleich nach der Sache mit der Legende tauchten dieselben Hanswurste wieder bei mir auf. Diesmal wollten sie den Empfängerquarz zu einem Geheimsender, den Sie vor vier Jahren in England installiert haben. Den Sender, den Sie immer Poplar nennen."

Karpow kniff die Augen zusammen. Die Männer, denen die Wartung und Bedienung der Geräte oblag, waren alle „Schläfer", die stillhalten sollten, bis ein Agent sie mit dem entsprechenden Kennkode „aktivieren" würde. Die Geräte waren ultramodern; sie verwürfelten ihre Botschaften beim Aussenden, und zur Entwürfelung der Nachricht benötigte der Empfänger einen programmierten Kristall. Dieser Kristall lagerte in einem Safe des Illegalen-Direktorats.

„Noch was, Pal Petrowitsch?"

„Klar. Diese Brüder sind unersättlich. Zuletzt haben sie mir auch noch meinen Major Igor Wolkow weggenommen."

„Was ist seine Spezialität?"

„Geheimtransport schwierig zu tarnender Gegenstände über die Staatsgrenzen, vor allem in Westeuropa. Ein einfallsreicher Organisator."

Karpow stand auf, beugte sich vor und legte beide Hände auf die Schultern des alten Mannes. „Ich geb Ihnen mein Wort, daß ich mit dieser Operation nichts zu tun habe. Ich habe nicht einmal davon gewußt. Aber uns beiden ist klar, daß es sich um eine ganz große Sache handelt und daß es gefährlich ist, darin herumzustochern. Ich versuche, unter der Hand herauszubringen, worum's geht. Bis dahin bleiben Sie zugeknöpft, verstanden?"

Borisow hob abwehrend die Hände. „Sie kennen mich, Jewgeni, ich werde einmal als der älteste Mann Rußlands sterben."

Karpow lachte. Er zog seinen Mantel an und ging zur Tür hinaus.

JOHN PRESTON war auf dem Weg nach Hause, als er, nur noch hundert Meter von seiner Wohnung entfernt, seinen Namen rufen hörte. Er drehte sich um und sah, wie Barry Banks die Straße überquerte und auf ihn zukam.

„Hallo, Barry. Die Welt ist klein. Was machen Sie denn hier?"

„Hab auf Sie gewartet, ehrlich gesagt", antwortete Banks mit einem freundlichen Lächeln. „Ein Kollege von mir hätte sich gerne mal mit Ihnen unterhalten. Kommen Sie mit?"

Preston war überrascht, aber nicht argwöhnisch. Er wußte, daß Banks von „Sechs" war, hatte aber keine Ahnung, wer ihn sprechen wollte. Er ging mit Banks über die Straße und noch ein Stück weiter. Banks blieb vor einem parkenden Ford Granada stehen, öffnete die hintere Tür und forderte Preston auf einzusteigen.

„Guten Abend, John. Wie nett, daß Sie gekommen sind. Könnte ich Sie wohl kurz einmal sprechen?"

Überrascht stieg Preston in den Wagen und setzte sich neben die Gestalt im Paletot. Banks schloß die Tür und schlenderte davon.

„Ich weiß, eine ziemlich merkwürdige Art, sich zu treffen. Aber wir wollen doch kein unnötiges Aufsehen erregen, oder? Sie kennen ja Barry Banks, meinen Verbindungsmann zu MI 5. Der sitzt doch öfter in der Kasinobar von Gordon und hat da neulich so was aufgeschnappt. Sie seien Anfang des Jahres ziemlich verärgert gewesen. Sie hätten Jahre mit der Ausarbeitung eines höchst interessanten Berichts über die extreme Linke hierzulande verbracht, hätten ihn vergangene Weihnachten vorgelegt und seien der Meinung, daß er mehr Beachtung verdiene. Schade nur, daß Ihr Bericht nicht auch in unsere Firma gelangt ist."

„Er ist mit einem KWV-Vermerk zu den Akten gelegt worden", erklärte Preston schnell. „Aber er ist in der Registratur. Barry braucht ihn nur zu entnehmen und zu Ihnen rüberzuschicken, wenn Sie sich dafür interessieren, Sir."

„Zur Zeit nicht möglich", erwiderte Sir Nigel. „Er ist schon entnommen worden. Ausgerechnet von jemandem aus der Finanzabteilung. Und der ist damit noch nicht fertig. Will ihn nicht herausrücken. Und davor hat ihn sich irgendein Verwaltungsmensch ausgeliehen. Sieht fast so aus, als wolle man ihn außer Reichweite halten."

Preston war perplex. Er konnte sich ausrechnen, daß Harcourt-Smith den Bericht nicht herumgehen lassen wollte, aber das ging denn doch zu weit. „Es gibt noch ein weiteres Exemplar", sagte er. „Mein eigenes. Es liegt in meinem Privatsafe."

Durch die Windschutzscheibe konnte er Banks heranschlendern sehen, dem Sir Nigel ein Zeichen gab. Im abendlichen Berufsverkehr glich der Weg von Prestons Wohnung in Kensington zur Gordon Street einer wahren Kriechstrecke. So dauerte es fast eine Stunde, bis Preston sein Exemplar Sir Nigel durch das geöffnete Wagenfenster reichen konnte.

JEWGENI KARPOW zweifelte nicht im geringsten, daß eine Geheimoperation im Gang war und daß sie England betraf. Petrowski war unschlagbar, wenn es darum ging, sich mitten in England für einen Briten auszugeben. Die Legende, die man Borisow abgeknöpft hatte, paßte haargenau auf Petrowski; der Sender Poplar war in einer Kleinstadt in den Midlands unter guter Tarnung installiert. Das alles deutete unweigerlich darauf hin, daß Petrowski nach England gehen würde oder bereits gegangen war. Daran war nichts Ungewöhnliches, denn dafür war er ja ausgebildet worden. Ungewöhnlich war nur, daß das Erste Hauptdirektorat, und damit auch er selbst, strikt aus dieser Operation herausgehalten worden war. Das ergab keinen Sinn, wenn man seine eigene Englanderfahrung bedachte.

Seine Beziehung zu Großbritannien hatte vor zehn Jahren ihren Anfang genommen, als Karpow, als Diplomat getarnt, an die Sowjetbotschaft in London versetzt worden war.

Auf einer Cocktailparty wurde er einem Beamten des britischen Verteidigungsministeriums vorgestellt. Der Mann hatte Karpows Namen zunächst nicht richtig verstanden und sich einige Minuten lang höflich mit ihm unterhalten, bis er begriff, daß sein Gesprächspartner Russe war. Dann allerdings änderte sich seine Haltung schlagartig. Er wurde eisig und distanziert, was Karpow dahingehend auslegte, daß der Mann ihn entweder als Russen oder als Kommunisten zutiefst verabscheute.

Karpow war nicht empört, nur verwundert. Er erfuhr, daß sein Gesprächspartner George Berenson hieß, und weitere Nachforschungen ergaben, daß der Mann ein überzeugter Antikommunist und leidenschaftlicher Bewunderer Südafrikas war. Er merkte sich Berenson als jemanden vor, den man unter falscher Flagge anlaufen konnte.

Im Mai 1981 war er nach Moskau zurückgekehrt und hatte sich nach einem südafrikanischen Maulwurf umgehört, der prosowjetisch eingestellt war. Das Illegalen-Direktorat ließ ihn wissen, daß es über zwei derartige Leute verfüge, einen Offizier namens Gerhardt in der südafrikanischen Marine und einen Diplomaten namens Marais. Im Frühjahr 1983 avancierte Karpow zum Generalleutnant und Leiter des Illegalen-Direktorats, von dem Marais geführt wurde. Er befahl dem Südafrikaner, um einen Posten in London als krönenden Abschluß seiner langen Laufbahn im auswärtigen Dienst nachzusuchen, und 1984 wurde dieser Bitte stattgegeben. Im Februar 1985 meldete Marais, daß Berenson angebissen habe. Noch im selben Monat traf die erste Sendung des Berenson-Materials ein; es war pures, vierundzwanzigkarätiges Gold aus der Hauptader. Seitdem hatte Karpow persönlich das Paar Berenson–Marais als Direktorenfall geführt.

Der Londonaufenthalt hatte noch einen zweiten Erfolg gezeitigt. Zu Belgravia, wie er Berenson nach seinem Privatkode nannte, war noch Chelsea gekommen. Er achtete Chelsea ebensosehr, wie er politische Fanatiker vom Schlage eines Berenson einerseits, andererseits aber auch eines Marais verachtete, denn auf die ideologische Einstellung kam es ihm nicht an. Chelsea war kein Agent, den man sich zum Werkzeug machen konnte wie Marais und auch Berenson, sondern ein Kontakt, ein Mann, der in seinem Land eine hohe berufliche und gesellschaftliche Stellung einnahm, ein Pragmatiker wie Karpow und ein Realist, was seine Arbeit, sein Land und die Welt betraf, in der er lebte. Chelsea hatte ihm bereits bei zwei Gelegenheiten zu verstehen gegeben, daß alle Beteiligten in ein fürchterliches Schlamassel geraten würden, sollte die UdSSR auf einem bestimmten politischen Kurs beharren. Karpow hatte seine Leute vor der drohenden Gefahr warnen können; beide Male hatte er recht behalten und sich so beträchtlich mit Ruhm bekleckert.

Er ließ seine Gedanken wieder zum vorliegenden Problem zurückschweifen. Borisows Andeutungen waren klar genug; der Generalsekretär war dabei, eine Operation in England aufzuziehen – unter Ausschluß des KGB. Karpow witterte Gefahr; der alte Mann im Rollstuhl war kein Profi im Nachrichtendienstgeschäft, trotz seiner Jahre an der Spitze des KGB. Sicher verließ er sich bei der ganzen Geschichte auf den Rat eines Englandkenners, denn er hatte keine Ahnung von dem Land.

Also ein persönlicher Berater. Und je länger Karpow nachdachte, desto mehr drängte sich ihm der Name Philby auf. Des öfteren hatte der Generalsekretär, wie Karpow genau wußte, Philbys Rat eingeholt als eine Art Rückversicherung gegen die Analysen, die ihm das Erste Hauptdirektorat geliefert hatte. Warum nicht auch jetzt?

Bei diesen Überlegungen tauchte in Karpows Erinnerung außerdem noch eine äußerst interessante Bemerkung auf, die Philby einmal, nur ein einziges Mal, entschlüpft war. Er wolle wieder nach England zurück. Schon allein darum hatte Karpow kein Vertrauen zu ihm. Nicht das geringste. Er erinnerte sich an das gefurchte, lächelnde Gesicht ihm gegenüber bei dem Abendessen im Hause Kryutschows. Was hatte Philby da nur über England gesagt? Irgend etwas in der Richtung, daß dessen politische Stabilität von seiner, Karpows, Abteilung überschätzt werde?

Die Teile begannen sich zusammenzufügen. Er beschloß, Harold Philby unter die Lupe zu nehmen. Doch alles mußte inoffiziell vor sich gehen. Es war äußerst gefährlich, dem Generalsekretär in die Quere zu kommen.

AM NÄCHSTEN Morgen, dem 7. April, glitt die *Akademik Komarow* in den schottischen Firth of Clyde, da ihr Bestimmungshafen Glasgow war. In Greenock nahm sie den Lotsen und zwei Zollbeamte an Bord. Die Zöllner überprüften die Mannschaftsliste, merkten sich jedoch keine einzelnen Namen. Später würde man feststellen, daß der Leichtmatrose Konstantin Semjonow tatsächlich auf dieser Liste aufgeführt war und nicht als „blinder Passagier" eingeschleust werden sollte, wie es sonst die Art des KGB war. Unten in seiner Kajüte wartete Kurier Nummer zwei aus verständlichen Gründen ungeduldig auf Mitternacht.

GENERAL JEWGENI KARPOW stieg die letzten Stufen zum dritten Stock des Wohnblocks am Mira-Prospekt 111 hinauf und klingelte. Kurz darauf wurde geöffnet. Philbys Frau stand in der Tür.

„Hallo, Erita."

Sie warf mit einer kleinen Abwehrbewegung den Kopf zurück. Die Dame war also auf der Hut. „Genosse General?"

„Ist Kim zu Hause?"

„Nein. Er ist fort."

Nicht „er ist ausgegangen", sondern „er ist fort", dachte Karpow. Er heuchelte Überraschung. „Oh, ich hatte gehofft, ihn zu erwischen. Wissen Sie, wo ich ihn erreichen könnte?"

„Keine Ahnung."

Karpow überlegte. Er hatte in der Tiefgarage nachgesehen. Philbys Wolga stand unten. „Ich dachte, Sie würden ihn jetzt immer fahren, Erita."

„Nicht mehr. Er hat einen Fahrer."

Sie lächelte ein wenig. Dabei wirkte sie nicht wie eine Frau, die von ihrem Mann verlassen wurde. Dies war ein Anflug vom stolzen Lächeln einer Frau, deren Mann eine Beförderung erfahren hat.

„Donnerwetter! Tut mir leid, daß ich ihn verpaßt habe. Ich versuch's ein andermal, wenn er zurück ist." Nachdenklich stieg Karpow die Treppen hinunter. Einem Oberst a. D. stand kein eigener Fahrer zu. Ein kleiner Schwatz mit dem betreffenden Mann konnte nicht schaden. Von seiner Wohnung aus, zwei Straßen hinter dem Hotel Ukraina, rief er die Fahrbereitschaft des KGB an und verlangte den Leiter. Der Name Karpow verfehlte seine Wirkung nicht. „Dieser Mann", begann der General, „der meinen Freund, den Genossen Oberst Philby, fährt – der Oberst hält viel von ihm."

„Vielen Dank, Genosse General. Ich werde es dem Fahrer Grigorjew bestellen."

„Sieht aus, als kriegte mein Fahrer die Grippe. Heute will er noch durchhalten, aber morgen gebe ich ihm frei. Ich möchte am liebsten den Fahrer Grigorjew als Ersatz. Ist er frei?"

Man hörte Papier rascheln, als der Dienstleiter seine Listen durchsah. „Ja, Genosse General. Er war abkommandiert, ist aber wieder verfügbar."

„Gut. Er soll sich morgen früh um acht Uhr in meiner Moskauer Wohnung melden." Wird immer rätselhafter, dachte Karpow, als er den Hörer auflegte. Grigorjew hatte also Philby eine Zeitlang auf höhere Weisung herumfahren müssen, aber jetzt stand der Chauffeur wieder in der Fahrbereitschaft zur Verfügung. Wie sollte man sich das erklären? Vermutlich hielt sich Philby jetzt irgendwo auf, wo er keinen Fahrer mehr benötigte, zumindest nicht, bis die Operation, mit der er zu tun hatte, abgeschlossen sein würde.

DIE *Akademik Komarow* lag am Finniestonkai im Herzen von Glasgow vor Anker. Zoll- oder Paßkontrollen finden hier nicht statt; ausländische Seeleute können ohne weiteres von Bord gehen.

Um Mitternacht schritt der Leichtmatrose Semjonow die Gangway hinunter, folgte etwa hundert Meter weit dem Kai und schwenkte dann in die Finnieston Street ein.

Der Mann mit den Stulpenstiefeln, Kordhosen, dem Rollkragenpullover und Anorak fiel hier nicht auf. Unter dem Arm trug er einen Seesack aus Jute mit Zugband. Nach der Unterführung des Clydeside Expressway gelangte er zur Argyle Street, in die er links einbog. Er benützte keinen Stadtplan, sondern hatte sich seinen Weg schon Tage zuvor genau eingeprägt.

Jetzt schaute er auf seine Uhr: Er hatte noch eine halbe Stunde Zeit, und bis zum Treffpunkt waren es kaum zehn Minuten zu gehen. Er wandte sich nach links und marschierte in Richtung des Hotels Pond am Bootshafen, ein Stück hinter der BP-Tankstelle, deren Lichter bereits in der Ferne leuchteten. Er hatte fast schon die Bushaltestelle an der Kreuzung Great Western und Hughenden Road erreicht, als er die jungen Leute sah. Sie lungerten im Wartehäuschen der Haltestelle herum. Es war eine halbe Stunde nach Mitternacht, und sie waren zu fünft.

Einer von ihnen rief ihm etwas zu. Semjonow konnte ein bißchen Englisch, aber dieser breite schottische Dialekt überforderte seine Kenntnisse. Sie blockierten den Gehsteig, und er trat auf die Fahrbahn. Einer packte ihn am Arm und schrie auf ihn ein. Die Frage des Rowdys lautete: „Wa hasn da innem Sack da?"

Semjonow verstand ihn nicht, deshalb schüttelte er den Kopf und wollte weitergehen. Schon waren sie über ihm, und er stürzte unter einem Hagel von Schlägen zu Boden. Als er im Rinnstein lag, begannen sie, ihn zu treten. Undeutlich spürte er, wie sie an seinem Jutesack zerrten, und er preßte ihn mit beiden Händen an sich und rollte sich auf den Bauch, so daß ihn die Tritte an Hinterkopf und Nieren trafen.

Die Polizeiwachtmeister Alistair Craig und Hugh McBain saßen in ihrem Streifenwagen am Ende der Great Western Road, als ein Funkspruch wegen eines Überfalls durchkam. Benachrichtigung durch eine anonyme Anruferin mit alter, zittriger Stimme, die lediglich eine Ortsangabe gemacht habe. Es gab so gut wie keinen Verkehr, und sie erreichten die angegebene Bushaltestelle in neunzig Sekunden. Als die Rowdys die Sirene hörten und das Blaulicht sahen, ließen sie von dem Seesack ab und rannten davon. Bis Polizeiwachtmeister Craig aus dem Streifenwagen sprang, waren sie nur noch entschwindende Schatten, jede Verfolgung wäre sinnlos gewesen.

Craig beugte sich über das Opfer. Der Mann lag zusammengekrümmt wie ein Fötus und war bewußtlos. „Krankenwagen, Hughie!" rief er seinem Kollegen McBain zu, und der Fahrer gab die Meldung durch. Nach sechs Minuten war der Rettungswagen zur Stelle. Die Sanitäter hoben den schlaffen Körper behutsam auf eine Bahre und schoben sie ins Fahrzeug. In der Unfallstation kümmerte sich McBain um die Aufnahmeformulare, während Craig bei dem Verletzten blieb, um möglicherweise Name und Adresse von ihm zu erfahren. Die Stationsschwester warf wie üblich den ersten Blick auf den Patienten – auf jeden Fall lebte er – und wies die Krankenträger an, ihn in einer der Untersuchungskabinen auf den Behandlungstisch zu legen. Die Männer suchten sich die nächstgelegene Kabine aus, die sich dem Schwesternzimmer gegenüber befand.

Der Assistenzarzt, ein Inder namens Mehta, wurde geholt. Er

führte eine längere Untersuchung durch, ehe er eine Röntgenaufnahme anordnete. Dann wandte er sich dem nächsten Notfall zu, einem Verkehrsopfer.

Die Stationsschwester rief in der Röntgenabteilung an, aber die war im Moment belegt. Man würde Bescheid geben, sobald sie frei sei. Polizeiwachtmeister Craig, der sich überzeugt hatte, daß sein namenloser Schützling noch immer bewußtlos in der Kabine lag, nahm den Anorak des Mannes an sich, ging über den Gang ins Schwesternzimmer und legte Jacke und Seesack auf den Tisch. Er tastete die Taschen des Anoraks ab und brachte ein Seefahrtsbuch zum Vorschein. Es trug das Foto des Mannes, der drüben in der Kabine lag, und war in zwei Sprachen ausgestellt, in Russisch und in Französisch.

„Wer ist denn unser Jimmy?" fragte die Stationsschwester.

„Scheint sich um einen russischen Matrosen zu handeln", antwortete Craig. In der Hoffnung, herauszufinden, von welchem Schiff der Mann war, leerte Craig den Jutesack.

Er enthielt weiter nichts als zwei dicke Wollpullover. Einer von ihnen war um eine runde Tabaksdose mit Schraubdeckel gewickelt. In der Dose befand sich aber kein Tabak, sondern Watte, und darin steckten drei kleine Scheiben, zwei aus Aluminium, zwischen ihnen eine dritte aus stumpfgrauem Metall, etwa fünf Zentimeter im Durchmesser. Craig betrachtete die Scheiben ohne Interesse, legte sie in ihr Wattebett zurück, schraubte den Deckel wieder zu und legte die Dose neben das Seefahrtsbuch auf den Tisch.

Das Opfer des Überfalls war inzwischen zu sich gekommen und spähte durch den Vorhang der Kabine zu dem Polizisten hinüber. Benommen und verwirrt sah der Russe auf der anderen Seite des Korridors die unverwechselbare dunkelblaue Uniform eines britischen Polizisten, der ihm den Rücken zuwandte. Neben dem Polizisten auf dem Tisch sah er sein Seefahrtsbuch liegen und den Gegenstand, den er hatte nach England bringen sollen. Er hatte beobachtet, wie der Beamte den Gegenstand prüfte – er selber hätte nie gewagt, die Dose zu öffnen. Semjonow sah sich im Geist bereits endlosen Verhören in einem modrigen Keller des Glasgower Polizeipräsidiums unterworfen.

Ehe Polizeiwachtmeister Craig wußte, wie ihm geschah, wurde er mit einem Ellbogenhieb brutal beiseite gestoßen. Blitzschnell packte der Angreifer die Blechdose, aber Craig reagierte prompt und umklammerte den ausgestreckten Arm. „Was zum Teufel, Jimmy –" Die Dose, die der Russe in der Hand gehalten hatte, fiel zu Boden. Eine Sekunde lang starrte Semjonow den schottischen Polizisten an, dann riß er sich los und rannte davon. Craig polterte hinter dem Flüchtigen den Korridor hinunter.

Semjonow sauste durch die Spiegeltüren in den Warteraum, übersah die schmale Tür ins Freie zu seiner Linken und rannte rechts durch die breiten Doppeltüren. Dort kam ihm eine Bahre entgegen, begleitet von einem Arzt und zwei Schwestern. Die Bahre blockierte den ganzen Korridor; hinter sich hörte er rasche Schritte.

Linker Hand war ein quadratischer Vorraum mit zwei Lifttüren. Die eine schloß sich gerade vor einem leeren Lift. Er warf sich hinein, kurz bevor die Tür ganz zuging. Als der Lift nach oben schwebte, lehnte er sich an die Wand und schloß erschöpft die Augen.

Polizeiwachtmeister Craig raste zur Treppe und lief hinauf. An jedem Stockwerk warf er einen Blick auf die Lämpchen über den Lifttüren. Der Aufzug fuhr noch immer nach oben. Craig langte, zornig und außer Atem im zehnten und obersten Stockwerk an.

Semjonow war im zehnten Stock ausgestiegen. Er öffnete die nächstgelegene Tür, aber es war ein Saal voll schlafender Patienten. Eine zweite Tür führte auf das flache Dach des Gebäudes.

Polizeiwachtmeister Craig lag zwar um einiges zurück, schaffte aber schließlich doch die letzte Treppe und trat in die Nacht hinaus. Als er im Dunkel die Gestalt des Flüchtigen ausgemacht hatte, bewegte er sich langsam auf den Mann zu und hielt beide Hände hoch, um zu zeigen, daß er nicht bewaffnet war. „Na, komm schon, Jimmy oder Iwan oder wie du sonst heißt. Alles in Ordnung. Du hast eins auf die Birne gekriegt, nichts Schlimmes. Komm, wir gehen wieder runter."

Im Widerschein der Stadt unter ihnen konnte er das Gesicht des Russen ganz deutlich erkennen. Der Mann beobachtete jeden seiner Schritte, bis Craig nur noch drei Meter von ihm entfernt war. Dann blickte er hinunter, holte tief Atem, schloß die Augen und sprang.

WENIGE hundert Meter hinter der BP-Tankstelle liegt der Bootshafen mit dem Hotel Pond. Von der Straße führen ein paar Steinstufen hinunter zum Spazierweg rings um das Hafenbecken, und am Fuß dieser Treppe stehen zwei Holzbänke. Der Mann im schwarzledernen Motorradanzug blickte auf die Uhr. Zwei Uhr. Der Treff hätte um eins sein sollen. Die höchste zulässige Verspätung betrug eine Stunde. Ein Ausweichtreff war vereinbart. Er würde dort sein. Sollte der Kontaktmann auch dann nicht auftauchen, so würde er nochmals das Funkgerät benützen müssen. Er stand auf und entfernte sich.

GENERAL JEWGENI KARPOW wartete, bis sie den Hauptverkehr von Südmoskau hinter sich hatten und zügig auf der Straße nach Jasjenewo zur KGB-Zentrale dahinrollten, ehe er anfing, mit Grigorjew zu plaudern. „Na, fahren Sie gern für uns?"

„Sehr gern, Genosse General. "

„Ja, da kommen Sie viel in der Gegend herum, wie? Besser, als in einem muffigen Büro zu sitzen. "

„Jawohl, Genosse General. "

„Unlängst meinen Freund Oberst Philby gefahren, wie ich höre. "

Kurzes Zögern. Verdammt, er hat Befehl, nicht darüber zu sprechen, dachte Karpow. „Ist früher selbst gefahren, vor dem Schlaganfall. "

„Hat er mir gesagt, Genosse General. "

Am besten weitermachen. „Wo haben Sie ihn denn hingefahren?"

Längere Pause. Karpow konnte das Gesicht des Fahrers im Rückspiegel sehen. Er war unsicher, in der Klemme. „Ach, bloß in die Nähe von Moskau, Genosse General. "

„An einen bestimmten Ort in der Nähe von Moskau?"

„Nein, Genosse General. Bloß so. "

„Anhalten, Grigorjew!"

Der Tschaika scherte aus der reservierten Innenspur aus und hielt schließlich in einer Parkbucht. Karpow beugte sich vor. „Sie wissen, wer ich bin, Grigorjew?"

„Jawohl, Genosse Generalleutnant. "

„Dann lassen Sie gefälligst die Mätzchen, junger Mann. Wohin genau haben Sie ihn gefahren?"

Grigorjew schluckte. „Hauptsächlich zu Besprechungen. Ein paar in Moskauer Wohnungen, aber ich bin nie hineingekommen und habe daher nicht gesehen, zu wem Oberst Philby gegangen ist. "

„Ein paar in Moskau . . . Und die anderen?"

„Meistens, nein, ich glaube immer in einer Datscha draußen in Schukowka. "

Gehege des Zentralkomitees, dachte Karpow. „Wissen Sie, wessen Datscha das war?"

„Nein. Er hat nur gesagt, wohin ich fahren soll. Dann habe ich immer im Wagen gewartet. "

„Wer ist sonst noch zu diesen Besprechungen erschienen?"

„Einmal, Genosse General, sind zwei Wagen gleichzeitig angekommen. Ich habe gesehen, wie der Mann aus dem anderen Wagen ausgestiegen und in die Datscha gegangen ist. Es war General Martschenko. "

Na, sieh mal an, dachte Karpow, mein alter Freund Pjotr Martschenko, Fachmann für Destabilisierung westlicher Demokratien.

„Noch jemand bei diesen Besprechungen?"

„Nur noch ein Wagen, Genosse General. Wir Fahrer haben uns ein bißchen unterhalten – das stundenlange Warten und so. Aber der Kerl war zugeknöpft. Habe nur erfahren, daß er ein Mitglied der Akademie der Wissenschaften herumkutschiert. Ehrlich, Genosse General, das ist alles, was ich weiß."

„Weiterfahren, Grigorjew." Karpow lehnte sich zurück und sah zu, wie die Bäume vorüberflogen. Es waren also vier, und sie trafen sich, um irgend etwas für den Generalsekretär zu planen. Gastgeber war das Zentralkomitee, und die zwei anderen neben Philby waren Martschenko und ein unbekanntes Mitglied der Akademie.

Jetzt war Geduld bis übermorgen, dem Freitag, vonnöten, wenn die Angehörigen der Nomenklatura so früh wie möglich Dienstschluß machen und zu ihren Datschas fahren. Er wußte, daß Martschenko ein Landhaus in der Nähe von Peredelkino hatte, nicht weit von seinem eigenen entfernt. Er kannte auch Martschenkos schwache Seite und seufzte. Er würde eine größere Ladung Schnaps mitnehmen müssen. Und sich auf eine schwere Sitzung gefaßt machen.

HAUPTKOMMISSAR CHARLIE FORBES hörte sich gelassen und genau an, was die Polizeiwachtmeister Craig und McBain ihm berichteten, nur dann und wann stellte er mit leiser Stimme eine Zwischenfrage.

Es war eine üble Geschichte. Rechtlich gesehen hatte der Russe sich in polizeilichem Gewahrsam befunden, auch wenn er im Krankenhaus lag. Polizeiwachtmeister Craig war mit ihm allein auf dem Dach gewesen. Es gab keinen einleuchtenden Grund, warum der Mann in die Tiefe gesprungen war. Forbes nahm wie alle übrigen an, daß der Mann infolge einer schweren Gehirnerschütterung zeitweilig geistesverwirrt und in Panik geraten war. Die ganze Sorge des Hauptkommissars galt den möglichen Konsequenzen für die Polizei.

Man würde das Schiff ausfindig machen müssen, den Kapitän unterrichten, die Leiche formell identifizieren lassen, den sowjetischen Konsul informieren und natürlich die Presse, und ein paar ihrer Vertreter würden nicht versäumen, zwischen den Zeilen ihr Lieblingsthema abzuhandeln: die Brutalität der Polizei.

Forbes hatte als einziges sowjetisches Schiff im Hafen die *Akademik Komarow* ermitteln können und einen Polizeiwagen hinausgeschickt, der den Kapitän zur Identifizierung des Toten herbeiholen sollte; er hatte den sowjetischen Konsul zu früher Stunde aufgeweckt, der mit Sicherheit spätestens um neun Uhr im Präsidium anrücken würde, um offiziell Protest einzulegen. Seinen eigenen Chef hatte er vorgewarnt, desgleichen den Staatsanwalt.

Die persönlichen Gegenstände des Toten, die Asservate, waren allesamt verpackt und zum Revier Partick, in dessen Bezirk der Überfall stattgefunden hatte, zur Verwahrung gebracht worden.

Als Hauptkommissar Forbes die von Craig und McBain unterschriebenen Aussagen noch einmal durchlas, machte ihn etwas stutzig, und er griff zum Telefon. Der Mann, den er beim Rasieren aufscheuchte, war Inspektor Carmichael, der aufmerksam zuhörte und dann seine Rasur höchst nachdenklich beendete. Carmichael war der örtliche Verbindungsmann zur Abwehr, also zu MI 5.

Um halb acht stöberte Carmichael den Staatsanwalt auf, der der Autopsie beiwohnen würde, und fragte, ob er mitkommen könne. „Sie sind herzlich eingeladen", antwortete der Staatsanwalt. „Städtisches Leichenschauhaus, um zehn Uhr."

Im selben Leichenschauhaus starrte der Kapitän der *Akademik Komarow*, begleitet von seinem unvermeidlichen Politoffizier, um acht Uhr morgens auf einen Bildschirm, auf dem sich alsbald das zerschlagene Gesicht des Leichtmatrosen Semjonow zeigte. Er nickte langsam und murmelte etwas auf russisch.

„Ja, das ist er", übersetzte der Politoffizier. „Wir möchten mit unserem Konsul sprechen."

Um neun Uhr wurde der sowjetische Konsul in das Büro von Hauptkommissar Forbes gebeten. Er sprach fließend Englisch, was er lautstark unter Beweis stellte. „Ein schwerwiegender Zwischenfall", begann er. „Ich muß mich sofort mit der Sowjetbotschaft in London in Verbindung setzen . . ."

Es klopfte, und der Kapitän und sein Politoffizier wurden hereingeführt. Auch Inspektor Carmichael erschien in diesem Augenblick. Er nickte Forbes zu. „Morgen, Sir. Kann ich hierbleiben?"

„Bitte, Carmichael. Sieht aus, als könnte es stürmisch werden."

Aber nein. Der Politoffizier von der *Akademik Komarow* war kaum zehn Sekunden im Raum, als er den Konsul beiseite zog und hastig auf ihn einflüsterte. Der Konsul entschuldigte sich, und die beiden Männer gingen hinaus auf den Korridor. Nach drei Minuten kamen sie wieder herein. Der Konsul war förmlich und korrekt. Selbstverständlich werde er mit seiner Botschaft sprechen müssen. Er sei überzeugt, daß die Polizei alles in ihrer Macht Stehende tun werde, um die Täter dingfest zu machen. Ob es möglich sei, den toten Seemann und seine Habseligkeiten an Bord der *Akademik Komarow* zu schaffen, die noch heute wieder nach Leningrad auslaufen werde?

Forbes war höflich, aber unerbittlich. Die Polizei werde alles unternehmen, um die Bande zu fassen. Inzwischen müsse die Leiche im städtischen Leichenschauhaus verbleiben, und alle Asservate des Mannes würden im Polizeirevier von Partick unter Verschluß gehalten. Der Konsul nickte. Auch er wußte, was Vorschriften bedeuten. Die drei Russen gingen.

Um zehn Uhr betrat Carmichael den Autopsiesaal, wo der Gerichtsmediziner sich die Hände wusch. Neben ihnen lag auf einer Steinplatte die zerschmetterte Leiche Semjonows. „Darf ich ihn mal ansehen?" fragte Carmichael. Der Gerichtsarzt nickte.

Ein paar Augenblicke betrachtete Carmichael, was von Semjonow übriggeblieben war. Dann begab er sich in sein Büro und rief seinen Kontaktmann bei MI 5 in London an.

Gegen Mittag klingelte das Telefon im Büro von C 4 C in der Gordon Street. „Das fällt doch in Ihr Ressort, Preston. Wir haben in Glasgow einen russischen Matrosen, der vom Dach gefallen ist und womöglich nicht genau das war, wofür er sich ausgab. Am besten nehmen Sie den Dreiuhrflug nach Schottland. Ein Inspektor Carmichael erwartet Sie am Flughafen in Glasgow."

PRESTONS Maschine landete kurz nach sechzehn Uhr dreißig, und da er nur eine Tasche bei sich hatte, stand er zehn Minuten später in der Ankunftshalle. Er ging zum Informationsschalter und ließ Mr. Carmichael ausrufen. Der Inspektor kam zum Schalter, und sie stellten sich einander vor. Fünf Minuten später saßen sie im Wagen des Inspektors und fuhren in der einfallenden Dämmerung über die Schnellstraße der Stadt entgegen.

„Erzählen Sie doch gleich, was passiert ist", schlug Preston vor.

Carmichael drückte sich knapp und präzise aus. Schließlich sagte er: „Vielleicht irre ich mich, aber ich habe den Verdacht, daß der Mann womöglich gar kein Matrose war. Craig und McBain haben es in ihren Aussagen eher nebenbei erwähnt: Als sie den Matrosen fanden, habe er, zusammengekrümmt wie ein Embryo, auf der Straße gelegen und einen Seesack mit beiden Händen an den Leib gepreßt. Craig gab zu Protokoll: ‚wie ein Baby, das er beschützen wollte'."

Preston begriff, was daran so auffallend war. Wenn ein Mensch fast zu Tode getreten wird, rollt er sich instinktiv zu einer Kugel zusammen, aber er benutzt die Hände, um seinen Kopf zu schützen. Warum sollte jemand seinen ungeschützten Kopf den Tritten aussetzen, nur damit ein wertloser Sack nichts abbekommt?

„Dann", fuhr Carmichael fort, „fielen mir Zeit und Ort des Überfalls auf. Dieser Mann war drei Kilometer von den Docks entfernt und marschierte, lang nach der Sperrstunde, eine verlassene Straße entlang. Wohin, frage ich Sie. Jedenfalls gibt es weit und breit keine Kneipe. Was hatte er dort um diese Nachtzeit zu suchen?"

„Gute Frage", sagte Preston. „Was weiter?"

„Heute vormittag um zehn ging ich zum städtischen Leichenschauhaus. Der Körper des Toten war durch den Sturz übel zugerichtet, aber das Gesicht hatte, bis auf ein paar blaue Flecken, kaum gelitten. Dieser Mann hatte ein glattes, blasses Gesicht und sah nicht wie jemand aus, der sein Leben an Deck eines Schiffes verbringt. Und dann die Hände. Die Handrücken hätten gebräunt sein müssen, die Innenflächen schwielig. Aber nichts von alledem. Das waren keine Schwerarbeiterhände. Noch ein Letztes. Eine Kleinigkeit, aber sie könnte etwas zu bedeuten haben", sagte Carmichael. „Vor der Autopsie suchte der sowjetische Konsul den Hauptkommissar auf. Ich war dabei. Der Konsul schien drauf und dran zu sein, wilden Protest einzulegen. Dann erschienen der Kapitän des Schiffes und sein Politoffizier. Der Offizier führte den Konsul hinaus auf den Korridor, und sie redeten leise miteinander. Als der Konsul wieder ins Büro kam, war er ganz Höflichkeit und Verständnis. Ich hatte den Eindruck, sie wollten jeden Ärger vermeiden, bis sie mit ihrer Botschaft gesprochen hätten. Ich setze Sie jetzt übrigens in Ihrem Hotel ab. Mehr als die Protokolle lesen, die ich Ihnen mitgebracht habe, können Sie heute abend sowieso nicht tun."

In den Protokollen stieß Preston auf nichts, was über das hinausführte, was Carmichael schon gesagt hatte. Auch die Liste der Asservate half Preston nicht viel weiter. Auf ihr war eine runde Tabaksdose „mit Inhalt" aufgeführt, der aus zwei Unzen Pfeifentabak bestehen konnte.

Preston lag wach in seinem Bett und ging im Geist die Möglichkeiten durch. Alles schien auf diesen verdammten Sack hinzuweisen. Morgen würde er als erstes einen Blick auf diese Asservate werfen.

9. KAPITEL

DER diensthabende Polizeihauptwachtmeister im Revier Partick führte Carmichael und Preston in den rückwärtigen Teil der Wache, wo er einen kahlen, nur mit Ablageschränken versehenen Raum aufschloß. Ohne mit der Wimper zu zucken, gab er sich mit Carmichaels Sonderausweis zufrieden und stellte weiter keine Fragen. Aber er verließ den Raum nicht, während die beiden Männer die Plastiksäcke mit den in der vergangenen Nacht zurückgebliebenen Asservaten öffneten und deren Inhalt prüften.

Preston begann mit den Stiefeln, suchte nach falschen Absätzen, abnehmbaren Sohlen oder hohlen Kappen. Nichts. Socken und Unterzeug waren schnell durchgesehen. Er nahm den hinteren Deckel der Armbanduhr ab, aber es handelte sich wirklich nur um eine Armbanduhr. Für die Hose brauchte er etwas länger; er befühlte alle

Nähte und Säume, suchte nach frischen Fäden oder dickeren Stellen, die nicht durch eine doppelte Stofflage bedingt waren. Nichts.

Der Rollkragenpullover, den der Mann getragen hatte, war kein Problem; keine Nähte, keine versteckten Papiere oder Stellen, die sich hart anfühlten. Mit dem Anorak hatte er wieder länger zu tun, jedoch ergebnislos. Als er sich schließlich den Seesack vornahm, war er mehr denn je davon überzeugt, daß ein Gegenstand, den der geheimnisvolle Semjonow möglicherweise bei sich gehabt hatte, hier stecken müsse.

Er fing mit den zwei zusammengerollten Pullovern an, die in dem Sack gesteckt hatten. Ohne Befund. Dann machte er sich an die Inspektion des Seesacks. Es dauerte eine halbe Stunde, ehe er sicher sein konnte, daß der Boden nur aus einer doppelten Lage Jute bestand und daß die Ösen am oberen Rand keine Miniatursender waren und die Schnur keine Antenne verbarg.

Blieb nur noch die Tabaksdose. Es war eine gewöhnliche Blechdose mit Schraubdeckel, russisches Fabrikat. An ihr haftete immer noch schwach der Geruch von herbem Tabak. Die Watte war Watte, und somit blieben nur noch die drei Metallscheiben: zwei glänzend wie Aluminium und sehr leicht, die dritte stumpf wie Blei und viel schwerer. Die Aluminiumscheiben lagen über und unter der schweren Scheibe; diese hatte einen Durchmesser von fünf Zentimetern, die leichten Scheiben von siebeneinhalb. Preston versuchte sich vorzustellen, wozu sie dienen könnten, zum Beispiel beim Funken, beim Fotografieren. Und die Antwort lautete: zu nichts. Es waren einfach Metallscheiben. Dennoch war er ganz sicher, daß der Matrose gestorben war, weil er nicht über ihren Zweck verhört werden wollte.

Er stand auf und schlug vor, man solle zum Mittagessen gehen. Der Hauptwachtmeister steckte die Asservate wieder in die Beutel und verschloß alles in einem Schrank. Während des Mittagessens im Hotel Pond – Preston hatte vorgeschlagen, sie sollten am Ort des Überfalls vorbeifahren – entschuldigte er sich, weil er ein Telefongespräch führen müsse. „Es kann eine Weile dauern", sagte er zu Carmichael. „Genehmigen Sie sich einen Brandy auf Staatskosten."

Als man ihn vom Speisesaal aus nicht mehr sehen konnte, verließ Preston das Restaurant und legte im Laufschritt die Strecke zur BP-Tankstelle zurück, die ihm auf dem Weg von der Bushaltestelle zum Hotel aufgefallen war. In dem zu der Tankstelle gehörigen Laden kaufte er ein paar kleinere Ersatzteile. Dann ging er ins Hotel zurück und telefonierte nach London. Er gab seinem Assistenten die Nummer des Polizeireviers von Partick und schärfte ihm genau ein, wann er dort anzurufen habe.

Eine halbe Stunde später waren die beiden Männer wieder im

Polizeirevier, wo der inzwischen ziemlich mißgestimmte Hauptwachtmeister sie abermals in den Raum mit den Asservaten führte. Preston setzte sich hinter einen Tisch, genau gegenüber dem Wandtelefon. Vor sich auf dem Tisch hatte er die Kleidungsstücke aus den verschiedenen Beuteln zu einem Wall aufgeschichtet. Punkt fünfzehn Uhr klingelte das Telefon; die Vermittlung hatte den Anruf aus London durchgestellt. Der Hauptwachtmeister nahm den Hörer ab. „Für Sie, Sir. London am Apparat", sagte er zu Preston.

„Würden Sie bitte das Gespräch entgegennehmen?" bat Preston Carmichael. „Fragen Sie, wer dran ist, und ob es sich um etwas Dringendes handelt."

Carmichael stand auf und ging zum Telefon. Der Hauptwachtmeister hielt noch den Hörer in der Hand. Eine Sekunde lang hatten die beiden Schotten die Gesichter der Wand zugekehrt. Das genügte Preston.

Zehn Minuten später war er mit der Untersuchung der Asservate endgültig fertig. Carmichael fuhr ihn wieder zum Flughafen.

„Ich werde natürlich einen Bericht schreiben", sagte Preston. „Aber ich begreife noch immer nicht, was die Russen so aus dem Häuschen gebracht hat. Wie lang bleiben diese Asservate im Revier von Partick verwahrt?"

„Ach, noch wochenlang. Dem sowjetischen Konsul wurde das mitgeteilt. Die Fahndung nach den Rowdys läuft, aber sie dingfest zu machen ist Glückssache."

Vor dem Eingang zur Flughafenhalle verabschiedeten sich die beiden Männer mit einem Händedruck im Auto.

Als das Flugzeug abgehoben hatte, betrachtete Preston prüfend noch einmal die drei Scheiben, die er in sein Taschentuch gewickelt hatte. Die drei Dichtungsscheiben, die er im Tankstellenladen erworben und gegen die Scheiben des Russen ausgetauscht hatte, würden eine Weile ihren Dienst tun. Preston kannte jemanden, der sich in der Zwischenzeit die russischen Scheiben genau ansehen sollte.

Als Karpow kurz nach neunzehn Uhr vor General Martschenkos Datscha ankam, war es schon dunkel. Der Offiziersbursche des Generals öffnete ihm und führte ihn ins Wohnzimmer. Martschenko war bereits aufgesprungen und schien ebenso überrascht wie erfreut, seinen Freund vom anderen Geheimdienst zu sehen. „Jewgeni", rief er strahlend, „was führt Sie in meine bescheidene Hütte?"

Karpow trug eine Kuriertasche in der Hand. Er hob sie hoch und grub darin herum. „Einer meiner Jungs ist gerade aus der Türkei zurückgekommen, über Armenien", sagte er. „Ein heller Bursche, kommt nie mit leeren Händen an." Er holte eine der vier Flaschen aus der Kuriertasche, den besten armenischen Kognak, der zu haben war. Martschenkos Augen leuchteten auf. „Achtamar!" rief er. „Nur das Beste für das Erste Hauptdirektorat."

„Ja", fuhr Karpow leichthin fort, „ich war unterwegs zu meiner eigenen Klitsche und dachte mir: Wer könnte mir wohl helfen, der Flasche den Garaus zu machen? Und schon kam die Antwort: Der alte Pjotr Martschenko. Also hab ich einen kleinen Umweg gemacht. Wollen wir mal probieren, wie er schmeckt?"

Martschenko brüllte vor Lachen. „Sascha, Gläser!" schrie er.

DIE Abhörstationen in Yorkshire, Wales und Bedfordshire hatten einen einzelnen „Spritzer" aus einem Geheimsender aufgefangen. Per Kreuzpeilungen ermittelten sie den Schnittpunkt an einer Stelle in den Hügeln nördlich von Sheffield. Als die Sheffielder Polizei dort ankam, erwies die Stelle sich als eine Parkbucht an einer einsamen Straße zwischen Barnsley und Pontefract.

„Bleiben Sie ihm auf den Fersen", sagte der Leiter der GCHQ-Zentrale in Cheltenham zu dem diensthabenden Offizier. „Wir haben seit einer Ewigkeit keinen schlafenden Sender mehr gehabt, der plötzlich aktiv wurde. Was er wohl mitzuteilen hat?"

Was Major Waleri Petrowski durch seinen Funker mitzuteilen hatte, war folgendes: „Kurier zwei nicht erschienen. Meldet unverzüglich Ankunft Ersatzmann."

DIE erste Flasche Achtamar stand leer auf dem Tisch, und auch in der zweiten war bereits Ebbe. Martschenkos Gesicht hatte sich gerötet, aber er verkraftete seine zwei Flaschen am Tag, wenn es darauf ankam, und er hatte sich noch völlig unter Kontrolle.

Karpow, der nie trank um des Trinkens willen, hatte seinen Magen zwangsläufig über Jahre hinweg bei Diplomatenempfängen gestählt. Wenn er einen klaren Kopf brauchte, hatte er ihn. „Wo sind Sie denn zur Zeit dran, Pjotr?" fragte er.

Martschenko kniff die Augen zusammen. „Warum fragen Sie?"

„Na, Pjotr, wir sind doch alte Kameraden. Sie schulden mir eine Gefälligkeit."

„Ja, Sie haben recht, ich weiß, wie sehr ich Ihnen verpflichtet bin, aber fragen Sie mich trotzdem nicht, woran ich in den letzten Wochen gearbeitet habe. Sonderauftrag, streng geheim. Sie wissen schon, keine Namen, keinen Wirbel." Er tippte mit seinem wurstartigen Zeigefinger an seinen Nasenflügel und nickte feierlich.

Karpow beugte sich vor, nahm die dritte Flasche und goß das Glas des GRU-Generals randvoll. „Klar, ich weiß, tut mir leid, daß ich gefragt habe", sagte er begütigend. „Werde nicht auf die Operation zurückkommen."

Martschenko drohte ihm mit dem Finger, bevor er das Glas in einem Zug leerte. „Nicht Operation, keine Operation, ganze Schose abgeblasen. Geheimhaltung geschworen . . ., wir alle. Nicht mehr darauf zurückkommen, ja?"

„Nicht im Traum", beruhigte ihn Karpow und goß erneut die Gläser voll.

Zwei Stunden später war die letzte Flasche Achtamar zu einem Drittel geleert. Martschenko war zusammengesunken, sein Kinn lag auf der Brust. Karpow hob sein Glas zu einem weiteren Trinkspruch. „Auf das Vergessen. Auf das Vergessen der Operation."

„Aurora vergessen? Richtig, Schwamm drüber. Prima Idee war's aber doch."

Sie tranken. Karpow goß nach. „Nieder mit der ganzen Bande", lautete sein nächster Trinkspruch. „Philby verrecke . . . und der Eierkopf dazu."

Martschenko nickte zustimmend. „Krilow? Arschloch."

Es war Mitternacht, als Karpow zu seinem Wagen taumelte. Er lehnte sich an einen Baum, steckte zwei Finger in den Hals und erbrach, soviel er hervorwürgen konnte. Dann sog er tief die eisige Nachtluft ein. Es half, aber die Fahrt zu seiner eigenen Datscha war mörderisch. Er schaffte sie, mit einer verbogenen Stoßstange und zwei tiefen Kratzern im Blech.

General Karpow war auch noch genug bei Verstand, um die nächsten Schritte zu planen: In aller Stille würde er in seinem Büro Nachforschungen anstellen müssen und am Montag abend den Herrn Professor Krilow in dessen Moskauer Privatwohnung aufsuchen.

Das schlicht als „Aldermaston" bekannte Atomwaffen-Forschungszentrum östlich von London, ein Lieblingsziel von Friedensmarschierern, ist in Wahrheit eine interdisziplinäre Einrichtung. Man entwickelt und baut dort zwar nukleares Gerät, betreibt aber auch Forschung auf den Gebieten Chemie, Physik, konventionelle Sprengstoffe, Maschinenbau, theoretische und angewandte Mathematik, Radiologie, Medizin, Elektronik und Metallurgie.

Vor Jahren hatte ein Wissenschaftler aus Aldermaston vor Geheimdienstoffizieren in Ulster einen Vortrag über die Metallarten gehalten, die von den Bombenlegern der IRA besonders häufig verwendet werden. Preston war damals unter den Zuhörern gewesen und hatte sich jetzt nur mit Mühe an den walisischen Namen des Vortragenden

erinnert. Nach seiner Rückkehr aus Glasgow war er nun direkt vom
Flughafen unterwegs zu Dr. Dafydd Wynne-Evans.

Preston stellte sich vor und erwähnte den Vortrag, den Dr. Dafydd
Wynne-Evans seinerzeit gehalten hatte.

„Also, Mr. Preston, was kann ich für Sie tun?" fragte Dr. Wynne-
Evans leicht lispelnd mit walisischem Akzent. Preston griff in die
Tasche, holte die drei Scheiben hervor und zeigte sie dem Metallurgen.

„Die Dinger wurden jemandem in Glasgow abgenommen",
erklärte er. „Mir sind diese Metallscheiben ein Rätsel. Ich möchte
wissen, woraus sie bestehen und wofür man sie verwenden könnte."

Der Wissenschaftler sah sich die Scheiben genau an. „Sie denken an
verbrecherische Zwecke?"

„Könnte sein."

„Ohne Labortests läßt sich das schwer sagen", meinte der Metall-
urge. „Ist es Ihnen recht, wenn ich bis Montag ein paar Untersuchungen durchführe und Sie dann anrufe?"

„Montag paßt ausgezeichnet", erwiderte Preston.

PROFESSOR KRILOW wohnte im obersten Stock eines Blocks am
Komsomolski-Prospekt, mit einem weiten Blick über die Moskwa
und nur einen Katzensprung von der Universität am Südufer entfernt.
General Karpow drückte kurz nach achtzehn Uhr auf die Türklingel,
und das Akademiemitglied machte selbst auf.

„Genosse Professor Krilow?"

„Ja, bitte?"

„Ich bin General Karpow. Könnte ich Sie kurz sprechen?" Er hielt
ihm seinen Dienstausweis hin. Professor Krilow betrachtete den
Ausweis aufmerksam. Dann bat er Karpow einzutreten. Er ging
voraus in ein gut möbliertes Wohnzimmer, nahm seinem Gast den
Mantel ab und bat ihn, Platz zu nehmen. „Welchem Umstand
verdanke ich die Ehre Ihres Besuchs?" fragte er, nachdem er sich
Karpow gegenüber gesetzt hatte. Er war ein Mann von Rang und
Format, dem ein General des KGB nicht übermäßig imponieren
konnte. Karpow wurde klar, daß der Professor aus anderem Holz
geschnitzt war als etwa Erita Philby, aus der er die Sache mit dem
Chauffeur hatte heraustricksen können. Den Fahrer Grigorjew hatte
er mit seinem Rang eingeschüchtert, und Martschenko war ein alter
Kollege und schaute gerne tief ins Glas. Krilow dagegen stand als
Mitglied des Obersten Sowjets in den vordersten Reihen der Partei,
und als Mitglied der Akademie der Wissenschaften gehörte er zur
geistigen Elite der Nation. Karpow beschloß, keine Zeit zu verlieren
und seine Trümpfe schnell und gnadenlos auszuspielen. Das war die

einzige Möglichkeit. „Professor Krilow, ich möchte, daß Sie mir im höheren Interesse unseres Vaterlandes sagen, was Sie über den Plan Aurora wissen."

Professor Krilow saß da wie vom Donner gerührt. Dann wurde er rot vor Ärger. „General Karpow, Sie überschreiten Ihre Kompetenzen", schnappte er. „Im übrigen weiß ich nicht, wovon Sie reden."

„Worüber Sie etwas wissen oder nicht wissen, darüber bin ich bestens informiert", entgegnete Karpow ruhig, „mich interessiert allerdings jetzt Ihre Version des Plans."

Als Antwort streckte Krilow gebieterisch die Hand aus. „Ich muß Sie jetzt bitten zu gehen."

„So einfach ist das nicht", erwiderte Karpow. „Sie haben doch einen Sohn, Leonid, nicht wahr?"

Der plötzliche Themawechsel verblüffte den Professor. „Ja", sagte er, „stimmt. Warum?"

„Das erkläre ich Ihnen gerne", meinte Karpow. „Ihr Sohn ist vor neun Wochen von einer Reise nach Kanada zurückgekommen, auf der er als Dolmetscher bei einer Handelsdelegation fungiert hat."

Krilow nickte. „Und?"

„Während er dort drüben war, haben meine Leute bemerkt, daß eine attraktive junge Person viel Zeit – viel zuviel Zeit, hieß es – darauf verwendete, mit den Mitgliedern unserer Delegation ins Gespräch zu kommen, vor allem mit den jüngeren, den Sekretärinnen, Dolmetschern und so weiter. Die betreffende Person wurde fotografiert und als Lockvogel identifiziert, und zwar als Lockvogel amerikanischer, nicht kanadischer Herkunft – so gut wie sicher vom CIA. Dieser Lockvogel wurde also überwacht, und es stellte sich heraus, daß er sich mit Ihrem Sohn Leonid in einem Hotelzimmer verabredet hatte. Das Paar hatte eine kurze, aber heftige Affäre."

„Dann steckt nichts dahinter als jugendlicher Leichtsinn. Er wird seinen Rüffel bekommen. Was die Bettgeschichte anbelangt, so sind wir in der Sowjetunion nicht so prüde, wie Sie anzunehmen belieben . . ."

Karpow hatte seine Aktenmappe geöffnet, ein großes Foto herausgezogen und es auf den Tisch gelegt. Professor Krilow starrte darauf, und die Stimme versagte ihm. Die Farbe wich aus seinen Wangen, und sein ältliches Gesicht sah grau aus im Lampenlicht.

„Tut mir leid", sagte Karpow sehr sanft, „wirklich sehr leid. Die Überwachung galt dem Amerikaner, nicht Ihrem Sohn."

„Was werden Sie tun?" preßte Krilow hervor.

Karpow seufzte bekümmert. „Meine Rechte und Pflichten sind eindeutig. Ich könnte den Bericht und die Fotos an unsere Justizorgane

weiterleiten. Sie kennen das Gesetz. Fünf Jahre verschärftes Arbeits-
lager. Sie wissen, was sie mit den ‚Bubis‘ anfangen. Ein junger Mann
aus behüteten Verhältnissen hat da kaum Chancen zu überleben.“

„Aber –“, drängte der Professor.

„Aber ... es steht mir im Rahmen meiner Kompetenzen zu, die
Meinung zu vertreten, daß der CIA die Sache möglicherweise
weiterverfolgen will. Ich kann mich auf den Standpunkt stellen, daß
die Amerikaner mit einer gewissen Wahrscheinlichkeit den Agenten
in die Sowjetunion schicken werden, damit er den Kontakt mit Leonid
wiederaufnimmt, und daß für diesen Fall Ihr Sohn uns als Lockvogel
für den CIA-Agenten dienen muß. Während diese Operation läuft,
könnte ich die Akte in meinem Privatsafe auf Eis legen, und Ihr Sohn
müßte nichts anderes tun als sein Privatleben unbehelligt fortführen.
Zu solch einer Entscheidung bin ich befugt.“

„Und der Preis?“

„Das wissen Sie doch.“

„Was wollen Sie über den Plan Aurora erfahren?“

„Beginnen Sie ganz einfach von Anfang an.“

In London klingelte am Montag mittag das Telefon, und Dr.
Wynne-Evans meldete sich bei John Preston. „Darf ich fragen, wo Sie
die Metallscheiben herhaben?“

„Wurden am Mittwoch morgen bei jemandem in Glasgow gefunden. Was ist mit den Scheiben?“

„Oh, die beiden kleineren sind aus ganz gewöhnlichem Aluminium. Nur als Schutz für die andere gedacht. Aber die ist interessant.“

„Wissen Sie jetzt, woraus die Scheibe besteht?“ fragte Preston.

„Natürlich, gehört zu meinem Beruf, das zu wissen oder gegebe-
nenfalls herauszufinden“, antwortete er. „Es ist reines Polonium.“

Preston runzelte die Stirn. „Polonium, nie davon gehört.“

„Kann ich mir vorstellen“, sagte Dr. Wynne-Evans. „Ein sehr
seltenes Metall.“

„Und wozu wird es verwendet?“

„Nun, gelegentlich – nur ganz gelegentlich, wohlgemerkt – in der
Medizin, bei Heilverfahren. Die andere bekannte Verwendung
besteht darin, es mit einer anderen Scheibe aus Lithium zu kombinie-
ren. Dann bilden die beiden zusammen einen Initiator.“

„Und, bitte, was ist ein Initiator?“

„Nun, begonnen hat alles Anfang Januar mit einem Bericht, den
Philby dem Generalsekretär vorgelegt hat. Darin behauptete Philby,
daß innerhalb der britischen Labour Party ein Flügel der harten Linken

existiere, der aufgrund seiner Stärke in der Lage sei, nach einem Labour-Wahlsieg den gemäßigten Parteiführer zu stürzen und an seine Stelle Englands ersten marxistisch-leninistischen Premier zu setzen. Es wurde also ein Viererausschuß gebildet, der herausfinden sollte, wie dieser Wahlsieg am besten zu erringen sei, und nach etwa einmonatiger Arbeit ist dabei der Plan Aurora erstellt worden. "

„Wann hat der Ausschuß den Plan vorgelegt?"

„Am 12. März. Ich war dagegen. Der Generalsekretär ebenfalls. Er lehnte ihn rundweg ab, befahl, daß alle Notizen und Akten vernichtet werden sollten, und vergatterte uns alle vier zu absolutem Stillschweigen. "

„Warum waren Sie eigentlich dagegen?"

„Der Plan erschien mir zu fahrlässig und gefährlich. Und vor allem verstieß er völlig gegen das vierte Protokoll. "

„Das vierte Protokoll?"

„Ja. Zum Atomwaffensperrvertrag. Sie erinnern sich natürlich?"

„Man muß sich an so vieles erinnern", bat Karpow mit sanfter Stimme, „helfen Sie meinem Gedächtnis auf die Sprünge. "

„Am 1. Juli 1968", erklärte Professor Krilow, „wurde zwischen den damaligen Atommächten, den USA, Großbritannien und der UdSSR, der Atomwaffensperrvertrag geschlossen. In diesem Vertrag verpflichteten sich die drei Signatarstaaten, weder das Know-how noch das Material zum Bau von Nuklearwaffen an ein Drittland weiterzugeben. Erinnern Sie sich?"

„Ja", sagte Karpow, „daran kann ich mich erinnern. "

„Die Unterzeichnungszeremonien in Washington, London und Moskau genossen damals weltweit riesige Publizität. Die später folgende Unterzeichnung von vier geheimen Zusatzprotokollen war jedoch von keinerlei Publizität begleitet. Das vierte Protokoll sah eine gefährliche Entwicklung voraus, die damals noch nicht realisierbar war, aber eines Tages technisch möglich werden konnte. "

„Was sah das vierte Protokoll voraus?" fragte Karpow.

„Das vierte Protokoll sah technische Fortschritte im Bau von Atombomben voraus, hauptsächlich in Richtung auf Verkleinerung und Vereinfachung. Und genau das ist offensichtlich eingetreten. Eine Atombombe ist heute in so kleinen Abmessungen herstellbar und so einfach zu konstruieren, daß man sie leicht aus einem Dutzend vorfabrizierter Bestandteile zusammensetzen kann. "

„Und das wird in dem vierten Protokoll geächtet?"

„Mehr als das. Es verbot allen Signatarmächten die heimliche Verbringung einer solchen Minianlage in Teilen oder als Ganzes in ein anderes Land. Sonst könnte man ja in einer gemieteten Wohnung oder

einem gemieteten Haus im Herzen einer Stadt eine Atombombe
zünden. Dagegen wäre kein Staat gefeit."

Karpow erkannte sofort die Bedeutung dieses Protokolls. „Keine
Vierminutenvorwarnung, keine Erfassung einer anfliegenden Ra-
kete über Radar, kein Gegenschlag, keine Identifizierung des Täters.
Nur eine Megatonnenexplosion von einer Souterrainwohnung
aus."

„Richtig." Der Professor nickte. „Die offenen Gesellschaften des
Westens sind verwundbarer; aber auch wir könnten uns gegen
eingeschmuggelte Vorrichtungen nicht hundertprozentig schützen.
Sollte das vierte Protokoll je gebrochen werden, so sind die ganzen
Raketen und elektronischen Gegenmaßnahmen zur Bedeutungslosig-
keit verurteilt."

„Aber zur Verwirklichung von Plan Aurora hätte man einen
Vertragsbruch in Kauf genommen?"

Krilow nickte. „Es war vorgesehen, einen sowjetischen Spitzen-
agenten nach England zu schleusen. Sorgfältig ausgewählte Kuriere
hätten ihm die rund zehn Bestandteile einer kleinen Eineinhalb-
Kilotonnen-Atombombe gebracht."

„So klein? Die Hiroshima-Bombe entsprach zwanzig Kilotonnen
Sprengkraft TNT."

„Man wollte keinen großen Schaden anrichten. Es war beabsich-
tigt, einen angeblichen nuklearen Unfall zu inszenieren, der die zehn
Prozent Wechselwähler der einzigen Partei in die Arme treiben würde,
die sich für einseitige nukleare Abrüstung ausspricht, der Labour
Party. Die Bombe wäre sechs Tage vor der Wahl gezündet worden,
und zwar in Bentwaters, einer Basis der amerikanischen Luftstreit-
kräfte in Suffolk. Dort sind anscheinend F-5-Bomber stationiert, die
mit kleinen taktischen Atomwaffen ausgerüstet sind."

Karpow nickte. Er kannte Bentwaters und wußte, daß das, was
Professor Krilow sagte, stimmte.

„Der ausführende Agent", fuhr Professor Krilow fort, „wäre
angewiesen worden, die zusammengebaute Vorrichtung in den
frühen Morgenstunden mit dem Wagen bis an die Stacheldrahtabsper-
rung der Luftwaffenbasis heranzufahren. Die ganze Basis scheint
mitten im Wald, im Rendlesham Forest, zu liegen. Kurz vor Sonnenaufgang hätte er das Gerät zur Explosion gebracht.

Wegen der relativ geringen Sprengkraft hätte sich der Schaden auf
die Luftwaffenbasis beschränkt, die weggeblasen worden wäre, dazu
den Rendlesham Forest, drei Weiler, den Strand und ein Vogelschutz-
gebiet. Da die Basis an der Küste liegt, wäre die Wolke des in die Höhe
geschleuderten radioaktiven Staubs bei dem vorherrschenden West-

wind auf die Nordsee hinausgetrieben worden. Auf ihrem Weg zur
holländischen Küste wären fünfundneunzig Prozent dieser radioaktiven Staubwolke unwirksam geworden oder ins Meer gefallen. Die
Absicht war nicht, eine ökologische Katastrophe hervorzurufen,
sondern die Furcht vor dem Atom zu schüren und eine heftige Welle
des Hasses auf Amerika zu provozieren. Das Ganze war von Rogow
ausgearbeitet wie eine Schachpartie. Dem Ausführenden wäre gesagt
worden, er habe nach dem Knopfdruck auf den Zeitzünder noch zwei
Stunden, damit er möglichst weit wegfahren könne. In Wirklichkeit
wäre der Zeitzünder – eine hermetisch verkapselte Einheit – auf
sofortige Detonation eingestellt gewesen."

Armer Petrowski, dachte Karpow. „Und was war für die Zeit nach
der Explosion vorgesehen?"

„Man rechnete damit, daß die Amerikaner alle Behauptungen, sie
würden fahrlässig mit dem nuklearen Feuer spielen, heftig und
theatralisch dementieren würden. Am vierten Tag vor der Wahl sollte
dann der Generalsekretär der KPdSU der Weltöffentlichkeit verkünden, daß es Sache der Amerikaner sei, wenn sie unbedingt Amok
laufen wollten. Ihm seinerseits bleibe keine andere Wahl, als sämtliche
Streitkräfte zum Schutz des Sowjetvolks in höchste Alarmbereitschaft
zu versetzen. Dann hätte wohl auch der gemäßigte britische Labour-
Führer seine Chance erkennen müssen und hätte unweigerlich wenige
Tage vor der Wahl die englische Nation aufgefordert, ein für allemal
mit dem atomaren Rüstungswahnsinn Schluß zu machen. Der
inszenierte nukleare Unfall hätte die traditionelle Allianz zwischen
England und Amerika erschüttert und die entscheidenden zehn
Prozent der britischen Wählerschaft veranlaßt, für die Labour Party zu
stimmen und sie ans Ruder zu bringen. Danach hätte die harte Linke
die Macht übernommen. Das, General, war der Plan Aurora."

Karpow stand auf. „Sie sind sehr freundlich gewesen, Professor
Krilow, und sehr klug. Bewahren Sie Stillschweigen, und ich werde
das gleiche tun. Sie sagten ja selbst, der Plan sei gestorben. Und die
Akte Ihres Sohnes wird für sehr lange Zeit in meinem Safe ruhen. Ich
darf mich verabschieden. Ich glaube nicht, daß ich Sie nochmals
belästigen muß."

Als ihn der Tschaika den Komosolski-Prospekt hinunterfuhr,
lehnte er sich in die Polster zurück. O ja, dachte er, der Plan ist brillant.
Aber ist die Zeit nicht zu knapp? Ebenso wie der Generalsekretär
wußte er, daß die nächsten Wahlen in Großbritannien vorverlegt
worden waren und in sechzig Tagen, im kommenden Juni, stattfinden
sollten. Die Information an den Generalsekretär war ja schließlich
durch seine Residentur in der Londoner Botschaft gegangen.

„EIN Initiator, mein guter Mann, ist eine Art Zünder für eine Bombe", erklärte Dr. Wynne-Evans.

Preston war ein bißchen enttäuscht. Bomben waren etwas Alltägliches in England. Unschön, aber in Irland hatte er reichlich damit zu tun gehabt. Er hatte von Zündern, Detonatoren und Auslösern gehört, aber noch nie von Initiatoren. Sah so aus, als habe der Russe Semjonow ein Bauteil bei sich gehabt, das für eine Terroristengruppe irgendwo in Schottland bestimmt war. „Dieser, äh, Initiator aus Polonium und Lithium, könnte der in einer Hochbrisanzbombe verwendet werden?"

„Kann man wohl sagen", antwortete der Waliser, „einen Initiator braucht man zur Zündung einer Atombombe."

10. KAPITEL

BRIAN HARCOURT-SMITH hörte aufmerksam zu. Er hatte sich zurückgelehnt, die Augen zur Zimmerdecke gerichtet und spielte mit einem schlanken goldenen Schreibstift. „Und Ihre eigenen Schlußfolgerungen?"

Preston ignorierte den Spott. „Ich halte es für offenkundig, daß der Matrose Semjonow nach Glasgow kam, um diese Dose samt Inhalt in einem toten Briefkasten zu deponieren oder persönlich jemandem zu übergeben, den er treffen sollte", führte er aus. „In jedem Fall bedeutet das, daß irgendwo in unserem Land ein Illegaler steckt. Wir könnten doch versuchen, ihn zu finden."

„Eine bestechende Idee. Leider haben wir keinen Hinweis, wo wir anfangen sollen. Lassen Sie mich ganz offen sein, John. Sie bringen mich hier – wieder einmal – in eine äußerst schwierige Lage. Ich sehe wirklich nicht, wie ich diese Geschichte nach oben weiterleiten soll, solange Sie mir nicht ein bißchen mehr Beweise liefern als nur eine Metallscheibe, die bei einem bedauernswerten toten russischen Seemann gefunden wurde."

„Die Scheibe wurde als die eine Hälfte des Initiators für einen nuklearen Sprengsatz identifiziert", erwiderte Preston. „Als harmlose Metallscheibe kann man das kaum bezeichnen."

„Na schön. Also werde ich genauer sein: Wir haben hier die Hälfte von etwas, das vielleicht als Auslöser dienen könnte für etwas, das vielleicht eine Bombe sein könnte; vielleicht für einen sowjetischen Illegalen bestimmt, der sich vielleicht in England aufhält. Und jetzt würde ich vorschlagen, daß Sie versuchen, mir einen handfesten Beweis zu bringen, der Ihre Theorie untermauert."

„Wie Sie wünschen." Preston stand auf. „Ich werde mich ins Zeug legen."

Als Preston gegangen war, ließ sich der stellvertretende Generaldirektor mit seinem Personalbüro verbinden.

AM FOLGENDEN Tag, Mittwoch, dem 15. April, landete gegen Mittag eine Maschine der British Midland Airways aus Paris auf dem Flughafen von Birmingham. Unter den Passagieren befand sich ein junger Mann mit einem dänischen Paß, dessen linker Arm ein Gipsverband zierte.

Nachdem er Zoll- und Paßkontrolle ohne Schwierigkeiten absolviert hatte, nahm er ein Taxi und ließ sich zum Hotel Midland an der New Street bringen. Obwohl seine Reisetasche nicht schwer war, ließ er sich umständlich von dem Taxifahrer und dem Hotelportier helfen, denn man hatte ihm eingeschärft, er dürfe unter gar keinen Umständen versuchen, sie mit dem „gebrochenen" Arm anzuheben.

Nachdem er auf sein Hotelzimmer gegangen war und die Tür abgeschlossen hatte, begann er, den Gipsverband mit einer kräftigen Stahlschere zu bearbeiten, die ganz unten in seinem Waschbeutel gesteckt hatte. Als die Gipshülle ganz durchtrennt war, zog er sie so weit auseinander, daß er den Arm freibekam. Den leeren Gipsverband steckte er in eine mitgebrachte Tragtüte aus Plastik.

Er blieb den ganzen Nachmittag in seinem Zimmer, so daß die Tagschicht am Empfang ihn nicht ohne den Gips zu sehen bekam, und verließ das Hotel erst spätabends, nach dem Schichtwechsel.

Der Zeitungskiosk an der New Street Station war ihm als Treffpunkt genannt worden, und zur angegebenen Zeit näherte sich ihm eine Gestalt im schwarzledernen Motorraddreß. Der Austausch der Parole dauerte nur Sekunden, die Tüte wechselte den Träger, und die Gestalt im Lederanzug war verschwunden. Keiner der beiden Männer hatte die Aufmerksamkeit eines Passanten auf sich gezogen.

Bei Tagesanbruch, als die Nachtschicht noch im Dienst war, bezahlte der Däne am Empfang seine Rechnung und verließ das Hotel. Er nahm den Frühzug nach Manchester und flog vom dortigen Flughafen ab, wo ihn niemand bisher gesehen hatte – mit oder ohne Gipsverband. Kurier Nummer drei hatte geliefert.

JOHN PRESTON war verärgert. Auf seinem Schreibtisch hatte er einen Brief von Crichton, dem Personalchef, vorgefunden. Das Schreiben war, wie üblich, in liebenswürdigstem Ton gehalten. Ein Blick in die Akten habe gezeigt, daß Preston noch vier Wochen Urlaub zustünden. Er kenne doch die Dienstvorschriften, das Fortschreiben von

Urlaubsansprüchen werde aus naheliegenden Gründen nicht gern gesehen. Kurz, er habe seinen Resturlaub unverzüglich anzutreten, das heißt am nächsten Tag.

Preston rief die Personalabteilung an und verlangte energisch, Crichton persönlich zu sprechen. „Tim, ich bin's, John Preston. Sagen Sie, was soll der Brief auf meinem Schreibtisch? Ich kann jetzt nicht Urlaub nehmen; ich arbeite an einem Fall, bin mittendrin . . . Ja, ich weiß, es ist wichtig, daß man den Urlaub nicht übers Jahr hinaus verschiebt, aber rufen Sie doch einfach Brian Harcourt-Smith an. Er wird bestätigen, daß ich an einem wichtigen Fall arbeite. Ich kann den Urlaub im Sommer nehmen."

„John", erwiderte Tim Crichton in beschwichtigendem Ton, „dieser Brief wurde auf ausdrückliche Anweisung von Brian geschrieben."

„Ach so", sagte Preston nach einer ganzen Weile und legte auf. Plötzlich brauchte er einen ordentlichen Drink.

Es war noch lange vor der Mittagszeit, und die Kasinobar im Souterrain von Gordon war fast leer. Die ersten Hungrigen hatten die letzten Kaffeedurstigen noch nicht abgelöst. Preston wollte allein sein, also schwang er sich auf einen Hocker an der Theke. „Whisky", verlangte er, „einen doppelten."

„Für mich das gleiche", sagte jemand neben ihm. „Und diese Runde geht an mich." Preston wandte sich um und sah Barry Banks von K 7.

„Hallo, John", sagte Banks. „Kam gerade durch die Halle und sah Sie hier runterflitzen. Möchte Ihnen nur sagen, daß der Meister schön danken läßt."

„Ach ja, das. Keine Ursache."

„Der Meister möchte Sie nochmals sprechen."

„Wieder auf dem Rücksitz eines Autos?" fragte Preston.

„Äh, nein. Kleine Wohnung, die wir in Chelsea haben."

Preston seufzte. „Sagen Sie mir, wo es ist. Ich fahre hin."

Die Wohnung war nicht groß und befand sich in einem unauffälligen modernen Häuserblock. Sir Nigel öffnete selber. Wie üblich war er von vollendeter Höflichkeit. „Mein lieber John, wie nett, daß Sie gekommen sind."

Wäre Preston hier von vier Muskelmännern mit Handschellen und womöglich in Fußketten angeschleppt worden, Sir Nigel hätte gleichfalls gesagt: „Wie nett, daß Sie gekommen sind."

Als sie in dem kleinen Wohnzimmer saßen, brachte der Meister Prestons Bericht über die Linken in der Labour Party zum Vorschein. „Meinen aufrichtigen Dank dafür. Eine sehr interessante Studie."

„Aber offenbar nicht überzeugend."

Sir Nigel wählte seine Worte mit Bedacht. „Das möchte ich nicht unbedingt sagen." Tatsächlich hatte der Bericht Sir Nigel sehr nachdenklich gemacht. Wenn die Fakten stimmten – und daran zweifelte er bei einem Mann wie Preston nicht –, lagen die Schlußfolgerungen durchaus im Bereich des Möglichen. Trotzdem versuchte Harcourt-Smith den Bericht zu unterdrücken. Merkwürdiges Verhalten ... Dann wechselte er das Thema. „Es scheint, daß Ihre Arbeit Sie im Augenblick nicht allzu glücklich macht."

„Zur Zeit arbeite ich nicht, Sir. Ich habe Zwangsurlaub."

„Wie ich hörte, waren Sie unlängst in Glasgow?"

„Haben Sie noch keinen Bericht darüber erhalten?" Preston war höchst erstaunt. „Es ging um einen russischen Matrosen, den ich für einen Kurier halte. Das geht doch zweifellos Sechs an?"

„Der Bericht wird bestimmt bald kommen", beruhigte ihn Sir Nigel. „Wären Sie so freundlich, mich ins Bild zu setzen?"

Preston berichtete von seinen Ermittlungen.

„Was schließen Sie aus alledem?" wollte Sir Nigel wissen, nachdem Preston geendet hatte.

„Ich glaube, daß diese Poloniumscheibe für jemanden bestimmt war, der sich hier in England aufhält. Ich meine, wir sollten versuchen, ihn zu finden."

„Wenn er ein Topagent ist, dann können wir ebensogut eine Nadel im Heuhaufen suchen", murmelte Sir Nigel.

„Ja, das weiß ich."

„Um welche Befugnisse hätten Sie nachgesucht, wenn Sie nicht in Zwangsurlaub geschickt worden wären?"

„Ich glaube, Sir Nigel, daß mit einer einzigen Poloniumscheibe niemand etwas anfangen kann. Was immer der Illegale vorhaben mag, er braucht weiteres Zubehör. Folglich müssen noch weitere Lieferungen kommen. Wenn es nach mir ginge, würde ich alle Einreisen aus dem Ostblock in den vergangenen hundert Tagen nachträglich überprüfen. Außerdem würde ich die Kontrollen ab sofort verschärfen. Möglicherweise könnten wir auf diese Weise eine weitere Lieferung abfangen. Als Chef von C 5 C hätte ich das tun können."

„Und jetzt, glauben Sie, haben Sie diese Möglichkeit nicht mehr?"

Preston schüttelte den Kopf. „Selbst wenn ich morgen meine Arbeit wiederaufnehmen dürfte, würde man mir mit ziemlicher Sicherheit diesen Fall wegnehmen. Offenbar gelte ich als Unruhestifter."

Sir Nigel nickte nachdenklich. Die Russen würden doch nicht versuchen, das vierte Protokoll zu brechen? Oder doch?

„C" dachte über die Schlüsse nach, die sich aus Prestons erstem

Bericht ziehen ließen. Lag es im Bereich des Möglichen, daß sich die harte Linke innerhalb der Labour Party auf einen Handstreich zur Eroberung der Macht vorbereitete? Und wenn dem so wäre, wo könnte die Verbindung zu einer kleinen Poloniumscheibe zu suchen sein, die sich aus Leningrad in ein Glasgower Polizeirevier verirrt hatte? Versuchte wirklich jemand in der Sowjetunion, das vierte Protokoll zu brechen? Und wenn ja, wer könnte dieser Jemand sein? Niemand würde so etwas wagen, es sei denn auf Befehl des Generalsekretärs. Und wenn es der Generalsekretär war, warum benutzte man nicht die Diplomatenpost? War doch viel einfacher, sicherer. Aber alles, was über die Botschaft ging, ging auch über die KGB-Residentur. Sir Nigel wußte, daß der Generalsekretär eine Art Verfolgungswahn entwickelt hatte, was eine westliche Infiltration des KGB anging. Ja, eine größere Operation unter Umgehung des KGB ergab durchaus einen Sinn.

„Grenzüberschreitungen zwischen Dienststellen gelten nicht gerade als feine Lebensart", sagte er schließlich wie zu sich selbst. „Als ich Sie bat, für mich nach Südafrika zu fliegen, hat Sir Bernard seinen Segen dazu gegeben. Ich werde wieder mit ihm darüber reden. Also, Sie haben noch drei Wochen Urlaub. Wären Sie willens, während dieser Zeit an dem Fall zu arbeiten?"

„Für wen?" fragte Preston verblüfft.

„Für mich", antwortete Sir Nigel. „Offen könnten Sie natürlich nicht für MI 6 tätig sein und in unsere Büros kommen."

„Wo soll ich dann arbeiten?"

„Hier", erwiderte „C". „Es ist klein, aber finden Sie es nicht sehr gemütlich? Im Nebenzimmer sind Telefone und Computerterminals installiert, die an unsere Anlagen in MI 6 angeschlossen sind. Jeder Zwischenfall, in den ein Bürger eines Ostblockstaats verwickelt ist, wird registriert. Sie arbeiten von hier aus als mein verlängerter Arm, so als säßen Sie im Nebenzimmer meines Büros. Meine Befugnisse decken auch diejenigen ab, die Sie als Chef von C 5 C hätten. Ich sorge dafür, daß Sie an alle notwendigen Informationen herankommen. Was sagen Sie dazu?"

„Wenn Charles Street dahinterkommt, bin ich in Fünf erledigt", gab Preston zu bedenken. Er dachte an sein Gehalt, seine Pension, an die Aussichten, in seinem Alter einen neuen Job zu bekommen.

„Wie lange, glauben Sie, werden Sie unter der augenblicklichen Leitung noch bei MI 5 glücklich sein?" fragte Sir Nigel.

Preston lachte kurz auf. „Nicht lange", sagte er. „Also gut, Sir, ich mach's. Ich möchte an diesem Fall dranbleiben. Da steckt etwas Größeres dahinter."

Sir Nigel nickte anerkennend. „Sie sind ein hartnäckiger Mensch, John. Dafür habe ich viel übrig. Es macht sich fast immer bezahlt. Haben Sie denn eine Ahnung, wonach Sie suchen?"

„Ja, Sir. Nach Ansicht der Wissenschaftler in Aldermaston dürfte die Poloniumscheibe sich zur Zündung einer Bombe eignen, die zugleich klein, unkompliziert in der Bauart und von relativ geringer Sprengkraft ist; wenn man bei einem atomaren Sprengkörper überhaupt von ‚relativ geringer Sprengkraft' sprechen kann." Preston notierte auf einem Zettel schnell ein paar Stichwörter und reichte ihn Sir Nigel. „Das dürften in etwa die Dinge sein, die wir suchen."

„C" studierte die Liste der Zubehörteile. „Ist das alles, was man dazu braucht?"

„Für eine Minibombe schon. Abgesehen von dem spaltbaren Uran und dem Stahlpanzer könnte das Zeug fast überall versteckt werden, ohne aufzufallen."

„Und wie wollen Sie weiter vorgehen?"

„Ich suche nach sich wiederholenden Paßnummern bei Ein- und Ausreisen. Wenn ein oder zwei Kuriere verwendet werden, so müssen die häufig hin- und herfahren und dabei verschiedene Ein- und Ausreiseorte benutzen. Es ist nicht viel, aber mehr habe ich nicht."

Sir Nigel stand auf. „Bleiben Sie dran, John. Ich verschaffe Ihnen Zugang zu allem, was Sie brauchen. Inzwischen wollen wir beten, daß unser Gegner wenigstens einen einzigen Fehler macht, indem er denselben Kurier mehrmals einsetzt."

ABER dazu war Major Wolkow zu gut. Er machte keinen Fehler. Er hatte keine Ahnung, woraus die Zubehörteile waren, noch wozu sie dienen sollten. Er mußte neun Sendungen und zwölf wohlvorbereitete Geheimkuriere ins Land schmuggeln. Und er hatte seine Netze über das Gebiet der UdSSR hinaus ausgeworfen und drei der „Schwester"-Dienste eingespannt: den tschechoslowakischen Geheimdienst StB, den polnischen SB und den alleruntertänigsten und blindlings gehorchenden Staatssicherheitsdienst der DDR.

Wolkow hatte nur zwei Russen eingesetzt, und sie sollten als erste hinübergehen. Nur die beiden Russen und der Tscheche Lischka reisten von Städten im Ostblock ab; und nun auch noch der zehnte Mann, der Ersatzmann für den Kurier Nummer zwei, der von der polnischen Luftfahrtgesellschaft LOT sein sollte.

Wolkow sorgte mit allen Mitteln dafür, daß keine Reisebewegung seiner Kuriere sich wiederholte und so ein Muster ergäbe, nach dem Preston in der inzwischen zu einem Meer angewachsenen Datenflut suchte.

AM SELBEN Vormittag, an dem Preston in Chelsea mit seiner Arbeit anfing, landete ein international berühmter tschechischer Konzertpianist, von Prag kommend, auf dem Flugplatz Heathrow, da er am nächsten Abend ein Konzert in Wigmore Hall geben sollte. Der greise Musiker wurde in der Ankunftshalle von einem Mitarbeiter der Konzertagentur Victor Hochhauser begrüßt und mit seinem Gefolge unverzüglich zu seiner Suite im Hotel Cumberland gebracht.

Das Gefolge bestand aus drei Personen: dem Garderobier, der sich hingebungsvoll um die Kleidung und sonstigen persönlichen Reiseutensilien des Maestros kümmerte; einer Sekretärin, die seine Fanpost und Korrespondenz erledigte; und seinem Impresario, einem großen Mann mit Leichenbittermiene namens Lischka, der für Verhandlungen mit Konzertagenten und für die Finanzen zuständig war.

Was er jetzt tun mußte, tat er sehr ungern, aber die Leute vom StB besaßen große Überredungskraft. Die Leute hatten Lischka klargemacht, daß die Aufnahme seiner Enkelin an die Universität bedeutend leichter zu erreichen sei, wenn er ihnen helfen wolle, womit sie ihm auf höfliche Weise beigebracht hatten, daß das Mädchen andernfalls nicht die geringste Chance habe, zum Studium zugelassen zu werden.

Als sie ihm seine Schuhe zurückgegeben hatten, konnte er keine Spur einer Manipulation entdecken. Wie befohlen, hatte er sie auf dem Flug getragen und war mit ihnen durch den Flughafen Heathrow marschiert.

Am Abend, genau zu der Zeit, die ihm angegeben worden war, klopfte jemand leise an Lischkas Hotelzimmertür. Ein Zettel wurde unter der Tür durchgeschoben. Er las den verabredeten Kode, öffnete die Tür einen Spalt weit und reichte eine Plastiktüte hinaus, in der das Paar Schuhe steckte. Jemand, den er nicht sah, nahm ihm die Tüte ab, und er schloß die Tür. Es war leichter gewesen, als er angenommen hatte. Jetzt, dachte er, wollen wir uns wieder unserer Musik zuwenden.

Noch vor Mitternacht lagen die Schuhe zusammen mit dem Gipsverband und dem Transistorradio in einer Schublade in einem stillen Winkel von Ipswich. Kurier Nummer vier hatte geliefert.

KURIER Nummer fünf sah vom Promenadendeck des Fährschiffs die englische Küste herankommen. Er gehörte zu den Nichtmotorisierten und hatte eine Fahrkarte für den Anschlußzug nach London. Sein Paß lautete auf den Namen Anton Zelewski, und so war auch sein wirklicher Name. Er besaß einen Paß der Bundesrepublik Deutschland. Zelewski wurde durchgewinkt.

Der Zoll untersuchte seinen Koffer und die Tragetasche mit den zollfreien Waren, die er auf dem Schiff gekauft hatte. Die Flasche Gin und die fünfundzwanzig Zigarren in einem ungeöffneten Kistchen waren zollfrei. Der Zollbeamte ließ ihn weitergehen.

Zelewski hatte wirklich im Duty-free-Shop des Schiffes ein Kistchen mit fünfundzwanzig guten Zigarren gekauft. Dann hatte er sich in einen Waschraum zurückgezogen, die Tür verriegelt, die Duty-free-Etiketten von dem soeben gekauften Kistchen abgelöst und auf ein zweites, genau gleich aussehendes Kistchen geklebt, das er mitgebracht hatte. Der zollfreie Einkauf flog bei günstiger Gelegenheit über Bord und verschwand im Meer.

Im Zug nach London suchte er das der Lokomotive am nächsten gelegene Erste-Klasse-Abteil auf, setzte sich auf den für ihn reservierten Fensterplatz und wartete. Kurz vor Lewes ging die Abteiltür auf, und ein in schwarzes Leder gekleideter Mann erschien. „Fährt dieser Zug direkt nach London?" fragte er in tadellosem Englisch.

„Ich glaube, er hält auch in Lewes", erwiderte Zelewski.

Der Mann streckte die Hand aus. Zelewski reichte ihm das Zigarrenkistchen. Der Mann steckte es ins Oberteil seiner Lederjacke, zog den Reißverschluß hoch, nickte und entfernte sich. Als der Zug nach dem Aufenthalt in Lewes anfuhr, sah Zelewski den Mann noch einmal: Er stand auf dem Bahnsteig, von dem die Züge in die entgegengesetzte Richtung, zur Küste, abfahren.

Noch vor Mitternacht lagen die Zigarren bei dem Radio, dem Gipsverband und den Schuhen in Ipswich. Kurier Nummer fünf hatte geliefert.

Bei George Berenson machte sich der Streß allmählich bemerkbar. Seine Frau hielt sich wieder einmal auf dem stolzen Landsitz ihres Bruders in Yorkshire auf, und Berenson hatte zwölf Sitzungen mit den Leuten vom Ministerium hinter sich und jedes einzelne Dokument identifizieren müssen, das er jemals an Jan Marais weitergegeben hatte. Man ließ ihn zuweilen merken, daß er unter Beobachtung stand, wodurch sich seine Nervosität allerdings nicht besserte.

Auch der tägliche Gang ins Ministerium und der Gedanke, daß sein Vorgesetzter, Staatssekretär Sir Percy Jones, von seinem Verrat wußte, belasteten ihn. Den Rest aber gab ihm die Tatsache, daß er nach wie vor Sendungen mit angeblich aus dem Ministerium entwendeten Dokumenten an Jan Marais schicken mußte. Seit er wußte, daß der Südafrikaner Sowjetagent war, hatte er eine persönliche Begegnung vermieden. Aber er mußte alles lesen, was via Marais nach Moskau ging, für den Fall, daß Marais ihn zwecks Klärung einer Einzelheit in bereits abgeschicktem Material anrufen würde.

Immer wenn er die Papiere las, die er weitergeben mußte, beeindruckte ihn die Geschicklichkeit der Fälscher. Jedes Schriftstück basierte auf einem echten Dokument, das wirklich über seinen Schreibtisch gegangen war, enthielt aber eine Reihe von Veränderungen, die so raffiniert eingearbeitet waren, daß sie im einzelnen nicht auffielen, im ganzen jedoch einen völlig falschen Eindruck vermittelten.

Am Mittwoch, dem 29. April, erhielt er ein Bündel von sieben Schriftstücken über die neuesten Beschlüsse, Vorschläge, Konferenzen und Anfragen, die ihm angeblich im Lauf der letzten vierzehn Tage zugegangen waren. Alle trugen die Vermerke TOP SECRET oder COSMIC. Bei der Lektüre eines dieser Papiere stutzte er. Er brachte sie alle noch am selben Abend in Benottis Eisdiele, und vierundzwanzig Stunden später erhielt er den Anruf, der ihr Eintreffen bestätigte.

AM 1. MAI kam ein Campingbus in Dover an. Er hatte Nummernschilder der Bundesrepublik Deutschland und war mit der Fähre aus Calais gelandet. Besitzer und Fahrer, dessen Papiere tadellos in Ordnung waren, war Helmut Dorn, und mit ihm reisten seine Frau Lisa und zwei kleine Kinder. Nach der Paßkontrolle hielt ihn einer der Zollbeamten an. Er wollte einen Blick ins Wageninnere werfen.

Die beiden Kinder spielten im Wohnteil und hörten damit auf, als der uniformierte Zollbeamte eintrat. Er nickte und lächelte ihnen zu; sie kicherten. Er sah sich in dem sauberen und ordentlichen Raum um, dann fing er an, die Schränke zu öffnen.

Die meisten Schränke enthielten die übliche Ausrüstung einer Familie auf Campingurlaub: Kleider, Kochgeschirr und so weiter. Der Zollbeamte klappte die Banksitze hoch, unter denen sich Truhen als zusätzlicher Aufbewahrungsraum befanden. Eine davon war offensichtlich die Spieltruhe der Kinder. Sie enthielt zwei Puppen, einen Teddybären und eine Sammlung grellbunter Gummibälle. Der Zollbeamte wandte sich an Herrn Dorn. „In Ordnung, Sir. Schönen Urlaub."

Der Bus rollte zur Autobahn in Richtung Kent und London. Dorn sah mehrmals auf die Uhr. Er hatte ein bißchen Verspätung, aber die Anweisung hatte gelautet, er dürfe unter keinen Umständen die Geschwindigkeitsbegrenzung überschreiten.

Sie fanden ohne Schwierigkeit das Dorf Charing links der Landstraße und ein Stück weiter nördlich das Rasthaus. Dorn bog auf den Parkplatz ein und hielt an. Lisa Dorn holte die Kinder aus dem Wagen und führte sie zu einem Imbiß ins Lokal. Dorn öffnete weisungsgemäß die Motorhaube und steckte den Kopf darunter. Ein paar Sekunden später merkte er, daß jemand neben ihm stand, und blickte auf. Er sah einen jungen Mann in schwarzledernem Motorraddreß.

„Stimmt etwas nicht?" fragte der junge Mann.

„Muß wohl der Vergaser sein", antwortete Dorn.

„Nein", sagte der Motorradfahrer ernst, „ich glaube, es ist der Verteiler. Außerdem kommen Sie zu spät."

„Tut mir leid, die Fähre ist schuld. Und der Zoll. Ich habe das Ding drinnen." Im Wohnwagen zog der Motorradfahrer einen Segeltuchsack aus der Jacke, während Dorn ächzend und mit Mühe einen der Kinderbälle aus der Spielzeugtruhe hievte. Der Ball hatte nur etwa zwölf Zentimeter Durchmesser, aber er wog über zwanzig Kilo. Reines Uran 235 ist schließlich doppelt so schwer wie Blei. Kurier Nummer sechs hatte geliefert.

AM FOLGENDEN Samstag, dem 2. Mai, kauerte Waleri Petrowski in der Abgeschlossenheit seines Schlafzimmers in Cherryhayes Close an seinem empfangsstarken Transistorgerät und lauschte auf den Strom von Morsesignalen auf der Welle Moskau.

Von sich aus konnte er nicht senden; Moskau würde niemals zulassen, daß ein wertvoller Illegaler sich durch eigene Funkbotschaften in Gefahr brächte, denn die ausgezeichnete Qualität der britischen und amerikanischen Funküberwachung war bekannt. Petrowski besaß ein sehr großes, handelsübliches Braun-Radio, das fast jeden Kanal der Welt hereinholen konnte.

Er saß in gespannter Erwartung da. Es war fast einen Monat her, daß er über den Sender Poplar den Verlust eines Kuriers und dessen Lieferung gemeldet und um Ersatz gebeten hatte. An jedem zweiten Abend hatte er, wenn er nicht mit dem Motorrad unterwegs war, um etwas abzuholen, auf die Antwort gewartet. Bisher war sie nicht gekommen.

An diesem Abend um zweiundzwanzig Uhr zehn kam endlich sein Signal über den Äther. Block und Stift lagen bereit. Nach einer Pause begann die Nachricht. Er notierte die Morsezeichen, eine wirre Abfolge von Buchstaben. Auch Deutsche, Briten und Amerikaner würden auf ihren jeweiligen Lauschposten die gleichen Buchstaben aufzeichnen. Als die Übermittlung beendet war, schaltete er das Gerät ab, suchte den passenden Einmalkode heraus und fing an zu dechiffrieren. In einer Viertelstunde hatte er den Klartext: „Feuervogel zehn ersetzt zwei TZ."

Treff zehn war einer der Reservetreffs. Da ergab sich ein Problem. Der Treff mit Kurier zehn lag zwischen zwei anderen Verabredungen und zeitlich nahe an der Begegnung mit Kurier sieben.

Zehn mußte er zur Frühstückszeit in einem Hotel am Flughafen Heathrow treffen. Sieben würde am selben Vormittag um elf Uhr auf einem Hotelparkplatz außerhalb von Colchester warten. Das bedeutete eine Hetzerei, aber es war zu schaffen.

AM 5. MAI begriff Preston, daß er auf dem Holzweg war. Die Suche dauerte nun schon fast drei Wochen und hatte noch immer nichts zutage gefördert als eine einzelne Poloniumscheibe, die ihm durch einen puren Glückstreffer in die Hände gefallen war. Wie er sehr wohl wußte, konnte er unmöglich darum nachsuchen, daß jeder Besucher bei der Einreise nach England bis auf die Haut gefilzt wurde. Er konnte allenfalls eine verstärkte Überprüfung aller einreisenden Ostblockbürger fordern. Nach Auskunft der Kernphysiker von Aldermaston mußten drei der Zubehörteile, die selbst für eine sehr primitive Atombombe unerläßlich sind, sehr schwer sein. Preston vermutete, daß zumindest diese drei Dinge in Fahrzeugen ins Land gebracht werden müßten, und bat daher um verstärkte Überprüfung ausländischer Fahrzeuge, wobei besonders auf Gegenstände zu achten sei, die einem Ball, einer Kugel und einer Röhre glichen und extrem schwer seien.

Er wußte, wie ausgedehnt das Suchgebiet war. Ein Strom von Motorrädern, Personenwagen und Lastwagen floß Tag für Tag über die Grenze. Allein der Warenverkehr würde, wenn man jeden Lastwagen anhalten und durchsuchen wollte, nahezu zum Erliegen kommen. Er suchte die sprichwörtliche Nadel im Heuhaufen. Wenn er wenigstens wüßte, wo der Heuhaufen lag.

AM MONTAG, dem 11. Mai, brannten noch spätabends in Downing Street Nummer zehn, Amts- und Wohnsitz der britischen Premierminister, alle Lichter. Die Hausherrin hatte ihre engsten Berater und das Kabinett zu einer Strategiesitzung einberufen. Einziger Punkt der Tagesordnung waren die kommenden Wahlen: förmliche Beschlußfassung und Abstimmung der Maßnahmen zur Vorbereitung des Wahltermins.

Der Vorsitzende der Konservativen Partei lieferte die neuesten Resultate der demoskopischen Umfragen. Sie hätten gezeigt, dozierte der Parteivorsitzende, daß Labour nur vier Prozentpunkte hinter den Konservativen liege. Seit dem Juni 1983 habe die Labour Party um volle zehn Prozentpunkte aufgeholt. Die Engländer hätten beinahe genausoviel Vertrauen zur Labour Party als Regierungspartei wie zu den Konservativen. Der Trend sei klar.

Indes müsse für den Herbst im öffentlichen Dienst mit Streiks zur

Durchsetzung von Lohnforderungen gerechnet werden. In der Folge könnte die Popularitätskurve der Konservativen jäh abfallen und den ganzen Winter über nicht wieder ansteigen.

Die Premierministerin fühlte sich dadurch in ihrem Beschluß bestärkt, eine Überraschungswahl mit einem dreiwöchigen Wahlkampf durchzuführen. Dadurch würde die Opposition überrumpelt und unvorbereitet getroffen. Und wenn die britische Premierministerin etwas „im Gefühl" hatte, dann bedurfte es schon sehr starker Argumente, um sie davon abzubringen.

Endlich kam man überein: Mrs. Thatcher würde für Donnerstag, den 28. Mai um eine Audienz bei der Königin nachsuchen, um die Auflösung des Parlaments zu erwirken. Der Tradition folgend, würde sie anschließend in die Downing Street zurückkehren, um von dort eine öffentliche Erklärung abzugeben. Mit diesem Moment würde der Wahlkampf beginnen. Wahltag: Donnerstag, der 18. Juni.

AM FRÜHEN Morgen des folgenden Tages, als die Minister noch schliefen, brauste die große BMW auf London zu. Petrowski fuhr zum Hotel in Heathrow, stellte seine Maschine auf den Parkplatz, schloß sie ab und verwahrte den Sturzhelm im Koffer hinter dem Sitz.

Er schlüpfte aus der schwarzen Lederjacke und der Hose mit den seitlichen Reißverschlüssen. Darunter trug er eine gewöhnliche graue Flanellhose, zerknittert, aber unauffällig. Die Stiefel warf er in einen der Motorradkoffer und schlüpfte in ein Paar Halbschuhe, die darin gelegen hatten. Den Lederanzug stopfte er in den anderen Koffer, nachdem er daraus ein neutrales Tweedjackett und einen beige Regenmantel hervorgezogen hatte. Als er die Empfangshalle des Hotels betrat, fiel er niemandem auf.

KAREL WOSNIAK hatte nicht gut geschlafen. Der vergangene Abend hatte ihm den Schreck seines Lebens beschert. Normalerweise wird das fliegende Personal der polnischen Luftfahrtgesellschaft LOT, bei der er als Chefsteward arbeitete, unbehelligt durch den Zoll und die Paßkontrolle geschleust. Diesmal jedoch waren sie durchsucht worden. Als der britische Zollbeamte, der ihn abfertigte, in seinem Waschbeutel zu wühlen anfing, wurde ihm schlecht vor Angst. Als der Mann den Elektrorasierer hervorzog, den die SB-Leute ihm vor dem Abflug in Warschau gegeben hatten, wäre er fast in Ohnmacht gefallen. Der Beamte hatte ihn aber wieder in den Beutel gelegt, ohne ihn auf seine Funktionstüchtigkeit zu untersuchen. Wosniak vermutete, daß sich damit kein einziges Barthaar entfernen ließ.

Punkt acht Uhr betrat er die Toilettenräume im Souterrain der

Hotelhalle. Ein unauffälliger Mann in beige Regenmantel wusch sich
gerade die Hände. Mist, dachte Wosniak, wenn der Kontaktmann
auftaucht, müssen wir warten, bis dieser Engländer verschwindet.
Dann sprach der Mann ihn auf englisch an. „Guten Morgen. Ist das die
Uniform der jugoslawischen Luftfahrtgesellschaft?"

Wosniak seufzte vor Erleichterung auf. „Nein, ich bin von der
staatlichen polnischen Luftfahrtgesellschaft."

„Polen ist ein schönes Land", sagte der Fremde und trocknete sich
die Hände ab. Er wirkte völlig unbefangen. Wosniak war das alles
neu. Einmal und nie wieder, das schwor er sich nun. Er stand da und
hielt einen Rasierapparat in der Hand. „Ich habe manche glückliche
Zeit in Ihrem Land verbracht."

Das ist es, dachte Wosniak. Manche glückliche Zeit ..., das
Losungswort.

Er streckte die Hand aus, in der er den Rasierapparat hielt. Der
Engländer runzelte die Stirn und blickte zu einer der Kabinentüren.
Entsetzt merkte Wosniak, daß die Tür geschlossen war; es mußte
jemand drinnen sein. Der Fremde wies mit einer Kopfbewegung auf
die Ablage über dem Waschbecken. Wosniak legte den Apparat
darauf. Dann nickte der Engländer in Richtung der Stehbecken.
Hastig zog Wosniak den Reißverschluß seiner Hose auf und stellte sich
vor ein Becken.

„Vielen Dank", murmelte er, „ich finde es auch schön."

Der Mann im beige Mantel steckte den Rasierapparat ein, hielt fünf
Finger hoch, um anzudeuten, daß Wosniak noch mindestens fünf
Sekunden lang stehenbleiben solle, und ging.

Eine Stunde später verließ Petrowski auf seinem Motorrad die
Vororte von Nordostlondon und fuhr durch die Grafschaft Essex. Es
war neun Uhr.

Zur gleichen Stunde schob sich das Fährschiff *Tor Britannia* aus
Göteborg den Parkstone-Kai in Harwich entlang, der hundertzwanzig
Kilometer von London entfernten Hafenstadt an der Küste von Essex.
Unter den Passagieren, die an Land strömten, war auch Herr Stig
Lundquist in seiner großen Saab-Limousine. Seine Papiere wiesen ihn
als schwedischen Geschäftsmann aus, und das stimmte. Er war in der
Tat von jeher schwedischer Staatsbürger. In den Papieren stand
allerdings nicht, daß er auch seit vielen Jahren kommunistischer Agent
war. Stig Lundquist wurde diesmal gebeten, auszusteigen und sein
Gepäck zum Zolltresen zu bringen, was er höflich lächelnd auch tat.

Ein zweiter Zollbeamter öffnete die Motorhaube und blickte
hinein. Er suchte nach einem kugelförmigen Gegenstand von der

Größe eines kleinen Fußballs oder einem massiven Rohr, das im Motorraum verborgen sein könnte. Da er dort nichts dergleichen fand, sah er unter der Karosserie nach und schließlich im Kofferraum. Der Zöllner stöhnte. Diese Anweisungen aus London waren wirklich das letzte. Der Kofferraum enthielt nur das übliche Werkzeug; an der Seitenwand war ein Wagenheber befestigt, an der anderen ein Feuerlöscher. Der Schwede stand neben dem Beamten, seine Koffer in der Hand. „Bitte", sagte er, „iss in Ordnung?"

„Ja, vielen Dank, Sir. Einen schönen Aufenthalt."

Eine Stunde später, kurz vor elf Uhr, fuhr der Saab auf den Parkplatz des Hotels Kings Park im Dorf Layer-de-la-Haye, südlich von Colchester. Lundquist stieg aus und reckte sich. Es war die Zeit der vormittäglichen Kaffeepause, und auf dem Parkplatz standen mehrere Wagen. Er blickte auf die Uhr; noch fünf Minuten bis zur festgesetzten Zeit. Gerade so geschafft. Weit und breit war niemand zu sehen, nur ein junger Mann, der am Motor einer BMW-Maschine herumbastelte. Wie sein Kontaktmann aussah, wußte Lundquist nicht. Er zündete sich eine Zigarette an, stieg wieder in sein Auto und wartete.

Um elf Uhr klopfte jemand ans Wagenfenster. Es war der Motorradfahrer. Lundquist drückte auf den Knopf, und die Scheibe senkte sich zischend. „Ja, bitte?"

„Bedeutet das S auf Ihrem Nationalitätszeichen Schweden oder Schweiz?" fragte der Engländer. Lundquist lächelte erleichtert. Er hatte unterwegs haltgemacht, den Feuerlöscher aus dem Kofferraum entfernt und in einen Beutel gesteckt, der jetzt auf dem Beifahrersitz lag. „Es bedeutet Schweden", entgegnete er. „Ich bin soeben aus Göteborg angekommen."

„War nie dort", sagte der Mann. Dann fuhr er, ohne die Stimme zu heben, fort: „Haben Sie was für mich?"

„Ja", antwortete der Schwede. „In dem Beutel hier."

Eine Stunde später war Petrowski in seiner verschlossenen Garage in Thetford, vertauschte das Motorrad gegen das Familienauto und verstaute beide Lieferungen im Kofferraum. Am frühen Nachmittag war er zu Hause in Ipswich. Die beiden Sendungen lagen im Schrank seines Schlafzimmers. Die Kuriere Nummer zehn und sieben hatten geliefert.

JOHN PRESTON hätte seinen Dienst in der Gordon Street am 13. Mai wiederaufnehmen müssen.

„Ich weiß, die Mühe ist vielleicht vergeblich, aber ich möchte, daß Sie weitermachen", bat ihn Sir Nigel Irvine bei einem seiner Besuche.

„Sie müssen bei Ihrer Firma anrufen und sagen, Sie hätten eine böse Grippe. Wenn Sie ein Attest brauchen, lassen Sie es mich wissen."

Am 16. Mai war Preston endgültig klar, daß er so nicht weiterkommen würde. Zoll und Einreisebehörden hatten, obwohl kein landesweiter Großalarm gegeben wurde, das menschenmögliche getan. Doch das gewaltige Verkehrsaufkommen an der Grenze machte eine intensive Durchsuchung jedes einzelnen Reisenden unmöglich. Es war nun fünf Wochen her, seit der russische Matrose in Glasgow überfallen worden war, und Preston war überzeugt, daß die übrigen Kuriere ihm durch die Lappen gegangen waren. Vielleicht waren sie alle schon vor Semjonow im Land gewesen, und der Matrose war der letzte. Vielleicht . . .

AM MITTWOCH, dem 20. Mai, legte spätnachmittags ein Fährschiff aus Ostende in Folkestone an und entließ seine übliche Ladung von Personenwagen sowie den donnernden Strom von T.I.R.-Brummis, die das Frachtgut der Europäischen Gemeinschaft von einem Ende Europas zum anderen transportieren. Der große Magirus-Sattelschlepper mit seinem Container unterschied sich in nichts von allen anderen. Das dicke Bündel Papiere, dessen Durchsicht eine Stunde dauerte, war tadellos in Ordnung.

Hinter dem Führerhaus ragten zwei dicke Auspuffrohre in den Himmel, die die Abgase des Dieselmotors von den übrigen Straßenbenutzern fernhielten. Niemand in Folkestone hatte wissen können, daß in einem dieser senkrechten Auspuffrohre, die beim Verlassen des Zollschuppens dunkle Qualmwolken ausspuckten, ein zweites Rohr steckte.

Es war längst dunkel, als auf dem Parkplatz eines Fernfahrerlokals bei Lenham in Kent der Fahrer auf das Dach des Führerhauses kletterte, ein Auspuffrohr entfernte und daraus eine fünfundzwanzig Zentimeter lange Röhre in einer hitzebeständigen Umhüllung zog. Er öffnete die Umhüllung nicht, sondern gab den Gegenstand einem in schwarzes Leder gekleideten Motorradfahrer, der mit Vollgas in die Dunkelheit davonbrauste. Kurier Nummer acht hatte geliefert.

11. KAPITEL

JOHN PRESTON erzielte den Durchbruch am folgenden Montag nachmittag.

Kurz nach vier Uhr traf eine Maschine der österreichischen Fluggesellschaft AUA, aus Wien kommend, in London-Heathrow ein. Einer der Passagiere legte einen österreichischen Paß vor, der auf den Namen Franz Winkler lautete. Der Kontrollbeamte prüfte den grüngebundenen Reisepaß mit dem goldenen Wappenadler, ohne mehr als die berufsmäßige Aufmerksamkeit zu zeigen. Der Paß war noch nie verlängert worden, trug ein halbes Dutzend europäischer Ein- und Ausreisestempel und hatte ein gültiges Visum für das Vereinigte Königreich. Unterhalb des Schaltertisches tippte der Beamte die Paßnummer, die durch alle Seiten des Heftchens gestanzt war, in den zentralen Erfassungscomputer ein. Rote Lämpchen leuchteten auf. Er warf einen Blick auf das Sichtgerät, klappte den Paß zu und gab ihn mit einem kurzen Lächeln seinem Inhaber zurück. „Vielen Dank, Sir. Und bitte der nächste."

Als Herr Winkler seine Reisetasche aufnahm und durch die Sperre ging, hob der Beamte den Blick zu einem kleinen Fenster, das sechs Meter von ihm entfernt war. Zugleich drückte er mit dem rechten Fuß einen Alarmknopf am Boden. Hinter dem Fenster hatte einer der Leute von MI 5 seinen Blick aufgefangen. Der Mann von der Paßkontrolle sah in Richtung von Franz Winkler und nickte. Das Gesicht des Überwachers von MI 5 verschwand vom Fenster, und Sekunden später nahmen er und ein Kollege unauffällig die Beschattung des Österreichers auf. Ein weiterer Beschatter fuhr einen Wagen vor der Ankunftshalle vor.

Winkler hatte weiter kein Gepäck, daher ließ er das Kofferkarussell links liegen und marschierte stracks durch den grünen Zollkorridor. In der Flughafenhalle tauschte er am Schalter der Midland Bank einige Reiseschecks in englische Pfund um. Während dieser Zeit konnte einer der Leute von MI 5 von einer Galerie aus Fotos von ihm machen. Als der Österreicher eines der vor der Ankunftshalle wartenden Taxis nahm, stiegen die MI-5-Beamten in ihre neutrale Limousine und folgten ihm.

Eine Stunde nachdem Winklers Taxi von Heathrow abgefahren war, klingelte das Telefon in der Wohnung in Chelsea, wo sich Preston aufhielt. Sein Verbindungsmann zu MI 6, der unter Sir Nigels Aufsicht mit Preston Kontakt hielt, meldete sich. „Gerade ist ein schon einmal identifiziertes Objekt in Heathrow gelandet", sagte der Mann von MI 6. „Seine Paßnummer hat den Computer aktiviert. Der Name lautet Franz Winkler, Österreicher, aus Wien eingeflogen."

„Er ist doch hoffentlich nicht festgehalten worden?" fragte Preston. Er überlegte blitzschnell, welche Taktik zu ergreifen war.

„Nein", antwortete der Verbindungsmann. „Laut unserer noch immer gültigen Anweisung ist man ihm nachgefahren ... Moment mal ..." Ein paar Sekunden später war er wieder am Apparat.

„Soeben ist er in einer kleinen Frühstückspension in Bayswater, nördlich vom Hydepark, abgestiegen."

„Können Sie mich mit ‚C' verbinden?" fragte Preston.

Sir Nigel war in einer Besprechung, eilte jedoch sofort zurück in sein Büro. „Ja, John?"

Preston setzte den Chef von MI 6 kurz über die wichtigsten Fakten ins Bild. „Österreich ist ein gutes Absprungland für Illegale aus dem Ostblock. Winkler könnte ein Kurier sein."

„Und was möchten Sie jetzt tun, John?"

„Ich möchte, daß Sechs mehr Observanten anfordert. Wenn Winkler sich mit jemandem trifft, müssen beide Männer observiert werden."

„In Ordnung", bestätigte Sir Nigel. „Barry Banks wird in unserem Funkraum in der Cork Street sitzen und die Beobachtungsgruppen koordinieren."

Um sieben Uhr abends war Harry Burkinshaws Team von Observanten an Ort und Stelle. Es war ein schöner warmer Abend; die Männer postierten sich unauffällig rings um die Pension.

Um halb neun Uhr trat Winkler aus der Tür, ging zu einem Restaurant an der Edgware Road, aß zu Abend und kehrte in seine Pension zurück. Er hinterlegte nichts, holte keine Instruktionen ab, ließ nichts auf seinem Tisch liegen, sprach mit niemandem auf der Straße.

Aber zwei interessante Dinge hatte er doch getan. Auf dem Weg zum Restaurant war er jäh stehengeblieben, hatte sekundenlang in eine Schaufensterscheibe gestarrt und kehrtgemacht. Es ist einer der ältesten Tricks, um einen „Schatten" aufzuspüren, aber kein sehr guter Trick. Und als er das Restaurant verlassen hatte, blieb er am Bordstein stehen, wartete auf eine Lücke im Verkehrsstrom und sprintete über die Fahrbahn. Drüben blickte er sich um, ob jemand hinter ihm hergerannt war. Aber das war natürlich nicht der Fall. Winkler war nur Burkinshaws viertem Observanten recht nahe gekommen, der die ganze Zeit über auf der anderen Seite der Edgware Road gestanden hatte. „Der führt garantiert was im Schilde", meldete Burkinshaw. „Sucht nach einem Schatten, aber nicht sehr geschickt." Die Meldung erreichte Preston in Chelsea. Er atmete auf. Der Nebel lichtete sich.

Nach einem Zickzacklauf durch die Edgware Road kehrte Winkler in die Pension zurück und verbrachte dort den Rest der Nacht.

DIE Fotos, die auf dem Flughafen Heathrow von Winkler gemacht worden waren, waren inzwischen entwickelt und der legendären Miß Blodwyn vorgelegt worden.

Die Identifizierung ausländischer Agenten oder solcher Ausländer, die möglicherweise Agenten sein könnten, bildet einen wichtigen Teil jeder Geheimdienstarbeit. Alle Dienststellen tragen dazu bei, indem sie Hunderte, ja Tausende von Fotos der Leute schießen, die für ihre Gegner arbeiten könnten. Ausländische Diplomaten, Mitglieder von Wirtschafts-, Wissenschafts- und Kulturdelegationen – alle werden routinemäßig fotografiert. Die Archive wachsen und wachsen. Manchmal werden von derselben Person zwanzig Schnappschüsse zu verschiedenen Zeitpunkten und an verschiedenen Orten gemacht. Keiner wird je weggeworfen. Man könnte sie ja für eine spätere Identifizierung brauchen.

Wenn ein Russe namens Iwanow als Begleiter einer sowjetischen Handelsdelegation nach Kanada reist, wird sein Foto fast immer von der kanadischen Grenzpolizei an die Kollegen in Washington, London und in den übrigen NATO-Staaten weitergegeben. Es ist gut möglich, daß daselbe Gesicht fünf Jahre früher als das eines Journalisten namens Koslow fotografiert wurde, der von den Unabhängigkeitsfeierlichkeiten einer afrikanischen Republik berichtete. Solche Fotosammlungen zerstreuen alle Zweifel über den wahren Beruf jenes Herrn Iwanow alias Koslow. Dieser Mann ist hauptamtlicher KGB-Spion.

Während sich die Kollegen vom CIA enormer Datenbänke bedienen, in denen sie Abermillionen einzelner Gesichtszüge speichern, um den täglich eintreffenden Strom von Fotos zu bewältigen, hat England seine Miß Blodwyn.

Miß Blodwyn, eine ältere Dame, ist seit vierzig Jahren auf ihrem Posten und leitet das umfangreiche Bildarchiv, das „Familienalbum" von MI 6. Dies ist natürlich alles andere als ein Album im herkömmlichen Sinn. Vielmehr handelt es sich um eine riesenhafte Registratur in einer Kellerhöhle mit endlosen Regalen voller Ordner, über deren System und Inhalt allein Miß Blodwyn ein wahrhaft enzyklopädisches Wissen besitzt.

In jener Nacht, während Winkler schlief und Burkinshaws Leute im Dunkeln wachten, saß Miß Blodwyn an ihrem Tisch und starrte auf das Gesicht von Franz Winkler. Nach einiger Zeit sagte sie lakonisch „Fernost" und entschwand zwischen den Regalen. In den frühen Morgenstunden des Dienstag, 26. Mai, hatte sie ihn identifiziert.

Es war kein gutes Foto, und es war fünf Jahre alt. Das Haar war damals dunkler gewesen, die Taille schlanker. Er stand höflich lächelnd neben dem Gesandten seines Landes bei einem Empfang in der indischen Botschaft in Tokio.

Miß Blodwyns Anruf weckte Preston um drei Uhr morgens. „Ich habe ihn", sagte sie. „Es handelt sich um einen Tschechen. War vor fünf Jahren ein Subalterner in der tschechischen Botschaft in Tokio. Sein wirklicher Name lautet Jiří Hąyek."

Preston dankte der Anruferin und legte den Hörer wieder auf. Er lächelte glücklich. „Endlich eine heiße Spur", jubelte er.

UM ELF trat Winkler aus der Tür seiner Pension. Er ging wieder bis zur Edgware Road, hielt ein Taxi an und fuhr damit in Richtung Park Lane, dann um Hyde Park Corner herum in Richtung Piccadilly Circus. An diesem belebten Platz stieg Winkler aus und unternahm ein paar weitere primitive Versuche, einen Schatten abzuschütteln, den er noch nicht einmal geortet hatte.

Die Observanten kennen London besser als jeder Polizist oder Taxifahrer. Wohin immer das Zielobjekt sich verdrücken will, ist ihm ein Observant bereits vorausgeeilt, einer kommt langsam nach, und zwei bilden die Flanke. Der „Rahmen" ist nicht zu sprengen, und nur ein sehr gewitztes Objekt kann ihn überhaupt entdecken.

Überzeugt, daß ihm kein Schatten folgte, betrat Winkler das Reisebüro der britischen Eisenbahn in der Regent Street. Dort erfragte er die Abfahrtszeiten der Züge nach Sheffield. Der Fußballfan mit dem Schottenhalstuch, der dicht neben ihm stand und heim nach Motherwell wollte, war einer der Observanten. Winkler kaufte eine Rückfahrkarte zweiter Klasse.

Preston bekam die Meldung, kurz nach ein Uhr mittags, daß Winkler eine Fahrkarte nach Sheffield für den letzten Zug um 21 Uhr 25 gekauft hatte. Er riß den Telefonhörer von der Gabel und erwischte Sir Nigel Irvine gerade noch, als „C" sich auf den Weg zum Essen in seinem Klub machen wollte. „Es kann blinder Alarm sein, aber es sieht so aus, als wolle er die Stadt verlassen", sagte Preston. „Vielleicht fährt er zu seinem Treff. Sir, es geht darum, daß wir einen Einsatzleiter brauchen, der mit den Observanten reist, wenn das Objekt London verläßt. Ich möchte dieser Einsatzleiter sein."

„Ja, ich verstehe. Wir müssen Sir Bernard ein wenig überlisten, aber ich hoffe, das ist zu schaffen. Lassen wir es als vorübergehende Überstellung an Referat K bei MI 5 laufen. Wenn der Trick klappt, haben Sie heute abend den Wisch."

AN DIESEM Abend verließ Preston um 19 Uhr die Wohnung in Chelsea zum ersten Mal. In Sussex Gardens, einer Straße in Bayswater, trat er leise hinter Harry Burkinshaw. „Hallo, Harry."

„Du lieber Gott, John Preston! Was machen Sie denn hier?"

„Bloß ein bißchen Luft schnappen."

„Lassen Sie sich lieber nicht blicken. Wir haben ein Zielobjekt im Haus auf der anderen Straßenseite."

„Bin im Bilde. Und er will mit dem Zug um einundzwanzig Uhr fünfundzwanzig nach Sheffield fahren."

„Woher wissen Sie das?"

Preston zog den „Wisch", seine Kopie von Sir Bernards Anweisung, aus der Tasche. Burkinshaw las sie durch. „Alle Achtung! Vom Herrn Generaldirektor persönlich. Willkommen, Kollege Einsatzleiter. Aber bleiben Sie bloß außer Sicht."

„Kann ich ein Walkie-talkie haben?"

Burkinshaw wies mit einer Kopfbewegung die Straße entlang. „Um die Ecke am Radnor Place. Brauner Ford. Im Handschuhfach liegt noch eins."

„Ich warte im Wagen", sagte Preston.

Burkinshaw wunderte sich. Niemand hatte ihm gesagt, daß Preston als Einsatzleiter mitkommen werde. Er zuckte die Achseln und wartete weiter.

Um 20 Uhr 30 verließ Winkler die Pension. Er trug seine Reisetasche und hielt ein vorbeifahrendes Taxi an. Als Winkler aus der Tür getreten war, hatte Burkinshaw sein Team und seine beiden Wagen über sein Walkie-talkie gerufen. Dann sprang er in den vorderen Wagen, und sie fuhren hundert Meter hinter dem Taxi durch die Edgware Road. Preston saß im zweiten Wagen. Nach zehn Minuten wußten sie, daß die Fahrt ostwärts zum St.-Pancras-Bahnhof ging, wo Züge in Richtung Sheffield abfahren. Burkinshaw gab die Meldung durch. Aus der Funk- und Einsatzzentrale von MI 5 in der Charles Street krächzte Simon Margery zurück: „Okay, Harry, unser Einsatzleiter ist unterwegs."

„Wir haben schon einen", sagte Burkinshaw. „Er ist hier bei uns."

Das war Simon Margery, dem Funkkoordinator von MI 5, neu. Er fragte nach dem Namen. Als er ihm genannt wurde, glaubte er, sich verhört zu haben. „Er gehört ja nicht einmal zu K", wandte er ein.

„Jetzt schon", antwortete Burkinshaw ungerührt.

Margery rief den Einsatzleiter, den er zum St.-Pancras-Bahnhof geschickt hatte, wieder ab. Dann versuchte er, Brian Harcourt-Smith aufzustöbern, um ihm sein Leid zu klagen.

Auf dem Bahnhofsvorplatz bezahlte Winkler sein Taxi, durchschritt den Torbogen in der mächtigen Ziegelsteinfassade, betrat die viktorianische Schalterhalle mit der hohen Kuppeldecke und studierte die Tafel mit den Abfahrtszeiten. Die vier Observanten und Preston mischten sich in den Strom der Reisenden.

Der Zug nach Sheffield stand auf Gleis zwei. Winkler ging den Bahnsteig entlang und stieg in einen der Waggons zweiter Klasse an der Spitze des Intercity-Zuges. Er hievte seine Reisetasche ins Gepäcknetz, setzte sich und wartete in aller Ruhe auf die Abfahrt. Es handelte sich bei diesem Waggon um einen Großraumwagen, und nach ein paar Minuten kam ein junger Farbiger herein, Kopfhörer aufgestülpt, einen Walkman an den Gürtel gehakt, und ließ sich drei Reihen von Winkler entfernt nieder. Ein weiterer von Burkinshaws Observanten, Barney, übernahm den vordersten Wagen, Harry und John Preston setzten sich in den dritten, so daß Winkler eingerahmt war, und Mungo, der vierte Mann, nahm in der ersten Klasse am Zugende Platz, für den Fall, daß Winkler die Fliege zu machen versuchte, um einen etwaigen Schatten abzuschütteln. Punkt 21 Uhr 25 zischte der Intercity 125 aus dem Bahnhof St. Pancras und brauste nordwärts.

Um 21 Uhr 30 hatte Simon Margery die Spur seines Chefs Harcourt-Smith bis zum Speisesaal von dessen Klub verfolgt und ließ ihn ans Telefon holen. Was der stellvertretende Generaldirektor von Fünf hörte, veranlaßte ihn, aus dem Klub zu stürzen, in ein Taxi zu springen und quer durch das Londoner Westend bis zur Charles Street zu rasen.

Auf seinem Schreibtisch fand er die Anweisung, die Sir Bernard Hemmings auf Betreiben von „C" hin am Nachmittag geschrieben hatte. Harcourt-Smith kochte vor Wut. Er war jedoch ein äußerst beherrschter Mensch, und nachdem er die Sache ein paar Minuten lang überdacht hatte, griff er zum Telefon und ließ sich mit der Privatwohnung des Justitiars seiner Dienststelle verbinden.

Der Justitiar amtiert unter anderem als Verbindungsmann zwischen dem Geheimdienst und Scotland Yard. An diesem Abend hatte er es sich vor dem Fernsehgerät gemütlich gemacht, als das Telefon klingelte.

„Scotland Yard muß für mich eine Festnahme durchführen", erklärte Harcourt-Smith, nachdem er seinen Namen genannt hatte. „Ich habe Grund anzunehmen, daß ein illegal eingereister vermutlicher Sowjetagent sich der Überwachung entziehen könnte. Sein Name ist Franz Winkler, angeblich österreichischer Staatsbürger. Festnahmegrund: Verdacht auf Besitz eines gefälschten Passes. Er wird mit dem Zug aus London um dreiundzwanzig Uhr neunundfünfzig in Sheffield eintreffen. Ja, ich weiß, die Zeit ist knapp. Deshalb ist es so dringend. Ja, bitte wenden Sie sich an den Diensthabenden beim Yard, er soll seine Leute in Sheffield losschicken, damit sie bei Ankunft des Zuges die Festnahme durchführen können."

In grimmiger Entschlossenheit legte er auf. Man konnte ihm John Preston als Einsatzleiter der Observanten aufdrängen, aber die Festnahme eines Verdächtigen anzuordnen war ausschließlich seine Sache.

DER Zug war ziemlich leer. Die insgesamt sechzig Reisenden hätten in zwei der sechs Waggons reichlich Platz gehabt. Bei Barney, dem Observanten im vordersten Wagen, saßen nur zehn Passagiere. Er hatte sich mit dem Rücken zur Fahrtrichtung plaziert, so daß er durch das Türglas zwischen den beiden Wagen Winklers Haarschopf sehen konnte. Eineinviertel Stunden lang tat Winkler gar nichts; er hatte nichts zu lesen bei sich; er starrte nur aus dem Fenster ins Dunkle.

Um 22 Uhr 45, kurz vor Leicester, verlangsamte der Zug seine Fahrt, und Winkler stand auf. Er nahm seine Reisetasche herunter, ging durch den Wagen zum Vorplatz und ließ das Fenster der Tür, die auf den Bahnsteig hinausging, herunter. Ginger, der junge Farbige mit dem Walkman, verständigte die anderen, nötigenfalls die Verfolgung aufzunehmen.

Als der Zug hielt, drückte sich ein Mitreisender an Winkler vorbei. „Entschuldigung, ist das schon Sheffield?" fragte Winkler.

„Nein, Leicester", antwortete der Mann und stieg aus.

„Aha, danke", gab Winkler zurück. Er stellte die Reisetasche ab, blieb aber am offenen Fenster stehen und blickte während des kurzen Aufenthalts ständig den Bahnsteig auf und ab. Als der Zug wieder anfuhr, kehrte er auf seinen Platz zurück und hob auch die Reisetasche wieder ins Gepäcknetz.

Um 23 Uhr 43 fuhr der Intercity in Chesterfield, der letzten Station vor Sheffield, ein. Diesmal ließ Winkler die Reisetasche stehen, ging aber wieder zum Ausgang und lehnte sich aus dem Fenster, als einige Reisende ausstiegen und durch die Sperre eilten. Der Bahnsteig hatte sich schon geleert, ehe der Zug sich wieder in Bewegung setzte. Als er richtig anfuhr, riß Winkler die Tür auf, sprang ab und warf die Tür hinter sich zu.

Es kam selten vor, daß Burkinshaw von seinem Zielobjekt überlistet wurde, aber Winkler hatte ihn glatt aufs Kreuz gelegt. Alle vier Observanten hätten leicht noch aus dem Zug springen können, aber der Bahnsteig bot nicht die Spur einer Deckung, und sie wären so wenig aufgefallen wie eine Herde rosaroter Elefanten. Winkler hätte sie unweigerlich gesehen und seinen Treff ausfallen lassen, wo immer der auch stattfinden sollte.

Preston und Burkinshaw rannten zu dem Vorplatz, von wo Winkler ausgestiegen war. Ginger, der junge Farbige, kam aus dem vorderen Wagen herbei. Das Fenster stand noch offen. Preston streckte den Kopf hinaus und blickte zurück. Winkler, der endlich sicher war, daß ihm niemand folgte, marschierte den Bahnsteig entlang, er wandte ihnen den Rücken zu.

„Harry, fahren Sie mit dem Team im Wagen von Sheffield nach Chesterfield zurück!" schrie Preston. „Rufen Sie mich über Funk, wenn Sie nah genug sind! Ginger, machen Sie die Tür hinter mir zu." Er zog die Tür auf, stellte sich aufs Trittbrett, kauerte in der „Landeposition" der Fallschirmjäger nieder und sprang.

Fallschirmjäger landen im allgemeinen mit einer Geschwindigkeit von zwanzig Kilometern pro Stunde. Der Zug fuhr dreißig, als Preston auf die Böschung hinuntersauste. Er betete, daß er nicht gegen einen Betonpfosten oder auf einen großen Stein prallen möge. Tatsächlich hatte er Glück; das dichte Gras dämpfte den Aufprall ein wenig ab, und er konnte ausrollen, Knie zusammengepreßt, Ellbogen angelegt, Kopf eingezogen. Als er endlich zum Halten kam, rappelte er sich auf, machte kehrt und hielt im Laufschritt auf die Lichter des Bahnhofs zu. Als er die Sperre erreichte, schloß der Bahnbeamte gerade zu. Er blickte die lädierte Erscheinung in der zerrissenen Jacke erstaunt an.

„Der letzte Mann, der durch die Sperre ging", keuchte Preston, „ein kleiner, stämmiger im grauen Regenmantel, wohin ist er gegangen?"

Der Beamte wies zum Bahnhofsvorplatz, und Preston rannte los. Auf dem Vorplatz sah Preston nur noch die Schlußlichter eines Taxis, das in Richtung Innenstadt fuhr. Es war das letzte Taxi.

Neben ihm, am Bahnhofsausgang, trat ein Schaffner gerade den Kickstarter seines Mopeds durch. „Ich muß mir Ihr Rad ausleihen", sagte Preston.

„Hau bloß ab!" raunzte der Schaffner. Preston hatte keine Zeit, sich auszuweisen oder herumzustreiten; die Schlußlichter des Taxis gerieten auf der neuen Ringstraße schon außer Sicht. Also versetzte Preston dem Mann kurzerhand einen Kinnhaken. Der Schaffner ging zu Boden. Preston hielt das umfallende Moped fest, zog es zwischen den Beinen des Mannes hervor, schwang sich hinauf und fuhr los.

Sein Glück war, daß es Verkehrsampeln gibt. Das Taxi bog weit vorne ab, und Preston hätte es auf seinem Spirituskocher nie mehr erwischt, wenn die Ampel vor der Stadtbücherei nicht auf Rot gestanden hätte. Als das Taxi dann zwei-, dreimal die Vorfahrt beachten mußte, konnte sich Preston immer ungefähr hundert Meter hinter ihm halten; dann vergrößerte sich der Abstand, als das Auto einen halben Kilometer lang ununterbrochen geradeaus fuhr.

Glücklicherweise leuchteten die Bremslichter des Taxis auf, als es nur noch ein Fleck in der Ferne war. Als Preston näher kam, konnte er Winkler sehen, der neben dem Taxi stand und bezahlte. Er ratterte an dem haltenden Taxi vorbei, schwenkte in die nächste Seitenstraße ein, hielt an, schaltete den Motor ab und ständerte es auf.

Winkler überquerte die Straße; Preston folgte ihm. Winkler sah sich kein einziges Mal mehr um. Vor ihnen ragten die Tribünen des Fußballplatzes von Chesterfield auf, und Winkler marschierte um dieses Gelände herum in die Compton Street. Dort trat er an eine Haustür und klopfte. Preston hatte sich hinter Winkler her von einer dunklen Stelle zur nächsten geschoben, die Straßenecke erreicht und sich hinter einem Busch im Garten des Eckhauses versteckt.

Ein Stück straßauf sah er in einem dunklen Haus Lichter angehen, und die Tür wurde geöffnet. Nach einem kurzen Wortwechsel auf der Schwelle trat Winkler ein. Preston seufzte und ließ sich hinter seinem Busch zu einer möglicherweise langen Nachtwache nieder. Er hatte die Rückfront des Hauses nicht im Blickfeld, aber er sah die hohe Mauer des Geländes um den Fußballplatz direkt hinter dem Haus, also gab es dort hoffentlich keinen Ausgang.

Um zwei Uhr morgens hörte er an einem schwachen Knistern in seinem Sprechfunkgerät, daß Burkinshaw in Reichweite gekommen war. Preston meldete sich und gab seinen genauen Standort durch. Um halb drei hörte er leise Schritte und pfiff. Burkinshaw kam zu ihm ins Gebüsch. „Alles in Ordnung, John?"

„Ja. Er ist dort drüben in dem Haus, wo das Licht brennt."

„Bin im Bilde, John. In Sheffield hat uns übrigens ein beachtliches Empfangskomitee erwartet. Zwei Inspektoren von Scotland Yard und drei Polizisten in Uniform. Sie waren von London aus hinbestellt. Haben Sie eine Festnahme angeordnet?"

„Nie im Leben. Winkler ist ein Kurier. Ich will den Drahtzieher. Was wurde aus dem Empfangskomitee?"

Burkinshaw lachte. „Gott segne den britischen Amtsschimmel. Sheffield liegt in Yorkshire und Chesterfield hier in Derbyshire. Wer für was zuständig ist, müssen erst am Morgen die Polizeichefs untereinander ausmachen. So gewinnen Sie Zeit. Wir sind in einem Taxi hierhergekommen, haben es allerdings wieder weggeschickt. John, wir sind ohne Wagen."

„Dann gehe ich jetzt aufs nächste Polizeirevier und bitte um eine kleine Unterstützung", meinte Preston. „Wenn das Objekt abschwirrt, geben Sie mir Bescheid. Versuchen Sie ihm mit zwei Leuten auf den Fersen zu bleiben, und lassen Sie die beiden anderen weiterhin das Haus beobachten." Er verließ den Garten und ging zu Fuß ins Zentrum von Chesterfield, um ein Polizeirevier zu suchen.

POLIZEIDIREKTOR ROBIN KING war nicht gerade erfreut, als man ihn um drei Uhr morgens weckte, doch als er hörte, daß ein Mann von MI 5 aus London auf einem seiner Polizeireviere sei und um Beistand ersuche, versprach er, sofort zu kommen, und war zwanzig Minuten später zur Stelle.

Er hörte aufmerksam zu, während Preston erklärte, worum es ging: Ein Ausländer, wahrscheinlich ein sowjetischer Agent, sei von London aus beschattet worden und, nachdem er in Chesterfield aus dem fahrenden Zug gesprungen war, bis zu einem Haus in der Compton Street, dessen Nummer man noch nicht kenne, verfolgt worden.

„Ich weiß noch nicht, wer in diesem Haus wohnt und was der Verdächtige darin zu schaffen hat. Ich möchte das gerne herausfinden, aber ohne im Augenblick eine Verhaftung vorzunehmen. Zum Beobachten des Hauses hab ich momentan vier Observanten auf der Straße, aber sobald es hell wird, werden die so unauffällig aus der Gegend ragen wie Maibäume. Also brauche ich Hilfe."

„Was genau kann ich für Sie tun, Mr. Preston?" fragte der Polizeidirektor.

„Besorgen Sie mir einen neutralen Kombi, den wir dann, mit einem Observantenteam, in der Nähe des Hauses parken."

Der Polizeidirektor rief den Hauptwachtmeister vom Dienst an.

Dreißig Minuten später traf sich ein noch nicht ganz wacher Polizist mit einem Teil des Observantenteams vor dem Haupteingang des Fußballstadions. Burkinshaw und ein Fahrer kletterten in den Kombi, der in die Compton Street zurückrollte und schräg gegenüber dem verdächtigen Haus parkte. Burkinshaw spähte durch das Rückfenster und rief Preston über Funk. „Schon besser", meldete er. „Wir haben einen großartigen Blick auf das Haus. Es ist übrigens Nummer neunundfünfzig."

„Halten Sie eine Weile durch", sagte Preston, „ich versuche noch etwas Besseres zu organisieren. Sollte Winkler das Haus verlassen und zu Fuß weggehen, folgen Sie ihm mit zwei Männern. Die beiden anderen sollen bleiben. Wenn er mit einem Auto wegfährt, folgen Sie ihm mit dem Kombi."

Nachdem Preston das Funkgerät abgeschaltet hatte, wandte er sich an den Polizeidirektor: „Mr. King, wir müssen das Haus vielleicht längere Zeit beobachten. Das heißt, wir müssen uns in einem der Häuser gegenüber einnisten. Wissen Sie in der Compton Street jemanden, der uns aufnimmt?"

Robin King dachte nach. „Ich kenne jemanden, der in der Compton Street wohnt", antwortete er. „Ein Mitglied aus derselben Freimaurerloge, der ich angehöre. Es handelt sich um einen Obermaat der Marine, der jetzt im Ruhestand lebt. Er wohnt in Nummer achtundsechzig. Ich weiß aber nicht, wo das Haus genau liegt."

Burkinshaw bestätigte, daß sich Nummer 68 zwei Häuser weiter auf der gegenüberliegenden Straßenseite befand. Durch das Fenster im oberen Stock, das wahrscheinlich zum Schlafzimmer gehörte, würde man das Ziel vorzüglich beobachten können. Polizeidirektor King rief seinen Logenbruder vom Revier aus an.

Auf Prestons Anregung hin erzählte er dem verschlafenen Hauseigentümer, einem Mr. Sam Royston, daß es sich um eine Polizeiaktion handle; man wolle einen Verdächtigen beobachten, der in dem Haus gegenüber Zuflucht gesucht habe. Nachdem Mr. Royston einigermaßen wach geworden war, zeigte er sich sehr hilfsbereit. Als gesetzestreuer Bürger würde er der Polizei selbstverständlich erlauben, sein zur Straße gelegenes Zimmer zu benutzen.

Der Kombi fuhr gemächlich in die nächste, parallel verlaufende Seitenstraße, so daß Burkinshaw und sein Team Mr. Roystons Haus durch den Hintergarten betreten konnten. Kurz bevor die Sonne aufging, ließ das Observantenteam sich in Mr. Roystons ungemachtem Schlafzimmer hinter den Spitzenvorhängen nieder, durch die man die Nummer 59 schräg gegenüber sehen konnte.

Mr. Royston, der sich in seinem Kamelhaarmorgenrock militärisch zackig aufführte, legte die Wichtigtuerei eines Patrioten an den Tag, der gebeten worden war, den Beamten der Königin beizustehen. Neugierig lugte er durch die Vorhänge auf das Haus gegenüber. „Bankräuber, wie? Rauschgifthändler, was?"

„So was Ähnliches", bestätigte Burkinshaw.

Mrs. Royston tauchte wie ein Mäuschen aus ihrem Versteck auf, nachdem sie im Bad Lockenwickler und Haarnadeln entfernt hatte. „Hätte jemand", fragte sie, „gerne eine gute Tasse Tee?"

Burkinshaw setzte sein gewinnendstes Lächeln auf. „Das wäre reizend, gnädige Frau." Es wurde die größte Frühmorgenparty in Mrs. Roystons Leben.

Auf dem Polizeirevier hatte der diensthabende Wachtmeister inzwischen die Identität der Bewohner von Compton Street Nummer 59 festgestellt. „Zwei griechische Zyprioten, Sir", berichtete er Polizeidirektor King und John Preston. „Andreas und Spiridon Stephanides. Sie sind Brüder und beide Junggesellen. Wohnen seit ungefähr vier Jahren dort. Betreiben ein griechisches Restaurant."

Preston telefonierte mit London. Sir Nigel war sofort am Apparat, ruhig und hellwach, als wäre er nicht aus dem Schlaf gerissen worden. Preston informierte ihn über die Ereignisse der vergangenen Nacht.

„Sir, gestern war ein Empfangskomitee von Scotland Yard in
Sheffield mit einem Haftbefehl für unser Zielobjekt."

„Das hatten wir aber nicht abgemacht, John."

„Genau das meine ich, Sir."

„Gut, John, ich werde mich um diese Angelegenheit kümmern. Sie
haben also ein verdächtiges Haus ausgemacht. Schlagen Sie jetzt los?"

„Das möchte ich nicht tun, weil ich nicht glaube, daß dies das Ende
der Spur ist. Noch etwas, Sir. Sollte Winkler nach Wien zurückreisen,
dann möchte ich, daß man ihn ziehen läßt. Wenn er ein Kurier ist oder
ein Bote, der sich über den Gang bestimmter Dinge informieren soll,
dann werden seine Leute zu Hause auf ihn warten. Kommt er nicht
zurück, werden sie unweigerlich den ganzen Laden von oben bis unten
dichtmachen."

„Ich werde mit Sir Bernard darüber reden", erwiderte Sir Nigel
bedächtig. „Wollen Sie an Ort und Stelle bleiben oder nach London
zurückkommen?"

„Ich möchte, wenn möglich, am Ball bleiben."

„In Ordnung. Ich sorge von Sechs aus dafür, daß Sie alles
bekommen, was Sie brauchen."

Preston legte auf, und Sir Nigel rief Sir Bernard zu Hause an. Der
Generaldirektor von Fünf erklärte sich bereit, mit seinem Kollegen
um acht Uhr im Klub zu frühstücken.

„Sie sehen also, Bernard, die Russen sind anscheinend wirklich
gerade dabei, eine große Operation bei uns aufzuziehen", faßte „C"
seine bisherigen Ausführungen zusammen, während er seinen zweiten
Toast mit Butter bestrich.

Sir Bernard Hemmings schien zutiefst beunruhigt. Er saß vor
seinem Frühstück, ohne es anzurühren. „Brian hätte mich über den
Vorfall mit dem russischen Seemann in Glasgow informieren
müssen", sagte er. „Warum zum Teufel liegt dieser Bericht immer
noch auf seinem Schreibtisch?"

„Wir machen alle dann und wann Fehler. *Errare humanum est* und
so", murmelte Sir Nigel. „Jetzt tappen wir natürlich noch etwas im
dunkeln. Brian glaubt offensichtlich unseren Vermutungen überhaupt
nicht. Vielleicht hat er recht. In diesem Fall bin ich dann der Blamierte.
Und doch, die Asservate in Glasgow, der geheimnisvolle Sender in
den Midlands um Sheffield, die Ankunft Winklers. Winkler war ein
Glücksfall, vielleicht der letzte in dieser Sache."

„Und welche Schlußfolgerungen ziehen Sie aus dem Ganzen,
Nigel?"

Sir Nigel lächelte entwaffnend. „Keine Schlußfolgerungen, Bernard. Nur ein paar Vermutungen. Wenn hier eine Operation im Gange ist, dann muß ein Illegaler der ersten Garnitur irgendwo im Land sein. Der Mann, der alles koordiniert. Würden Sie an seiner Stelle die Kuriere bei sich zu Hause empfangen? Natürlich nicht. Sie würden eine Zwischenstation oder vielleicht sogar zwei einschalten."

„Schön. Ich bin Ihrer Meinung."

„Ich nehme also an, Bernard, daß Winkler nur ein kleiner Fisch ist. Das gleiche gilt für die beiden Zyprioten in dem Haus in Chesterfield. Schlafende Agenten."

„Richtig", bestätigte Sir Bernard.

„Sieht so aus, als sei das Haus in Chesterfield ein Aufbewahrungslager für ankommende Sendungen oder vielleicht eine Art toter Briefkasten, oder der Standort des Senders. Es liegt schließlich in der richtigen Gegend; die beiden von GCHQ aufgefangenen ‚Spritzer' sind aus der Gegend des Derbyshire Peak und von den Hügeln nördlich von Sheffield gekommen, beides Orte, die von Chesterfield aus leicht zu erreichen sind."

„Und welche Funktion hat Winkler?"

„Möglicherweise ist er ein Techniker, der den Sender reparieren soll, falls der Zicken macht. Wie dem auch sei, ich glaube, wir sollten ihn bei seinen Leuten berichten lassen, daß alles in Ordnung ist."

„Und der Topagent, meinen Sie, daß er persönlich auftaucht?"

Sir Nigel zuckte die Achseln. „Ich möchte annehmen, daß irgendwo ein Kontakt stattfindet. Entweder kommt er zu den Griechen, oder sie gehen zu ihm."

„Wissen Sie was, Nigel, ich glaube, wir sollten das Haus in Chesterfield observieren lassen, zumindest eine Zeitlang."

„C" nickte ernst. „Bernard, alter Freund, Sie sprechen mir aus der Seele. Aber Brian Harcourt-Smith scheint ganz versessen darauf zu sein, einige Verhaftungen vorzunehmen. Mit Verhaftungen kann man natürlich augenblicklich Erfolge vorweisen, aber auf die Dauer –"

„Überlassen Sie Brian ruhig mir, Nigel", entgegnete Sir Bernard grimmig. „Ich pfeife vielleicht auf dem letzten Loch, aber ich bin immer noch gut für ein letztes Gefecht. Ich werde die Leitung dieser Operation persönlich übernehmen."

Sir Nigel legte die Hand auf Sir Bernards Arm. „Ich wäre wirklich froh, wenn Sie das täten, Bernard."

WINKLER verließ das Haus in der Compton Street an diesem Morgen um neun Uhr dreißig. Er ging zu Fuß zum Bahnhof, stieg in den Zug nach London und wurde im St.-Pancras-Bahnhof von einem neuen Team übernommen. Vom Bahnhof aus fuhr Winkler direkt nach

Heathrow. Er nahm das Nachmittagsflugzeug nach Wien. Irvines Residenturchef in Wien berichtete später, Winkler sei von zwei Leuten der Sowjetbotschaft abgeholt worden.

PRESTON verbrachte den Rest des Tages auf dem Polizeirevier und erledigte den ganzen Verwaltungskram, den eine Observierung in der Provinz mit sich bringt.

Die beiden griechischen Brüder wurden mit Teleobjektiven fotografiert, als sie am Vormittag ihr Haus in der Compton Street verließen, um zu ihrer Taverne zu fahren; die Aufnahmen wurden per Motorrad nach London gebracht. Technische Experten kamen von Manchester und zapften im Fernmeldeamt die Telefonanschlüsse der Griechen in deren Haus und in der Taverne an. Außerdem wurde an ihrem geparkten Wagen ein Ortungssignalgeber installiert.

Am Spätnachmittag meldete London die Ergebnisse einer gründlichen Recherche bezüglich des Hintergrunds der Griechen. Sie waren zwar echte Brüder, aber keine echten Zyprioten. Als Altkommunisten waren sie in der ELAS-Bewegung tätig gewesen und vor zwanzig Jahren von Griechenland nach Zypern gegangen. Ihr wirklicher Name war Kostapopoulos. Die Einwanderungsbehörde berichtete, daß die Gebrüder Stephanides vor fünf Jahren in Großbritannien angekommen waren und als angebliche Staatsbürger von Zypern, das von 1925 bis 1960 britische Kronkolonie war, eine Aufenthaltsgenehmigung bekommen hatten.

Die amtlichen Unterlagen in Chesterfield zeigten, daß sie vor dreieinhalb Jahren aus London zugezogen waren, einen langfristigen Pachtvertrag für die Taverne abgeschlossen und das kleine Flachdachhaus in der Compton Street gekauft hatten. Sie führten das Leben von friedlichen und gesetzestreuen Bürgern. An sechs Tagen in der Woche öffneten sie ihre Taverne gegen Mittag und hielten sie bis spät in die Nacht geöffnet.

Erst am Abend verließ Preston das Polizeirevier und ging zu Burkinshaw und seinem Team.

Zuvor bedankte er sich noch überschwenglich bei Polizeidirektor King für die freundliche Unterstützung. Mr. Royston hatte man eingeschärft, er solle sich so verhalten wie immer, morgens zum Einkaufen gehen und nachmittags zum Bowling. Zusätzliche Lebensmittel und Getränke für das Observantenteam sollten nach Einbruch der Dunkelheit herangeschafft werden. Ein kleiner Fernseher wurde für „die Jungs da oben", wie Mr. Royston sich ausdrückte, aufgestellt, und dann begann das große Warten. Da das Zielgebäude vor der fünf Meter hohen Betonmauer eines Fußballplatzes lag, war ein heimliches Entkommen durch einen Hinterausgang unmöglich, und keiner der Observanten brauchte die Nacht über im Gebüsch zu kauern.

Die Roystons waren mitsamt ihrem Ehebett in das rückwärtige Gästezimmer umgezogen, und das Einzelbett aus diesem Zimmer war nach vorne gebracht worden. Die Observanten konnten sich abwechselnd darin ausruhen. Sie hatten ein scharfes Fernglas auf einem Stativ installiert, desgleichen eine Kamera mit Teleobjektiv für Tageslichtaufnahmen und einer Infrarotlinse für Nachtaufnahmen.

Als Preston ankam, schienen die vier Observanten es sich gemütlich gemacht zu haben. Preston setzte sich auf den Stuhl neben Burkinshaw und ließ sich eine Tasse Tee geben. „Irgendwas in der Glotze?" fragte er.

„Nicht viel", sagte Ginger. „Die Abendnachrichten, der übliche Quatsch."

Vierundzwanzig Stunden später, am Donnerstag abend zur gleichen Zeit, waren die Nachrichten interessanter. Auf dem kleinen Bildschirm sahen sie die Premierministerin vor Downing Street Nummer 10, wie sie verkündete, daß sie soeben vom Buckingham-Palast komme, wo sie die Königin gebeten habe, das Parlament aufzulösen. Die Unterhauswahlen seien auf den 18. Juni festgesetzt worden.

Gedankenverloren sah Preston auf den Bildschirm. Schließlich sagte er: „Ich glaub, das ist er."

„Wer ist was, John?" fragte Harry.

„Das ist mein Stichtag", erwiderte Preston.

IN UNSERER Zeit weisen nur noch wenige in Europa hergestellte Autos die altmodischen runden Scheinwerfer von früher auf, und eines dieser wenigen Autos ist der unverwüstliche Austin Mini. Ein Fahrzeug dieses Typs befand sich unter den vielen Wagen, die am Abend des 2. Juni mit dem Fährschiff von Cherbourg in Southampton ankamen.

Der Wagen war vor vier Wochen in Österreich gekauft worden und mit einwandfreien österreichischen Papieren versehen ebenso wie der Tourist, der ihn fuhr, obgleich er Tscheche war.

Der Mini wurde vom Zoll gründlich durchsucht, der nichts Ungewöhnliches entdeckte. Nachdem der Fahrer die Docks von Southampton hinter sich hatte, folgte er eine kurze Strecke den Richtungsschildern nach London, bis er in den nördlichen Vororten der Hafenstadt die Straße verließ und auf einen großen Parkplatz einbog. Es war schon dunkel, und im hinteren Teil des Parkplatzes konnte er von den Fahrern der vorbeiflitzenden Wagen nicht mehr gesehen werden. Er stieg aus und machte sich an den Scheinwerfern zu schaffen, deren Ausbau fast eine Stunde dauerte. Sie waren ungewöhnlich schwer, und er steckte sie in eine neben ihm stehende Segeltuchtasche. Am nächsten Morgen würde er mit neuen Scheinwerfern aus Southampton zurückkommen, sie in das Gehäuse einsetzen und wegfahren.

Der Fahrer hob die schwere Segeltuchtasche auf und ging zur Straße zurück. Die Bushaltestelle war genau da, wo man sie ihm beschrieben hatte. Er sah auf seine Armbanduhr; noch zehn Minuten bis zum Treff.

Genau zehn Minuten später kam ein Mann in Motorradfahrermontur zu Fuß zur Bushaltestelle. Außer ihnen beiden war niemand da. Der Motorradfahrer blickte die Straße hinunter und bemerkte: „Der letzte Nachtbus läßt immer lange auf sich warten."

„Ja", antwortete der Tscheche erleichtert, „aber Gott sei Dank werde ich um Mitternacht zu Hause sein."

Sie warteten schweigend, bis der Bus nach Southampton kam. Der Tscheche ließ die abgestellte Tasche stehen und stieg ein. Als die Schlußlichter des Busses in Richtung Stadt verschwunden waren, hob der Motorradfahrer die Tasche auf und ging die Straße entlang zu einer Wohnsiedlung, wo er sein Fahrzeug abgestellt hatte.

Als der Morgen graute, kam er, nach einem Umweg über Thetford, wo er sich umgezogen und das Fahrzeug gewechselt hatte, in Ipswich an. Endlich konnte er das letzte der Teile, auf die er in diesen langen Wochen gewartet hatte, in seinem Haus in Cherryhayes Close verstauen. Kurier Nummer neun hatte geliefert.

Zwei Tage später war die Observierung des Hauses in der Compton Street bereits eine Woche im Gang und hatte absolut nichts Berichtenswertes zutage gefördert.

Die beiden griechischen Brüder führten ein untadeliges und absolut ereignisloses Leben. Sie standen gegen neun auf, beschäftigten sich im Haus – sie schienen alles selbst zu erledigen, vom Aufräumen bis zum Abstauben – und fuhren dann in ihrer fünf Jahre alten Limousine vormittags zu ihrem Restaurant. Dort blieben sie bis zur Schließung um Mitternacht und fuhren dann wieder nach Hause. Es gab keine Besucher und nur wenig Telefongespräche. Wenn sie telefonierten, dann handelte es sich um Bestellungen von Fleisch und Gemüse oder anderen harmlosen Dingen.

Für das Team im Hause der Roystons war das Hauptproblem die Langeweile. Selbst Mr. und Mrs. Royston wurde, nachdem der Reiz der Neuheit verflogen war, die Gegenwart der Männer allmählich lästig.

Mr. Royston hatte sich für den Wahlkampf der Konservativen Partei als freiwilliger Helfer zur Verfügung gestellt, und die Vorderfenster des Hauses waren nun mit dem Konterfei des Tory-Kandidaten geschmückt. Das erlaubte ein reges Besucheraufkommen, denn die Nachbarn achteten nicht auf das Kommen und Gehen der Leute, welche die Rosette der Konservativen im Knopfloch trugen. Burkinshaw und sein Team konnten sich so, mit der Rosette im Knopfloch, gelegentlich zu einem Spaziergang aus dem Haus entfernen.

Im übrigen hingen sie, um sich zu zerstreuen, vor dem Fernseher, der, besonders dann, wenn die Roystons außer Haus waren, sehr leise gestellt war. Hauptthema der Sendungen bildeten die Wahlen. Eine Woche nach Beginn des Wahlkampfes wurden drei Dinge immer klarer. Es lief anscheinend wieder auf das traditionelle Rennen zwischen den Konservativen und der Labour Party hinaus. Die Auseinandersetzung spitzte sich immer mehr auf die gefühlsbeladene Streitfrage der einseitigen nuklearen Abrüstung zu. In einer zunehmenden Anzahl von Meinungsumfragen stellte sich das nukleare Wettrüsten als Problem Nummer eins heraus.

Ein anderes Schwerpunktthema der Linken war der Antiamerikanismus. Bei Podiumsgesprächen war das Leitmotiv der Haß auf Amerika, das als Kriegstreiber hingestellt wurde.

Am Donnerstag, dem 4. Juni, wurde die Wahlschlacht noch verschärft durch ein plötzliches Angebot der Sowjetunion an ganz Westeuropa, an neutrale wie auch NATO-Länder: Die Sowjets erklärten sich bereit, für immer und ewig eine atomwaffenfreie Zone zu garantieren, falls Amerika desgleichen tun würde.

„Als ob diese Wahl", brummte Burkinshaw, „eine Volksabstimmung über nukleare Abrüstung wäre."

„Ist sie doch", sagte Preston.

12. KAPITEL

AM FREITAG ging Major Petrowski im Stadtzentrum von Ipswich einkaufen. In einer Eisenwarenhandlung erstand er einen leichten zweirädrigen Karren mit kurzen Handgriffen, wie man ihn zum Transport von Säcken, Mülltonnen und schweren Koffern verwendet. In einem Laden für Büroartikel kaufte er einen stählernen Aktenschrank, der etwa einen Meter hoch und mit einer gut verschließbaren Tür versehen war.

Ein Holzgeschäft lieferte zwei Bretter von drei Meter Länge, eine Auswahl an Leisten, Stäben und kurzen Balken, während ihm ein Bastlerladen einen kompletten Werkzeugkasten verkaufte, außerdem eine elektrische Hochleistungsbohrmaschine einschließlich dazugehöriger Bohrer für Stahl und Holz sowie Nägel, Bolzen, Schrauben, Muttern und ein Paar strapazierfähige Schutzhandschuhe.

Einem Lagerhaus für Verpackungsmaterial schwatzte er Schaumstoff für Isolierzwecke ab, und in einem Elektromarkt erstand er eine Anzahl vielfarbiger Drähte und einen Satz Flachbatterien. Er mußte zweimal fahren, um das alles mit seinem Wagen in die Wohnung in Cherryhayes Close zu schaffen. Er stapelte die beiden Fuhren zunächst in der Garage und brachte den größten Teil des Materials nach Einbruch der Dunkelheit ins Haus.

In dieser Nacht erhielt er auf Welle Moskau nähere Angaben über die Ankunft des „Monteurs". Es würde der Treff X sein, am Montag, dem 8. Juni. Knapp, dachte er, verdammt knapp. Aber er würde den Zeitplan einhalten.

Der Finnair-Jet aus Helsinki kam am nächsten Montag nachmittag planmäßig an. Einer der Passagiere war ein großer bärtiger Mann mittleren Alters, dessen finnischer Paß ihn als Urho Nuutila auswies. In Wirklichkeit war er ein Russe namens Wassiljew, von Beruf Kernphysiker, dessen fließende Beherrschung des Finnischen sich aus seiner karelischen Herkunft aus dem sowjetischen Teil der Skandinavischen Halbinsel erklärte. Er sprach auch passabel englisch.

Mit dem Flughafenbus fuhr er zum Penta-Hotel, ging hinein und am Empfang vorbei zum Hinterausgang, von wo man auf den Parkplatz gelangte. Er wartete in der Spätnachmittagssonne unbeachtet an der Tür, bis eine kleine Limousine vor ihm hielt. Der Fahrer hatte ein Fenster heruntergekurbelt. „Setzen die Flughafenbusse hier ihre Fahrgäste ab?" fragte er.

„Nein", antwortete der Reisende, „ich nehme an, um die Ecke am Vordereingang."

„Wo kommen Sie her?" fragte der junge Mann.

„Aus Finnland, wenn Sie es genau wissen wollen", sagte der Bärtige.

„Muß kalt sein in Finnland."

„Nein, um diese Jahreszeit ist es sehr heiß. Das Hauptproblem ist die Mückenplage."

Der junge Mann nickte. Wassiljew ging um den Wagen herum und stieg ein. Sie fuhren davon.

Petrowski machte drei verschiedene Manöver, um eventuelle

Verfolger abzuhängen, aber es waren keine da. Im letzten Tageslicht kamen sie in der Cherryhayes Close an. Petrowskis Nachbar, Mr. Armitage, mähte in seinem Vorgarten das Gras. „Besuch?" fragte er, als Wassiljew ausstieg und zur Haustür ging.

Petrowski nahm den kleinen Koffer des Kareliers vom Rücksitz und zwinkerte Armitage zu. „Stammhaus", flüsterte er. „Muß einen guten Eindruck machen. Gibt vielleicht eine Beförderung."

„Na, das will ich hoffen", sagte Armitage grinsend und nickte Petrowski ermutigend zu. Dann schob er wieder seinen Rasenmäher über das Gras.

WASSILJEW entschied sich für das Wohnzimmer als Arbeitsraum. Petrowski zog die Vorhänge zu und schaltete alle Lampen ein. Als erstes ließ er sich die neun Teile bringen, die er zusammenbauen sollte. „Reichen Sie mir die Gegenstände in der Reihenfolge, die ich Ihnen angebe", sagte Wassiljew. „Zuerst die Zigarrenkiste."

Er brach die Banderolen auf und öffnete den Deckel. „Es müßte die dritte von links in der unteren Reihe sein." Diese nahm er heraus. Wassiljew schlitzte die Zigarre mit einem Rasiermesser auf. Es kam eine dünne Phiole zum Vorschein, aus deren unterem Ende zwei miteinander verflochtene Drähte ragten: ein elektrischer Zünder.

„Gipsverband."

Der Verband bestand aus zwei Schichten, die nacheinander aufgebracht worden waren. Zwischen den beiden Schichten befand sich eine graue, plattgedrückte, kittähnliche Substanz, die weitgehend erschütterungssicher in einer Schaumstoffumkleidung steckte. Wassiljew schälte die graue Masse aus ihrer Höhlung: ein halbes Pfund Plastiksprengstoff.

Von Lischkas Schuhen schnitt er beide Absätze ab. Aus einem kam eine Stahlscheibe zum Vorschein, die fünf Zentimeter Durchmesser hatte und zwei Zentimeter dick war. Ihr Rand war mit einem Gewinde versehen, und auf einer Seite befand sich eine tiefe Kerbe zum Aufsetzen eines kräftigen Schraubenziehers. Dem anderen Absatz entnahm Wassiljew eine flachere, fünf Zentimeter breite Scheibe aus grauem Metall: das Lithium, das in Verbindung mit dem Polonium den Initiator bilden und die Kettenreaktion zu ihrer vollen Entfaltung bringen würde.

Die dazugehörige Poloniumscheibe steckte in dem Elektrorasierer, der Karel Wosniak soviel Kummer gemacht hatte; sie war der Ersatz für das in Glasgow verlorengegangene Exemplar. Das Auspuffrohr des Magirus-Lasters enthielt ein zwanzig Kilo schweres Stahlrohr mit einem Innendurchmesser von fünf Zentimetern und einer

Wanddicke von ebenfalls fünf Zentimetern. Ein Ende war geflanscht und innen mit einem Gewinde versehen, das andere mit einer Stahlkappe verschlossen. Die Kappe hatte in der Mitte ein kleines Loch, durch das der eigentliche Zünder eingeführt werden konnte.

Aus dem Transistorradio des Ersten Offiziers Romanow zog Wassiljew die mit einer Uhr gekoppelte Zündschaltung, einen verkapselten Stahlbehälter von der Länge zweier aneinandergelegter Zigarettenschachteln. Er hatte auf einer Seite zwei große runde Knöpfe, einen roten und einen gelben; auf der anderen Seite ragten zwei farbige Drähte heraus. An jeder Ecke befand sich ein ohrenförmiger Ansatz mit Loch zum Verschrauben mit der Außenseite des Stahlschranks, der die Bombe enthalten würde.

Nun nahm Wassiljew sich den Feuerlöscher aus Herrn Lundquists Saab vor. Er schraubte den Boden ab. Aus seinem Inneren quollen Füllmaterial und schließlich ein schwerer Stab aus bleiähnlichem Metall, zwölf Zentimeter lang und fünf Zentimeter im Durchmesser. Obwohl er so klein war, wog er viereinhalb Kilo. Wassiljew zog die Schutzhandschuhe an, als er damit hantierte: reines Uran 235.

„Ist das Zeug nicht radioaktiv?" fragte Petrowski, der fasziniert zugesehen hatte.

„Ja, aber nicht gefährlich. Uran wird erst ab einer gewissen Menge, der sogenannten ‚kritischen Masse', gefährlich."

Die Scheinwerfer aus dem Mini waren schwieriger zu zerlegen. Was übrigblieb, war ein Paar schwerer halbkugelförmiger Schalen aus zweieinhalb Zentimeter dickem, gehärtetem Stahl. Jede Schale besaß einen gewulsteten Rand, in den sechzehn Löcher gebohrt waren zur Aufnahme von Schrauben und Muttern. Wenn man die Schalen aneinanderfügte, würden sie eine Kugel bilden.

Eine der Schalen wies in der Mitte ein Loch von fünf Zentimeter Durchmesser mit einem Gewinde auf, für das der stählerne Schraubdeckel aus Lischkas linkem Schuh paßte. Beim anderen ragte aus der Mitte ein kurzer Rohrstumpf, der ebenfalls einen Innendurchmesser von fünf Zentimetern hatte und außen geflanscht und mit einem Gewinde versehen war zum Festschrauben in das dicke stählerne Rohr aus dem Auspuff des Magirus.

Zuletzt kam der Ball, der in dem Wohnwagen ins Land gebracht worden war. Wassiljew schnitt die bunte Gummihülle auf. Eine Metallkugel glänzte im Licht. „Das ist der Bleimantel", sagte er, „der die Urankugel mit dem spaltbaren Kern der Atombombe umhüllt. Ich hol sie später heraus."

Nachdem er sich nochmals vergewissert hatte, daß alle neun Teile vorhanden waren, machte er sich an dem stählernen Aktenschrank zu schaffen. Er legte ihn auf die Rückseite, öffnete die Tür und fertigte aus den Holzleisten und -stäben einen schmalen, gerüstartigen Rahmen, den er mit einer dicken Lage stoßdämpfenden Schaumstoffs umhüllte.

„Ich packe an den Seiten und oben noch mehr rein, wenn die Bombe drinnen ist", erklärte er.

Er nahm die Batterien, verdrahtete die Klemmen und wickelte sie mit Kreppband zu einem Block zusammen. Schließlich bohrte er vier kleine Löcher in die Schranktür und befestigte den Block auf der Innenseite. Es war Mittag.

„Schön", sagte er, „jetzt setzen wir das Ding zusammen." Wassiljew schnitt den dünnen Bleimantel von der Urankugel. Das Blei ließ sich leicht abnehmen. Die Kugel, die zum Vorschein kam, hatte einen Durchmesser von zehn Zentimetern und ein durchgebohrtes Loch in der Mitte von fünf Zentimeter Weite.

„Möchten Sie wissen, wie's funktioniert?" fragte Wassiljew.

„Klar."

„Diese Kugel besteht aus reinem Uran. Ihr Gewicht beträgt fünfzehneinhalb Kilo. Nicht genug Masse, um kritisch zu sein. Uran wird erst gefährlich, wenn seine Masse einen gewissen Mindestwert erreicht oder überschreitet."

„Was heißt ,kritisch' dann genau?"

„Die Masse gelangt an die Detonationsschwelle. Diese Kugel ist noch nicht in diesem Stadium. Sehen Sie den kurzen Stab da aus dem Feuerlöscher? Dieser Stab paßt genau in das Loch in der Kugel. Wenn er darin steckt, ist der kritische Punkt erreicht. Das dicke Stahlrohr dient uns als Geschütz, mit dem der Uranstab, quasi die Munition, in die Kugel getrieben wird. Da dies unglaublich schnell geschehen muß, schießen wir den Uranstab vermittels des Plastiksprengstoffs durch das Rohr in die Kugel hinein."

„Und dann knallt's."

„Nicht so ohne weiteres. Dazu braucht man den Initiator. Das Uran allein würde einfach versprudeln und dabei zwar eine Unmenge Radioaktivität freisetzen, aber keine Explosion herbeiführen. Damit es zum Knall kommt, muß man die kritische Menge Uran mit einem Neutronenhagel bombardieren. Diese beiden Scheiben, das Lithium und das Polonium, bilden den Initiator. Getrennt sind sie harmlos. Wenn sie aber aufeinanderprallen, emittieren sie den Neutronenhagel, den wir brauchen. Unter diesem Neutronenbeschuß zerspringt das Uran sozusagen und setzt dabei binnen einer millionstel Sekunde gigantische Energien frei. Der Stahlmantel hält das alles nur während dieser winzigen Zeitdauer zusammen."

„Wer steckt den Initiator rein?" fragte Petrowski in einem Anfall von Galgenhumor.

Wassiljew grinste. „Niemand. Die beiden Scheiben sind schon drinnen, aber vorläufig voneinander getrennt. Das Polonium ist an einem Ende des Lochs der Urankugel befestigt, und das Lithium steckt auf der Spitze des Uranstabes. Der Stab wird durch das Rohr in die Kugel gestoßen und mit der Lithiumspitze auf das Polonium am anderen Ende der Urankugel geschmettert. Das ist alles."

Wassiljew ließ einen Tropfen Superklebstoff auf die Poloniumscheibe fallen und preßte sie dann auf den Schraubdeckel aus Lischkas Schuhabsatz. Diesen zog er an dem Gewindeloch einer der beiden Schutzschalen aus den Scheinwerfern des Mini fest. Er nahm die Urankugel und senkte sie in die Schale, in deren Innerem vier Höcker waren, die genau in die auf der Kugel angebrachten Kerben paßten. Wenn die Höcker in die Kerben einrasteten, war die Kugel fest an ihrem Platz verankert. Wassiljew leuchtete mit einer Taschenlampe in die kreisrunde, tunnelartige Höhlung in der Urankugel, um sich zu

vergewissern, daß die Poloniumscheibe am unteren Ende der Kugel richtig plaziert war.

Dann legte er die zweite Schale darauf, so daß der Kugelmantel geschlossen werden konnte, und es dauerte fast eine Stunde, bis die sechzehn Schrauben in dem Wulst rund um die Schalen fest angezogen waren.

„Jetzt wird das Rohr aufgesetzt", bemerkte Wassiljew. Er stopfte den Plastiksprengstoff in das dicke und schwere, fast einen halben Meter lange Stahlrohr, bis der Sprengstoff eine kompakte Masse bildete. Mit dem Superklebstoff befestigte Wassiljew die Lithiumscheibe am flachen Ende des Uranstabs, umwickelte das Ganze mit dünnem Stoff, so daß es nicht mehr durch irgendeine Erschütterung im Stahlrohr zurückrutschen konnte, und rammte den Stab in das Rohr bis zum Sprengstoff am unteren Ende. Dann schraubte er das Rohr in die Kugel. Sie sah nun aus wie eine graue Melone mit Handgriff oder eine Art übergroße Handgranate. „So gut wie fertig", sagte Wassiljew. „Der Rest ist konventionelle Bombenbastelei."

Er nahm die Phiole, den Zünder, trennte die beiden Drähte und umwickelte sie mit Isolierband. Dann preßte er den Zünder durch das Loch im Rohrende, bis er fest in den Sprengstoff eingebettet war.

Er legte die Bombe wie ein Baby in ihre Schaumstoffwiege und packte weiteren Schaumstoff obenauf, bis nur noch zwei Drähte übrigblieben. Die beiden Enden isolierte er.

Der einzige noch nicht eingesetzte Bestandteil war der Zeitzünder. Wassiljew bohrte fünf Löcher in den Stahlschrank. Das mittlere Loch diente zur Durchführung der Drähte, die aus der Rückseite des Behälters ragten. Die vier anderen waren für dünne Schrauben bestimmt, mit denen er den Zündschalter aus dem Transistorradio am Stahlschrank befestigte. Dann verband er die Drähte der Batterien und des Zünders in dem Stahlrohr entsprechend ihren Farbmarkierungen mit den Drähten des Zeitzündschalters. Er isolierte die Drähte, schloß den Schrank zu und schob den Schlüssel zu Petrowski hinüber.

„So, Genosse, das wär's. Sie können den Schrank auf Ihrer Karre zum Wagen bringen, ohne daß etwas passiert. Sie können ihn fahren, wohin Sie wollen – diese Erschütterungen machen ihm nichts. Und jetzt zum Auslöser. Ein fester Druck auf diesen gelben Knopf hier setzt den Zeitzünder in Gang. Sie haben dann noch zwei Stunden, um möglichst weit wegzukommen. Der rote umgeht die Zeitzündung. Wenn Sie auf den drücken, geht die Bombe sofort hoch."

Er wußte nicht, daß er die Unwahrheit sagte. Er glaubte wirklich an das, was man ihm erklärt hatte. Nur vier Leute in Moskau wußten, daß beide Knöpfe auf sofortige Detonation eingestellt waren.

„Nun, mein Freund, möchte ich essen, etwas trinken, gut schlafen und morgen früh nach Hause fliegen."

„Klar", sagte Petrowski. „Stellen wir den Schrank hier in die Ecke, zwischen das Büfett und den Teewagen. Schenken Sie sich einen Whisky ein. Ich kümmere mich ums Abendessen."

SIE starteten um zehn Uhr in Petrowskis kleinem Wagen zum Flughafen Heathrow. Auf einem Parkplatz südwestlich von Colchester, wo die dichten Wälder fast bis zur Straße reichen, hielt Petrowski an und stieg aus, um einmal kurz hinter den Büschen verschwinden zu können. Sekunden später hörte Wassiljew ihn laut schreien, und er lief hin, um nachzusehen, was los war. Er starb an einem fachmännisch verabreichten Genickschlag hinter einem dicken Baumstamm. Der Leichnam landete, nachdem Petrowski alle Identifizierungsmerkmale entfernt hatte, in einem Graben und wurde mit Zweigen bedeckt. Er würde wahrscheinlich erst nach Tagen entdeckt werden. Die Nachforschungen der Polizei würden ergebnislos bleiben.

Petrowski fuhr nach Ipswich zurück. Er hatte keine Gewissensbisse. Seine Instruktionen waren, was den „Monteur" anbelangte, klar gewesen.

Alles war nun bereit. Petrowski war längst schon einmal in den Rendlesham Forest gefahren und hatte sich eine geeignete Stelle ausgesucht: Es gab ausreichend Deckung, und die Stacheldrahtumzäunung der US-Luftwaffenbasis von Bentwaters war kaum hundert Meter entfernt. Im Unterholz würde der Schrank kaum zu erkennen sein. Während der Zeitzünder tickte, mußte er wie der Teufel in Richtung London fahren.

Das einzige, was er noch nicht wußte, war das Datum. Das Einsatzsignal sollte am Vorabend des Stichtages während der 22-Uhr-Nachrichten des englischsprachigen Dienstes von Radio Moskau kommen: ein absichtlicher Versprecher in der ersten Meldung. Aber zuvor mußte Moskau informiert werden, daß alles bereit war. Das bedeutete eine letzte Funkbotschaft. Danach würden die Griechen nicht mehr benötigt werden.

DIE tödliche Routine eines dieser langweiligen Abende im Schlafzimmer der Roystons wurde kurz nach zehn unterbrochen, als sich das Observantenteam von MI 6, das die Taverne der Griechen überwachte, über Funk bei Preston in der Compton Street meldete. „John, einer von unseren Leuten hat gerade in dem Lokal gegessen. In der Zeit hat das Telefon zweimal geklingelt, dann hat der Anrufer offenbar aufgelegt. Dann wieder zweimal und wieder aufgelegt. Und schließlich dasselbe Spiel noch ein drittes Mal. Die Griechen sind beim ersten Mal nicht rechtzeitig ans Telefon gekommen. Danach haben sie's gar nicht mehr probiert. Einfach weiter serviert ... Moment, John ... John, sind Sie noch da?"

„Ja, natürlich."

„Meine Leute draußen melden, daß einer der Griechen das Lokal verläßt. Er geht zum Wagen."

„Zwei Wagen und vier Leute hinter ihm her!" befahl Preston. „Vielleicht verläßt er die Stadt."

Er verließ sie nicht. Andreas Stephanides fuhr zurück in seine Wohnung in der Compton Street, parkte den Wagen und betrat das Haus. Weiter tat sich nichts. Um dreiundzwanzig Uhr zwanzig, also früher als sonst, schloß Spiridon die Taverne und ging zu Fuß nach Hause, wo er um 23 Uhr 45 eintraf.

Obwohl Prestons vier Observantenautos von MI 6 mit den jeweiligen Teams weit gestreut verteilt waren, hatte niemand den Besucher kommen sehen. Die erste Meldung kam über Funk, als es schon fast zu spät war: „Da ist ein Mann am unteren Ende der Compton Street. Steht bewegungslos im Schatten."

Es war völlig dunkel im Schlafzimmer der Roystons. Die Vorhänge waren aufgezogen, die Männer hatten sich vom Fenster entfernt. Mungo kauerte hinter der Infrarotkamera. Preston hielt sein kleines Funkgerät dicht ans Ohr. „Er bewegt sich langsam auf euch zu", flüsterte der Observant. „Mittelgroß, dunkler, langer Regenmantel."

„Mungo, kannst du ihn unter der Straßenlampe erwischen, kurz vor dem Haus der Griechen?" fragte Burkinshaw. Mungo drehte ein wenig am Objektiv.

„Ich hab den Lichtkegel anvisiert", sagte er.

Lautlos glitt die Gestalt im Regenmantel in den Schein der Straßenlaterne. Mungo machte fünf Aufnahmen schnell hintereinander. Der Mann trat wieder aus dem Lichtschein heraus und kam an der Gartenpforte des Griechenhauses an. Er ging den kurzen Weg bis zum Haus und klopfte leise an die Tür, statt zu läuten. Sie ging sofort auf. In der Diele brannte kein Licht. Der Mann im dunklen Regenmantel verschwand im Hausinnern. Die Tür ging zu.

Jenseits der Straße, im Haus der Roystons, ließ die Spannung nach. „Mungo, bringen Sie den Film ins Polizeilabor. Sie sollen ihn sofort entwickeln und weiterleiten."

Etwas störte Preston. Die Sonne hatte den ganzen Tag geschienen. Die Nacht war warm, warum also ein Regenmantel? Um etwas zu verdecken? „Mungo, was hat er getragen? Sie haben ihn durch das Objektiv viel näher gesehen."

Mungo war schon halb draußen. „Einen Regenmantel", antwortete er. „Darunter Stiefel. Dreißig Zentimeter hohe Schaftstiefel. "

„Mist, er fährt ein Motorrad", sagte Preston. Er sprach in sein Funkgerät. „Alle Mann raus aus den Autos. Keine Wagengeräusche. Nur zu Fuß die Gegend unauffällig nach einem Motorrad absuchen, dessen Motorblock noch warm ist. "

Dann rief Preston Polizeidirektor King an. Der mußte die kommende Durchsuchungsaktion übernehmen. Eine Stunde nach dem Abzug der MI-5- und MI-6-Observanten konnte die Polizei das Haus und die Griechen kassieren. Preston wußte, daß sein Wild die Falle bereits umkreiste. Er hatte zwar nicht den Köder ausgelegt, aber er hatte ihn gefunden und die Falle sorgfältig darum herumgebaut. Preston war sich auch darüber im klaren, daß sein Wild äußerst scheu war. Wenn es jetzt durch eine falsche Bewegung Witterung aufnahm, war alles verloren.

Erst nach zwanzig Minuten fand einer der ausgeschwärmten Observanten das Motorrad. Er berichtete Preston: „Da steht eine große BMW, am oberen Ende der Queen Street. Topcase hinter dem Beifahrersitz, verschlossen. Zwei Motorradkoffer, unverschlossen. Motor und Auspuff noch warm. "

„Polizeiliches Kennzeichen?"

Preston gab die Nummer an das Polizeirevier weiter und bat um sofortige Identifizierung. Die Maschine war in Suffolk registriert worden. Als Halter war ein gewisser Mr. Duncan James Ross eingetragen, wohnhaft in Plymouth. „Es ist entweder ein gestohlenes Fahrzeug, ein falsches Nummernschild oder eine nicht existierende Adresse", murmelte Preston.

Der Mann, der das Motorrad gefunden hatte, wurde angewiesen, in einem der Motorradkoffer einen Ortungssignalgeber anzubringen und sich zu entfernen.

„Es geht los", wies Preston sämtliche Observanten auf allen Kanälen an. „Wir machen einen Wechsel. Alle Leute zurück zu ihren Wagen. Zwei Teams kommen in die Parallelstraße zum Hintereingang unseres Beobachtungspostens bei den Roystons und lösen uns ab. Einzeln vorgehen, unauffällig und sofort. "

Preston betete, daß der große Fisch von gegenüber nicht während des Mannschaftsaustausches das Haus verlassen möge. Preston ging als letzter weg. Im Vorbeigehen steckte er den Kopf in das Schlafzimmer der Roystons, dankte für ihre Hilfe und versicherte ihnen, daß bis zum Morgengrauen alles vorbei sein werde.

Preston glitt durch die Gärten zu der Parallelstraße und war wenig später bei Burkinshaw und Joe, dem Fahrer, im Führungswagen. Das

Sichtgerät am Armaturenbrett sah aus wie ein kleiner Radarschirm und zeigte in rhythmischen Intervallen einen blinkenden Lichtimpuls in einem Quadranten, der die Richtung des Impulses zur Längsachse des Wagens angab, in dem sie saßen, sowie die ungefähre Entfernung – einen halben Kilometer. Der zweite Wagen war mit dem gleichen Apparat ausgerüstet, so daß man nötigenfalls Kreuzpeilungen vornehmen konnte.

„Er geht weg!" bellte es plötzlich aus dem Funkgerät. Die Leute im Haus der Roystons berichteten, daß der Mann im Regenmantel soeben das Haus gegenüber verlassen habe und die Compton Street hinunterging in Richtung auf die BMW. Dann kam er außer Sicht. Fünf Minuten vergingen. Preston betete. „Es muß einfach das Motorrad sein."

„Er fährt los", flüsterte Burkinshaw erregt. Das Blinksignal wanderte langsam über den Bildschirm, als das Motorrad seine Winkelstellung zum Wagen veränderte.

„Ziel in Bewegung", bestätigte der zweite Wagen.

„Einen Kilometer Vorsprung lassen, dann hinterher", ordnete Preston an. „Motor jetzt anlassen."

Das Signal bewegte sich nach Südosten durch das Zentrum von Chesterfield. Das von dem Motorrad kommende Signal war stetig und stark und bewegte sich auf der A 617 nach Mansfield und Newark-on-Trent. Entfernung: knapp zwei Kilometer. Der Motorradfahrer vor ihnen konnte nicht einmal ihre Scheinwerfer sehen.

Preston wäre es lieber gewesen, wenn der Mann vor ihnen einen Wagen benützt hätte. Motorräder sind schwer zu verfolgen. Sie sind schnell und beweglich, können sich durch den dichten Straßenverkehr schlängeln, in dem Autos steckenbleiben, schmale Straßen hinunterflitzen und zwischen den Betonklötzen von Absperrungen durchfahren, wo ihnen Wagen nie folgen könnten. Der Mann vor ihnen durfte also nicht merken, daß er verfolgt wurde.

Der Motorradfahrer steuerte sein Gefährt vorzüglich. Er ging selten unter die erlaubte Höchstgeschwindigkeit, nahm die Kurven, ohne runterzuschalten. Kurz vor Newark stoppte er jedoch. „Abstand verringert sich schnell", sagte Joe plötzlich.

„Scheinwerfer abblenden, rechts ranfahren!" schnappte Preston.

Petrowski war in einen Seitenweg eingebogen, hatte Motor und Scheinwerfer abgestellt, saß an der Einmündung und starrte auf die Straße, in die Richtung, aus der er gekommen war. Ein Laster donnerte vorbei und verschwand in Richtung Newark. Sonst nichts. Petrowski blieb noch fünf Minuten, startete die Maschine und fuhr weiter nach Südosten in Richtung Küste. Die Observanten folgten.

IN CHESTERFIELD startete um zwei Uhr fünfundfünfzig die Polizeiaktion gegen das Haus der Brüder Stephanides. Genau in dem
Augenblick, als zwei Leute von Scotland Yard sich dem Haus
näherten, ging die Tür auf.

Die Griechen wollten offensichtlich mit ihrem Funkgerät wegfahren, um die verschlüsselte und auf Band aufgenommene Nachricht zu
senden. Sie stürzten zurück und schlugen die Tür zu.

Die Polizisten warfen sich so lange mit den Schultern dagegen, bis
die Tür aus den Angeln brach. Sofort stieß ein Polizeitrupp, der sich
bereitgehalten hatte, in die Zimmer des Erdgeschosses nach. Hier
waren die Brüder nicht. Die Scotland-Yard-Leute liefen dann die
Treppe hinauf. Sie fanden die Griechen in dem kleinen Speicher
unterm Dach. Der Sender stand auf dem Boden; das Netzkabel war
angeschlossen, und auf der Skala glühte ein roter Lichtpunkt. Die
beiden Griechen ergaben sich widerstandslos.

IN MENWITH HILL fing der Lauschposten des GCHQ einen
„Spritzer" aus dem Geheimsender auf und registrierte ihn am
Donnerstag, dem 11. Juni, um 2 Uhr 58 morgens. Die sofort
durchgeführte Triangulation wies auf eine Stelle am westlichen Ende
der Stadt Chesterfield. Die dortige Polizei wurde umgehend alarmiert. Polizeidirektor King informierte Menwith Hill: „Ich weiß, wir
haben sie geschnappt."

IN MOSKAU nahm der Funkoffizier den Kopfhörer ab und nickte.
„Schwach, aber klar", sagte er.

Die aufgefangenen Funksignale wurden in ein Lochstreifengerät
eingegeben, das zu hämmern anfing und eine Papierbahn ausspie, die
mit verständlichen Zeichen bedeckt war. Als es schwieg, stand der
Funkoffizier auf, riß die Bahn ab und fütterte sie in den Dekodierer
ein, der bereits auf den vereinbarten Einmalkode eingestellt war. Der
Dekodierer sog den Lochstreifen ein, ließ die Signale durch seinen
Computer laufen, und die Botschaft kam im Klartext wieder zum
Vorschein. Der Funker rief eine Nummer an, gab sein Erkennungs-
wort durch, wartete auf das Erkennungswort des Mannes am anderen
Ende der Leitung und sagte dann: „Aurora startbereit."

DIE Verfolger standen über einen Kilometer von ihrem Zielobjekt
entfernt in der Dunkelheit. Petrowski war erneut stehengeblieben und
suchte den dunklen Horizont hinter sich nach Scheinwerfern ab, aber
er konnte nichts entdecken. Als der Blinker sich auf dem Bildschirm
wieder in Bewegung setzte, fuhren sie ebenfalls an.

Südlich von King's Lynn überquerten sie die Flußarme der Ouse, und Sekunden später schwenkte das Blinksignal nach Süden in die Straße nach Thetford ein.

„Wo zum Teufel fährt der hin?" brummte Burkinshaw.

„Er muß irgendwo da unten eine Basis haben", meinte Preston.

Zu ihrer Linken färbte ein rosa Streifen den Horizont, und die Umrisse der vorbeifliegenden Bäume gewannen an Schärfe. Joe schaltete von Abblendlicht auf Standlicht.

In London brannten immer noch die Straßenlampen. Sir Bernard Hemmings saß jetzt im unterirdischen Funkraum der Charles Street, zusammen mit Brian Harcourt-Smith.

Sir Nigel Irvine war ebenfalls in seinem Büro. Unten im Souterrain hatte Miß Blodwyn die halbe Nacht auf das Gesicht eines Mannes unter einer Straßenlaterne einer kleinen Stadt von Derbyshire gestarrt. Man hatte sie von ihrer Wohnung in aller Herrgottsfrühe hierhergefahren, und sie war nur mitgekommen, weil Sir Nigel sie persönlich darum gebeten hatte. Er hatte sie mit Blumen empfangen; für ihn würde sie durchs Feuer gehen, und für niemand sonst.

„Er ist nie zuvor hier im Land gewesen", hatte sie gesagt, als sie das Foto sah, „und doch –"

Nach einer Stunde war sie bei ihren Nachforschungen zum Nahen Osten vorgestoßen, und um vier Uhr hatte sie ihn. Es war ein Beitrag des israelischen Geheimdienstes, vier Jahre alt, ein bißchen verschwommen und nur ein einziges Bild. Einer seiner Männer hatte ihn auf den Straßen von Damaskus geknipst. Er hieß damals Timothy Donnelly und war angeblich Reisevertreter für eine irische Firma. Die Israelis hatten ihn auf gut Glück fotografieren lassen und eine Überprüfung in Dublin veranlaßt. Timothy Donnelly existierte wirklich, aber er war nie in Damaskus gewesen. Als das bekannt wurde, war der Mann auf dem Bild verschwunden. Er war nie wiederaufgetaucht.

„Das ist er", sagte sie. „Die Ohren beweisen es. Er hätte einen Hut tragen sollen."

Sir Nigel rief den Funkraum in der Charles Street an. „Ich glaube, wir sind fündig geworden, Bernard", sagte er. „Wir machen einen Abzug und schicken ihn rüber."

Sechs Kilometer südlich von King's Lynn hätten sie ihn beinahe verloren. Als sie seine Spur wiederaufnahmen, hatten sie die Kuppe von Gallows Hill erreicht und konnten bereits den Marktflecken im Dämmerlicht sehen, als Joe bremste. „Er hat wieder gestoppt." Joe sah auf den Entfernungsanzeiger und deutete nach vorne. „Mitten in der Stadt, John."

Preston zog die Landkarte zu Rate. Außer der Straße, auf der sie waren, gab es noch fünf andere, die sternförmig aus Thetford herausführten. Preston gähnte. „Wir geben ihm zehn Minuten."

Das Signal bewegte sich nicht mehr. Der zweite Wagen machte eine Kreuzpeilung mit dem ersten; der Signalgeber und damit das Motorrad mußten mitten im Zentrum von Thetford stehen. Preston nahm das Handmikrofon auf. „Ich glaube, wir haben seine Basis. Wir rücken ihm auf die Pelle."

Die beiden Wagen bewegten sich auf das Stadtzentrum zu und fanden um fünf Uhr fünfundzwanzig den Platz mit den verschließbaren Garagen. Joe manövrierte mit dem Wagen, bis seine Kühlerspitze klar und deutlich auf eine Garagentür zeigte. „Er ist da drinnen", sagte er.

„Ginger, können Sie den Türgriff lockern?"

Ginger holte einen Zündkerzenschlüssel aus dem Werkzeugkasten eines der beiden Wagen, setzte ihn auf den Griff und ruckte hin und her. Im Innern des Schlosses krachte etwas. Ginger schwang die Garagentür nach oben auf und sprang hastig zur Seite.

Das Motorrad war in der Mitte der Garage aufgeständert. An einem Haken hingen eine schwarze Ledermontur und ein Sturzhelm. Ein Paar Motorradstiefel stand an der Wand. Der staubige und ölverschmierte Boden wies die Reifenspuren eines kleinen Wagens auf.

„Verdammt", sagte Harry Burkinshaw, „eine Umsteige."

Joe lehnte aus dem Fenster seines Wagens. „Charles ist gerade über Polizeifunk gekommen. Sie haben ein En-face-Bild. Wo soll es hingeschickt werden?"

„Polizeirevier Thetford", antwortete Preston. „Aber es ist zu spät."

KURZ nach fünf Uhr früh hatten sich die Friedensmarschierer in Siebenerreihen zu einer Kolonne formiert, die über einen Kilometer lang war. Die Spitze des Zugs schob sich auf die Landstraße, die von dem Verkehrskreisel bei Ixworth zum Dorf Little Fakenham führte, von wo aus eine schmale Zufahrtsstraße zum Militärflugplatz Honington, ihrem Ziel, abbog. Es war ein strahlender, sonniger Morgen, und sie waren alle guter Laune trotz der frühen Stunde. Als die Spitze der Kolonne sich zwischen die Absperrungen drängte, die die Straße säumten, brach die Menge in ihren rituellen Gesang aus: „Nein zu Cruise-Missiles – Yankees raus!"

Vor einigen Jahren war Honington ein Standort für Tornado-Kampfbomber gewesen, und niemand hatte den Militärflugplatz der

Royal Air Force einer landesweiten Aufmerksamkeit für würdig erachtet. Die Entscheidung, in Honington Englands dritten Stationierungsort für Cruise-Missiles einzurichten, hatte alles geändert.

Es hatten bereits andere Demonstrationen von Friedensmarschierern stattgefunden, aber diese sollte die größte werden. Presse, Rundfunk und Fernsehen waren vertreten, die Kameraleute fuhren rückwärts die Zufahrtsstraße entlang, um die Würdenträger in der vordersten Reihe zu filmen: drei Mitglieder des Labour-Schattenkabinetts, zwei Bischöfe, ein Monsignore, verschiedene Leuchten der reformierten Kirche, fünf Gewerkschaftsführer und zwei bekannte Universitätsprofessoren. Die Kolonne wurde angeführt von zwei Polizisten auf Motorrädern.

UM FÜNF UHR FÜNFZEHN hatte Waleri Petrowski Thetford verlassen und sich wie immer gemächlich südwärts zur Hauptstraße nach Ipswich und nach Hause aufgemacht. Er war die ganze Nacht unterwegs gewesen und daher müde. Sein Funkspruch mußte spätestens um drei Uhr dreißig gesendet worden sein.

Als er kurz hinter Thetford über die Grafschaftsgrenze von Norfolk nach Suffolk fuhr, bemerkte er einen Streifenpolizisten am Straßenrand auf einem Motorrad. Was hatte der hier um diese Zeit zu suchen? Petrowski war in den vergangenen Wochen diese Straße oft gefahren, und nie hatte er einen Streifenpolizisten gesehen.

Zwei Kilometer weiter, in Little Fakenham, war er aufs höchste alarmiert. Zwei weiße Rover-Polizeiwagen parkten am Nordende des Dorfes. Neben ihnen stand eine Gruppe von höheren Polizeibeamten, die sich mit zwei weiteren Streifenpolizisten berieten. Sie sahen auf, als er vorbeifuhr, machten aber keine Anstalten, ihn anzuhalten.

Dies geschah erst in Honington. Er hatte gerade das Dorf hinter sich, als er ein Motorrad am Straßenrand aufgeständert sah. Ein Streifenpolizist gebot ihm mit erhobenem Arm anzuhalten. Er verlangsamte die Fahrt und fuhr mit einer Hand in die Kartentasche an der Innenseite der Fahrertür, wo die finnische Automatikpistole steckte. Wenn es eine Falle war, dann war er geliefert. Doch der Polizist schien allein zu sein. Niemand stand in der Nähe mit dem Sprechfunkgerät am Mund. Er hielt an. Die hohe Gestalt in Dunkelblau schlenderte zum Fahrerfenster und beugte sich herab. „Dürfte ich Sie bitten, an den Straßenrand zu fahren, Sir? Dann kann Ihnen nichts passieren."

Es war also eine Falle. Die Drohung war kaum verschleiert. Doch warum war niemand anderer in der Nähe? „Was ist denn los, Wachtmeister?"

„Die Straße dürfte ein bißchen weiter hinten blockiert sein, Sir. Wir werden sie gleich freikriegen."

Wahrheit oder Trick? Da lag vielleicht wirklich ein umgestürzter Traktor irgendwo. Petrowski gab den Gedanken, den Polizisten zu erschießen und dann abzuhauen, wieder auf. Er nickte, legte den Gang ein und fuhr den Wagen an die Seite. In diesem Augenblick kam die Spitze der Kolonne an der Biegung in Sicht. Der Russe betrachtete die Spruchbänder in der Ferne und hörte voll Ekel und Verachtung den schwachen Gesang. Er stieg aus, um sich die Sache anzusehen. „Die werd'n bald vorbei sein", sagte der Polizist tröstend. „Knappe Stunde."

EINIGE Minuten nach der Entdeckung der leeren Garage hatte Preston Burkinshaws Observanten Barney mit dem zweiten Wagen zum Polizeirevier von Thetford geschickt und durch ihn um Unterstützung ersucht. Danach sprach Preston über Polizeifunk mit Sir Bernard. „Ich brauche dringend Hilfe von seiten der Polizei von Norfolk und Suffolk", erklärte er. „Wenn wir die Verfolgung nicht umgehend mit einem Hubschrauber fortsetzen können, ist es zu spät."

Fünf Minuten später kam aus Thetford eine Motorradstreife. Der Polizist fuhr in den Hof, stellte den Motor ab und ständerte die Maschine auf. „Sind Sie die Herren aus London?" fragte er. „Ich bin Oberwachtmeister Bing. Kann ich Ihnen irgendwie helfen?"

„Nur wenn Sie ein Zauberer sind", seufzte Preston. Er hatte die Wartezeit mit dem Studium einer Generalstabskarte der Grafschaften Norfolk und Suffolk verbracht, die über die Kühlerhaube von Joes Wagen gebreitet war.

Barney kam ebenfalls vom Thetforder Polizeirevier zurück. „Hier ist das Foto von unserem Zielobjekt, John. Ist eingetroffen, während ich mit dem Diensthabenden sprach."

Preston betrachtete das hübsche junge Gesicht, das in einer Straße in Damaskus aufgenommen worden war. „Du Scheißkerl!" stieß er zwischen den Zähnen hervor. Niemand hörte ihn, denn in diesem Augenblick rasten zwei amerikanische Kampfbomber im Tiefflug dicht hintereinanderher über die Stadt nach Osten. Barney, der neben Preston stand, blickte ihnen nach, bis sie außer Sicht waren. „Radaubrüder", meinte er.

„Die kommen immer über Thetford", sagte Oberwachtmeister Bing. „Nach einer Weile nimmt man sie kaum mehr wahr. Sind in der Nähe, in Lakenheath, stationiert."

„Heathrow ist schon schlimm genug", bemerkte Barney, der im Südwesten von London in der Nähe des Flughafens wohnte, „aber die

Linienmaschinen fliegen wenigstens nicht so tief. Ich glaube nicht, daß ich das lange aushalten würde."

„Hab nichts gegen sie, solange sie in der Luft bleiben", sagte der Thetforder Streifenpolizist. „Wär nur schlimm, wenn einer herunterfiele. Sie haben nämlich Atombomben an Bord. Kleine, aber immerhin."

Preston drehte sich um. „Was haben Sie da gesagt?" fragte er.

Es WAR sechs Uhr. Die Friedensmarschierer schwirrten um den Wagen herum, der am Ausgang des schönen alten Dorfes Honington stand, wo die Häuser noch mit Schilfrohr gedeckt waren.

Petrowski beobachtete, mit verschränkten Armen an seinen Wagen gelehnt, die vorbeiziehende Menge. Seine Gedanken waren nicht sehr freundlich. Über den Feldern hinter ihm knatterte ein Polizeihubschrauber nach Norden, aber der rhythmische Singsang der Demonstranten war so laut, daß er den Hubschrauber nicht hören konnte.

PRESTON starrte auf die Landkarte, auf der Oberwachtmeister Bing aus Thetford die fünf amerikanischen Flugbasen in der Umgebung markiert hatte. Er verfolgte auf der Karte noch einmal die Strecke, auf der sein Wild von Chesterfield nach Thetford gekommen war. Sie verlief konsequent in südöstlicher Richtung. Es wäre logisch, die Umsteige vom Motorrad aufs Auto irgendwo entlang der weiteren Fahrtrichtung unterzubringen. Er zog die bekannte Fährte seines Wilds über Thetford hinaus und verlängerte die Linie weiter nach Südosten. Sie ging direkt durch Ipswich. Knapp zwanzig Kilometer von Ipswich entfernt entdeckte er auf der Karte nahe der Küste die Luftwaffenbasis Bentwaters im Rendlesham Forest. Er erinnerte sich dunkel, daß dort F-5-Bomber stationiert waren, moderne Kampfflugzeuge mit taktischen Atomwaffen.

Hinter ihm quäkte das Funkgerät von Oberwachtmeister Bing an dessen Motorrad. Der Polizist nahm das Gespräch entgegen. „Ein Hubschrauber kommt von Süden herauf", meldete er Preston. „Wo soll er denn landen?"

„Gibt es hier in der Nähe eine flache, freie Stelle?" fragte Preston.

„The Meadows", antwortete Bing. „Das ist ein Wiesengelände an den Ausfallstraßen zur Küste neben ein paar Sportplätzen."

„Sagen Sie dem Hubschrauberpiloten, er soll dort niedergehen, ich komme hin." Preston rief seine Leute zusammen. „Barney soll mich zu The Meadows runterfahren. Bleiben Sie mit den anderen auf Abruf hier", sagte er zu Harry Burkinshaw. „Unser Wild hat einen Vorsprung von mindestens fünfzig Minuten und ist wahrscheinlich kilometerweit weg. Ich fliege bis Ipswich und sehe zu, ob ich etwas herausbekommen kann. Wenn nicht, dann bleibt nur die Nummer des Kennzeichens."

Während Barney in den Wagen stieg, ließ sich Preston von Oberwachtmeister Bing noch schnell die Streckenverhältnisse auf der Landkarte erläutern. „Sagen Sie, wenn Sie von Thetford nach Ipswich wollten, wie würden Sie fahren?"

Ohne zu zögern, erklärte der Polizist die Route auf der Karte: „Ich würde die A 1088 nehmen, direkt nach Ixworth, über den Verkehrskreisel und weiter zur A 45, die nach Ipswich geht."

Preston nickte. „Das würde ich auch tun. Hoffentlich denkt unser Wild genauso. Ich möchte Sie bitten, hierzubleiben und zu versuchen, andere Garagenbenützer ausfindig zu machen, die vielleicht den Wagen dieses Mannes gesehen haben. Ich brauche das Kennzeichen."

Der leichte Bell-Hubschrauber wartete auf der Wiese am Kreisel. Preston stieg aus Barneys Wagen und nahm sein Funkgerät mit. Er duckte sich unter den kreisenden Rotoren und kletterte in die enge Kabine, zeigte dem Piloten seinen MI-5-Ausweis und nickte dem Verkehrsüberwacher in Uniform zu, der sich hinter die Sitze gequetscht hatte. „Schnell gegangen!" schrie er dem Piloten zu.

„Ich war schon in der Luft!" schrie der Pilot zurück. Der Helikopter hob ab und flog über Thetford weg. „Wo wollen Sie hin?"

„Die A 1088 entlang."

„Die Demo beobachten, wie?"

„Was für eine Demo?"

Der Pilot sah ihn an, als sei er gerade vom Mars gekommen. Der Hubschrauber flog mit abwärts gerichteter Nase nach Südosten. „Die Anti-Cruise-Demo am Flugplatz Honington", sagte der Pilot. „Hat in allen Zeitungen gestanden."

Zu seiner Rechten spiegelte sich die Morgensonne auf den blankgewetzten Rollbahnen des Luftstützpunktes. Vor den Zugängen zum Flugplatz waren Hunderte von Polizisten aufgereiht, mit dem Rücken zur Stacheldrahtumzäunung, das Gesicht den Demonstranten zugewandt.

Die Menge vor dem Polizeikordon schwoll unaufhörlich an, und die schwarze Kolonne der Transparente schwingenden Marschierer erstreckte sich bis zur Einmündung der Flughafenzufahrt in die A 1088 und von dort weiter nach Südosten auf die Straßenkreuzung bei Ixworth zu.

Direkt unter sich konnte Preston das Dorf Honington sehen. Sein Herz schlug rascher.

Von der Dorfmitte an standen die Autos Stoßstange an Stoßstange einen halben Kilometer die Straße entlang. Am Dorfrand, mitten in der Marschkolonne, glitzerten noch zwei oder drei Wagendächer. „Ich frage mich –", sagte er halblaut und schaltete sein Funkgerät ein.

WALERI PETROWSKI sah den Polizisten, der ihn angehalten hatte, auf sich zukommen. „Tut mir leid, daß es so lange gedauert hat, Sir. Scheinen mehr gekommen zu sein, als angenommen war."

Petrowski lächelte liebenswürdig. „Kann man nichts machen. Es war dumm von mir, daß ich geglaubt hab, ich würde noch rechtzeitig durchkommen."

Vor ihnen zog ein Polizeihubschrauber über den Feldern eine weite Kurve. In seiner offenen Tür konnte Petrowski den Verkehrsüberwacher sehen, der in den Handapparat seines Funkgerätes sprach.

„HARRY, können Sie mich hören? Harry, bitte kommen, hier ist John."

Die Stimme des Observanten kam krächzend und blechern aus Thetford. „Harry hier. Hör Sie, John."

„Harry, hier unten findet eine Anti-Cruise-Demo statt. Es besteht die Möglichkeit, daß unser Wild in dem Auflauf steckengeblieben ist . . . Bleiben Sie dran." Er drehte sich zu dem Piloten um. „Wie lange geht das schon?"

„Seit 'ner Stunde."

„Wann ist die Straße da unten in Ixworth gesperrt worden?"

Der Mann von der Verkehrsüberwachung beugte sich nach vorne. „Um fünf Uhr zwanzig", sagte er.

Preston sah auf seine Armbanduhr. Es war sechs Uhr fünfundzwanzig.

„Harry, fahren Sie wie der Teufel die A 134 runter nach Bury St. Edmunds, dort abbiegen auf die A 45 und weiter bis zur Kreuzung mit der A 1088 vor Woolpit. Dort treffen wir uns. Oberwachtmeister Bing soll mit angestellter Sirene auf seinem Motorrad vorausfahren. Fahren Sie, was das Zeug hält."

Er tippte dem Piloten auf die Schulter. „Fliegen Sie Richtung Woolpit, und setzen Sie mich auf einem Feld an der Straßenkreuzung davor ab."

Der Flug dorthin dauerte nur fünf Minuten. Als sie bei dem Verkehrskreisel von Ixworth über die A 143 flogen, konnte Preston die lange Schlange der am Straßenrand geparkten Busse sehen, mit denen das Gros der Marschierer gekommen war. Der Pilot zog eine Schleife und sah sich nach einem Landeplatz um. Nahe der Stelle, wo die schmale A 1088 in die Einfahrt zur A 45 mündete, waren Wiesen.

Preston drehte sich nach hinten zu dem Verkehrsüberwacher um. „Nehmen Sie Ihre Mütze. Sie kommen mit."

„Das ist nicht mein Job", protestierte der Polizeimeister. „Ich gehöre zur Verkehrsüberwachung."

„Genau dazu brauche ich Sie. Los, kommen Sie schon."

Preston sprang vom Trittbrett des Hubschraubers aus einem halben Meter Höhe in das dichte, hohe Gras. Der Polizeimeister folgte ihm wohl oder übel, wobei er seine Uniformmütze mit einer Hand auf den Kopf preßte, um sie vor dem Sog der Rotoren zu schützen. Der Pilot flog zu seinem Standort zurück.

Die beiden stapften über die Wiese, überstiegen einen Zaun und gelangten auf die A 1088. Hundert Meter weiter kamen sie zur A 45. Jenseits der Kreuzung konnten sie den ununterbrochenen Verkehrsstrom sehen, der sich in Richtung Ipswich bewegte.

„Was nun?" fragte der Polizeimeister.

„Nun stellen Sie sich auf die Straße und halten die Wagen an, die nach Süden fahren. Sobald Sie den ersten haben, der durch die Demo gekommen ist, rufen Sie mich."

Er ging zur A 45 hinüber und spähte nach rechts.

„Komm schon, Harry. Komm schon."

Die nach Süden fahrenden Wagen stoppten vor dem Polizisten, doch alle gaben an, sie seien erst südlich der Demonstration auf die Straße gestoßen. Zwanzig Minuten später sah Preston die Motorradstreife aus Thetford mit heulender Sirene heranbrausen, ihr folgte der Observantenwagen. Sie bremsten kreischend an der Einfahrt in die A 1088. Oberwachtmeister Bing schob sein Visier in die Höhe. „Ich hoffe, Sie wissen, was Sie tun, Sir. Ich glaube nicht, daß diese Strecke schon einmal schneller zurückgelegt worden ist. Das gibt Ärger."

Preston dankte ihm und beorderte seine beiden Wagen ein paar Meter in die A 1088 hinein, aus der das Wild von Honington und Ixworth her kommen mußte. Er deutete auf die Grasböschung am Straßenrand. „Rammen, Joe! Nicht zu stark, damit der Wagen nicht kaputtgeht. Es soll nur echt aussehen."

Die beiden Polizisten aus Suffolk, Oberwachtmeister Bing und der Verkehrsüberwacher, sahen Joe verblüfft zu, wie er mit dem Wagen auf die Grasböschung fuhr. Das Heck ragte auf die Straße und blockierte sie zur Hälfte. Preston ließ den anderen Wagen fünf Meter weiterfahren. „Aussteigen", befahl er Barney, dem Fahrer. „Los, Jungs. Jetzt alle zugleich. Umkippen."

Erst nach sieben Anläufen legte sich der MI-5-Wagen auf die Seite.

Preston hob einen Stein am Straßenrand auf, zerschmetterte damit ein Seitenfenster von Joes Wagen und verstreute die Scherben über die

Straße. „Ginger, legen Sie sich auf die Straße, hier neben Joes Wagen. Barney, holen Sie ein Plaid aus dem Kofferraum, und decken Sie ihn damit zu. Völlig. Gesicht und alles", sagte Preston. „So, alle anderen hinter die Hecke, und daß sich keiner sehen läßt!"

Preston winkte die beiden Polizisten heran.

„Oberwachtmeister Bing, wie Sie sehen, hat's hier einen bösen Unfall gegeben. Bitte stellen Sie sich neben die Leiche, und dirigieren Sie den Verkehr daran vorbei. Polizeimeister, gehen Sie die Straße ein Stück weiter hoch, und bedeuten Sie den ankommenden Wagen, langsam zu fahren."

Preston setzte sich vor der Grasböschung an den Straßenrand und preßte ein Taschentuch vors Gesicht, als wolle er das Blut aus einer gebrochenen Nase stillen.

Nichts kann einen Autofahrer besser dazu bewegen, langsam zu fahren und zur Seite zu schauen, als eine Leiche am Straßenrand. Preston hatte dafür gesorgt, daß Ginger, die „Leiche", auf der Fahrerseite der südwärts rollenden Wagen lag.

Wie alle anderen vor ihm verlangsamte auch Major Waleri Petrowski auf das Handzeichen des Polizisten hin das Tempo und schlängelte sich vorsichtig zwischen den beiden Wagen am „Unfall-ort" und an der „Leiche" vorbei. Mit halb geschlossenen Augen musterte Preston sein Gesicht wie das jedes anderen Fahrers aus drei Meter Entfernung und verglich es im Geist mit dem Foto in seiner Manteltasche. Der Russe saß im siebzehnten Wagen.

Aus den Augenwinkeln sah Preston, wie die kleine Limousine nach links zur A 45 abbog, auf eine Verkehrslücke wartete und sich dann in den Strom nach Ipswich einreihte. Er sprang auf.

Die beiden Fahrer und die zwei anderen Observanten kamen auf seinen Befehl hinter der Hecke hervor. Ein verdutzter Autofahrer, der gerade sein Tempo verlangsamte, sah die „Leiche" aufspringen und zusammen mit anderen Männern einen umgestürzten Wagen wieder auf seine vier Räder stellen. Joe rutschte hinter das Steuer seines Wagens und fuhr rückwärts von der Böschung weg. Preston ging zu Oberwachtmeister Bing hinüber. „Sie fahren am besten jetzt wieder nach Thetford zurück, und vielen, vielen Dank für Ihre Hilfe." Zu dem Verkehrsüberwacher aus dem Hubschrauber sagte er: „Wir können Sie leider nicht mitnehmen, Polizeimeister, Ihre Uniform ist zu auffällig. Aber vielen Dank für Ihre Hilfe."

Die zwei Wagen von MI 5 fuhren zur A 45 und bogen links ab nach Ipswich. Der unbeteiligte Autofahrer, der das alles aufmerksam verfolgt hatte, wandte sich an den stehengelassenen Polizeimeister: „Drehn die hier einen Film?"

„Würde mich wirklich nicht wundern", antwortete der Polizeimeister mürrisch. „Übrigens, Sir, könnten Sie mich nach Ipswich
mitnehmen?"

DER morgendliche Berufsverkehr nach Ipswich hinein wurde
immer dichter, als sie sich der Stadt näherten. Dies bot den beiden
Observantenwagen gute Deckung. Zudem wechselten sie dauernd die
Reihenfolge, so daß bald der eine, bald der andere die kleine
Limousine im Auge hatte. Plötzlich bog der Ford in eine Wohnsiedlung ein. „Vorsicht", warnte Preston Joe, „er darf uns nicht sehen."
Joe glitt langsam in den Komplex der sieben Sackgassen hinein. Als
sie an der Cherryhayes Close vorbeifuhren, sahen sie gerade noch, daß
der Mann, den sie verfolgten, vor einem kleinen Haus auf halber Höhe
der Straße angehalten hatte und ausstieg. Preston befahl Joe weiterzu-
fahren, bis sie außer Sicht waren, und dann stehenzubleiben.
„Harry, geben Sie mir Ihren Hut, und sehen Sie im Handschuhfach
nach, ob noch eine Konservativen-Rosette drin ist."

Es war noch eine drinnen; Preston steckte sie ans Jackett, zog den Regenmantel aus, den er als „Unfallverletzter" am Straßenrand getragen hatte, von wo aus er sein Wild zum ersten Mal von Angesicht zu Angesicht gesehen hatte, setzte Harrys Hut auf und stieg aus. Er bog in die Cherryhayes Close ein und schlenderte die Straße entlang bis kurz vor das Auto, das vor dem Haus des Sowjetagenten parkte. Dies war die Hausnummer zwölf. Er überquerte die Straße und ging zur Tür von Nummer neun.

GEGENÜBER auf der anderen Straßenseite saß Waleri Petrowski im Wohnzimmer hinter den dichten Gardinen. Er war müde, seine Glieder schmerzten vom langen Fahren. Heute konnte er sich mal zu früher Stunde einen Whisky genehmigen.

Als er durch die Vorhänge sah, bemerkte er einen dieser zahllosen Wahlhelfer, der auf die Leute von Nummer neun einredete. Bei ihm waren in den letzten Tagen ebenfalls drei vorbeigekommen, und bei seiner Rückkehr heute morgen hatte er einen Haufen Broschüren und

Flugblätter vor der Tür gefunden. Der Hausherr von Nummer neun ließ den Mann sogar in die Diele. Noch ein Bekehrter, dachte Petrowski. Was soll's.

Die Familie saß gerade beim Frühstück, als Preston klingelte. Er lüftete den Hut. „Guten Morgen, Madam."

Als sie seine Rosette sah, sagte die Frau: „Oh, tut mir leid, Sie verschwenden Ihre Zeit. Wir wählen Labour."

„Das dachte ich mir schon, Madam. Ich habe aber eine Werbeschrift, die ich Sie bitten möchte Ihrem Mann zu zeigen."

Er reichte ihr seine Plastikkarte, die ihn als MI-5-Mann auswies. „Wenn Sie unbedingt meinen." Sie ließ ihn vor der Tür stehen und ging ins Haus. Der Ehemann erschien in der Diele, ein Jungmanager in dunklen Hosen, weißem Hemd und dezenter Krawatte. Der junge Mann sah ihn mißtrauisch an. „Sind Sie wirklich von MI 5?"

„Ja, wirklich."

„Na schön. Und was wünschen Sie?"

„Würden Sie mich bitte ins Haus lassen und die Tür schließen?"

Der junge Mann zögerte einen Augenblick, dann nickte er. Preston nahm seinen Hut ab und trat ein. Er machte die Tür hinter sich zu und atmete auf.

„Aber was liegt gegen uns vor?"

„Nichts natürlich." Preston lächelte. „Ich kenne Sie nicht einmal. Meine Kollegen und ich haben einen Mann verfolgt, von dem wir glauben, daß er ein ausländischer Agent ist. Er wohnt im Haus gegenüber. Ich möchte gerne Ihr Telefon benutzen und Sie fragen, ob ich vorübergehend ein paar Männer bei Ihnen einquartieren darf, damit sie das Haus beobachten können."

„Nummer zwölf?" fragte der Mann. „Jim Ross? Das ist kein Ausländer."

„Wir glauben schon. Darf ich telefonieren?"

„Ja, sicher, warum nicht." Er wandte sich seiner Frau und seinem dreijährigen Töchterchen zu, die an der Küchentür standen. „Los, alle zurück in die Küche."

Preston rief Charles Street an und informierte Sir Bernard Hemmings über den Stand der Dinge.

„Meinen Sie, daß es Zeit ist loszuschlagen?"

„Jawohl, Sir, ich glaube schon. Ich befürchte nur, daß er bewaffnet ist. Sie wissen, was ich damit meine. Ich denke nicht, daß dies eine Sache für die Ortspolizei ist."

Der Generaldirektor hatte verstanden und rief Sir Nigel an.

„Ja, einverstanden", sagte „C", als er seinerseits von Sir Bernard ins

Bild gesetzt worden war. „Wenn er das, was wir glauben, bei sich hat, dann muß Preston wirklich bekommen, was er angefordert hat. Den SAS."

13. Kapitel

Der SAS wird nie aus eigener Initiative tätig. Und die Mithilfe des Special Air Service zu erwirken, der britischen Elite-Eingreiftruppe, ist nicht so leicht, wie man aus gewissen Abenteuerfilmen im Fernsehen schließen könnte. Innerhalb des Vereinigten Königreichs darf er nur zur Unterstützung einer Zivilbehörde, also meist der Polizei, operieren. Auf diese Weise bleibt der Oberbefehl bei jedem Einsatz nach außen hin in den Händen der zuständigen Zivilbehörde. In der Praxis wird diese allerdings gut daran tun, Zurückhaltung zu üben, sobald die SAS-Leute einmal in Marsch gesetzt sind.

Wenn in einer Grafschaft ein von der örtlichen Polizei nicht zu bewältigender Notstand aufgetreten ist, muß der zuständige Polizeichef laut Gesetz in einem förmlichen Gesuch an das Innenministerium um Hinzuziehung des SAS bitten. Das Innenministerium wendet sich dann an das Verteidigungsministerium, welches dem SAS an seinem Standort in Hereford in Westengland den Einsatzbefehl erteilt. Daß diese Prozedur innerhalb von Minuten erledigt sein kann, ist dem Umstand zu verdanken, daß sie immer wieder geprobt wurde und daß das Verfahren weitgehend mündlich abgewickelt werden kann, während man die unvermeidlichen Schreibereien später nachholt.

An jenem Vormittag schien die Bürokratie allerdings in der umgekehrten Richtung zu verfahren. Die Initiative ging nämlich von London aus, das den Polizeichef von Suffolk über die Krise, die in Gestalt eines mutmaßlichen ausländischen Agenten über ihn hereingebrochen war, informierte. Der Notstand, so wurde dem verblüfften Polizeichef erklärt, ergebe sich daraus, daß der Verdächtige vielleicht bewaffnet sei und sich vermutlich mit einer gefährlichen Bombe in Ipswich verborgen halte. Der Polizeihäuptling setzte sich nunmehr auf dem Dienstweg mit Whitehall in Verbindung, wo bereits alles im voraus arrangiert war. Sechzig Minuten nach dem ersten Anruf des Innenministeriums beim Polizeichef von Suffolk brachen die Fallschirmspringer vom SAS nach Ipswich auf.

„Wie sieht Ihr normaler Tagesablauf um diese Zeit aus?" fragte Preston den Hausherrn, Mr. Adrian. Der Jungmanager hatte in der Zwischenzeit das Polizeipräsidium von Ipswich angerufen, wo man etwaige Zweifel an der Glaubwürdigkeit seines Gastes zerstreut hatte. Außerdem war ihm mitgeteilt worden, daß der Mann im Haus gegenüber bewaffnet und äußerst gefährlich sein könne und man ihn im Laufe des Tages verhaften wolle.

„Ich fahre gegen Viertel vor neun zur Arbeit, also in zehn Minuten. Um zehn Uhr bringt meine Frau unsere Tochter Samantha in den Kindergarten. Dann macht sie ihre Einkäufe. Gegen Mittag holt sie Samantha wieder ab, und sie gehen zusammmen nach Hause. Ich komme ungefähr um halb sieben heim."

„Bitte, nehmen Sie sich heute frei", erklärte ihm Preston seinen Plan. „Rufen Sie jetzt gleich in Ihrer Firma an, und sagen Sie, daß Sie sich nicht wohl fühlen. Verlassen Sie aber das Haus zur gleichen Zeit wie sonst auch, fahren Sie um die Straßenecke herum, und steigen Sie in den dort geparkten Polizeiwagen um."

„Und was wird aus meiner Frau und der Kleinen?"

„Ich möchte, daß Mrs. Adrian wie immer bis zehn Uhr im Haus bleibt und dann mit Samantha und Einkaufskorb weggeht. Sie können sich am Polizeiwagen treffen. Haben Sie Bekannte oder Verwandte in der Nähe, wo Sie den Tag verbringen könnten?"

„Wir könnten zu meiner Mutter nach Felixstowe fahren", meinte Mrs. Adrian, die zusehends nervöser wurde.

„Und besteht vielleicht dort sogar die Möglichkeit für Sie, einmal zu übernachten?" fragte Preston hoffnungsvoll.

„Was meinst du, Liebling?" Mr. Adrian wandte sich an seine Frau. Sie nickte.

„Wenn ich nur Samantha von hier wegbringen kann, ist mir alles recht", sagte sie.

„Was ist mit unserem Haus?" wollte Mr. Adrian weiter wissen.

„Ich verspreche Ihnen, daß das Haus unversehrt bleibt." Preston legte viel Optimismus in seine Stimme. „Wir kommen und gehen unauffällig durch die Hintertür und werden bestimmt keinen Schaden anrichten."

„In Ordnung", sagte Adrian, „wir überlassen alles Ihnen." Er rief seine Firma an und entschuldigte sich für einen Tag. Dann fuhr er, wie immer, um Viertel vor neun Uhr ab.

Auch Waleri Petrowski sah ihn von seinem Schlafzimmerfenster aus wegfahren. Der Russe hatte vor, sich ein paar Stunden Schlaf zu gönnen. Auf der Straße ging nichts Ungewöhnliches vor. Sein Gegenüber fuhr täglich um diese Zeit zur Arbeit.

Preston stellte fest, daß sich hinter Nummer neun ein unbebautes Grundstück befand. Er zitierte Harry Burkinshaw und Barney herbei, die durch die Hintertür hereinkamen, der verlegenen Mrs. Adrian zunickten und zu dem nach vorn liegenden Schlafzimmer hinaufstiegen. Ginger hatte in ein paar hundert Meter Entfernung eine etwas höher gelegene Stelle gefunden, von der aus er mit einem Feldstecher die Rückseite von Cherryhayes Close Nummer zwölf ganz genau beobachten konnte.

Eine Stunde später spazierten Mrs. Adrian und ihre Kleine in aller Ruhe aus dem Haus und verschwanden aus dem Blickfeld.

In der Stadt lief zur gleichen Zeit die Vorbereitung der Operation der SAS an. Der Polizeichef überließ die Einzelheiten seinem Stellvertreter, Polizeidirektor Peter Low.

Low hatte zwei Kriminalbeamte ins Rathaus geschickt, die beim Stadtsteueramt erfuhren, daß das „Zielhaus" einem gewissen Mr. Johnson gehörte, die Steuerbescheide jedoch an die Maklerfirma Oxborrow geschickt wurden. Ein Anruf bei der Maklerfirma ergab, daß Mr. Johnson sich in Saudi-Arabien aufhielt und das Haus an einen Mr. James Duncan Ross vermietet war. Das Foto von Ross wurde per Telefax nach Ipswich übermittelt, und es wurde Mr. Knights gezeigt, dem Makler, mit dem der Ross verhandelt hatte. Der bestätigte die Identität des Mieters.

Die Baubehörde im Rathaus ermittelte die Namen der Architekten, die für die Siedlung „The Hayes" die Pläne angefertigt hatten. Auf diesem Weg konnten detaillierte Geschoßpläne des Hauses Nummer zwölf beschafft werden, was sich als große Hilfe für die SAS-Leute erweisen würde. Weitere, bis ins kleinste Detail identische Häuser waren auch anderswo in Ipswich gebaut worden, und es fand sich eines, das noch immer leer stand. Dort konnte der Sturmtrupp des SAS sich mit den räumlichen Verhältnissen im Zielhaus genauestens vertraut machen.

Kurz vor Mittag landete ein Scout-Armeehubschrauber am Rand des Flugplatzes von Ipswich. Zwei Männer stiegen aus. Einer war der Kommandeur des SAS-Regiments, Brigadegeneral Cripps, und der andere war der Führer des Sturmtrupps, Hauptmann Julian Lyndhurst. Beide waren in Zivil und wurden von einem neutralen Polizeiauto abgeholt, das sie zur Einsatzbasis und Kommandozentrale brachte, einem leeren Lagerhaus mit großen Schiebetoren, die breit genug waren, um einem Fahrzeugkonvoi Einlaß zu gewähren. Polizeidirektor Low und seine Leute hatten es in der Nähe der Neubausiedlung „The Hayes" ausfindig gemacht.

Low unterrichtete die zwei SAS-Offiziere über die örtlichen Gegebenheiten. „Sir, vielleicht sollte ich mal direkt zu dem Beobachtungsposten rübergehen", sagte Hauptmann Lyndhurst zu seinem Kommandeur. „Könnte dann einen ersten Blick auf das Ziel-

werfen und den Einsatzleiter von MI 5, diesen Preston, kennenlernen."

Eine Viertelstunde später sprang der neunundzwanzigjährige
Hauptmann Lyndhurst über den Gartenzaun und ging durch die
Hintertür ins Haus Cherryhayes Close Nummer neun. In der Küche
stieß er auf Barney, der ihn nach oben schickte. Lyndhurst stieg die
Treppe hinauf zum vorderen Schlafzimmer, wo er Preston fand und
sich vorstellte. Harry Burkinshaw brummte etwas von einer Tasse
Tee und ging hinaus. Der Hauptmann blickte über die Straße auf das
Haus Nummer zwölf. „Wer genau, glauben Sie, ist dort drinnen?"

„Ein Sowjetagent", sagte Preston. Er reichte Lyndhurst das Foto.
„Mitte Dreißig, mittelgroß, vermutlich gut durchtrainiert, sehr
wachsam. Ein Spitzenprofi."

„Noch jemand außer ihm drüben?"

„Möglich. Wir wissen es nicht. Die Leute, denen dieses Haus hier
gehört, sind überzeugt, daß er allein drüben wohnt. Aber beweisen
können wir es nicht."

„Und nach unserer Vorinformation gehen Sie davon aus, daß er
bewaffnet ist."

„Ja, wir glauben vor allem, daß er eine Bombe hat. Er müßte
unschädlich gemacht werden, ehe er an sie rankann. Wenn unsere
Annahme stimmt, handelt es sich um eine kleine Atombombe."

Der hochgewachsene Offizier wandte den Blick von dem Haus auf
der gegenüberliegenden Straßenseite ab und drehte sich Preston zu.
„Donnerwetter, ich bin beeindruckt."

„Immerhin etwas", erwiderte Preston. „Übrigens, ich will ihn
lebend."

WÄHREND dieses Gesprächs in Cherryhayes Close waren zwei
weitere Hubschrauber aus Hereford auf dem Flugplatz gelandet. Im
ersten befanden sich die Männer des Sturmtrupps, im zweiten die
Ausrüstung.

Dieser Trupp stand unter dem vorläufigen Befehl eines altgedienten
Stabsunteroffiziers namens Steve Bilbow. Er war klein, dunkelhaarig
und drahtig, hatte glänzendschwarze Knopfaugen und lächelte gern.

Auf dem Flugplatz waren sie von mehreren neutralen Polizeikom-
bis abgeholt und zur Einsatzbasis gebracht worden. Als Lyndhurst mit
Preston wieder zum Lagerhaus kam, breiteten sie bereits vor den
staunenden Blicken mehrerer Ipswicher Polizisten ihr Waffenarsenal
auf dem Fußboden aus.

„Hallo, Steve", begrüßte Hauptmann Lyndhurst seinen Stabsunteroffizier Bilbow, „alles gutgegangen?"

„Hallo, Boß. Ja, bestens. Machen gerade Bestandsaufnahme."
„Ich habe mir das Ziel angesehen. Ein kleines Wohnhaus. Ein
Insasse bekannt, vielleicht sind's auch zwei. Und eine Bombe. Es muß
ein blitzschneller Sturmangriff mit wenigen Männern sein, wegen der
Bombe. Ich möchte, daß Sie als erster reingehen."
„Versuchen Sie mal, mich aufzuhalten, Boß." Bilbow grinste.

Lyndhurst und Preston stiegen hinauf zum ersten Stock, wo sie
Brigadegeneral Cripps und Polizeidirektor Low vorfanden. Eine
Stunde lang informierte Preston die Männer über alles, was er wußte.
Die Gesichter seiner Zuhörer wurden immer ernster.

Polizeidirektor Low glaubte sich am hellichten Tag in einen
Alptraum versetzt. Er sah ein, daß das Haus gestürmt werden müsse.
Er mußte allerdings auch daran denken, was mit Ipswich passierte,
wenn die Bombe hochging. „Könnten wir nicht evakuieren?" fragte
er ohne viel Hoffnung.

„Ganz unauffällig, was?" meinte Preston kurz angebunden. „Wenn
er merkt, daß er am Ende ist, nimmt er uns alle mit."

Der Nachmittag verging mit Erkundungen und Vorbereitungen.
Der gesamte Sturmtrupp besichtigte, noch immer in Zivil, zusammen
mit der Polizei das leerstehende Haus, das genau dem Zielhaus
entsprach. Eine wichtige Tatsache wurde deutlich: Der Platz innerhalb des Hauses war sehr beschränkt.

Hauptmann Lyndhurst beschloß, nur sechs Männer für die Erstürmung einzusetzen, ferner drei Scharfschützen, zwei im Schlafzimmer
der Adrians und einen auf dem Hügel hinter dem Garten.

Zwei von Lyndhursts sechs Sturmsoldaten würden an der Rückfront des Zielgebäudes postiert. Um dorthin zu gelangen, mußten sie
durch den Garten des Hauses gehen, dessen Grundstück an das
Zielgebäude grenzte. „Im Hintergarten könnte ein Stolperdraht aus
Angelschnur gespannt sein", warnte Lyndhurst. „Aber vermutlich
dicht an der Rückfront des Hauses. Also Abstand halten. Sobald ihr
das Signal hört, werft ihr eine Blendgranate durch das Fenster des
rückwärtigen Schlafzimmers und eine durch das Küchenfenster. Dann
die Maschinenpistolen in Anschlag und weitere Befehle abwarten!
Nicht in das Haus schießen; Steve und die anderen Jungs gehen durch
die Vordertür hinein."

Der Hauptangriff sollte, wie Lyndhurst mit seinem Kommandeur
abgesprochen hatte, an der Vorderfront erfolgen. Ein Kombi würde
lautlos halten, und vier Sturmsoldaten würden aussteigen. Zwei
sollten die Vordertür aufbrechen; einer mit einem Brecheisen, der
andere mit einem siebenpfündigen Vorschlaghammer und wenn nötig
mit einer Stahlzange. Sobald die Tür aufgebrochen war, würde

das erste Paar, bestehend aus Steve Bilbow und einem Feldwebel, hineinstürmen. Die „Türöffner" würden Brecheisen und Schmiedehammer fallen lassen, die Maschinenpistolen in Anschlag bringen und hinter dem ersten Paar in die Diele laufen.

Das Signal für die beiden Männer im rückwärtigen Garten, auf das hin sie ihre Blendgranaten in die beiden rückwärtigen Räume werfen sollten, würde das Krachen des Brecheisens an der Vordertür sein. Wer immer zum Zeitpunkt der Erstürmung sich in der Küche oder im rückwärtigen Schlafzimmer aufhielte, würde nicht mehr unterscheiden können, von welcher Seite der Angriff kam.

Lyndhurst hatte als Zeitpunkt für den Sturmangriff einundzwanzig Uhr fünfundvierzig angesetzt, da dann die Dämmerung bereits weit fortgeschritten, die volle Dunkelheit jedoch noch nicht hereingebrochen wäre. Er selber würde im Haus der Adrians auf der anderen Straßenseite das Zielhaus beobachten und mit dem herannahenden Kombi, der den Trupp transportierte, über Funk Verbindung halten. Das Polizeiauto, das die beiden „Hintermänner" zu ihren Posten im Garten bringen sollte, würde auf die gleiche Funkwelle geschaltet sein und die beiden Männer neunzig Sekunden vor dem Aufbrechen der Vordertür absetzen.

Und noch eine letzte Raffinesse war ihm eingefallen. Während der Kombi sich der Festung näherte, sollte Preston vom Telefon der Adrians aus in Nummer zwölf anrufen. Er wußte bereits, daß in den meisten dieser Häuser die Telefone auf kleinen Tischchen in der Diele standen. Der Zweck war, den Sowjetagenten von seiner Bombe wegzulocken, wo immer sie sein mochte, und dem Sturmtrupp Gelegenheit zu einem schnellen Schuß zu geben.

Unmittelbar nach der Operation sollte die Polizei mit großem Aufgebot anrücken und die aufgeregte Menge beruhigen, die unweigerlich aus der ganzen Nachbarschaft herbeiströmen würde. Ein Polizeikordon würde rings um das Haus gezogen, während der Sturmtrupp durch die Hintertür hinausgehen, die beiden Gärten durchqueren und wieder in den Kombi steigen würde, der eine Straße weiter wartete. Auch im Innern des Zielhauses würde die städtische Polizei das Kommando übernehmen.

WALERI PETROWSKI hatte nicht sehr gut geschlafen. Kurz vor ein Uhr mittags erwachte er. Noch etwas benommen richtete er sich im Bett auf und blickte auf das Haus jenseits der Straße. Nach zehn Minuten raffte er sich auf, ging ins Badezimmer und duschte.

Gegen zwei Uhr bereitete er sich einen frugalen Imbiß und verzehrte ihn am Küchentisch. Er versuchte zu lesen, konnte sich jedoch nicht konzentrieren. Moskau mußte seit nunmehr zwölf Stunden seine Bereitschaftsmeldung haben. Es wurde vier Uhr. Er hörte eine Weile Musik aus dem Radio, dann ließ er sich im Wohnzimmer nieder. Wie immer zog er die Vorhänge zu, ehe er die Leselampe anschaltete, dann setzte er sich mangels besseren Zeitvertreibs vor den Fernsehschirm. Die Sechsuhrnachrichten. Wie üblich wurde das Programm vom Wahlkampf beherrscht.

IM LAGERHAUS, der Einsatzbasis, wurden an dem Kombi, der den Sturmtrupp fahren sollte, einem grauen VW-Transporter mit Schiebetüren, letzte Vorbereitungen getroffen. Die Rückwand des Kombi war mit Schaumstoff gepolstert worden, damit man das Scheppern von Metall gegen Metall beim Aufschieben nicht hören könnte.

Das Sturmteam war dabei, sich „auszurüsten". Jeder der Männer zog einen einteiligen schwarzen Rennfahreranzug aus feuerfestem Material über. Im letzten Moment würde noch ein Kopf- und Gesichtsschutz aus beschichtetem schwarzem Stoff hinzukommen. Danach legten sie ein superleichtes Gewirk aus Kevlar an, das die Wucht von Geschossen dämpft. Unter das Kevlar stopften die Männer noch wirksamere Schutz-„Polster" aus Keramik.

Über das Ganze kamen die Riemen, an denen die Maschinenpistolen, die Blendgranaten und eine Schnellfeuerpistole befestigt wurden. Die Stiefel der Männer hatten dicke Gummisohlen.

Hauptmann Lyndhurst, nun ebenfalls in Kampfmontur, betrat das Haus der Adrians kurz nach zwanzig Uhr. Preston konnte die Spannung fühlen, die von dem Mann ausging. Um zwanzig Uhr dreißig klingelte das Telefon. Barney war gerade in der Diele und ging hin. Im Lauf des Tages waren bereits mehrere Anrufe für die Adrians gekommen. Preston hatte sich überlegt, daß es keinen Sinn hatte, sich nicht zu melden. Jemand hätte dann persönlich vorbeikommen können. Die Anrufer erhielten den Bescheid, am Apparat sei ein Maler, der das Wohnzimmer renoviere. Alle Anrufer hatten sich damit zufriedengegeben. Als Barney abhob, kam Hauptmann Lyndhurst gerade mit einer Tasse Tee aus der Küche. „Für Sie", sagte Barney und ging wieder nach oben.

Von einundzwanzig Uhr an wuchs die Spannung ständig. Lyndhurst verbrachte die ganze Zeit mit dem Funkgerät in der Hand am Wohnzimmerfenster. Um einundzwanzig Uhr einundvierzig trat Mr. Armitage vor seine Tür, um vier leere Milchflaschen hinauszustellen. Lästigerweise schritt er über den Rasen, um die auf dem Gartenmäuerchen aufgestellte Blumenschale in der zunehmenden Dunkelheit eingehend zu inspizieren.

„Geh schon wieder rein, alter Narr", flüsterte Lyndhurst und spähte über die Straße auf die erleuchteten Fenster des Zielhauses. Um einundzwanzig Uhr zweiundvierzig stand ein neutraler Polizeiwagen mit den beiden „Hintermännern" wartend vor dem an Nummer zwölf angrenzenden Haus eine Straße weiter. Zehn Sekunden später verschwand Mr. Armitage in seinem Haus.

Um einundzwanzig Uhr dreiundvierzig rollte der graue Kombi auf die Einmündung von Cherryhayes zu. Preston hatte das Telefon aus der Diele ins Wohnzimmer geholt, um den Wortwechsel zwischen dem Fahrer und Lyndhurst über Funk mitzuhören. Der Hauptmann befahl den beiden „Hintermännern", sich in Bewegung zu setzen. Zwanzig Sekunden später sagte er: „Jetzt einfahren."

Sehr langsam glitt der Kombi um die Ecke in die Cherryhayes Close hinein; nur die Begrenzungslichter brannten. „Acht Sekunden", sagte Lyndhurst leise ins Funkgerät, dann flüsterte er Preston hastig zu: „Jetzt wählen."

Der Kombi fuhr die Cherryhayes Close entlang, vorbei an der Tür von Nummer zwölf und hielt vor Mr. Armitages Blumenschale. Das war wohlüberlegt. Die Angreifer wollten sich dem Zielhaus von der Seite her nähern. Die geölte Kombitür öffnete sich, und im Dunkel bewegten sich völlig lautlos vier Männer. Kein Gerenne, kein Stiefeltrampeln, keine heiseren Rufe. In langgeübter Ordnung marschierten sie ruhig über Mr. Armitages Rasen, um Mr. Ross' geparkten Wagen herum und zur Vordertür von Nummer zwölf.

MAJOR WALERI PETROWSKI saß unruhig in seinem Wohnzimmer. Er konnte sich nicht auf das Fernsehen konzentrieren; seit einundzwanzig Uhr dreißig lief wiederum eine aktuelle Sendung mit weiteren Interviews von Ministern und solchen, die es werden wollten. Seine Sinne fingen zuviel anderes auf – das Miauen einer Katze, das weit entfernte Knattern eines Motorrads, das Klirren von Milchflaschen, die vor eine Tür gestellt wurden. Da klingelte das Telefon.

Petrowski sprang wie elektrisiert von seinem Sessel hoch und griff nach der Sako-Automatik, die zwischen Sitzkissen und Sessellehne steckte. Er wartete, ob das Telefon weiterklingelte. Das war noch nie vorgekommen. Niemandem hatte er diese Telefonnummer gegeben. Er stieß ein einziges kurzes Wort auf russisch hervor. Niemand hörte es, aber es bedeutete „Verrat".

In diesem Augenblick ertönte ein Krachen, dann ein zweites, so schnell nacheinander, daß es wie ein einziges klang. Zugleich hörte er das Splittern von Glas an der Vordertür, von der Rückseite des Hauses zwei gewaltige Donnerschläge, dann Getrampel in der Diele.

Petrowski fuhr zur Tür des Wohnzimmers herum und schoß dreimal: Seine Sako hatte fünf Patronen im Magazin. Er beließ es bei drei Schüssen; vielleicht würde er die beiden letzten für sich selber brauchen. Aber die drei, die er abfeuerte, fuhren durch die dünne Holzfüllung der geschlossenen Tür hinaus in die Diele.

Steve und der Feldwebel waren bereits durch die gewaltsam geöffnete Eingangstür ins Haus gerannt. Der Feldwebel war mit drei Sprüngen die Treppe hinauf. Steve rannte an dem noch immer klingelnden Telefon vorbei bis zur Wohnzimmertür und wurde glatt umgeblasen. Die drei Kugeln, die die Tür durchschlagen hatten, trafen ihn mit hörbarem „Plopp" und schleuderten ihn gegen das Treppengeländer. Der Soldat mit dem Brecheisen stellte sich neben die noch immer geschlossene Wohnzimmertür und gab zwei Feuerstöße ab. Dann stieß er die Tür mit dem Fuß auf, schlug eine Rolle und landete in Kauerstellung ein gutes Stück innerhalb des Zimmers. Als er aufsprang und sich über die reglose Gestalt auf dem Teppich beugte, erschien Hauptmann Lyndhurst. „Gehen Sie raus, und kümmern Sie sich um Steve!" befal er in scharfem Ton. Der Soldat widersprach nicht. Der Mann auf dem Teppich begann sich zu regen. Lyndhurst zog seine Browning-Automatik hervor.

Der Soldat hatte durch die geschlossene Tür gut gezielt. Petrowski hatte einen Schuß ins linke Knie abgekriegt, einen in den Bauch und einen in die rechte Schulter. Seine Pistole war quer durchs Zimmer geflogen. Petrowski litt grauenvoll, aber er lebte. Er fing an zu kriechen. Ein paar Meter entfernt konnte er den grauen Stahlschrank sehen, darauf den flachen Kasten, die beiden Knöpfe, einer gelb, einer rot. Hauptmann Lyndhurst zielte sorgfältig und gab einen Schuß ab.

In diesem Augenblick betrat John Preston das Zimmer und rannte schnell an dem Hauptmann vorbei. Er kniete neben seinem Wild auf dem Teppich nieder. „Ich wollte ihn lebend haben!" schrie er.

„Tut mir leid, war nicht zu machen", gab der Hauptmann lakonisch zurück.

In diesem Moment fuhren beide Männer beim Geräusch eines lauten Klickens hoch, und eine Stimme sprach von der Anrichte her zu ihnen. Sie sahen ein großes Radiogerät mit Zeiteinstellung, das sich automatisch eingeschaltet hatte. Die Stimme sagte: „Guten Abend. Hier Radio Moskau. Wir bringen die Nachrichten in englischer Sprache. Die Zeit: zweiundzwanzig Uhr. In Terry . . . Verzeihung, ich beginne nochmals. In Teheran erklärte die Regierung heute . . ."

Hauptmann Lyndhurst trat zur Anrichte und schaltete das Radio aus. Die verschlüsselte Nachricht, die allein für den Mann auf dem Teppich bestimmt war, erreichte ihn nicht mehr.

14. Kapitel

Die Einladung zum Mittagessen lautete auf ein Uhr am Freitag, dem 19. Juni, in den Brook's Club in St. James, dem königlichen Viertel nahe dem Buckingham–Palast. Preston stellte sich pünktlich ein, doch noch ehe er sich beim Portier anmelden konnte, kam Sir Nigel ihm durch die Marmorhalle entgegen. „Mein lieber John, wie nett, daß Sie gekommen sind."

Sie begaben sich zum Aperitif an die Bar, wo sie freundschaftlich plauderten. Preston konnte dem Chef berichten, daß er soeben aus Hereford zurückgekommen sei, wo er Steve Bilbow im Krankenhaus besucht hatte. Der Stabsunteroffizier war mit dem Schrecken und ein paar schweren Quetschungen und Beulen davongekommen, die Keramikschutzpolster hatten dem SAS-Mann das Leben gerettet.

Die übrigen Besucher der Klubbar sprachen über den Wahlausgang.

Viele waren die halbe Nacht aufgeblieben und hatten gewartet; bis die Endergebnisse des Kopf-an-Kopf-Rennens aus den ländlichen Wahllokalen gemeldet wurden.

Um halb zwei gingen Sir Nigel und Preston in das Klubrestaurant zum Mittagessen. Sir Nigel hatte einen Ecktisch reservieren lassen, wo sie ungestört sprechen konnten. „Ich habe Sie hierhergebeten, John", begann „C" und breitete die Leinenserviette aus, „um Ihnen Dank und Anerkennung zu sagen. Eine gelungene Operation und ein ausgezeichnetes Ergebnis." Sir Nigel studierte dann die Speisekarte über seine Halbbrille hinweg. „Ich schlage die Lammkeule vor, köstlich um diese Jahreszeit."

„Was die Glückwünsche betrifft, Sir, so besteht dazu leider kein Grund", widersprach Preston ruhig.

„Wirklich nicht? Also zu der Lammkeule empfehle ich Ihnen Bohnen, Karotten und vielleicht eine gebackene Kartoffel, mein Lieber."

„Könnten wir über den Mann sprechen, den wir als Franz Winkler kennen?" fragte Preston, nachdem die Bestellung aufgegeben war.

„Den Sie so gekonnt bis nach Chesterfield beschatteten?"

„Gestatten Sie mir, aufrichtig zu sein, Sir Nigel, den Winkler hätte jedes blinde Huhn beschatten können."

„Ich dachte, er hätte Sie alle beinah auf dem Bahnhof Chesterfield abgeschüttelt."

„Eine kleine Panne unsererseits", erklärte Preston. „Wir hatten einfach zuwenig Observanten, sonst wären an jeder Station auf der ganzen Strecke Leute postiert gewesen."

„Aha. Und was war weiter mit ihm? Oh, da kommt das Lamm, und wie wunderbar zartrosa gebraten." Sie warteten, bis der Kellner sie bedient hatte und wieder gegangen war. Preston stocherte nachdenklich in seinem Essen herum. Sir Nigel speiste offenbar mit Genuß.

Es dauerte eine Weile, bis Preston zu reden begann. „Franz Winkler traf in Heathrow mit einem echten österreichischen Paß und einem gültigen Visum ein, und wir wissen beide, daß österreichische Staatsbürger für die Einreise nach England kein Visum brauchen. Ebendieses Visum veranlaßte den Beamten in Heathrow, die Paßnummer in den Computer einzugeben. Und es stellte sich heraus, daß sie falsch war."

„Jeder macht mal einen Fehler", murmelte Sir Nigel.

„Das KGB macht diese Fehler nicht, Sir. Seine falschen Papiere stimmen bis auf den letzten I-Punkt. Dieser Paß, Sir, enthielt zwei Schwachstellen. Die roten Lämpchen sind deshalb aufgeflackert, weil vor drei Jahren ebenfalls ein angeblicher Österreicher mit der gleichen Paßnummer in Kalifornien vom FBI festgenommen wurde und dort jetzt eine Strafe absitzt."

„Und was schlossen Sie aus alldem?"

„Daß Franz Winkler auffallen sollte wie eine Neonreklame, daß dies eine Nachricht war; eine lebende Mitteilung sozusagen."

Sir Nigel trug immer noch ein freundliches Lächeln zur Schau, aber aus den Augen war die gute Laune verschwunden.

„Und was besagte diese lebende Mitteilung, John?"

„Ich glaube, sie besagte: Der ausführende Illegale kann dir nicht übergeben werden, weil unbekannt ist, wo er sich befindet. Aber folge diesem Mann; er wird dich hinführen. Und das tat er auch, auf dem Umweg über den Sender."

„Worauf wollen Sie eigentlich hinaus?" Sir Nigel legte Messer und Gabel auf den leer gegessenen Teller und tupfte sich den Mund mit der Serviette ab.

„Ich glaube, Sir, daß jemand auf der anderen Seite die Operation absichtlich platzen ließ."

„Eine ganz außerordentlich kühne Idee. Ich würde übrigens die Erdbeertorte zum Nachtisch vorschlagen. Ja? Zwei Stück bitte, Herr Ober. Ja, ein bißchen Sahne."

„Ich möchte Sie gerne etwas fragen?" bohrte Preston weiter, als der Tisch abgeräumt war. Sir Nigel unterdrückte ein Seufzen. „Warum mußte der Russe sterben?"

„Soviel ich weiß, kroch er auf eine Atombombe zu, in der offensichtlichen Absicht, sie zur Detonation zu bringen."

„Der Mann war schwer verwundet. Hauptmann Lyndhurst hätte ihn mit einem Fußtritt von seinem Vorhaben abhalten können."

„Bestimmt wollte der gute Hauptmann hundertprozentig sichergehen", meinte der Meister.

„Wäre der Russe am Leben geblieben, so hätten wir die Sowjetunion überführt, in flagranti erwischt. Ohne ihn haben wir nichts, was sie nicht überzeugend leugnen könnten. Mit anderen Worten, die ganze Geschichte ist jetzt tot und begraben."

„Wie wahr", nickte der Meister, während er nachdenklich an einem Stück Erdbeertorte kaute. „Wollen Sie sonst noch etwas wissen?"

Preston nickte. „Eine Stunde bevor der Sturmtrupp angriff, nahm Hauptmann Lyndhurst einen Telefonanruf entgegen."

„Zweifellos ein Kollege Lyndhursts."

„Nein, Sir. Die benutzten nur Funk. Und niemand, der nichts mit der Operation zu tun hatte, wußte, daß wir uns in dem Haus der Familie Adrian befanden. Niemand außer ein paar Leuten in London."

Sir Nigel war mit dem Nachtisch fertig, blickte lange Zeit zur Decke, ehe er einen tiefen Seufzer ausstieß. „Sie sind wirklich ein hartnäckiger Mensch, John. Sagen Sie, was haben Sie heute in einer Woche vor?"

„Vermutlich nichts."

„Dann treffen wir beide uns um acht Uhr früh am Flughafen Heathrow. Bringen Sie Ihren Paß mit. Und jetzt möchte ich vorschlagen, daß wir den Kaffee in der Bibliothek trinken..."

DER Mann stand am Fenster eines unauffälligen Hauses in einer kleinen Nebenstraße eines Genfer Villenviertels und beobachtete den Weggang seines Besuchers.

Der Gast schlug das Gartentor hinter sich zu und trat hinaus auf die Straße, wo sein Wagen stand. Sein Fahrer stieg aus, lief um den Wagen herum und öffnete den Schlag.

Ehe er wieder den Fahrersitz einnahm, blickte Preston hinauf zu der Gestalt hinter der Scheibe des obersten Fensters. Als er sich ans Steuer

gesetzt hatte, fragte er: „Ist er das? Ist er das wirklich? Der Mann aus
Moskau?"

„Ja, das ist er. Und jetzt bitte zum Flughafen", kam Sir Nigels
Antwort aus dem Fond. Sie fuhren ab. „So, John", sagte Sir Nigel
nach einer Weile, „ich habe Ihnen Erklärungen versprochen. Stellen
Sie Ihre Fragen."

Preston sah das Gesicht seines Chefs im Rückspiegel. „Was wußte
der Mann am Fenster über die Operation?"

„Soviel er mir sagte, hieß sie Plan Aurora. Der Generalsekretär
persönlich hat sie aufgezogen, mit Philbys Rat und Beistand."

„Warum hat man sie platzen lassen?"

Sir Nigel dachte längere Zeit nach. „Schon in einem sehr frühen
Stadium glaubte ich persönlich, daß Sie recht haben könnten. Sowohl
mit Ihren ersten Schlußfolgerungen im, wie er jetzt heißt, Preston-
Report vom vergangenen Dezember als auch mit den Schlüssen, die
Sie aus der Entdeckung der Asservate in Glasgow zogen, auch wenn
Harcourt-Smith stets entschieden anderer Meinung war. Je näher ich
mir die Sache ansah, um so mehr wuchs meine Überzeugung, daß
hinter dem Plan Aurora nicht das KGB steckte. Es fehlte das
Gütezeichen, die Sorgfalt bis ins Detail. Es sah nach einer überstürzten
Operation aus. Dennoch war mir klar, daß wenig Hoffnung bestand,
den Agenten rechtzeitig zu finden. Er hieß, wie ich soeben erfuhr,
Petrowski."

Ein paar Minuten lang fuhren sie schweigend dahin. Preston
überließ es dem Meister, das Gespräch wiederaufzunehmen. „Deshalb
habe ich Moskau indirekt eine Nachricht zukommen lassen", sagte Sir
Nigel schließlich. „Diese Nachricht entsprach nicht ganz der Wahrheit, wie ich gestehen muß. Aber sie lief durch einen Kanal, der als
sicher und glaubwürdig galt."

„Und, hat es funktioniert?"

„Glücklicherweise, ja. Als Winkler auftauchte, wußte ich, daß der
Adressat die Nachricht erhalten, verstanden und vor allem geglaubt
hatte."

„Winkler war die Antwort?" fragte Preston.

„Ja, der arme Kerl. Er glaubte, er sei herübergeschickt worden, um
die Griechen und ihren Sender zu überprüfen. Er ist übrigens vor zwei
Wochen in Prag ertrunken. Wußte vermutlich zuviel."

„Und der Russe in Ipswich? Auch er mußte sterben?"

„John, es war ein furchtbarer Entschluß. Aber unumgänglich.
Winklers Kommen war ein Angebot, der Vorschlag zu einem
stillschweigenden Übereinkommen. Dieser Petrowski durfte nicht
lebend in unsere Hände fallen und verhört werden. So lautete der

ungeschriebene und unausgesprochene Pakt mit dem Mann am Fenster."

„Mit einem lebenden Petrowski hätten wir den Sowjets die Daumenschrauben ansetzen können."

„Ja, John, das hätten wir. Wir hätten sie vor aller Welt blamieren können. Und was wäre dabei herausgekommen? Die UdSSR hätte es nicht widerstandslos hinnehmen können. Sie hätte sich rächen müssen, irgendwo anders auf der Welt. Hätten Sie sich einen Rückfall in die schlimmsten Zeiten des kalten Krieges gewünscht? Die Sowjets sind mächtig und gut gerüstet. Irgendwie müssen wir mit ihnen auf diesem Planeten leben. Immer noch besser, sie werden von Pragmatikern regiert als von Hitzköpfen und Fanatikern."

„Und deshalb paktiert man mit Männern wie dem dort oben am Fenster, Sir Nigel?"

„Manchmal geht es nicht anders. Ich bin vom Fach, und er ist es auch. Die Politiker träumen gefährliche Träume, wie der Generalsekretär der KPdSU, der das Gesicht Europas in seinem Sinne verändern wollte. Man muß sich der Realität anpassen, John."

„Und wie soll es jetzt weitergehen, Sir?"

„Das überlassen wir den anderen. Es wird ein paar personelle Veränderungen in der Sowjetunion geben. Sie werden sie auf die ihnen eigene, unnachahmliche Weise vornehmen. Der Mann, von dem wir kommen, wird sie in Gang bringen. Es wird seine Karriere fördern und manche andere beenden." Sir Nigel zuckte die Achseln. „Was ist übrigens mit Ihnen, John? Werden Sie bei Fünf bleiben?"

„Ich glaube nicht, Sir. Der Generaldirektor scheidet mit dem ersten September aus, aber vorher nimmt er noch seinen Resturlaub. Unter seinem Nachfolger rechne ich mir keine Chancen aus."

„Ich habe da Bekannte von früher", sagte der Meister wie zu sich selber. „In zivilen Schutzdiensten. Könnte mal mit ihnen sprechen."

„Was für zivile Schutzdienste?"

„Ölquellen, Minen, Depots, Rennpferde, Vermögenswerte, die die Leute vor Diebstahl oder Zerstörung schützen lassen wollen. Auch Personenschutz kommt in Frage. Die suchen immer nach umsichtigen Leuten, auf die man sich verlassen kann. Es wird gut bezahlt."

„Kann sein, daß ich Sie in dieser Sache beim Wort nehme, Sir."

Sie kamen am Flughafen an, gaben den Mietwagen zurück und flogen wieder nach London, so anonym, wie sie gekommen waren.

DER Mann am Fenster der unauffälligen Genfer Villa sah den abfahrenden Briten nach. Sein eigener Wagen würde erst in einer Stunde kommen. Er wandte sich um, setzte sich an den Schreibtisch und studierte die Akte, die er in Empfang genommen hatte. Die Dokumente, die vorhin in seinen Besitz gelangt waren, würden seine Zukunft sichern.

Als Fachmann bedauerte Generalleutnant Karpow das Scheitern von Plan Aurora. Es war ein guter Plan gewesen; fein ausgetüftelt, unauffällig und wirksam. Aber als Fachmann war ihm auch klar, daß man eine „verbrannte" Operation nur noch abblasen konnte und die ganze Sache aufgeben mußte, ehe es zu spät war.

Er entsann sich deutlich der Dokumente, die mit der Diplomatenpost aus London, von Jan Marais, gekommen waren. Sechs davon waren wie immer erstklassiges Geheimmaterial, wie es nur einem Mann in der Stellung George Berensons zugänglich sein konnte. Beim siebenten Dokument hatte er gestutzt.

Es war ein persönliches Schreiben von Berenson an Marais zur Weitergabe nach Pretoria gewesen. Darin hatte der Beamte des Verteidigungsministeriums berichtet, wie er in seiner Eigenschaft als stellvertretender Chef des Beschaffungsamts mit besonderer Verantwortung für Nuklearwaffen einem Lagevortrag beigewohnt hatte, den der Generaldirektor von MI 5, Sir Bernard Hemmings, im kleinsten Kreise gehalten hatte.

Der Abwehrchef hatte der kleinen Gruppe mitgeteilt, daß seine Dienststelle die Existenz und fast alle Einzelheiten eines sowjetischen Plans entdeckt habe, wonach unter Bruch des vierten Protokolls eine Atombombe in einzelnen Bestandteilen nach England geschafft, dort zusammengebaut und zur Detonation gebracht werden sollte. Und zu allem Überfluß: MI 5 war dem russischen Illegalen, der die Operation in England durchführen sollte, auf den Fersen und hoffte, ihn zusammen mit allem nötigen Beweismaterial zu erwischen.

Da General Karpow die Quelle als zuverlässig kannte, hatte er den angeblichen Bericht Berensons von A bis Z geglaubt. Die Versuchung war groß, den Engländern freie Hand zu lassen; aber er wußte, daß es katastrophale Folgen hätte. Wenn die Briten den Fall allein und ohne fremde Hilfe lösten, bestünde für sie keine Verpflichtung, den haarsträubenden Skandal zu unterdrücken. Um diese Verpflichtung zu schaffen, mußte er eine Art von Mitteilung schicken, und zwar an einen Mann, der wissen würde, was zu tun sei, an jemanden, mit dem er über den Eisernen Vorhang hinweg verhandeln könnte.

Karpow hatte beschlossen, das gefährlichste Spiel seines Lebens zu wagen. Er hatte beschlossen, Nubar Geworkowitsch Wartanjan in dessen Privatbüro einen diskreten Besuch abzustatten.

Er hatte diesen Mann mit großer Umsicht gewählt. Der Vertreter Armeniens im Politbüro galt als der Kopf der Gruppe innerhalb des

Politbüros, die insgeheim fand, daß ein Wechsel an der Spitze fällig sei.

Wartanjan hatte ihn ausreden lassen. Man konnte sicher sein, daß im Büro eines Mannes von seinem Rang keine Wanzen angebracht waren. Als Karpow fertig war, sah ihn der armenische Makler an der Machtbörse lange Zeit an, als müsse er sich vieles überlegen, nicht zuletzt, wie diese Information nutzbringend zu verwenden sei. „Wenn es stimmt, was Sie sagen, so herrschen bei der Führung unseres Landes Unbesonnenheit und Abenteurertum. Wenn man Beweise hätte, könnte es an der Spitze einige Veränderungen geben. Aber Beweise müßten erbracht werden. Leben Sie wohl."

Karpow hatte begriffen. Wenn der erste Mann Sowjetrußlands stürzte, so würde seine gesamte Mannschaft mit ihm stürzen. Veränderungen an der Spitze würden beispielsweise auch bedeuten, daß die Stelle des KGB-Chefs frei würde, eine Stelle, die Karpow seiner eigenen Ansicht nach trefflich ausfüllen könnte. Aber um seine Anhänger in der Partei zu einer gemeinsamen Aktion zu bewegen, brauchte Wartanjan Beweise, stichhaltige Beweise dafür, daß diese Unbesonnenheit die Sowjetunion an den Rand einer Katastrophe gebracht hatte. Niemand hatte je vergessen, wie Michail Suslow im Jahr 1964 Chruschtschow stürzte, indem er ihn des Abenteurertums während der Kubakrise von 1962 bezichtigte.

Kurz nach dieser Unterredung hatte Karpow Winkler nach England geschickt, unter seinen Agenten die größte Flasche, die er auftreiben konnte. Karpows Mitteilung war empfangen und verstanden worden.

Jetzt hielt er die Beweise in Händen, die sein armenischer Gönner brauchte. Wieder blätterte er die Dokumente durch. Der Bericht über das angebliche Verhör und Geständnis Major Waleri Petrowskis mußte noch ein wenig zurechtgerückt werden, aber er hatte Leute draußen in Jasjenewo, die das erledigen würden. Die englischen Protokolle über das Verhör waren hundertprozentig echt, und darauf kam es an. Sogar Mr. Prestons Berichte – aus denen zweckdienlich jede Erwähnung Winklers getilgt worden war – waren Fotokopien der Originale.

Der Generalsekretär persönlich würde weder in der Lage noch willens sein, den Verräter Philby zu retten, und später würde er nicht einmal mehr in der Lage sein, sich selber zu retten. Dafür würde Wartanjan sorgen, und er würde sich Karpow gegenüber nicht undankbar erweisen ...

Karpows Wagen kam, um ihn nach Zürich und zur Maschine nach Moskau zu bringen. Es war wirklich eine gute Begegnung gewesen. Und wie immer hatten sie sich gelohnt, seine Verhandlungen mit „Chelsea".

Sir Bernard Hemmings nahm offiziell am 1. September seinen Abschied, obwohl er bereits seit Mitte Juli beurlaubt war. Brian Harcourt-Smith folgte ihm nicht als Generaldirektor nach. Die Weisen nahmen ihre Sondierungen vor, und wenn man auch Harcourt-Smiths Versuchen, den Preston-Bericht nicht weiterzuleiten oder die Bedeutung der Affäre in Glasgow herunterzuspielen, keine böse Absicht unterstellte, so war doch nicht zu leugnen, daß diese beiden Fälle schwerwiegende Fehlleistungen darstellten. Man nahm daher einen Dienstfremden als Generaldirektor herein. Mr. Harcourt-Smith kündigte einige Monate später und trat in den Vorstand einer Handelsbank in der City ein.

Preston schied Anfang September aus und ging zu einem zivilen Schutzdienst. Er verdiente dort mehr als zweimal soviel wie vorher im Staatsdienst.

Sir Nigel ging wie geplant am Silvestertag in Pension und räumte sein Büro rechtzeitig zu Weihnachten. Er zog sich in sein Landhaus an der englischen Südküste zurück, wo er vollen Anteil am Dorfleben nahm und jedem, der ihn danach fragte, erzählte, er habe vor seiner Pensionierung „etwas Langweiliges in Whitehall getan".

Jan Marais wurde Anfang Dezember zu Konsultationszwecken nach Pretoria zurückbeordert und verhaftet.

Darüber sickerten bald Informationen durch, und General Karpow wußte nun, daß sein Agent verbrannt war. Er wartete daher auf die Verhaftung George Berensons und die darauffolgende entsetzte Reaktion der westlichen Allianz.

Mitte Dezember schied Berenson zwar aus dem Ministerium aus, doch es erfolgte keine Verhaftung. Auf die persönliche Intervention Sir Nigel Irvines hin durfte Berenson, mit einer kleinen, aber auskömmlichen Pension ausgestattet, sich auf die britischen Jungferninseln in der Karibik zurückziehen und dort – ohne seine Frau – seinen Lebensabend verbringen.

General Karpow erfuhr so, daß sein Spitzenagent nicht nur verbrannt, sondern auch umgedreht worden war. Er wußte nur nicht, *wann* Berenson in den Dienst des britischen Geheimdienstes getreten war. Die KGB-Experten in Jasjenewo kamen nach einwöchiger Prüfung zu der Einsicht, daß das in Wahrheit einwandfreie nachrichtendienstliche Material, das in den letzten drei Jahren aus dieser Quelle gesprudelt war, von allem Anfang an fragwürdig gewesen sei und in den Papierkorb gehöre.

Das war des Meisters letzter Streich.

Frederick Forsyth

Frederick Forsyth ist zweifelsohne einer der erfolgreichsten Bestsellerautoren der Gegenwart. Die fünf Bücher, die er bisher geschrieben hat, haben weltweit die unglaublich hohe Auflage von dreißig Millionen Exemplaren erreicht; sie sind in über zwanzig Sprachen übersetzt worden.

Trotz seiner Popularität führt der Privatmann Forsyth ein ruhiges, zurückgezogenes Leben in seinem schönen Haus in der Nähe des Londoner Regent's Parks. Das ist um so erstaunlicher, als seine Romane zum Atemberaubendsten zählen, das je geschrieben worden ist.

Foto: Graham Finlayson

Aber die Geruhsamkeit, mit der er heute seine Bücher verfaßt, war nicht immer Forsyth' Lebensinhalt. Als abenteuerlustiger Junge konnte er es kaum erwarten, bis ihm wenige Tage nach seinem siebzehnten Geburtstag der Pilotenschein ausgehändigt wurde, auf den er sich durch heimlich genommene Flugstunden vorbereitet hatte. Mit neunzehn wurde er der jüngste Jagdflieger der britischen Luftwaffe. Doch blieb er nicht lange beim Militär, sondern entschloß sich, Journalist zu werden. Zunächst arbeitete Forsyth jahrelang für die Nachrichtenagentur Reuter. Als Reporter reiste er sehr viel in Europa und vor allem im Ostblock, was Anfang der sechziger Jahre noch ungewöhnlich war. Später wurde Forsyth Westafrikakorrespondent der BBC – zu einer Zeit, als in diesem Erdteil der grausame Biafrakrieg tobte. Was er dort miterlebte, wühlte Forsyth so sehr auf, daß er von der passiven Berichterstatterrolle in die des aktiven Kämpfers schlüpfte. Er gab seinen Journalistenberuf auf und verschwand zwanzig Monate lang im afrikanischen Busch.

Mittellos und ohne Arbeit kehrte er darauf nach England zurück, aber im Laufe der Jahre hatte er einen Schatz an Erfahrungen gesammelt, der ihm nun als Schriftsteller zugute kommen sollte. Wohlvertraut mit den abenteuerlichen Seiten des Lebens wie mit den Winkelzügen der Politik, schrieb er einen brillanten Bestseller nach dem anderen. Mit journalistischer Akribie erarbeitete er sich dabei den zeitgeschichtlichen Hintergrund seiner Romane, die so hautnah an der Realität liegen.

Der Schakal beispielsweise basiert auf einem Attentat, das General de Gaulle galt. Für *Die Akte Odessa* kamen Forsyth seine detaillierten Kenntnisse der deutschen Nachkriegszeit zugute. Und in *Die Hunde des Krieges* brachte er seine Erfahrungen in Biafra ein. Seine Insiderkenntnisse und sein politisches Gespür ließen ihn schon manches historische Ereignis richtig vorausahnen. So dachte er sich für *Des Teufels Alternative* eine weibliche Premierministerin in England aus, lange bevor Mrs. Thatcher in Downing Street Einzug hielt.

Aber gegen alle Wechselfälle ist auch Frederick Forsyth nicht gefeit. Der unerwartete Tod eines Staatsmannes machte es nötig, Teile des *Vierten Protokolls* umzuschreiben, um das Buch auf den neuesten Stand zu bringen. Dies mußte in großer Eile kurz vor der Drucklegung des Romans geschehen, aber ein Autor wie Forsyth bewältigt auch solch ein Problem spielend.

Ich spucke gegen den Wind

Eine Kurzfassung des Buches von JOAN LOWELL
Nach der Übersetzung von Arno Dohm
Illustrationen von Albrecht Rissler

Da Joans Mutter krank ist, beschließt ihr Vater, Kapitän eines

Handelssegelschiffes, seine elf Monate alte Tochter mit auf große

Fahrt zu nehmen. Als einziges weibliches Wesen an Bord der

Minnie A. Caine *erlebt Joan im Laufe der Jahre, was es heißt,*

auf einem Windjammer Stürmen und Flauten ausgesetzt zu sein

und mit der rauhen Art der Seeleute zurechtkommen zu müssen.

Joans herzerfrischender Bericht über ihre Kindheit auf See

beschwört die Zeit zu Anfang unseres Jahrhunderts herauf, als

die letzten dieser stolzen Viermastschoner unter vollen Segeln

liefen.

Komplikationen im Leben der kleinen Joan und der Mann-

schaft der Minnie A. Caine *gibt es genug. Die erste Schwierig-*

keit taucht auf, als für das „Baby an Bord" eine Amme gefunden

werden muß ...

„NEIN, nein, da irren Sie, Gnädigste: Eine Wasserratte ist sie gar nicht. Schön und frisch wie eine Blume ist das Mädel. Ihr Treibhaus ist der Tropenhimmel, und wenn sie ungezogen wird, setzt der Sturm ihr den Kopf zurecht. Und sie weiß alles, was wir Seeleute wissen müssen, jedenfalls kennt sie die guten Seiten des Seemanns, denn vor ihr hat keiner von uns was Häßliches geredet."

So verteidigte mich der alte John Henry, einer unserer Matrosen, in einem australischen Hafen vor der Frau des amerikanischen Konsuls, die ihn während seiner Fallreepswache fragte, was für eine merkwürdige Wasserratte diese Kapitänstochter eigentlich sei, die zwischen groben Kerlen auf einem Schoner ein so rüdes Leben führte. Und John Henry, der sich verpflichtet fühlte, für die Würde der Kapitänstochter und den inneren Anstand des Seemanns einzutreten, hatte die Antwort so poetisch formuliert, wie es einem Mann mit einem rauhen Matrosenherzen nur möglich war.

„Aber das ist doch gräßlich, als Mädchen auf einem Schiff und allein zwischen lauter Männern groß zu werden!" betonte die Konsulsgattin abermals. Da sie mich selbst gar nicht gesehen, sondern nur das Gerede über mich gehört hatte, war sie fest überzeugt, ich müsse ein ganz übles, ordinäres Rauhbein sein, weil ich ohne verfeinernden weiblichen Einfluß heranwuchs.

„Was heißt hier gräßlich!" schnaubte John Henry. „Heiliger Bimbam, sie ist eben keine alberne Gans wie die meisten Frauenzimmer! Der Alte zieht ihr oft genug eins mit dem Tampen übern Achtersteven, da kommt sie schon nicht auf dumme Gedanken."

Ich lag behaglich zusammengekuschelt im halb gerefften Besansegel. Vor Frauen hatte ich eine unbestimmte Angst, sonst wäre ich gleich an Deck niedergeentert, um festzustellen, wodurch die Frau Konsul sich von mir unterschied, denn ich begriff nicht, wie jemand mein Leben auf einem Schiff, ohne weibliche Betreuung, absonderlich finden konnte. War sie als kleines Mädchen denn nicht auf See gewesen? Ich glaubte, alle Mädchen gingen schon ganz jung zur See, da ich gar nichts anderes kannte als das Meer und die Häfen fremder Länder.

Der Gestank faulender Kopra und verwesender Perlmuscheln, der

Duft des Sandelholzes, das in kleinen Bündeln bei uns an Deck hochgestapelt war, der scharfe Dunst einer Guanoladung oder der Geruch von Säcken voller Paranüsse – diese Dinge und die Gegenden, aus denen sie stammten, sowie die Menschen, die uns diese Waren brachten, gehörten ganz selbstverständlich zu meinem täglichen Leben. Meine Märchen waren die Seemannslegenden, die mir unsere Matrosen erzählten. Den Kern meiner Lebenserfahrung bildeten die jähen Stürme und die verblüffenden Windstillen, die Kalmen, im tropischen Gürtel und – die Kameradschaft mit alten Salzwassermatrosen.

Vaters Schiff, die *Minnie A. Caine,* war ein Viermastschoner mit Windjammertakelung, der Kopra und Sandelholz zwischen den Südseeinseln und Australien beförderte. Geboren bin ich in Berkeley in Kalifornien. Ich war das elfte Kind meiner Eltern. Vier meiner Brüder und Schwestern starben innerhalb von zwei Jahren. Mich nannten sie den „elenden Rest", weil ich ein Nachkömmling war und ziemlich mickerig aussah. Keiner wollte glauben, daß ich lange am Leben bliebe. Mutter war damals sehr krank. Aber Vater sagte: „Das ist unser letztes Kind, und das ziehe ich selbst groß. Die Kleine soll vom Land weg, auf See wird sie noch die beste von der ganzen Rasselbande." So nahm er mich zu sich an Bord, als ich knapp ein Jahr alt war, und bis zu meinem siebzehnten Lebensjahr blieb ich auf seinem Schiff. Und hat die See mich nicht zur „besten" von der ganzen Bande gemacht, so sicherlich zur zähesten. Vater erzog mich nur in einem einzigen Glauben: in Furcht und Ehrfurcht vor den göttlichen Gewalten, die Sturm und Windstille erzeugen.

Mit dem lieben Gott stand ich schon seit frühester Jugend auf sehr vertrautem Fuß. Furcht empfand ich vor ihm nicht halb soviel wie vor Vater. Mit Gott konnte ich vieles beraten, was ich vor Vater gar nicht zu erwähnen gewagt hätte. Gott war mein Freund, mein Kamerad und Ratgeber. Wie oft bin ich am Fockmast in die Saling aufgeentert, um dort mit ihm zu debattieren. Ging es gut – nach meinem Kopf –, dann dankte ich ihm: Wenn es mir zum Beispiel gelungen war, mir für meine Hafergrütze ein Stück Zucker extra aus der Proviantlast zu stibitzen, ohne dabei geschnappt zu werden. Dann sah ich in ihm nur den guten Kameraden und sagte ihm das freiheraus. Aber wehe, er schickte uns einen unerwarteten Sturm, der die Segel zerfetzte, oder ließ uns bekalmt in bleierner Windstille liegen! Dann verwünschte ich ihn nach Strich und Faden.

Vater ließ sich nicht so leicht um den Finger wickeln. Ich meinte ihn noch mehr fürchten zu müssen als Gott. Denn Gott konnte ich loben – oder auffordern, sich zum Teufel zu scheren. Männer, die das zu Vater zu sagen wagten, sind mir in meinen ganzen Seefahrtsjahren nur wenige begegnet. Und keiner von denen hat es je ein zweites Mal riskiert!

Von Vater hatte ich die Liebe zur See, den Mut, ihr standzuhalten, und das Verständnis für ihr Wesen geerbt. Ihm war das weite Meer der ganze Lebensinhalt, nie hat er sich einen anderen gewünscht. Kein Wunder: Er war auf einem alten Klipper, der in der Port-Phillip-Bucht vor Melbourne in Australien ankerte, zur Welt gekommen. Sein unruhiges Blut trieb ihn immer aufs neue zur See und in die Ferne.

Mein Großvater, Louis Lazarewitsch, war Gutsbesitzer in Montenegro gewesen und hatte eine türkische Schönheit geheiratet, trotz des montenegrinischen Türkenhasses. Da aber das Leben in seiner Heimat mit einer türkischen Frau nicht angenehm war, beschlossen die beiden nach der Geburt des ersten Kindes, eine Weltreise auf einem Segelschiff zu unternehmen. In der Port-Phillip-Bucht, wo das Schiff einige Zeit lag, wurde also Vater geboren. Meiner Großmutter ging es dabei so schlecht, daß Großvater sich mit ihr ausschiffte, um vorläufig in Australien zu bleiben. Schon nach einer Woche verunglückte er tödlich, so daß meine Großmutter mit zwei Kindern, Vater und seiner älteren Schwester, auf dem trockenen saß.

· Kurz nach Großvaters Tod lernte Großmutter einen deutschen Perlenhändler, Kapitän Wagner, kennen und heiratete ihn. Doch bereits in den Flitterwochen fühlte ihr Mann sich durch die Kinder seines Vorgängers gestört. Meine Großmutter hing mehr an den Perlen und ihrer neuen Liebe als an der alten und den Kindern. So ließ sie diese in der Obhut der Jesuiten und segelte mit ihrem Perlenhändler in die Südsee.

Die ersten zehn Jahre seines Lebens ertrug Vater die Unfreiheit, die strenge Zucht und die innere Vereinsamung in dem jesuitischen Waisenhaus, dann aber packte ihn die Unrast. Eines Nachts verschwand er still und heimlich, um Australien auf einem zwischen Melbourne und China verkehrenden Handelsschiff zu verlassen. Einige Tage lang hinderte ihn sein Mißtrauen, sich beim Kapitän oder bei der Mannschaft bemerkbar zu machen, bis ihn schließlich auf hoher See der Hunger zwang, sich als blinder Passagier zu melden. Er wurde tüchtig verhauen und mußte sofort mitarbeiten. Auf diese Weise kam er nach China. Es folgten acht Jahre harter Arbeit auf Handelsschiffen im Fernen Osten, ehe der Junge mit achtzehn als Matrose auf einem britischen Vollschiff durchs Goldene Tor von San Francisco segelte. San Francisco war damals ein simpler Naturhafen mit einem einzigen Kai von der Länge eines Häuserblocks.

Eines Tages schlenderte ein junges Mädchen zum Kai hinunter, um die einlaufenden Schiffe zu beobachten. An Bord jenes Klippers fiel ihr ein hübscher dunkelhaariger junger Mensch auf, der das Deck scheuerte. Er sprach sie an. Ein Mann wie der war ihr noch nie begegnet. Er erzählte ihr Geschichten von der Seefahrt auf großen Handelsschiffen und von Flucht aus Seeräubernestern an der chinesischen Küste. Seine Berichte fesselten sie so, daß sie sich jeden Tag aus dem Haus stahl, um ihn zu treffen. Das Mädchen war Emmaline Trask Lowell, die Tochter des Arztes Dr. Butler Lowell.

Emmaline Lowell erzählte ihren Eltern nichts von dem Matrosen, in den sie sich verliebt hatte. Sie brannte mit ihrem Seemann durch und heiratete ihn heimlich in dem kalifornischen Städtchen Niles. Vier Wochen später ging Vater auf einem Schiff in See, das nach Samoa fuhr. Als er nach einem Jahr zurückkam, fand er einen kleinen Sohn vor: meinen ältesten Bruder.

Mutter haßte das Meer, weil es ihr den Mann für Monate, manchmal für zwei bis drei Jahre entzog. Sie fuhr nie mit ihm, denn die Kinder kamen zu schnell nacheinander. Mit den Jahren arbeitete Vater sich bis zum Kapitän in der Lachsfischerflotte von Alaska empor und lernte während der Monate, in denen sein Schiff eingefroren festlag, den Norden wie seine Westentasche kennen. Er entwarf Karten des öden Gebiets um Nome für die Regierung, grub nach Gold, ging auf Walfang und auf Robbenjagd. Er trieb Handel mit den Eskimos.

Ich habe Vater in seiner Stellung als Kapitän immer mit dem Schwertwal verglichen. Auf diesen Vergleich kam ich, nachdem ich einen Schwertwal mit einem Pottwal auf Leben und Tod hatte kämpfen sehen. Die großen Wale und die Haie sind zu langsam und zu schwerfällig, um mit diesen Herren der Ozeane fertig zu werden. Der Schwertwal, eine Delphinart, wird kaum länger als sechs Meter, aber er kämpft aus Leidenschaft. Vater war nicht groß, aber wenn ein riesiger Matrose, der gegen ihn wie ein Walfisch wirkte, ihm Widerstand leisten wollte, gab es einen Kampf, aus dem stets mein Vater, wie der Schwertwal, als Sieger hervorging. Mit jedem seiner Siege wurde die Mannschaft stolzer auf ihn und er selbst immer umgänglicher.

Als einziges weibliches Wesen an Bord wurde ich absichtlich nicht besser behandelt als die Matrosen. Wenn wir lange unterwegs waren und der Proviant knapp wurde, bekam ich ebenso wenig zu essen wie sie. Ich hatte meine Wachen als Rudergänger einzuhalten, holte beim Segelmanöver mit ein an den Brassen und Fallen, mußte pumpen helfen, wenn das Schiff leck geworden war, mußte „Jawohl, Sir" zu Vater sagen und hatte gelernt, ihm zu gehorchen wie jeder Matrose seinem Kapitän. Und das oberste Gesetz der See war mir immer wieder eingetrichtert worden: nie jemand verpetzen, Strafen klaglos hinnehmen und Furcht als Schande betrachten.

Da es keine Kinder an Bord gab, mit denen ich spielen konnte, und kein anderes weibliches Wesen als Gesellschaft, spielte ich mit den Meeresvögeln, mit kleinen Schiffchen oder mit dem an Deck befestigten Rettungsboot, das nur selten benötigt wurde. Ich stieg hinein und tat, als ruderte ich. Im Geist machte ich weite Ausflüge, besuchte Kinder in fernen Orten, um so mit ihnen zu spielen, wie ich in den Hafenstädten die Kinder auf den Kais hatte spielen sehen.

Immer drehte sich meine Phantasie um eßbare Dinge. Auf einem für eine Reise von hundertzwanzig Tagen ausgerüsteten Segelschiff ist der Proviant natürlich rationiert: pro Kopf täglich soundsoviel Gramm. Weil ich noch klein war, bekam ich nur eine halbe Matrosenration. Das mochte für meine Gesundheit genug sein, aber Appetit hatte ich jeden Tag auf das Vierfache. Daher waren die Eßträume mit meinen gedachten Spielgefährten von unerreichbaren Seligkeiten erfüllt. Wir pflegten in meiner Phantasie immer Tische aufzustellen, die überladen waren mit wunderbaren Speisen, von denen ich soviel aß, wie mein Herz begehrte. Ich kannte ja nichts anderes als die derbe Schiffskost, wie Linsen, Reis, Pökelfleisch in scharfer Salzlake, Trockenfisch und gedörrtes Obst. Aber die Matrosen hatten mir so oft von den leckeren Dingen erzählt, die der Mensch an Land jederzeit haben konnte: reife, saftige Früchte, Kuchen, Brathühner mit Rosinen gefüllt, richtige Frischmilch.

Die Reisen unseres Schoners dauerten fast immer achtzig bis hundertzwanzig Tage, ohne daß wir Land zu sehen bekamen. Durch Sturm, durch Flauten und Tage des Durstes – wenn der Trinkwasservorrat erschöpft war –, mit Skorbut behaftet, von widrigen Winden bedrängt, pendelten wir von Hafen zu Hafen. Wenn mir angst und bange wurde, war ich klug genug, das nicht zu zeigen. Vater und die Matrosen hatten mich einen Glauben gelehrt, der mir Festigkeit in allem Geschehen verlieh: daß Gott in jedem Sonnenuntergang, in jedem Sturm lebe, in dem Glanz der weißen Albatrosschwingen ebenso wie in den Winden, die unserem Schiff Fahrt gaben.

Das Seeleben schien mir schließlich nichts Unerklärliches mehr zu bergen. Ein alter Matrose hatte mir erklärt, Gewitter seien die knirschenden Flüche eines toten Kapitäns, dessen Schiff aus dem Kurs geraten war; das grelle Aufzucken der Blitze sei das Gefunkel der Augen vieler Schankmädchen, die den Matrosen in gemütliche Häfen zu locken suchten, und das Ächzen und Knarren in Takelage und Schiffsrumpf sei die jammervolle Klage unseres Schoners über zu schwere Ladung.

Die Besatzung bestand aus rauhen Kerlen: Schweden, Norweger, Deutsche, Iren und Polen. Mangel an Verstand ersetzten sie durch Massen von Muskeln. Als geborene Vagabunden waren sie zufrieden, solange wir unter Segel liefen, doch sobald wir in einem Hafen festmachten, strömten sie in die Kneipen und versumpften unweigerlich oder eilten auf den Inseln zu den eingeborenen Mädchen.

Mir kam nie in den Sinn, daß die Verschiedenheit der Geschlechter auch mich eines Tages beschäftigen würde, denn ich hatte mir die ganze Menschenwelt entsprechend den Menschen an Bord unseres Schiffes eingeteilt. Ein Steuermann war normalerweise mit einer Frau in seiner alten Heimat, also meistens in Schweden, verheiratet; ein Kapitän trank nie und gab sich nicht mit Hafenliebchen ab, weil er seine Frau daheim so liebte wie Vater meine Mutter; Schiffsjungen sah ich immer als picklige Schulabgänger, die von zu Hause ausgerissen waren, um auf See die Abenteuer zu erleben, die dann immer ganz anders waren, oder als verträumte Jünglinge, die keine Lust zur Arbeit an Land hatten. Ein Koch allerdings war für mich – wir hatten stets Japaner als Köche – ein ganz wundersames Wesen, weil er mir dann und wann eine Extraportion zuschob.

Um mir schlechte Gerüche (er dachte dabei wohl an das Parfüm, das der Koch zuweilen verwendete) und die Träume von einem Leben als Städterin auszutreiben, ließ Vater mich täglich an Deck in einer Segeltuchwanne in Salzwasser baden. Ein Süßwasserbad bekam ich nur bei Regenwetter.

Von Vater und seiner Mannschaft wurde ich allmählich in jeder anfallenden Seemannsarbeit unterrichtet. Rechnen lernte ich durch Addieren der Gezeitentabellen in den Navigationshandbüchern. Noch bevor ich zwölf war, konnte ich ein „Besteck aufmachen" und unseren Schiffsort auf der Seekarte einzeichnen. Wir hatten ein Universallexikon an Bord, dem allerdings die Bände von N bis S fehlten, die von Vater und den Steuerleuten in einer Notzeit für gewisse hygienische Zwecke gebraucht worden waren. Alle anderen Bände habe ich restlos durchgelesen.

Unsere Bordbibliothek wurde von Wohltätigkeitsvereinen an Land mit Werken feinsinniger Literatur bestückt, die der „Erbauung" des Seemanns dienen sollten. Solche Werke waren zum Beispiel: „Pflege und Ernährung von Rassehunden", „Die moderne Chirurgie", „Der Maschinenbau"; ferner Gesangbücher und Cäsars „Gallischer Krieg" auf lateinisch. Dergleichen Bücher boten eine Garantie dafür, daß der Geist des Seemanns sich über die Gedanken an gefüllte Fleischtöpfe hinaus höheren Dingen zuwandte. In dem kaum stillbaren Verlangen

nach Lesestoff holten sich die Seeleute jeden Band aus der Bibliothek, lasen ihn vom ersten bis zum letzten Wort und gaben ihn zurück
in dem Gefühl, um kostbares Wissen bereichert zu sein. Sogar ich
las sämtliche Bände dieses Sammelsuriums, womit Vater durchaus einverstanden war, weil ich daraus wenigstens kein dummes Zeug
lernen konnte. Einmal vergaß sich einer unserer Matrosen so weit,
ein billiges Romanheft mit dem Titel „Wilde Liebe" an Bord zu
bringen. Alle Mann lasen es hintereinander, und auch ich konnte es
mir kapern, indem ich zwei Tage lang den Törn seines Besitzers am
Ruder übernahm. Sehr erhebend war diese Lektüre nicht, gefiel mir
aber, offen gesagt, besser als die „Pflege und Ernährung von
Rassehunden".

Besonders auszuzeichnen wußten sich unsere Matrosen im Spuk-
ken. Ständig kauten sie einen Priem, mit dessen Saft sie sehr großzügig
umgingen. Manche konnten eine Decksnaht aufs Korn nehmen und
sie haargenau treffen. Ein besonders begabter Matrose konnte sogar
ohne „Rückschlag" im Bogen gegen den Wind spucken. Ich hatte
mich auch mit Tabakkauen versucht, doch bei meinem ersten Priem
hatte Vater mir erklärt, ich müsse, um ein Spucker von Rang zu
werden, den ganzen Saft schlucken. Gehorsam schluckte ich eine
beträchtliche Menge von dem bitteren Saft – mit entsprechender
Wirkung! Diese Lektion genügte: Ich kaute fortan nur getrocknete
Pflaumen, die eine üppige Spucke erzeugten. Nach wochenlangem
Üben konnte ich auch auf eine Decksnaht zielen und sie tatsächlich
treffen; und es ist in die Annalen des Schiffes eingegangen, daß ich an
einem Tage bei lebhafter Brise zwei Bogen gegen den Wind gespuckt
habe, wodurch ich mich als Vollmatrose qualifizierte!

TAUSCH EINER WECKUHR UND GETROCKNETER APRIKOSEN GEGEN EINE AMME

MEIN Leben auf See begann im Alter von zehn Monaten. Vater brachte
mich als winziges, in eine Decke gewickeltes Bündel an Bord. Da ich
so klein war, daß ich in seiner Koje verlorengegangen wäre, ließ er mir
von Stitches, dem Segelmacher, eine Zwerghängematte aus Segeltuch
anfertigen. Diese Hängematte schwebte über Vaters Koje, das eine
Ende an einem Wandbolzen und das andere an einem gleichen Bolzen
neben dem Türrahmen befestigt. Wenn das Schiff schlingerte, wiegte
sie mich schöner, als die zärtlichste Mutter es gekonnt hätte.

Stitches war mir seit dem Tag, an dem er die Hängematte für mich
gemacht hatte, bedingungslos ergeben. Vierzehn Jahre lang drehten

seine Gedanken sich zuerst um mich, dann erst um das Schiff und zuletzt um seine eigenen Sorgen. Und beim traurigen Ende unseres Schiffes starb er, um mich zu retten. Ich hatte ihn lieb, aber ich plagte ihn auch und nutzte seine Zuneigung aus, wie nur ein Kind das kann. Vergessen werde ich ihn niemals.

Er war der einzige an Bord, der Vater an Jahren übertraf. Stitches war bestimmt fast sechzig, als ich aufs Schiff gebracht wurde. In seinem Leben muß die Seefahrt eine tragische Rolle gespielt haben. Als er die Musterrolle unterschreiben sollte, sagte er: „Wissen Sie, Käpt'n, ich bin so ein Hansdampf in allen Gassen, die ganze Trittleiter habe ich abgeklappert, rauf und wieder runter. Mein Name geht nur mich was an. Ich werde auf meine Weise unterschreiben, wenn Sie mich anmustern wollen. "

„Unterschreiben Sie, wie's Ihnen paßt", erwiderte Vater, der einen Blick für den echten Seemann hatte.

Also schrieb der Alte einfach „Stitches", das heißt soviel wie „Stiche" beim Nähen. Und nur unter diesem Namen war er über fünfzehn Jahre bei uns an Bord bekannt. Er war ein Original. Beim Gehen watschelte er ein bißchen, bei der Arbeit saß er wie ein Schneider mit gekreuzten Beinen. Zu ihm trug jeder seine Sorgen, denn alle wußten, daß er schon mehr von der Seefahrt wieder vergessen hatte, als sie noch lernen konnten. Aus seinen vielen Enttäuschungen hatte er eine eigene Altersweisheit und viel Verständnis entwickelt, so daß jedermann ihn gern mochte.

Ich hatte die kräftigen Lungen meines Vaters geerbt, und mein Geschrei machte mich bestimmt nicht beliebt bei den Männern, die in ihrer Freiwache schlafen wollten. Das Wasser für mein tägliches Bad mußte der Schiffsjunge in einer Soßenschüssel über einer Petroleumlampe anwärmen. Meine Badewanne war eine leere Stockfischtonne. Oh, wie habe ich jedesmal gebrüllt, wenn ich die zu Gesicht bekam! Der Erste Steuermann hatte meistens um neun Uhr vormittags Freiwache, und ausgerechnet dann pflegte ich am lautesten zu brüllen. Schließlich machte er im Zorn eine Bemerkung, die ihn seinen Job bei uns kostete, als Vater davon erfuhr. „Verdammte Wirtschaft! Ist ja unglaublich, daß ich auf einem Ozeansegler mit Babygejaule fahren muß!" hatte er gerufen. Das genügte.

Vaters Freunde im Hafen von San Francisco hielten ihn für verrückt, daß er ein einjähriges Kind auf große Fahrt mitnahm. Unser Schiff sollte nach Chile gehen und anschließend weiter nach Australien. Sie fragten ihn, ob er eigentlich an die jähen Stürme vor der südamerikanischen Westküste dächte.

„Wenn ich einen großen Kahn wie diesen durch Taifune bringen kann mit einer so dickschädeligen Matrosenbande, dann ist das mit dem Kind kein Kunststück", antwortete Vater auf alle Warnungen. Er war entschlossen, auch mein Lebensschiff unbeirrt zu steuern.

Auf jener Reise, meiner ersten, stellten sich alle prophezeiten Schwierigkeiten ein. Die Fertignahrung in Päckchen, die Vater für mich gekauft hatte, bekam mir nicht: Ich verlor an Gewicht und wurde so mager, daß Vater kaum noch hoffen konnte, mich lebendig bis nach Sydney zu bringen. Was tun? Es galt, für mich eine Nahrung zu finden, die ich vertrug. Da wir bis nach Australien noch fünfzig bis sechzig Tage brauchten, lief er die Insel Norfolk an, um dort Geeignetes einzukaufen.

Nach Jahren erzählte er mir die ganze Geschichte. „Ich versuchte, eine der Eingeborenenfrauen als Amme für dich zu verpflichten, aber die hatten alle Angst und wollten nicht auf ein Schiff mit ‚weißen Flügeln', das sie ‚hinter den Horizont' bringen würde." Um die Frage meiner Ernährung endlich zu lösen, schickte er Stitches quer über die Insel, während er sie selbst in anderer Richtung durchstreifte. Die Eingeborenenbabys werden mit Schafgarbenwurzeln und rohem Fisch ernährt und trinken dazu Kokosnußmilch. Das können weiße Kinder nicht vertragen. Vater kam, nachdem er den ganzen Tag die Insel abgesucht hatte, ganz mutlos wieder an Bord.

Stitches tauchte erst kurz vor Mitternacht in der Kapitänskajüte auf. Mit Siegermiene watschelte er auf Vater los. „Käpt'n, ich hab was fürs Kind!"

„Wo denn, zum Teufel?" fragte Vater ungeduldig.

Stitches griente. „Im Moment ist sie auf der Back. Kommen Sie doch mal mit, und mustern Sie sie an." Damit watschelte er aus der Kajüte, Vater hinter ihm her. Er dachte natürlich, „sie" sei eine Eingeborene, die Stitches mit Gewalt an Bord geschleppt hatte. Auf der Back führte ihm Stitches seine Eroberung vor Augen. „Die zu kriegen, das war vielleicht 'n Stück Arbeit, Käpt'n", sagte er.

Vater entdeckte im Halbdunkel eine verstörte Milchziege, die auf unsicheren Beinen zwischen den Ankerketten umherstelzte. „Wo haben Sie die denn her, Mann?" fragte er.

„Tja, Käpt'n, wie gesagt, die Wilden wollten sie partout nicht hergeben, aber ich sagte mir, lieber willst du deine Seestiefel verpfänden, Stitches, als daß sie dich abwimmeln und die Kleine uns womöglich kaputtgeht. Da habe ich ihnen schließlich eine alte Weckuhr und ein Häufchen gedörrter Aprikosen für dieses Milch-vieh angedreht."

Das war der beste Kauf, den Stitches in seinem Leben je getätigt hatte. Vater war so dankbar für die Ziege, daß er ihn zu meinem

Kindermädchen und stellvertretenden Betreuer ernannte und ihm das Vorrecht einräumte, ihm – dem Kapitän und Vater – in allen mich betreffenden Fragen widersprechen zu dürfen, ohne schwer aufs Haupt geschlagen zu werden. Eine zweite, geringer bewertete Belohnung bildete für Stitches die kostenlose Tabakversorgung, die Vater ihm für seine ganze Dienstzeit bei uns zusicherte. Bald liebte ich Stitches wie einen zweiten Vater.

Die Matrosen nannten die Ziege „Amme", und ihrer üppigen Milch verdanke ich, daß ich noch lebe. Für ihre gesunde Spende bekam sie Hafergrütze und Kokosnüsse. Als wir von Norfolk wieder in See gingen, wurde Amme seekrank. Vater wußte, daß die Seekrankheit, wenn man keine Notiz von ihr nahm, von selbst verging. Zum Glück bestätigte sich seine Überzeugung: Amme bekam Seebeine und gab bald wieder Milch in Mengen.

In ihrem Benehmen war Amme nicht recht bordfähig. Wenn das

Schiff so sauber bleiben sollte, wie es war, mußte ein Mann mit Besen und Schippe zu ihrer ständigen Betreuung abgestellt werden. Da die Matrosen nun abwechselnd, neben ihrem sonstigen Dienst, das Deck säubern mußten, auf dem Amme ihre Spaziergänge machte, war sie bei ihnen natürlich alles andere als beliebt. Außerdem suchte sie sich für ihr Gemecker die Stunden aus, in denen die Matrosen ihren Schlaf brauchten. So mußte Stitches seine ganze Kraft einsetzen, um die wütendsten Matrosen davon zurückzuhalten, Amme über Bord zu werfen.

Ich gedieh fein durch Ammes Milch, doch das sollte nicht von Dauer sein. Eines Tages – ich war etwa zwei Jahre alt – gerieten wir bei der Pazifikinsel Lord Howe in eine „weiße Bö". Das ist ein Sturm, der sich ganz unvermutet entwickelt, bevor das Barometer reagiert. Er braust mit solcher Geschwindigkeit los, daß sich schon nach Minuten die See zu wahren Bergen türmt. Als die Bö unser Schiff traf, stand Amme gerade vor dem Kombüsenluk, wo sie ein paar Leckerbissen zu ergattern hoffte.

Unter dem Druck des Sturmes legte sich das Schiff weit nach Lee, und schwere Sturzseen brachen über Deck. Ich wurde in meine Hängematte fest eingeschnürt, denn Vater brauchte oben alle Mann. Die Toppsegel wurden gerefft, die Luken dichtgemacht. Vater übernahm das Ruder und steuerte das Schiff so in die anstürmenden Wellenberge, daß es nicht weggedrückt werden konnte. An Amme dachte jetzt keiner. Eine grüne Riesensee prallte aufs Vorschiff, schlug gegen die Kombüse, löschte das Feuer im Herd und schleuderte Amme gegen die Reling. Bebend holte das Schiff nach Luv über; eine zweite Sturzsee riß das vordere Luk glatt aus den Klampen und trieb es polternd gegen die Reling, wo es Amme unter seinem Gewicht begrub.

Schwer verletzt mußte das Tier unter den Trümmern liegen, bis der Sturm abflaute. Der Erste Steuermann und Stitches befreiten es behutsam und brachten es aufs Achterdeck zu Vater, der Beinbrüche und mehrere Rippenbrüche feststellte. Er schiente der Ziege sorgfältig die Beine und bandagierte ihr die Rippen mit Segeltuchstreifen. Dann trug er sie in die Kajüte und legte sie in seine eigene Koje. Aber all seine Mühe blieb vergeblich: Amme starb noch in derselben Nacht. Sie bekam ein richtiges Seemannsbegräbnis. Das Schiff drehte für fünf Minuten bei, als ihre in Segeltuch genähte leibliche Hülle der Tiefe übergeben wurde.

Und ich wurde vom folgenden Tage an auf normale Matrosenkost gesetzt.

WAS die Ernährung eines kleinen Kindes betraf, war Vaters Plan nun
zwar gelungen, aber weibliche Wesen zu bekleiden war für ihn
vielleicht noch schwieriger.

Als ich zwei Jahre alt war, konnte ich laufen und schon „gottver-
dammter Wind" sagen, meinen ersten Satz, den ich vom Steuermann
aufgeschnappt hatte. Meinen Babykleidern war ich entwachsen, also
mußte da etwas unternommen werden. Auf großer Fahrt trägt nicht
nur die Mannschaft, sondern auch der Kapitän und die Steuerleute
tragen bei kaltem Wetter fast immer grobe Kattunhosen und dickes
Wollzeug, in den Tropen weiße baumwollene Unterhemden und
kurze Baumwollhosen. Schuhe ziehen sie nur an, wenn sie an Land
gehen.

Bei meinen ersten Gehversuchen nahm ich die Reling des Achter-
decks zu Hilfe. Als wir uns in Höhe der Osterinsel befanden, mit einer
Ladung Guano – Vogelmist, der als Dünger verwendet wird – an
Bord, verlangte die Bekleidungsfrage eine Lösung, denn bis wir
wieder Land anliefen, dauerte es noch Monate. Vater machte das
Mannschaftslogis zur Schneiderwerkstatt und setzte als Damen-
schneider ein: den Dänen Lars Erikson, Scotty, einen alten schottischen Matrosen, der nur noch einen von Tabaksaft gebräunten
Zahnstummel im Munde hatte, und den getreuen Stitches. Diese drei
Mann sollten meine Garderobe anfertigen. Aus abgetragenen Kattun-
sachen von Stitches wurden Höschen für mich geschnitten mit kleinen
Trägern und Knopflöchern, die Stitches mit viel Geschick mühsam
umstickte. Als sie fleißig am Nähen waren, beugte sich der ungarische
Matrose Bulgar, der sich immer gern wichtig machte, von seiner Koje
aus vor und rief ihnen ironisch zu: „Die verehrten Nähkränzchen-
damen werden gebeten, ihre Sitzung zu vertagen – der Kapitän läßt
Sie in die Kajüte zum Tee bitten!" Dabei wedelte er ihnen in mäd-
chenhaft affektierter Art mit der Hand vor den Nasen herum.

Es wurde nie einwandfrei festgestellt, von wem er den ersten
Fausthieb bezog. Er behauptete, Stitches hätte ihn mit der Segelnadel
gestochen, und keiner wollte sich als Zeuge zu der Frage äußern, ob
Scotty und Erikson ihn mit dem stählernen Marlspieker bearbeitet
hätten. Jedenfalls sah er, als sie ihn, völlig groggy geschlagen, zu Vater
trugen, wie Hackfleisch aus. Auf einem Schiff kommt es in erster Linie

darauf an, daß Männer sich immer mannhaft benehmen, und wenn einer die Mannhaftigkeit eines andern bezweifelt, dann wird die Sache mit Belegnägeln ausgepaukt. Einerlei, wie die Geschichte sich abspielte – im Schiffstagebuch ist sie mit folgenden Worten verzeichnet:

> Auf See, 27. September. Heute fiel der Vollmatrose Gustav Bulgar in Ausübung seines Dienstes von der Back aufs Vordeck und zog sich erhebliche Verletzungen zu. Behandlung erfolgte durch Kapitän: eine Prise Heilsalz und Wundbalsam. Kapitän hielt eine Geldbuße von fünf Dollar wegen Nachlässigkeit für angebracht.

Nach dieser kleinen Störung beim Nähen begaben sich die drei wieder ans Werk und hatten alsbald meine ganze Ausrüstung fertig. Scotty hatte ein Paar abgelatschte Gummistiefel gespendet, aus deren Oberteilen sie kleine Schuhe für mich machten und aus den Resten noch einen wasserdichten Südwester. Scotty wußte nicht recht, womit er diesen füttern sollte, denn ein echter Südwester mußte gefüttert sein. Während Scotty noch überlegte, was sich im Logis für diesen Zweck beschlagnahmen ließe, kam gerade „Pickel", unser Schiffsjunge, herein. Pickel machte seine erste Reise und war zur See gegangen, um Erfahrungen zu sammeln, die ihn befähigen sollten, ein Schriftsteller vom Range Jack Londons zu werden. Er hatte von den Bordgebräuchen noch so wenig Ahnung, daß er Halbschuhe und Socken trug. Seinen Spitznamen hatte er von der unreinen Haut, die er teils seiner jugendlichen Halbreife, teils aber auch der Verpflegung verdankte, denn er bekam sein Essen immer erst, wenn Offiziere und Mannschaft das Beste bereits abgeschöpft hatten.

Scottys Blick fiel auf Pickels Schuhe und Socken.

„Komm mal her, alter Seebär!" rief er dem Schiffsjungen schmeichlerisch zu.

Pickel näherte sich beflissen. Kaum war er neben Scotty, da stellte ihm der ein Bein, daß er hinfiel, und setzte sich auf seinen Bauch. Sosehr sich Pickel auch krümmte und protestierte, Scotty zog ihm Schuhe und Strümpfe aus, hielt eine der braunen Wollsocken hoch und rief seinen Kameraden zu: „Hier haben wir das Futter für den Südwester!" Dann jagte er den geknickten Schiffsjungen mit Fußtritten aus dem Logis.

Als meine kleinen Anzüge fertig waren, holten die drei Schneider den japanischen Koch Yamashita, der ihr Werk begutachten sollte. Der Koch studierte die Sachen mit asiatischer Skepsis und knurrte tadelnd: „Wo Nachtzeug für Missy? Matrosen nix gar nich verstehen."

Er begab sich zur Kombüse, kam aber gleich wieder und brachte

zwei Flaschen und drei leere Mehlsäcke mit. Dann nahm er einen
Bindfaden, tauchte ihn in die Flasche mit der roten Flüssigkeit und
färbte einen anderen Faden in der zweiten Flasche grün. Mit diesen
gefärbten Bindfäden umstickte er im Kreuzstich kunstvoll die Löcher,
die er für Hals und Arme in die Sacknachthemden geschnitten hatte.
Obgleich er die Säcke immer wieder. wusch, um den Aufdruck zu
entfernen – es blieb, wenn auch nur verblaßt, als ewiges Andenken auf
ihnen der Satz: „Rein wie frisch gefallener Schnee".

Während meiner ganzen Seezeit trug ich Overalls. Vater legte Wert
darauf, daß ich Knabenzeug trug, um mich der Mannschaft anzupas-
sen und mich gleichzeitig vor ihr zu schützen. Er sorgte in jeder Weise
vor, daß sie gar nicht auf den Gedanken kam, ein weibliches Wesen in
ihrer Mitte zu haben. Sobald ich groß genug dafür war, kaufte er mir
reguläre Overalls, wie Männer sie tragen: vorn zuzuknöpfen. Da war
ich sehr stolz, nun auch äußerlich ganz den Matrosen zu gleichen.

Sobald eine junge Dame zu gehen anfängt, wenn sie „gottver-
dammter Wind" sagen kann und drei Schneider beschäftigt, dann
dürfte es Zeit sein, an ihre Erziehung zu denken. Vater und Stitches
steckten tiefernst die Köpfe zusammen.

„Zuallererst muß sie mal lernen, nicht über Bord zu fallen, Käpt'n",
brachte Stitches vor.

„Na schön", stimmte Vater zu. „Sie wird an die Leine gelegt."

Also wurde ich mit einem etwa fünf Meter langen Tau am
Ruderhäuschen auf dem Achterdeck angebunden. Einige Tage
klappte die Sache ganz gut, bis ich bei einer plötzlichen Brise mit
meinem Tau dem Rudergänger zwischen die Beine geriet. Mein Kopf
und sein Hintern schlugen so hart aufs Deck, daß es fast ein Loch gab,
und das Schiff lief aus dem Ruder. Stitches mußte sich erneut mit
Vater besprechen. Er berichtete: „Zweimal in einer Woche hat sie ihre
Ankerkette geschlippt und einmal den Rudergänger zu Fall gebracht.
Wir müssen was anderes probieren, Käpt'n."

Vater überlegte, was nun zu tun sei. „Bestimmt wird sie ja, früher
oder später, doch mal über Bord fallen, also ist es wohl das beste, sie
lernt gleich schwimmen. Sorgen Sie für ein Bassin – beibringen werde
ich's ihr."

Dicht hinter dem Besanmast stellte Stitches eine aus Segeltuch
gemachte Wanne auf, ungefähr anderthalb Meter im Quadrat und
ebenso tief. Sie konnte zusammengelegt und bei schlechtem Wetter in
der Kajüte verstaut werden. Ein Matrose bekam den Befehl, sie jeden
Morgen mit Seewasser zu füllen. Wie oft mußte der seinen Segel-
tucheimer außenbords fieren, um Hunderte Liter in die Wanne zu
schöpfen! Sobald sie voll war, hatte er es meinem Vater zu melden, der

mich sofort aus der Hängematte holte und mich zur Wanne trug. Ich war schon ein richtiges kleines Muskelpaket und protestierte wild strampelnd dagegen, aus der molligen Hängematte gezerrt und splitternackt in kaltes Wasser getaucht zu werden.

Die Prozedur vollzog sich immer in derselben Weise. Ehe Vater mich in die Wanne tunkte, rollte er mich an Deck hin und her, und ich mußte „Kobolz schießen" und mit ihm boxen. Die Boxerei bestand freilich nur darin, daß er mich mit seiner starken Tatze immerzu umwarf, wenn ich mich gerade wieder hochgerappelt hatte. Ungefähr zehn Minuten betrieben wir diesen „Sport". Schrie oder wehrte ich mich gegen diese rüde Behandlung, dann gab er mir einen tüchtigen Klaps auf den Hintern, um mir die „Sperenzchen" auszutreiben. Schließlich kam der große Augenblick. Mit glühenden Backen plumpste ich in das kalte Seewasser, wo ich hilflos um mich schlug. Vater forderte mich auf, ordentlich den Bauch rauszustrecken und den Kopf zurückzulegen, damit ich auf dem Rücken liegend das Gleichgewicht halten konnte. „Das Bäuchlein so rausdrücken, daß du deinen Nabel sehen kannst", sagte er.

Nach und nach wurde die Geschichte zum Sport. Mein Eifer und die Neugier spornten mich an, den Bauch wirklich so vorzudrücken, daß ich selbst meinen Nabel sah. So meisterte ich die Kunst, mich an der Wasseroberfläche treiben zu lassen. Während ich in meine erstaunlichen Leistungen vertieft war, zog Vater mir die stützende Hand unterm Rücken fort und überließ mich meinem eigenen Können. Als ich mich erst einmal über Wasser zu halten vermochte, fand ich das Schwimmen so leicht, daß die kleine Wanne bald zu eng wurde. Zwar war ich selbst nicht dieser Meinung, aber Vater war es. Der nächste Hafen, den wir anlaufen sollten, war Newcastle in Australien, und hier beabsichtigte er, meinen Schwimmkünsten sozusagen den letzten Schliff zu geben.

Als er mich einmal suchte, um mir wieder eine Lehrstunde zu erteilen, fand er mich an Deck im zufriedenen Spiel mit einer Möwe. Sie war mattgrau und außergewöhnlich groß. Vater hatte sie an einem starken Angelhaken mit etwas Salzfleisch als Köder gefangen, sie an Bord gezogen und ihr die Schwingen so gestutzt, daß sie nicht fortfliegen konnte. Schon nachdem wir sie ein paar Tage gefüttert hatten, wurde sie zahm und bildete für mich ein äußerst reizvolles Spielzeug. Wir nannten sie „Salzvogel".

Eines der Spiele, die Stitches erfand, hieß „Freßrennen" und war schon deshalb von hoher Bedeutung für mich, weil ich dabei die Lebensweisheit lernte, daß der Mensch vieles auf eigene Faust tun muß, wobei sich meine Fähigkeiten im Gehen und Laufen und allen anderen Bewegungen mächtig entwickelten. Die Spielregeln waren sehr einfach. An Deck wurde ein Kreidestrich gezogen, hinter dem ich mich mit Salzvogel aufzustellen hatte. Das Ziel war ein Stück Brot an der Heckreling beim Ruderhaus. Stitches hielt die Möwe fest. Gleichzeitig mit einem Startsignal ließ er das Tier los, und schon steuerten wir beide auf das Brot zu: ein immer hungriges Kind und ein freßgieriger Seevogel. Ich krabbelte auf allen vieren, die Möwe trippelte auf ihren Schwimmfüßen dahin. Kam ich zuerst an, dann aß ich das Brot auf der Stelle: Ich stopfte es mir förmlich in den Hals, weil Salzvogel es mir sonst aus der Hand gepickt hätte. Kam die Möwe zuerst ans Ziel, dann war es mir unmöglich, ihr das Brot wegzunehmen, denn sie verschlang das ganze Stück auf einmal, ohne zu kauen.

„He, Stitches", rief Vater von der Gangway her, „wir müssen Joan mal eine Lektion erteilen, daß sie den Mund halten lernt!" Schon hatte er mich ergriffen, zog mich aus und führte mich zum Bug. Wir lagen damals im Hafen von Newcastle in Australien vor Anker. Im Schiffsschatten unter dem Bugspriet nahmen gerade zwei unserer Matrosen ein erfrischendes Bad. Vater befahl ihnen, auf mich aufzupassen, und warf mich, ohne viel Federlesens zu machen, aus viereinhalb Meter Höhe ins Wasser. Mir war, als sänke ich bis auf den Grund der Welt und käme nie wieder ans Tageslicht. Als ich endlich doch wieder hochkam, schrie ich gellend los und schluckte zum Lohn eine Portion Salzwasser. Da ich nirgendwo einen Halt zum Anfassen entdeckte, mußte ich wohl oder übel schwimmen. Vater und Stitches, die auf dem Klüverbaum standen, lachten über mein aufgeregtes Gepaddel. Lebensgefahr bestand für mich natürlich nicht, da die beiden Matrosen mich jederzeit rasch retten konnten.

Wir lagen wochenlang in Newcastle, und Tag für Tag wurde ich so über Bord geworfen. Allmählich gefiel's mir selbst, und bald wurde ich eine gute Schwimmerin, die sich energisch zu bewegen lernte, anstatt kläglichen Spektakel zu machen.

ICH LERNE, DASS JUNGE DAMEN NICHT IM TRINKWASSER DER HERREN BADEN DÜRFEN

Aus der Zeit zwischen meinem zweiten Lebensjahr und meinem sechsten habe ich kein besonders aufregendes Ereignis in Erinnerung behalten. Wir lieferten Bauholz von Seattle, im Nordwesten der USA, nach Sydney, und von Australien ging's in die Südsee zum Kopraladen. Wir waren wohlversehen mit Ballen roten Kattuns, mit billi-

gen Messern, Stanniolpapier und allerlei anderen glänzenden Kleinigkeiten, die das Herz der Eingeborenen höher schlagen lassen sollten.

So kreuzten wir von Insel zu Insel, übernahmen hier eine halbe, dort
eine viertel Tonne Kopra, bis der Laderaum voll war, und als
Decksladung gewöhnlich fünfhundert Bund Sandelholz. Außerdem
allerlei Kleingut. Kopra ist nichts anderes als das in der Sonne
getrocknete Mark der Kokosnuß. Die Eingeborenen brechen die
Nüsse auf und legen das „Fleisch" zum Trocknen auf geflochtene
Matten, bis es dunkelbraun und faserig ist. Dann wird es ballenweise
in Schilfgeflecht verpackt und in Kanus zu den ankernden Schiffen
gerudert. Hauptsächlich findet die Kopra bei der Herstellung von
Seifen, Fetten, Ölen und Kunstharzen Verwendung.

Im Handelsverkehr zwischen den Südseeinseln, Australien und den
Vereinigten Staaten war zu meiner Kindheit unser schärfster Konkur-
rent die kleine *Mary Winklemund,* eine dreimastige Schonerbark, eine
sogenannte Barkentine, unter Kapitän Swanson.

Da eine Barkentine aufgrund ihrer Besegelung schneller läuft als ein
Schoner, ging die *Mary Winklemund* jahrelang bei jeder Wettfahrt mit
unserer *Minnie A. Caine* als Siegerin hervor, ob die Schiffe von Hawaii
nach Neuseeland gingen oder von Samoa nach Seattle. Mein Vater
und Kapitän Swanson waren Rivalen, beide lobten ihre Schiffe über
die Maßen, und beide waren stolz auf ihr seemännisches Können, aber
Swanson schlug uns immer, mal nur um wenige Stunden, dann um
mehrere Tage und hin und wieder sogar um zwei Monate. Vater
schob die Schuld für seine Niederlage stets auf widrige Winde und auf
die Unfähigkeit seiner Mannschaft, oder er behauptete, Swanson
belade sein Schiff, aus Angst zu sinken, nur schwach und nähme nicht
annähernd soviel Fracht auf wie er. Aber diese Ausreden konnten
nicht darüber hinwegtäuschen, daß Swanson unser Schiff stets wie ein
leckes Rettungsboot im Orkan hinter sich ließ.

Einen kämpferischen Gesellen wie meinen Vater fuchste es schon
genug, so oft ausgestochen zu werden, und Kapitän Swanson
begnügte sich nicht etwa mit seinen Siegen, sondern rieb sie Vater bei
jeder Gelegenheit mit drastischem Seemannshumor unter die Nase.
Infolgedessen hätte Vater, glaube ich, sein Schiff sogar auf ein Riff
laufen lassen oder wäre über Bord gesprungen, wenn er dadurch
endlich einmal dieses „verfluchte, dickköpfige Seeschwein", wie er
seinen Rivalen zartfühlend zu betiteln pflegte, besiegt hätte. Wie er
aber die Scharte später auswetzte, das hat sich in mein Gedächtnis
eingegraben. Als ich sechs Jahre alt war, ankerten wir in der Botany-
Bucht vor Sydney. Es war mein sechster Winter auf See. Swanson
hatte Vater zum Mittagessen auf die *Mary Winklemund* eingeladen, und

Vater hatte geantwortet, eine kostenlose Mahlzeit akzeptiere er sogar auf so einem Schiff. Als wir in einem kleinen Boot abstießen, um zu Swansons Schiff hinüberzurudern, sagte Vater: „Swanson will nur protzen, was für ein gutes Essen auf seinem Kahn serviert wird. Wenn du wagst, es zu essen, als ob es dir schmeckt, setzt es was."

Als wir über das von Bord hängende Fallreep auf die *Mary Winklemund* kletterten, kam uns Kapitän Swanson schon entgegen. Er führte uns über sein vom Bug bis zum Heck in frischem, schnee-weißem Farbkleid prangendes Schiff und versäumte nicht, jede Einzelheit, in der die *Mary Winklemund* unserem Schoner (seiner Ansicht nach) überlegen war, besonders herauszustellen. Vater regte sich zusehends auf.

„Und als Beweis dafür, daß ich mein Schiff erheblich besser und billiger segeln kann als Sie das Ihre", sagte Swanson abschließend zu Vater, „sehen Sie sich mal das hier an." Er griff in ein Faß und holte eine Handvoll grauer Masse heraus, die aussah wie schmutziges Pflanzenmark.

„Ja, da staunen Sie, was?" prahlte er. „Davon hatte ich eine ganze Tonne voll und habe damit die Maste für diese Reise einfetten lassen, so daß ich kein Öl zu kaufen brauchte. Schmieren Sie Ihre Maste doch ebenfalls gut ein, vielleicht können Sie dann auch mehr Fahrt machen."

Vater hatte ihm die graue Substanz aus der Hand genommen, roch daran und blickte uns an. Zu meiner Verwunderung war aller Zorn aus seinem Gesicht gewichen.

„Besitzen Sie davon noch mehr?" fragte er Swanson.

„Nein, das ist der Rest. Sobald wir in tropisches Wetter kamen, fing das Zeugs so erbärmlich an zu stinken, daß ich's über Bord werfen ließ."

„Wieviel ist denn noch übriggeblieben?"

„So ungefähr ein Eimer voll ist noch im Faß", erwiderte Swanson. „Den bekommt mein Schiffslieferant, er hat mich darum gebeten."

„Was Sie nicht sagen!" rief Vater, auf dessen Gesicht ich ein verstohlenes Lächeln zu bemerken schien. Im Salon fanden wir ein Mahl auf dem Tisch, das meinem Vater durch Fülle und Qualität imponieren sollte. Vater klopfte mir auf die Schulter und rief: „Vergiß, was ich gesagt habe, Joan. Iß, soviel du kannst, und laß dir's gut schmecken."

Ich kaute schon mit vollen Backen, ehe die beiden richtig Platz genommen hatten. Aber dann sah ich Vater mit einem Appetit und so mit Lust und Liebe drauflosessen wie noch nie. Als er gesättigt war, schob er seinen Sessel zurück und fing mächtig an zu lachen.

„Na, was finden Sie so komisch?" fragte Swanson etwas betreten.

„Gar nichts, Sie Oberschlauberger. Wissen Sie eigentlich, was für Fett das war, das Sie über Bord geworfen haben?"

„Nee. Das trieb in der Nähe der Gilbertinseln. Als ich ein paar Seevögel da herumpicken sah, habe ich ein Boot hingeschickt und nachsehen lassen. Da ich es für ein gutes Schmierfett hielt, ließ ich einige Fässer voll an Bord schaffen und benutzte es, wie gesagt, zum Einfetten der Maste."

„Vorzügliche Maste, Swanson", sagte Vater feixend. „Können sich auch stolz emporrecken, wenn sie mit Ambra im Wert von rund hunderttausend Dollar eingefettet sind!"

Swanson wurde ganz bleich. Die Augen traten ihm aus den Höhlen. „Was – Ambra!?" stammelte er.

„Jawohl, ganz recht!" brach es aus Vater heraus. „Eine Unze davon ist fast zweiunddreißig Dollar wert! Und Sie schmeißen eine ganze Tonne voll wieder weg, Mann! Ein Vermögen haben Sie über Bord geworfen, sie elender Ignorant!" Vater lehnte sich in seinen Sessel zurück und brüllte vor Lachen.

Swansons Gesicht war aschgrau geworden. „Sie kommen sich wohl furchtbar schlau vor, was?" schrie er. „Aber ich sag Ihnen eins. Wo ich das herhabe, liegt noch mal soviel. Ich weiß genau wo und werde es mir holen. Klar?"

„Na, denn viel Glück!" rief Vater lachend. „Wenn Sie es wieder-finden, können Sie es mit Fug und Recht beanspruchen."

„Das werde ich!" knurrte Swanson erbittert, während wir von Bord gingen.

Als wir in unserem kleinen Boot zurückruderten, fragte ich Vater, was Ambra eigentlich sei.

„Pottwalkacke", sagte er kurz.

„Wozu kann man die denn gebrauchen?"

„Joan, Kind, Ambra wird in Parfümfabriken als Grundstoff für die feinsten Parfüms benutzt. Sie kostet zweiunddreißig Dollar pro Unze. Pro Unze! An die sechstausend Dollar hat der Kerl aus purer Dämlichkeit wieder ins Meer geschmissen! Gütiger Himmel: wenn ich bloß mal so einen Fund machte!"

„Warum versuchst du denn nicht, das zu finden, was Kapitän Swanson liegengelassen hat?"

„Nur ein Dussel wie Swanson weiß nicht, daß die Seevögel die Ambra auffressen. Jeder vernünftige Seemann kann sich ausrechnen, daß der Rest längst verputzt ist. Ich wünschte, er jagte noch danach, dann kommt er uns wenigstens ein halbes Jahr nicht in die Quere!"

Und so geschah es auch. Swanson suchte geschlagene sechs Monate nach seiner Ambra und fand sie nicht wieder. Aber Vater erzählte die Geschichte in allen Häfen, so daß Swanson überall an seinen peinlichen Fehler erinnert wurde.

Und wenn ich an schönen Frauen ein teures Parfüm schnuppere, denke ich im stillen: Was würden die wohl sagen, wenn sie wüßten, daß ihr herrlicher Duft eigentlich von Pottwalexkrementen stammt!

Solange ich noch klein war, sahen die Matrosen in mir nur ein Spielzeug und verhätschelten mich, als ich aber größer wurde und ihnen auch einmal lästig werden konnte, schlug ihre Freundlichkeit recht oft in Feindseligkeit um. Man glaubt allgemein, daß die Seeleute, wenn der Kapitän eine schöne Tochter an Bord hat, einander fast die Schädel einschlagen, um sie zu erringen, oder daß schon ihre bloße Gegenwart die Lebensart der Matrosen verfeinert. In Wahrheit geht es an Bord viel nüchterner zu. Soweit ich mich erinnern kann, hat kein einziger Matrose mit Gewalt um mich gerungen. Eher schon mögen sie manchmal im Zorn einen Gewaltakt gegen mich geplant haben.

Während unserer nächsten Reise erlebte ich zum erstenmal eine richtige Meuterei und bekam zu spüren, was es heißt, eine ganze Schiffsmannschaft gegen sich zu haben. Und alles entstand auf leicht erklärliche Weise: Durch langes Liegen in einer windstillen Zone war uns das Trinkwasser ausgegangen.

Unseren Trinkwasservorrat führten wir in drei Tanks mit. Einer befand sich unter der Back und zwei eiserne auf dem hohen Achterdeck, dicht hinter dem Besanmast. Zusammen enthielten diese Tanks über zwanzigtausend Liter Wasser, bestimmt für sechzehn Mann bei achtzig bis hundertzwanzig Seetagen. Dieses Wasser war ein kostbares Gut, das mit größter Aufmerksamkeit vom Koch überwacht wurde, denn er hatte die Aufgabe, drei Becher pro Kopf und Tag auszuteilen. In den Tropen wurde das Wasser so warm und abgestanden, daß sich „Wimmler" darin bildeten, kleine Würmer, die sich rasch vermehren. Nach einer alten Verordnung muß jedes Schiff auf großer Fahrt eine bestimmte Menge Zitronensaft als Vorbeugungsmittel gegen Skorbut an Bord führen. Ein Tropfen Zitronensaft in einem Becher Wasser tötet die Wimmler.

Es war der 83. Tag unserer Reise von einer Südseeinsel mit einer vollen Ladung Bauholz nach Brisbane in Australien. Das Trinkwasser war äußerst knapp geworden und dieser Rest so voll von Wimmlern und Krankheitskeimen, daß ein Schluck davon tödlich sein konnte. Der Koch kam zu Vater in die Kajüte und erklärte ihm, das Wasser könne uns noch die Pest einbringen. Es stank so entsetzlich, daß sogar die Ratten die Decks nach einem frischeren Trank durchstöberten.

Wir befanden uns im Kalmengürtel, etwa elf Grad südlich des Äquators. Das Schiff dümpelte träge in der glatten See. Schlaff hingen die Segel an den Masten. Wanzen und Kakerlaken schienen sich millionenfach zu vermehren.

„Alle Mann an Deck!" befahl Vater, und der Steuermann gab den Befehl nach unten an die schlafende Freiwache. In wenigen Minuten war die gesamte Mannschaft angetreten.

„Es ist kein Trinkwasser mehr da, Leute, bis wir in eine Regenbö laufen. Da das Glas gefallen ist, kommt wahrscheinlich bald eine. Sucht euch also alle ein großes Gefäß, um so viel Regen wie möglich aufzufangen."

In wilder Hast suchten alle nach Behältern, mit denen man Regenwasser auffangen konnte. Der Koch plazierte mit einem Matrosen ein großes Faß auf dem Hauptdeck unter die Ablaufrinne vom Achterdeck, wo eine Menge Regenwasser ablaufen würde.

Alle Mann hockten an den Speigatten und blickten mit durstigen Augen zu den trügerischen Wolken empor, die weit entfernt vorüberzogen und ihre erfrischende Last hinter dem Horizont, aber nicht bei uns abluden. Der Abend nahte schon, und noch immer fiel kein Regen. Bei Sonnenuntergang erschien, etwa einen viertel Strich steuerbord querab, das Ende eines Regenbogens, der regelrecht ins Meer eintauchte mit seinem Band lebhafter Farben, die sich, eine Meile entfernt, zum Nebeldunst eines Regenschauers auflösten. Die Mannschaft suchte mit jeder Handbreit Segel noch Wind einzufangen, um das Schiff in diesen Regenguß zu bringen. Aber als wir fast bis auf hundert Meter davor waren, erstarb die kleine Brise, und wieder hingen die Segel schlaff herunter.

Zum Abendbrot gab es eine klebrige Masse aus gesalzenem Klippfisch, der bei der starken Hitze einen so üblen Geruch ausströmte, daß man ihn nur mit Senf bestrichen und mit zugehaltener Nase herunterschlucken konnte. Ich hatte gekochte Linsen bekommen, die meinen Durst ebenso verschärften wie der salzige Fisch den der Männer.

Auf See kann schon ein ganz geringer Anlaß zu Meutereistimmung führen. Wenn die Männer halb verdurstet, von der Hitze ausgedörrt und durch Windstille und schlechtes Essen entmutigt sind, muß man sie so vorsichtig wie Dynamit behandeln. Unsere hatten schon begonnen, bösartig miteinander zu streiten. Vater, der das Unheil in der Luft spürte, schickte mich gleich nach dem Essen in die Koje.

„Egal, was an Deck passiert, du bleibst unten! Verstanden?" ermahnte er mich und stieg rasch aufs Hüttendeck. Ich wußte, daß er jetzt angespannt den Horizont nach Anzeichen eines erlösenden

Regens absuchte. Er hörte die an den Speigatten hockenden Leute murren und wußte, daß sie im Grunde ihn für ihre Notlage verantwortlich machten.

Unser alter Stitches, der mit eiserner Treue an Vater hing, kam (wie mir Vater nachher erzählte) auch gleich nach oben und zündete sich, neben ihm stehend, in aller Ruhe seine Pfeife an. Aber sein grimmig zusammengepreßter Mund bewies dem Kapitän, daß der alte Seebär nicht so gleichmütig war, wie er tat. Denn auch Stitches hatte längst gemerkt, daß Unheil bevorstand, und wollte Vater die Gewißheit geben, daß er trotz seines Alters jederzeit bereit war, an der Seite seines Kapitäns einen Belegnagel zu schwingen.

Ich ahnte, daß sich da oben etwas zusammenbraute. Wie immer, wenn ich mich ausgeschlossen fühlte, wollte ich feststellen, was los war. So schlich ich wieder an Deck und verbarg mich an einem Platz, wo Vater mich nicht sehen konnte.

Eine Stunde nach der anderen verstrich, und in der „langen Wache" von Mitternacht bis vier brach die Meuterei aus. Larsen, bisher einer der verläßlichsten Männer, führte die Matrosenschar einfach zu Vater aufs Hüttendeck, das dem Kapitän und den Offizieren vorbehalten ist.

„Was wollt ihr hier?" brüllte Vater sie an.

„Wasser!!"

„Wo soll ich Wasser für euch hernehmen, zum Donnerwetter noch mal?"

„Wasser!" riefen sie abermals in drohender Anklage.

Stitches legte seine Pfeife weg und schob sich dicht neben Vater.

„Das Glas steht tief, wir werden gegen Morgen mit einer Regenbö rechnen können", erklärte Vater.

„Ach nee!?" höhnte der Chor. „Wir wollen *jetzt* Wasser, sofort, verstehen Sie das nicht? Und wenn Sie uns nicht gleich was geben, können Sie mit Ihrem ganzen verfluchten Schiff in die Hölle absaufen!" Bei diesen Worten sprangen zwei Matrosen auf Vater los und versetzten ihm, vor Durst halb toll, ein paar mächtige Hiebe. Vater schlug zurück, seine geballten Fäuste trafen hart wie stählerne Geschosse. Stitches drosch mit einem Belegnagel blindlings zwischen die Aufrührer. Blut beschmierte das Deck. Einen Meuterer nach dem andern schlugen die beiden Männer zurück, bis die Matrosen von der Hütte herunter übers Mittelschiff verschwanden.

Ich mogelte mich wieder nach unten in meine Kammer und versteckte mich unter dem Strohsack. Stitches kam herein. Ich hörte, wie er sich an dem Gewehrständer in der Nähe meiner Koje zu schaffen machte. „In so einer Nacht heißt es wachsam sein", murmelte er und verschwand mit zwei Gewehren nach oben. Allein mit Vater hielt er die ganze Nacht die Meuterer so in Schach, daß sie sich nicht wieder aufs Achterschiff wagten.

Es wurde früh Tag; um fünf Uhr dreißig ging die Sonne auf. Und ich war auch früh oben. Gegen sechs erschien am Horizont eine schwarze Wolke, und eine leichte Brise wehte uns entgegen. Zehn Minuten später war die Wolke über uns, dicht wie eine Wand rauschte kühler Regen auf die von der Hitze verbogenen Planken und die verdorrten Lippen der Männer an Bord. Sie prügelten sich um einen Platz an den Wasserrinnen, da jeder als erster in vollen Zügen trinken wollte. Ich stand auf dem Hüttendeck und ließ den Regen über mich rauschen. Ach, so schön kühl war er, neues Leben spendend wie mit liebender Hand! Ich riß den Overall herunter und ließ mir den nackten Körper beregnen. Hier wollte ich ein Bad nehmen, ein richtiges Bad mit Seife! So entzückt war ich von meinem Frischwasserbad, daß ich gar nicht an die Matrosen dachte, die unter der Vorkante der Hütte auf dem Hauptdeck standen, um das von oben ablaufende Wasser zu sammeln.

Nackt rannte ich nach vorn zur Kombüse und bat den Koch um Seife. Die machte er aus Fettresten von Schweinefleisch, indem er eine Lauge zusetzte, und verwahrte diese Mischung in einer Petroleumdose unter seiner Koje. Ich ergatterte eine Handvoll und begann mich, schon während ich wieder nach achtern lief, damit einzuschmieren. Der Regen wusch mir die Schaumblasen vom Leibe und – spülte den Schaum über die Ablaufrinnen in die Gefäße der durstigen Mannschaft … Zwei Mann kamen nach oben gerast, packten mich und hätten mich beinah erwürgt – da trat Vater dazwischen, ergriff mich glitschigen Nackedei und schob mich hinter sich. Dann befahl er den Männern, nach unten zu verschwinden. Aber nun kam ich dran.

„Was hast du dir eigentlich dabei gedacht, wie?" schrie er, ganz blaß vor Wut. „Dir werde ich beibringen, Trinkwasser zu verderben!" Er ging rasch nach vorn und kam wieder – mit einer Handvoll derselben Seife. „Den Mund aufgemacht, los! Konntest dein Bad gar nicht abwarten, was? Jetzt kannst du noch deine Zunge damit baden!" Und er drückte mir die stinkige Seife in den Mund.

Für lange Zeit war ich nicht mehr erpicht auf reinigende Bäder …

Haare auf der Brust

STARK und gesund wuchs ich heran und hatte nur drei Ziele: Erstens, Segel beschlagen und reffen und das Schiff steuern zu können; zweitens, so weit spucken zu können wie ein schwedischer Matrose;

drittens, ebensoviel – oder besser noch mehr – zu essen zu kriegen wie
die andern.

Auf Segelschiffen wird die Verpflegung zugeteilt in sogenannten
Schlägen, das heißt, jedem stehen pro Woche soundsoviel Gramm der
bordüblichen Nahrung zu. Es war allerdings unmöglich, genau abzu-
schätzen, wie viele Tage eine Reise dauern würde, denn es hing ja von
den Winden ab, wann wir unseren Bestimmungsort erreichten.

Die Vorratsräume waren nur auf das Notwendigste bemessen, also:
Linsen, Reis, Pökelfleisch mit viel Salzlake in Fässern, gedörrter
Kabeljau, Milchpulver, getrocknete Pflaumen und Aprikosen als
Nachtisch an Feiertagen und Zitronensaft. Die Vorräte wurden unter
Schloß und Riegel gehalten. Schlüssel hatten nur der japanische Koch
und mein Vater. Das Frühstück bestand aus einer Schüssel gekochter
Haferflocken, trockenem Brot und Kaffee. Läutete der Schiffsjunge
die Frühstücksglocke, so wirkte das wie Feueralarm: Alle stürmten los
und drängten in den Speiseraum. Wer zuerst am Tisch saß, grabschte
sich die Terrine mit Haferbrei und hieb sich einen dicken Berg auf den
Teller. Ich schaffte es oft, mich als erste zu bedienen. Einmal
wöchentlich, am Donnerstag, gab es „Obstpudding". Diesen Pud-
ding bereitete der Koch aus einem klebrigen Teil, von geschmolzenem
Talg und Mehl, in den er ein paar Rosinen mengte.

Unser Pökelfleisch stank so, daß ich es einfach nicht essen konnte,
und die Matrosen brachten es auch nur herunter, wenn sie scharfe
Senfgurken dazu hatten und beim Schlucken die Luft anhielten.
Abwechslung im Menü gab es manchmal, wenn das Brot wie
Rosinenbrot aussah. Leider aber bestanden die Rosinen aus Kakerlaken, die das Pech gehabt hatten, in die Teigmasse zu fallen, während
der Koch knetete. So kleine Extraportionen „Frischfleisch" verdarben
uns keineswegs den Appetit.

Auf See glich kein Tag dem andern. Sogar im eintönigen Passat
geschah manchmal Merkwürdiges. So ein Tag war es, an dem John
McLean, ein Vollmatrose, mein Herz gewann. McLean war ein
riesiger, schwerfälliger Mensch mit mehr Muskeln als Verstand und
so mürrisch und verschlossen, daß die andern ihn fürchteten. Er trug
auf seiner dichtbehaarten Haut das tätowierte Bild eines Vollschiffs
mit allen Segeln. Ich war hingerissen, wenn ich das sehen durfte.
Wenn McLean gute Laune hatte, zog er sein Hemd oben weit
auseinander, bis ich das ganze Schiff sehen konnte, und dann zuckte er
so mit den Brustmuskeln, daß es aussah, als laufe das Schiff in einem
wilden Sturm. Wölbte er die Brust plötzlich kräftig vor, dann „lief" es
mit prallen Segeln vor günstigem Wind. Ließ er die Muskeln
erschlaffen, so lag es bekalmt auf glatter See.

„McLean", rief ich, „kann ich nicht später auch so 'n Schiff auf der Brust haben?"

Er wälzte seinen dicken Priem in die andere Backe, fixierte mich geringschätzig und war so gnädig, mir zu antworten. „Nee. Tätowiert werden so wie ich kannst du nur, wenn du Haare auf der Brust hast."

Das gab mir den Rest, denn meine Haut war seidig glatt. Ich begab mich zu Vater und fragte ihn, wodurch der Mensch Haare auf der Brust bekäme. Da er gern männliche Gespräche mit mir führte, erwiderte er: „Haare auf der Brust, Joan? Ach so, ja, natürlich. Wenn du jedesmal von der Erbsensuppe deinen vollen Schlag essen würdest, dann würden dir schon Haare auf der Brust wachsen."

Und gerade Erbsensuppe haßte ich doch so! Aber wenn ich damit solchen Brusthaarwuchs bekam wie McLean, dann wollte ich es schon ertragen. So verzehrte ich wochenlang tapfer meine Portion. Wir gelangten nach Adelaide in Südaustralien, und noch immer war meine Brust haarlos.

Im Hafen löschten wir Kopra. Ich kletterte in den Laderaum, wo McLean arbeitete. „McLean, neun Wochen habe ich jeden Morgen nachgesehen, ob mir Haare auf der Brust wachsen, und es sind noch immer keine da."

Er grinste – bei ihm ein seltener Freundschaftsbeweis – und sagte: „Sag mal, Kleine, ist der Alte an Bord?"

„Nein, der ist heute morgen zum Konsulat gegangen."

„Na gut. Wir haben noch eine Stunde bis zur Mittagsablösung – nachher nehme ich dich mit in die Stadt zum Tätowieren. Ich kenne hier den besten Tätowierer von ganz Australien."

Endlich würde ich ein richtiger Matrose werden, denn der mußte ja tätowiert sein. Ich war begeistert! Pünktlich mittags um zwölf wartete ich an der Gangway auf McLean. McLean erschien, wie er versprochen hatte, und Hand in Hand marschierten wir in den Hafen. Ich glaubte zu schweben, so selig war ich! Wir beratschlagten, was für ein Bild ich mir auf die Brust tätowieren lassen sollte. Ich entschied mich für folgendes: auf den Unterarm eine nackte Frauengestalt in Rot, auf die Brust ein Vollschiff und eine amerikanische Flagge auf die Fußsohle, damit ich mit dem Fuß aus dem Bullauge winken konnte wie mit einer richtigen Flagge. Als wir über den Kai gingen, sah ich Vater, der sich vor dem Güterschuppen mit dem Stauerbaas unterhielt. Vor lauter Begeisterung vergaß ich alle Vorsicht und schrie ihm zu: „Ist das nicht famos, Vater? Ich werd mich jetzt tätowieren lassen, überall, wie 'n richtiger Seemann!"

Wie von der Tarantel gestochen, fuhr Vater herum. „Waas?!"

„Ich will mir eine nackte Dame auf den Arm tätowieren lassen, dicht am Ellbogen, damit sie richtig mit dem Bauch wackelt wie beim Tanzen, wenn ich den Arm bewege!"

Vater bekam das Gesicht eines Mörders. Als ich mich zu McLean umdrehte, sah ich den schon in schnellster Gangart wieder zum Schiff eilen. Und ich kam fix hinterdrein, denn Vater hatte mich am Hosenboden und im Nacken gepackt und schob mich im Eiltempo über den Kai vor sich her.

„Bloß fünf Minuten braucht man dich allein zu lassen, und schon hast du wieder eine Teufelei ausgeheckt", knurrte er. „Na, dir werde ich Benehmen beibringen!"

Er schleifte mich auf die Hütte und band mich vor den Augen aller Matrosen am Ruder fest. Mir brach vor Enttäuschung fast das Herz, aber ich vergoß keine Träne, sondern ließ sämtliche Flüche vom Stapel, die ich kannte.

Nicht genug damit, daß ich wie ein böser Hund angebunden war – ausgerechnet jetzt kam auch noch der Erste Steuermann nach oben und hörte mich schimpfen. Als er mich auslachte, begann ich gleich mit einer frischen Serie von Flüchen. Ich hätte ihn umbringen können! Er hörte meine Schimpfkanonade bis zu Ende an, kratzte sich am Kopf und sagte dann: „Ich will meinen ganzen Fraß verwetten, daß du so gut fluchen kannst wie einer, der die Brust dicht voll Haare hat."

Oh, das klang wie Musik in meinen Ohren! Und somit war der Tag doch nicht ganz verloren.

MEIN Leben an Bord teilte sich in: Handarbeit, Kopfarbeit und Spiel. Bei schönem Wetter war mein Tagesplan ausgefüllt. Um sieben Uhr dreißig morgens bekam ich Frühstück, und bei acht Glasen, wenn die Morgenwache antrat, hatte ich das Hüttendeck abzuspülen, das Messingwerk dort zu putzen und meine Kajüte in Ordnung zu bringen. Als Matratze diente mir ein „Eselsfrühstück", eine simple Strohfüllung, die mir als äußerster Luxus gestattet wurde. Bei meinen Bordarbeiten strengte ich mich nicht übermäßig an, sondern verrichtete sie, wenn immer möglich, wie ein Spiel.

Das schulmäßige Lernen fiel mir am schwersten. Nicht allein, weil ich es nicht wollte und den Erwerb theoretischer Kenntnisse als unnötige Belastung empfand, sondern weil mein Bewegungsdrang zu groß war, als daß ich lange hätte still sitzen können. Infolgedessen griff Vater zu allen möglichen Tricks, um mich zu den Lektionen zu zwingen. Einen hatte er, der nie versagte, sooft er ihn auch anwandte: Er rief mich in die Kajüte und erklärte mit todernstem Gesicht, ihm sei in seinen navigatorischen Kalkulationen ein Fehler unterlaufen, und ob ich nicht so nett sein wolle, genau nachzurechnen, um den Fehler herauszufinden, weil es uns sonst unter Umständen mitsamt dem Schiff ganz bös ergehen könne. Mir war es Wurscht, ob in dieser Rechnerei eine Gefahr für uns oder das Schiff verborgen lag, aber zu gern wollte ich ihn mal bei einem wirklichen Rechenfehler ertappen! Also verbiß ich mich in das mathematische Problem, um nach einer halben oder ganzen Stunde zu Vater hingehen und ihm sagen zu können – mit dem Gefühl des haushoch Überlegenen –, er habe tatsächlich keinerlei Fehler in der Berechnung gemacht. Dann dankte er mir immer scheinheilig mit einem Seufzer der Erleichterung, während ich mich stolz entfernte, ohne jemals darauf zu kommen, daß ich nur programmgemäß meine Rechenaufgaben gemacht hatte ...

Arbeit gab es an Bord immer genug für mich, aber zum Spielen war nichts da, wenn ich nicht selbst etwas austüftelte. Auf meine eigene Erfindungsgabe beschränkt, ließ ich mich bei der Anfertigung eigener Spielsachen durch meine Umgebung – das heißt: Matrosen, Schiffe, Ladungsgut – anregen. Unter der Treppe zur Hütte baute ich mir ein Trockendock, in das ich mehrere selbstgebaute Schiffchen in verschiedenem Bauzustand tat. Mein Meisterstück war ein Vollschiff in einer Whiskyflasche.

Von den Matrosen hatte ich gelernt, mir aus Draht lange, eigenartig gedrehte Haken zu machen und aus Fischköpfen Leim zu kochen. Monatelang war ich mit der Anfertigung der Segel und Takelage beschäftigt, bis es an die schwierige Aufgabe ging, alle diese kleinen Teilchen durch den engen Flaschenhals zu bugsieren und das Schiff im Innern der Flasche zusammenzusetzen, wobei die Haken sich gut bewährten. Nachdem jedes Stück einzeln in die Flasche geführt war, galt es, sie mit Haken und Leim richtig zu plazieren. An so einem Meisterstück arbeitete ich nur jeden Tag ein bißchen, denn ich hatte vor, mit dieser Leistung alle Matrosen, die ebenfalls Buddelschiffe machten, zu übertreffen. Schließlich hatte ich eine ganze Flotte kleiner Schiffe zusammen, die ich in englischen Häfen gegen Süßigkeiten tauschen wollte.

Mein großartigstes Schiff konnte auf kleinen hölzernen Rädern über Deck segeln. Es war etwa zwei Fuß lang, hatte ein Großsegel, ein Rahsegel und zwei Klüver. Ganz winzig kleine Blocks für die Taljen hatte ich aus Sandelholz geschnitzt, die beiden großen Segel aus einem alten Baumwollhemd genäht, während die Klüver von einer abgelegten Unterhose des Kochs stammten.

Stitches bastelte ein Boot von der gleichen Bauart. Sobald beide fertig waren, wollten wir eine Regatta veranstalten. Mein Boot wurde *Unsinkbar* getauft, seines hieß *Teufelsbraten*.

„Wetten, daß mein Boot deins schlägt, Joan?" fragte mich Stitches. „Wenn ich aber verliere, dann darfst du den Namen deines Siegers in weißem Segelgarn auf meinen Hosenboden sticken, und ich werde vor den Augen der ganzen Besatzung so herumlaufen."

„Wette angenommen, Stitches", erwiderte ich und gab ihm die Hand darauf. Leider dachte ich gar nicht daran, daß er im umgekehrten Fall mir *Teufelsbraten* auf die Hose sticken würde.

Das Reglement verlangte, daß wir unsere Schiffe mit einer Besatzung versahen. Ich wählte als Kapitän meines Bootes eine fette Kakerlake, die ich mit einem Faden am geziemenden Platz auf dem Achterschiff festband. Meine Mannschaft war ein Kätzchen. Ich band es zwischen Back und Mittelschiff an, wo es gleichzeitig als Ballast dienen sollte. Die Besatzung von Stitches' Boot bestand aus einer Pfeife als Kapitän und Kautabak als Mannschaft.

Die Startlinie für unsere Schiffe hatten wir auf dem Hauptdeck gezogen. Ziel war der Wassertank hinter dem Kreuzmast.

Stitches gab das Startzeichen: „Los, ab!", und übers Deck ratterten auf ihren Rädern *Unsinkbar* und *Teufelsbraten*. Mein Schiff übernahm gleich die Führung, bis plötzlich meine Mannschaft meuterte. Das Kätzchen war ärgerlich geworden, als der Wind ihm unter den Schwanz fuhr. Es krallte sich an den Segeln fest, so daß die Maste mit der ganzen Takelage umbrachen. *Unsinkbar* kippte um und erlitt eine schmähliche Niederlage.

Ich wartete nicht erst, bis Stitches seinen Triumph laut verkündete. „Sie können gleich heute abend, wenn ich in die Koje gehe, meinen Overall haben, nur sticken Sie *Teufelsbraten* nicht in zu großen Buchstaben drauf", bat ich.

Ein weiblicher Hai und was ich dabei über Frauen erfahre

Scharf beobachten und genau zuhören war das Wichtigste, was ich im Seefahrtsleben lernte. Alle meine Kenntnisse in Philosophie, Biologie und Astronomie verdanke ich meinem Vater und unseren Matrosen. Ich hatte oft gegrübelt, woher die Kinder wohl kommen mochten, und wenn ich die Matrosen danach fragte, erzählten sie mir zwar keine Geschichten vom Klapperstorch, sagten aber auch nicht die Wahrheit. Als ich meinen Vater fragte, woher ich gekommen sei, antwortete er mir: „Frag nicht immerfort. Halt nur die Augen stets offen, dann wirst du schon alles gewahr, was du wissen mußt."

Es ergab sich eine Gelegenheit, über dieses Thema etwas zu erfahren, als Vater einen Haifisch fing. Ich war gerade auf dem

Hauptdeck, wo ich Stitches beim Flicken eines zerrissenen Segels half.

Vater saß mit dem Sextanten in der Hand auf der Heckreling und wartete darauf, daß die Sonne hinter den Wolken hervorkam, um durch eine Höhenmessung unseren Schiffsort nach nautischer Methode festzustellen.

„He, Joan", rief er, „komm mal her, und sieh dir diesen Hai an!"

Ich ließ meine Näharbeit fallen und rannte zu ihm auf die Hütte. Als ich mich vorbeugte, sah ich einen bräunlichweißen Schatten tief im Wasser. Langsam näherte er sich der Oberfläche, eine graue Flosse stach wie ein dreikantiges Segel aus dem Wasser. Der Hai war ungefähr drei Meter lang, er zog Kreise in unserem Kielwasser, offenbar auf Beute lauernd. „Geh mir nicht zu dicht an die Reling, Joan. Wenn du über Bord fällst, frißt dich der Hai zum Nachtisch."

„Fressen Haie denn Menschen?" fragte ich.

„Diese Sorte tut's. Alle Haifische, die sich an der Oberfläche bewegen und den Segelschiffen folgen, sind Menschenfresser."

„Wieso könnte der Hai mich denn fressen? Ich sehe ja gar kein Maul bei ihm?" gab ich noch zweifelnd zurück.

„Das werde ich dir gleich zeigen. Lauf zum Koch, und laß dir ein großes Stück Salzfleisch geben. Das werden wir an einen eisernen Haken hängen, und dann sollst du mal sehen, was passiert." Ich holte Salzfleisch, das Vater als Köder an einem Haken befestigte. Er warf diesen aber nicht an einer Leine über Bord, sondern an einer dünnen, ungefähr sechs Meter langen Kette. „Nun hol mir mein Gewehr, und dann bleib ein Stück von der Reling weg!" befahl er.

Ich holte das Gewehr, während Stitches und McLean nach achtern kamen, um den Hai an Bord hieven zu können. Stitches hatte ein kurzes Brett so an der Kette befestigt, daß der Haken mit dem Fleisch an der Oberfläche schwamm. Der Hai, von seinem kleinen bunten Lotsenfisch geführt, beroch den Köder, umkreiste ihn und stieß kurz mit dem Maul dagegen. Dann drehte er sich auf den Rücken und öffnete seine Kiefer weit, um zuzuschnappen. Ein Haifisch kann nur zubeißen, wenn er mit dem Bauch nach oben liegt, da sein Unterkiefer stark zurückweicht. Als er sich umdrehte und auf den Haken biß, schoß Vater. Der Hai schlug wild mit seiner kraftvollen Schwanzflosse um sich und zerrte am Haken. McLean ließ noch etwas Kette aus, die der Hai erbittert zu zerbeißen suchte. Schuß auf Schuß feuerte Vater in den Körper des Tieres, aber der Hai kämpfte unentwegt weiter. Der Lotsenfisch war verschwunden, wir konnten nur den blutenden, rasend kämpfenden Hai sehen, wie er am Haken riß.

„Hievt ihn hoch, der Kopf muß über Wasser!" rief Vater, und Stitches und McLean zogen den Fisch aus dem Wasser. Nach heftigem

Ringen hatten sie ihn endlich auf dem Achterdeck. Klatschend warf er sich auf den Planken hin und her, seine ungeheuren Kiefer mit sieben Reihen scharfer Sägezähne klafften drohend vor den Angreifern auseinander. McLean hackte ihm den Schwanz ab, aber noch immer kämpfte der Hai verzweifelt.

„Kein Hochseefisch ist so schwer zu töten wie ein Hai", sagte mein Vater. Er befahl den Leuten, den Körper des Haifischs auf das Hauptdeck zu schaffen und ihn in Lee in die Speigatten zu legen, bis er tot wäre. Die Matrosen gehorchten willig, denn für sie hatte ein Haifisch beträchtlichen Wert.

„Sobald er tot ist, könnt ihr ihn abhäuten. Die Haut werden wir in Australien als Schuhleder verkaufen. Von dem Rest kann jeder nehmen, was er will", sagte Vater und wandte sich wieder seinen Höhenmessungen zu.

Stitches schliff mir mein Bordmesser an seinem Marlspieker, und dann begannen wir, den Hai zu zerlegen.

„Welchen Teil soll ich nehmen?" fragte ich ihn.

„Na, da es der erste Hai ist, den du siehst, nimm dir mal die Eingeweide vor. Es gibt Seeleute, die behaupten, daß die Haifische auf dem Meeresgrund Perlen verschlucken. Vielleicht findest du eine, wenn du sein Inneres genau durchsuchst."

Tatsächlich sind die Haie eine Art Aasgeier der Tiefsee, aber Stitches gab mir diese Arbeit vor allem, damit ich die Innereien des Hais kennenlernte. Für die genaue Untersuchung des meterlangen Darms brauchte ich drei Stunden – ohne die kleinste Perle zu finden. Was ich fand, waren ein Stückchen rostiges Blech und ein kleiner Tintenfisch, ein sogenannter Octopus, der mich ganz mit einer dunkelblauen Flüssigkeit bespritzte, als ich ihn aus seiner Klemme befreite. – Stitches ließ sich von McLean ein Beil und eine Säge holen, womit sie beide den gewaltigen eisenharten Schädel des Tieres abtrennten.

„Nun paß mal auf, wo der Hai seine Augen hat." Der Hai ist nämlich fast blind, hat jedoch immer zwei kleine Schmarotzer bei sich, die Lotsenfische, die für ihn sehen müssen und die er bei Gefahr verschluckt, um sie zu schützen. Aus kleinen Vertiefungen hinter den Kiemen des Hais brachte Stitches zwei kaum fingerlange, grellbunte, quicklebendige Fischchen zutage.

„Merk dir eins, Joan. Wenn du mal über Bord bist und einem Haifisch in die Nähe kommst, dann ruhig Blut und stillgehalten, bis er wieder von dir fortkreist. Benimm dich nicht so dumm wie eine Landratte, und versuch nicht, gegen ihn zu kämpfen. Denn dann bildest du ein bewegtes Ziel für den scharfsichtigen Lotsenfisch."

Jedes Stückchen des Hais wurde verwertet. McLean hatte den leeren

Darm genommen und ihn ausgespannt in die Sonne gehängt. „Für Schnürsenkel", antwortete er, als ich ihn fragte, was er damit wolle.

„Nun kommt der Magen an die Reihe", sagte Stitches und machte in den oberen Teil des Haifischmagens einen Schlitz. Der Alte fuhr mit der Hand bis zum Gelenk in die Öffnung und tastete vorsichtig das Innere ab. Auf einmal rief er: „Ach, herrje!"

„Was ist denn, Stitches?"

„Ein Muttertier!" antwortete er mit ganz verstörter Miene. „Sieh mal, Joan, es hat Junge in sich."

Ich sah, daß in einem Teil des Magens sechs kleine, knapp einen halben Meter lange Haikinder lagen. Er griff tiefer hinein und brachte einen zweiten Beutel heraus, in dem ebenfalls sechs junge Tiere lagen.

„Bringt das denn Pech, wenn man einen weiblichen Hai tötet, Stitches?" fragte ich, über sein kummervolles Gesicht erstaunt.

„Pech?! Kein Seemann tötet weibliche Tiere, weil sie das Leben spenden im Auftrag des Schöpfers."

Es besteht ein alter Aberglaube, daß ein Schiff, auf dem ein weibliches Tier getötet wird, dem Fluch verfällt. Wird ein Vogelweibchen getötet, so nagelt der Seemann die Flügel an den Mast als Opfergabe zur Abwendung des Fluches. Stitches nahm, weil wir einen weiblichen Hai mit Jungen getötet hatten, sofort die Schwanzflosse und nagelte sie an die Spitze des Klüverbaumes.

Als er zurückkam, zog er die kleinen Fische aus den Beuteln und riß die Nabelstränge ab, mit denen sie am Mutterleib hingen. Er nahm Garn, wie wir es beim Segelnähen benutzten, band die Nabel ab und warf die kleinen Fische ins Meer. Am Leben geblieben sind sie wahrscheinlich nicht, aber er hatte alles getan, um sie zu retten.

Bis dahin hatte ich nicht gewußt, daß der Haifisch lebende Junge zur Welt bringt, sondern gedacht, er laiche wie jeder andere Fisch. Stitches erklärte mir nun genau, daß bei manchen Arten das Haiweibchen seine Kinder wie ein Mensch zur Welt bringt.

Ich fragte Stitches, ob alle Kinder so geboren würden wie die der Haifische, und er sagte ja. Und da wir zu Hause elf Kinder waren, stellte ich mir vor, wir wären auch so paketweise in Beuteln zur Welt gekommen.

WIE ICH SPASS VERSTEHEN LERNTE

AUF der Reise von Seattle im Nordwesten der USA nach Süden näherten wir uns dem Äquator. Ich saß mit Vater und dem Steuermann beim Mittagessen. Es gab „Zwiebelsuppe" – eine Zwiebel auf einen Eimer Wasser –, Reis mit Curry und gekochte Tapioka mit einer blaßblauen Soße aus Maisstärke. Unser japanischer Koch machte die Speisen gern recht farbig, damit sie appetitlicher aussahen, als sie tatsächlich waren.

Vater besprach mit dem Steuermann unsere Position nach der Seekarte. „Heute nachmittag bei ungefähr vier Glasen müßten wir an den Äquator kommen, Mr. Swanson", sagte er. „Lassen Sie lieber gleich die schwere Trosse längs Deck klar legen, denn die werden wir wohl brauchen."

Swanson hatte das Zwinkern in Vaters Augen bemerkt und sprach nun extra laut, damit der grasgrüne Schiffsjunge, der mit weit aufgerissenen Augen in der Anrichte lauschte, es auch genau hörte. „In Ordnung, Käpt'n", gab er zurück. „Und wenn Neptun an Bord kommt, soll ich ihm dann melden, daß Slops unbefugt sein Reich betreten will?"

„Ja. Na, der wird schön wütend sein, denn er kann es absolut nicht leiden, daß Ungetaufte den Äquator kreuzen."

Der Schiffsjunge trat aus der Pantry und tat so, als müsse er mir den Brotkorb reichen. „Bitte um Verzeihung, Sir", sagte er zu Vater, „aber wie sieht eigentlich der Äquator aus?"

„Das ist ein schweres weißes Tau, das knapp einen Meter unter der Wasseroberfläche hängt. Ich habe gerade veranlaßt, daß der Steuermann die dicke Trosse klar hält. Sobald wir den Äquator überquert haben, geht's nämlich bergab, und wir rutschen so fix nach Süden, daß wir uns vorsichtshalber am Äquator vertäuen müssen", log Vater, ohne mit der Wimper zu zucken.

Slops schniefte. „Mich können Sie nicht verkohlen, Sir", wehrte er ab. Es sollte verächtlich klingen.

Vater faßte ihn streng ins Auge. „Sobald du dein Geschirr abgewaschen hast, hängst du dich über die Reling und paßt genau auf, und wenn die Äquatorleine in Sicht kommt, wahrschaust du mich sofort, klar?"

Slops traten fast die Augen aus dem wachsbleichen Gesicht, doch er tat noch ungläubig. Als Vater und der Steuermann vom Tisch aufstanden und nach oben gingen, wandte Slops sich an mich. „Stimmt das tatsächlich, was der Kapitän gesagt hat, daß wir hinter dem Äquator zu schnell abrutschen?"

„Selbstverständlich. Und außerdem ist es Neptun bekannt, daß du noch nie den Äquator gekreuzt hast, und deshalb mußt du geteert und gefedert werden", drohte ich ihm an. „Und dann mußt du wahrscheinlich noch die ganze Schweinerei selbst wieder beseitigen, die dadurch entsteht."

Slops verschwand in der Anrichte. Eine Stunde später fragte Vater mich, wo der Schiffsjunge stecke. Ich wußte es nicht, ging ihn aber gleich suchen: in der Anrichte, in seiner Kajüte, in der Kombüse, im Mannschaftsraum, in der Takelage, auf der Krankenstation. Nicht zu finden, der Bengel! Dabei waren wir schon ganz dicht am Äquator, und Slops wurde zwecks Taufe an Deck verlangt. Der Steuermann näherte sich meinem Vater. „Kommen Sie doch mal mit, Käpt'n, dann will ich Ihnen zeigen, wo diese Bangbüx von Schiffsjunge steckt." Ich folgte den beiden nach vorn, und da fanden wir Slops: weit aus der Ankerklüse hängend, starrte er auf das Wasser und suchte den Äquator! Als der Steuermann ihm einen kräftigen Tritt gab, wäre er fast aus der Klüse geflogen. „Scher dich aufs Mitteldeck, Dummkopf!"

Zögernd gehorchte der arme Slops. Über der Ladeluke beim Kreuzmast war eine hölzerne Plattform errichtet worden, auf der eine große Holzwanne voll „Rasierschaum" stand. Die Matrosen hockten im Kreis um die Wanne und machten die unschuldigsten Gesichter.

„Fesselt den Burschen!" befahl Schwede, der die Leitung des Verfahrens übernommen hatte. Bulgar und McLean packten den Schiffsjungen und banden ihm Hände und Füße fest zusammen. Es folgte eine kurze, bedeutsame Pause, dann kam majestätisch von der Back her geschritten der uralte Neptun höchstpersönlich. Ein Matrose hatte sich mit einem löcherigen großen Sack um den Leib und einem langen zotteligen Bart aus Kabelgarn verkleidet, in der Rechten hielt er einen Dreizack. Nach alter Sitte übergibt der Kapitän beim Kreuzen des Äquators alle Kommandogewalt an Neptun. Unser Neptun stellte sich auf die Plattform, forderte Ruhe und ließ dann seine Stimme gewaltig erdröhnen: „Wo steckt dieser Hurensohn, der es wagen will, meinen Äquator ohne geziemenden Paß zu überqueren?"

McLean und Schwede schubsten Slops vor den Meeresgott. „Hier haben wir den Übeltäter, Majestät!" sagte Schwede.

Neptun musterte Slops mit Richtermiene, ergriff den alten stoppeligen Farbquast und tauchte ihn in den Schaumbottich. Wir alle wußten, woraus dieser „Schaum" bestand.

„Wie heißt du, Kerl?" donnerte Neptun.

Als Slops den Mund öffnete, um seinen Namen zu sagen, klatschte ihm Neptun gleich mit dem Quast eine Wucht Schaum hinein. Die Matrosen wollten sich über das unglückliche Gesicht des Jungen schieflachen. Der im „Schaum" enthaltene Teer klebte im Gesicht fest, und Neptun warf nun die „Federn", das heißt getrocknete Kopra, darauf. Die blieb hängen und gab Slops das Aussehen eines wilden Affen. Er versuchte, sich gegen Neptun zu wehren, doch das bekam ihm noch schlechter, denn nun schlangen ihm die Matrosen, um ihn für seinen Ungehorsam zu bestrafen, eine lange Leine um den Leib und warfen ihn über Bord. Hin und her zerrten sie ihn im Wasser, bis er fast die Besinnung verlor, erst dann hievten sie ihn wieder an Deck.

„Jetzt wollen wir einen trinken, Neptun", sagte Vater, indem er eine Flasche Rum entkorkte. Jeder durfte einen ordentlichen Zug daraus tun, bloß Slops nicht. Er durfte nur mal am Korken riechen.

Ich mußte über diese ganze Vorstellung so lachen, daß ich gar nicht merkte, wie Neptun sich zum Einseifen eines zweiten Opfers präparierte. „Kapitän", grölte er plötzlich, „hat denn Ihre Tochter eigentlich schon einen Paß zum Überqueren des Äquators?"

„Na, hören Sie mal! Ich bin schon über den Äquator gefahren, als ich ein Jahr alt war", protzte ich, „aber weil ich so klein war, haben Sie mich zufriedengelassen. Und nachher bin ich noch mindestens zwanzigmal über die Linie gesegelt!" Ich drückte die Brust heraus und spannte frech die Armmuskeln wie ein alter Seebär.

„Also bist du nicht getauft, was? Na, dann wird's aber Zeit! Kapitän, soll ich nicht gleich –?"

Vater sah mich mitleidig an, dann sagte er halb betrübt, halb spöttisch: „Ich denke, wir müssen sie ebenfalls teeren und federn."

„He, wo gibt's denn so was?" schrie ich schrill.

„Hier gibt's das!" Neptun wies auf den Bottich voll Schaum. „Du bist jetzt dran!"

„Das probieren Sie mal, Sie!" rief ich trotzig, denn jetzt wurde ich böse und wollte ins nächste Want springen. Aber ich kam nicht weit. Schwede zog mich am Fuß zurück, ich wurde genauso gefesselt wie der arme Slops und mein Gesicht mit Quast und Schaum bearbeitet.

„Wie heißt du denn, mein kleines Mädchen", flötete Neptun süßlich. Ich glaubte jetzt wunder wie schlau zu sein, indem ich den Mund hielt, um nicht von dem üblen Schaum schlucken zu müssen.

„Ich verlange Antwort!" fuhr Neptun mich an.

Ich preßte die Lippen noch fester zusammen. Na, denen wollte ich schon zeigen, daß ich mehr Grips hatte als sie! Auf einmal klatschte mir ein Brett, geschwungen von dem affenähnlichen Slops, auf den Hintern. Und der Schlag war so saftig, daß ich den Mund aufriß, um loszuschreien. Im selben Moment schmierte mir Neptun eine große Portion Schaum in den offenen Mund, während die ganze Mannschaft und Vater schallend über mich lachten. Slops war ja schon getauft, deshalb hatte er das Vorrecht, mich bestrafen zu helfen. Von Kopf bis Fuß wurde ich mit Schaum überkleistert, der Teer verklebte mein dichtes Haar vollkommen und verschmierte mir die Wimpern so, daß ich die Augen nicht öffnen konnte. Am meisten wütend machte mich aber die Unverschämtheit, daß alle über mich lachen durften.

Als kein Schaum mehr an mir haftenbleiben wollte, hörte ich Vater zu Neptun sagen: „Wir sollten sie jetzt auch ein bißchen wässern. So schmutzig, wie sie ist, wird sie ein Bad zu schätzen wissen." Was ich in diesem Augenblick von Vater und der ganzen Besatzung dachte, ist nicht druckreif.

Schon hatten sie mich an derselben Leine wie Slops über Bord geworfen. Das Salzwasser hatte die interessante Wirkung, den Teer am Körper so festzubacken, daß er ohne Terpentin nicht abzukriegen war. Als sie meinten, ich hätte lange genug gebadet, zogen sie mich an Deck und bestreuten mich mit Kopraschnitzeln. Mir erging's noch schlimmer als Slops. Wie ich jetzt im Speigatt saß und mir die Kokosnußschalen abzureißen bemüht war, die zum Teil noch an der Kopra hingen, muß ich ausgesehen haben wie ein Orang-Utan-Weibchen, das sich nach Flöhen absucht.

„Die Zeit verging", wie es im Film heißt, aber nicht mein Zorn. Die abgeklaubten Koprastücke blieben mir an den Fingern kleben, und wenn ich sie mit der andern Hand abnehmen wollte, hafteten sie an der. Und mein Haar, mein Haar! Gab es überhaupt etwas auf der Welt, um das wieder von dem Teer zu befreien? Ich ging zum Koch und bat ihn um etwas Öl zum Einreiben. Aber er wollte nicht, weil er Angst hatte, von den Matrosen verhauen zu werden, wenn er mir half.

So ging ich zum Steuermann. „Können Sie mir wenigstens ein bißchen Terpentin geben?"

„Klar. Soviel du willst", sagte Mr. Swanson und gab mir gleich einen Zwanzigliterkanister. „So, damit kannst du dich amüsieren."

Ich rieb mich mit Terpentin ein: Der Teer ging ab, doch er nahm tüchtige Fetzen Haut mit. „Verflucht noch mal, wie soll ich bloß diesen Dreck aus den Haaren kriegen?" beklagte ich mich bei Vater.

„Ganz einfach, Joan", gab er zurück, „da werde ich dir wohl den Kopf kahlrasieren müssen." Und prompt tat er das! Mit einem Tranchiermesser schnitt er mir zunächst das lange Haar ab, dann rasierte er mir regelrecht den Schädel. Ich war tiefbraun von der Sonne, nur mein Schädel war ganz weiß. Mit diesem Farbkontrast muß ich unheimlich ausgesehen haben, wie ein Wilder, der sich für den Kriegstanz geschmückt hat.

Den Taufakt am Äquator vergaß ich nicht so rasch. Jede geringste Gelegenheit nahm ich auf dieser Reise wahr, um mich an den Matrosen, an Slops, am Steuermann und an meinem Vater zu rächen.

Dem Schiffsjungen lauerte ich eines Tages an der Achterdecks-treppe auf, als er mit dem Essenkorb zum Speiseraum eilte. Kaum setzte er einen Fuß auf die Treppe, stellte ich ihm ein Bein, und schon sauste das ganze schöne Essen übers Deck. Ich fing ein paar Wanzen,

die ich Vater und dem Steuermann in die Kojen steckte, und um
sicherzugehen, daß sie in dem Bettzeug auch blieben und unzählige
kleine Wänzchen hervorbrachten, streute ich braunen Zucker in die
Matratzenbezüge. Die Rache an den Matrosen gestaltete sich nicht so
einfach, denn ich durfte den Mannschaftsraum im Vorschiff ja nicht
betreten. Aber etwa vier Wochen nach der Äquatortaufe kam meine
Chance. Es war an einem Sonntag, wir liefen im Passat, so daß es an
Bord ausnahmsweise sehr wenig zu tun gab. Die Matrosen konnten
mal einen ganzen Tag faulenzen. Aber diesmal wollte ich bestimmen,
wie lange das Faulenzen dauern sollte! Mit dem Taschenmesser in der
Faust schlich ich zum Besanbaum und tat, als wollte ich da nur ein
bißchen schaukeln. Heimlich machte ich mitten in das Segel einen
Schlitz. Der Wind drückte sofort in das kleine Loch, und ich war kaum
unter Deck, um mich zu verstecken, da hörte ich das Segel schon
knirschend zerreißen. Es riß bis zur Gaffel auseinander, und bevor
Vater es einholen lassen konnte, bestand es nur noch aus Fetzen.

   „Alle Mann an Deck!" kommandierte Vater. Und von ihren
gemütlichen Nickerchen und den behaglich qualmenden Pfeifen weg
kamen die Matrosen herbeigetrappelt. Das zerstörte Segel hatte uns
aus dem Kurs geworfen, so daß Vater beidrehen lassen mußte. „Alle
Mann bleiben an Deck, bis ein neues Segel fix und fertig ist!" befahl er.
Und fluchend und knurrend schwitzten und schufteten sämtliche
Matrosen bis zum späten Abend, um endlich einen neuen Besan setzen
zu können – das heißt sämtliche Matrosen außer mir. Ich hockte auf
der Luvreling und lachte mir eins bei diesem Anblick.

EIN GROBER KAPITÄN UND SEINE BIBEL ENTHÜLLEN MIR
DIE MYSTERIEN DER REIFUNG

„WENN du gelernt hast, Prügel hinzunehmen, ohne einen Mucks von
dir zu geben; wenn du, ohne den Kopf hängen zu lassen, etwas
verlieren kannst, was du dir lange gewünscht hast; wenn du wochenlang in den Kalmen liegen kannst und keine Sonne und kein Stern dir
bei der Navigation helfen und du dann noch den Glauben an Gott den
Allmächtigen behältst, weil du einsiehst, daß er in seiner Weisheit dich
nur verwirren will – dann kannst du gehen, Joan."

   So beantwortete Vater, wohl zum dutzendsten Mal, meine Frage,
ob ich ewig auf einem Schiff bleiben und nie in einer Stadt an Land
leben solle. Ich bin noch heute in Vaters Augen sein kleines Mädchen,
und wie grimmig hat er aufgepaßt, daß ich nicht zu früh reif wurde!
Zärtlich gestreichelt hat er mich nie im Leben, mich nicht in die

Arme genommen und geküßt, wie das Väter an Land mit ihren kleinen Töchtern machen. Er hatte nämlich Sorge, ich könnte Sehnsucht bekommen nach der zarten Hand einer Frau, und da keine Frau an Bord war, die mich auf weibliche Art verwöhnen konnte, härtete er mich gegen dergleichen Gefühle ab. Später hat er mir eingestanden, daß er oft ein schmerzliches Verlangen empfand, mich an sich zu drücken, wenn ich eine kindliche Tat verübte, die ihm so recht zeigte, wie einsam ich war. Aber als er einmal sah, wie Stitches mir zärtlich über die dunklen Locken strich, da bewahrte den Segelmacher nur sein hohes Alter davor, von Vater verprügelt zu werden. Stitches bekam drei Tage Arrest im Mannschaftsraum bei Wasser und Brot, und Vater erklärte ihm unmißverständlich, wenn er mich noch ein einziges Mal weichherzig behandle, dann könne er sofort seinen Seesack auf ein anderes Schiff schleppen! Wenn Vater mal selber zärtlich zu mir sein wollte, so bewies er das durch einen kräftigen Fußtritt oder einen ordentlichen Stoß in den Rücken.

Soviel Wert er auch auf das Tauende als Erziehungsmittel legte, so versäumte er dennoch nichts an meiner Charakterbildung. Trotz seiner äußeren Grobheit besaß er auch eine zarte Seite, die er mir gelegentlich, aber selten offenbarte. Wenn es galt, mich zu beraten, verließ er sich nie auf sein eigenes Urteil. Wann immer ich mit einer Frage über den Sinn des Lebens, die mich beschäftigte, zu ihm kam, nahm er seine alte, abgegriffene Bibel zur Hand und zitierte daraus einen Abschnitt, der mich hinreichend aufklärte.

Als ich mit der sehr beunruhigenden Frage nach dem Vorgang menschlichen Reifens vor ihm stand, schlug er wieder die Bibel auf. „Diese Stelle", im alten Testament meinte er, „sagt dir besser, als ich es kann, was du wissen möchtest. Hätten wir nur eine Frau an Bord, die könnte es dir vielleicht noch klarer auseinandersetzen."

Ich hatte anschließend natürlich noch Fragen, und er erklärte mir die Bedeutung der Verse. In ganz schlichten Worten enthüllte er mir die Geheimnisse des Reifens, und das kam mir so schön vor, daß ich die Matrosen bedauerte, weil sie nicht zu den Erwählten Gottes gehörten.

Von der Zeit an bekamen alle natürlichen Vorgänge für mich einen anderen Sinn. Konnte ich auf den Inseln an Land gehen, so suchte ich eingeborene Frauen auf, um mit ihnen zu spielen. Gewisse Fragen wagte ich ihnen nicht zu stellen, wollte aber gern möglichst viel beobachten, um zu erfahren, ob ich genauso ein Mensch sei wie sie. Eines Tages, als wir vor einer kleinen Insel achtzig Meilen südlich der Fidschiinseln lagen, ging ich mit Stitches und vier Mann an Land. Wir wollten Brotfrüchte und Guaven gegen einen Sack voll Nägel und Tauwerk eintauschen. Sobald wir am Strand waren, entfernte ich mich mit Stitches von den andern, und wir wanderten durch die Eingeborenensiedlung. Kaum waren wir ein paar hundert Meter gegangen, da fesselte eine Gruppe Eingeborener durch ihr lautes Getrommel unsere Aufmerksamkeit. Wir drängten uns durch den äußeren Kreis dieser Menge, um genauer zu sehen, was da geschah. In der Mitte der Gruppe sah ich – eine Eingeborene in Geburtswehen! Ohne jeden Beistand hockte sie sich, als der schwere Augenblick kam, breit in den Sand. Die Trommeln wurden also zur Feier der Geburt eines Kindes geschlagen. In dem Moment, da sich das Kind aus dem Mutterleib löste, brach die Menge in einen wilden Triumphgesang aus. Und die junge Mutter griff, ohne sich um ihre Umgebung zu kümmern, nach dem Nabelstrang, zerriß ihn und band den kleinen Nabel des Kindes mit Kokosnußfaser ab. Dann trug sie ihr Kind in die Brandung und wusch es im frischen Meerwasser, bis es den ersten Schrei seines Lebens ausstieß. Als die Versammelten das dünne Stimmchen hörten, zerstreuten sie sich, um die Mutter ihrer Aufgabe, das Kind zu nähren, allein zu überlassen.

„Dein Alter wird schön wütend werden, wenn er erfährt, daß ich dich da zusehen ließ, Mädchen", bemerkte Stitches. „Aber es ist sehr unwahrscheinlich, daß du so was je wieder zu sehen bekommst."

Mir war einerlei, was ich hinterher auszustehen hatte, denn diese eingeborene Mutter faszinierte mich so, daß ich gar nicht von ihr fortwollte. Sie legte sich das Kind an die Brust und stillte es. Nachdem es zum ersten Mal gesättigt war, scharrte sie ihm eine Mulde in den Sand, damit es in der Sonnenwärme schlafen konnte, und legte sich, sehr stolz und zufrieden, daneben. Ich dachte mir, es müsse doch schön sein, ein Kind zu bekommen, wenn die Menschen dabei vorsangen und tanzten. Aber später sollte ich erfahren, daß von den zivilisierten Frauen nur wenige meine Ansicht teilten.

Kaum ein Jahr nach jenem Ereignis machte ich die Beobachtung, daß die Liebesaffären des Seemanns nicht alle so schön sind, wie er gern behauptet. Ich hörte die Matrosen von Frauen schwärmen, denen sie in irgendeinem Hafen für eine Liebesnacht ihre ganze Heuer gaben; hörte sie von ihrem süßen Mädel in der Heimat erzählen, und gleichzeitig bekannten sie ihre Vorliebe für die kleinen anschmiegsamen Eingeborenenmädchen. Das ging verständlicherweise in meinem Kopf alles bunt durcheinander, so daß ich einmal unvermittelt Schwede fragte, als er gerade den Rudertörn hatte, ob er schon jemals verliebt gewesen sei.

„Aber klar", erwiderte er, „wir Seeleute sind doch alle verliebt – in dieselbe Frau."

„Wie meinen Sie das?" fragte ich weiter.

„Tja – uns genügt eben allen die eine Frau. Du weißt doch, wie nachts die Segel aussehen, wenn der Wind sie so füllt, daß sie schön rund werden?"

„Ja", antwortete ich, ohne mir eine Verbindung zwischen den Segeln und der Geliebten der Matrosen vorstellen zu können.

„Na also", fuhr er fort, „die Segel sind dann so hübsch rund, daß sie im Mondschein genauso aussehen wie die Brüste einer Frau, nicht wahr? Und dann steht unsereiner als Seemann hier am Ruder und ist ganz zufrieden, wenn er ihnen folgen kann, wohin sie auch führen."

„Da gefällt mir aber das Meer besser als die Segel, Schwede", erläuterte ich ihm nun meinerseits meine Vorstellungen. „Wenn ich im Wasser schwimme und die Wellen an meinen Leib klatschen, dann ist mir, als küßten mich Millionen kleiner Münder."

Schwede gab keine Antwort, verschluckte aber vor Erstaunen beinah seinen Priem. Und ich beschloß, ihm nichts mehr von meinen geheimen Gedanken anzuvertrauen, wenn er dabei derartig erschrak.

Meine romantischen Vorstellungen vom menschlichen Liebesleben wurden zum ersten Mal jäh erschüttert, als der Stammeshäuptling auf einer kleinen Fidschiinsel, die wir schon früher besucht hatten, uns das Betreten der Insel verbot. Der Häuptling fühlte sich seinem Stamm verantwortlich wie ein Vater der Familie. Er sprach jetzt in bitterem Ton, während er uns im letzten Jahr freundlich aufgenommen hatte. „Vorige Reise hier", sagte er zu Vater, „deine Matrosen, sie bringen Krankheit zu mein Volk. Viele Mädchen schnell sterben. Kann nicht erlauben, weiße Mann wieder auf meine Insel kommen."

Als der Häuptling fort war, fragte ich Vater: „Was hat er denn da über unsere Matrosen erzählt?"

Und Vater versuchte mir zu erklären, daß einige von unseren Leuten eine Krankheit hätten, die tödlich verlaufen kann, und daß sie zwei eingeborene Mädchen damit angesteckt hätten. Die Krankheit verbreitete sich rasch, weil die Eingeborenen infolge starker Inzucht den Keimen wenig Widerstand boten. Als mir die volle Bedeutung dieser Erklärungen Vaters bewußt wurde, spürte ich zum erstenmal Haß und Abscheu gegenüber den Männern. Im Grunde war es mir gleichgültig, was sie machten, aber mich ärgerte, daß sie mir durch ihr Benehmen den Besuch der Insel und den gewohnten freundlichen Empfang verdorben hatten.

Vater entdeckte, als ich ihm zuhörte, den Haß in meinen Augen. Er beobachtete mich eine Weile schweigend und sagte dann: „Hassen solltest du nichts und niemanden, Joan, denn Haß ist wie Gegenwind – er bringt dich nie ans Ziel."

„Und du? Hast du noch nie etwas gehaßt?" fragte ich ihn.

Diese Frage hatte ihn getroffen! Er wollte schon nein sagen, hielt aber inne, sah an mir vorbei, als schaue er in ferne Vergangenheit, und antwortete ganz bitter: „Das ist mein größter Fehler gewesen, Joan, daß ich vierzehn Jahre lang einen schwelenden Haß in mir trug, Haß gegen jene, die mein Schiff zum Wrack machten und meine Leute in den Tod jagten."

Und dann erzählte er mir, mit vor Erregung brüchiger Stimme, die berüchtigte Geschichte vom Schiffbruch der *Star*. Er nahm mir das Versprechen ab, sie nie weiterzuerzählen. Und aus Treue zu ihm hätte ich sie, solange er lebte, wohl auch niemals erzählt. Doch als ich ihm mitteilte, ich wolle ein Buch schreiben, sandte er mir den folgenden Brief:

Meine liebe Joan,
ich nehme die Feder zur Hand, um Deinen Brief zu beantworten, in dem Du erklärst, daß Du ein Buch über Deine Kinderjahre schreiben willst, die Du bei Deinem alten Papa an Bord verbrachtest. Es gibt aber noch etwas, über das zu schreiben ich Dir nahelegen möchte: die Geschichte vom Schiffbruch meiner *Star*.

Wäre dieses Unglück nicht passiert, so hätte ich wohl nie so weit nach Süden, bis zu den Atollen des Pazifiks, Kurs genommen, denn ich liebte den Norden, das Polarlicht und die majestätische Stille der Arktis. Dort kannte ich mich aus wie Du Dich in Deinen Navigationsaufgaben. Hätte ich die Arktis nicht verlassen, so hättest Du nie das Tropenleben und weder Kokosnüsse noch Schafgarbenwurzeln kennengelernt. Wahrscheinlich hättest Du dann bei den Eskimos Robbenspeck kauen müssen.

Eigentlich möchte ich, wie das Sprichwort sagt, „schlafende Hunde nicht wecken", denn die Erinnerung an jenen Schiffbruch ist für mich sehr bitter; aber ich will nun doch, daß Du sie der Welt übermittelst, damit die Leute eine Ahnung davon bekommen, wie es in Wahrheit auf See zugehen kann.

Halte das Ruder stets gut fest, und gib acht auf Böen, die sich in Lee entwickeln!

Dein Dich liebender Vater

DAS MEER UND SEINE OPFER

SAN FRANCISCO, im April. – Hoch aus dem Gewirr der Schiffsmasten und -takelagen, die sich im Hafen wie ein schwarzes Spinnengewebe gegen den Himmel abhoben, flatterte die blaue Reedereiflagge des berühmten Vollschiffs *Star,* des schönsten Schiffes der im Lachsfang vor Alaska eingesetzten Flotte. Und nicht weniger stolz wehte an der

Besangaffel das Sternenbanner der Vereinigten Staaten. Es war Frühling – und Ausreisetag!

Die *Star* machte sich bereit zum Auslaufen nach Wrangell in Alaska. Alle Mann waren an Bord, die Besatzung, die Lachsfischer und Einkocher, und sahen gespannt der Fahrt entgegen. Hundertachtunddreißig Mann, ein merkwürdiges Menschengemisch aus allen Winkeln der Erde. Im vorderen Laderaum mußten die chinesischen Lachskocher sich mit erbosten Ratten um den Platz streiten. Das Essen bereitete ein chinesischer Koch.

In der Back mußte sich eine Mannschaft aus vielen Nationen so gut wie möglich vertragen: Schweden, Amerikaner, Chinesen, Iren. Die italienischen Fischer wohnten in Kammern am Oberdeck. Auch sie hatten ihren heimatlichen Koch, der würzige Speisen bereitete.

Damit die in der Seefahrt üblichen Standesunterschiede gewahrt wurden, waren die weißen Handelsleute und die Angestellten der Lachskonservenfabrik im Achterschiff, dem Bezirk der Schiffsoffiziere, einquartiert. Die Wände dieser Kajüten waren mit feingemasertem Ahornholz verkleidet; in der Messe hing ein zwei Meter breites Gemälde, das die *Star* unter Segel im Orkan zeigte. In Vaters Kajüte betonten rote Samtvorhänge die herausragende Stellung des Kapitäns.

Am achten April stand Vater an der Heckreling und überwachte das Laden der letzten schweren Stahlteile von Maschinen für die Lachskonservierung, der Fässer voll Öl und Salz und des Bauholzes für neue Speicher der Kompanie im fernen Wrangell. Neben ihm stand meine Mutter, die, wie sie es nun fünfzehn Jahre lang immer wieder hatte tun müssen, das angstvolle innere Zittern niederkämpfte, das sie stets kurz vor der Ausreise befiel. Vater würde diesmal sechs Monate fortbleiben. In Höhe von Nome sollte die *Star* Kurs auf die Eiswüste der Arktis nehmen und, wenn es glückte, im Herbst zurückkehren, bevor das Packeis sie einschloß. „Na, was bekümmert dich denn so, Emma?" fragte mein Vater, der gern heiter erscheinen wollte.

„Nichts", antwortete Mutter. „Ich wünschte nur, ich wäre für die Kinder schon entbehrlich, dann könnte ich dich diesmal begleiten. Mir ist, als drohe dir Gefahr." Sie zwang sich zu einem Lächeln, obgleich eine Vorahnung von Unheil und Tod sie bedrückte.

„Stell dich nicht so an, Emma. Wir sind die schnellsten. Wir werden die *Star of Alaska,* die *Star of Nome* und auch die *Star of the North* ausstechen!"

Der Steuermann unterbrach ihr Gespräch. „Sir, es wäre jetzt Zeit, die Mannschaft noch einmal an Land zu lassen. Sie wissen ja, daß die Leute viel zufriedener sind, wenn sie am Ausreisetag noch einen trinken und sich von ihren Mädchen verabschieden können."

„Gut, dann geben Sie ihnen jetzt frei, aber um vier müssen alle wieder an Bord sein", ordnete Vater an.

Kaum waren die Matrosen an Land gegangen, als ein Krachen an Deck meinen Vater aus der Kajüte nach oben trieb. Die Großrah war vom Mast gebrochen, auf die Planken geschmettert und in drei Teile zerbrochen. Wie durch ein Wunder wurde niemand verletzt. An dieses böse Vorzeichen sollten sie später noch denken. Eine in drei Teile zerbrechende Rah verheißt dem Seemann, daß sein Schiff noch vor Ende der Reise ebenfalls in drei Stücke zerbrechen wird.

Die *Star* mußte ins Trockendock, damit eine neue Rah montiert werden konnte. Das dauerte drei Tage, und am elften April um fünf Uhr war das Schiff bereit, mit der Tide hinauszugehen. Auf der Pier drängte sich eine dichte Menge. Unter viel Gewinke mit Taschentüchern und ermutigenden Zurufen lief die *Star* in die Arktis aus.

Vater stand neben dem Ruder und befahl donnernd: „Losmachen!"

„Losmachen!" klang es als Bestätigung des Kommandos von der Back zurück, und schlaff klatschten die dicken Trossen, mit denen das Schiff vertäut gewesen war, ins Hafenbecken, während Matrosen am Gangspill unter Absingen eines Shantys die Lose einholten. Der Schlepper *Dundee* zog die *Star* aus der Bucht. Da Vater amtlich registrierter Lotse für den Hafen von San Francisco war, gab er selbst den Kurs, als er in Höhe der Insel Alcatraz die Segel setzen ließ. Majestätisch rauschte sein Schiff durchs Goldene Tor und schob den Bug nordwärts.

Mit einer schnellen Reise von siebenundzwanzig Tagen brachte er die *Star* nach Wrangell. Von dort aus ging es weiter über Nome zum Nordpolarmeer. Als die *Star* auf der Rückreise wieder in Wrangell lag, hatte sie vierundfünfzigtausend Kisten edlen Lachs in Dosen geladen. Nun war sie für die Rückreise nach San Francisco bereit. Es war ein fahlgrauer Nebelmorgen, als die Schlepper längsseits anliefen. Alle Mann waren an Bord, jeder zufrieden, daß die schwere Arbeit geschafft war, und heilfroh, daß es heimwärts ging. Als letzter kam Vater an Bord.

Zwei Schlepper, die *Hattie H.* und die *Kyak,* sollten das Schiff in die offene See bugsieren. Die Mannschaften beider Schlepper waren beim Auslaufen betrunken. Schon dadurch verletzten die Kapitäne die Gesetze der Seefahrt. Da es aber damals nur eine Bugsierfirma in ganz Alaska gab, zwang keine Konkurrenz diese Leute zu seemännisch korrektem Handeln. Alles wurde noch schlimmer dadurch, daß sich die Schlepperkapitäne stritten, wer von ihnen den Befehl haben sollte. Sie beendeten schließlich ihren Disput, aber anscheinend ohne klare Lösung, und begannen die *Star* durch die äußerst schmalen Schifffahrtsstraßen des Alexander-Archipels zu schleppen. Den ganzen Tag ging die Schleppfahrt sehr langsam voran. Auf dem führenden Schlepper mußte wohl die Mannschaft ihren Sieg über die Rivalen so gründlich begossen haben, daß nur noch ein jugendlicher Steuermann dienstfähig blieb.

Gegen Abend bezog sich der Himmel, der Wind nahm mit der Dunkelheit zu. Um acht Uhr herrschte regelrechter Sturm. Bei der Insel Coronation fiel es Vater auf, daß die Schlepper sein Schiff zu weit nach der gefährlicheren Nordseite der engen Durchfahrt zogen. Durch das Heulen des Sturmes konnte er die Brandung an den Felsen rauschen hören. Er suchte die Schlepper durch Signale auf die Gefahr hinzuweisen, aber dort nahm niemand davon Notiz, und trotz des wachsenden Sturms geriet die *Star* immer näher ans Ufer. Endlich bemerkte auf der *Hattie H.* einer, daß die vordere Trosse schlapp wurde und die *Star* sich in einer gefährlichen Position zwischen den Klippen befand. In panischer Hast zog die *Hattie H.* nun nach der Gegenseite, so daß die *Star* quer zwischen die beiden Schlepper zu liegen kam. Besonders stark waren die Schlepper nicht, hätten aber zusammen, bei richtiger Führung, das Schiff wieder aus der Gefahrenzone bringen können. Statt dessen zerrten sie in verschiedenen Richtungen oder stoppten zwischendurch wieder, als hätten die Kapitäne keine Ahnung, worauf es ankam.

Immer näher an die tückischen Felsen wurde die *Star* vom Sturm gedrückt. Verzweifelt ließ Vater beide Anker werfen, um das Schiff auf dem Fleck zu halten. Kaum waren die Anker ausgerauscht, da warfen die Mannschaften der Schlepper, anstatt für das Schiff und das Leben seiner Besatzung zu kämpfen, die Trossen los, und dampften in voller Kenntnis der Situation mit Höchstfahrt davon. Sie warteten nicht einmal ab, was mit der *Star* passierte. Später sagte der Kapitän der *Hattie H.* aus, er habe geglaubt, unser Schiff würde auf den Klippen zerschellen. (Und er hatte doch die Anker deutlich ausrauschen gehört!) Die *Kyak* eilte in den Windschutz einer in der Nähe liegenden Insel, während die *Hattie H.* am nächsten Tag wieder in Wrangell anlegte. Als ihr Kapitän befragt wurde, warum er nicht dageblieben sei und dem Schiff beigestanden habe, soll er zu Protokoll gegeben haben: „Was hätte ich denn machen können, zum Donnerwetter? Die *Star* war ja sowieso verloren." Hätten jedoch die Schlepper pflichtgemäß Hilfe geleistet, so wäre das Folgende nicht geschehen!

Auf der *Star* hockte die zahlreiche Besatzung die ganze Nacht dicht gedrängt an Deck; jeder horchte auf das drohende Zischen der Brandung, die über die schroffen Klippen klatschte. Ob die Anker halten würden? Zur Untätigkeit verurteilt, waren sie ihrem Schicksal ausgeliefert.

Der neue Morgen brachte keine neue Hoffnung. Knapp fünfhundert Meter vom Schiff reckten sich steile Klippen empor, an denen mächtige Brecher aufbrandeten.

Nur die Anker hielten das Schiff noch. Wehe, wenn die aus dem Grund brachen! Aber an die unvermeidliche Vernichtung wollten die Männer noch nicht glauben. Die Schlepper mußten wiederkommen! Sie waren doch wohl nur in der Nacht zuvor verschwunden, weil sie nach Hilfe suchten! Das Warten wurde zur Qual. Stunden vergingen, aber kein Schlepper erschien. Fliegender Gischt von der turmhohen See hing wie eine weiße Wand über dem Schiff. Der Sturm wurde immer heftiger. Da begannen die Anker aus dem Grund zu gleiten. Bei dem gewaltigen Druck und Zug, den die riesigen Wellen Stunde um Stunde auf die Ketten ausübten, hatten sie keinen festen Halt mehr im Grund. Die Männer an Deck sahen die spitzgezahnten Felsen näher rücken. Die schwere Lachskistenladung ging über, so daß die *Star* Schlagseite bekam. Vater begann nun Anweisungen zu geben, was beim Verlassen des Schiffes zu beachten sei, sobald es aufgelaufen war. Die von Panik ergriffenen Chinesen wurden mit Rettungsgürteln versehen. Die Schiffsoffiziere und die Angestellten der Lachskompanie, die eine Vergrößerung der Gefahr durch hundert vor Angst tolle Chinesen fürchteten, baten meinen Vater, die Luken verschalen zu lassen und die Chinesen unten wie Schlachtvieh einzusperren. Vater ließ den Vormann der Chinesen rufen.

„Garantierst du mir, daß deine Männer nicht meutern?" fragte er ihn. „Dann werde ich die Luke über ihnen nicht dichtmachen. Sag ihnen, daß der Kapitän Bescheid gibt, sobald Gefahr kommt."

Der alte chinesische Vormann war schon vierzehn Jahre lang mit Vater gefahren und vertraute ihm. Als er den Chinesen im Laderaum Vaters Worte wiederholte, beruhigten sie sich merklich. Vor Furcht wie gelähmt, blieben sie zusammengepfercht sitzen und kamen nicht an Deck.

Nachdem Vater sich um die Chinesen und um die italienischen Fischer gekümmert hatte, ging er wieder nach achtern und erklärte dem Personal der Lachskompanie, jeder müsse aufs Schlimmste gefaßt sein, da die Anker nutzlos geworden seien. In der stickigen Luft der Kajüte mit den roten Plüschmöbeln saßen diese Männer um den Kartentisch, stumm und verzagt. Sie wollten nicht an Deck den sicheren Tod auf sich zukommen sehen.

Vater sorgte dafür, daß ein Koffer mit Arzneien und Erfrischungsmitteln gepackt und an Deck bereitgehalten wurde. Dieser Koffer

trieb später mit den Schiffstrümmern an Land, wo sein Inhalt noch
Verwundeten und Erschöpften zugute kam. Von den Männern, die in
der Kajüte ihr Ende erwartet hatten, kamen nur vier mit dem Leben
davon.

Hundertachtunddreißig Menschen waren an Bord der *Star*. Bald
würde der Tod seine Opfer fordern.

Vater rief nach Freiwilligen, die versuchen sollten, in einem Boot
eine Leine ans Ufer zu bringen, über die eine Hosenboje laufen konnte.
Das ist eine leichte Boje an einem Seil, das von einem Mast aus nach
einem über der Brandung liegenden Punkt an Land gespannt wird, um
die Menschen von einem in Seenot geratenen Schiff einzeln ans Ufer
zu retten. Unter schweren Mühen gelang es den Matrosen, ein
Rettungsboot zu Wasser zu bringen, in dem vier Freiwillige mit der
tosenden Brandung auf Leben und Tod kämpften. Von Bord aus
folgten aller Augen ihrem Weg, sahen sie schon fast das Ufer
erreichen, da zerschellte das Boot auf dem Felsen dicht vor dem
schmalen Strand. Aber drei der vier schafften die paar Schritte bis zum
Strand, und von Bord klangen Freudenrufe zu ihnen herüber. Sie
zogen das Seil höher auf die Klippen, wo sie es an einem Baum so
befestigten, daß es hoch über der Brandung schwebte. Als sie die
zweite Leine, an der die Boje wie an einem Flaschenzug ihren Weg hin
und her zu machen hat, sichern wollten, entdeckten sie, daß diese
gerissen und im Wasser verschwunden war.

Und da kam schon das Ende! Die *Star* zerschmetterte auf den
scharfkantigen Klippen. Das Vorschiff mitsamt dem Fockmast brach
so jäh los, daß sich die dort an die Reling und die Aufbauten
klammernden Männer nicht mehr nach achtern retten konnten. Die
Wucht der gnadenlos dreschenden Seen war so groß, daß Mittelschiff
und Heck auseinanderbrachen. Die *Star* war in drei Teile gespalten, so
wie an jenem bösen Tag in San Francisco ihre Rah dreigeteilt
zerbrochen war. Nun schwamm nur noch das Heck, überlastet mit
schreienden, verzweifelten Männern. Ringsum war die See eine
brodelnde Masse von Lachskisten und toten oder ertrinkenden
Chinesen, Italienern und Amerikanern.

Die schrillen Angstschreie wurden von der brüllenden, steil
anstürmenden Brandung übertönt. Am Gestade versuchten die drei
Männer, die freiwillig die ersten Schritte zur Rettung der andern getan
hatten, aus jedem anrollenden Brecher menschliche Leiber zu fischen;
doch nur wenige konnten sie noch lebend der wütenden See entreißen.

Als der letzte Mann vom Heck geschwemmt worden war oder sich
verzweifelt in die Wogen gestürzt hatte, sprang mein Vater über Bord.
In dem eisigen Wasser, das ihm fast die Besinnung nahm, schwamm er

auf das Ufer der Insel zu. Ein großer grüner Brecher, in dessen schäumendem Kamm Lachskisten schwankten, überrollte ihn, sein Kopf schlug gegen eine der Kisten. Die nächste See spülte den Bewußtlosen an Land.

Von den hundertachtunddreißig Mann an Bord überlebten nur siebenundzwanzig den Schiffbruch. Die vor Vater an den Strand gelangt waren, halfen noch mehrere in der tobenden See Treibende zu retten. Am Nachmittag war nichts Lebendes mehr in der Brandung zu erblicken. Vater vermochte sich in seinem elenden Zustand nicht auf den Beinen zu halten. Er gab, auf allen vieren kriechend, seinen Männern immer wieder Anweisung: „Sucht weiter! Wir müssen alle retten, die wir retten können."

Bis zum anderen Morgen ruhten sie nicht. Aber sie konnten nur Ertrunkene bergen, für die sie zwischen dem Gestein am Ufer flache Gräber aushöhlten. Vater ließ über den Gräbern schwere Steinbrocken aufschichten.

Das Los der Überlebenden war hart. Die Insel Coronation war unbewohnt, und in dem eisigen Wind konnten die erschöpften Männer nicht lange existieren. Mit Wrackteilen, die sie mühsam zusammenschichteten, machten sie ein großes Feuer, um sich die erstarrten Glieder zu wärmen.

Am nächsten Tag kehrte die *Kyak* zurück, deren Kapitän nicht wenig erschrak, als er am Ufer der Insel eine ganze Schar von Männern entdeckte; er hatte wohl damit gerechnet, daß den Schiffbruch keiner überlebt haben und somit die Wahrheit auch nicht ans Licht kommen würde. Der Seegang war zu schwer, um ein Boot an Land zu schicken, aber der Schlepper blieb noch bis zum folgenden Tag beigedreht liegen, dann nahm er die Überlebenden an Bord und fuhr nach Wrangell zurück. Die Geretteten waren auf die Mannschaft des Schleppers, die ihre Trosse gekappt und dadurch hundertelf Menschen in den Tod geschickt hatte, so wütend, daß sie diese Kerle ermorden wollten. Vater verbot streng jede Gewalttat und erklärte ihnen, die Sache werde vor dem Seeamt verhandelt werden.

In Wrangell wurden die Überlebenden von der Leitung der Lachsfabrik mit Kleidung versorgt und per Dampfer nach San Francisco gebracht.

Einige Tage nach dem Schiffbruch schickte die Bugsiergesellschaft ihre Schlepper zur Insel Coronation, um für die Bergung der Leichen zu sorgen. Die Besatzung fand ein unbeschreibliches Chaos von Leichen, Nahrungsmitteln und Trümmern aller Art über das felsige Ufer verstreut vor. Anstatt die Toten einzeln zu bergen, um ihre Identifizierung zu ermöglichen, zerrte die „Bergungsmannschaft" sie alle mit Haken auf einen großen Haufen zusammen, goß Petroleum über diese Menschenreste und zündete sie an wie Abfall.

Was wurde aus den wenigen Überlebenden? Die Bugsierfirma besorgte ihnen Arbeit auf anderen Schiffen oder Unterkunft an fernen Orten, damit sie nicht als Zeugen gegen die Schlepperführer auftreten konnten. Sie übernahm auch die Kosten für die ärztliche Behandlung der Verletzten.

In San Francisco hatte meine Mutter unruhig auf Nachricht über ihren Mann gewartet. In einem Zeitungsbericht hieß es, Vaters Leiche sei bis zur Unkenntlichkeit verstümmelt gefunden worden. Vor Schreck wurde Mutter (ich war damals erst ein halbes Jahr alt) so krank, daß sie sich nie wieder ganz erholt hat. Und durch ihre Krankheit ist es eigentlich gekommen, daß Vater mich nachher an Bord großzog.

Während der Dauer der gerichtlichen Untersuchungen des Schiffbruchs erhielt Vater weiterhin sein volles Gehalt. Dann aber bekam er den „Gerechtigkeitssinn" geldgieriger Egoisten zu spüren; die Schlepper gehörten derselben Reederei wie die *Star*. Wurden nun die beiden Schlepperführer für den Schiffbruch verantwortlich gemacht, so hatte die Reederei mit hohen Schadensansprüchen seitens der Hinterbliebenen der hundertelf ertrunkenen Männer zu rechnen. Also verwendeten die Schiffseigentümer ihren ganzen Einfluß und alle denkbaren Mittel nur darauf, die Schuldlosigkeit der Schlepperkapitäne nachzuweisen. Das Seeamt sprach sie frei und schob die Schuld allein auf den Sturm! Damit war die Schuldfrage beim damals berüchtigtsten Schiffbruch in der amerikanischen Seefahrt entschieden, einem Schiffbruch, der leicht vermeidbar gewesen wäre! Mein Vater wurde mit den Worten entlassen: „Für Sie haben wir kein Schiff mehr."

So wurde er belohnt für die Bemühungen um gesetzmäßige Sühne, die er seinen Leuten versprochen hatte, als sie sich an der Mannschaft der *Kyak* für den Tod so vieler hatten rächen wollen. Ein Satz machte nach diesem Prozeß in allen Häfen zwischen Alaska und Kalifornien die Runde: „Leg dich nie mit einem Mächtigen an!"

So verloren fünfzehn Jahre treuer und erfolgreicher Dienste in der Arktis in einer Nacht jeden Wert! Vater vermochte nie wieder auf Nordreisen zu gehen. Der Gedanke an die hundertelf Toten bei der Coronationinsel hätte ihn zu Gewalttaten verleitet. Er erwarb einen alten Schoner und wandte sich dem entgegengesetzten Ende der Erde, der Südsee und ihrer Wärme zu, wo er Vergessen suchte. Aber die Bitternis über das erlittene Unrecht trug er bis an sein Lebensende im Herzen.

FAST alle mir bekannten Männer waren typische alte Seebären, eine Menschengattung, die mit der Vermehrung der Dampfschiffe immer seltener wurde und inzwischen fast ausgestorben ist. Dieser Seebär ließ sich mit keinem anderen Typ vergleichen: Er lebte nach eigenen Gesetzen, stellte nur bescheidene Ansprüche ans Leben und war trotz seiner knurrigen Art immer zufrieden, wenn er genügend Rauchtabak, Geld für Grog und nach langer Reise ein paar Tage freihatte, um seine Heuer an Land für ein mehr oder weniger nettes Frauenzimmer zu verschwenden. Den geistigen Ausgleich zu seiner harten Arbeit fand er, wenn er auf sein Schiff, die Steuerleute, das Essen und den vermaledeiten Koch fluchen konnte. Er hätte mit keinem König der Welt tauschen wollen.

„Von Weibern wirst du nichts Gutes lernen, Joan. Im großen ganzen sind sie fast alle verlogen, und die Sorte, auf die du in den Hafenstädten triffst, na, die sind so übel wie widrige Winde."

Wir lagen in Brisbane in Australien an der Pier, als Vater diese Meinung kundtat. Aber gerade die vollbusigen Kneipenweiber und die lachenden Liebchen, die sich bei jedem ankommenden Schiff einfinden, um dem Seemann seine Heuer oder seine ausländischen Kuriositäten abzuluchsen, hatte ich immer mit besonderer Neugier betrachtet. Und das wußte Vater.

„Wenn mal eins von diesen Weibern dich ansprechen sollte, dann gehst du sofort nach unten und kümmerst dich nicht um sie, hast du mich verstanden?"

Ich versprach ihm Gehorsam, denn erstens hatte ich vor Frauen eigentlich Angst, und zweitens kamen gerade diese Frauen mir immer so großartig und schön vor, daß sie mir doch keine Beachtung schenken würden. Vater hatte mich auch vor meinem eigenen Geschlecht bange gemacht; er war besorgt, ich könnte von ihnen Dinge lernen, die alles zerstören würden, was er jahrelang an Idealen in mir entwickelt hatte. Übrigens erlaubte er mir auch nie, in den Spiegel zu sehen. „Du bist ein häßliches Kind, Joan", sagte er, „daran ändert auch ein Spiegel nichts."

Im ganzen Achterschiff gab es nur einen Spiegel, einen ganz kleinen mit Sprüngen, den Vater im Hafen zum Rasieren benutzte. Und selbst den verbarg er vor mir. Ich konnte also mein eigenes Bild nur im Wasser der auf Deck stehenden Regentonnen sehen, und da strahlte mein Gesicht mich immer an wie ein verzerrter Blumenkohl. Bei meiner Ahnungslosigkeit glaubte ich schließlich, ich sähe wirklich so aus. Wie sehr beneidete ich die Barmädchen und die Matrosenliebchen an Land! Wie schön kamen sie mir vor, und wie freuten die Matrosen sich immer über ihren Anblick! Doch über mein Erscheinen schien kein einziger Matrose, außer Stitches, sich jemals wirklich zu freuen. Die ganze Besatzung empfand mich nur als störendes Element.

Am Tag nach der erwähnten Ermahnung saß ich achtern auf dem Skylight und schaute zu, wie der Ladebaum seine Seile in den Schiffsbauch tauchte, die mit Kopra gefüllten Netze herausholte und auf die Pier schwang, von wo Stauer sie in einen großen Lastkahn kippten. McLean und Oleson hatten Dienst am Mittschiffsluk.

Ich verlor allmählich die Lust, da noch länger zuzusehen, als ich von meinem erhöhten Platz aus eine hübsche Frau die Pier entlangkommen sah. Sie ging langsam, als wisse sie nicht recht, wohin sie wolle. Doch sobald sie dicht am Schiff war, lächelte sie strahlend. Sie tat, als sähe sie McLean und Oleson überhaupt nicht, aber ich hatte bemerkt, daß sie die beiden sehr wohl gesehen hatte. Sie kam über die Laufplanke, die dicht vor dem Achterschiff an Deck führte, und rief mich an: „Hallo, Kleine!"

Mir lief eine Gänsehaut über den Rücken, so freudig erregt war ich. Keinen Augenblick lang dachte ich mehr an Vaters Warnungen.

„Hallo", gab ich zurück, „was, zum Teufel, haben Sie an Bord zu suchen?" Ich gebärdete mich sehr seemännisch, weil ich meinte, nur so meine Autorität zeigen zu können.

Sie wirkte so zierlich, daß ich nicht zu fürchten brauchte, sie könne mir etwas antun. Jetzt sah sie mich genauer an und musterte meinen Overall und die nackten Füße. „Du bist ja ein ganz verflixt hübsches Ding", sagte sie. Ich errötete bis in die Haarwurzeln, denn es war das erste Kompliment, das mir im Leben gemacht wurde. Ich suchte nach Anzeichen in ihrem Gesicht dafür, daß sie sich etwa über mich lustig machen wollte, doch sie schien es ehrlich gemeint zu haben.

„Aber längst nicht so hübsch wie Sie, Miß!" erwiderte ich, während ich ihre hochhackigen Knöpfstiefel und ihren mit Blumen und Bändern geschmückten Hut betrachtete. „Und fein riechen tun Sie auch", setzte ich hinzu. Dieses Traumbild weiblicher Schönheit war förmlich in eine Wolke von billigem Parfüm gehüllt, was ich einfach himmlisch fand verglichen mit dem Gestank der Kopra in den Laderäumen.

Was Frauen anging, vermochte ich nur nach den Gesprächen der Matrosen, denen ich oft zugehört hatte, zu urteilen. So glaubte ich, der Charakter einer Frau müsse nach ihren Fesseln und Hüften gemessen werden, da die Matrosen fortwährend sagten: „Ein schön molliges

Mittelstück und schmale Fesseln sind neun Monate Heuer wert." Nach diesem Einheitsmaß für weibliche Vollkommenheit war die vor mir stehende Frau ein wahres Wunder an Schönheit.

„Hast du kein schickes Ausgehkleid, meine Kleine?" fragte sie.

„Nein, aber ein paar Meter Tapatuch und zwei Schildpattarmbänder mit Perlen drin habe ich", gab ich zur Antwort und hoffte, damit Eindruck auf sie zu machen.

„Nein, ich meine, was richtig Hübsches, womit du dich bei feinen Herren sehen lassen kannst. Ich wette, daß alle Matrosen hier an Bord ganz verrückt nach dir sind."

„Absolut nicht", antwortete ich rasch. „Wenn ich mal beim Brassen mit zugreifen muß und nicht ordentlich Wucht reinlege oder ihnen beim Löschen der Ladung in die Quere komme, dann treten sie mich in den Hintern."

Ihr Interesse an mir wurde immer lebhafter. „Weshalb willst du bloß auf diesem blöden Kahn bleiben?" fragte sie. „Du müßtest bei mir und den andern Mädchen wohnen, wo die Leute dich zu schätzen wissen. Ich werde dir im Hotel Union einen prima Job besorgen. Wir sind mehrere Mädchen dort."

Das klang großartig in meinen Ohren, denn ich war es allmählich leid, auch im Hafen immer den ganzen Tag an Bord bleiben zu müssen und keinen Spielgefährten zu haben. Wenn ich mit dieser Frau für ein Weilchen von Bord ging, war das doch wohl nicht schlimm. Einen Augenblick zögerte ich noch, aber ein weiterer Blick auf ihre schmalen Fesseln und die kräftigen, runden Hüften beruhigte mich; sie mußte eine brave, verläßliche Frau sein. Stolz folgte ich ihr über die Gangway, und als ich auf der Pier McLean begegnete, sagte ich ihm, er solle Vater erzählen, daß ich für einige Tage eine Stellung im Hotel Union annähme, bis unser Schiff wieder auslaufe.

Was für ein herrliches Gefühl es war, an der Seite dieser schönen Frau, die mich für ein hübsches Mädchen hielt, durch den Hafen zu schreiten!

Das Hotel Union war ein kleines, schmuddelig wirkendes Haus ganz dicht bei den Kais. Mit Vater war ich schon mehrmals daran vorbeigegangen. „Nun komm rein und lerne die Damen kennen, die meine Freundinnen sind", sagte meine neue Bekannte, als wir vor der Tür anlangten. Gern folgte ich ihr ins Lokal.

„Wo ist nun mein Job?" fragte ich, von Bord aus gewöhnt, daß der Mensch immer gleich die Arbeit anpackte. Da wurde mir klar, daß meine Beschützerin und die Damen, ihre Freundinnen, allesamt Bardamen waren.

„Komm, Matrosenmädchen, dein Platz ist hinter der Bar, da kriegst du 'ne Menge Trinkgelder. Manchmal gibt uns so 'n Kaffer gleich 'n halben Shilling, wenn wir bloß nett lächeln. "

Von diesen Frauen für voll genommen zu werden machte mich so vergnügt, daß ich mein schlechtes Gewissen vergaß und tat, was sie mich geheißen hatten. Das machte mir furchtbar Spaß, bis ein paar schweißtriefende Stauer eintraten und laut nach Bier riefen. Einer von ihnen arbeitete an unserer Pier. Er war völlig verblüfft, mich in dieser Kneipe am Zapfhahn stehen zu sehen. „Hör mal, du, weiß denn dein Alter, daß du hier steckst?" fragte er mißtrauisch.

„Das geht Sie gar nix an", erwiderte ich. Die „Damen" kicherten, was mir gleich noch mehr Schwung gab. „Übrigens", fuhr ich fort, „kloppe ich Ihnen die Birne ein, wenn Sie mich verpetzen!" Erneuter Jubel bei den Kolleginnen, die gern noch mehr von mir hören wollten.

Die anderen Stauer umdrängten ihren Kameraden und begannen ihn zu verhöhnen, doch der blieb fest. „Ich kenne deinen Vater schon fünfzehn Jahre, und deshalb bring ich dich gleich zu ihm an Bord zurück, darauf kannst du dich verlassen." Er beugte sich über die Theke und packte mich am Arm.

„Ich warne Sie, Mann, lassen Sie mich los, sonst haue ich Ihnen den Schädel ein!" fauchte ich ihn an. Ich wollte gern vor den Barmädchen zeigen, was für ein tüchtiger Raufbold ich war. Der Stauer machte sich voll Eifer daran, mich so schnell wie möglich aus der Kneipe zu bugsieren, wenn nötig mit Gewalt. Doch ich war ebenso eisern entschlossen, nicht nachzugeben. Als er mich zur Tür zu zerren begann, holte ich mit aller Wucht zu einem Schwinger aus und traf ihn hart. Lautes Hurrageschrei der Mädchen folgte! Und noch einen Hieb versetzte ich dem Mann. Da packte er mich bei den Schultern und schüttelte mich wie einen Lappen.

Das war schamlos kränkend. Jetzt sah ich rot. Mit Tritten, Schlägen und Kopfstößen bearbeitete ich ihn und brachte ihn zu Fall. Die Barmädchen kreischten vor Entzücken, die Stauer lachten dröhnend. Immer rundum rollend, mit Zähnen und Krallen kämpfend, wälzte ich mich mit meinem Gegner in den Sägespänen auf dem Kneipenfußboden. Er hatte nicht vor, mich ernstlich zu verletzen, während ich ihn glattweg umbringen wollte – also ein fast ausgeglichener Kampf.

Ungefähr drei Minuten waren wir so zugange, da lag ich plötzlich platt auf dem Gesicht, fühlte eine seiner Hände meinen Nacken umklammern, während mir meine rechte Faust zwischen die Schulterblätter gepreßt wurde. Gegen den berühmten Hammerlock, den ich bei Matrosenschlägereien gesehen hatte, war ich vollkommen machtlos.

„So, du kleiner Satansbraten, marsch jetzt an Bord", knurrte er, hob mich vom Fußboden hoch, stieß mich durch die Schwingtür und schob mich so die Pier entlang bis zum Schiff. Ich hatte ein blaues Auge, eine Lippe war aufgeplatzt. Der Stauer rief McLean zu: „He du, paß auf die Range hier auf, bis ihr Vater wiederkommt, hörst du? Die trieb sich an der Bar im Hotel Union rum."

Ich eilte unter Deck und wusch mir das Blut vom Gesicht. Aber das blaue Auge ging von allem Schrubben nicht weg, also verzog ich mich lieber in die Koje, um nicht gleich Vaters Aufmerksamkeit zu erregen.

Sobald er wieder an Bord war, erschien er in meiner Kajüte und fragte mich: „Weshalb liegst du denn schon so früh in der Falle?"

Ich drehte mein Gesicht vorsorglich so, daß er mein blaues Auge nicht sehen konnte, während ich ihm antwortete: „Ach, ich fühle mich nicht wohl. Und Hunger hab ich auch nicht."

Wie froh war ich, daß Vater von meiner peinlichen Niederlage im Hotel Union nichts erfahren hatte! „Wenn du krank bist, nützt das Gejammere nichts", sagte er. „Ich werde 'ne gute Portion Salz anmischen, das löst die Knoten in deinem Bauch."

Und schon holte er mir einen halben Kaffeebecher voll Bittersalz. Ich schluckte das tapfer und lag dann da in tiefen und bestimmt nicht freundlichen Grübeleien über die Weiber. Das Lachen der Barmädchen, als der Stauer mich so schmachvoll aus der Kneipe abgeführt hatte, klang mir noch in den Ohren. Bitterkeit nagte an meinem Herzen, und ich schwor mir, nie wieder einem Frauenzimmer zu vertrauen, und wenn es nach himmlischem Parfüm röche und die schmalsten Fesseln der Welt hätte!

Aber so leicht, wie ich dachte, sollte ich nicht davonkommen. Während ich noch über meinen Reinfall in der Hotelbar nachsann, hörte ich im Gang eine rauhe Stimme: „Darf ich mal zum Käpt'n rein? Muß ihm was Wichtiges bestellen."

Mir wurde das Herz bleischwer. Das war die Stimme des Stauers! Kein Kunststück, zu erraten, weshalb der kam. Lange blieb ich denn auch nicht im Zweifel, denn schon hörte ich Vater ergrimmt fragen: „Soll das heißen, daß meine Tochter sich mit Barweibern in einer Kneipe rumgetrieben hat?"

„Jawohl, Sir. Und sie fing sogar eine Schlägerei dort an. Es ist ja auch sehr riskant, so ein Mädel am Hafen sich selbst zu überlassen. Meinen Kindern würde ich das nicht erlauben, Sir."

Ihre Stimmen verloren sich in einem undeutlichen Gemurmel. Dann trat Vater in meine Kammer. Er war gar nicht zornig, wie ich erwartet hatte, sondern ungewöhnlich ruhig und nachdenklich, setzte sich auf den Rand meiner Koje und sagte nur: „Joan?"

„Hm?" murmelte ich, das Gesicht im Kissen vergraben.

„Dreh dich mal um und sieh mich an."

„Ich weiß doch, wie du aussiehst", erwiderte ich, „in den paar Stunden, die du fort warst, wirst du dich wohl nicht verändert haben."

„O doch, das habe ich. Weißt du, ich habe meine Meinung über dich geändert." Er packte mich bei den Schultern und drehte mich herum. Ohne über mein blaues Auge ein Wort zu verlieren, erklärte er: „Joan, wir werden in diesem Hafen etwa dreißig Tage liegen. Wir brauchen einen neuen Fockmast, und das Schiff muß nach dem Löschen der Ladung gründlich überholt werden. Du bist mir jetzt zum letzten Mal ungehorsam gewesen, verstanden! Allerdings bin ich daran mitschuldig, deshalb werde ich dich nicht bestrafen. Aber da du nun schon so erwachsen bist, daß du mit Barweibern ausgehen und dich mit Männern prügeln kannst, wird's höchste Zeit, über deine Zukunft nachzudenken. Ich werde sehr viel über dich nachdenken müssen, Joan – sehr viel." Und damit ging er.

Solange wir im Hafen lagen, mußte ich auf Vaters Anordnung an Bord bleiben und durfte nur von Zeit zu Zeit mit ihm einen kleinen Spaziergang an Land machen. Wir liefen dann mit einer Ladung Wolle und Schotter nach San Francisco aus, um dort Bauholz zu übernehmen. Nach einer ereignislosen Reise von dreiundneunzig Tagen sichteten wir die Farallon-Inseln vor dem Goldenen Tor. Mit seinem Lotsenpatent für das Hafengebiet von San Francisco war Vater nicht verpflichtet, für das Binnenfahrwasser einen Schlepper oder Lotsen zu nehmen. Er segelte durchs Goldene Tor, vorbei am Leuchtturm von Mile Rocks und erreichte einen sicheren Ankergrund querab von der Insel Alcatraz. Hier ließ er die Anker ausrauschen.

Über der Bucht wehte bei wolkenlosem Himmel eine ziemlich rauhe Brise. Im Osten wellten sich die Hügel von Berkeley. „Dort drüben wohnt deine Mutter, Joan", sagte Vater. „Deine Reise ist zu Ende, du wirst jetzt abgemustert."

Ich starrte ihn an. „Meinst du, daß ich von Bord soll?"

Er sah mir nicht ins Gesicht bei seiner Antwort: „Ja, denn es ist höchste Zeit, daß sich mal eine Frau um dich kümmert."

„Willst du denn auch die Seefahrt aufgeben?" fragte ich tief erschrocken. Ich sollte nicht mehr auf einem Schiff leben – nie mehr? Nie wieder unter dem Kreuz des Südens am Ruder stehen, kein Segel mehr reffen bei Sturm, keine Schot mehr anholen im Rhythmus der Shantys, die Schwede vorsang?

„Nein. Ich werde auf diesem Schiff bleiben, bis es unter mir versinkt." Von den Hügeln wandte er den Blick auf See hinaus. Und wie wenig mochte er wohl ahnen, daß seine Worte sich bewahrheiten würden!

Ich sollte also an Land bei Mutter und meinen Geschwistern leben. Wie Mutter aussah, hatte ich schon fast vergessen. Ein Zusammenleben mit ihr konnte ich mir nicht vorstellen.

Beamte von der Gesundheitsbehörde und vom Zoll waren bereits an Deck. Vater packte mir meinen Seesack, der dicker und dicker wurde, als er Gummistiefel, Ölhaut und Südwester darin verstaute. Meine kleinen selbstgebastelten Schiffe wickelte ich behutsam in grobes Leinen und nahm sie unter den Arm. Meine sonstigen Schätze bestanden aus einem Haifischgebiß und dem großen Glas mit dem Octopus, den ich in Alkohol eingelegt hatte.

Stitches erschien auf dem Achterdeck, um meine Sachen in das Dingi laden zu helfen, das mich an Land bringen sollte. „Wirst du denn nie wieder zu uns kommen, Joan?" fragte er mit belegter Stimme. Ach, ich hatte noch gar nicht daran gedacht, daß ich auch ihn verlieren würde! Aber das war doch unmöglich! Ich hatte ihn ja so lieb.

„Können Sie nicht mit an Land kommen, Stitches? Wir würden immer zusammenbleiben", sagte ich.

Er antwortete nicht, sondern wandte sich ab, um sich die Nase zu schnauben. Wenigstens sah es so aus.

„Ich werde bestimmt mal wiederkommen", versprach ich ihm. Die wettergegerbten Hände des Alten zitterten beim Verschnüren meiner Bündel. Ich gab ihm meine Schiffchen zum Halten und ging nach unten, um mir mein Kleid anzuziehen und ein Band ins Haar zu flechten. Als ich wieder nach oben kam, war die Mannschaft von allen Decks verschwunden. Wollten sie mir denn nicht Lebewohl sagen? Sogar Stitches konnte ich nirgends entdecken.

„Komm, komm, wir wollen loswerfen!" rief Vater.

Im Dingi warteten Bulgar und Oleson, um Vater und mich zum Fährboot zu rudern. Ich schwang mich auf die Reling und wollte schon übers Fallreep hinabentern, als mir etwas einfiel. So sprang ich wieder an Deck und lief in meine Kammer. „Was ist denn nun, zum Kuckuck?" hörte ich Vater mir nachrufen.

Ich ergriff mein Kätzchen, das ich vergessen hatte, und steckte es in einen Mehlsack. Auch den eingelegten Octopus nahm ich mit. Dann eilte ich auf die Hütte, wo meine geliebte Seemöwe in einem Käfig aus Kistenlatten stand. „Komm her, meine Gute, wir müssen jetzt an Land", redete ich ihr zu, als ich den Käfig untern Arm nahm. Den Sack mit dem Kätzchen hängte ich mir über die Schulter und ging wieder ans Fallreep, um mich endgültig auszuschiffen.

Eine noble Gesellschaft, diese sogenannten alten Seebären bei uns an Bord, dachte ich, kein Mensch läßt sich mehr blicken! Als ich jedoch eben wieder über die Reling war, da entdeckte ich sie: Stitches hinter

dem Kreuzmast, Schwede und der Japaner lugten aus dem Hilfsma-
schinenraum im Vorschiff zu mir herüber, und am sonderbarsten
benahm sich Fred Nelson. Er tat, als müsse er die Messinghaube vom
Kompaßgehäuse polieren, putzte aber nur an einer Stelle.

„He, Mädchen", rief er plötzlich, „hier hast du was zum Andenken
ans Schiff!" Kam heran, beugte sich über die Reling und gab mir ein
Stück gepreßten Tabak von der besten Marke. „Viel ist's nicht, soll dir
nur guten Wind für deine richtige Heimreise bringen." Sein Gesicht
war ganz weiß und verzerrt; seine Augen blickten starr.

„Nun stau dich gefälligst mal hier nach unten weg, und laß diese
Trödelei!" befahl mir Vater aus dem Dingi.

In meiner Kehle blieb ein komischer Kloß stecken. Ich fürchtete,
jetzt, da ich die Mannschaft und vor allem meinen geliebten alten
Stitches endgültig verließ, gleich wie ein kleines Kind losplärren zu
müssen. Deshalb schrie ich beim Hinabklettern gellend laut: „Lebt
wohl, alle miteinander – nie werde ich euch vergessen . . .!"

An Land gerate ich zu leicht auf Grund

In dem kleinen Boot fragte mich Vater, weshalb ich die Möwe
mitgenommen hätte und was in dem Mehlsack wäre.

„Mein Eigentum", antwortete ich.

„Deine Mutter wird niemals dulden, daß du ihr Haus mit Krempel
vollstopfst. Sie führt schließlich eine Pension. Und du bist jetzt ein
Landmensch, Joan, und da wird das Leben für dich ganz anders." Ich
konnte nicht begreifen, daß Vater so ruhig und gemessen mit mir
sprach, anstatt mich auszuschelten, und so meinte ich, er wäre
froh, mich loszuwerden, weil ich ihm immer soviel Kummer gemacht
hatte.

Die Fahrt auf dem Fährboot über die Bucht von San Francisco, um
den Zug nach Berkeley zu erreichen, wurde für mich eine unvergeß-
liche Erfahrung. Auf der Fähre drängten sich die Menschen um mich,
da sie meine Seemöwe und den eingelegten Octopus sehen wollten.
Das Kätzchen wand sich verzweifelt in dem zugebundenen Sack; aber
den machte ich nicht auf, weil ich befürchtete, es würde mir weg-
laufen. Daß ich selbst einen urkomischen Anblick bieten mußte,
kam mir gar nicht in den Sinn. Vielmehr dachte ich, alle die Leute
ringsum wollten mit mir Freundschaft schließen, und zeigte ihnen
daher das größte Vertrauen. Während ich sprach, warfen einige sich
bedeutsame Blicke zu. Ich erzählte ihnen nämlich von der Südsee, wie
ich den kleinen Octopus gefangen hatte und wie unser Schiff hieß.

An der Pier von Oakland stiegen wir in einen Zug. Als wir in Berkeley ankamen, nahm Vater eine Taxe vom Bahnhof bis zu meinem Elternhaus. Ich hatte genug zu tun, die Umgebung mit den wellenartigen Hügeln, die Häuser mit den sauberen Rasenflächen, die Straßenbahnen und die Gruppen lachender Jungen und Mädchen, die durch die Straßen schlenderten, zu bestaunen, und vergaß für eine Weile das Schiff. Vor einem zweistöckigen Holzhaus stiegen wir aus dem Wagen, schritten einen kurzen Weg hinauf und durch ein Tor mit zwei hohen Pfosten. Auf dem einen war eine Wetterfahne: ein Walfisch, der sich an einer Stange im Winde drehte. Der schwebte schon jahrelang dort oben, und Mutter prüfte oft an ihm nach, ob der Wind auflandig wehte und Vaters Schiff bald heimtrug. Der Gartenweg war von bunten Blumen eingesäumt, der Türvorbau am Haus halb verdeckt von riesigen Kletterpflanzen mit Blüten in der Farbe der Südseekorallen. Es waren Rosen, die ersten, die ich sah. An der Schönheit des Gartens konnte ich mich gar nicht satt sehen, bis ich spürte, daß Vater mich am Arm zog: „Da ist deine Mutter, Joan."

Ich blickte auf und sah Mutter in der Tür stehen. Sie wischte sich die Hände an der Schürze ab und weinte und lachte zugleich. Ich sah zuerst in ihr nur eine rundliche kleine Frau. Ihre Haut war sehr weiß, die Augen so blau wie das Wasser einer Lagune, und die weißen Haarsträhnen, die ihr in die Stirn fielen, erinnerten mich an den hellen Gischt der See. Ich konnte den Blick nicht von ihr wenden. Meine Mutter! Vor fünf Jahren, als sie in das Holzfällerlager in Oregon kam, um Vater zu besuchen, hatte ich sie zuletzt gesehen, aber ihr Bild nur noch ganz verschwommen im Gedächtnis behalten. In ihrem verblichenen blauen Hauskleid und dem weißen Kragen, der von einer Korallenbrosche in zartem Muschelrosa zusammengehalten wurde, sah sie ganz anders aus als alle Frauen, die ich kannte. Wie sie so dastand und immerfort die Hände an der Schürze abwischte, wird ihr Bild stets vor mir schweben.

Was ich zu ihr sagen sollte, wußte ich freilich nicht. Erwartet hatte sie uns Seefahrer, da Vater sie telefonisch von San Francisco aus benachrichtigt hatte. Ob sie ebenso überrascht von meiner Erscheinung war wie ich von ihr? Ich war vorbereitet gewesen, sie so grob und kurz angebunden zu finden wie Vater, aber ihre Stimme war ganz sanft.

Vater hatte die Arme um Mutter geschlungen und hob sie vom Fußboden hoch. Fünf Jahre hatte auch er sie nicht gesehen! Jetzt kam ich mir ausgeschlossen vor und war eifersüchtig. Bisher war ich doch für Vater das Wichtigste auf der Welt gewesen, und jetzt nahm Mutter mir diesen Vorrang. Aber sie ließ Vater bald los und umarmte mich.

Ihre Hände waren so weich und zart, daß mir ihr Streicheln ganz sonderbar vorkam. Sie hatte ja in den Armen kaum soviel Kraft wie ich in einem großen Zeh! Mein Ideal war körperliche Stärke, und die besaß sie nicht. Ich spürte wohl, daß sie ein wundervolles Wesen war, aber das mußte sie mir erst noch beweisen.

„Nun sprich doch mit Mutter", sagte Vater.

Ich musterte sie noch einmal vom Kiel bis zum Flaggenknopf, bevor ich antwortete: „Erlaubst du mir auch, meine Seemöwe und das Kätzchen hierzubehalten?"

Lachend gab Mutter zurück: „Ja, die kannst du hinten auf dem Hof unterbringen."

Nach dieser Übereinkunft gab ich meine feindliche Abwehrhaltung auf. Ich weiß nicht mehr, ob ich froh war, nun in einem Hause zu sein, das ich als Heim betrachten durfte, oder ob ich durch und durch erschrocken war. Jedenfalls fühlte ich mich eingeengt – nicht zuletzt dadurch, daß meine Brüder und meine Schwester um mich herumstanden und mich wie eine Fata Morgana anstierten.

„Joan, zieh dich jetzt zum Mittagessen um. Wir müssen für unsere Pensionsgäste pünktlich um zwölf Uhr das Essen bereit haben", sagte Mutter. Um ihr Haushaltsgeld aufzubessern, hatte sie einige Herren von der Universität in Pension.

„Ich habe doch nur dieses eine Kleid", antwortete ich. Da ich gewohnt war, mich bei Wind und Wetter verständlich zu machen, dröhnte meine Stimme in dem kleinen Zimmer wie Kanonendonner.

„Sprich nicht so laut", mahnte mich Mutter. „Unsre Gäste sind Professoren, liebes Kind, und du darfst mit ihnen am selben Tisch sitzen."

„Sind Professoren alles Männer?" verlangte ich zu wissen. Mutter erklärte, das wären sie, jedenfalls die, die bei uns im Hause wohnten.

„Ich kann Frauen nämlich nicht leiden", fügte ich hinzu.

Meine Schwester verließ das Zimmer. Sie war eine junge Dame mit sehr feinen Manieren und konnte sich mit mir nicht abfinden. Am Mittagstisch lernte ich die Pensionsgäste kennen, die mich gleich alle mit Fragen bombardierten. Sie fragten mich nach Stürmen auf See und nach Reiseabenteuern aus und zogen dann meine Erklärungen in Zweifel. Der schlimmste war der Professor der Volkswirtschaft.

„Du bist wirklich ein höchst interessantes kleines Mädchen", sagte er, indem er aufstand und mich so ansah, daß ich mich wie ein Bazillus unter dem Mikroskop fühlte. Ach, ich merkte wohl, daß ich mit den Landratten auf schwierigem Kurs steuern würde.

In dieser Nacht schlief ich zum ersten Mal in meinem Leben in einem richtigen Bett. Das Leinen fühlte sich angenehm kuschelig und kühl an, und die Matratze war schön weich, aber ich konnte nicht einschlafen. Das Haus war so still und wackelte kein bißchen! Mir fehlte auch das Getrampel der Füße an Deck über mir. So lag ich fast die ganze Nacht wach. Am Morgen war ich gleich bei Sonnenaufgang aus dem Bett, zog mich rasch an und rannte durchs Haus mit dem lauten Ruf: „Alle Mann an Deck! Vier Glasen!"

Vater kam aus seinem Zimmer und packte mich im Genick. „Halt den Mund! Hier schläft noch alles", sagte er. Die Pensionsgäste waren von meinem Geschrei wach geworden, und Mutter bereitete ihnen ihr Frühstück, so schnell sie konnte. Als sie zu Tisch rief, stürzte ich auf meinen Platz, grabschte mir die größte Portion Rührei nebst einem Packen Pfannkuchen und begann eiligst zu schlingen.

„Was hast du denn für Manieren?" Mutter nahm mir den turmhoch gefüllten Teller weg.

„Ich war zuerst am Tisch, und wer zuerst kommt, mahlt zuerst", protestierte ich, aber dafür hatte Mutter kein Verständnis.

Nun folgte eine Reihe von Tagen, die für mich eine Verwirrung nach der anderen brachten. Die in unserer Nähe wohnenden Kinder zogen sich, anstatt mit mir zu spielen, wie ich mir in meinen Träumen die Spielgefährten ausgemalt hatte, von mir zurück. „Die gebraucht üble Schimpfwörter", hörte ich eins der Kinder sagen.

Selbst meine Geschwister suchten nach Ausreden, um zu ihren Freunden zu gehen und mich allein zu lassen.

Meine Schwester und die Brüder waren für mich sowieso nur quallige Weichlinge, weil sie mich nicht verhauen, nicht gut klettern und auch nicht um die Wette spucken oder fluchen konnten.

Mutter hatte mit der Arbeit für ihre Hausgäste fortwährend zu tun, und Vater war den ganzen Tag über an Bord. Wenn er abends nach Hause kam, widmete er sich natürlich meiner Mutter, so daß ich mir ganz vergessen vorkam. Oh, wie sehnte ich mich nach einem Sturm, der dieses Angstgefühl und die Einsamkeit an Land von mir wegwehte! Das Haus schien mich zu erdrücken, und so hielt ich mich meistens auf dem Hof auf. Meine Möwe starb schon am zweiten Tag. Meiner Mutter gehorchte ich nicht, weil ich wußte, daß sie nicht stark genug war, mich zu verprügeln. Und jeden Abend erzählte sie Vater, wenn er vom Schiff kam, wie schwer sie es mit mir habe.

„Sie ist dein Kind", hörte ich sie sagen, „also mußt du sie bändigen."

„Sie ist aber auch deine Tochter. Wenn du dir Mühe gibst, sie zu verstehen, läßt sie sich so leicht steuern wie ein Vollschiff im raumen Wind", gab Vater zurück.

„Sie wird mir noch alle meine Gäste vertreiben. Gestern hat sie beim Abendessen einen von den Professoren gefragt, ob er schon einmal

mit den Händen in einem Haifischdarm herumgewühlt hätte. " Mutter
war noch ganz entsetzt, als sie das Vater berichtete. Allerdings stieß sie
bei ihm nicht auf Verständnis für mein unwürdiges Benehmen, denn
Vater lachte herzlich.

„Aber es kommt noch schlimmer", fuhr Mutter fort. „Deine
Tochter beschwerte sich nämlich, daß in diesem verdammten Haus,
wie sie sagte, keine einzige Wanze oder Kakerlake zu finden sei! Also
wirklich, du mußt einmal energisch mit ihr reden."

Die arme Mutter! Ich begriff einfach nicht, wieso sie mein
Benehmen furchtbar finden konnte!

Als ich drei Wochen zu Hause, genauer gesagt: an Land war, verkündete Vater, er wolle wieder auslaufen. Mutter packte ihm seinen
Seesack. – Daß er ohne mich wieder in See gehen wollte, konnte ich
nicht ertragen. An Land blieb ich einfach nicht! Ich rannte gleich zu
Vater hin. „Sag mal, willst du mich vielleicht nicht mitnehmen?"
fragte ich ihn bittend.

Er blickte mich verwundert an, als wisse er nicht recht, was er mir
antworten solle, und sagte schließlich: „Ich mache das Schiff gerade
seeklar, Joan. Da wollte ich vorsichtshalber meine Sachen schon an
Bord bringen, falls wir günstigen Wind bekommen, so daß wir ohne
Schlepper auslaufen können."

Das genügte mir. Ich beschloß, einfach davonzulaufen. Wenn er
dachte, er könnte mich an Land sitzenlassen, während er in die Südsee
segelte, hatte er sich geirrt! Mein seemännischer Orientierungssinn
kam mir gut zustatten, denn ich wußte noch genau, wie wir von San
Francisco nach Berkeley gekommen waren, und wollte denselben
Weg zurück nehmen. Allerdings hatte ich kein Geld. Am Abend,
sobald das Haus im Schlaf lag, schlich ich in Vaters Zimmer, tastete
nach seinen Hosen auf dem Stuhl und nahm einen großen Silberdollar
heraus. Am andern Morgen, während Mutter beschäftigt war und die
Geschwister arbeiteten oder zur Schule gingen, verließ ich das Haus
mit meinem Kätzchen und machte mich auf nach San Francisco. Ich
fand auch den Weg bis zu der Pier, der gegenüber unser Schoner vor
Anker lag. Dort erklärte ich einem Fischer, daß ich zur Besatzung der
Minnie A. Caine gehörte, und fragte ihn, ob er mich für einen halben
Dollar rüberrudern wolle. Der alte Fischer grinste nur und forderte
mich auf, in sein Boot zu klettern. Er brachte mich rasch hinüber, aber
mein Geld wollte er nicht nehmen. Ich kletterte an Deck und plumpste
Stitches von der Reling direkt in die Arme. Dem Alten fielen fast die
Augen aus dem Kopf vor Freude, mich wiederzusehen. „Na, ich
wußte ja, daß der Käpt'n dich nicht an Land lassen würde. Er hat dich
zurückgebracht!" wiederholte er immerzu wie einen Refrain.

„Gar nicht. Ich bin ausgekratzt." Den guten Stitches brauchte ich nicht erst zu bitten, mich nicht zu verraten: Er versteckte mich im Krankenraum, wo ich eine Lagerstatt auf alten Segeltuchballen fand. Der japanische Koch brachte mir Brot und einen großen Topf Suppe. Fred Nelson war der einzige von der Mannschaft, der nicht bereit war, meine Anwesenheit an Bord vor Vater zu leugnen. Er kam zu mir herunter, um mir das zu sagen, schien aber die richtigen Worte vergessen zu haben, denn er brachte nur heraus: „Weißt du, Mädel, diese Halunken, die wir jetzt im Vorschiff haben, das ist keine Gesellschaft für dich", machte auf dem Absatz kehrt und verschwand wieder nach oben. Ich blieb den ganzen Tag in dem dunklen Laderaum. Gegen sechs Uhr hörte ich Vaters Stimme auf dem Hüttendeck über mir. „Wenn ihr mir nicht sofort sagt, wo sie ist, dann dreh ich euch verfluchten Hunden einzeln den Hals um!"

Ich hörte auch, wie Schwede, Stitches und der Koch allerlei Ausreden versuchten, doch das konnte Vater nicht beirren. „Ich weiß genau, daß sie hierher gekommen ist, woanders würde sie gar nicht hingehen. Also heraus mit der Sprache, wo hat sie sich versteckt?" Die Matrosen bestritten einer nach dem andern, das geringste über mich zu wissen, da hörte ich auf einmal heftiges Gescharre von Füßen. Aha, also verprügelte Vater einige von ihnen. Nun hielt ich es für angezeigt, das Versteckspiel aufzugeben, und kletterte an Deck, wo ich einem sehr zornigen Vater gegenübertrat.

„Was hast du dir dabei gedacht, in drei Deubels Namen!" fuhr er mich an, doch ich spürte, daß er gar nicht so böse war, wie er aussah.

„Wenn ich mich gleich tüchtig von dir verdreschen lasse, darf ich dann bleiben?" fragte ich. Lieber wäre ich auf dem Schiff gestorben, als mein Vorhaben aufzugeben. Die Matrosen sahen mich alle mit dem gleichen Blick an, als wollten sie sagen: „Du hast uns zu Lügnern gestempelt." Seltsamerweise bestrafte Vater nicht einen einzigen.

„Nun marsch, nach vorn, an eure Pflicht! Wozu lungert ihr noch herum?" brüllte er sie an. Mich vertrimmte er tüchtig mit einem Tauende. Aber als er fertig war – nahm er mich mit an Land! Mutter war an dem Abend sehr still. Ich aß mein Abendbrot in der Küche und ging zu Bett, ohne ein Wort mit ihr zu reden.

Am andern Morgen war ich beim ersten Tagesschimmer auf, doch nicht früh genug, denn Vater hatte schon eine Stunde vorher das Haus verlassen. Schnell lief ich hinaus. Eine kräftige Brise wehte, der Himmel war klar, und ich konnte von unserer Haustür aus das blaue Wasser der Bucht sehen. Im Hof stand ein riesiger Eukalyptusbaum, auf den kletterte ich. Je höher ich klomm, um so besser konnte ich die

Bucht von San Francisco überblicken und alle Schiffe erkennen, die
dort vor Anker lagen. Und eins davon war meins! Der Wind zeigte
mir an, daß Vater gleich Segel setzen lassen würde. Er wollte hinaus
ohne mich! Innerlich weinte ich bittere Tränen, und in die Luft schrie
ich: „Vater, laß mich doch nicht an Land bleiben! Komm zurück und
hole mich! Bitte, o bitte, laß mich nicht hier einsam sterben."

Ich starrte zu dem fernen Hafen, bis meine Augen vor Schmerz
brannten. Wohl drei Stunden muß ich auf dem Baum gesessen haben,
da vernahm ich wie durch einen Nebel tief unter mir vom Fuß des
Baumes die Stimme meiner Mutter, die mich aufforderte herunterzu-
kommen. Aber ich wollte nicht. Vielleicht lief unser Schiff gerade aus,
wenn ich die Augen von der Bucht abwandte, so daß ich den Beginn
seiner Reise versäumt hätte. Nach einer Weile verstummte Mutter
und ging fort. Lauter Glockenschlag riß mich aus meiner Verzweiflung. Als ich hinabblickte, sah ich einen großen roten Feuerwehrwagen vor unserem Hause halten. Feuerwehrmänner kamen mit zwei
langen Leitern, die sie an den Baum stellten, und drei Mann kletterten
hoch, um mich zu holen.

„Ich will nicht runter!" rief ich drohend. „Gehen Sie weg, und lassen
Sie mich allein." Ich kletterte noch einen Ast höher.

Nach einiger Zeit – wie lange es dauerte, weiß ich nicht mehr – hörte
ich Vaters Stimme von unten: „An Deck mit dir, los!" Mehr rief er
nicht, aber ich flitzte an dem Baum hinab wie ein Matrose, der bei
Sturm aus den Fußpferden fällt.

„Zu Befehl, Sir!" sagte ich, als ich ihm unten gegenüberstand,
umringt von aufgeregten Nachbarn, die durch den Feuerwehrwagen
angelockt worden waren.

Meine Mutter sah aus, als kämpfe sie mit den Tränen. „Nimm Joan
mit in See, sie hält es an Land nicht aus", sagte sie zu Vater, als wir ins
Haus gingen.

„Wie kommst du denn darauf, daß ich sie haben will?" entgegnete
Vater.

„Du hast das Auslaufen um eine ganze Woche verzögert, deine
Ladung ist an Bord, und du hast guten ablandigen Wind, und jetzt
erscheinst du wieder und erklärst mir, deine Matrosen weigerten sich,
mit dir zu fahren, weil es ein böses Omen wäre, deine Tochter
zurückzulassen. Sei ehrlich, du hast von Anfang an gar nicht die
Absicht gehabt, ohne Joan auszulaufen. Also nimm sie nur wieder
mit."

Ich hätte meine Mutter gern geküßt, wenn es mir nicht zu läppisch
vorgekommen wäre. Vater leugnete energisch, konnte aber Mutter
nicht in die Augen schauen. Um Mutter meine Dankbarkeit zu zeigen,

schenkte ich ihr mein Kätzchen. Ich weiß nicht, ob sie sich darüber gefreut hat, denn sie vergoß so viele Tränen beim Abschied.

Es war Abend geworden. Wir liefen aus, und ich war an Bord. Nachdem ich beim Segelsetzen geholfen hatte, kletterte ich in die Saling, von wo ich beobachtete, wie die Hafenlichter allmählich von Dunst und Dunkelheit verschluckt wurden. Eine kräftige Brise trug uns durchs Goldene Tor an den Farallon-Inseln vorbei, und als wir das Gewinsel der Heulbojen über den Sandbänken hinter uns hatten, stemmte unser Bug sich genau gen Westen. Ich hörte es unten sechsmal glasen, die erste Seewache trat an. Nelson stand am Ruder, Stitches sang auf der Back, und am schwachen Schein von Vaters glimmender Pfeife konnte ich verfolgen, wie er zwischen Kompaß und Reling hin und her ging. Hoch oben im Besanmast machte ich dem Festland, das wir schon weit achteraus gelassen hatten, eine lange Nase.

TREIBENDE EISBERGE UND EIN SEEUNGEHEUER

„AUF dieser Reise müssen wir den Orkanen südlich des Äquators aus dem Wege gehen", sagte Vater zum Steuermann, als wir von Adelaide in Südaustralien mit einer Ladung Salz nach den Vereinigten Staaten ausliefen. „Mit nassem Salz an Bord wäre es bei dieser Jahreszeit zu gefährlich, die Stürme dort abzuwettern."

Wir hatten April, Herbstbeginn auf der südlichen Halbkugel. Wenn wir Tasmanien im Süden umrundet und Kurs um die Südinsel von Neuseeland genommen hatten, also in ungefähr zwei Monaten, mußten wir mitten in das schlimmste Wetter des Jahres geraten.

Vater hatte den Kurs für die südliche Umrundung von Tasmanien gesetzt. Drei Wochen lang segelten wir bei stetigem Wind unter klarem Himmel, aber dann wurde dieser günstige Wind allmählich unangenehm heftig. Am Himmel bildeten sich Nebelschleier, es traten Luftspiegelungen auf, und vor dem unendlichen Horizont sahen wir zwei von üppigem Tropenwuchs bedeckte Inseln, die im leeren Raum zu schweben schienen. Für den Seemann können diese Luftspiegelungen gefährlich werden, weil sie unter Umständen die sorgsamsten nautischen Berechnungen verwirren.

„Joan, geh auf die Back, und dreh das Nebelhorn. Pro Minute drei kurze Töne und dann einen langen", sagte Vater.

„Befürchtest du, daß wir hier mit einem andern Schiff zusammenstoßen könnten?" fragte ich ihn.

„Absolut nicht, aber nach den Seefahrtsbestimmungen sind wir

verpflichtet, mit dem Nebelhorn zu quarren, sobald wir ins Gebiet der Eisberge kommen."

Einen Eisberg hatte ich noch nicht gesehen, und so übernahm ich mit Freuden diesen Beobachtungsposten auf dem Vorschiff. Unser Nebelhorn glich einer großen Kaffeemühle, es war ganz mit Grünspan und Rost überzogen. Das Echo der Nebelhorntöne schlug mit unheimlichen Klängen an mein Ohr zurück. Ich rief Vater zu: „Wir müssen dicht unter Land sein, der Widerhall ist so stark."

Er kam eilends auf die Back und lugte angespannt in den immer dichter werdenden Nebel. Wenig später hörten wir das klatschende Geräusch des Wassers, das gegen einen festen Gegenstand ganz in unserer Nähe schlug.

„Toppsegel fieren!" brüllte Vater. „Rum mit dem Schiff!" Mit einem jähen Ruck lief das Schiff in den Wind und stoppte. Vor uns, kaum fünfhundert Meter entfernt, ragte ein gigantischer Eisberg empor! Das ihn umbrandende Wasser und der Sog bei seinen Bewegungen schufen eine starke, gefährliche Strömung. Wir trieben auf den Eisberg zu!

„Die Warpanker werfen!" befahl Vater. Das sind kleinere Anker für Notfälle. Die Mannschaft raste nach achtern und warf an jeder Seite einen über Bord. Einige Minuten würden die Anker halten, aber nicht länger, denn das Wasser rings um uns war ein brodelndes Durcheinander verschiedener Strömungen. Weiter entfernt entdeckten wir noch mehr Eisberge, größere und tiefer schwimmende. Wir waren von Eisbergen umringt! Jetzt hätten wir sogar einen Taifun begrüßt, von dem wir wenigstens hier herausgetragen worden wären.

Hinter der Kombüse kauerten, bleich und bebend vor Angst, der Schiffsjunge und der Japaner; Vaters Gesicht war wie versteinert. Der Tod durch Erfrieren erwartete uns.

„Alle Mann an Deck!" rief Vater, und der Ruf wanderte weiter, hinab in den Mannschaftsraum. Taumelnd kamen die Matrosen herauf, die Freiwache gehabt hatten, ihre Ölmäntel und Südwester fest um sich knöpfend. Als alle bereitstanden, sagte Vater zu ihnen: „Eure Chance, hier lebend herauszukommen, steht eins zu tausend. Werft die Ladung über Bord."

In rasender Eile rissen die Männer die Lukendeckel auf. Wenn die schwere Ladung abgeworfen war, würde das Schiff höher liegen, so daß der Aufprall auf den Eisberg abgeschwächt würde.

„Joan, du rüstest mit dem Koch und dem Jungen das Rettungsboot aus. Rasch. Kanister mit Zwieback, ein Faß Wasser und eine Persenning hinein!" Nach diesen Befehlen stellte sich Vater oben in den Bug und sah stumm zu, wie wir dem Eisberg näher und näher

rückten. Wie besessen schufteten die Matrosen beim Hinauswerfen
der schweren Salzsäcke, und das Schiff wurde merklich leichter.

Vater befahl, die dicken Holzfender über Seite zu hängen und über
den Bugspriet zwei Korkbojen zu fieren, damit der Aufprall noch
mehr abgedämpft werden konnte. Gerade in dem Augenblick, da wir
uns auf den Zusammenstoß gefaßt machten, ergriff ein Wasserwirbel
unser Schiff, hob es hoch aus dem Wasser und warf es schwindelnd
schnell um gut hundert Meter – an dem Eisberg vorbei!

Die ganze Nacht trieben wir durch Eisberge und große Eisschollen,
und es war wie ein Wunder, daß wir nicht zwischen ihnen zerquetscht
wurden.

Morgens noch fanden wir uns in einem dichten Ring weißer Berge
und vollkommen in Nebel gehüllt. Es kam uns vor, als hätten wir das
Ende der Welt erreicht. Immer wenn uns ernstlich Gefahr drohte,
pflegte mein Vater zu pfeifen oder zu singen. In den folgenden zwei
Wochen, in denen wir uns wie blind den Weg aus der Eisregion
ertasteten, sang er häufig. Die Sonne sahen wir wieder, als wir
ungefähr dreihundert Meilen südöstlich von Neuseeland standen.
Eine steife Brise fegte Nebel und Wolken vom Himmel, und straff
bauschten sich die Segel.

„Jetzt nehmen wir genau Nordostkurs, Mr. Swanson", sagte Vater
zum Steuermann. „Wollen versuchen, Pitcairn anzusteuern. "

Von den Seeleuten wird Pitcairn ein Paradies genannt. Die Ein-
wohner von Pitcairn warten oft viele Monate auf die Ankunft eines
Schiffes, da nur selten eins so weit von den üblichen Schiffahrtswegen
abweicht. Kommt einmal eins, dann überhäufen sie es vor Freude mit
ihren Gaben.

Eines Morgens gegen neun Uhr sahen wir die Insel vor uns auftauchen. Feuer leuchteten auf den höchsten Felsen. Die Bewohner
hatten uns gesichtet und wollten uns auf diese Weise signalisieren, wo
und wie weit wir anlaufen konnten, ohne auf Untiefen zu geraten.

Kaum lagen wir eine Stunde beigedreht vor der Insel, da erschienen
bereits drei Boote, und dreißig bis fünfunddreißig Insulaner kletterten
an Deck. Sie waren weißhäutig wie wir, da sie Abkömmlinge von
weißen Meuterern waren. Sie sprachen ein einfaches Englisch,
allerdings mit eigenartigem Akzent. Die Frauen waren beglückt, in
mir ein weißes Mädchen begrüßen zu können. Eine alte Dame
streichelte mein Haar, ein junges Mädchen wollte sofort sein hübsches
Kleid aus Kokosfaser gegen einen meiner Overalls tauschen. Hinter
dem Kajütsniedergang vollzogen wir beide das Tauschgeschäft.

Gegen Mitternacht erklärte Vater den Eingeborenen, sie müßten
nun von Bord gehen. Ganz traurig nahmen sie Abschied von uns,

baten uns, so bald wie möglich wieder zu ihnen zu kommen, und bedankten sich nochmals für unsere Geschenke.

Ich war in Hochstimmung, als wir die Insel verließen, denn außer dem schönen Kleid besaß ich nun auch noch Fächer aus Federn, einen Wandschirm und ein Korallenkästchen.

Vater lehnte am Besanmast und blickte auf die sich im Wind straffenden Segel, als ich zu ihm heraufkam. „He, Vater, schau mal, was ich alles für ein paar olle Karten und Bücher gekriegt habe", sagte ich, meine Schätze vor ihm ausbreitend.

„Was für Karten? Zum Teufel, was redest du da?" rief er.

„Na ja, ich habe all die alten Karten eingetauscht, die ich unten finden konnte, und die nautischen Bücher und was sonst noch da war", erklärte ich.

Vater packte mich im Genick und schob mich im Eiltempo in seine Kajüte hinunter. „Also, was hast du weggegeben?"

Ich wies auf den leeren Platz, wo vorher die Seekarten gelegen hatten.

„Wie soll ich jetzt navigieren, verflucht noch mal!" schrie er mich an. Vater war so wütend, daß er blaurot anlief.

„Ich hab doch schon so oft gehört, wie du zu den Leuten sagtest, du wärst ein so erfahrener Seemann, daß du gar keine Karten brauchst", erwiderte ich.

Sekunden später bedauerte ich schon sehr, meinen Overall gegen ein Südseekostüm getauscht zu haben, denn das bot überhaupt keinen Schutz gegen den Tampen, mit dem mir jetzt der Popo tätowiert wurde! Meine Wucht hatte ich weg, doch hat sich Vater später nie wieder mit seinen navigatorischen Fähigkeiten gebrüstet, wenn ich in Hörweite war! Allerdings war er auch zu dickköpfig, um sich die Karten von der Insel wiederzuholen. Er mußte bis zum Ende dieser Reise nach gegißtem Besteck segeln.

Ich hatte mich beim Luk am Kreuzmast niedergelassen, um ein Nickerchen zu machen, da das ewig gleiche, langweilige Bild dieser tropischen Nachmittage mich müde machte. Plötzlich erzitterte die Luft von Vaters dröhnenden Befehlen: „Gei auf die Toppsegel! Fier weg Vor- und Kreuzmars!"

„Aye, aye", erklang die Antwort des Steuermanns und „aye, aye" das bestätigende Echo der Matrosen vorn, die schon auf ihre Plätze an den Fallen und Brassen eilten. „Schot vor die Klüver!" Vater hatte dem Rudergänger das Rad abgenommen. Ich sprang mit langen Schritten die Treppe zur Hütte hinauf. Der Wind hatte plötzlich umgeschlagen und wehte mit bösartig anwachsender Geschwindigkeit, während graue Wolkenfetzen über den dunkel werdenden Himmel jagten und die See tiefschwarz wurde.

Durch das Geheul des Sturmes und das Niederrasseln der großen Segel vernahm ich Vaters Stimme: „Wasserhose in Lee!"

Der ganze Horizont war in Aufruhr. Es sah aus, als stürzten die Wolken sich nieder aufs Meer. Und jetzt raste, schwankend und sich drehend und windend wie ein lebendes Wesen, in einem Wirbel von ungeheurer Wucht eine gigantische Wasserhose mit atemberaubender Geschwindigkeit über die Meeresoberfläche, alles ringsum in Schwärze hüllend. Dieses Ungeheuer schien vom Horizont bis in den höchsten Himmel zu reichen und genau auf unser Vorschiff loszu-stürmen.

„Was passiert denn da?" schrie ich gellend.

„Wenn wir durch das Ding durchlaufen, saugt es uns glattweg in die Hölle! Und der verfluchte Wind drückt uns genau drauf zu!" Näher raste die Wasserhose, sich immer mehr blähend wie ein Untier, das alles zu verschlingen gierte, was ihm in den Weg geriet. Unten an Deck sah ich die Matrosen in größter Hast schuften, um die Segel noch zeitig zu fieren. Ich hörte, wie Schwede prustend und stöhnend ein Shanty zu singen versuchte, während er mit seiner Wache den Großbaum festzulaschen bemüht war. Bulgar, Nelson und McLean klemmten sich mit aller Kraft in die Fußpferde des Klüverbaums, um die hart schlagenden und sich blähenden Klüver aus dem Wind zu reißen und festzumachen.

Eine Wasserhose entsteht dadurch, daß ein Ausläufer geballter Sturmwolken, durch Windströmungen in eine trichterförmige, abwärts drehende Bewegung versetzt, auf die Wasserfläche trifft. Wie ein Tornado über Land ein Haus ergreift und es Hunderte von Metern weiter weg abwirft, so packt die Wasserhose in einer wirbelnden Wassersäule Fische, Treibgut und was ihm sonst in den Weg kommt. Dabei ist dieser machtvolle Wirbelsturm so stoßempfindlich, daß alles, was die in ihm wirksamen Luftströmungen zu ändern vermag, seine Gewalt bricht; dann fällt er mit einem Schlag in sich zusammen und zertrümmert durch das Gewicht der herabfallenden Wassermas-sen alles, was zufällig unter ihm liegt.

Und genau dieses Schicksal drohte der *Minnie A. Caine,* die jetzt haargenau in der Stoßrichtung der heranrasenden Wasserhose zu liegen schien. Nie hatte ich bisher unsere Mannschaft in so unverhüll-ter Furcht gesehen. Die Matrosen waren bleich wie das weiße Segeltuch, das sie reffen mußten.

Zum erstenmal in unmittelbarer Gefahr vergaß Vater das Singen. Er beobachtete mit zusammengekniffenen Lippen, ohne eine Sekunde den Blick abzuwenden, die schnell näher brausende Wasserhose, und plötzlich warf er mit Hartruder das Schiff jäh gegen die sich steil auftürmende Dünung, was ein Schiffsführer normalerweise nie riskierte. Denn es bedeutete das Ende eines Schiffes, wenn es zwischen zwei Wellenbergen aus dem Gleichgewicht geriet. Er rief den achtern Arbeitenden zu: „Um Himmels willen, rein mit dem Besanbaum, eh wir mit der Nase wegtauchen, sonst ist's aus!"

Schwede, der Steuermann, Oleson und McLean, die inzwischen die Klüver festgemacht hatten, kletterten aufs Achterschiff und packten sofort an, aber die Besantalje rührte sich nicht, so kräftig sie auch zogen. In dem Block am Ende des Baums, der fast fünf Meter über Seite herausstand, hatte sich ein Knoten festgesetzt.

„Einer rausentern und klarmachen!" befahl Vater.

Nelson meldete sich freiwillig und schwang sich auf den Parten der Talje hinaus. Als das Schiff schwer überholte, tauchte der Baum mit der Spitze so hart ein, daß Nelson von der anklatschenden See fast hinuntergezogen wurde. Aber er hielt sich. Seine Kameraden an Deck warteten, um in dem Moment, da der Block frei wurde, den Baum einzuschwingen. Nach ein paar Sekunden, die mir vorkamen wie Stunden, rief Nelson: „Holt ihn rein!", und im selben Augenblick rissen die andern an der laufenden Part, während Nelson noch draußen hing! Der Baum wird auf einem großen Schiff kaum anders bedient als auf einem Fischerboot. Ein Rollenblock dieser Talje genannten Winde ist am Ende des Segelbaums befestigt und einer an Deck. Durch diese Blöcke läuft das Tau in drei Längen, den sogenannten Parten, deren freie Enden mit Klampen an Deck festgemacht sind. Um den Baum beim Einschwenken leichter bedienen zu können und die Talje weniger zu strapazieren, ist der Block an Deck an einer stählernen Kupplung befestigt, die auf einer etwa einen Meter langen ins Deck genieteten Stahlstange hin und her gleiten kann.

Nun hatte sich auch noch die Kupplung am Ende ihrer Laufschiene festgerammt! McLean mühte sich ab, das Kupplungsteil freizumachen, so daß der Baum schneller herangeholt werden konnte. Da schralte plötzlich der Wind um einen Strich, packte den Baum und schlug ihn mit einem furchtbaren Ruck wieder außenbords. Ein schauriger Schmerzensschrei übertönte alle anderen Geräusche, und McLean brach gekrümmt zusammen. Sein Arm war dicht über dem Ellbogen eingeklemmt und von dem stählernen Kupplungsglied zerquetscht worden.

Stöhnend lag McLean da, aber wenn das Schiff auf dem Spiel steht, bedeutet ein einzelnes Leben nichts. Der Besanbaum mußte an Deck geholt werden oder verschwinden. Doch anholen ließ der Baum sich ja nicht, solange der Arm des Mannes in der verklemmten Kupplung festsaß und sein Körper quer über dem Block lag!

„Die Klauen vom Besanbaum abhacken!" befahl Vater. Für McLean konnte keiner die Hand rühren, bis das Schiff außer Gefahr war. Nelson war inzwischen wieder an Deck geturnt.

Ich lief nach unten und kam mit einem bis zum Rand mit Whisky gefüllten Becher für McLean wieder. Chloroform oder Morphium hatten wir an Bord nicht. Er lag fast reglos über dem dicken Holzklotz und stöhnte. Ich flößte ihm den ganzen Becher voll Whisky ein, doch der schien nicht stärker zu wirken als ein Trunk Wasser. Inzwischen hatten die Matrosen verzweifelt auf die Klauen des Besanbaumes und das ihn haltende Tauwerk eingehackt. Endlich krachte er, ein Stück der Reling und Teile der Takelage mitreißend, über Seite. Aber auch ohne ihn machte das Schiff noch Fahrt.

„Uns kann nichts mehr retten", hörte ich Vater murmeln. Er hatte erkannt, daß die Wasserhose bei ihrem Kurs und ihrer Geschwindigkeit uns genau über den Bug laufen mußte.

Auf einmal rief er: „Joan, hol mir mein Gewehr!" Ich rannte nach unten und hörte schon, als ich auf dem Niedergang war, sein nächstes Kommando: „Alle Mann unter Deck!"

Ich drückte ihm das Gewehr in die Hände. Das Ruder hatte er festgelascht. „Deck McLean mit einer Persenning zu", sagte er zähneknirschend, „und dann verschwinde du auch nach unten, rasch!"

Nelson hatte schon ein Stück Segeltuch geholt und McLean ganz damit umhüllt. So trabte ich ohne Zögern nach unten. Was Vater vorhatte, ahnte ich nicht. – Etwa zwei Minuten später krachte ein Schuß. Mehrere andere folgten schnell nacheinander, und schon kam Vater selbst nach unten, schloß hinter sich die Kajütskappe ganz ruhig und sagte: „Die Schüsse haben sie auseinandergerissen."

Wir blickten durch die Bullaugen in Lee. Einem verwundeten Riesentier gleich schien das Ungeheuer zu taumeln und stürzte jäh zusammen, gewaltige Wassermassen mit Fischen und allem, was es hochgewirbelt hatte, in die See zurückschleudernd. Als die Wasserhose so zusammenfiel, war sie noch fast eine halbe Meile von uns entfernt, doch die tiefhängenden, dicken schwarzen Wolken, aus denen sie sich entwickelt hatte, waren jetzt über uns, taten ihre Schlünde auf und ergossen ihre Fluten genau übers Schiff.

Wer je einen Korken unter einem Wasserfall beobachtet hat, kann sich unser Schiff in diesem Guß aus dem Himmel vorstellen. Vater hatte gewußt, was kam. Er hatte die Besatzung dadurch, daß er alle unter Deck zwang, gerettet, denn oben hätte kein Mensch sich in diesen Regenfluten halten können, während das Schiff in dem Sog einander bekämpfender Wassergewalten schwankte und torkelte. Nur McLean, von seinem eingequetschten Arm unbarmherzig an Deck festgehalten, war diesen Gewalten ausgesetzt.

Unten war die Luft erstickend, der Druck der Feuchtigkeit so stark, daß mein Puls rasend zu klopfen begann und kalter Schweiß mir am Körper hinablief. Nach etwa einer Viertelstunde hörte der Regen unvermittelt auf, die Wolken waren verschwunden, die Sonne brach hervor, und die See war ruhig, als sei nichts geschehen.

„Nicht den leisesten Hauch einer Brise werden wir jetzt haben", sagte Vater, schon wieder ärgerlich. Als typischer Seemann betrachtete er die eben überstandenen Schrecken als erledigt. Nicht vergessen hatte er allerdings den oben zwischen Eisen gefangenen Mann.

„Wir müssen den armen Kerl an Deck aus seiner Falle erlösen", sagte er zu mir, und ich ging mit ihm, um zu helfen. Wir hoben die Decke ab, unter der McLean ganz zusammengekrümmt und mit vor Schmerz weit aufgerissenen Augen dalag.

Vater schickte mich in die Kajüte, um Jod und sein Rasiermesser zu holen. Als ich ihm die Sachen brachte, untersuchte er gerade, über den Matrosen gebeugt, die stählernen Kupplungsglieder.

„Ich werde Ihnen den Arm abnehmen müssen, McLean", erklärte er. „Anders können Sie durch keine Teufelskunst aus dieser Stahlfalle loskommen."

McLean erkannte, daß es ernst gemeint war. Er zwang sich zu einem Lächeln. „Dann nur zu, Sir, aber bitte rasch", sagte er.

Vater gab mir einen Wink, McLean den Kopf zu stützen. Ich umfaßte seine Schultern und hob ihn, daß er halbwegs sitzen konnte. Bulgar und Schwede hielten seine Beine fest, ein dritter Matrose kam mit zwei Eimern voll Seewasser.

Vater knebelte McLean den Oberarm mit einem Tauende ab, reinigte den Arm rasch dicht oberhalb der Stelle, wo die Kupplungsteile ihn einklemmten, und begann mit dem Rasiermesser einzuschneiden. In knapp einer Minute hatte er das Fleisch rund um den Knochen gelöst, beugte sich zu Schwede hinüber und raunte ihm etwas ins Ohr. Der ging an die Reling, packte einen Belegnagel, kam zurück und erhob dieses schwere Stahlstück über McLeans Arm. Ich sah Vater nicken und leise sagen: „Jetzt!" Zielsicher schlug Schwede auf das schmale freigelegte Stück des Knochens, der leicht und glatt abbrach.

„Seewasser, fix!" rief Vater. Zwei volle Eimer wurden über McLeans Armstumpf gegossen. Salzwasser ist das beste an Bord verfügbare Desinfektionsmittel gegen Blutvergiftung. Wie gräßlich war das, was wir hier tun mußten! McLeans Körper wand sich in

wilden Zuckungen; im Delirium begann er vor Schmerzen schauer-
lich zu lachen. Während ich ihm den Kopf festhielt, mußten vier Mann
ihm Arme und Beine festhalten, bis Vater das überlappende Fleisch
mit der krummen Wundnadel und keimfreien Darmsaiten vernäht
hatte. Dann trugen sie McLean hinunter und legten ihn auf Vaters
Koje.

McLean hatte nur eine geringe Überlebenschance, aber Vater hielt
den Lebensfunken am Glühen, indem er mir auftrug, dem Matrosen
jede halbe Stunde eine Menge Whisky einzuflößen.

Dringende Pflichten riefen Vater nach oben. Ohne Besanbaum, mit
zerfetzter Takelage und ohne Wind, der uns gegen die wieder
zunehmende Kreuzdünung im Gleichgewicht halten konnte, liefen
wir Gefahr, uns die „Stöcke aus dem Leibe zu schütteln", das heißt, die
Masten zu verlieren.

Vierundzwanzig Stunden hatte die Mannschaft schwer zu tun, um
in das Chaos wieder Ordnung zu bringen. Ein behelfsmäßiges
Besansegel wurde gesetzt. Die Schreckensstunden, die wir durchge-
macht hatten, wurden mit trockenen Worten im Schiffsjournal
vermerkt:

> Donnerstag nachm. Auf 125° östl. Länge/23° südl. Breite Wasserhose
> gesichtet. Diese durch Gewehrfeuer zerstört. Matrose McLean als
> arbeitsunfähig ausgefallen. Mannschaft mit Deckaufklaren beschäftigt.

Vier Monate später verließ McLean unser Schiff, denn für
einarmige Matrosen gibt es an Bord keinen Platz.

EINE LIEBESGESCHICHTE, DIE ENDET, EHE SIE BEGINNT

SO EIFRIG ich mich in die Arbeiten an Bord stürzte, so unablässig
drehten sich doch meine Gedanken um meinen Wunsch, für einen
Menschen alles auf der Welt zu bedeuten. Mein Gefühl der Vereinsamung zwischen den Männern an Bord war stärker geworden. Wo
konnte ich einen Lebensgefährten finden? Nicht einer von unseren
Leuten schien auch nur entfernt zu ahnen, was mir durch den Kopf
ging. Ich war allen nur lästig, und keiner der Kerle war anscheinend
bereit, sich mir fürs Leben anzubieten. Eingeborene Mädchen hatten
eine Insel voll Männer zum Auswählen, ich hatte immerhin ein ganzes
Schiff voll Matrosen! Und so faßte ich neuen Mut.

Ich würde bei uns an Bord schon den Mann für mich finden! In
Gedanken ließ ich die ganze Mannschaft an mir vorüberziehen. Zuerst
war da natürlich Stitches. Den hatte ich lieb, aber als Ehemann kam er

doch wohl nicht in Frage. Er sah aus wie eine uralte Schildkröte, und wenn ich ihm von meinem Plan überhaupt erzählt hätte, dann hätte er sofort seinem Kapitän Meldung gemacht, und ich hätte eine ordentliche Portion Heilsalz schlucken müssen oder wäre mit dem Tauende vertrimmt worden, damit mir die albernen Grillen vergingen. Richtig weh getan hatten mir die Hiebe mit dem Tauende eigentlich nie, dazu war ich zu zäh, aber neuerdings sah ich dieses Verprügeltwerden mit anderen Augen. Es machte mich wütend, denn ich war mit sechzehn Jahren schon zu alt, um noch als Kind behandelt zu werden. Jedenfalls war das meine Meinung, die aber für Vater ganz belanglos blieb. Bei ihm hieß es: Tauende oder Heilsalz bis zum letzten Tag, den wir gemeinsam an Bord verlebten.

Jedenfalls kam Stitches nicht in Betracht.

Dann waren da der Erste und der Zweite Steuermann. Sonderbarerweise hatten wir während meiner ganzen Seefahrtszeit nie einen Steuermann, den ich richtig leiden mochte. Also schieden die auch aus. Von unserer alten Besatzung waren inzwischen nur noch vier Mann bei uns: Stitches, Schwede, Bulgar und Nelson. Die übrigen waren für mich nur irgendwelche Matrosen, neue Gesichter, die mir nichts bedeuteten.

In Gedanken nahm ich Schwede aufs Korn. Groß und stark war er ja, aber der hätte der Versuchung durch andere schöne Mädchen nie standgehalten. Und Bulgar? Nein, der war mir doch zu grob und bullig.

Als ich am Hauptluk saß und der Wache beim Spleißen von Tauwerk half, kam mir der erste wirklich brauchbare Gedanke, so jäh, daß ich ordentlich erschrak. Mir gegenüber saß Nelson bei der gleichen Arbeit. Warum hatte ich bisher nicht an ihn gedacht? Er konnte einen Bogen spucken und hatte Haare auf der Brust. Wenn ich ihn jetzt so ansah, bekam ich ein ganz ulkiges Gefühl: Mir wurde auf einmal heiß und kalt, und die Finger gerieten mir in dem Tauwerk durcheinander.

Ach nein, er ist doch nicht der Richtige, versicherte ich mir innerlich, verließ meinen Platz an der Luke und kletterte in die Saling. Je mehr ich dort in der Höhe grübelte, um so verwirrter wurde ich. Nelson schob sich immerzu in meine Gedanken, sooft ich ihn auch daraus verdrängte. In dieser Nacht blieb ich sehr lange an Deck. Der Mond schien, die milde Luft im Passat füllte die Segel nur wenig.

Bei vier Glasen kam Nelson nach oben, um das Ruder zu übernehmen. Ich lag im ausgebauschten Besansegel. Er schien mich nicht bemerkt zu haben und hielt die Augen auf die Toppsegel und auf den Kompaß gerichtet. Anzusprechen wagte ich ihn nicht, solange

Vater noch an Deck blieb, aber der stieg um elf Uhr in seine Kajüte
hinunter. Der Steuermann ging in seinem Bezirk auf dem Hauptdeck
hin und her; die Luft war jetzt rein. Auf jedem Schiff gilt das Gebot,
den Mann am Ruder nicht anzusprechen, also mußte ich behutsam
vorgehen.

„Nelson?" flüsterte ich.

Er blickte zu mir hinauf. „Hm?"

„Sind Sie genauso wie alle Matrosen? Ich meine, sind Sie auch in die
Kurven der Segel verliebt, wenn sie so schön rund gefüllt sind?"

Er schrak bei meiner plötzlichen Frage zusammen, antwortete aber
nach kurzem Überlegen: „Verdamm mich, nein! Ich verliebe mich
überhaupt nicht, weder in richtige Weibsbilder noch in bloß gedachte."

Hierauf wußte ich keine Antwort und verhielt mich daher still. Er
blickte mich so unentwegt an, daß ich schon dachte, er würde das
Schiff aus dem Kurs laufen lassen. Nach einigen Minuten des
Schweigens sagte er in einem Ton, als spräche er über eine Ladung
Kopra: „Du bist eigentlich ein verdammt hübsches Mädel."

Ich dachte, das sei ironisch gemeint, enterte nieder und lief nach
unten in meine Kammer, wo ich mich weinend auf die Koje warf. Oh,
wie ich ihn haßte, weil er sich über mich lustig machte! Hatte nicht
Vater mir gesagt, daß ich häßlich sei? Warum mußte Nelson mir das
noch unter die Nase reiben? Ich blieb stundenlang wach liegen und
wünschte, das Schiff ginge unter und er ertränke als erster. Trotz
alledem hatte ich ihm am nächsten Tag schon verziehen. Es war
Sonntag, und es gab den unvermeidlichen steinharten Rosinenkuchen
als Nachtisch. Anstatt meine Portion zu essen, stopfte ich sie in die
Tasche meines Overalls, um sie ihm später zu geben, denn die
Matrosen bekamen diesen Kuchen nicht.

Nelson hatte an diesem Nachmittag seinen Rudertörn von zwei bis
vier. Als ich an Deck kam, übersah er mich absichtlich, aber ich ging
dicht an ihm vorbei und drückte ihm das kostbare Stück Kuchen in
die Hand. Er nahm es und begann gleich zu essen. Ich setzte mich
aufs Skylight und beobachtete, wie er Happen für Happen hinunter-
schluckte, während mir selbst der Mund wässerig wurde.

„Das ist doch ein anständiger Fraß", sagte er eifrig kauend.

Fred Nelson war Däne. Er hatte blondes Haar und blaue Augen,
war etwa dreißig und so stark wie drei andere zusammen. Und er war
der einzige mir bekannte Mann, der golden leuchtende Haare auf der
Brust hatte, und noch dazu lockige! Wenn er mich anblickte,
wünschte ich immer, ich könnte schöne Frauenkleider statt der ollen
Männerkleidung tragen. Ich bildete mir ein, in seinen Augen einen

Ausdruck der Sehnsucht zu entdecken, doch er vermied, mit mir zu sprechen. Bei uns an Bord war er seit sechs Jahren. Nie hatte er sich furchtsam gezeigt, auch nicht im schwersten Sturm, und nie drückte er sich vor einer harten Arbeit.

Ich scheute keine Mühe, ihm meine Verehrung zu beweisen, ohne daß er es direkt gewahr wurde. An einem heißen Abend schlief ich in dem überm Heck hängenden Rettungsboot. Plötzlich wachte ich auf, öffnete halb die Augen und bemerkte, wie Nelson mir mit dem Taschenmesser eine Locke absäbelte. Sein Atem ging hastig wie bei einem Wettläufer. Ich begann von Kopf bis Fuß zu beben, in meinen Schläfen pochte das Blut, aber eine innere Stimme riet mir, stillzuhalten und mich schlafend zu stellen. Nachdem er die Locke genommen hatte, entfernte er sich leise in Richtung Vorschiff.

Nie ließ ich ihn wissen, daß ich ihn beobachtet hatte, weil ich spürte, daß er es geheimhalten wollte. Immer seltener hielt ich mich nun bei Stitches oder bei Vater auf, damit keiner von den beiden meine Gefühle erraten konnte. Nelson ließ auch keinen Menschen merken, daß er mir an jenem Abend eine Haarlocke abgeschnitten hatte. Ein paar Tage später hörte ich ihn von seinen ehrgeizigen Plänen erzählen. Er saß mit Schwede und Bulgar an der Reling in der Nähe des Kreuzmastes, wo sie sich Stöcke schnitzten. „Auf diesem Kahn bin ich nur geblieben, weil ich es zum Zweiten Steuermann bringen möchte. Schon seitdem ich von meiner Heimat weg bin, habe ich mir vorgenommen, das Steuermannspatent zu schaffen", sagte er.

„Was ist schon ein Zweiter Steuermann! Auf See hat er die Verantwortung, und im Hafen schiebt er Wache. Nee, da danke ich", warf Schwede verächtlich ein.

„Eines Tages werde ich selbst als Kapitän fahren", fuhr Nelson fort, „und zwar auf dem schnellsten Vollschiff aller Meere."

„Was? Sie wollen ein zweiter Kapitän Nelson werden?" fragte ich dazwischen. Er blickte mich voll an, und ich spürte, wie mir das Blut ins Gesicht schoß.

„Jawohl. Und auf meinem Schiff wird's keine Weiber geben. Die gehören an Land", antwortete er.

Das war zuviel für mich. Schnell lief ich nach achtern und verbarg mich – vor mir selbst.

„Worüber grübelst du jetzt immerfort, Joan?" fragte mich Vater an diesem Abend. „Neuerdings bist du immer kreidebleich und so still, als ob du krank wärest. Was ist los mit dir?"

„Ach, nichts. Ich wünschte, daß ich eine Million Meilen fort von hier wäre, daß ich nie auf einem Schiff gewesen wäre! Ich wollte, ich wäre an Land!" schrie ich ihn an.

„Einmal habe ich dich schon an Land gesetzt, und da bist du ausgerissen. Jetzt lasse ich dich nicht eher wieder an Land rumschippern, bis du einen sauberen Kurs steuern kannst. Zu oft habe ich beobachtet, was das Leben auf dem Festland aus den Frauen macht. Da wird ihnen so viel Ballast in den Kopf getrimmt, daß für eine richtige Ladung, den gesunden Menschenverstand zum Beispiel, kein Raum mehr bleibt. Ich werfe deine Trosse nicht los, ehe du nicht bei schönem und schlechtem Wetter dein Lebensschiff steuern kannst."

Das waren Vaters ganze Ermahnungen, und ich weiß bis heute nicht, ob er damals den Aufruhr in meinem Innern erkannt hatte.

Einige Wochen später liefen wir im australischen Newcastle ein. Wie üblich nach der langen Reise, gingen die Matrosen an Land und schwärmten durch die Hafenkneipen. Der Zweite Steuermann geriet in eine Schlägerei mit Betrunkenen und wurde ins Gefängnis gesteckt. Schwede, Bulgar und Oleson blieben eine ganze Woche von Bord, ohne sich ein einziges Mal zum Dienst zu melden. Eines Tages mußte Vater schon frühmorgens an Land, um eine Ladung Kohle zu chartern, und ließ mich an Bord zurück.

Wir lagen draußen im Fahrwasser vor Anker. Außer mir waren nur noch der Koch, Stitches und Fred Nelson auf dem Schiff. „Sie sind mein nüchternster Mann, Nelson", hatte Vater beim Fortgehen gesagt, „also halten Sie Wache, solange ich nicht da bin."

„Jawohl, Sir", hatte Nelson geantwortet, erfreut, daß Vater sein enthaltsames Leben nicht entgangen war. Das konnte ihm gut zustatten kommen, wenn er sich um das Steuermannspatent bemühte.

Gegen Mittag wurde es mir zu einsam. Ich suchte Nelson, um mich ein wenig mit ihm zu unterhalten. Er arbeitete im Laderaum, wo er loses Tauwerk aufschoß und den Raum säuberte, der die neue Ladung aufnehmen sollte. An einem Tau ließ ich mich in den Laderaum hinabgleiten. Nelson sprach kein Wort, bis ich schließlich fragte: „Darf ich Ihnen bei der Arbeit zusehen, Nelson?"

„Du bist die Tochter vom Skipper – da wirst du ja wohl machen können, was dir beliebt", erwiderte er nicht gerade freundlich.

Ich setzte mich auf eine dicke Rolle Tauwerk, ließ die Beine baumeln und grübelte. Nelson arbeitete. Keiner von uns sagte etwas. Plötzlich wandte er sich mir zu, und bevor ich ahnen konnte, was er wollte, hatte er mich gepackt und küßte mich!

Mir war ganz schwindlig vor Freude und Angst. Zuerst konnte ich nicht klar denken, und kurz durchfuhr mich wie ein Stich der Gedanke, daß ich ein schlechtes Mädchen sei, weil mir dieser Kuß gefallen hatte. Ich wollte aus dem halbdunklen Laderaum in den hellen Sonnenschein flüchten, vermochte mich aber nicht zu bewegen.

Dann vernahm ich Nelsons Stimme wie aus weiter Ferne. Er war schon wieder an seine Aufräumungsarbeiten gegangen. „Na, wie hat dir das gefallen?" sagte er. „Das war es doch, wonach du dich schon so lange gesehnt hast, stimmt's?"

So zerschmetterte er meine Illusion ...! Denn diesen Kuß hatte ich wirklich ersehnt, aber daß er das aussprach, dafür hätte ich ihn umbringen können! Ich war immer noch benommen, als ich ihn sagen hörte: „Dem Alten erzähl man lieber nicht, daß ich dich geküßt habe, sonst kriege ich gewaltig was auf'n Kopf."

Ich hatte nicht die Absicht, Vater etwas zu erzählen. Nachdem ich aus dem Laderaum an Deck geklettert war, glaubte ich, jeder müsse mir ansehen können, daß ich geküßt worden war. Als ob dieser Kuß wie ein flammendroter Pilz auf meinem Gesicht gesessen hätte.

Als Vater abends wieder an Bord kam und mich anblickte, schien er seltsamerweise nichts Auffallendes an mir zu bemerken.

Es folgten endlose Tage, an denen Kohle geladen wurde. Ich vermied es, an Deck zu gehen, wenn ich wußte, daß Nelson Dienst hatte. Wie habe ich diesen kostbaren Kuß gepflegt! Jeden Morgen beim Waschen achtete ich darauf, die Stelle, auf die Nelson seine Lippen gedrückt hatte, nicht zu berühren. Mein Gesicht muß schließlich um den Mund herum so ähnlich ausgesehen haben wie der dunkle Rand, den das abfließende Wasser auf einem hellen Sandstrand zurückläßt. Ja, dieser geküßte Fleck war mir sehr kostbar, denn – konnte ich wissen, ob ich je im Leben noch einmal geküßt wurde?

So war ich restlos glücklich bis zu dem Augenblick, da Vater bei Tisch mein Gesicht streng musterte. „Was fällt dir ein, mit ungewaschenem Gesicht zu Tisch zu kommen?" herrschte er mich an.

Noch nie hatte ich so hastig nach einer Entschuldigung gesucht: „Um den Mund rum kann ich mich nicht so richtig waschen, Vater, da ist die Haut so rauh und aufgesprungen."

Vater stand auf, packte mich bei den Trägern meines Overalls und zog mich energisch zum Ausguß in der Anrichte. „Soso, zu rauh zum Waschen, was?" sagte er, indem er einen Lappen und Sandseife nahm (mit der wir sonst die Decks schrubben) und den Kuß oder die von ihm vielleicht noch vorhandenen Spuren für immer fortwischte.

Ich hatte das Gefühl, daß dies der tragischste Augenblick meines Lebens war! Nelson wollte ich nun nicht mehr sehen aus Furcht, er könne glauben, ich wünschte mir noch mehr Küsse von ihm. Die wünschte ich mir natürlich, aber gerade deshalb ging ich ihm aus dem Weg.

Sobald die Ladung verstaut war, begab sich Vater an Land, um unsere Leute mittels Kaution aus dem Arrest auszulösen. Alle waren

bereit, für die weitere Reise wieder an Bord zu kommen, außer dem
Zweiten Steuermann, der die Kaution ablehnte, so daß Vater in
Verlegenheit kam, denn Offiziere für amerikanische Schiffe sind in
ausländischen Häfen nur schwer zu finden.

„Weshalb machst du nicht Nelson zum Zweiten?" wagte ich Vater
vorzuschlagen, als ich ihn über sein Pech mit der Mannschaft murren hörte. Der Vorschlag gefiel ihm, und er sagte zum Ersten Steuermann: „Schicken Sie mal Nelson zu mir, Mr. Owens."

Ich war begeistert! Wenn Nelson Steuermann wurde, gehörte er ja
zu den Schiffsoffizieren, und ich sah ihn dann jeden Tag bei Tisch!
Täglich konnten wir zusammen essen – was für ein herrlicher Gedanke! Dreimal täglich dicht bei ihm am Tisch, auf einer sechs Monate
dauernden Reise! Mit einem Zweiten Steuermann durfte ich nach
Vaters Begriffen von Schiffsdisziplin befreundet sein – mit einem
gewöhnlichen Matrosen natürlich nicht.

Nelson kam in die Kajüte und stand merkwürdig unruhig vor
Vater. „Zu Befehl, Sir. Sie haben mich rufen lassen?"

„Ich will Sie auf dieser Reise als Zweiten Steuermann einsetzen.
Machen Sie Ihre Sache gut von hier bis nach Adelaide, dann werde ich
Sie fürs Offizierspatent empfehlen. Bringen Sie Ihren Seesack gleich
nach achtern, Ihr Dienst beginnt in dieser Minute." Damit wandte sich
Vater zum Zeichen, daß die Unterredung beendet war, wieder seinen
Frachtbriefen zu.

Ich stand lächelnd dabei. Wie glücklich war ich! Nelson war ganz
rot geworden. Er blickte erst Vater an, dann mich, dann wieder Vater.
Die Röte verschwand aus seinem Gesicht, sein Mund bildete eine harte
gerade Linie. „Ich muß das ablehnen, Sir. Ich will nicht Ihr Zweiter
Steuermann werden. Ich möchte abmustern, Sir", sagte er, fast als
müsse er sich verteidigen.

Vater fixierte ihn. Er glaubte, sich verhört zu haben. „Sind Sie so
blöde, Mann, oder einfach verrückt geworden? Was soll das heißen,
Sie wollen nicht Zweiter werden!?"

„Genau, was ich sagte. Ich möchte abmustern", gab Nelson zurück.
Mir drohte das Herz auszusetzen. Weshalb wollte er von uns fort? Es
war doch der Traum seines Lebens, Offizier zu werden, und nun warf
er die erste Chance gleichgültig beiseite?

„Dann machen Sie aber fix, daß Sie von Bord kommen, Mensch,
und Heuer kriegen Sie keinen Cent, verdammich!" bölkte Vater ihn
an. Nelson verließ die Kajüte.

Ich lief hinter ihm her und versuchte, ihn am Ärmel zurückzuhalten.
„Warum wollen Sie denn weg von uns, Nelson?"

Er faßte mich bei den Schultern und schüttelte mich. Ich weinte und

ließ die Tränen ohne Hemmungen laufen. Es war das erste Mal, daß
ein Matrose mich heulen sah, aber hier schämte ich mich nicht. Mich
hatte eine furchtbare Angst gepackt bei dem Gedanken an die schreckliche Einsamkeit, wenn Nelson nicht mehr da war.

„Ach, hol's der Teufel, Mädel!" sagte er. „Bleibe ich als Steuermann
hier an Bord, dann sehe ich dich ja jeden Tag mindestens dreimal. Bei
jeder Mahlzeit. Wenn ich dir aber immer so nahe bin, dann kann ich
nicht anders – dann muß ich dich in die Arme nehmen und dich lieb-
haben. Versteh mich doch!"

„Aber – wolltest du denn nicht gerade das so gern?" fragte ich, denn
für mich war das doch das Ziel aller Wünsche, aller Träume.

„Natürlich, aber sieh mal, dann würde dieses Schiff einfach zu eng
für uns beide. Du hast noch nie einen Mann gehabt. Und du bist auch
noch nicht ganz erwachsen, nein – es wäre eine Schande, wenn ein
Mann dich schon zu seiner Geliebten machte . . ."

Nach diesen Worten wandte er sich von mir ab und ging ganz
schnell ins Vorschiff. Am nächsten Morgen marschierte er mit dem
Seesack auf der Schulter über die Gangway, ohne sich ein einziges Mal
nach mir umzudrehen. Auf einem Want stehend, sah ich Nelson in
diesem Augenblick zum letzten Mal. Später erfuhr ich, daß er im
Hafen von Galveston, Texas, bei einem Aufruhr von Farbigen getötet
worden sei.

Natürlich weiß ich, daß die Menschen an Land Nelson für einen
Narren halten werden, wenn auch für einen liebenswerten und
ritterlichen. Mag sein, daß er das war – ich werde ihn nie vergessen
können.

„PULLT ZUM UFER, MATROSEN, UND BETET. IN DIE TIEFE STOSSEN
WILDE WETTERGÖTTER MEIN GELIEBTES SCHIFF – UND MICH."

MIT unserer schweren Kohlenladung, unter der das Schiff tief im
Wasser lag, liefen wir von Newcastle aus. Vater hatte als Ersatz für
Nelson den Norweger John Johnson angemustert. Auch wenn er
tausend Neue angemustert hätte, in meinem Leben konnte Nelsons
Platz von niemand ausgefüllt werden! – Johnson war ein erstklassiger
Zweiter, der seine Wache mit eiserner Faust regierte, aber außer-
dienstlich so sanft sein konnte wie der Flaum an den Schwingen junger
Albatrosse.

Nach einigen Wochen, im Juni, liefen wir in die Tropenzone. In der
Südsee ist dieser Monat besonders reich an Orkanen, jäh wechselnden
Winden und gefährlichen Strömungen.

Vater blieb in dieser Zeit fast die ganze Nacht hindurch an Deck. Immer wieder stieg er in die Kajüte hinab, um das Barometer zu studieren, und oben wanderte er pausenlos hin und her.

„Meinst du, daß wir in ein Unwetter steuern?" fragte ich ihn.

„Ich fürchte, das wird schlimmer als ein Unwetter, Joan", erwiderte er. „Eine innere Stimme raunt mir zu, daß wir unseren letzten Ankerplatz ansteuern." Vater war abergläubisch wie alle richtigen Fahrensmänner, stritt das jedoch energisch ab, sobald die Rede darauf kam. Die Stimmung auf einem Schiff hängt ganz vom Kapitän ab. Wird dieser unruhig und sieht sorgenvoll aus, dann meint jeder, der Kapitän wisse, daß dem Schiff ein Unheil drohe. Was eigentlich die Männer auf See vor drohenden Gefahren warnt, weiß ich nicht, doch es muß so etwas geben.

Der Erste Steuermann teilte Vaters Befürchtungen nicht. „Bei diesem feinen Wind, Käpt'n, sollen wir da etwa Trübsal blasen? Bisher ist die Reise doch bestens verlaufen, abgesehen davon, daß wir Schwede in Eisen legen mußten, weil er den Koch umbringen wollte."

Schwede hatte nämlich den Koch dabei überrascht, wie dieser in sein sogenanntes Ragout Katzenfleisch tun wollte, um dafür gewisse Mengen Salzfleisch für sich zu reservieren. Empört bediente sich Schwede der unter Matrosen üblichen prompten Justiz. Er packte den Koch im Nacken und schüttelte ihn fürchterlich durch, bis es diesem gelang, ein großes Hackmesser zu packen und damit zum Schlag auszuholen. Wären nicht Oleson und Bulgar rechtzeitig dazwischengesprungen, so hätte es in der Kombüse einen Doppelmord gegeben. Vater ließ Schwede wegen versuchten Totschlags in Eisen legen; der Koch, den wir nicht entbehren konnten, kam mit vier Wochen Heuerabzug wegen schlechter Führung günstiger weg.

„Was reden Sie denn?" hatte Vater dem Steuermann düster entgegnet. „Seit der Ausreise von Newcastle hatten wir nichts als Ärger. Tag und Nacht zwei Mann an den Pumpen, weil das Leck im Laderaum nicht dichtzukriegen ist. Schlägereien im Vorschiff. Joan ißt nicht mehr recht, und ich – ich habe von einem aus dem Grund gebrochenen Anker geträumt."

Wie um die Stimmung noch zu verschlechtern, erschien eines Abends plötzlich an Deck eine riesige Ratte, die nach Wasser suchte. Ich bemühte mich, sie zu fangen, um mit ihr zu spielen, jagte sie von der Hütte übers Mittelschiff und trieb sie in die Enge. Als sie sich hinter einer Regentonne duckte, hatte ich sie schon fast beim Schwanz, da sauste sie wieder in die Speigatten, rannte blindlings ins Klüsenloch und fiel prompt in die See.

„Mir ist meine alte Ratte ausgerissen", vertraute ich Stitches an, der sofort, ganz entgeistert vor Furcht, fragte: „Was? Hat eine Ratte das Schiff verlassen?"

„Nein, ich hab sie über Seite gejagt", erklärte ich.

„Sag bloß nicht deinem Alten, daß eine Ratte das Schiff verlassen hat, hörst du! Er kocht sowieso schon wie ein Vulkan, der jeden Augenblick ausbrechen kann, weil er Unheil ahnt, aber nichts Genaues weiß", mahnte mich Stitches ganz ernst.

Trotz aller Befürchtungen Vaters erreichten wir die Insel Rurutu, wo wir die Kohlenladung löschten und statt dessen neunhundert Tonnen Kopra sowie eine Decksladung Sandelholz übernahmen, um sofort nach unserem Bestimmungshafen, Adelaide in Südaustralien, wieder in See zu gehen. Mehrfach suchte der Erste Steuermann, ein bißchen übermütig geworden, weil unter seiner Aufsicht das Schiff so tadellos in Ordnung war, meinem Vater die Besorgnisse auszureden.

„Wir sind aber noch nicht im Heimathafen", war immer Vaters letztes Wort bei diesen Gesprächen. Er hielt seine ununterbrochenen Nachtwachen weiterhin aufrecht. Nach einundsiebzig Tagen sollten wir, wenn Vaters Berechnungen stimmten, Land sichten. Die Ausgucke im Fockmast und im Bug wurden besetzt.

„Land voraus! Querab über Steuerbord!" sang Schwede von der Focksaling aus.

„Genaue Richtung?" rief Vater zurück.

„Ein Viertel Strich querab, Sir!"

Nach über zwei Monaten wieder Land zu sehen war für Vater diesmal eine große Erleichterung. Er rief dem Mann am Ruder eine Kursänderung zu, eilte in die Kajüte und kam mit seinem Fernglas wieder, durch das er lange angespannt blickte.

„Ja, das ist sie. Schau mal durch, Joan."

Ich erkannte durchs Glas, noch schattenhaft, ein kleines kegelförmiges Gebilde.

„Die Südostspitze von Australien", sagte Vater, indem er ins Besanwant stieg und dort weiter beobachtete. „Heute abend werden wir in die Bass-Straße laufen." Damit kletterte er wieder an Deck und sagte zum Steuermann: „Das ist bei Nacht eine ganz verteufelte Passage, und wir haben keinen Mondschein. Alle Mann bleiben an Deck!"

Obwohl diese Meeresstraße hundert Meilen breit ist, bietet sie für ein Segelschiff wenig Raum zum Kreuzen, denn eine tiefe Fahrrinne, in der keine gefährlichen Strömungen laufen, gibt es nur in der Mitte. Die südaustralische Küste wie die Nordküste Tasmaniens sind mit steilen, zackigen Klippen gespickt. Das Segeln ist dort besonders gefährlich durch unberechenbar einfallende Winde und tückische Kreuzströmungen, die von den ineinanderwirbelnden Wassern dreier Meere, des Stillen, des Indischen Ozeans und des Südpolarmeeres, erzeugt werden. Manchmal bleibt der Wind, durch hohe Klippen abgeschnitten, ganz plötzlich weg, und fällt dann mit verdoppelter Wut aus der Gegenrichtung wieder ein.

Wie durch Zauber wuchs das Land vor unseren Augen immer schneller, bis der bläuliche Dunst sich löste und wir das Kap, Wilson's Promontory, erkennen konnten, das einem auf dem Wasser schlafenden Wal gleicht. Es war später Nachmittag, die tropische Helle verwandelte sich rasch in ein weiches Grau.

„Toppsegel aufgeien! Klüver anholen!" rief Vater hastig. Ihn hatte schon die Unruhe des Seemanns gepackt, die sich beim Sichten von Land jedesmal wieder bemerkbar macht. – Stitches hatte mir einmal erklärt, der richtige Seemann könne in ablandigem Wind einen Schnaps hundert Meilen weit riechen.

In knapp fünf Minuten waren die Toppsegel eingeholt und festgemacht, ebenso die Klüver bis auf den Außenklüver. Vater stieg jetzt wieder mit dem Fernglas in die Wanten. Weit entfernt in Lee sah ich ein knallrotes Feuerschiff dicht vor der Küste an seinen Ankern schlingern.

Es glaste achtmal. Wachwechsel. Inzwischen war es dunkel geworden. Heulbojen warnten uns aus der Finsternis vor Klippen und Untiefen. Ich enterte zu Vater hinauf.

„Du legst dich jetzt schlafen, Joan", sagte er. „Wenn etwas passiert, komm uns ja nicht in die Quere, verstanden?"

„Jawohl, Sir!" antwortete ich, denn bei diesem Befehlston kam eine andere Antwort nicht in Frage.

In meiner Kammer schob ich den Kopf durchs Bullauge und beobachtete das Meeresleuchten, das die See überall mit feurigen Streifen durchzog. Allmählich wurde ich müde, und irgendwann war ich eingeschlafen.

Geweckt wurde ich durch eine schwere Regenbö bei steifem Wind, der das Schiff tüchtig durchschüttelte. Während ich in der Koje liegend auf das Klatschen der Seen gegen die Bordwand lauschte, hörte ich Vaters Befehle durch das Heulen des Windes schallen. Bei schwerem Wetter schaukelt in flachem Wasser ein Schiff ganz anders als auf hoher See. Ich spürte diese veränderte Bewegung und blickte durch die Scheibe des Bullauges, als mich ein plötzlicher Ruck des Schiffes auf den Rücken warf. Wenn dieser Wind bloß gleichmäßig wehen wollte und nicht so stoßweise, dachte ich, schlief aber wenig später wieder ein.

Heftig hustend schrak ich hoch. Die Augen brannten mir, ich konnte kaum atmen. In der Kammer war es stockdunkel, und ich glaubte, einen bösen Traum zu haben. Die Sinne begannen mir zu schwinden. Ich vernahm noch die scharrenden Füße auf dem Achterdeck, hörte heisere Rufe und ein wildes Hin und Her – bis plötzlich etwas in mein Bewußtsein vordrang, was mich wie ein Stich durchfuhr. Es war ein Schrei, der mich vor Angst erstarren ließ: „Feuer!"

„Feuer! Feuer!" erklang es immer wieder, und hohl warf der Wind das Echo zurück. „Im achteren Laderaum brennt es!" hörte ich rufen.

Immer noch gelähmt vor Furcht, vermochte ich mich in der Koje nicht zu bewegen. Das Wort Feuer und das Geschrei der Matrosen an Deck vernahm ich nur noch schwach. Hätte das Licht in meiner Kammer noch gebrannt, so hätte ich den dichten Qualm, der mich zu ersticken drohte, sehen müssen. Die Bodenbretter der Kammer waren mit geteertem Werg kalfatert, das Feuer hatte von unten her den Teer in den Ritzen schon aufgeweicht.

Als Vater – wie ich später erfuhr – das Luk zum Laderaum öffnete, schlugen ihm zwei Meter hohe Flammen entgegen: Die Kopraladung war ein Flammenmeer! Kopra entzündet sich sehr leicht, sie war unter den wilden Böen, die das Schiff so rasch hin und her warfen, durch Reibung in Flammen geraten. Vater hatte sich Gesicht und Hände verbrannt. Der Sturm fuhr in den Laderaum hinab und entfachte das Feuer erst zu voller Glut.

Endlich gelang es mir, mich aus der Koje zu erheben. Ich tastete mich durch den Qualm bis zum Kartenraum vor. An der frischen Luft, die von oben hereinwehte, konnte ich riechen, wo der Gang zum Achterdeck sein mußte. Dieser Luftzug nährte das Feuer, das sich schon durch die Bodenplanken gefressen hatte, immer mehr. Ich versuchte, die Tür zum Niedergang zu erreichen. In meinem aus dem Mehlsack geschneiderten Nachthemd und mit bloßen Füßen hüpfte ich über den aus den Ritzen quellenden heißen Teer. Das Feuer fraß sich rasend schnell weiter. So stand ich an der Schwelle des Kartenraumes mit verbrannten, furchtbar schmerzenden Füßen und kam nicht mehr voran. Der dichte Qualm erstickte mich fast, meine Augen tränten. Der Gedanke, daß ich jetzt sterben mußte, schien mir wie ein Trost, und ich wurde ganz ruhig. So stand ich still und wartete, was geschehen würde, denn weitergehen konnte ich sowieso nicht.

Das Chaos an Deck hatte sich vergrößert: Segel klatschten hin und her oder rissen auseinander, Rufe und Schreie ertönten, das Prasseln des Feuers und das Krachen von Holz wurden lauter. Da hörte ich wie aus unendlicher Ferne eine angsterfüllte Stimme rufen: „Joan!?"

Ich erkannte, daß es Stitches war, und wollte ihm antworten, konnte aber nur mit aller Mühe halb flüsternd herausbringen: „Hier ... hier bin ich."

„Joan, wo steckst du nur?"

Ach, ob er mich jemals finden würde? Das Feuer, der Qualm, der Schmerz und eine unheimliche Angst hatten mich bewegungsunfähig gemacht. Ich konnte kein Wort mehr hervorbringen. Ich hörte, wie seine Stimme näher kam, dann fühlte ich nur noch, wie Arme mich hochhoben und ich aus dem Feuer getragen wurde, das ringsum mit roten Zungen aus allen Räumen bleckte.

Kaum hatte mich der alte Mann die Treppe hinauf bis an Deck gebracht, da brach er stöhnend unter mir zusammen. Wir stürzten und blieben nebeneinander liegen. Wind und Regen, die mir übers Gesicht peitschten, die frische Luft, die ich tief einsog, und der Anblick des Himmels brachten mich wieder zu Bewußtsein. Taumelnd erhob ich mich und beugte mich über Stitches, um ihm aufzuhelfen. Er war tot! So endeten die Jahre seines Lebens, die er allein mir gewidmet hatte, durch dieses letzte Opfer ... Immer hatte er für mich das Beste gewollt und getan, und jetzt sollte er, in seinem Schiff eingesargt, in die Tiefe gehen – ein Seemann, der seinen ewigen Ankerplatz gefunden hatte. Wie lange ich auch leben mag – die Erinnerung an den alten Segelmacher Stitches wird stets mit meinen Erinnerungen an die See verwoben sein.

Ich sah, daß das Rettungsboot an der Heckreling zu Wasser gebracht wurde, packte den toten Stitches unter den Armen und versuchte, ihn aufs Achterdeck zu schleppen. Das sah zufällig Schwede. Er kam herangerast, riß mich von Stitches los, zerrte mich auf die Hütte und warf mich in das Rettungsboot. Auf dem Hüttendeck neben dem Besanmast standen zwei Fässer mit Benzin, das beim Laden im Hafen für die Dampfwinde gebraucht wurde. Wenn das Feuer diese mit Ketten befestigten Fässer erreichte, mußten alle Mann mit dem Schiff in die Luft fliegen. Die Befestigung der Fässer konnte nicht mehr rechtzeitig gelöst werden, da das Feuer schon durch die Planken zu dringen begann. Keine Sekunde war mehr zu verlieren.

„Gleich abhalten nach Lee, dann Richtung Feuerschiff!" schrie Vater den Matrosen im Boot zu. Er selbst schöpfte mit dem Steuermann und zwei Matrosen Eimer auf Eimer Seewasser und suchte das Feuer einzudämmen.

Das Schiff begann, da die Bodenventile geöffnet waren, vollzulaufen. Durch das zunehmende Gewicht des Wassers in den Laderäumen sank es tiefer, und dadurch wurde das Feuer stärker nach oben durch die Decke gepreßt. Wie ein todgeweihtes Wesen torkelte die

Minnie A. Caine mit dem gewaltigen Gewicht des Wassers in ihrem Leibe dahin. Ich hatte mich im Boot zum Heck durchgezwängt, um das sinkende Schiff sehen zu können.

Vater und der Steuermann blieben auf dem Achterdeck, bis dieses brennend unter die Oberfläche der See zu sinken begann. Erst dann sprangen sie über Bord, so weit ab, wie sie konnten. Von einer mächtigen Dünungswelle hochgehoben, kenterte das Schiff breitseits. Unter lautem Zischen und Gurgeln erloschen die Flammen im Wasser. Vater und der Steuermann schwammen ans Rettungsboot, das stark leckte, weil sich die Nähte in der Tropenhitze verzogen hatten. Es lief schneller voll, als wir es ausschöpfen konnten. Sehen konnten wir in dem Regen, dem sprühenden Gischt und dem dicken Rauch von dem erstickten Feuer fast nichts, ich vermochte kaum zu erkennen, wer mit im Rettungsboot saß. Mit langen Schlägen trieben die Matrosen das Boot zur Küste. Als wir uns etwa hundert Meter vom Schiff entfernt hatten, waren durch den dichten Rauchschleier nur noch die Marsstengen über der Oberfläche zu sehen. Der Wind war eisig, kalter Regen durchnäßte uns vollkommen. Gegen Wind und Wasser bot mein Nachthemd so gut wie gar keinen Schutz, aber ich spürte vor Schrecken kaum, daß ich fast erfror.

„Zu-gleich, zu-gleich! Längere Schläge!" trieb Vater die Rudernden an. „Haben wir alle Mann hier?" Auf seine Anfrage meldeten sich nur Schwede, Bulgar, Oleson, der Erste Steuermann, der Schiffsjunge, Johnson und ich. Der japanische Koch war über Bord gesprungen und hatte das Boot nicht mehr erreicht. Der verkohlte Körper des alten Stitches war mit dem verbrannten Schiff in die Tiefe gegangen. Und die anderen . . . Durch das Brüllen des Sturmes und den rauschenden Regen erklangen monoton die Warnrufe der Heulbojen, vor der dunklen Silhouette des Landes zeichnete das Ankerlicht des in der Dünung schwankenden Feuerschiffs Halbkreise in den Himmel. Wir waren vielleicht fünfhundert Meter von dem Wrack entfernt, da verzog sich der Qualm. Vater blickte auf die Stelle zurück, wo sein geliebtes Schiff gesunken war. Mit schmerzerstickter Stimme rief er: „O mein Gott!" und wollte sich in die See stürzen, um zu seiner *Minnie A. Caine* zurückzukehren. Nur den starken Armen Schwedes und Olesons gelang es, ihn zurückzuhalten. Er rang mit ihnen wie ein Wahnsinniger und brüllte: „Laßt mich los, ihr verdammten Hunde, laßt mich los!"

In dieser Krise rettete Johnson, unser Zweiter Steuermann, Vater und uns alle vor weiterem Unheil. Er rief nur: „Unser Boot sackt weg, Käpt'n!"

Diese Worte rissen Vater aus dem irrsinnigen Kummer um den Verlust seines Schiffes. Zum ersten Mal in meinem Leben sah ich ihn

weinen. Er bedeckte die Augen mit den Händen, als wolle er nichts
mehr von der Welt sehen. Unser Gesamtgewicht belastete das
Rettungsboot so, daß die Lecks zwischen den Bodenplanken sich noch
erweiterten.

Vater griff durch den Regenvorhang hinter sich nach dem Heck, wo
ich zusammengekauert saß, und faßte mich am Arm. Mit einer
Stimme, die plötzlich ganz ruhig klang – er war wieder der Kapitän –,
sagte er: „Joan, mein Kind, schwimm hinüber zum Feuerschiff." Er
deutete auf das Licht vor uns. „Schwimm langsam, halte dich hoch aus
dem Wasser, und atme so gleichmäßig du kannst."

„Jawohl, Sir", antwortete ich, meinen Schrecken vor dieser weiten
Schwimmstrecke verbergend.

„Wenn du schlapp wirst, laß dich treiben. Es wird schon klappen.
Ich bleibe dicht hinter dir. Bald ist es hell."

Kaum hatte er das gesagt, da lief unser Boot bis an die Duchten voll.
Wenn ich schwimmen mußte, sollte mein Nachthemd mich nicht
behindern. Ich riß es mir vom Leibe, sog kräftig Luft ein und sprang
aus dem Boot. Als ich in der kabbeligen See wieder hochkam, spürte
ich nur noch das eiskalte Salzwasser, das mich bei jeder Schwimm-
bewegung stach wie mit Messern. Mit den Kräften der Verzweiflung
schwamm ich und kam dem Feuerschiff bald näher, obgleich die
Augen mir vortäuschen wollten, daß es sich immer weiter entfernte.
Ich konnte dicht hinter mir die anderen schwimmen hören. Nachdem
ich längere Zeit gegen schwere Seen geschwommen war, begann ich
mich erschöpft auszuruhen, indem ich nur Wasser trat und mir den
frischen Regen ins Gesicht tropfen ließ.

Zwei unserer Matrosen, Schwede und Johnson, schwammen vor
mir her. Schwede fing an zu singen. Dieses tapfere Singen angesichts
des noch immer drohenden Todes gab mir neuen Mut. Wenn der
Mann jetzt singen konnte, dann mußte auch ich aushalten können,
denn schließlich war ich ja ein echter „Seemann" – oder nicht? – und
dies meine höchste Bewährungsprobe.

So kämpfte ich mich weiter tapfer durch die Wellen, und als ich
schon stundenlang zu schwimmen glaubte, hörte ich Vaters Stimme
nur wenige Meter seitwärts von mir: „Sieh hin, Kind! Hart voraus –
das Feuerschiff!" Von da an wußte ich nichts mehr, bis ich auf dem
eisernen Deck des Schiffes zur Besinnung kam. Am nackten Körper
trug ich nur eine Männerweste, ein unbekannter Mann beugte sich
über mich. Es war der Wärter des Feuerschiffs.

„Die muß verdammt gut schwimmen können, und so junge Dinger
sind ja nicht leicht kleinzukriegen", sagte er, hob mich auf und trug
mich in seine warme Kajüte, wo ich wieder das Bewußtsein verlor.

Erst spät am Nachmittag erwachte ich. Der Maschinist gab mir einen warmen baumwollenen Arbeitsanzug und eine dicke Wolljacke, und bald erfuhr ich, was noch alles passiert war.

Der Ausguck auf dem Feuerschiff, der den Brand bei uns an Bord beobachtet hatte, war sofort ans Werk gegangen, um uns mit einem kleinen Boot zu Hilfe zu kommen, doch der plötzlich einfallende böige Südsturm zwang ihn umzukehren. Mit seinen Kameraden hatte der Mann uns im Morgengrauen vom hohen Krähennest aus beobachtet. Sie sahen unser Schiff kentern und suchten unentwegt mit ihren starken Ferngläsern die See ab in der Hoffnung, unser Rettungsboot zu sichten. Erst kurz nach Sonnenaufgang hatten Oleson und hinter ihm Johnson, der Schiffsjunge und Bulgar das Feuerschiff erreicht. Schwede hatte meinen erschlafften Körper zum Feuerschiff geschleppt. Man warf ihm ein Tau zu, das er mir um den Leib schlang, und ich wurde an Deck gehievt. Die letzten, die an Bord geholt wurden, waren Vater und der Erste Steuermann.

Auf dem Feuerschiff blieben wir drei Tage. Vater vermochte nicht zu sprechen. Stundenlang blieb er an der Reling stehen und blickte auf See, er aß und trank nicht. Ich versuchte mit ihm zu reden, doch er hörte mich wohl gar nicht, denn er erwiderte keine Silbe.

Erst als in Antwort auf das SOS des Feuerschiffswärters eine Barkasse der Hafenpolizei aus Melbourne angeprescht kam und längsseits ging, um uns an Land zu bringen, sprach Vater wieder. „Vom Kapitän zum Landstreicher! Jetzt habe ich's aber endgültig satt", sagte er. Und tatsächlich war dies das Ende seiner Seefahrtszeit. Die Ära des Dampfschiffs hatte längst begonnen, so daß es für alte Segelschiffskapitäne kein Kommando mehr gab. Vater war siebzig und nach dem Verlust seiner *Minnie A. Caine* ein gebrochener Mann.

Er ging an Land und wohnte nun dicht an der pazifischen Küste, aber mit seinen Gedanken lebte er dort nicht. Die segelten durch die Tropen in seinen Träumen von günstigem Wind und von den Sternen im Kreuz des Südens, nach denen er so oft den Kurs gesetzt hatte.

Foto: Maurice Goldberg

Joan Lowell

Niemand wird erwarten, daß diese temperamentvolle junge Frau nach den siebzehn Jahren auf hoher See nun an Land seßhaft wurde und ein ruhiges, beschauliches Leben führte.

Die am 23. November 1902 in Berkeley, Kalifornien, als Tochter eines Segelschiffs-kapitäns geborene Joan Lowell hat mit diesem Buch einen der ersten amerikanischen Bestseller in unserem Jahrhundert geschrieben. Später wurde sie Schauspielerin und lebte eine Zeitlang in New Orleans, dann in New York.

Während einer Kreuzfahrt lernte die junge Bestsellerautorin den Kapitän des Luxusschiffes kennen – und verliebte sich in ihn. Kapitän Bowen, der schon über zwanzig Jahre zur See fuhr, und Joan Lowell heirateten 1936.

Unternehmungslustig, wie sie beide waren, wurden sie von einem Angebot der brasilianischen Regierung gelockt, Land urbar zu machen, das ihnen dafür später gehören sollte. Im subtropischen Klima des brasilianischen Berglandes, in der Nähe der Stadt Goias, begann ein risikoreiches Abenteuer in der Wildnis. Zeitweise schienen die Schwierigkeiten unüberwindbar, aber schließlich wurden alle Mühen belohnt, als die mutigen Pioniere stolze Besitzer einer ertragreichen Kaffeeplantage geworden waren.

Wiederum kam Joan Lowells doppelte Begabung zum Vorschein: Sie war eine Frau, die gelernt hatte zuzupacken und die es verstand, ihre Erlebnisse humorvoll und mit-reißend zu beschreiben. So entstand ihr zweites Buch, *Das Land der Verheißung*, in dem sie ihr brasilianisches Abenteuer schildert.

Kurz vor ihrem 65. Geburtstag starb Joan Lowell in ihrer Wahlheimat Brasilien.

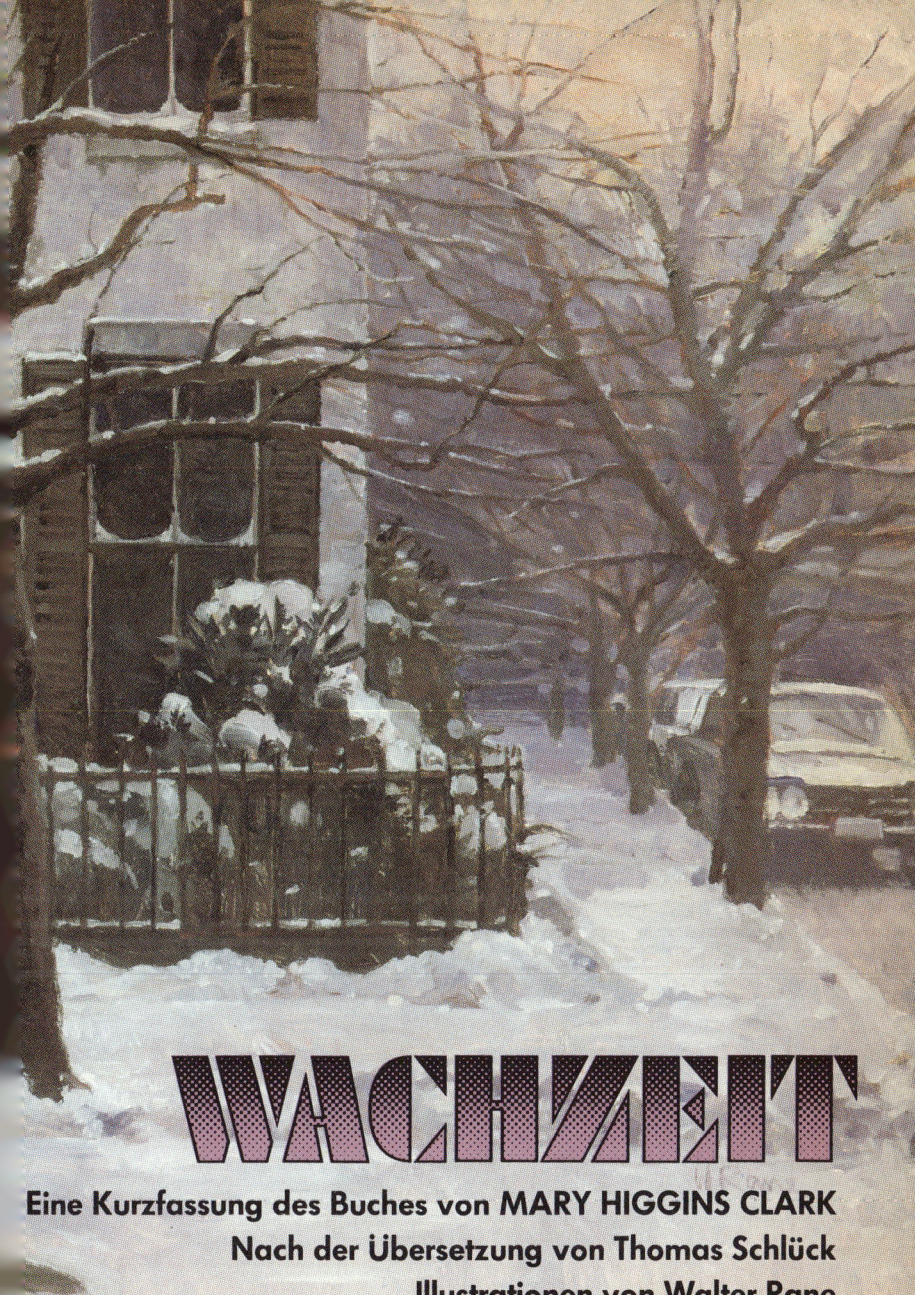

WACHZEIT

Eine Kurzfassung des Buches von MARY HIGGINS CLARK

Nach der Übersetzung von Thomas Schlück

Illustrationen von Walter Rane

Die Rückkehr nach Washington bedeutet für die erfolgreiche junge

Fernsehjournalistin Patricia Traymore eine Reise in die Vergangen-

heit, denn als kleines Kind hatte sie schon einmal hier gelebt. An das

vornehme Haus im Stadtteil Georgetown, in das sie nun nach

langer Abwesenheit wieder einzieht, knüpfen sich zahlreiche Erin-

nerungen …, qualvolle Erinnerungen allerdings, die Pat seit ihrer

Kindheit verfolgen. Nun will sie endlich Licht ins Dunkel der

Ereignisse bringen, an deren Schauplatz sie zurückgekehrt ist. Was

geschah wirklich an jenem Abend vor über zwanzig Jahren, als Pats

Eltern in diesem Haus auf tragische Weise ums Leben kamen?

Doch nicht nur der Gedanke an die Vergangenheit beunruhigt

Pat. Auch ihre neue Fernsehsendung, ein Bericht über Abigail

Jennings, die tatkräftige Senatorin des Bundesstaates Virginia,

macht ihr Schwierigkeiten. Lasse ich mich etwa durch die unheimli-

chen Bilder aus der Vergangenheit ablenken? fragt sich Pat voller

Besorgnis. Oder gibt es noch andere Gründe, weshalb ich mit der

Arbeit an meiner Sendung nicht richtig vorankomme?

1

PAT fuhr langsam durch den Washingtoner Stadtteil Georgetown. Der Nachthimmel war wolkenverhangen und pechschwarz. Das Licht der Straßenlaternen erhellte die vornehmen Häuser, die die Straße säumten, und im eisverkrusteten Schnee spiegelten sich die bunten Lämpchen der weihnachtlich geschmückten Fenster. Die verschneiten Vorgärten erinnerten an die Beschaulichkeit vergangener Zeiten. Pat bog in die N-Street ein und fuhr, nach Hausnummern Ausschau haltend, über die nächste Kreuzung. Das Eckhaus dort mußte es sein, dachte sie. Nach vielen, vielen Jahren war sie endlich wieder zu Hause. Eine Weile blieb sie hinter dem Steuer sitzen und betrachtete das Haus. Es war das einzige Gebäude in der Straße, in dem kein Licht brannte. Die breiten Vorderfenster lagen halb verborgen hinter hochgewachsenem, kahlem Gestrüpp.

Obwohl Pat nach der neunstündigen Fahrt von Concord in Massachusetts alle Glieder schmerzten, zögerte sie noch, das Haus zu betreten. Sicher wegen des eigenartigen Anrufs, dachte sie. Er hat mich tatsächlich nervös gemacht.

Einige Tage bevor sie ihre Arbeit als Redakteurin bei einer Fernsehanstalt in Boston beendete, hatte in ihrem Büro das Telefon geklingelt. Es war die Zentrale. „Da ist so ein Verrückter am Apparat", meinte die junge Telefonistin. „Er will unbedingt mit Ihnen sprechen. Soll ich durchstellen?"

„Ja, bitte", antwortete Pat.

Im nächsten Augenblick vernahm sie eine leise Männerstimme. „Spreche ich mit Patricia Traymore? Kommen Sie nicht nach Washington! Machen Sie auch keine Sendung, in der die Senatorin Jennings verherrlicht wird! Und vor allem: Halten Sie sich von dem Haus fern, in das Sie einziehen wollen."

„Wer spricht da?" fragte Pat energisch.

Der Unbekannte fuhr mit tonloser Stimme fort: „Ich bin der Engel der Gnade, der Erlösung und der Rache."

Pat tat den Anrufer anfangs als Verrückten ab; dennoch machte sie sich später unwillkürlich Gedanken über das seltsame Telefonat. Daß sie zu einer Washingtoner Fernsehanstalt wechseln wollte, um eine Serie über Frauen in der Politik zu produzieren, war im Fernsehen

ausführlich kommentiert worden. Sie konnte sich aber nicht erinnern,
daß in einer der Sendungen ihre neue Anschrift erwähnt worden wäre.

Der ausführlichste Bericht war allerdings in der *Washington Tribune*
erschienen, einer großen Tageszeitung:

> Gewiß stellt die bekannte Bostoner Fernsehjournalistin Patricia Tray-
> more, die sich durch ihre markante Stimme und ihre brisanten
> Interviews einen Namen gemacht hat, für den Washingtoner Potomac-
> Sender eine große Bereicherung dar. Für ihre Sendereihe über berühmte
> Männer und Frauen dieses Landes, die im Bostoner Fernsehen ausge-
> strahlt worden war, kam Miß Traymore zweimal auf die Empfehlungs-
> liste für den Journalistenpreis. Ihr erster Beitrag für den Potomac-Sender
> wird sich um Abigail Jennings drehen, die äußerst zurückhaltende
> Senatorin aus Virginia. Luther Pelham, der Leiter der Nachrichten-
> redaktion des Potomac-Senders, teilte hierzu mit, daß in der Sendung
> die wichtigsten Stationen der politischen Karriere und des Privatlebens
> der Senatorin beleuchtet werden. Voller Spannung fragt sich nun das
> Washingtoner Fernsehpublikum, ob es Pat Traymore gelingen wird,
> den eisernen Panzer der Zurückhaltung zu sprengen, mit dem sich die
> attraktive Senatorin stets umgibt.

Der Gedanke an den Anruf machte Pat zu schaffen, besonders die
Art und Weise, wie der Unbekannte „Halten Sie sich von dem Haus
fern" gesagt hatte. Wer wußte über das Haus Bescheid?

Es war kalt. Pat wurde bewußt, daß sie schon eine ganze Weile in
ihrem geparkten Wagen saß. Nun aber los, ermunterte sie sich. Sie ließ
den Motor noch einmal an und fuhr die Auffahrt hinauf, wo sie den
Wagen abstellte. Dann griff sie zum Hausschlüssel und stieg aus.

Vor der Tür blieb sie stehen. Eigentlich hatte sie erwartet, von
Gefühlen überwältigt zu werden. Doch nun spürte sie lediglich den
Wunsch, die Koffer aus dem Wagen zu holen, ins Haus zu gehen und
sich eine Tasse Kaffee und ein belegtes Brot zu machen. Sie schloß die
Tür auf und betätigte den Lichtschalter.

Das Haus machte einen gepflegten Eindruck. Der Parkettboden im
Vorraum war gewachst, der Kronleuchter funkelte. Die meisten
Möbel waren Antiquitäten; vielleicht mußte sie manche von ihnen
aufarbeiten lassen. Die schönsten Stücke waren jedoch noch in
Massachusetts, in ihrer ehemaligen Wohnung in Concord; sie sollten
morgen von einer Spedition hergebracht werden.

Ruhigen Schrittes wanderte Pat durch das Erdgeschoß. Links
erstreckte sich das vornehme Eßzimmer, groß und gemütlich. Der
Tisch stammte aus dem 17. Jahrhundert und war alter Familienbesitz.
Pat ging weiter in die Bibliothek. Der Grundriß des Hauses war
damals sogar in einigen Zeitungsberichten beschrieben worden. Das

Wohnzimmer lag rechts im hinteren Teil des Gebäudes. Während sich Pat der Wohnzimmertür näherte, merkte sie, wie sich ihr die Kehle zuschnürte. War es verrückt von ihr, so etwas zu tun – hierher zurückzukehren, wo sie unwillkürlich Erinnerungen heraufbeschwor? Erinnerungen, die sie besser für alle Zeit hätte begraben sollen?

Die Wohnzimmertür war geschlossen. Zögernd drückte Pat die Klinke nieder, trat ein und schaltete das Licht an. Es war ein großer, angenehmer Raum mit einer hohen Decke, einem offenen Kamin aus weißgetünchten Backsteinen und einer Sitzecke in dem geräumigen Erker. Rechts vom offenen Kamin stand der schöne, alte Flügel.

Der offene Kamin! Langsam ging Pat darauf zu. Sie spürte, wie sie zitterte und ihr der Schweiß auf die Stirn trat. Ihr wurde plötzlich schwindlig, alles schien sich um sie zu drehen. Rasch lief sie zur Terrassentür am anderen Ende des Wohnzimmers. Blind vor Panik riß sie die Tür auf und stürzte auf die schneebedeckte Terrasse hinaus.

Die eiskalte Luft, die sie in kurzen, hastigen Zügen einatmete, stach wie mit Nadeln. Ein heftiger Schauder überlief Pat, und sie mußte sich an der Hauswand festhalten.

Minuten vergingen, ehe sie den Versuch wagte, ins Wohnzimmer zurückzukehren. Vorsichtig trat sie ein, schloß die Terrassentür wieder und ging dann mit langsamen, zögernden Schritten auf den offenen Kamin zu. Behutsam fuhr sie mit der Hand über die rauhen, geweißten Backsteine.

Seit längerer Zeit tauchten Erinnerungsbruchstücke in ihrem Bewußtsein auf, die ihr keine Ruhe ließen. Im letzten Jahr hatte sie ein paarmal geträumt, sie sei als kleines Kind in dieses Haus zurückgekehrt. Unweigerlich erwachte sie immer wieder in panischer Angst: Sie wollte schreien, brachte aber keinen Laut heraus. Ihre Angst war mit dem beklemmenden Gefühl verbunden, etwas verloren zu haben, doch sie kam nicht darauf, was es sein könnte. Der Schlüssel zu diesem Geheimnis liegt in diesem Haus, dachte sie.

Hier war es geschehen. Vor ihrem geistigen Auge erschienen die riesigen Schlagzeilen aus den Zeitungen von damals, die sie sich aus Archiven beschafft hatte: KONGRESSABGEORDNETER DEAN ADAMS AUS WISCONSIN TÖTET EHEFRAU UND BEGEHT ANSCHLIESSEND SELBSTMORD. DREIJÄHRIGE TOCHTER RINGT MIT DEM TOD.

Pat hatte die Artikel so oft gelesen, daß sie sie auswendig kannte. „Senator John F. Kennedy erklärt bestürzt: ‚Ich begreife das einfach nicht. Dean gehörte zu meinen besten Freunden. Sein Verhalten ließ zu keiner Zeit auf eine versteckte Neigung zur Gewalttätigkeit schließen.'"

Was hatte den populären Kongreßabgeordneten zu Mord und Selbstmord getrieben? Gerüchte waren im Umlauf gewesen, er und seine Frau wollten sich scheiden lassen. War Dean Adams durchgedreht, als seine gutaussehende Frau Renée sich endgültig entschloß, ihn zu verlassen? Es mußte zu einem Kampf gekommen sein, denn auf der Tatwaffe wurden Fingerabdrücke von beiden gefunden. Die dreijährige Tochter wurde neben dem offenen Kamin gefunden, mit einem Schädelbruch und einem gebrochenen rechten Bein.

Pats Pflegeeltern, Veronica und Charles Traymore, hatten ihr schon frühzeitig auseinandergesetzt, daß sie nicht ihre leibliche Tochter war. Die ganze Wahrheit erfuhr Pat allerdings erst, als sie bereits aufs Gymnasium ging und sich auf die Suche nach Spuren aus ihrer Vergangenheit machte. Sie war fassungslos, als sie eines Tages erfuhr, daß Veronica Traymore ihre Tante war, die Schwester ihrer richtigen Mutter. „Du lagst ein Jahr lang im Koma", erklärte ihr Veronica. „Kein Mensch rechnete damit, daß du überleben würdest. Als du schließlich wieder zu Bewußtsein kamst, warst du auf dem Entwicklungsstand eines Säuglings und mußtest alles von neuem lernen. Deine Großmutter ließ in sämtlichen Zeitungen Todesanzeigen veröffentlichen. Damit wollte sie verhindern, daß dich der Skandal dein ganzes Leben lang verfolgt. Charles und ich hatten bis zu diesem Zeitpunkt in England gelebt. Wir adoptierten dich und erzählten unseren Freunden, du kämst aus einer englischen Familie."

Pat dachte daran, wie wütend Tante Veronica geworden war, als sie ihr eröffnete, daß sie wieder in ihr Elternhaus in Georgetown ziehen würde. „Was für eine Dummheit!" hatte sich Veronica empört. „Wir hätten das Haus längst an deiner Stelle verkaufen sollen, anstatt es all die Jahre zu vermieten. Ausgerechnet jetzt, da du beste Aussichten hast, beim Fernsehen Karriere zu machen, willst du ein solches Risiko eingehen, indem du in der Vergangenheit herumwühlst. Du wirst Leuten begegnen, die dich als ganz kleines Kind kannten. Vielleicht kommt jemand auf den Gedanken, Rückschlüsse zu ziehen."

„Ich bitte dich!" hatte Pat widersprochen. „Es ist schließlich mein Beruf, Wahrheiten aufzudecken. Ich durchleuchte das Leben anderer Menschen nach dunklen Punkten – wie könnte ich jemals mit mir selbst ins reine kommen, wenn ich das in meinem eigenen Fall unterließe?"

Pat ging nun in die Küche, griff zum Telefonhörer und wählte Veronicas Nummer. Ihre Tante meldete sich gleich nach dem ersten Läuten.

„Hallo, Veronica. Ich bin gut angekommen."

„Und? Wie fühlst du dich in dem Haus?"

„Danke, gut. Und ihr? Habt ihr alles gepackt für eure Kreuzfahrt?"
„Aber ja, Pat. Allerdings ist mir nicht wohl bei dem Gedanken, daß du Weihnachten allein verbringst."

„Meine Sendung über Senatorin Jennings wird mir so viel Arbeit machen, daß ich gar keine Zeit zum Nachdenken haben werde. Veronica, grüß Onkel Charley von mir!"

Bevor Pat auflegte, gab Veronica ihr den Rat, stets gut die Türen zu verschließen.

In der nächsten Viertelstunde schaffte Pat ihr Gepäck und einige Kartons mit Lebensmitteln ins Haus. Auf der Treppe ins Obergeschoß mußte sie kurz innehalten. Sobald sie schwere Lasten schleppte, machte ihr rechtes Bein ihr zu schaffen.

Kaum hatte Pat ihre Kleider in den Schrank gehängt, klingelte das Telefon. Das Geräusch erschien in dem stillen Haus ungewöhnlich schrill.

„Hier Pat Traymore."
„Hallo, Pat."

Nur mit Mühe konnte sie ihre Gefühle im Zaum halten. „Hallo, Sam."

Samuel Kingsley war Kongreßabgeordneter des Bundesstaates Pennsylvania, der Mann, den sie liebte – nicht zuletzt seinetwegen war sie nach Washington gezogen.

VIERZIG Minuten später nestelte Pat gerade am Verschluß ihrer Halskette herum, als die Türglocke Sams Ankunft verkündete. Pat trug jetzt ein dunkelgrünes Wollkleid. Sam war der Meinung, daß ihr Grün gut stehe, da es den rötlichen Schimmer in ihrem Haar besonders gut zur Geltung bringe.

Er klingelte zum zweitenmal. Pat merkte, daß sie zitterte. Sie schnappte sich ihre Handtasche, steckte die Halskette hinein und eilte die Treppe hinab; dabei versuchte sie, sich ein wenig zu beruhigen. Sie war Sam immer noch böse; in den acht Monaten, die seit dem Tod seiner Frau Janice vergangen waren, hatte er sie nicht ein einziges Mal angerufen.

Im Flur zögerte Pat einen Augenblick lang, ehe sie öffnete. Sams große Gestalt füllte beinahe den Türrahmen aus. Im Schein der Deckenbeleuchtung schimmerten die silbrigen Strähnen, die sein dunkelbraunes Haar durchzogen. Sam hatte blaue Augen und buschige Brauen; um die Augenpartie herum entdeckte Pat einige neue Falten. Doch sein Lächeln war wie eh und je freundlich und anziehend.

Ein wenig verlegen standen sie sich gegenüber; jeder schien abzuwarten, ob der andere den ersten Schritt tun würde. Schließlich beugte sich Sam vor und küßte sie auf die Wange. „Willkommen in Washington, Pat. Schön, daß du hier bist."

Das ist sie also, die große Begrüßungsszene, dachte Pat. Er besucht dich, weil du für ihn eine alte Freundin bist. Aus dem Weg gehen kann er dir nicht, dazu ist Washington zu klein. Also erscheint er lieber sofort, um gleich am ersten Tag die Spielregeln festzulegen. Kommt nicht in Frage, Sam. Ein neues Spiel, ein neues Glück.

Sie küßte ihn leidenschaftlich auf den Mund und spürte, daß ihn diese Art der Begrüßung nicht ganz kalt ließ. Dann trat sie einen Schritt zurück und lächelte. „Woher wußtest du, daß ich hier bin?" fragte sie. „Läßt du das Haus etwa abhören?"

„Nicht nötig. Abigail verriet mir, daß ihr euch morgen treffen werdet. Daraufhin rief ich beim Potomac-Sender an, und man gab mir deine Nummer."

„Aha." Sams Worten entnahm sie, daß er mit Senatorin Jennings auf freundschaftlichem Fuß stand, und ein leichter Stich ging ihr durchs Herz. Sie senkte den Kopf, damit Sam ihr Gesicht nicht sah, griff rasch in ihre Handtasche und brachte die Halskette zum Vorschein. „Dieses Ding hat einen Verschluß, der mich beinahe zur Verzweiflung bringt. Hilfst du mir mal?"

Er hängte ihr die Kette um, und einen Moment lang berührte er dabei mit den Fingerspitzen ihren Hals. „So", sagte er dann, „das müßte halten. Zeigst du mir jetzt das Haus?"

„Da gibt es noch nicht viel zu sehen. Der Möbelwagen kommt erst morgen. Außerdem bin ich am Verhungern. Wohin gehen wir essen?"

„Ich habe im ,Maison Blanche' einen Tisch reservieren lassen."

Sam hatte seinen Wagen in der Auffahrt hinter ihrem geparkt. Als sie das Haus verließen, nahm er sie beim Arm. „Pat, irre ich mich, oder macht dir dein rechtes Bein wieder Schwierigkeiten?" fragte er besorgt. Als sie sich kennenlernten, war Sam ihr leichtes Hinken aufgefallen, und sie hatte ihm die Wahrheit gesagt.

„Nicht der Rede wert; es kommt nur von der langen Autofahrt."

„Pat, das Haus, in dem du jetzt wohnst – ist es nicht das ehemalige Haus deiner Eltern?"

Sie nickte geistesabwesend. In der einzigen Nacht, die sie zusammen verbracht hatten, hatte sie ihm von ihren Eltern erzählt. Seither war sie in Gedanken oft in das kleine Hotel auf Cape Cod zurückgekehrt. Sie brauchte nur die salzige Luft des Meeres zu riechen oder in einem Restaurant ein Pärchen zu erblicken, das sich anlächelte, und schon kehrte die Erinnerung an jene Nacht zurück. Am nächsten Morgen hatten sie noch gemeinsam gefrühstückt, ehe sie zum Flughafen fuhren und in verschiedene Flugzeuge stiegen. Der Entschluß war gefallen: Sie hatten erkannt, daß sie ihre Beziehung so nicht fortführen durften. Das konnten sie Sams Frau, die an multipler Sklerose erkrankt und damals bereits an den Rollstuhl gefesselt war, nicht antun. „Sie würde es bestimmt merken", hatte Sam gesagt.

Pat wandte sich in ihren Gedanken wieder der Gegenwart zu. „Ist das nicht eine schöne Straße?" meinte sie und blickte die Auffahrt hinunter. „Erinnert mich an ein Weihnachtskartenmotiv."

„Um diese Jahreszeit sieht beinahe jede Straße in Georgetown wie auf einer Weihnachtskarte aus", gab Sam zurück. „Ich finde es nicht richtig von dir, daß du das Unheil der Vergangenheit heraufbeschwörst, Pat. Laß das alles ruhen."

Sie stiegen ein, und als er losfuhr, sagte sie: „Ich will die Vergangenheit nicht ruhenlassen. Mir scheint, es gibt da ein paar ungeklärte Fragen, und ich werde erst Frieden finden, wenn ich die Wahrheit entdeckt habe."

„Pat, im Grunde versuchst du doch nur, die Vergangenheit umzuschreiben, so zu tun, als wäre alles ein schrecklicher Unfall gewesen. Damit machst du es dir aber nur selbst schwer."

Sie blickte ihn von der Seite an: Sein Profil – sehr markant, aber ein wenig unregelmäßig – hatte etwas ungemein Anziehendes. „Sam, kennst du das Gefühl, wenn man seekrank ist? Ich weiß noch, wie ich einmal im Sommer an Bord der *Queen Elizabeth* von England zurückkehrte. Wir gerieten in einen Sturm, und da passierte es. Nie vorher hatte ich mich so elend gefühlt, und ich wünschte mir nichts sehnlicher, als mich übergeben zu können und die Sache hinter mich zu bringen. Und so ähnlich ergeht es mir auch jetzt. In letzter Zeit beunruhigt mich so allerlei."

Er bog in die Pennsylvania Avenue ein. „Was denn?"

„Geräusche... Träume... Eindrücke..., manchmal nicht eindeutig bestimmbar, dann aber wieder bemerkenswert klar, besonders wenn ich mitten in der Nacht aufwache. Und doch verblassen die Bilder wieder, ehe ich sie in den Griff bekomme. Ich habe kürzlich gelesen, daß sich manche Erwachsene noch genau an Dinge erinnern können, die sie im Alter von zwei Jahren erlebt haben. Und in einer wissenschaftlichen Studie hieß es, verdrängte Erinnerungen ließen sich am besten beleben, wenn man die damalige Umgebung wiederherstellte."

„Trotzdem halte ich deinen Entschluß nicht gerade für eine gute Idee."

Pat schwieg. Sie blickte aus dem Wagenfenster und versuchte, einen Eindruck von der fremden Stadt zu gewinnen. Aber Sam fuhr schnell, und es war sehr dunkel.

Der Oberkellner des Maison Blanche begrüßte Sam zuvorkommend und führte die beiden zu einem kleinen Tisch in einer Nische.

„Wie steht's mit einem Aperitif, Pat?" fragte Sam, als sie sich gesetzt hatten. „Immer noch dasselbe wie früher?"

Pat nickte, und Sam gab die Bestellung auf. „Bitte zwei Scotch mit Eis und einem Spritzer Soda." Als der Oberkellner außer Hörweite war, meinte Sam: „Nun, schieß mal los. Wie ging's dir denn in der letzten Zeit?"

„Du fällst ganz schön mit der Tür ins Haus, Sam. Da muß ich ja erst mal überlegen." Pat beschloß, die ersten Monate nach ihrer Trennung zu übergehen, eine Zeit, die für sie sehr schwer gewesen war. Statt dessen erzählte sie ihm von ihrer Arbeit und ihrem Entschluß, eine Sendung über Senatorin Abigail Jennings zu produzieren.

„Warum ausgerechnet Abigail Jennings?"

„Weil ich es für wünschenswert halte, daß eine Frau für die Präsidentschaft kandidiert. In zwei Jahren finden die nächsten Wahlen statt, und Senatorin Jennings müßte sich zur Wahl stellen. Sieh dir ihre politische Karriere an: zehn Jahre im Parlament, ihre dritte Amtszeit im Senat, Mitglied der Ausschüsse für außenpolitische Beziehungen und Haushaltsfragen, die erste Frau, die stellvertretende Fraktionssprecherin wurde. Ich habe gehört, daß die Debatten im Kongreß noch andauern, weil der Präsident damit rechnet, daß Senatorin Jennings seinen Haushalt so durchpauken kann, wie er ihn sich vorstellt."

„Ja, das stimmt – und sie wird es schaffen."

„Was hältst *du* denn von ihr?"

Sam zuckte die Achseln. „Sie ist sehr tüchtig. Aber sie hat auch schon viel Porzellan zerschlagen. Wenn Abigail sich aufregt, ist es ihr gleichgültig, wem sie auf die Zehen tritt."

Der Kellner brachte die Speisekarten. Nachdem sie bestellt hatten, bemerkte Sam: „Es erstaunt mich, daß Abigail eure Produktion unterstützt."

„Ich war auch sehr überrascht. Vor etwa drei Monaten habe ich ihr geschrieben. Natürlich hatte ich mich vorher schon gründlich über sie informiert und fand die Ergebnisse meiner Recherchen faszinierend. Sam, was weißt du eigentlich über ihre Herkunft?"

„Sie stammt aus Virginia. Nach dem Tod ihres Mannes, Willard Jennings, übernahm sie dessen Mandat und zog in den Kongreß ein."

„Genau – das wird allgemein angenommen. In Wirklichkeit stammt Abigail Jennings jedoch *nicht* aus Virginia, sondern aus dem Norden des Bundesstaates New York. In diesem Bundesstaat wurde sie eines Tages zur Schönheitskönigin gekürt, doch sie weigerte sich, am Miß-Amerika-Wettbewerb teilzunehmen, weil sie ein Stipendium für das renommierte Radcliffe-College hatte und kein Jahr verlieren wollte. Als ihr Mann starb, war sie gerade einunddreißig. Ihre Liebe zu ihrem Mann war so groß, daß sie heute, fünfundzwanzig Jahre später, noch nicht wieder verheiratet ist. "

„Andererseits hat sie auch nicht wie im Kloster gelebt. "

„Davon weiß ich nichts, aber soweit mir bekannt ist, verbringt sie den größten Teil ihrer Zeit mit Arbeit. Jedenfalls schrieb ich ihr, ich wolle den Fernsehzuschauern das Gefühl vermitteln, daß sie die Senatorin eher von ihrer privaten Seite kennenlernten. Daraufhin erhielt ich den kühlsten Absagebrief meines Lebens. Vor etwa zwei Wochen rief mich dann Luther Pelham an. Du kannst dir vorstellen, wie mir zumute war. Pelham ist einer der wichtigsten Männer in unserer Branche. Er kam nach Boston, um mir ein Angebot zu unterbreiten. Wir gingen miteinander essen, und dabei erzählte er mir, daß ihm die Senatorin meinen Brief gezeigt hätte. Da er sich ohnehin bereits mit dem Gedanken getragen hatte, eine Serie über Frauen in der Politik zu produzieren, wollte er mir den Job übertragen. Den Anfang solle ich mit einer Dokumentation über Senatorin Jennings machen, meinte er, und fertig sein müsse die Sendung so ungefähr vorgestern. Nun ja, ich nahm das Angebot an. Allerdings weiß ich noch immer nicht, warum es sich die Senatorin anders überlegt hat. "

„Den Grund kann ich dir nennen. Es wird gemunkelt, daß der Vizepräsident in Kürze zurücktritt. Sein Gesundheitszustand ist viel schlechter, als man in der Öffentlichkeit annimmt. "

Pat starrte ihn an. „Sam, soll das heißen . . .?"

„Genau. Der Präsident hat noch zwei Jahre im Amt vor sich; danach kann er nicht wiedergewählt werden, denn es ist ja schon seine zweite Amtszeit. Nun bietet sich ihm die einmalige Gelegenheit, sämtliche Amerikanerinnen für sich einzunehmen, indem er eine Frau zur Vizepräsidentin ernennt. "

„Aber das hätte ja zur Folge . . . Wenn Senatorin Jennings Vizepräsidentin würde, hätte sie bei der nächsten Wahl die besten Aussichten, als Präsidentschaftskandidatin nominiert zu werden!"

„Nun mal langsam, Pat; zunächst muß ja erst der Vizepräsident zurücktreten. Dann allerdings ergibt sich die Möglichkeit, daß eine Frau dieses Amt übernimmt – entweder Abigail Jennings oder Claire Lawrence. Claire Lawrence ist populär, schlagfertig, eine erstklassige Senatorin. Sie würde sich vorzüglich für den Posten eignen. Jedoch stammen sowohl der Präsident als auch Claire Lawrence aus dem Mittleren Westen – und das ist nicht so günstig. Also böte sich Abigail eher an, aber sie ist landesweit nicht bekannt genug. Und sie hat sich einflußreiche Leute im Kongreß zu Feinden gemacht. "

„Es könnte also sein, daß Luther Pelham Abigail durch die Sendung in ein günstigeres Licht rücken möchte?"

„Dahin geht meine Vermutung. Abigail und Pelham stehen ziemlich gut miteinander, und ich bin sicher, er würde ihr gern einen Dienst erweisen."

Das Essen wurde aufgetragen. Sie aßen schweigend, während Pat nachdachte. Jetzt hatte sie wenigstens eine Erklärung dafür, weshalb sie die Sendung so schnell wie möglich über die Bühne bringen mußte.

„Hallo, Pat! Ich bin auch noch da", meldete sich Sam schließlich. „Du hast mich noch gar nicht gefragt, was *ich* während der letzten acht Monate gemacht habe."

„Deine Karriere habe ich genau verfolgt", erwiderte sie. „Als Janice starb, wollte ich dir unverzüglich schreiben. Ich fing etwa ein Dutzend Briefe an und zerriß sie alle wieder, weil ich nicht den richtigen Ton fand. Es muß eine schlimme Zeit für dich gewesen sein."

„Ja."

Sie konnte sich die Frage nicht verkneifen. „Sam, warum hast du mit deinem Anruf so lange gewartet?"

„Ich wollte dich schon längst anrufen", antwortete er. „Ein paarmal hab ich's sogar probiert, aber dann immer gleich wieder aufgelegt. Pat, ich bin achtundvierzig Jahre alt, und du bist siebenundzwanzig. In ein paar Wochen werde ich zum erstenmal Großvater."

„Darf ich dir eine Frage stellen, Sam? Liebst du mich noch? Oder hast du alle Gefühle mir gegenüber auf Eis gelegt?"

„Nein, aber ich möchte dir Gelegenheit geben, noch andere Männer außer mir kennenzulernen – Männer in deinem Alter."

„Heißt das, daß *du* schon eine andere Frau kennengelernt hast?"

„Ich habe derzeit keine feste Bindung."

„Verstehe." Sie rang sich ein Lächeln ab. „Also gut. Nachdem wir diese Frage in allen Einzelheiten geklärt hätten, kannst du mir einen schrecklich süßen Nachtisch bestellen."

Er schaute sie erleichtert an. Hatte er damit gerechnet, daß sie ihn noch stärker bedrängen würde? Er machte einen sehr müden Eindruck. Was war aus der Begeisterungsfähigkeit geworden, die ihn noch vor wenigen Jahren ausgezeichnet hatte?

Als Sam Pat eine Stunde später heimfuhr, erzählte sie ihm von dem seltsamen Anruf, den sie letzte Woche erhalten hatte. „Bekommst du als Kongreßabgeordneter viele Anrufe dieser Art?" fragte sie.

„Nicht sehr viele", erwiderte er ruhig. „Keiner von uns nimmt solche Zwischenfälle besonders ernst." Er brachte sie zur Tür und küßte sie auf die Wange. Dann meinte er mit einem Lächeln: „Ich glaube, ich sollte mich mal mit Claire Lawrence unterhalten. Vielleicht hat sie diese Gruselanrufe inszeniert, damit du ihre Konkurrentin nicht noch mehr ins Scheinwerferlicht rückst."

Als Sam davonfuhr, blickte ihm Pat nach. Dann ging sie ins Haus und schloß die Tür ab. Plötzlich empfand sie das eigenartige Gefühl, als wäre ihr alles fremd. Wenn erst einmal die Möbel da sind, dachte sie, wird alles besser!

Ihr Blick fiel auf einen Gegenstand, der auf dem Boden lag: einen schlichten weißen Umschlag, den jemand unter der Tür hindurchgeschoben haben mußte, während sie fort war. Pat las ihren Namen – in kleinen Druckbuchstaben war er auf den Umschlag geschrieben. Langsam riß sie ihn auf und zog ein einzelnes Blatt Papier hervor, auf dem stand: „Ich habe Ihnen doch gesagt, Sie sollen sich hier nicht blicken lassen!"

2

AM NÄCHSTEN Morgen klingelte um sechs Uhr der Wecker. Pat stand sofort auf. Das Bett im Gästezimmer, wo sie geschlafen hatte, war unbequem, und während der Nacht war sie mehrmals aufgewacht. Sosehr sie sich auch bemühte, den Brief von gestern abend zu vergessen, sie wurde das Gefühl nicht los, daß jemand sie beobachtete.

Die Umzugsfirma hatte sich für acht Uhr früh angesagt. Pat hatte vor, die Unterlagen ihres Vaters, die im Keller untergebracht waren, in die Bibliothek schaffen zu lassen. Nachdem sie sich angezogen hatte, ging sie in den Keller. Vaters ehemaliges Archiv lag rechts vom Heizraum. Das schwere Vorhängeschloß, das an der Tür hing, war mit einer dicken Staubschicht bedeckt.

Bei der Übergabe des Schlüssels hatte Tante Veronica sie gewarnt: „Ich weiß nicht genau, was du im Keller alles finden wirst, Pat. Wir sind nie dazu gekommen, die persönliche Habe deines Vaters durchzusehen."

Pat schloß die Tür auf und betrat den Kellerraum. Modergeruch schlug ihr entgegen. Sie erblickte zwei hohe Aktenschränke, beide völlig verstaubt und voller Spinnweben. Daneben waren etliche Pappkartons aufgestapelt, auf denen Etiketten klebten: KONGRESSABGEORDNETER DEAN W. ADAMS, PERSÖNLICHE AKTEN; KONGRESSABGEORDNETER DEAN W. ADAMS, BÜCHER . . .

„Kongreßabgeordneter Dean W. Adams", sagte Pat laut vor sich hin. Komisch, dachte sie, ich kann ihn mir einfach nicht als Kongreßabgeordneten vorstellen; in meiner Erinnerung sehe ich ihn ausschließlich hier im Haus.

Abgesehen von dem Foto, das nach dem Tod ihres Vaters in allen
Zeitungen erschien, besaß Pat kein Bild von ihm. Zwar hatte ihr Tante
Veronica Fotos gezeigt, doch darauf war nur ihre Mutter zu sehen:
Renée als Kind, als junge Frau bei ihrem ersten Klavierkonzert,
schließlich als Mutter mit Pat in den Armen. Pat konnte verstehen,
warum Tante Veronica keine Fotos von Dean Adams aufbewahrte.

Gerade wollte sie die Aktenschränke aufschließen, als ihr Staub in
die Nase drang und sie niesen mußte. Sie nahm sich vor, die
Unterlagen erst anzuschauen, wenn die Möbelpacker sie in die
Bibliothek gebracht hatten. Doch vorher mußte sie hier unten
dringend saubermachen.

Es war eine unangenehme, schmutzige Arbeit. Als sie damit fertig
war, riß sie die Aufkleber, die noch von der polizeilichen Untersuchung stammten, von den Kisten. Niemand sollte eine Spur finden,
die auf das Verbrechen hindeutete. Pat spürte, daß sie sich doch von
Tante Veronicas Ratschlägen beeinflussen ließ. „Erzähl niemandem
etwas, Pat. Denk an deine Zukunft. Willst du etwa, daß deine Kinder
einmal erfahren, daß dein Vater dich umbringen wollte?"

Vor der Ankunft der Möbelpacker blieb ihr gerade noch Zeit, sich
die Hände zu waschen. Die drei Männer luden Pats Möbel von einem
Lastwagen, rollten Teppiche aus, schleppten die Schränke und Kisten
aus dem Keller in die Bibliothek. Gegen Mittag waren sie wieder fort.

Als Pat allein war, begab sie sich ins Wohnzimmer – hier war die
Veränderung am auffälligsten: Ein riesiger Orientteppich mit leuch-
tenden Farben beherrschte den Raum. Ein grüner Samtsessel stand an
der Stirnseite des Zimmers, im rechten Winkel dazu ein mächtiges
Sofa, das mit einem aprikosenfarbenen Seidenstoff bezogen war.
Passende Ohrensessel flankierten den Kamin.

Das Zimmer sah wieder ganz so aus, wie es früher eingerichtet war.
Pat schritt durch den Raum, rückte hier einen Stuhl und dort eine
Stehlampe zurecht. Was empfand sie? Angst? Eigentlich nicht. Aber
was dann? War es etwa möglich, daß einige von den verschwomme-
nen Eindrücken, die sich ihr in letzter Zeit aufdrängten, auch von
glücklichen Stunden herrührten, die sie in diesem Zimmer erlebt
hatte? Und wenn das so war, was konnte sie tun, um sich diese
Momente wieder zu vergegenwärtigen?

FÜNF Minuten vor vier stieg Pat vor dem Russell-Gebäude, in dem
Büros des Senats untergebracht waren, aus einem Taxi. Der Pförtner
vergewisserte sich, daß sie wirklich eine Verabredung hatte, und
führte sie zu einem Fahrstuhl. Kurze Zeit später betrat sie das
Vorzimmer von Abigail Jennings' Büro.

„Senatorin Jennings spricht soeben mit einem Ehepaar aus ihrem Wahlkreis", sagte die Sekretärin. „Es dauert aber nicht mehr lange."

„Das macht nichts", erwiderte Pat. „Ich warte hier." Sie setzte sich auf einen Besucherstuhl und sah sich um. Die Räumlichkeiten waren weitläufig und hell. An den Wänden hingen Wechselrahmen mit Fotos aus Zeitschriften, die die Senatorin in Großformat zeigten. Auf einem Tischchen lagen Faltblätter bereit, die über die Haltung der Senatorin zu bevorstehenden Gesetzesanträgen informierten.

Nach einer Weile ging die Tür zu Abigail Jennings' Büro auf, und die Senatorin trat heraus. In ihrer Begleitung erschienen ein älterer Herr und eine elegant gekleidete Dame, beide Anfang Sechzig, offenbar die Bürger ihres Wahlkreises. „Es hat mich sehr gefreut, daß Sie vorbeischauen konnten", sagte die Senatorin. „Ich wünschte nur, wir hätten mehr Zeit gehabt . . ." Pat beobachtete, wie sie ihre Gäste zur äußeren Tür begleitete und sich dort von ihnen verabschiedete. Gute Vorstellung, dachte sie.

Mrs. Jennings drehte sich um. Sie hielt einen Augenblick inne, so daß Pat Gelegenheit hatte, sie eingehend zu mustern. Die Senatorin war ziemlich groß, etwa einsfünfundsiebzig, und sie bewegte sich anmutig. Die wattierten Schultern ihres grauen Tweedkostüms betonten ihre schlanke Taille. Ihr aschblondes Haar trug sie kurz geschnitten. Am eindrucksvollsten waren ihre ungewöhnlich blauen Augen. Die Senatorin hatte sich äußerst dezent geschminkt, als versuche sie bewußt, ihre bemerkenswerte Schönheit herunterzuspielen.

Pat bemerkte plötzlich, daß Abigail Jennings' Blick auf ihr ruhte. „Guten Tag, Miß Traymore", begrüßte sie die Senatorin, die mit raschen Schritten auf sie zutrat. „Kommen Sie doch bitte gleich mit in mein Büro. Darf ich Sie Pat nennen? Luther Pelham hat so viel von Ihnen erzählt, daß Sie mir schon wie eine gute Bekannte erscheinen."

„Aber gerne." Pat folgte der Senatorin in das Büro und schaute sich um. „Wie schön!" rief sie.

Auf einem breiten Schreibtisch aus Nußbaumholz standen eine hübsch bemalte japanische Tischlampe, eine kleine Steinfigur, die eine ägyptische Katze darstellte, und ein goldener Füllfederhalter in einem Ständer. Der Stuhl hinter dem Schreibtisch war mit rotem Leder bezogen. An der Wand dahinter hingen die Flaggen der Vereinigten Staaten und des Bundesstaates Virginia. Die blauen, gerafften Vorhänge standen in freundlichem Kontrast zu den düsteren Wolken, die sich draußen am Himmel zeigten. Die Senatorin nahm hinter dem Schreibtisch Platz, und Pat setzte sich auf den Besucherstuhl, der dem Schreibtisch gegenüberstand.

„In etwa einer halben Stunde muß ich zu einer Abstimmung in den

Kongreß; wir sollten also gleich zum Thema kommen", sagte die
Senatorin. „Hat Luther Ihnen eigentlich gesagt, daß mir der Gedanke
an diese Fernsehsendung zuwider ist?"

„Ja, aber wenn die Sendung erst einmal fertig ist, werden Sie
bestimmt anderer Meinung sein."

„Das ist auch der einzige Grund, warum ich mich mit dieser Sache
angefreundet habe. Ich arbeite lieber mit Luther und Ihnen, als daß
sich die Redakteure eines anderen Senders etwas aus den Fingern
saugen." Die Senatorin lächelte. „Sam Kingsley und ich sind uns in
unserem Mißtrauen gegenüber den Medien einig. Sie kennen ihn
doch, nicht wahr? Als ich ihm von Ihren Plänen zu dieser Sendung
erzählte, hat er mir versichert, daß Sie gewissenhaft arbeiteten."

„Nett von ihm", antwortete Pat in gleichgültigem Ton; die
Senatorin brauchte nicht zu wissen, was sie für Sam Kingsley
empfand. „Frau Senatorin, würden Sie mir bitte sagen, warum Ihnen
beim Gedanken an die Sendung nicht wohl ist?"

Die Senatorin machte ein nachdenkliches Gesicht. „Es regt mich
auf, daß sich alle Welt in mein Privatleben einmischt. Seit meinem
zweiunddreißigsten Lebensjahr bin ich Witwe. Ich liebe meine Arbeit
und bin mit meinem Beruf verheiratet. Deshalb kann ich auch keine
rührseligen Geschichten vom ersten Schultag meines kleinen Sohnes
Johnny erzählen, weil ich nie selbst Kinder hatte. Im Gegensatz zu
Claire Lawrence kann ich mich nicht mit einem ganzen Heer von
Enkeln fotografieren lassen. Und damit Sie das auch gleich wissen: Ich
werde Ihnen nicht gestatten, in Ihrer Sendung eine Aufnahme zu
zeigen, auf der ich als Schönheitskönigin zu sehen bin."

„Aber Sie waren schließlich einmal Schönheitskönigin. Dafür
brauchen Sie sich doch nicht zu schämen!"

„Ach, wirklich nicht?" Abigail Jennings' Augen funkelten. „Wissen
Sie, daß kurz nach Willards Tod ein Sensationsblatt eine Aufnahme
von mir brachte, die mich als ‚Miß New York' zeigte? Bilduntertext:
schrift: ‚War ihre Schönheit der Schlüssel zum Erfolg? Miß New York
zieht für den Staat Virginia in den Kongreß ein.' Beinahe hätte es sich
der Gouverneur noch anders überlegt und mich nicht für den Rest von
Willards Legislaturperiode in den Kongreß geschickt. John F.
Kennedy mußte ihm gut zureden, bis er davon überzeugt war, daß ich
wirklich eng mit meinem Mann zusammengearbeitet hatte. Nein,
vielen Dank, Pat. Als Schönheitskönigin möchte ich mich nicht
wiedersehen. Am besten, Sie beginnen mit meinem Examen an der
Universität Richmond. Willard und ich waren frisch verheiratet, und
ich half ihm bei seiner ersten Kandidatur für den Kongreß. Damals
begann mein Leben."

Sie kann doch nicht so tun, als gäbe es die ersten zwanzig Jahre ihres Lebens nicht, dachte Pat. „Ich bin auf ein Bild gestoßen", sagte sie, „das Sie als Kind vor Ihrem Elternhaus in Apple Junction zeigt. Solche Fotos möchte ich gerne benutzen."

„Pat, ich habe nie behauptet, das wäre mein Elternhaus gewesen. Meine Mutter war Haushälterin bei einer Familie namens Saunders; im Haus der Saunders wohnten wir in einer kleinen Einliegerwohnung. Bitte vergessen Sie nicht, daß ich im Kongreß den Staat Virginia vertrete. Die Familie meines verstorbenen Mannes ist dort sehr einflußreich. Es hat mich große Mühe gekostet, auch vor der Kritik meiner gestrengen Frau Schwiegermutter bestehen zu können. Seither fühle ich mich als eine ‚echte' Jennings und möchte Abigail Foster aus dem Staate New York gerne vergessen."

In diesem Augenblick klopfte es. Ein hagerer, ernst aussehender junger Mann trat ein. Er trug eine randlose Brille und hatte sein schütteres blondes Haar sorgfältig gescheitelt, um die beginnende Glatze zu verbergen. „Frau Senatorin", sagte er, „gleich wird abgestimmt. Noch zehn Minuten."

Die Senatorin stand abrupt auf. „Pat, tut mir leid. Ach, dies ist Philip Buckley, einer meiner Assistenten. Er hat zusammen mit Toby, den Sie noch kennenlernen werden, Material für Sie zusammengestellt – Zeitungsausschnitte, Artikel aus Zeitschriften, Fotoalben und einige Privatfilme. Schauen Sie's mal durch, dann können wir uns in ein paar Tagen wieder über die geplante Sendung unterhalten."

„Gut", erwiderte Pat. „Ich habe zu Hause einen Projektor, da kann ich mir die Filme ansehen." Trotzdem, dachte sie enttäuscht, werde ich mit Luther Pelham reden müssen. Gemeinsam schaffen wir es vielleicht, die Senatorin davon zu überzeugen, daß es besser wäre, wenn sie sich nicht innerlich gegen die Sendung wehrte.

„Toby wird Sie nach Hause bringen", fuhr die Senatorin eilig fort. „Wo steckt er eigentlich, Buckley?"

„Bin schon da, Senatorin. Ein alter Mann ist kein D-Zug."

Eine kräftig gebaute Gestalt stürzte zur Tür herein. Der Mann hatte das Gesicht eines Boxers und kleine, tief in den Höhlen liegende Augen. Sein sandfarbenes Haar war von grauen Strähnen durchzogen. Er trug einen schwarzen Anzug und hielt eine Mütze in der Hand.

Pats Blick fiel auf die Hände des Mannes – sie waren riesig! Ein unförmiger Onyxring prangte am Ringfinger der rechten Hand.

In was für einem Ton sprach dieser Mensch eigentlich mit einer Senatorin? Bestürzt blickte Pat Abigail Jennings an, doch die Senatorin lachte nur.

„Pat, dies ist Toby Gorgone. Er kann Ihnen seinen Job auf dem

Heimweg erklären – ich weiß selbst nicht genau, welche Berufsbe-
zeichnung er führt, und dabei ist er schon seit fünfundzwanzig Jahren
in meinen Diensten. Er stammt auch aus Apple Junction. Aber jetzt
muß ich los. Kommen Sie, Buckley, gehen wir!"

Und schon waren die beiden verschwunden. Diese Fernsehsendung
wird ein Alptraum, dachte Pat. In ihrer Tasche steckten drei
engbeschriebene Seiten mit Themen, die sie der Senatorin hatte
vorlegen wollen, und nun hatte sie gerade den ersten Punkt
anschneiden können. Wenn das so weiterging . . .

TOBY steuerte den riesigen, silbergrauen Cadillac durch den
nachmittäglichen Verkehr. Diese Journalistin, die er im Rückspiegel
betrachten konnte, gefiel ihm. Patricia Traymore war in Ordnung. Zu
dritt – Luther Pelham, Philip Buckley und er – hatten sie auf Abby
einreden müssen, bis sie ihre Einwilligung für den Filmbericht
gegeben hatte. Nun fühlte sich Toby um so mehr dafür verantwortlich, daß alles klappte.

Als der Wagen auf der Constitution Avenue vor einer Ampel hielt,
beugte sich Pat vor. „Toby, darf ich Sie einmal etwas fragen? Läßt es
sich die Senatorin tatsächlich gefallen, wenn Sie mit ihr so reden wie
vorhin?"

Er wandte sich kurz um. „Oh, oft traue ich mich nicht, diesen Ton
anzuschlagen. Aber ich wußte ja, daß Abby sich bei dem Gedanken an
die Sendung nur aufregt. Deshalb dachte ich, ein kleiner Scherz könne
nicht schaden. Aber daß Sie mich nicht mißverstehen – ich habe vor
der Senatorin großen Respekt."

„Sie sind beide in Apple Junction zusammen aufgewachsen?"

Die Ampel sprang auf Grün. Sanft setzte sich der Wagen in
Bewegung. „Wie man's nimmt. Sie war in der Schule zwei Klassen
über mir; damals sind wir uns nicht oft begegnet. Aber als ich fünfzehn
war, nahm ich Gelegenheitsjobs an, und so kam ich in die Villen der
reichen Leute. Abby hat Ihnen sicher erzählt, daß sie im Haus der
Saunders wohnte."

„Ja."

„Ich arbeitete auf einem Grundstück, das vier Häuser vom Anwesen
der Saunders entfernt war. Eines Tages hörte ich, wie Abby brüllte.
Sie schrie wie am Spieß. Der alte Mann, der auf der anderen
Straßenseite wohnte, besaß nämlich einen Wachhund, einen bösarti-
gen Schäferhund, und diese Bestie hatte Abby angefallen."

„Und Sie haben sie gerettet?"

„Und ob! Ich habe mich gleich auf den Schäferhund gestürzt.
Wurde zwar ziemlich übel zugerichtet, aber dann erwischte ich den

Burschen am Hals", berichtete er voller Stolz. „Das war leider das Ende eines prächtigen Hundes . . ."

Stillschweigend schaltete Pat den Kassettenrecorder ein, den sie immer in ihrer Schultertasche trug. „Ich kann mir gut vorstellen, daß Sie seither bei der Senatorin einen Stein im Brett haben", meinte Pat. „Wenn man einem Menschen das Leben rettet, so sagen die Chinesen, übernimmt man die Verantwortung für ihn. Fühlen Sie sich verantwortlich für die Senatorin?"

„Nun ja, ich weiß nicht. Vielleicht hat auch mal Abby für mich den Kopf hinhalten müssen, als wir in diesem Alter waren."

„Die Senatorin hielt für Sie den Kopf hin?"

„Ich sagte: *vielleicht*. Ach, vergessen Sie das Ganze. Die Senatorin mag es nicht, wenn ich über Apple Junction rede."

„Aber gewiß kommt sie doch gelegentlich auf die Tatsache zu sprechen, daß Sie ihr das Leben gerettet haben, oder nicht?"

„O gewiß, Abby ist mir heute noch sehr dankbar. Mein Arm blutete, und sie bestand darauf, mich ins Krankenhaus zu begleiten. Seither sind wir gute Freunde." Toby warf einen Blick über die Schulter. „*Freunde*", wiederholte er nachdrücklich. „Nicht mehr. Abby ist ein paar Nummern zu groß für mich, das brauche ich Ihnen nicht zu sagen. Aber manchmal kam sie eben und unterhielt sich mit mir, während ich auf einem der Nachbargrundstücke im Garten arbeitete. Sie haßte Apple Junction ebenso wie ich. Und als ich mal in Englisch durchhing, gab sie mir Nachhilfe. Ich hatte nie viel mit Büchern im Sinn. Viel lieber nehme ich Maschinen auseinander und setze sie wieder zusammen. Nun ja, wie dem auch sei: Abby ging aufs College, und ich arbeitete bei einem Buchmacher. Eines Tages wurde mir dieser Job zu heiß, und ich verdrückte mich nach New York. Dort wurde ich Chauffeur. Damals war Abby schon mit ihrem Abgeordneten verheiratet. Als ich las, daß sie in einen Verkehrsunfall verwickelt worden war, weil ihr Chauffeur was getrunken hatte, schrieb ich ihr, und ihr Mann stellte mich ein. Sagen Sie, Miß Traymore, wir sind hier in der N-Street. Wo wohnen Sie genau?"

„An der nächsten Ecke."

„In dem *Eckhaus* dort?" Toby versuchte, sich sein Erschrecken nicht anmerken zu lassen, aber es war schon zu spät.

„Ja. Warum?"

„Früher fuhr ich Abby und Willard Jennings öfter dorthin, zu Partys. Das Haus gehörte mal einem Kongreßabgeordneten namens Dean Adams. Gewiß haben Sie davon gehört, daß er seine Frau umbrachte und dann Selbstmord beging."

Pat hoffte inständig, daß ihre Stimme gelassen klang. „Der Anwalt

meines Vaters hat das Haus in meinem Auftrag gemietet. Er sprach
davon, daß sich hier eine Tragödie abgespielt habe, aber ohne
Einzelheiten zu erwähnen."

Toby hielt am Straßenrand. „Vergessen Sie die Geschichte gleich
wieder. Dieser Adams versuchte sogar, seine kleine Tochter umzubringen; sie starb später. Hübsches kleines Ding. Soweit ich weiß,
hieß sie Kerry." Kopfschüttelnd stieg er aus und hielt Pat die Beifahrer-
tür auf. „Seien Sie vorsichtig, Miß Traymore. Wir haben Glatteis."

„Ja, vielen Dank." Zu gern hätte sie Toby ein paar Fragen zu Dean
und Renée Adams und ihrer kleinen Tochter „Kerry" gestellt. Doch
sie hielt sich zurück.

Toby hatte inzwischen den Kofferraum geöffnet. Er holte zwei
schwere Kisten heraus und folgte Pat ins Haus. Sie führte ihn in die
Bibliothek, wo er seine Kisten neben den Kartons abstellte, die Pat aus
dem Keller hatte heraufbringen lassen. Insgeheim war sie froh, daß sie
die Etiketten mit dem Namen ihres Vaters entfernt hatte.

Toby schien sich jedoch ohnehin nicht darum zu kümmern. „Diese
Kiste hier", erklärte er, „enthält Zeitungsausschnitte und Fotoalben.
Die andere Briefe von Wählern, außerdem ein paar private Filme aus
der Zeit, als Abbys Mann noch lebte."

„Danke, Toby. Ich merke schon: Sie werden mir bei meinem
Projekt eine große Hilfe sein. Vielleicht bringen wir gemeinsam etwas
zustande, mit dem die Senatorin zufrieden sein wird."

„Wenn nicht, werden wir es in deutlichen Worten zu hören bekommen." Toby grinste. „Auf Wiedersehen, Miß Traymore."

„Warum nennen Sie mich nicht einfach Pat? Sie reden die Senatorin
ja auch mit Abby an."

„Ich bin der einzige, der das darf. Vertraulichkeiten liegen ihr nicht
besonders. Aber wer weiß, vielleicht habe ich eines Tages Gelegenheit, auch Ihnen das Leben zu retten."

„Zögern Sie nicht, wenn sich diese Gelegenheit bietet", erwiderte
Pat lachend.

Als Toby gegangen war, blieb sie gedankenverloren an der offenen
Tür stehen. Sie mußte lernen, ihre Gefühle zu beherrschen, wenn die
Rede auf Dean Adams kam. Sie hatte Glück gehabt, daß Toby den
Namen ihres Vaters erwähnte, als sie noch im Wagen saß. Dort war
es, nachdem die Dämmerung hereingebrochen war, so dunkel
gewesen, daß er ihre erschreckte Miene nicht hatte sehen können.

IM SCHATTEN des gegenüberliegenden Hauses stand ein Mann, der
Tobys Abfahrt beobachtet hatte. Nun betrachtete er Pat mit einer
Mischung aus Neugierde und Zorn. Er war groß und hager und hatte

silbergraues Haar, das in eigenartigem Kontrast zu seinem faltenlosen, jugendlich wirkenden Gesicht stand. Seine steife Haltung ließ auf eine starke innere Anspannung schließen.

Sie war also immer noch hier. Trotz seiner Warnungen wollte sie die Fernsehsendung produzieren. Eben war sie vom Chauffeur der Senatorin hergebracht worden. Und sie würde in dem Haus wohnen.

Die Erinnerung an den lange zurückliegenden Tag überfiel ihn: der tote Mann, der zwischen Couchtisch und Sofa auf dem Rücken lag, die Augen der Frau, die blicklos zur Decke starrten, das Haar des kleinen Mädchens, von getrocknetem Blut verkrustet . . .

Auch nachdem Pat die Tür längst geschlossen hatte, verharrte er stumm an der Stelle, als sei er dort verwurzelt.

PAT briet sich gerade ein Kotelett, als das Telefon klingelte. Sie lief ins Wohnzimmer und griff nach dem Hörer. „Hallo."

Ein Flüstern: „Patricia Traymore?"

„Ja. Wer spricht dort?" Aber sie hatte die samtige Männerstimme bereits erkannt.

„Brechen Sie die Arbeiten an Ihrer Sendung über Senatorin Abigail Jennings ab, Miß Traymore. Ich habe keine Lust, Sie zu bestrafen, aber denken Sie daran, der Herr sagt: ‚Wer einen von diesen Kleinen, die an mich glauben, zum Bösen verführt, für den wäre es besser, wenn er mit einem Mühlstein um den Hals im tiefen Meer versenkt würde.'"

Die Verbindung wurde unterbrochen.

Wieder ein Anruf eines Verrückten – irgendein Irrer, der sich einbildete, Frauen gehörten in die Küche und nicht in einen angesehenen Beruf. Er war harmlos. An etwas anderes durfte sie gar nicht denken.

Sie trug das Tablett mit ihrem Abendessen in die Bibliothek, und während sie aß, blätterte sie ein wenig in Abigails Unterlagen. Ihre Bewunderung für die Senatorin wuchs mit jeder Zeile, die sie zu lesen bekam. Abigail Jennings hatte nicht übertrieben, als sie sagte, sie sei mit ihrem Beruf verheiratet.

Um Mitternacht ging Pat zu Bett. Es hatte keine Mühe gemacht, die Chippendalemöbel in dem großen Schlafzimmer richtig zu stellen; offensichtlich waren sie für dieses Haus gekauft worden. Die Kommode paßte zwischen die Wandschränke, der Schminktisch gehörte in den Alkoven, das Bett mit dem kunstvoll verzierten Kopfteil an die lange Wand gegenüber den Fenstern.

Pat spürte ihr rechtes Bein; die Strapazen des Tages waren zu groß gewesen. Deshalb konnte sie jetzt nicht einschlafen, obwohl sie sehr müde war. Denk an etwas Angenehmes, redete sie sich ein und lächelte. Sie dachte an Sam.

ALS Pat das Gebäude des Potomac-Senders betrat, mußte sie an die Worte ihres Bostoner Chefs denken: „Sie müssen die Stelle unbedingt annehmen, Pat! Es ist eine einmalige Chance im Leben eines Fernsehjournalisten, für Luther Pelham zu arbeiten."

Pat meldete sich beim Empfang an. Zwei Minuten später erschien Luther Pelham persönlich und begrüßte sie. „Ich freue mich, daß Sie bei uns anfangen, Pat. Jetzt stelle ich Sie erst einmal der Truppe vor."

Er brachte sie in die Nachrichtenredaktion. Pat war von den neuen Kollegen und der großzügigen Ausstattung der Büros begeistert; ihre Erwartungen wurden weit übertroffen. Der Potomac-Sender hatte sich innerhalb kürzester Zeit zu einer der größten privaten Fernsehanstalten des Landes entwickelt.

Nachdem Pelham Pat mit allen Redakteuren bekannt gemacht hatte, brachte er sie in sein Büro, einen großen, mit Eichenholz verkleideten Eckraum. Pelham war um die Sechzig, eine gutaussehende, eindrucksvolle Erscheinung. Er hatte kurzgeschnittenes graues Haar, eine kräftig gebogene Nase und forschende dunkle Augen.

„Übrigens, meinen Glückwunsch", sagte er, während sie sich setzten. „Sie haben bei Abigail Jennings gestern einen sehr guten Eindruck hinterlassen."

„Ich war auch sehr beeindruckt von ihr", antwortete Pat und fügte vielsagend hinzu: „Gemessen an der kurzen Zeit, die ich mit ihr zusammensein durfte."

Pelham machte eine ungeduldige Handbewegung. „Ich weiß, ich weiß. Abigail läßt sich ungern festnageln. Deshalb habe ich sie auch gebeten, daß sie Ihnen reichlich Material aus ihren privaten Unterlagen zur Verfügung stellt. Ich habe die Sendung für den siebenundzwanzigsten vorgesehen."

„Den siebenundzwanzigsten Dezember?" Unwillkürlich hob Pat die Stimme. „Das ist ja schon nächsten Mittwoch! Und das bedeutet, daß ich Aufnahmen, Schnitt und Vertonung in einer Woche über die Bühne bringen muß! Warum die Eile?"

Pelham lächelte. „Weil es sich nicht um einen x-beliebigen Filmbericht über eine wichtige Persönlichkeit handeln wird. Pat Traymore, Sie haben die Chance, zur Königsmacherin zu avancieren!"

Sie erinnerte sich an Sams Äußerungen. „Hängt das mit der Krankheit des Vizepräsidenten zusammen?"

„Richtig! Seine Bypass-Operation hat leider nicht den erwarteten

Erfolg gehabt. Es steht praktisch fest, daß er zurücktreten wird – und zwar sofort. Die politischen Experten wetten darauf, daß Abigail Jennings die besten Chancen hat, sein Amt zu übernehmen. Wir wollen Millionen von Amerikanern dazu bringen, dem Präsidenten Telegramme zu schicken und sich für Abigail auszusprechen. Diese Wirkung erwarten wir von der Sendung."

„Wenn wir die Senatorin in unserer Sendung so unpersönlich darstellen, wie sie selbst es offensichtlich wünscht", sagte Pat, „werden keine zehn Telegramme eintreffen, geschweige denn Millionen. Ehe ich die Sendung überhaupt anregte, ließ ich von einem Meinungsforschungsinstitut eine Umfrage machen. Ich wollte wissen, was die Leute von ihr halten."

„Und?"

„Ältere Menschen, denen der Name Abigail Jennings ein Begriff war, hielten sie für beeindruckend, mutig und intelligent. Doch keiner hatte das Gefühl, sie als Mensch zu kennen. Sie gilt als kühl und förmlich. Die jüngeren Leute sehen das anders. Als sie erfuhren, daß die Senatorin früher einmal Miß New York gewesen ist, fanden sie das großartig. Eine Reihe von Leuten allerdings, die wußten, daß sie aus dem Nordosten stammt, nehmen ihr übel, daß sie diese Tatsache nie erwähnt. Ich finde, in diesem Punkt macht sie einen Fehler. Und diesen Fehler verstärken wir noch, wenn wir die ersten zwanzig Jahre ihres Lebens unterschlagen."

„Sie wird niemals zulassen, daß Sie Apple Junction auch nur erwähnen", meinte Pelham. „Abigail hat mir erzählt, daß die Leute sie damals am liebsten gelyncht hätten, als sie bei der Wahl zur Miß Amerika nicht antrat."

„Trotzdem irrt sie in diesem Punkt. Glauben Sie ernsthaft, für irgend jemanden aus Apple Junction wäre das heute noch wichtig?"

Pelham trommelte mit den Fingern auf der Tischplatte. Würde er es schaffen, Abigail zu überreden, auch Material über ihre Jugendzeit herauszurücken? Und wie wäre die Wirkung beim Publikum? Luther Pelham war entschlossen, die Kraft zu sein, die Abigail zur ersten Vizepräsidentin der USA machte. In diesem Amt würde er sie beschirmen, bis einst der Tag käme, da sie die erste Präsidentin in der Geschichte des Landes würde – dank Luther Pelham!

„Schildern Sie mir doch bitte einmal, wie Sie es anstellen wollen, die Senatorin von ihrer persönlichen Seite zu zeigen", bat er.

„Beginnen würde ich mit Apple Junction", antwortete Pat geradeheraus. „Ich möchte selbst hinfahren und sehen, was ich herausfinden kann. Die Tatsache, daß ihre Mutter Haushälterin war und Abigail ein Stipendium bekam, um überhaupt studieren zu können, ist ein

Vorteil. Eine richtige amerikanische Traumkarriere." Sie zückte ihr
Notizbuch, schlug es auf und fuhr fort: „Dann machen wir mit den
ersten Jahren ihrer Ehe mit Willard Jennings weiter. Wir werfen
Schlaglichter auf das persönliche wie auch das öffentliche Leben der
beiden in dieser Zeit."

Pelham nickte. „Dazu sollten wir möglichst viele Aufnahmen mit
den Kennedys bringen. Wußten Sie, daß Abigail bei Willards
Beerdigung von John F. Kennedy zum Gottesdienst geleitet wurde?
Damals war er natürlich noch Senator." Der Chef der Nachrichtenredaktion griff nach den Zigaretten, die vor ihm auf dem Tisch lagen,
und zündete sich eine an. „Irgendwie seltsam – so viele verheißungs-
volle junge Politiker starben damals eines unnatürlichen Todes. Die
Kennedy-Brüder wurden ermordet, Willard kam bei einem Flugzeugabsturz ums Leben, Dean Adams endete durch Selbstmord . . . Können Sie sich an den Fall noch erinnern?"

„Dean Adams?"

„Kongreßabgeordneter aus Wisconsin. Ermordete seine Frau und
seine kleine Tochter und nahm sich anschließend das Leben. Adams
drehte wohl durch. Wenn Sie irgendwelche Aufnahmen finden, auf
denen er oder seine Frau mit Abigail zu sehen ist, müssen Sie sie
rausnehmen. Niemand möchte an den Fall erinnert werden."

Pat hoffte, daß Pelham ihre Bestürzung nicht anmerkte. Mit
Entschlossenheit in der Stimme sagte sie: „Senatorin Jennings hat sich
für das neue Elternrecht stark gemacht. In den Unterlagen habe ich
rührende Briefe von Eheleuten entdeckt, die durch ihre Gesetzesinitia-
tive wieder zusammengefunden haben. Das wäre ein kleiner Seiten-
hieb gegen Senatorin Lawrence und ihre Enkel."

Pelham nickte. „Sehr gut. Ach, übrigens, in Ihrem Exposé stand
kein Wort über den Fall Eleanor Brown. Der muß unbedingt hinein.
Wissen Sie, Eleanor Brown stammt ebenfalls aus Apple Junction. Die
dortige Schuldirektorin bat Abigail, dem Mädchen eine Arbeitsstelle
zu verschaffen, nachdem Eleanor bei einem Ladendiebstahl erwischt
worden war."

„Ich dachte, es wäre besser, von dieser Sache die Finger zu lassen",
erwiderte Pat. „Überlegen Sie mal: Die Senatorin gab dem Mädchen,
einer Vorbestraften, eine Chance, indem sie sie als Bürogehilfin
einstellte. Später wurde Eleanor Brown beschuldigt, fünfundsiebzigtausend Dollar Wahlkampfgelder gestohlen zu haben, und die
Aussage der Senatorin trug zu ihrer Verurteilung bei. Das Mädchen
schwor aber die ganze Zeit, es sei unschuldig. Haben Sie das Foto
gesehen, das Miß Brown zeigt, als sie ins Gefängnis mußte? Damals
war sie dreiundzwanzig, sah aber aus wie sechzehn. Die Leute werden

Mitleid mit ihr haben, und das wird auf Abigail Jennings' Kosten gehen. "

„Dieser Fall zeigt aber, daß die Senatorin eine Volksvertreterin ist, die ein Delikt nicht einmal dann zu vertuschen versucht, wenn es in ihrem eigenen Büro begangen wird. Verschwenden Sie Ihr Mitgefühl nicht an Eleanor Brown. Sie täuschte im Gefängnis einen Nervenzusammenbruch vor, wurde vorzeitig auf Bewährung entlassen und tauchte sofort unter. Ein raffiniertes Früchtchen. Nun aber weiter – was planen Sie sonst noch?"

„Ich würde gern noch heute abend nach Apple Junction fliegen. Sollte ich dort auf interessantes Material stoßen, rufe ich Sie an, dann schicken Sie ein Kamerateam dorthin. Wenn ich wiederkomme, möchte ich die Senatorin einen Tag lang bei ihrer Arbeit begleiten, als Vorbereitung für den Aufnahmetermin. "

Pelham stand auf – die Besprechung war beendet. „Gut", sagte er. „Fliegen Sie nach Apple Junction, vielleicht entdecken Sie was Gutes. Aber seien Sie auf der Hut. Sobald diese Hinterwäldler eine Chance wittern, vor die Kamera zu kommen, sind sie nicht mehr zu halten. "

Er schaute Pat Traymore nach. War es richtig gewesen, der jungen Journalistin ihren Willen zu lassen? Er griff nach dem Telefon, um die Senatorin zu informieren. Dann aber legte er achselzuckend den Hörer wieder auf. Wozu sollte er sich Ärger einhandeln?

MIT energischem Schritt verließ Pat das Büro. Pelham war ihr sehr entgegengekommen. Dabei lief er Gefahr, sich den Zorn der Senatorin zuzuziehen, wenn er sie nach Apple Junction fliegen ließ. Aber offenbar vertraute er auf ihre Fähigkeit, die Sendung in kürzester Zeit fertigzustellen.

Es war ein sonniger, kalter Dezembertag. Pat beschloß, zu Fuß nach Hause zu gehen. Was bedrückt dich eigentlich? fragte sie sich. Pelham hatte ihr den Fall Dean Adams geschildert, genauso wie gestern Toby. Sie wurde das Gefühl nicht los, daß sich jeder in sein Schneckenhaus zurückzog, sobald Dean Adams' Name fiel. Niemand wollte offenbar zugeben, ihn gekannt zu haben.

Ich hasse meinen Vater wegen seiner Untat, dachte Pat. Er brachte meine Mutter um und versuchte, auch mich zu töten.

Sie hatte sich die ganze Zeit über eingeredet, sie sei nach Washington gezogen, um die Hintergründe des Verbrechens aufzudecken. Inzwischen aber wußte sie es besser. Sie mußte mit dem Haß auf ihren Vater fertig werden, den sie allzu lange unterdrückt hatte.

Als sie zu Hause ankam, war es Viertel vor eins. Rasch machte sie sich ein belegtes Brot und Tee, ehe sie telefonisch ihren Flug buchte.

Die Maschine nach Albany flog um 16 Uhr 40. Also hatte Pat noch zwei Stunden Zeit, um die Sachen ihres Vaters durchzusehen.

Sie öffnete einen der beiden Kartons und stieß auf eine Schachtel, die Fotos enthielt. Das erste Bild zeigte einen hochgewachsenen, lachenden Mann mit einem kleinen Kind auf der Schulter. Auch das Kind lachte. Im Hintergrund war das Meer zu sehen – offenbar ein Urlaubsfoto. Papas Liebling, dachte Pat verbittert. Sie legte das Bild in die Schachtel zurück. Dann räumte sie den ganzen Karton aus, indem sie den Inhalt Stück für Stück auf den Boden legte.

Als sie alles herausgenommen hatte, war die Bibliothek übersät von Gegenständen, die aus dem Privatbüro ihres Vaters stammten. Pat setzte sich auf den Boden und betrachtete eine Porträtaufnahme, die ihre Mutter am Flügel zeigte. Sie war eine sehr schöne Frau, dachte Pat – leider habe ich mehr Ähnlichkeit mit Vater. Neben dem Foto ihrer Mutter lag ein Wechselrahmen mit lauter Schnappschüssen: Pat als Baby. Dann das juristische Diplom ihres Vaters und eine Plakette des Rotary-Clubs aus Madison, Wisconsin, der Dean Adams zum „Mann des Jahres" gekürt hatte.

Immer wieder kehrte Pats Blick zu dem Foto zurück, auf dem ihr Vater sie auf der Schulter trug. Sie sah so unendlich glücklich aus, und ihr Vater blickte liebevoll zu ihr auf.

Das Telefon durchbrach die Stille. Pat rappelte sich auf; mit Erschrecken stellte sie fest, daß es schon spät war und sie noch ihren Koffer packen mußte. Sie nahm den Hörer ab und meldete sich. Sam war am Apparat. „Hallo, Pat", sagte er. „Wie geht es dir?"

„Danke, gut", erwiderte sie und biß sich auf die Unterlippe. „Was gibt's?"

„Pat, ich habe es sehr eilig, denn ich muß in fünf Minuten zu einer Ausschußsitzung. Donnerstag findet im Weißen Haus zu Ehren des neuen israelischen Premierministers ein Festbankett statt. Würdest du mich dorthin begleiten?"

„Ins Weiße Haus! Sehr gerne, Sam!" Sie schluckte rasch, um Sam nicht merken zu lassen, wie sehr ihre Stimme zitterte.

Sam fragte besorgt: „Pat, was ist los mit dir? Du klingst so seltsam. Weinst du etwa?"

Endlich gewann sie ihre Fassung wieder. „Nein, nein, Sam. Es ist nichts. Ich bekomme wohl eine Erkältung."

IM FLUGHAFENGEBÄUDE von Albany studierte Pat eine Landkarte. Der junge Mann von der Leihwagenfirma, bei der sie sich ein Auto gemietet hatte, half ihr, die beste Straßenverbindung nach Apple Junction herauszusuchen, das vierzig Kilometer entfernt war.

„Sie sollten gleich losfahren, Miß Traymore", sagte der junge Mann. „Der Wetterbericht hat für heute abend noch heftige Schneefälle angesagt."

„Können Sie mir in Apple Junction ein gutes Hotel empfehlen?"

„Wenn Sie direkt im Ort wohnen wollen, fahren Sie am besten ins ‚Apple-Motel‘." Er schnitt eine Grimasse. „Eine Reservierung können Sie sich sparen."

ALS Pat in der Auffahrt des schäbig wirkenden Motels hielt, begann es zu schneien. Sie ging zum Empfang, der sich als ein winziges, muffiges Büro entpuppte. Der Portier war weit über Siebzig. Er schien überrascht, als Pat eintrat.

„Haben Sie noch ein Einzelzimmer frei für eine Nacht?" fragte sie.

„Sie können ein Einzel-, ein Doppel- oder sogar das Fürstenzimmer haben, junge Frau", meinte der alte Mann mit schallendem Lachen.

Pat lächelte höflich und begann, eine Anmeldekarte auszufüllen. Die Spalte „ständiger Wohnort" ließ sie aus. Sie wollte sich in Apple Junction erst einmal in Ruhe umsehen, ohne daß jemand vom wirklichen Grund ihres Besuches erfuhr.

„Ich gebe Ihnen ein Zimmer im Erdgeschoß", erklärte der Portier. „Es liegt gleich hinter dem Büro."

„Danke", antwortete Pat. „Gibt es hier in der Nähe ein Restaurant, in dem ich noch etwas zum Abendessen bekomme?"

Mit zusammengekniffenen Augen schaute der alte Mann auf die Uhr. „Da müssen Sie sich aber beeilen! Das ‚Lamplighter‘ schließt um neun Uhr, und jetzt ist es schon fast acht. Hinter der Auffahrt nach links bis zur Hauptstraße und dort noch einmal nach links. Sie können es gar nicht verfehlen."

Das Lamplighter lag in der einzigen Geschäftsstraße von Apple Junction. Eine handgeschriebene Speisekarte am Eingang pries das Tagesgericht an: Sauerbraten mit Rotkohl. Das Lokal war beinahe leer. Lediglich an einem Tisch saßen noch Gäste: ein älteres Ehepaar.

Als Pat eintrat, kam ihr sogleich die Kellnerin entgegen, eine stämmige Frau Mitte Fünfzig. Sie begrüßte Pat freundlich und brachte sie zu einem Tisch am Fenster. „Etwas zu trinken?"

Pat bestellte sich ein Glas Wein und bat um die Speisekarte. Die Kellnerin empfahl ihr den Sauerbraten, und Pat war einverstanden. Rasch bekam sie ihr Essen, und wider Erwarten war es schmackhaft zubereitet. Ihre Stimmung besserte sich zusehends.

Als sie fertig war, räumte die Kellnerin den Teller ab, doch gleich darauf kehrte sie mit einer Tasse Kaffee an Pats Tisch zurück. „Ich mußte Sie immer wieder anschauen", sagte sie. „Kenne ich Sie nicht

von irgendwoher? Klar doch, Sie sind Patricia Traymore! Ich hab
Sie im Fernsehen gesehen, als ich bei meiner Kusine in Boston war.
Und – ich weiß auch, warum Sie hier sind! Sie machen eine Sendung
über Abby Foster – ich meine Senatorin Jennings."

„Kennen Sie die Senatorin?" fragte Pat rasch.

„Und ob ich sie kenne! Warum setze ich mich nicht auf eine Tasse
Kaffee an Ihren Tisch?" Ohne eine Antwort abzuwarten, holte sie sich
auch einen Kaffee und ließ sich dann auf einen Stuhl sinken, so daß sie
Pat gegenübersaß. „Mein Mann ist hier Koch", erklärte die Kellnerin.
„Er kann sich ja heute mal ums Aufräumen kümmern." Und dann
fügte sie hinzu: „Abigail Jennings? Ha!"

„Kennen Sie die Senatorin gut?" wollte Pat wissen.

„Eigentlich nicht. Wir gingen zwar in dieselbe Klasse, aber Abigail
war immer sehr still. Ich kann mich nicht daran erinnern, daß sie eine
richtige Freundin gehabt hätte."

„Was hielten die anderen Mädchen von ihr?"

„Nun ja, Sie wissen ja, wie das so ist. Wenn jemand so hübsch ist
wie Abby, sind die anderen irgendwie eifersüchtig. In der Schule galt
sie immer als hochnäsig – und das machte sie nicht gerade beliebt."

„Waren Sie auch dieser Ansicht, Mrs. . . . ?"

„Stubbins. Ethel Stubbins. In gewisser Weise schon, aber ich
konnte sie irgendwie auch verstehen. Abby kannte nur einen
Gedanken: weg von hier! Ihre Mutter war Köchin bei den Saunders.
Ich glaube, Abby hat darunter gelitten."

„Soviel ich weiß, war ihre Mutter Haushälterin", sagte Pat.

„Sie war *Köchin*", wiederholte Ethel mit Nachdruck. „Mrs. Foster
und Abby lebten in einer kleinen Wohnung neben der Küche. Meine
Mutter ging jede Woche zu den Saunders putzen, deshalb weiß ich
ganz genau Bescheid."

War es verwerflich, wenn Abigail Jennings die Stellung ihrer
Mutter eine Stufe höher ansiedelte, indem sie sie von der Köchin zur
Haushälterin beförderte? Pat zuckte die Achseln. Dann fragte sie die
Kellnerin: „Hätten Sie etwas dagegen, wenn ich unser Gespräch auf
Tonband aufnehme?"

„Aber nein. Soll ich lauter reden?"

„Nein, es geht so." Pat stellte ihren Kassettenrecorder in die Mitte
des Tisches. „Sie sagten, Abigail hätte darunter gelitten, daß ihre
Mutter Köchin war?"

„Und ob! Mama hat mir immer erzählt, wie sich Abby aufspielte.
Wenn zum Beispiel jemand die Straße entlangkam, ging sie immer
durch den Vordereingang ins Haus, als ob es ihr ganz allein gehörte."

„Ethel!" ertönte eine Männerstimme. „Es ist neun Uhr."

Pat blickte auf. Neben dem Tisch stand ein untersetzter Mann mit einem fröhlichen runden Gesicht; er hatte eine lange weiße Schürze umgebunden. Fragend blickte er auf den Recorder. Mrs. Stubbins stellte Pat den Mann vor: „Das ist Ernie, mein Mann."

Mr. Stubbins schien sehr angetan von dem Interview. Er zog einen Stuhl an den Tisch und setzte sich. „Vergiß nicht zu erzählen, wie Mrs. Saunders Abby zum Vordereingang hereinkommen sah", sagte er zu seiner Frau. „Mrs. Saunders schimpfte wie ein Rohrspatz. Sie meinte, sie würde Abby schon beibringen, wie man sich benimmt. Mrs. Saunders zwang sie sogar, noch einmal auf die Straße hinauszugehen. Dann mußte sie ums Haus marschieren und zur Hintertür hinein."

„Richtig", bestätigte Mrs. Stubbins. „Schlimm von ihr, nicht wahr? Sogar Mama hatte damals Mitleid mit Abby, bis sie ihren Blick sah. Der ließ ihr allerdings das Blut in den Adern erstarren."

Pat beschloß, das Thema zu wechseln. „Abby – ich meine, die Senatorin – muß eine gute Schülerin gewesen sein, sonst hätte sie kein Stipendium für das Radcliffe-College bekommen. War sie Klassenbeste?"

„Oh, in Englisch, Geschichte und allen Fremdsprachen war sie ein As", antwortete Mrs. Stubbins. „In Mathematik und Physik dagegen eine Niete."

„In diesen Fächern hatte ich auch Probleme", gestand Pat. „Und nun zum Schönheitswettbewerb. Können Sie sich daran noch erinnern?"

„Aber ja. In Apple Junction gab es vier Mädchen, die in die engere Wahl kamen. Abby schlug sie haushoch. Dann gewann sie auch die Mißwahlen im Staate New York. Sie können sich gar nicht vorstellen, was hier bei uns los war!" Mrs. Stubbins lachte. „In jenem Sommer war Abby Foster Gesprächsthema Nummer eins. Das größte gesellschaftliche Ereignis in Apple Junction ist der Ball im Country-Club, immer im August. In jenem Jahr tauchten natürlich die Söhne sämtlicher reichen Familien aus der ganzen näheren Umgebung bei uns auf, weil Abby Foster als Ehrengast teilnahm. Und was meinen Sie wohl, wer ihr Tischherr war? Jeremy Saunders! Er kam gerade von der Uni, hatte seinen Abschluß in der Tasche. Leider war er schon mit Evelyn Clinton verlobt! Aber er und Abby hielten den ganzen Abend Händchen, und immer wieder küßte er sie beim Tanzen."

Mrs. Stubbins hielt kurz inne, ehe sie fortfuhr: „Am nächsten Tag war plötzlich alles vorbei. Abby gab die Miß-Krone als Schönste im Staate zurück und ging ans College. Sie sagte, sie wisse, sie würde niemals Miß Amerika werden, schließlich könne sie weder singen

noch tanzen, und als Verliererin wolle sie auf keinen Fall zurückkehren. Viele nahmen ihr das sehr übel. Die Leute hatten schon eine
Sammlung veranstaltet, um ihr für die Wahl zur Miß Amerika eine
passende Garderobe zu kaufen. "

„Weißt du noch, wie Toby blind um sich geschlagen hat, als einige
Jungs offen aussprachen, Abby hätte die Leute hier enttäuscht?" warf
Mr. Stubbins ein.

„Toby Gorgone?" fragte Pat rasch.

„Genau. Der war immer schon ein wenig verrückt nach Abby. "

„Heute ist er ihr Chauffeur", sagte Pat.

„Ach, wirklich?" Mr. Stubbins schüttelte den Kopf. „Grüßen Sie
Toby von mir. Fragen Sie ihn, ob er sein Geld immer noch auf der
Rennbahn durchbringt. "

DIE Uhr zeigte schon elf, als Pat zum Apple-Motel zurückkehrte
und ihr Zimmer ziemlich ausgekühlt vorfand. Wie üblich schmerzte
ihr Bein. Rasch packte sie ihren Koffer aus, duschte und legte sich
schlafen.

In Gedanken ließ sie noch einmal Revue passieren, was sie im Laufe
des Abends erfahren hatte. Nach Mrs. Stubbins' Angaben hatte Abbys
Mutter ihre Stellung im Haus der Saunders ein paar Tage nach dem
Ball im Country-Club aufgegeben und als Köchin im Bezirkskran-
kenhaus angefangen. Niemand wußte, ob sie gekündigt hatte oder
hinausgeworfen worden war. Der Wechsel der Arbeitsstelle mußte
der korpulenten Frau sehr zu schaffen gemacht haben. „Wenn Sie
mich für dick halten", hatte Mrs. Stubbins gesagt, „hätten Sie erst mal
Francey Foster sehen sollen!" Abigails Mutter war ein paar Monate
später gestorben, und seither hatte sich Abigail in Apple Junction nicht
mehr blicken lassen.

Ausführlich hatte sich Mrs. Stubbins über Jeremy Saunders
ausgelassen. „Abigail hatte wirklich Glück, daß aus der Partie nichts
wurde. Mr. Saunders ist ein Nichtsnutz. Er kann froh sein, daß er ein
großes Vermögen geerbt hat, sonst wäre er schon längst in der Gosse
gelandet. " Mrs. Stubbins hatte Andeutungen gemacht, daß Mr.
Saunders an der Flasche hing, schlug aber vor, Pat solle ihn dennoch
besuchen. „Wahrscheinlich empfängt er gern Besuch. Seine Frau
Evelyn verbringt die meiste Zeit bei ihrer Tochter, die in Westchester
verheiratet ist. "

Pat schaltete das Licht aus. Morgen wollte sie versuchen, die
pensionierte Schuldirektorin zu besuchen, die Abigail gebeten hatte,
Eleanor Brown eine Stelle zu vermitteln. Anschließend wollte sie mit
Jeremy Saunders sprechen.

WÄHREND der Nacht fielen gut zehn Zentimeter Schnee, doch als Pat im Motel ihren Kaffee getrunken und sich telefonisch bei Mr. Saunders und der früheren Schuldirektorin angemeldet hatte, waren die Schneepflüge bereits am Werk gewesen.

Die Fahrt durch Apple Junction war ernüchternd. Ein Gefühl der Trostlosigkeit beschlich Pat, als sie die tristen grauen Häuser sah. Kehrten die meisten jungen Leute, so wie Abigail, der Stadt den Rücken, sobald sie erwachsen waren? Wer konnte es ihnen verdenken?

Pats Blick fiel auf ein Schild an einem Bürogebäude: APPLE-JUNCTION-WOCHENANZEIGER. Spontan hielt sie an, parkte den Wagen und betrat ein Büro im Erdgeschoß. Dort lernte sie einen etwa sechzigjährigen Mann namens Edwin Shepherd kennen, den Verleger der Wochenzeitung. Er gab Pat bereitwillig Auskunft und suchte sogar alte Ausgaben heraus, in denen über die beiden von Abigail gewonnenen Schönheitswettbewerbe berichtet worden war.

„Hier habe ich einen schönen Schnappschuß von Abigail Foster mit ihrer Mutter", sagte Mr. Shepherd und schlug eine der alten Ausgaben auf.

Pat war sprachlos. Konnte Abigail, schmalgesichtig und feingliedrig, die Tochter dieser vierschrötigen, dicken Frau sein? „Stolze Mutter begrüßt Schönheitskönigin", stand unter dem Bild.

„Warum nehmen Sie die Zeitungen nicht mit?" fragte Mr. Shepherd. „Wenn Sie die Bilder in Ihrer Sendung verwenden wollen, brauchen Sie nur einen Quellennachweis zu geben."

Nicht auszudenken, dem Fernsehpublikum *dieses* Bild zu präsentieren! dachte Pat und lehnte freundlich ab. Sie bedankte sich bei Mr. Shepherd, verabschiedete sich und setzte ihre Stadtrundfahrt fort.

Nach etwa einem halben Kilometer veränderte sich das Straßenbild. Die Grundstücke wurden größer, die Gebäude stattlicher. Pat entdeckte das Haus der Saunders, eine ockerfarbene Villa mit schwarzen Fensterläden. Eine lange, baumgesäumte Auffahrt führte zum Vordereingang. Pat stellte den Wagen ab, stieg aus und klingelte. Eine Hausangestellte, eine hagere Frau mit grauem Haar, öffnete. „Mr. Saunders erwartet Sie. Er ist in der Bibliothek."

Jeremy Saunders saß in einem hochlehnigen Sessel am Kamin. Er hatte ungewöhnlich ebenmäßige Züge und gewelltes weißes Haar. Beim Aufstehen mußte er sich an der Sessellehne festhalten. „Miß Traymore?" Er bedeutete Pat mit einer Handbewegung, in dem Sessel

Platz zu nehmen, der seinem gegenüberstand. „Sie trinken doch eine
Bloody Mary mit, ja?"

„Gerne", antwortete Pat. Ihr fiel auf, daß die Karaffe, die auf einem
Tischchen stand, bereits halb leer war. Die Haushälterin nahm Pat den
Mantel ab und verließ stumm das Zimmer.

Pat setzte sich, während Mr. Saunders ihr einschenkte. Dabei
runzelte er die Stirn. „Haben Sie denn kein Tonbandgerät?" fragte er
erstaunt.

„O doch. Aber ich benutze es nicht, wenn Ihnen das lieber ist."

„Ganz im Gegenteil. Ich möchte, daß jedes meiner Worte auf ewig
festgehalten wird. Vielleicht gibt es ja eines Tages mal eine Senatorin-
Abigail-Jennings-Bibliothek. Dort sollen sich die Besucher dann auf
einem Tonband anhören können, was ich Ihnen über Abbys ziemlich
chaotische Jugendzeit erzählt habe."

Pat griff in ihre Umhängetasche, nahm den Kassettenrecorder
heraus und schaltete ihn ein. „Sie haben Abigails Aufstieg also all die
Jahre über genau verfolgt", stellte sie fest.

„In atemloser Spannung! Als sie achtzehn war, erbot sie sich, ihrer
Mutter hier im Haushalt zu helfen, und seither genießt sie meinen
Respekt. Sie ist einfach wunderbar!"

„Aber es ist doch tatsächlich lobenswert, wenn eine Tochter ihrer
Mutter hilft, oder?"

„Natürlich, wenn man der Mutter wirklich *helfen* will. Bietet man
seine Hilfe allerdings nur deswegen an, weil der gutaussehende Sproß
der Familie Saunders gerade von einer der angesehensten Universitä-
ten des Landes zurückgekehrt ist, erscheint die noble Tat in einem
ganz anderen Licht, nicht wahr?"

„Damit meinen Sie sich?" fragte Pat und lächelte.

„Erraten. Von Zeit zu Zeit sehe ich mal ein Foto von ihr in der
Zeitung, aber Fotos können täuschen. Wie sieht sie denn in
Wirklichkeit aus?"

„Einfach blendend", erwiderte Pat.

Saunders schien enttäuscht zu sein. „Und was ist mit Toby
Gorgone?" fragte er. „Spielt er immer noch Abbys Leibwächter?"

„Toby steht in ihren Diensten", antwortete Pat.

„Vermutlich holen sie sich gegenseitig die Kastanien aus dem Feuer,
wie in alten Zeiten."

„Was soll das heißen?"

„Ach, nichts. Wahrscheinlich hat Toby Ihnen erzählt, wie er Abby
vor dem bissigen Hund rettete. Hat er Ihnen aber auch anvertraut, daß
er Abigail als Alibi brauchte, als er nachts einmal eine Spritztour mit
einem gestohlenen Sportwagen unternahm?"

„Nein. Mr. Saunders, wollen Sie damit behaupten, die Senatorin habe möglicherweise gelogen, um Toby zu schützen?"

„Ich will gar nichts behaupten. Jedenfalls haben die Leute hier ein gutes Gedächtnis, und Abigails Aussage wurde zu den Akten genommen."

Pat beschloß, das Thema zu wechseln. „Erzählen Sie mir ein wenig von Ihrer Familie und von diesem Haus", bat sie ihn. „Schließlich ist Abigail hier aufgewachsen."

Jeremy Saunders war sichtlich stolz auf das Haus und auf seine Familie. Er brauchte fast eine Stunde und mehrere Drinks, um die Geschichte der Saunders von der Gründung der Vereinigten Staaten bis in die Gegenwart nachzuzeichnen. „Und so", schloß er, „muß ich betrübt mitteilen, daß ich der letzte bin, der den Namen Saunders trägt." Er lächelte verschmitzt. „Sie sind wirklich eine geduldige Zuhörerin, meine Liebe. Würden Sie mir beim Mittagessen Gesellschaft leisten?"

„Aber gerne." Pat hoffte, das Gespräch bald wieder auf Abigail lenken zu können. Die Gelegenheit dazu ergab sich, als sie den Wein kostete, den ihr Mr. Saunders bei Tisch einschenkte. Der Geflügelsalat, den die Haushälterin aufgetragen hatte, war nicht besonders schmackhaft.

„Trinken Sie, meine Liebe", meinte er. „Leider gibt unsere Köchin nicht ihr Bestes, wenn meine Frau aus dem Haus ist. Ganz im Gegensatz zu Abbys Mutter. Francey Foster konnte auf alles stolz sein, was sie zubereitete. Ihr Brot, ihre Kuchen . . . Kann Abby eigentlich kochen?"

„Keine Ahnung", antwortete Pat und schlug einen vertraulichen Ton an. „Mr. Saunders, ich werde einfach das Gefühl nicht los, daß Sie auf Senatorin Jennings irgendwie wütend sind. Oder irre ich mich?"

„Ich soll wütend auf sie sein?" Er lallte schon ein wenig. „Wären Sie nicht auch wütend, wenn Sie zum Narren gehalten würden?"

Pat musterte Jeremy Saunders. Die geschwollenen Augen, der zu weiche Mund, das schwach ausgeprägte Kinn – all diese Züge verrieten nicht nur Zorn, sondern auch Schmerz.

„Meine Liebe", fuhr er ruhig fort. „Sie haben die Ehre, mit dem ehemaligen Verlobten der Senatorin zu sprechen."

„Sie waren mit Abigail *verlobt?*"

„Natürlich nur für ganz kurze Zeit. Aber immerhin so lange, daß sie ihren großen Plan in die Tat umsetzen konnte. Den Schönheitswettbewerb von New York hatte sie gewonnen, aber sie war klug genug, um zu wissen, daß sie bei der Wahl zur Miß Amerika chancenlos war. Also versuchte sie, ein Stipendium für das Radcliffe-College zu bekommen, doch dazu reichten ihre Noten in Mathematik und den Naturwissenschaften nicht aus. Für Abby war das ein schreckliches Dilemma.

Ich hatte gerade mein Studium abgeschlossen und sollte in das Geschäft meines Vaters eintreten – das mich nicht interessierte. Außerdem sollte ich mich mit der Tochter von Vaters bestem Freund verloben – die mich nicht sonderlich anzog. Und da begegnete ich Abigail, hier in meinem Elternhaus, die mir einflüsterte, was ich werden könnte, wenn sie an meiner Seite stünde, und die eines Nachts plötzlich zu mir ins Bett schlüpfte. Die Folge war, daß ich sie zum Ball im Country-Club begleitete und ihr einen Heiratsantrag machte.

Als wir nach Hause kamen, weckten wir meine Eltern, um ihnen die freudige Nachricht zu überbringen. Können Sie sich die Szene vorstellen? Meine Mutter, die sich einen Spaß daraus gemacht hatte, Abigail zur Hintertür zu schicken, sah plötzlich all die großen Pläne, die sie für ihren geliebten Sohn gemacht hatte, wie ein Kartenhaus zusammenstürzen. Am nächsten Morgen verließ Abigail jedenfalls die Stadt, in der Tasche einen Scheck über zehntausend Dollar, der die Unterschrift meines Vaters trug. Wissen Sie, sie hatte sich am Radcliffe-College bereits eingeschrieben, doch fehlte ihr das Geld, um dort tatsächlich studieren zu können. Ich fuhr ihr nach, aber sie war inzwischen der Meinung, daß wir eigentlich nicht zusammenpaßten.

Mein Vater ließ mich zeitlebens spüren, daß er mir diese Blamage nicht verzeihen konnte. Und meine Mutter konnte sich den kleinlichen Triumph nicht verkneifen, Francey Foster aus dem Haus zu weisen – doch damit schnitt sie sich ins eigene Fleisch. Seither hatten wir nämlich keine anständige Köchin mehr!"

Als Pat ging, war es beinahe Viertel vor zwei. Auf der Fahrt zu ihrer Verabredung mit Margaret Langley, der pensionierten Schuldirektorin, fragte sie sich, wieviel Wahrheit wohl in Jeremy Saunders' Darstellung der jungen Abigail Foster lag. War sie tatsächlich ein kleines Luder gewesen? Eine Verschwörerin? Eine Lügnerin? All diese Eigenschaften ließen sich kaum mit dem Bild der engagierten, charakterfesten Politikerin von heute vereinbaren.

Wie immer, wenn Margaret Langley aufgeregt war, betrachtete sie die Zimmerpflanzen, die vor ihrem Panoramafenster standen; das Grün der Blätter wirkte so beruhigend. Mrs. Langley war dreiundsiebzig; ihre Züge verrieten Güte und Lebensweisheit. An der Bluse trug sie die Nadel, die die Schule ihr bei der Pensionierung geschenkt hatte – einen goldenen Lorbeerkranz, der sich um eine „45" rankte, die Zahl der Jahre, die sie als Lehrerin und Rektorin der Schule von Apple Junction tätig gewesen war.

Zehn Minuten nach zwei, als sich in Mrs. Langley schon die leise Hoffnung regte, Patricia Traymore habe es sich doch anders überlegt, sah sie einen Wagen langsam die Straße entlangkommen. Zögernd ging Mrs. Langley zur Haustür.

Pat entschuldigte sich für ihr Zuspätkommen. „Irgendwo muß ich falsch abgebogen sein", sagte sie. Mrs. Langley bot ihr einen Stuhl an und ging dann in die Küche, um Kaffeewasser aufzusetzen. Dann unterhielten sie sich, und Mrs. Langleys Aufregung legte sich allmählich. Sie hatte befürchtet, daß Patricia Traymore forsch auftreten würde, dabei machte die junge Frau einen eher nachdenklichen Eindruck. Und mit ihrem rotbraunen Haar und den sanften braunen Augen war sie ausgesprochen hübsch.

Schließlich erzählte Mrs. Langley bei einer Tasse Kaffee von Eleanor Brown. „Eine traurige Geschichte", sagte sie. „Als damals in Washington die Wahlkampfgelder verschwanden, fiel der Verdacht zwangsläufig auf Eleanor Brown. Schließlich war sie ja vorbestraft, eine kaltblütige Diebin. Dabei war der Ladendiebstahl, den sie als Schülerin begangen haben soll, ein Bagatellfall. Wissen Sie, was das Fläschchen Parfüm wert war, das sie gestohlen hat?"

Pat verneinte.

„Ganze sechs Dollar. Ein verpfuschtes Leben – wegen einer Flasche billigen Parfüms!"

„Aber ich kann mir nicht vorstellen", erwiderte Pat, „daß jemand ins Gefängnis kommt, nur weil er ein Parfüm im Wert von sechs Dollar mitgehen läßt."

„O doch – wenn es nämlich zuvor eine ganze Serie von Ladendiebstählen in der Stadt gegeben hat. Die Geschäftsleute waren aufgebracht, und der Staatsanwalt hatte sich vorgenommen, am nächsten erwischten Übeltäter ein Exempel zu statuieren."

„Und Miß Brown war dieser Unglücksrabe?"

„Ja. Der Richter schickte sie für dreißig Tage in die Jugendstrafanstalt. Danach war sie ein anderer Mensch. Völlig verändert. Sie müssen verstehen, kein Mensch außer mir hat ihr geglaubt, daß sie das Parfüm nicht stehlen wollte. Ich kenne die jungen Leute. Eleanor gehörte zu der schüchternen Sorte, die sich nie getraut hätte, im Unterricht Kaugummi zu kauen oder bei einer Prüfung zu schummeln. Eleanor war viel zu ehrlich, um zu stehlen."

Margaret Langley verschwieg etwas, Pat spürte es deutlich. „Mrs. Langley", sagte sie deshalb leise, „an der Geschichte war doch ein bißchen mehr dran, oder nicht?"

Die Unterlippe der alten Lehrerin begann leicht zu zittern. „Eleanor hatte nicht genug Geld, um das Parfüm zu bezahlen. Sie sagte, sie habe die Verkäuferin bitten wollen, ihr die Flasche einzupacken und zurückzulegen. Der Richter glaubte ihr nicht."

Ich auch nicht, dachte Pat betrübt.

„Das liebe Mädchen war so manchen Abend hier", fuhr Margaret Langley fort, „weil sie wußte, daß ich der einzige Mensch war, der ihr Glauben schenkte. Als sie von unserer Schule abging, schrieb ich Abigail einen Brief. Ich erkundigte mich, ob sie ihr nicht in ihrem Büro Arbeit verschaffen könnte."

„Und bald darauf geschah der Diebstahl der Wahlkampfgelder?"

Mrs. Langley wirkte plötzlich müde. „Damals war ich gerade auf einer Studienreise in Europa. Bei meiner Rückkehr war Eleanor bereits verurteilt worden und saß schon wieder im Gefängnis. Obwohl ich ihr regelmäßig schrieb, antwortete sie nicht. Später wurde sie aus Gesundheitsgründen auf Bewährung entlassen, allerdings unter der Voraussetzung, daß sie sich zweimal in der Woche in einer psychiatrischen Klinik meldete. Eines Tages verschwand sie einfach. Das war vor neun Jahren."

„Und Sie haben nie wieder von ihr gehört?"

Mrs. Langley stand auf und ging zum Fenster. Würde es Eleanor schaden, wenn sie Pat Traymore vertraute? Ein kleiner Sperling flatterte am Fenster vorbei und setzte sich auf den vereisten Ast einer Ulme. Mrs. Langley drehte sich um und sah Pat in die Augen. „Ich möchte Ihnen etwas zeigen", sagte sie, ehe sie hinausging.

Als sie wiederkam, hielt sie in jeder Hand einen zusammengefalteten Brief. „Eleanor hat mir zweimal geschrieben", erklärte sie. „Diesen Brief hier hat sie sogar am Tage des angeblichen Diebstahls abgeschickt."

Der Brief wies zahlreiche Kniffe und Falten auf, als wäre er oft zur Hand genommen worden. Er trug ein Datum, das elf Jahre zurücklag. Pat überflog den Text: Eleanor schrieb, daß sie ihre Arbeit liebe und bereits befördert worden sei. Und sie berichtete von einem Zeichenkurs, den sie besuche. Nach Dienstschluß sei sie zur Chesapeake-Bucht hinausgefahren, wo sie Skizzen gemacht habe.

Mrs. Langley hatte den Absatz unterstrichen, der folgte:

> Beinahe hätte es mit dem Zeichnen nicht geklappt. Ich mußte vorher nämlich noch im Auftrag der Senatorin in unser Wahlkampfbüro. Sie glaubte, dort ihren Diamantring liegengelassen zu haben, und nahm an, er sei vielleicht in den Tresor gelegt worden. Aber ich fand ihn nirgends und hatte Glück, daß ich meinen Bus noch erwischte.

„Verstehen Sie, was das heißt?" fragte Mrs. Langley. „Eleanor schrieb mir an dem Abend, an dem der Diebstahl passierte. Warum sollte sie sich so etwas ausdenken?"

„Vielleicht wollte sie sich ein Alibi verschaffen. "

„Wenn man ein Alibi braucht, schreibt man nicht an jemanden, der den Brief vielleicht erst Monate später erhält", entgegnete Mrs. Langley und seufzte. „Nun ja, ich kann nur hoffen, daß Sie die Güte haben, alte Wunden nicht wieder aufzureißen. Eleanor hat es verdient, in Ruhe gelassen zu werden. "

Pats Blick fiel auf das zweite Schreiben, das die alte Lehrerin in der Hand hielt. „Und der andere Brief?" fragte sie.

„Ach ja. Den bekam ich vor sechs Jahren, als Eleanor verschwunden war. "

Pat nahm den Brief und las:

> Liebe Miß Langley,
> bitte haben Sie Verständnis dafür, daß ich alle Brücken hinter mir abgebrochen habe. Sollte man mich finden, müßte ich wieder ins Gefängnis. Ich schwöre Ihnen, daß ich das Geld nicht angerührt habe. In der Haftanstalt bin ich sehr krank gewesen, aber nun will ich versuchen, ein neues Leben zu beginnen. Ich denke oft an Sie. Sie fehlen mir.

„Ich habe die Absicht, den Fall Eleanor Brown in meiner Sendung aufzugreifen", sagte Pat. „Wenn Miß Brown nach der Sendung ausfindig gemacht wird, setzen wir uns für sie ein. Vielleicht lassen die Richter die alte Bewährung wieder in Kraft treten, so daß sie sich nicht für den Rest ihres Lebens verstecken muß. "

„Ich würde sie gern wiedersehen", flüsterte Mrs. Langley unter Tränen. „Sie war für mich so etwas wie eine Tochter. Warten Sie – ich möchte Ihnen ein Bild von ihr zeigen. "

Sie nahm ein Album aus dem Bücherregal und schlug es auf. „Sieht sie nicht lieb aus?"

Das Mädchen auf dem Foto hatte dünnes Haar, schöne Augen und einen unschuldigen Blick. Die Bildunterschrift lautete: „Eleanor Brown; Hobby: Zeichnen; Arbeitsgemeinschaft: Chor; Berufswunsch: Sekretärin. Prognose: rechte Hand eines großen Managers, heiratet jung, zwei Kinder. "

„Für alle meine Abschlußklassen habe ich Jahrbücher angelegt", erklärte Mrs. Langley.

„Haben Sie auch ein Album, in dem Senatorin Jennings zu sehen ist?" fragte Pat.

„Selbstverständlich. Augenblick, ich bringe es Ihnen gleich. "

Es dauerte nicht lange, bis Mrs. Langley das Album gefunden hatte. Sie zeigte es Pat. Abigail trug auf dem Foto einen Pagenkopf. Ihre großen Augen fielen auf, ebenso wie ihr ernster, unergründlicher Blick. Die Unterschrift lautete: „Abigail (‚Abby') Foster; Hobby:

Staatsrecht; Arbeitsgemeinschaft: Diskussionsgruppe; Berufswunsch: Politikerin. Prognose: schafft den Einzug ins Parlament."

„Ihre Voraussage hat gestimmt!" rief Pat. „Das ist ja toll!"

Als sich Pat verabschiedete, gab ihr Mrs. Langley das Jahrbuch mit dem Foto der Senatorin mit. Während Pat losfuhr, beschloß sie, das Kamerateam Eindrücke von Apple Junction einfangen zu lassen: die Hauptstraße, das Haus der Saunders, das Gymnasium. Während diese Aufnahmen gezeigt wurden, sollte Senatorin Jennings über ihre Jugend in Apple Junction plaudern und über ihr frühes Interesse an Politik. Dieser Teil der Sendung würde mit dem Bild aus Mrs. Langleys Jahrbuch enden.

Während Pat im Motel ihre Sachen packte, konnte sie sich des Gefühls nicht erwehren, daß sie im Begriff war, die Wahrheit ein bißchen zurechtzubiegen. Sie bezahlte ihr Zimmer, fuhr nach Albany, gab den Wagen ab und bestieg das Flugzeug nach Washington.

OBWOHL Pat nur dreißig Stunden fort gewesen war, kam es ihr vor, als wären Tage vergangen. Als sie die Haustür aufschloß, hörte sie das Telefon klingeln, und sie stürzte ins Wohnzimmer. Luther Pelham war am Apparat; er wirkte nervös.

„Pat, endlich erreiche ich Sie! Abigail hält morgen eine wichtige Haushaltsrede. Sie hat vorgeschlagen, daß Sie den ganzen Tag mit ihr verbringen, aber sie fängt morgens schon um 6 Uhr 30 an."

„Ich werde dort im Büro sein."

„Wie war's in Abbys alter Heimat?"

„Sehr interessant." In aller Eile berichtete sie Pelham, was sie in Apple Junction erfahren hatte. „Abigail mag das schönste Mädchen der Gegend gewesen sein", schloß sie, „aber das beliebteste war sie bestimmt nicht."

Pelham lachte. „Ich weiß", meinte er. „Aber Abigail hat auch gute Gründe, ihre Erinnerungen an Apple Junction zu verdrängen. Haben Sie trotzdem ein paar Ansatzpunkte von allgemeinem Interesse gefunden?"

„Wir beschränken uns auf das Notwendigste. Aufnahmen der Stadt, der Schule, des Hauses. Nicht viel, aber immerhin etwas. Die Senatorin muß begreifen, daß wir sie nicht als Ufo präsentieren können, das im Alter von zwanzig Jahren auf der Erde gelandet ist. Nun ja, sie hat uns ihre Mithilfe bei dem Projekt versprochen. Ich hoffe, daß wir ihr nicht auch ein Vetorecht eingeräumt haben."

„Natürlich nicht. Aber gewisse Einspruchsmöglichkeiten hat sie. Schließlich drehen wir hier nicht einfach einen Film *über* sie, sondern produzieren ihn *mit* ihr. Ihre Unterstützung ist unerläßlich."

AM NÄCHSTEN Morgen, zehn Minuten vor sechs, betrat Toby durch
die Hintertür Abigails Haus in McLean, eine halbe Autostunde
außerhalb Washingtons.

Die große Küche war eine Augenweide; sie war mit allen Geräten
ausgestattet, die die Senatorin für ihr Hobby brauchte. Für Abigail
bedeutete es die beste Entspannung, sich einmal einen Abend Zeit zum
Kochen zu nehmen. Je nach Laune bereitete sie dann sechs bis sieben
verschiedene Vorspeisen oder Fisch- und Fleischpasteten zu. Auch
machte sie gern Biskuits und Torten, die auf der Zunge zergingen.
Anschließend wanderte das meiste davon in die Tiefkühltruhe.

Toby hatte seine Wohnung über der Garage. Jeden Morgen kam er
ins Haus, schaltete die Kaffeemaschine ein und machte frischen
Orangensaft. Später, wenn er Abby ins Büro gebracht hatte,
frühstückte er ausgiebig und ging dann, wenn sie ihn nicht brauchte,
auf die Rennbahn oder in die Kneipe zum Kartenspielen.

Abigail betrat die Küche, während sie noch damit beschäftigt war,
eine halbmondförmige Goldbrosche an ihrem Jackenaufschlag zu
befestigen. Sie trug ein purpurnes Kostüm, das das Blau ihrer Augen
vorteilhaft zur Geltung brachte.

„Toll siehst du aus, Abby!" rief Toby.

Sie lächelte flüchtig. Wenn sie im Senat eine große Rede zu halten
hatte, war sie stets äußerst nervös. „Sparen wir uns den Kaffee", sagte
sie barsch.

„Du hast noch viel Zeit", versicherte ihr Toby. „Trink deinen
Kaffee. Du weißt, daß du sonst unerträglich bist."

Um sechs Uhr waren sie bereits unterwegs. Toby beobachtete
Abby im Rückspiegel. „Hast du gut geschlafen, Senatorin?" fragte er.
Ab und zu redete er sie mit dem Titel an, auch wenn sie allein waren,
und führte ihr damit vor Augen, daß er durchaus wußte, wie viele
Stufen unter ihr er sich befand.

„Nein. Ständig mußte ich an diese Fernsehsendung denken. Die
Sache wird schiefgehen, das ahne ich schon."

Toby runzelte die Stirn. Er hatte ihr noch nicht gesagt, daß Pat
Traymore im Haus von Dean Adams wohnte, denn Abby war ein
wenig abergläubisch. Und gerade heute durfte er sie nicht noch mehr
irritieren. Doch früher oder später würde es wohl herauskommen.
Allmählich fand auch Toby, daß die Idee mit dem Filmbericht
vielleicht doch nicht so gut gewesen war.

PAT hatte sich mit dem Anziehen beeilt; ihre Wahl war auf ein langärmeliges schwarzes Wollkleid gefallen. Als sie fertig war, hörte sie, wie der Dezemberwind ums Haus pfiff. Rasch verließ sie das Schlafzimmer und wandte sich zur Treppe.

Als sie den Treppenabsatz erreichte, wurde das Pfeifen stärker, doch plötzlich verwandelte es sich in den Schrei eines Kindes. *Ich lief die Treppe hinab. Ich hatte solche Angst, und ich weinte . . .*

Ihr wurde schwindlig, so daß sie sich am Treppengeländer festklammern mußte. Also doch, dachte sie. Die Erinnerung kommt zurück.

Während der Fahrt zum Russell-Gebäude vermochte sie sich nicht zu konzentrieren. Ein Gefühl der Angst hatte sie gepackt, das offenbar von den jäh auftauchenden Erinnerungsbruchstücken ausgelöst wurde. Wieviel hatte sie von den schrecklichen Ereignissen jenes Abends mitbekommen?

PHIL BUCKLEY, Abigail Jennings' Assistent, erwartete Pat bereits. In seinem Verhalten lag etwas Abweisendes. Hat auch er vor etwas Angst? fragte sich Pat.

„Die Senatorin muß jeden Augenblick hiersein", sagte er. „Wir hatten uns vorgestellt, daß Sie sich einfach ins Büro der Senatorin setzen und alles verfolgen, was sie tut. Dann können Sie selbst entscheiden, welchen Abschnitt des Tagesablaufs Sie in Ihrer Sendung besonders herausstreichen wollen. Ich habe Ihnen ein eigenes Tischchen in das Büro stellen lassen."

„Sie denken aber wirklich an alles", sagte Pat trocken.

Er antwortete mit einem kurzen, vielsagenden Lächeln.

Kurz darauf traf Abigail ein. „Also – machen wir uns an die Arbeit", sagte sie forsch. Pat folgte ihr in ihr Büro und zog sich unauffällig in den Hintergrund zurück, während sich die Senatorin in ein Gespräch mit Mr. Buckley vertiefte. Ein Bericht, den er ihr vorgelegt hatte, war eine Woche zu spät gekommen. In scharfem Ton erkundigte sie sich nach dem Grund.

„Die Zahlen konnten nicht rechtzeitig zusammengestellt werden", antwortete Buckley verlegen. „Die Zeit reichte nicht aus."

„Was am Tage nicht fertig wird, läßt sich auch am Abend erledigen", sagte Abigail barsch. „Sie haben hier schließlich keinen Achtstundentag!"

Um sieben Uhr hatte die Senatorin ihren ersten Termin. Pats Respekt vor Abigail Jennings wuchs mit jedem neuen Besucher, der das Büro betrat: Vertreter der Mineralölgesellschaften, Umweltschützer, Mitglieder der Veteranenverbände.

Als der Senat zusammentrat, begleitete Pat die Senatorin und Mr. Buckley in den Sitzungssaal, wo sie auf der Besuchergalerie Platz nahm. Von dort beobachtete sie, wie die Senatoren nacheinander eintrafen und sich begrüßten. Besonders interessierte sich Pat für Claire Lawrence. Die Senatorin aus Ohio trug ein dreiteiliges burgunderrotes Strickkostüm. Pat fiel die Herzlichkeit auf, mit der alle Kollegen sie begrüßten: Claire Lawrence war sehr beliebt; man schätzte ihren Humor und ihre Schlagfertigkeit.

Pat notierte sich das Stichwort „Humor". Zu Recht galt Abigail Jennings als ernst und streng. Diesem Image mußte sie also in ihrer Sendung entgegenwirken.

Die Senatssitzung wurde durch den Senator von Arkansas eröffnet, der anstelle des kranken Vizepräsidenten den Vorsitz übernommen hatte. Etliche Tagesordnungspunkte wurden abgehandelt, ehe sich Abigail erhob, um ihre Rede zu halten. Ohne jede Nervosität setzte sie ihre blaugefaßte Lesebrille auf und begann: „In den letzten Jahren hat unsere Regierung – und es tut mir leid, dies hier sagen zu müssen – in einem Anflug von Großmannssucht immer mehr Geld ausgegeben. Und anschließend hat sie es sich mit dubiosen Mitteln zurückgeholt. Zwar dürfte mir jeder vernünftig denkende Bürger zustimmen, daß eine Reform der Sozialgesetzgebung dringend erforderlich war, aber ich behaupte, daß die Eingriffe zu radikal waren, der Einschnitt zu drastisch. Nun ist es an der Zeit, einige Kürzungen rückgängig zu machen und so manche notwendige Projekte im Sozialwesen von neuem zu fördern . . ."

Abigail war eine ausgezeichnete Rednerin. Ihr Vortrag war hervorragend ausgearbeitet. Sie sprach eine Stunde und zehn Minuten lang und erhielt lang anhaltenden, freundlichen Beifall. In der Sitzungspause eilte der Fraktionsvorsitzende zu Abigail, um ihr zu gratulieren.

Pat wartete mit Buckley, bis sich die Senatorin aus der Traube von Abgeordneten löste, die sich um sie versammelt hatten. Gemeinsam machten sie sich auf den Rückweg ins Büro.

„Eine gute Rede, nicht wahr?" meinte Abigail, doch ihre Bemerkung klang nicht wie eine Frage.

„Ausgezeichnet, Senatorin", lobte Buckley prompt.

„Ich wünschte, wir hätten sie aufzeichnen können", sagte Pat. „Ein Ausschnitt hätte sich in unserer Sendung sicher gut gemacht."

Während des Mittagessens im Büro – belegte Brötchen – wurde Abigail viermal durch dringende Anrufe gestört. Einer kam von einer alten Wahlhelferin. „Aber ja doch, Maggie", sagte Abigail. „Ich bin jederzeit für dich zu sprechen. Was gibt's denn?"

Eine Pause entstand, ehe die Senatorin fortfuhr: „Soll das heißen, das Krankenhaus will dich zwingen, deine Mutter abzuholen, obwohl die alte Dame keinen Schritt gehen kann? – Aha, verstehe. Hast du dich nach einem Pflegeheim erkundigt? – Sechs Monate Wartezeit. Und was sollst du in diesen sechs Monaten tun? Maggie, ich rufe dich zurück."

Wütend legte die Senatorin auf. „So etwas bringt mich zur Weißglut. Maggie Sayles muß drei Kinder großziehen, ohne Ehemann, und jetzt verlangt man von ihr, daß sie ihre senile, bettlägerige Mutter nach Hause holt!"

Zwanzig Minuten später hatte Abigail einen Platz in einem Pflegeheim ausfindig gemacht und sogar noch den Krankenwagen bestellt, der die alte Frau am Nachmittag aus dem Krankenhaus abholen sollte. „Maggie wird sehr erleichtert sein", meinte die Senatorin, als alles geregelt war.

Pat nahm sich vor, Maggie Sayles als Gesprächspartnerin in den Film einzubauen.

Zwischen vierzehn und sechzehn Uhr fand eine Anhörung des Untersuchungsausschusses für Umweltfragen statt. Dabei wurde die Senatorin in ein Wortgefecht mit einem der Zeugen verwickelt. „Frau Senatorin, Ihre Zahlen stimmen leider vorn und hinten nicht", warf ihr der Zeuge vor. „Ich glaube, Sie haben nur die alten Daten, die inzwischen längst überholt sind."

Claire Lawrence gehörte dem Ausschuß ebenfalls an. „Vielleicht kann ich Ihnen aushelfen, werte Frau Kollegin", sagte sie. „Ich bin ziemlich sicher, daß ich hier die neuesten Zahlen vorliegen habe, die das Bild doch etwas anders aussehen lassen . . ."

Pat beobachtete, wie Abigail unwillkürlich kurz die Faust ballte, während Claire Lawrence aus ihrem Bericht vorlas. Die gebildet aussehende junge Frau, die hinter Abigail saß, war offenbar die Assistentin, die die falschen Daten zusammengestellt hatte. Während des Vortrags von Senatorin Lawrence drehte sich Abigail mehrmals zu ihr um, bis die junge Frau vor Verlegenheit nicht mehr wußte, wohin sie schauen sollte.

Kaum hatte Claire Lawrence zu Ende gesprochen, riß Abigail das Wort wieder an sich. „Herr Vorsitzender, ich möchte der Kollegin Lawrence für ihre Unterstützung danken und mich gleichzeitig für die Tatsache entschuldigen, daß die mir vorliegenden Zahlen falsch waren. So etwas wird nie wieder vorkommen, das verspreche ich Ihnen." Und erneut drehte sie sich zu ihrer Assistentin um. Pat wußte, was der Blick der Senatorin bedeutete: Sie sind entlassen! Die junge Assistentin stand auf und verließ schluchzend den Sitzungssaal.

Pat seufzte insgeheim. Die Sitzung wurde im Fernsehen übertragen. Die Zuschauer werden Mitleid mit der armen jungen Assistentin haben, dachte sie.

Nach der Anhörung eilte Abigail in ihr Büro. Dort wußte schon jeder über den Zwischenfall Bescheid. Die Sekretärinnen hielten die Köpfe gesenkt, während die Senatorin in ihr Zimmer stürmte. Die Assistentin, die für den Fehler verantwortlich war, starrte aus dem Fenster und wischte sich von Zeit zu Zeit die Tränen ab.

„Kommen Sie rein, Philip!" zischte Abigail. „Sie auch, Pat. Sie sollen sich ruhig ein ungeschminktes Bild von den Dingen machen, die hier ablaufen." Sie setzte sich an ihren Schreibtisch. „Also, Philip, was war los?"

Philip Buckley schluckte nervös. „Frau Senatorin, ich habe eben mit den Sekretärinnen gesprochen. Vor zwei Wochen wurde Miß Taylor von ihrem Freund verlassen, und seither ist sie mit den Nerven fertig. Sie wissen selbst, daß sie zu unseren besten Assistentinnen gehört. Würden Sie es für möglich halten, ihr Urlaub zu geben, bis sie sich wieder gefaßt hat? Sie liebt ihre Arbeit."

„Ach wirklich? Und zwar so sehr, daß sie mich bei einer Ausschußsitzung, die im Fernsehen übertragen wird, bloßstellt? Philip, sorgen Sie dafür, daß Miß Taylor bis in einer Viertelstunde ihren Schreibtisch geräumt hat. Und schätzen Sie sich glücklich, daß ich Sie nicht gleich mit rauswerfe."

„Jawohl, Frau Senatorin", murmelte Buckley.

„In diesem Büro bekommt man nur *eine* Chance. Und jetzt verschwinden Sie und erledigen, was ich Ihnen aufgetragen habe."

Mann! dachte Pat. Kein Wunder, daß Buckley ihr mit solcher Zurückhaltung begegnet.

UM VIERTEL vor fünf klopfte eine Sekretärin schüchtern an die Tür. „Ein Anruf für Miß Traymore", flüsterte sie. „Mr. Kingsley ist am Apparat."

Pats Laune besserte sich, als sie Sams herzliche Stimme vernahm. Der Vorfall mit der Assistentin hatte sie doch ziemlich mitgenommen.

„Hallo, Sam." Sie spürte, daß Abigails Blick auf ihr ruhte.

„Meine Spione haben mir verraten, daß du dich auf dem Senatoren-hügel herumtreibst. Wie wär's mit einem schönen Abendessen?"

„Gerne, Sam. Solange du nichts dagegen hast, schnell und früh zu essen", antwortete sie. „Ich muß heute abend noch arbeiten."

„Schön. Wie wär's, wenn wir uns in einer halben Stunde draußen vor dem Haupteingang träfen?"

Pat legte auf und blickte zu Abigail hinüber.

„Hatten Sie schon Gelegenheit, sich die Filme anzusehen, die wir Ihnen zur Verfügung gestellt haben?" fragte die Senatorin.

„Nein."

„Nicht einen einzigen?"

„Nein", wiederholte Pat. Himmel, dachte sie, bin ich froh, daß ich nicht in diesem Büro arbeite!

„Ich hatte eigentlich gedacht, daß Sie zu mir zum Abendessen kommen könnten, um dabei das Material zu besprechen. Aber da Sie ja schon anderweitig verabredet sind ..." Abigail lächelte. „Sam Kingsley gehört zu den umschwärmtesten Männern in Washington. Ich wußte gar nicht, daß Sie ihn so gut kennen."

Pat versuchte, sich nichts anmerken zu lassen. „Na, so gut kenne ich ihn auch wieder nicht", erwiderte sie. Um ihre Verlegenheit zu verbergen, schaute sie zum Fenster hinaus. Jetzt erst fiel ihr die herrliche Aussicht auf: Im Licht der Abenddämmerung erschien das nahe gelegene Kapitol wie ein griechischer Tempel. „Was für ein schöner Ausblick!" rief sie begeistert.

„Ja", sagte Abigail. „Dieses Panorama bringt mir immer wieder zu Bewußtsein, was ich eigentlich hier tue. Sie können sich nicht vorstellen, wie befriedigend diese Arbeit sein kann. Wenn ich zum Beispiel daran denke, daß es mir heute gelungen ist, einer alten Frau einen Platz im Pflegeheim zu beschaffen, oder daß durch meine Eingabe das Sozialbudget erhöht wird, was wiederum den Armen dieses Landes zugute kommt ..."

Es hat beinahe etwas Sinnliches, wenn Abigail über ihre Arbeit spricht, sagte sich Pat. Wie sehr sie doch in ihrem Beruf aufgeht! Ist das dieselbe Frau, die gerade erst ihre Assistentin entlassen hat?

PAT eilte die Treppe hinab und zum Haupteingang hinaus, wo Sam sie bereits erwartete. Er gab ihr einen Kuß auf die Wange. „Na, wie geht es unserer berühmten Filmemacherin?"

„Müde bin ich", antwortete sie. „Wenn man mit Senatorin Jennings Schritt halten will, hat man keine ruhige Minute."

Sam lächelte. „Das kann ich mir denken. Ich habe oft mit Abigail zusammengearbeitet. Sie hat eine unglaubliche Energie."

Er lud Pat in ein ruhiges Restaurant in Georgetown ein. Beim Cocktail schilderte sie ihm ihre Erlebnisse und erwähnte auch den Zwischenfall während der Anhörung. Sam stieß einen leisen Pfiff aus. „Das war Pech für Abigail. Schlimm, wenn man von den eigenen Leuten in die Pfanne gehauen wird!"

„Könnte das die Entscheidung des Präsidenten beeinflussen?" wollte sie wissen.

„Pat, *alles* kann die Entscheidung des Präsidenten beeinflussen. In der Politik kann ein einziger Fehler das Ende einer Karriere bedeuten. "

In den anderthalb Stunden, die Pat mit Sam beim Abendessen saß, hatte sie den Eindruck, daß er sich spürbar entspannte. Du brauchst mich, Sam, dachte sie. Ich könnte dich bestimmt glücklich machen.

Beim Kaffee fragte er: „Und wie lebt sich's so in deinem Haus? Irgendwelche Probleme?"

Nach kurzem Zögern erzählte sie ihm von dem Brief, den sie im Flur gefunden hatte, und von dem zweiten Anruf.

Sam war beunruhigt. „Wie kann dieser Verrückte nur an deine Adresse gekommen sein?"

„Wie hast *du* sie denn herausgefunden?" fragte Pat.

„Ich rief beim Potomac-Sender an und sagte, ich sei ein alter Freund von dir. Offen gestanden war ich etwas überrascht, als die Sekretärin mit deiner Anschrift herausrückte, ohne nachzufragen. "

„Ich hatte mich damit einverstanden erklärt. Viele Leute haben Geschichten zu erzählen oder zeigen mir Erinnerungsstücke, wenn sie von bestimmten Filmprojekten lesen. "

„Dann hätte sich der Kerl also die Adresse auf die gleiche Weise besorgen können. Hast du diesen Brief zufällig bei dir?"

„In meiner Tasche. " Sie kramte ihn hervor und gab ihn Sam.

Stirnrunzelnd betrachtete Sam den Brief. „Ich zeige diesen Wisch Jack Carlson. Er ist FBI-Agent und zugleich Handschriftenexperte. "

Um 20 Uhr 30 setzte er sie vor dem Haus ab. Erneut verriet sein Gesichtsausdruck Anspannung; die Falten auf seiner Stirn waren wieder deutlich zu sehen. Immer hattest du Sorgen wegen Janice, dachte Pat, nun fang nicht an, dir meinetwegen Gedanken zu machen! Sie versuchte ihn aufzumuntern: „Vielen Dank, daß du noch einmal das Begrüßungskomitee gespielt hast. "

Er lächelte, und für einen Augenblick entspannten sich seine Züge: „Meine Mutter hat mir den guten Rat gegeben, zu den hübschesten Mädchen der Stadt immer ganz besonders nett zu sein. " Er küßte Pat aufs Haar. „Gute Nacht, Pat. Schließ die Haustür gut zu. "

PAT hatte gerade die Bibliothek betreten, als das Telefon klingelte. Sie erschrak kurz, entschloß sich aber dann doch, den Hörer abzunehmen. „Hier Pat Traymore", meldete sie sich.

„Guten Abend, Miß Traymore", sagte eine Frauenstimme. „Hier spricht Lila Thatcher, ich wohne im Haus gegenüber. Ich weiß, Sie sind eben erst nach Hause gekommen, aber wäre es Ihnen dennoch möglich, mal bei mir vorbeizuschauen? Ich muß Ihnen etwas Wichtiges mitteilen. "

Lila Thatcher? Pat überlegte. *Lila Thatcher*, richtig! Eine bekannte Hellseherin, die mehrere Bücher über Psi und parapsychologische Phänomene geschrieben hatte. Erst vor einigen Monaten hatte sie ihre außergewöhnlichen Fähigkeiten bei der Suche nach einem vermißten Kind unter Beweis gestellt.

„Na gut, ich komme gleich rüber", sagte Pat zögernd.

Während sie durch den Schneematsch stapfte, der auf der Straße lag, versuchte sie, das Unbehagen abzuschütteln, das sie beschlichen hatte. Dieser Anruf von Lila Thatcher bedeutete gewiß nichts Gutes.

DAS Hausmädchen öffnete; sie führte Pat ins Wohnzimmer. Eine grauhaarige ältere Dame erhob sich aus einem Sessel und kam Pat zur Begrüßung entgegen. „Ich freue mich sehr, Sie kennenzulernen, Miß Traymore", erklärte sie. „Willkommen in Georgetown. Sie haben mit der geplanten Sendung sicher schrecklich viel zu tun. Wie kommen Sie voran?"

„Danke, gut. Wenigstens bisher."

„Ich hoffe, daß es so bleibt." Mrs. Thatcher griff nach ihrer Brille, die sie an einer langen Silberkette um den Hals hängen hatte. „Morgen früh muß ich nach Kalifornien fliegen. Deshalb entschloß ich mich zu dem Anruf. Ich hätte sonst nämlich ein schlechtes Gewissen gehabt, wenn ich Sie vorher nicht gewarnt hätte. Wissen Sie, daß in dem Haus, das Sie gemietet haben, vor vierundzwanzig Jahren ein schrecklicher Mord stattfand?"

„Das hat man mir erzählt."

„Und es stört Sie nicht?"

„Mrs. Thatcher, viele Häuser in Georgetown sind sehr alt. In den meisten ist schon mal jemand gestorben."

„Ein Mord ist doch aber etwas ganz anderes!" Mrs. Thatcher wurde plötzlich nervös. „Ich zog etwa ein Jahr vor der Tragödie hier ein. Schon damals spürte ich, daß das Haus, in dem Sie jetzt wohnen, von einer Aura der Düsternis umgeben ist. Dean und Renée Adams waren ein sehr attraktives Paar; er gehörte zu den Männern, die eine geradezu magnetische Anziehungskraft ausüben. Renée war anders – still, zurückhaltend, eine eher verschlossene junge Frau. Ich würde sagen, das Leben an der Seite eines Politikers war nichts für sie. Andererseits liebte sie ihren Mann sehr, und beide vergötterten ihre Tochter Kerry."

Pat hörte schweigend zu.

„Wenige Tage vor ihrem Tod sagte mir Renée, sie würde mit Kerry nach Neuengland zurückkehren. Wir standen vor Ihrem Haus, und ich kann Ihnen gar nicht beschreiben, wie sehr ich die Gefahr spürte, in der sie schwebte. Ich versuchte, Renée zu warnen, aber es war bereits zu spät. Seit Ihrem Einzug ist die Aura der Bedrohung wieder da. Ich kenne den Grund nicht, aber ich spüre, daß die Düsternis auch Sie umfängt. *Sie sollten nicht in diesem Haus wohnen!*"

Pat wählte ihre Worte mit Bedacht. „Haben Sie für Ihre Warnung noch einen anderen Grund – ich meine, außer der Tatsache, daß Sie diese Aura wahrnehmen?"

„Ja. Vor drei Tagen beobachtete mein Hausmädchen einen Mann, der sich hier herumtrieb. Und sie entdeckte neben unserem Haus Fußabdrücke im Schnee. Gestern fanden wir frische Spuren, vorn am Eingang, bei unserem großen Rhododendron. Von der Stelle aus kann man Ihr Haus beobachten, ohne selbst gesehen zu werden."

Mrs. Thatcher verschränkte die Arme, als fröstele sie. Eindringlich starrte sie Pat an. Pat blickte der Hellseherin in die Augen, und dabei fiel ihr auf, wie sich ihre Pupillen plötzlich weiteten, als ob ein geheimes Wissen darin zum Ausdruck käme. Als Pat sich kurz darauf verabschiedete, war die ältere Frau sichtlich erregt, und sie beschwor Pat nochmals, das Haus so bald wie möglich zu verlassen.

Pat ging wieder über die Straße, und als sie die Tür hinter sich geschlossen hatte, zwang sie sich zur Ruhe. Sie betrat die Bibliothek. Ich muß mich jetzt sofort mit den persönlichen Unterlagen der Senatorin beschäftigen, dachte sie.

Die Filmspulen lagen noch in einem der Kartons, die Toby hereingetragen hatte. Zum Glück waren sie beschriftet. Als erstes nahm sie sich den Streifen vor, der die Aufschrift trug: WILLARD UND ABIGAIL – HOCHZEITSEMPFANG HILLCREST.

Sie wußte, daß die beiden kurz vor seinem Abschluß an der Harvard-Universität durchgebrannt waren. Abby hatte gerade ihr erstes Jahr am Radcliffe-College hinter sich. Wenige Monate später hatte er seinen Abschluß nachgeholt, ehe sie heirateten. Dann ließ sich Willard für die Wahl in den Kongreß aufstellen. Abigail half ihm beim Wahlkampf. Später schloß sie ihr Studium an der Universität von Richmond ab. Anscheinend hatten seine Eltern einen Empfang gegeben, als er sie nach der Hochzeit in sein Elternhaus nach Virginia holte.

Der Film begann mit einer festlichen Gartenparty mit farbenfroh gedeckten Tischen und bunten Sonnenschirmen. Die Gäste – die Frauen trugen Sommerkleider und phantasievolle Hüte, die Männer dunkle Jacketts und weiße Flanellhosen – wurden von Abigail begrüßt. Sie wirkte atemberaubend jung und sah in ihrem weißseidenen, tunikaähnlichen Kleid bezaubernd aus. An ihrer Seite stand ein gutaussehender junger Mann. Eine ältere Frau, offensichtlich Willard

Jennings' Mutter, stand rechts von Abigail. Ihre Miene sprach Bände. Wie hatte die Senatorin es ausgedrückt? „Es hat mich große Mühe gekostet, auch vor der Kritik meiner gestrengen Frau Schwiegermutter bestehen zu können." Dann betrachtete Pat Willard Jennings. Er war wenig größer als Abigail, hatte braunes Haar und ein schmales, gutmütiges Gesicht. Sein Auftreten ließ auf eine sympathische Zurückhaltung schließen; eine gewisse Unsicherheit beim Händeschütteln oder bei der Konversation war nicht zu übersehen.

Von den dreien schien sich nur Abigail richtig wohl zu fühlen. Sie lächelte während sie Gäste begrüßte, und zeigte stolz ihren Ehering.

Plötzlich huschte ein Lächeln über das Gesicht von Willards Mutter, als ihr ein großer, brünetter Mann entgegentrat. Er umarmte Mrs. Jennings senior und begrüßte anschließend auch die Jungvermählten. Als das Gesicht des Mannes groß auf der Leinwand erschien, hielt Pat den Projektor an.

Es war ihr Vater: Dean Adams! Er sieht ja so jung aus, dachte Pat, und sie mußte schlucken. Dean Adams war ein Bild von einem Mann, groß, breitschultrig, energiegeladen.

Pat betrachtete das auf der Leinwand erstarrte Bild eingehend und fragte sich, wo ihre Mutter war. Erst jetzt ging ihr auf, daß sie damals ja noch als Musikstudentin in Boston lebte. Dean Adams war frischgebackener Kongreßabgeordneter aus Wisconsin.

Pat drückte auf den Knopf, und die Gestalten wurden wieder lebendig – ihr Vater plauderte mit Willard Jennings, Abigail schüttelte ihm die Hand. Die Kamera folgte der Gruppe, während sie zwischen den Gästen herumging. Dean Adams hatte sich bei Mrs. Jennings senior untergehakt; die beiden waren einander sichtlich sympathisch.

Als der Film zu Ende war, ließ ihn Pat ein zweites Mal laufen und notierte sich Ausschnitte, die sie für ihre Sendung gebrauchen konnte: Willard und Abigail beim Anschneiden der Hochzeitstorte, beim ersten Schluck Champagner, beim Brautwalzer. Natürlich kam die Stelle mit Dean Adams nicht in Frage.

Pat sah sich auch die anderen Filme an. In einem Tonfilm über Willards ersten Wahlkampf wurde Abigail von einem Reporter gefragt: „Wie empfinden Sie es, die Hochzeitsreise mit der Wahlkampftournee verknüpfen zu müssen?"

Abigails Antwort: „Ich kann mir nichts Schöneres vorstellen, als meinem Mann am Beginn seiner politischen Karriere zu helfen."

Vier weitere Wahlkämpfe waren im Film festgehalten. Von Mal zu Mal spielte Abigail eine größere Rolle bei den Veranstaltungen. Die Filme von Partys und Empfängen waren für Pat die schwerste Prüfung. WILLARDS FÜNFUNDDREISSIGSTER GEBURTSTAG: neben Abigail und Willard zwei junge Paare: John F. Kennedy mit seiner Frau Jackie sowie Dean und Renée Adams.

Pat sah ihre Mutter zum allerersten Mal in einem Film. Renée trug ein hellgrünes Kleid; ihr dunkles Haar fiel ihr bis auf die Schultern. Auch sie wirkte ein wenig unsicher, doch wenn sie ihren Mann anlächelte, lag Bewunderung in ihrem Ausdruck. Pat konnte den Anblick nicht ertragen. In der nächsten Szene noch einmal die Kennedys, diesmal jedoch allein mit den Jennings. Ein großartiger Ausschnitt für die Sendung! dachte Pat.

Der letzte Film, den sie sich anschaute, war bei Willards Beerdigung in der National Cathedral gedreht worden. Der Sprecher erklärte in leisem Ton: „Soeben ist der Trauerzug eingetroffen ... Jetzt erweisen die großen Persönlichkeiten aus Politik und Wirtschaft dem Abgeordneten aus Virginia, der bei einem Flugzeugabsturz ums Leben kam, die letzte Ehre ... Der Kongreßabgeordnete Willard Jennings und sein Pilot, George Graney, waren auf der Stelle tot ... Die junge Witwe wird von Senator John Fitzgerald Kennedy aus Massachusetts in die Kirche geleitet ... An der Seite der Mutter des Verstorbenen, Mrs. Stuart Jennings, erkenne ich einen guten Freund der Familie, den Kongreßabgeordneten Dean Adams aus Wisconsin ... "

Pat hatte genug gesehen. Viele Ausschnitte aus den alten Filmen waren hochinteressant, auch für ein breites Publikum. Sie schaltete in der Bibliothek das Licht aus und verließ den Raum.

Im Flur zog es. Seltsam, dachte Pat, ich habe doch kein Fenster offengelassen. Sie schaute im Eßzimmer und in der Küche nach. Alle Fenster waren geschlossen.

Pat fröstelte, als sie die Wohnzimmertür öffnete. Ein eisiger Hauch schlug ihr entgegen, während sie das Licht einschaltete.

Die Terrassentür stand offen. Eine Scheibe war mit einem Glasschneider herausgeschnitten worden und lag auf dem Teppich.

Und dann sah sie die Puppe.

Am Kamin lehnte, das rechte Bein halb unter dem linken verborgen, die weiße Schürze blutdurchtränkt, eine Stoffpuppe. Pat war starr vor Schreck. Der Mund der Puppe war aufgestickt, er wirkte traurig. Auf die Wangen waren Tränen gemalt worden.

Pat unterdrückte einen Aufschrei. Wer war hier gewesen? In dem blutigen Schürzchen der Puppe steckte ein Zettel. Pat griff danach: dieselbe kleine, nach links geneigte Schrift wie bei der ersten Nachricht: „Letzte Warnung. Es darf keine Sendung geben, in der Abigail Jennings verherrlicht wird."

Da, ein Knacken! Die Terrassentür bewegte sich. War noch jemand im Haus? Pat sprang auf. Aber es war nur der Wind. Sie eilte durch das

Zimmer, warf die Tür zu und verriegelte sie. Aber das nützte natürlich nichts. Der Unbekannte, der die Scheibe herausgeschnitten hatte, konnte jederzeit durch das Loch hereingreifen und die Tür wieder öffnen.

Ihre Hände zitterten, als sie die Polizei anrief. Der Beamte beruhigte sie: „Wir sind gleich zur Stelle."

Während sie wartete, las Pat noch einmal den Zettel. Es war nun schon die vierte Warnung, die Sendung nicht zu machen. Handelte es sich hier womöglich um eine Verleumdungskampagne gegen die Senatorin?

Was sollte die Puppe bedeuten? Pat war erschrocken wegen der Erinnerungen, die sie heraufbeschwor. Aber im Grunde wirkte die Puppe eher grotesk als bedrohlich.

Das Heulen der Polizeisirene ertönte. Rasch legte Pat den Zettel auf den Kaminsims. Sie eilte in die Bibliothek, zerrte einen Karton unter dem Tisch hervor und versteckte die Puppe darin. Die blutver- schmierte Schürze war widerlich. Wütend riß Pat sie ab und stopfte sie ganz unten in den Karton. Dann schob sie den Karton zurück und eilte zur Tür, um die Polizisten hereinzulassen.

Zwei Streifenwagen standen mit blinkendem Blaulicht in der Auffahrt. Ein dritter Wagen fuhr soeben vor: ein Reporter von der Presse. Die beschädigte Terrassentür wurde fotografiert, das Grund- stück abgesucht, das Wohnzimmer auf Fingerabdrücke überprüft. „Wo fanden Sie den Zettel?" fragte einer der Beamten.

„Unmittelbar neben dem Kamin." Diese Auskunft war nicht falsch.

Der Reporter kam von der *Washington Tribune*. Er bat, den Zettel sehen zu dürfen. „Ich möchte die Angelegenheit lieber nicht an die Öffentlichkeit zerren", wehrte Pat ab. Aber der Polizist ließ ihn den Zettel lesen.

„Was bedeutet ‚letzte Warnung'?" fragte der Beamte.

Ohne von der Vorgeschichte des Hauses zu sprechen, berichtete Pat von den beiden Anrufen und dem ersten Brief, den sie gefunden hatte.

„Hier steht keine Unterschrift", bemerkte der Beamte. „Wo ist der andere Brief?"

„Ich habe ihn nicht aufgehoben. Aber er war auch nicht unter- schrieben."

„Und am Telefon nannte sich der Anrufer ‚Racheengel'?"

„Er sagte: ‚Ich bin der Engel der Gnade, der Erlösung und der Rache.'"

„Scheint mir ein typischer Verrückter zu sein", meinte der Polizist.

Endlich rückten die Polizeibeamten und der Reporter wieder ab. Die Terrassentür war mit Draht verschlossen worden.

Pat hätte jetzt unmöglich zu Bett gehen können. Vielleicht konnte sie sich etwas entspannen, wenn sie im Wohnzimmer saubermachte. Während der Arbeit ging ihr aber diese gräßliche Stoffpuppe nicht aus dem Sinn. *Sie war in das Zimmer gelaufen . . . und gestolpert . . . Sie fiel über etwas Weiches. Ihre Hände fühlten sich plötzlich feucht und klebrig an . . ., und sie schaute auf und sah . . .*

Was habe ich gesehen? fragte sich Pat. Was habe ich gesehen?

Sie holte den Staubsauger aus der Besenkammer und saugte mechanisch den Teppich, dann polierte sie die prächtigen alten Tische. Ihr fiel auf, daß die Möbel nicht an den richtigen Stellen standen. Der Tisch gehörte an die Schmalseite des Zimmers, der Sessel in die Nähe der Terrassentür.

Erst als sie die beiden Möbelstücke umgestellt hatte, ging ihr auf, was sie da getan hatte. Der Sessel – die Möbelpacker hatten ihn viel zu dicht an den Flügel gerückt.

Sie war die Treppe hinuntergelaufen und in das Wohnzimmer. Sie hatte „Papi, Papi" geschrien . . . Sie war über ihre am Boden liegende Mutter gestolpert. Ihre Mutter blutete. Sie hatte emporgeblickt, und dann . . .

Und dann – setzte ihre Erinnerung aus.

Es war beinahe drei Uhr früh. Pat hatte keine Kraft mehr, weiter nachzugrübeln. Sie war erschöpft, und ihr Bein schmerzte, als sie den Staubsauger wieder in die Besenkammer stellte und schließlich nach oben ging.

6

UM ACHT klingelte das Telefon. Es war Pelham. Obwohl Pat aus tiefstem Schlaf gerissen wurde, merkte sie sofort, daß er wütend war.

„Sie haben's geschafft, auf die erste Seite der *Washington Tribune* zu kommen! Eine hübsche Schlagzeile: ‚Fernsehjournalistin bedroht'. Ich lese Ihnen mal einen Absatz vor: ‚Der Einbruch in ihrem Haus in Georgetown war die jüngste Drohung in einer ganzen Serie von Einschüchterungsversuchen, die die bekannte Fernsehjournalistin Patricia Traymore in letzter Zeit über sich ergehen lassen mußte. Die Drohungen hängen mit einem Filmbericht über die Senatorin Abigail Jennings zusammen, der am nächsten Mittwoch abend gesendet wird.' Pat, das ist genau die Art von Publicity, die Abigail nicht gebrauchen kann! Jetzt wird sich ganz Washington die Frage stellen, wer etwas gegen Abigail haben könnte!"

„Tut mir leid", stotterte Pat. „Ich habe versucht, den Reporter abzuwimmeln."

„Ist Ihnen nicht in den Sinn gekommen, anstelle der Polizei *mich* anzurufen? Wir hätten einen Privatdetektiv beauftragen können."

Er hatte recht. „Tut mir leid", wiederholte Pat. „Aber es hätte ja sein können, daß sich dieser Verrückte noch in der Nähe des Hauses versteckt hält. Da erschien es mir naheliegend, die Polizei anzurufen."

„Sinnlos, weiter darüber zu diskutieren, solange wir das Ausmaß des Schadens noch nicht abschätzen können. Haben Sie sich Abigails Filme angesehen?"

„Ja. Die enthalten ausgezeichnetes Material."

„Sie haben Abigail doch nichts davon erzählt, daß Sie in Apple Junction waren?"

„Nein."

„Also, wenn Sie klug sind, lassen Sie das auch hübsch bleiben!" Pelham legte auf, ohne sich zu verabschieden.

ARTHUR STEVENS hatte die Angewohnheit, pünktlich um acht Uhr warme Brötchen zu holen und anschließend die Morgenzeitung zu kaufen. Heute morgen erledigte er diese beiden Besorgungen in umgekehrter Reihenfolge; er konnte es gar nicht erwarten zu erfahren, ob der Einbruch schon in der Zeitung stand.

Die Meldung sprang ihm gleich auf der ersten Seite in die Augen! Er las den Artikel und runzelte die Stirn. Nichts über die Stoffpuppe. Mit der Stoffpuppe hatte er den Leuten begreiflich machen wollen, daß in jenem Haus schon einmal eine Gewalttat verübt worden war.

Er kaufte Sesambrötchen, dann kehrte er zu dem windschiefen Holzhaus im Stadtteil Alexandria zurück, wo er wohnte. Er stieg die Treppe zu seiner Wohnung hinauf, die im ersten Stock lag. Nur ein paar Straßen weiter befanden sich teure Restaurants und schicke Geschäfte; dieser Teil Alexandrias aber war heruntergekommen.

Glorys Schlafzimmertür stand offen, und er sah, daß sie bereits angezogen war; sie trug einen hellroten Pullover und Jeans. Seit kurzem war sie mit einer Kollegin im Büro befreundet, einem kessen Wesen, das ihr allerlei über Mode und Kosmetik beibrachte.

Als er eintrat, schenkte ihm Glory keinen Blick. Sie behandelte ihn in letzter Zeit gleichgültig, manchmal sogar ungehalten. Zum Beispiel gestern abend, als er ihr zu erklären versuchte, wie schwer es Mrs. Rodriguez falle, ihre Medizin zu schlucken. Glory hatte ihn unterbrochen: „Vater, können wir denn nicht mal über etwas anderes reden als deine Arbeit im Pflegeheim?"

Er legte die Brötchen auf den Tisch und schenkte Kaffee ein. „Alles fertig!" rief er.

Glory eilte in die Küche. Sie trug bereits ihren Mantel und hatte sich die Tasche unter den Arm geklemmt. „Hör mal", sagte sie, „du brauchst mir keine Brötchen mehr mitzubringen. Ich frühstücke mit den anderen im Büro."

Arthur war enttäuscht. Er liebte das morgendliche Frühstück mit Glory.

Sie schien seine Enttäuschung zu spüren, denn ihr strenger Blick verschwand. „Du bist so gut zu mir", sagte sie.

Nachdem sie gegangen war, starrte er lange Zeit ins Leere. Die letzte Nacht war sehr anstrengend gewesen. Daß er nach all den Jahren wieder in *jenem* Haus gewesen war, in *jenem* Zimmer – daß er Glorys Puppe genau dort plaziert hatte, wo das Kind gelegen hatte ... Merkwürdig – als er die Stoffpuppe neben den offenen Kamin gelegt hatte und sich anschließend umdrehte, hatte er für einen Augenblick fest damit gerechnet, daß dort am Boden auch wieder die beiden Leichen liegen würden.

NACH Pelhams Anruf stand Pat auf und machte sich Kaffee. Dann setzte sie sich in die Bibliothek, um das Manuskript für ihre Sendung in Angriff zu nehmen. Sie beschloß, zwei Versionen zu entwerfen; die eine wollte sie in Apple Junction, die andere mit dem Hochzeitsempfang beginnen lassen.

Um neun Uhr sah sie sich noch ein paar Filme an. Luther Pelham hatte ihr noch Ausschnitte aus Berichten über den Fall Eleanor Brown vorbeibringen lassen; darin war Abigail zu sehen, wie sie nach dem Schuldspruch das Gerichtsgebäude verließ und mit bedauernder Stimme sagte: „Dies ist für mich ein sehr trauriger Tag. Ich kann nur hoffen, daß Miß Brown nun den Anstand besitzt, uns zu verraten, wo sie das Geld versteckt hat."

Ein Reporter fragte: „Frau Senatorin, dann stimmt Miß Browns Behauptung also nicht, daß Ihr Chauffeur sie anrief und darum bat, im Bürosafe nach Ihrem Diamantring zu suchen?"

„Mein Chauffeur fuhr mich an jenem Morgen zu einer Besprechung in Richmond. Den Ring trug ich zu der Zeit am Finger."

Gleich darauf wurde Eleanor Brown in Nahaufnahme gezeigt – das blasse Gesicht, der verkniffene Mund, der verschüchterte Blick.

Die Bildfolge endete mit einem Vortrag, den Abigail vor Studenten hielt. Sie sprach über das Thema „Vertrauen in die Politik" und wies auf die Verantwortung hin, die ein Volksvertreter auch für seine Mitarbeiter habe.

Den nächsten Film hatte Pelham bereits im Studio bearbeiten lassen: die Senatorin bei verschiedenen Anhörungen über Sicherheit im Zivilflugverkehr. Mehrmals erwähnte sie die Tatsache, daß sie Witwe sei, weil ihr Mann sich in ein schlecht ausgerüstetes Flugzeug gesetzt habe, das von einem unerfahrenen Piloten gesteuert wurde. Pat biß sich auf die Lippe. Die Darstellungen erschienen ihr übertrieben, irgendwie scheinheilig: Sie hatte andere Vorstellungen von ehrlichem Journalismus. Eigentlich sollte die Sendung meine eigene Handschrift tragen, dachte sie. Und was ist daraus geworden? Meine Pläne werden völlig durcheinandergebracht.

Das Telefon klingelte. Es war Sam. „Pat, ich habe von dem Vorfall gelesen und gleich einen Immobilienmakler angerufen. Im Watergate-Hochhaus, in dem ich wohne, sind mehrere Appartements frei. Ich möchte, daß du umziehst und dein Haus nicht mehr betrittst, bis man diesen Irren erwischt hat."

„Sam, das geht nicht. Du weißt ja, unter welchem Druck ich im Augenblick stehe. Meine ganzen Arbeitsunterlagen, Filme, Projektoren – alles habe ich hier zu Hause." Sie wechselte das Thema. „Mein eigentliches Problem ist die Frage, was ich zu dem Festbankett im Weißen Haus anziehen soll."

Sam mußte unwillkürlich lachen, als er sich der Schwere dieses Problems bewußt wurde, und verabschiedete sich.

Eine Viertelstunde später rief Senatorin Jennings an und brachte ihr Entsetzen über den Einbruch zum Ausdruck. „Leider wird die Unterstellung, Sie würden wegen der geplanten Sendung bedroht, zu allen möglichen Vermutungen führen", meinte sie. „Deshalb sollten wir die Sendung ganz schnell hinter uns bringen. Haben Sie sich die Filme angesehen?"

„Ja", antwortete Pat. „Es ist wunderbares Material dabei. Allerdings wäre mir Toby eine große Hilfe. Er könnte mir gewiß einiges näher erläutern."

Sie vereinbarten, daß Toby in etwa einer Stunde bei Pat sein sollte.

Toby war pünktlich. Er lachte, als Pat ihm öffnete. „Ich wünschte, ich wäre hiergewesen, als sich dieser Scherzbold eingeschlichen hat, Pat", erklärte er. „Ich hätte ihn zu Kleinholz verarbeitet."

„Das kann ich mir vorstellen", erwiderte Pat mit einem Lächeln.

Er saß am Tisch in der Bibliothek, und Pat bediente den Projektor. „Das ist der frühere Kongreßabgeordnete Porter Jennings", meinte Toby, als ihn Pat nach einer Person im Bild fragte. „Willards Onkel. Er machte seinen ganzen Einfluß geltend, damit Abigail Willards Nachfolgerin werden konnte, mußte dabei aber gegen Willards Mutter vorgehen. Die alte Hexe setzte nämlich Himmel und Hölle in Bewegung, um Abigails Einzug in den Kongreß zu verhindern."

Während sie auf Toby gewartet hatte, hatte sich Pat noch einmal den Fall Eleanor Brown vorgenommen. Die Lösung des Falles erschien ihr beinahe ein wenig zu simpel: Miß Brown war bei ihrer Behauptung geblieben, Toby habe sie angerufen und ins Wahlkampfbüro geschickt. Doch dann fand die Polizei im Keller, der zu ihrer Mietwohnung gehörte, fünftausend Dollar, die von dem gestohlenen Geld stammten.

„Was meinen Sie – wie konnte Eleanor Brown hoffen, mit einer so dürftigen Ausrede durchzukommen?" wollte Pat von Toby wissen, als der Film zu Ende war.

„Ich glaube, Eleanor rechnete nicht damit, daß das Fehlen des Geldes so schnell bemerkt würde. Damals kam es öfter vor, daß im Safe des Wahlkampfbüros wochenlang, manchmal monatelang große Beträge lagen."

„Aber fünfundsiebzigtausend Dollar in bar?"

„Einer von Abbys Assistenten hatte tags zuvor Spenden von Industriefirmen eingesammelt, und natürlich wußte Eleanor darüber Bescheid. Vielleicht wollte sie sich das Geld nur leihen. Jedenfalls mußte sie sich schnell ein Alibi ausdenken, als die Polizei kam."

Das Telefon klingelte. „Ich mach's kurz", sagte Pat, ging ins Wohnzimmer und griff nach dem Hörer.

„Wie geht es Ihnen, meine Liebe?" ertönte eine sanfte Männerstimme.

Pat erkannte den Anrufer sofort. „Guten Tag, Mr. Saunders." Zu spät fiel ihr ein, daß Toby Jeremy Saunders aus Apple Junction kannte. „Einen Augenblick bitte." Pat drehte sich zu Toby im Nebenraum um. Er zündete sich gerade eine Zigarre an und schien sich nicht um ihr Gespräch zu kümmern. „Toby, es ist ein Privatgespräch. Würden Sie wohl bitte auflegen, sobald ich in der Küche abgenommen habe?"

„Aber gerne", meinte er und nahm lässig den Hörer entgegen. Aha, dachte er, Jeremy Saunders, sieh mal einer an ...

Pat ging in die Küche und nahm dort den Hörer ab, während Toby auflegte.

„Habe ich gerade *Toby* gehört?" rief Jeremy Saunders ungläubig. „Soll das heißen, Sie sitzen mit Toby Gorgone zusammen?"

„Er hilft mir bei meinen Recherchen."

„Natürlich! Oh, er weicht keinen Schritt von der Seite unserer Politikerin, nicht wahr? Pat, ich rufe Sie an, weil ich eingesehen habe, daß ich neulich ein bißchen zu gesprächig war. Wissen Sie, der Alkohol ..."

„Ich habe nicht die Absicht, Ihre Äußerungen in irgendeiner Form zu verwerten", unterbrach ihn Pat. „An Klatschgeschichten bin ich nicht interessiert."

„Dann bin ich ja beruhigt." Saunders wirkte erleichtert. „Ich habe mich gestern im Club mit unserem Zeitungsverleger, Edwin Shepherd, unterhalten. Er erzählte mir, er habe Ihnen ein Exemplar der Zeitung gezeigt, in der Abby als Schönheitskönigin abgebildet war. Ich hoffe sehr, daß Sie doch noch das Bild von Miß Apple Junction neben ihrer reizenden Frau Mutter bringen werden. Es würde mehr sagen als tausend Worte!"

„Ich glaube nicht, daß ich das tun werde", sagte Pat abweisend; sie ärgerte sich, weil er versuchte, sie zu beeinflussen. „Jetzt muß ich aber weitermachen."

Sie legte auf und kehrte in die Bibliothek zurück. Toby saß an seinem Platz, doch seine gute Laune war verflogen. Er schien mit den Gedanken ganz woanders zu sein und empfahl sich kurze Zeit später.

Als er fort war, riß Pat ein Fenster auf, damit sich der Zigarrenrauch verzog. Aber vergeblich – der Gestank blieb hartnäckig im Zimmer hängen. Wieder fiel Pat auf, wie nervös sie doch in letzter Zeit war.

TOBY stürmte ins Büro, wo er Philip Buckley begegnete. „Na, was gibt's Neues?" fragte er den Assistenten.

„Die Senatorin ist außer sich wegen des Artikels in der *Tribune*", meinte Buckley. „Wie ist es Ihnen bei Pat Traymore ergangen?"

„Danke, gut. Sie ist sehr fleißig."

Toby wollte sich zu dem Anruf von Jeremy Saunders erst äußern, wenn er eigene Nachforschungen angestellt hatte. Deshalb bat er Buckley, sich nach den Mietverhältnissen in dem Haus zu erkundigen, das einmal Dean Adams gehört hatte.

Er klopfte an Abigails Tür. Sie hatte die Mittagsausgabe der Zeitung auf dem Tisch liegen. „Schau dir das an!" rief sie empört.

Ein bekannter Washingtoner Klatschkolumnist begann seinen Artikel mit den Worten:

> In Politikerkreisen werden bereits Wetten abgeschlossen: Wer ist der große Unbekannte, der Pat Traymore davon abhalten will, ihren Dokumentarfilm über Senatorin Jennings fertigzustellen? Anscheinend gibt es mehrere Favoriten. Schließlich gilt die schöne Senatorin aus Virginia als wenig zimperlich in ihren Mitteln . . .

Wutentbrannt knüllte Abigail Jennings die Zeitung zusammen und warf sie in den Papierkorb.

SAM KINGSLEY knöpfte sein Smokinghemd zu und schaute aus dem Schlafzimmerfenster. Von seiner Wohnung im Watergate-Hochhaus hatte er einen herrlichen Ausblick auf den Potomac, in dem sich die Lichter der Stadt spiegelten.

Nach Janices Tod hatte er keinen Grund gesehen, weshalb er das große Haus in McLean behalten sollte. Seine Tochter Karen wohnte mit ihrem Mann in San Francisco. Er hatte Karen gebeten, sich vom Geschirr, vom Familiensilber und von den Möbeln auszusuchen, was ihr Herz begehrte; den Rest des Hausrats hatte er verkauft. Er hatte ganz von vorn beginnen wollen.

Jetzt machte er sich Sorgen um Pat. Jack Carlson, sein Freund vom FBI, hatte sich klar ausgedrückt: „Miß Traymore hat es da mit einem Geistesgestörten zu tun, der zu allem fähig ist. Die stark linksgeneigte Druckschrift ist ein schlimmes Zeichen."

In den letzten Monaten vor Janices Tod war es Sam gelungen, Pat ganz aus seinen Gedanken zu verdrängen. Heute war er froh darüber; auf diese Weise hatte Janice bis zuletzt keinen Grund gehabt, an seiner Liebe zu zweifeln. Nach ihrem Tod hatte er sich unendlich erschöpft gefühlt. Erschöpft und alt. Jedenfalls zu alt, um eine Beziehung zu einer Siebenundzwanzigjährigen einzugehen. Er hatte Sehnsucht nach innerer Ruhe.

Dann erfuhr er aus der Zeitung, daß Pat nach Washington kommen würde. Er nahm sich vor, sie zum Essen einzuladen. Als er sie dann anrief, spürte er, daß die Gefühle, die sie einmal füreinander empfunden hatten, noch nicht ganz erloschen waren, daß sie jederzeit wiederaufleben konnten – und daß sie sich das wünschte. Aber wünschte *er* es sich auch?

„Ich weiß es nicht", sagte Sam laut vor sich hin. Jack Carlsons Warnung ging ihm durch den Kopf. Was wäre, wenn Pat etwas zustieße?

Das Telefon klingelte; der Pförtner war am Apparat. „Mr. Kingsley, Ihr Wagen ist da."

„Danke. Ich bin gleich unten." Sam zog sein Smokingjackett und seinen Mantel an. Mit energischem Schritt eilte er hinaus. In wenigen Minuten würde er Pat treffen.

PAT entschied sich für ihr langes, schulterfreies grünes Seidenkleid. Dazu hängte sie sich die Smaragdkette um, die sie von ihrer Großmutter geerbt hatte.

„Du siehst gar nicht aus wie eine Starjournalistin", bemerkte Sam, als er sie abholte.

„Ich weiß nicht recht, ob ich das als Kompliment auffassen darf", erwiderte Pat, während sie Sam musterte. In seinem Smoking und seinem marineblauen Kaschmirmantel sah er blendend aus. Wie hatte ihn Abigail genannt? Einen der umschwärmtesten Männer in Washington?

„Es war durchaus als Kompliment gemeint. Und, was gibt's Neues? Keine weiteren Anrufe oder Briefchen?"

„Zum Glück, nein." Sie hatte ihm noch nicht von der Puppe erzählt und wollte nicht gerade jetzt davon anfangen.

Während der Fahrt zum Weißen Haus schilderte sie ihm, was sie gemacht hatte. „Pelham und ich haben praktisch zwei vollständige Sendekonzepte fertiggestellt. Er besteht darauf, die Senatorin nicht zu verärgern, indem wir Bilder aus ihrer Jugend zeigen. Dadurch wird unsere Dokumentation allerdings zu einer einzigen Lobeshymne."

„Die du nicht mitsingen willst?"

„Nun ja, ich könnte die Konsequenzen ziehen und kündigen. Aber ich bin nicht nach Washington gekommen, um nach der ersten Woche das Handtuch zu werfen. Erst will ich mich vergewissern, ob es nicht auch anders geht."

Die Limousine hielt vor dem Nordwesttor des Weißen Hauses, wo ein Sicherheitsbeamter die Namen der Ankömmlinge anhand einer Gästeliste überprüfte. Das Weiße Haus selbst war weihnachtlich geschmückt. Im Foyer spielte das Musikkorps der Marine. Weißbehandschuhte Kellner schenkten Champagner aus. Pat entdeckte bekannte Gesichter unter den Gästen: Filmstars, Senatoren, Kabinettsmitglieder. Kurze Zeit später stellte Sam sie dem Pressesprecher des Präsidenten vor.

Brian Salem war ein liebenswürdiger, fülliger Mann. „Haben Sie die Absicht, uns Politiker aus den Schlagzeilen zu verdrängen, Miß Traymore?" fragte er lächelnd. Anscheinend war die Nachricht von dem Einbruch sogar schon bis ins Weiße Haus gedrungen. „Hat die Polizei denn schon eine Spur?" fuhr er fort.

„Ich weiß es nicht, aber wir tippen auf einen harmlosen Irren."

„Der Himmel weiß, wie viele verrückte Briefe der Präsident jeden Tag bekommt", sagte Mr. Salem. „Je mächtiger ein Politiker ist, desto mehr regen sich die Leute über ihn auf. Das gleiche gilt natürlich auch für Politikerinnen. Abigail Jennings zum Beispiel ... Oh, schauen Sie, da kommt die Senatorin ja schon! Sieht sie nicht hinreißend aus?"

Soeben hatte Abigail den Festsaal betreten. An diesem Abend hatte sie sich vorgenommen, ihre Schönheit nicht zu verbergen. Sie trug ein pfirsichfarbenes Seidenkleid, dessen enganliegendes Oberteil mit Perlen bestickt war. Der glockenförmig ausschwingende Rock betonte ihre schlanke Taille. Das war eine völlig neue Abigail: Sie lachte und scherzte, legte vertraulich einem älteren Abgeordneten die Hand auf den Arm und genoß voller Selbstbewußtsein, wie die Blicke aller Gäste auf ihr ruhten. Pat fragte sich, ob es den anderen Frauen im Saal ebenso erging wie ihr – sie kam sich vor wie eine graue Maus!

Abigail hatte den Zeitpunkt für ihren Auftritt gut gewählt. Kurze Zeit später stimmte das Musikkorps einen munteren Tusch an: Der Präsident und die First Lady kamen aus ihren Privatgemächern. Begleitet wurden sie vom neuen israelischen Premierminister. Das Musikkorps spielte die Nationalhymne Israels, und während die letzten Takte erklangen, stellten sich alle Gäste zur Begrüßungszeremonie auf. Als sich Pat an Sams Seite dem Präsidenten und seiner Frau näherte, bekam sie Herzklopfen.

Die First Lady, eine attraktive Frau mit einem schmalen Gesicht und ruhigem Blick, sagte zu Pat, als Mädchen habe sie auch den Ehrgeiz gehabt, einmal beim Fernsehen zu arbeiten. „Aber eines schönen Tages", sagte sie lachend, „war ich dann plötzlich verheiratet!"

„Immerhin war ich so schlau, sie mir zu schnappen, bevor ein anderer auf die Idee kam", warf der Präsident ein. „Miß Traymore, es freut mich, Sie kennenzulernen."

Es war schon ein aufregendes Gefühl, dem mächtigsten Mann der westlichen Welt die Hand zu schütteln.

„Kaum vorstellbar, daß er bald seine zweite Amtszeit hinter sich hat", sagte Sam, während sie weitergingen. „Er wirkt so jugendlich."

Im eigentlichen Festsaal waren die Tische mit Limoges-Porzellan gedeckt, das ein kunstvolles Muster in Grün und Gold aufwies. Tischdecken und Servietten waren aus hellgrünem Damast, und der Blumenschmuck in der Mitte bestand aus roten Rosen und Farnwedeln. „Tut mir leid, daß wir nicht nebeneinander sitzen", sagte Sam, „aber du scheinst einen guten Tisch erwischt zu haben. Ach – sieh mal, wo Abigail sitzt!" Die Senatorin saß am Präsidententisch zwischen dem Präsidenten und dem Premierminister Israels.

Pats Tischherr war der Chef des Generalstabes. Zu den anderen Gästen am Tisch gehörten der Präsident einer Hochschule, ein Bühnenautor und ein Bischof. Pat schaute sich nach Sam um: Er saß am Tisch des Präsidenten, gegenüber von Senatorin Jennings. Die beiden lächelten sich an. Dieser Anblick versetzte Pat einen leichten Stich, und sie wandte den Blick ab.

Nach dem Hauptgang hielt der Präsident eine kleine Ansprache, in der er auf die Krankheit des Vizepräsidenten zu sprechen kam. „Leider ist der Vizepräsident schwer krank", erklärte er. „Vielleicht hätte er sich mehr schonen sollen. Aber täglich widmete er vierzehn Stunden seiner Arbeit oder sogar noch mehr, ohne an seine Gesundheit zu denken." Als die kurze Rede beendet war, stand es für alle Anwesenden fest, daß der Vizepräsident nicht mehr ins Amt zurückkehren würde. Während sich der Präsident wieder setzte, lächelte er Abigail an. Es war, als gäbe er ihr seinen Segen.

„NA, HAST du dich gut amüsiert?" fragte Sam auf dem Heimweg. „Der Stückeschreiber an deinem Tisch schien von dir ziemlich angetan zu sein. Du hast drei- oder viermal mit ihm getanzt, wenn ich mich nicht irre."

„Während du dich mit der Senatorin auf der Tanzfläche vergnügt hast."

Eine seltsame Beklemmung überkam die beiden. Pat hatte plötzlich das Gefühl, als wäre der ganze Abend verdorben. Hatte Sam sie vielleicht nur eingeladen, um sie ins öffentliche Leben Washingtons einzuführen, ehe er sich erneut von ihr zurückzog?

Er wartete ab, bis sie die Haustür aufgeschlossen hatte, lehnte es aber ab, auf einen letzten Drink mit hereinzukommen. „Ich habe morgen einen langen Tag. Abends fliege ich nach Kalifornien, wo ich die Weihnachtsfeiertage bei Karens Familie verbringe. Fährst du nach Concord?"

„Nein, Sam, ich muß hierbleiben und arbeiten", antwortete sie.

„Dann wollen wir nachträglich feiern, wenn die Sendung vorbei ist."

„Einverstanden", sagte sie und versuchte, sich ihre Enttäuschung nicht anmerken zu lassen.

„Du siehst zauberhaft aus, Pat. Du hättest mal hören sollen, wie viele Leute heute abend von dir gesprochen haben."

„Ich hoffe nur, daß sie alle in meinem Alter waren. Gute Nacht, Sam." Rasch ging sie ins Haus und versetzte der Tür einen Stoß.

„Verdammt noch mal, Pat!" Sam zwängte sich durch den Türspalt und riß Pat herum.

Unwillkürlich fiel sie ihm um den Hals. Es war wie früher – als sie in seinen Armen lag, empfand sie wieder mit absoluter Gewißheit, daß sie zusammengehörten. „O Sam, Liebster", flüsterte sie. „Du hast mir ja so gefehlt!"

Er fuhr zurück wie vom Blitz getroffen. Hilflos ließ Pat die Arme sinken. „Sam . . ."

„Pat, es tut mir leid." Er versuchte zu lächeln. „Glaube mir – manchmal wünschte ich mir auch, wir könnten ohne weiteres an dem Punkt anknüpfen, an dem wir damals aufgehört haben. Aber es hat keinen Sinn, Pat! Du bist eine hübsche junge Frau, und meine besten Jahre liegen bereits hinter mir. Ich werde mich hüten, dein Leben noch einmal durcheinanderzubringen."

„Hast du dir überlegt, wie sehr du es durcheinanderbringen würdest, wenn du mich endgültig verläßt?"

„Pat, das will und kann ich nicht glauben."

Und schon war er fort.

ARTHUR STEVENS lag im Bett und dachte an Glory. Sie hatte sich verändert. Neuerdings wusch sie sich jeden Morgen die Haare. Sie kam mit neuen, bunten Sachen an. Und heute hatte sie sich sogar Ohrringe gekauft. Arthur hatte sie noch nie Ohrringe tragen sehen.

Von seiner Arbeit wollte sie nichts mehr hören. Mehrmals hatte er ihr erzählen wollen, daß die alte Mrs. Gillespie trotz des Atemgeräts nur noch mit Mühe Luft bekam, ständig husten mußte und starke Schmerzen hatte. Früher hatte ihm Glory staunend und voller Mitgefühl zugehört, wenn er von seinen Patienten berichtete; sie hatte ihm zugestimmt, wenn er davon sprach, daß es eine Gnade wäre, wenn die Engel die schwerkranken alten Menschen holen kämen. Ihre Zustimmung half ihm dabei, seine Mission zu erfüllen.

Glorys verändertes Benehmen beunruhigte ihn. Wahrscheinlich war er deswegen unachtsam vorgegangen, als er Mrs. Gillespie schließlich dem Herrn überantwortete. Er hatte angenommen, daß die alte Frau schliefe, doch als er den Stecker des Atemgeräts herauszog, hatte sie die Augen aufgeschlagen. Sie hatte genau gewußt, was er tat. Ihr Kinn hatte gezittert. „Bitte, o . . . süße Jungfrau, hilf mir", hatte sie gestammelt. Er hatte zugesehen, wie sie ihn zunächst entsetzt angeschaut hatte, wie ihr Blick dann glasig und schließlich ganz ausdruckslos geworden war.

Und Mrs. Harnick aus dem Krankenzimmer gegenüber hatte ihn beim Verlassen von Mrs. Gillespies Zimmer beobachtet.

Später, als Mrs. Gillespies Tod entdeckt worden war, hatte er Mrs. Harnick mit Schwester Elizabeth sprechen sehen. Mrs. Harnick war sehr aufgeregt gewesen und hatte immer wieder auf Mrs. Gillespies Zimmer gedeutet.

Schwester Elizabeth. Andauernd meckerte sie an ihm herum, ewig nörgelte sie, er überschritte seine Kompetenzen. „Wozu haben wir denn einen Geistlichen im Haus?" sagte sie. „Es ist nicht Ihre Aufgabe, den Patienten Trost zuzusprechen."

Es war die bevorstehende Sendung über Senatorin Jennings, die ihn so mitnahm. Deshalb konnte er keinen klaren Gedanken fassen. Er hatte Pat Traymore viermal gewarnt, sie dürfe den Filmbericht nicht fertigstellen. Eine fünfte Warnung würde es nicht geben.

7

PAT konnte nicht einschlafen. Nachdem sie sich einige Stunden lang unruhig hin und her gewälzt hatte, ging sie in die Küche, um ein Glas warme Milch zu trinken.

Oft saß ich auf der Treppe, wo ich von den Gästen im Flur nicht gesehen werden konnte, und beobachtete die Ankommenden. Ich saß auch an jenem Abend hier . . . , und dann hatte ich Angst und legte mich wieder ins Bett . . .

Und dann . . . „Ich weiß nicht", sagte sie laut. „Ich weiß es einfach nicht!"

Nicht einmal die warme Milch half ihr, Schlaf zu finden.

Schließlich ging sie noch einmal nach unten und setzte sich an das beinahe fertiggestellte Sendekonzept – die Version ohne die Jahre in Apple Junction. Der Bericht würde im Studio beginnen: Die Senatorin würde mit Pat und Pelham an einem Tisch sitzen, im Hintergrund würde groß ein Hochzeitsbild von Abigail und Willard eingeblendet sein. Im Gespräch sollte die Senatorin schildern, wie sie Willard als Studenten kennenlernte. Es folgte ein Zusammenschnitt aus Abbys alten Filmen: der Wahlkampf und Willards Einzug in den Kongreß, dann seine Geburtstagsfeier zum Fünfunddreißigsten, die Freundschaft mit den Kennedys. Dann die Beerdigung und schließlich Abigail in Trauerkleidung bei ihrer Vereidigung.

Aufnahmen vom Prozeß gegen Eleanor Brown und von Abigails Auftritten, die der Verbesserung der Flugsicherheit galten, vervollständigten den Bericht. Pat hatte kein gutes Gefühl, wenn sie an diesen Teil der Sendung dachte. Aber sie wußte, daß Pelham nichts mehr ändern wollte. Den Höhepunkt würden Eindrücke von Abigails Weihnachtsempfang bilden.

Am Tag nach Weihnachten sollte Abigail dann noch in ihrem Büro gefilmt werden, mit ihren Mitarbeitern und einigen Besuchern. Die letzte Szene würde die Senatorin zeigen, wie sie in der Abenddämmerung das Russell-Gebäude verließ, mit der Aktentasche unter dem Arm. Und dann der Schlußpunkt: „Wie so viele Alleinstehende in den Vereinigten Staaten geht Senatorin Abigail Jennings ganz in ihrer Arbeit auf. Ihr Beruf ist ihr ein und alles."

Dieser Satz stammte von Pelham, und Pat sollte ihn sprechen.

Um acht Uhr früh rief Pat Pelham an und bat ihn noch einmal, der Senatorin die Einwilligung abzuringen, ihre Jugend in die Sendung einzubauen. „Was wir bisher haben, ist schlichtweg langweilig", sagte sie, „abgesehen von den privaten Filmen der Senatorin wirkt das Ganze wie ein dreißigminütiger Werbespot und –"

Pelham unterbrach sie. „Rufen Sie sie an, vielleicht hat sie noch mehr Fotos. Nein, *ich* erledige das. Auf Sie ist die Senatorin im Moment nicht gerade gut zu sprechen."

Eine Dreiviertelstunde später meldete sich Toby bei ihr. Er würde in Kürze mit Abigails Fotoalben vorbeikommen. Pat wollte die Zeit nutzen, indem sie sich wieder die Unterlagen ihres Vaters vornahm.

In der Bibliothek zog sie den Karton unter dem Tisch hervor, in dem sie die Puppe versteckt hatte. Sie nahm sie heraus und betrachtete die aufgemalten Augen, den traurig wirkenden Mund. Bei Tageslicht sah das Gebilde noch jämmerlicher aus als bei Nacht.

Sie legte die Puppe weg und begann, den Karton auszupacken: Fotoalben und Bündel von Briefen kamen zum Vorschein. Im Nu waren ihre Hände schwarz von Staub. Sie öffnete das erste Bündel. Ein Schreiben erweckte ihre Aufmerksamkeit.

> Liebe Mama,
> ich glaube, „danke" ist das einzige Wort, das all den Opfern gerecht wird, die Du auf Dich genommen hast, um mir mein Studium zu ermöglichen. Ich kann mir vorstellen, was Du Dir in dieser langen Zeit alles versagt hast. An Papas Grab habe ich mir vorgenommen, so zu werden wie er, und ich werde alles daranlegen, daß mir dies gelingt. Ich liebe Dich. Vergiß nicht, bald einmal den Arzt aufzusuchen. Dein Husten könnte etwas Ernstes sein.
>
> Dein Dich liebender Sohn Dean

Unter dem Brief fand Pat die Todesanzeige von Irene Adams; kaum sechs Monate nachdem ihr Sohn diesen Brief geschrieben hatte, war Deans Mutter gestorben. Tränen schossen Pat in die Augen bei dem Gedanken an den jungen Mann, der seine Mutter so sehr geliebt hatte. *Auch sie hatte diese außergewöhnliche Liebe erfahren dürfen. Ihre Hand in der seinen. Ihr Entzücken, wenn er nach Hause kam. Papi, Papi! Hoch in die Luft geworfen, aufgefangen von kräftigen Händen.*

Es klingelte! Pat raffte Alben und Briefe zusammen und stand auf. Ein Teil der Ladung rutschte ihr aus der Hand, als sie sie eilig im Karton verstauen wollte. Wieder klingelte es, diesmal schon nachdrücklicher. Sie bemühte sich, die Briefe aufzulesen und zusammen mit der Stoffpuppe zu verstecken. Nicht auszudenken, wenn Toby hereingekommen wäre und das alles gesehen hätte! Sie warf die Briefe mit der Puppe in den Karton und schob ihn unter den Tisch.

Als sie die Tür aufriß, wollte Toby gerade zum drittenmal läuten. Unwillkürlich trat sie bei seinem Anblick einen Schritt zurück: Seine kräftige Gestalt füllte den Türrahmen aus.

„Ich wäre beinahe wieder abgehauen!" Obwohl er sich offenbar bemühte, fand er nicht zu seiner alten Freundlichkeit zurück. Plötzlich merkte Pat, wie schmutzig ihre Hände waren.

„Sieht so aus, als hätten Sie auf dem Speicher gearbeitet", fügte Toby hinzu. Seine Miene verriet Mißtrauen. Sie antwortete nicht. Er trug ein Päckchen unter dem Arm. „Wohin mit den Sachen? In die Bibliothek?"

„Ja."

Er folgte ihr so dicht auf den Fersen, daß sie nervös wurde. Durch das lange Sitzen auf dem Teppich war ihr rechtes Bein eingeschlafen, so daß sie jetzt beim Gehen Mühe hatte.

„Humpeln Sie etwa, Pat? Sie sind doch nicht bei der Glätte ausgerutscht?"

Diesem Mann entgeht aber auch gar nichts, dachte sie. „Legen Sie das Päckchen auf den Tisch."

„Wird gemacht. Ich muß gleich wieder los."

Er verabschiedete sich und ging. Pat hörte, wie die Haustür zufiel, und sie eilte in den Flur, um die Sicherheitskette einzuhängen. Als sie noch im Hausflur war, ging die Tür plötzlich wieder auf. Toby hatte eine Kreditkarte zwischen Türrahmen und Tür gesteckt, so daß das Schloß aufgeschnappt war. Er schien überrascht, als er Pat gegenüberstand. Aber dann verzog er das Gesicht zu einem hämischen Grinsen. „Das Schloß hier taugt nicht viel, Pat", sagte er. „Legen Sie unbedingt noch die Schließkette vor." Dann machte er kehrt und zog die Tür hinter sich zu.

Die Fotoalben der Senatorin enthielten ein Durcheinander aus Fotos, Zeitungsausschnitten und Fanpost. Die Bilder zeigten sie bei politischen Veranstaltungen, Staatsempfängen, Eröffnungen. Pat blätterte in einem der Alben, und mehrere Fotos flatterten zu Boden.

Sie bückte sich, um sie aufzuheben. Ganz oben lag ein Foto des jungen Paares: Abigail und Willard, die an einem See auf einer Decke saßen; sie sahen aus wie ein Liebespaar aus dem vergangenen Jahrhundert. Unter dem Foto lag ein zusammengefalteter Brief. Pat öffnete ihn:

> Geliebter Willy,
> bei der Anhörung heute nachmittag warst Du großartig. Ich bin ja so stolz auf Dich! Ich liebe Dich unvorstellbar und freue mich darauf, mein ganzes Leben mit Dir zu verbringen und mit Dir zusammenzuarbeiten. O mein Liebster, wir werden die Welt verändern!
>
> A.

Der Brief trug das Datum des 13. Mai. Gestorben war Willard Jennings am 20. Mai. Was für ein Fund! frohlockte Pat. Damit wird jeder zum Schweigen gebracht, der die Senatorin für kalt und gefühllos hält. Wenn Pat nur Pelham dazu bringen könnte, den Text in der Sendung vorlesen zu dürfen! Wie würde sich das anhören? „Geliebter Willy", sprach sie laut.

Ihre Stimme zitterte. Was ist nur los mit mir? fragte sie sich erstaunt. Entschlossen begann sie noch einmal von vorn. „Geliebter Willy . . ."

AM DREIUNDZWANZIGSTEN Dezember saß Senatorin Abigail Jennings mit Toby und Buckley in der Bibliothek ihres Hauses und verfolgte im Fernsehen, wie der Vizepräsident der Vereinigten Staaten offiziell um seinen Rücktritt nachsuchte. Er saß in seinem Krankenhausbett, auf Kissen gestützt und vom Tod gezeichnet. Neben dem Bett stand der Präsident, der das Rücktrittsgesuch mit dem Ausdruck tiefen Bedauerns annahm.

Toby stieß einen Pfiff aus. „Also, jetzt liegt's an dir, Abby."

„Sei still und hör zu!" fauchte sie ihn an. Aus dem Krankenzimmer wurde ins Studio des Potomac-Senders geschaltet, wo Luther Pelham einen Kommentar sprach.

„Ein historischer Augenblick", sagte Pelham und gab einen Abriß über die Erfolge, auf die der Vizepräsident zurückblicken konnte. Schließlich kam er zur Sache: „Nun ist es an der Zeit, daß eine Frau dieses hohe Amt bekleidet – eine Frau mit Erfahrung und Sachkenntnis. Herr Präsident, entscheiden Sie sich für eine Frau!"

„Damit meint er mich!" rief Abigail mit hellem Lachen.

Eine Stunde später rief Pelham an. Abigails Stimme war im ganzen Haus zu hören. „Ja, ich hab's gesehen... Wissen Sie etwas...? Wahrscheinlich habe ich den Posten schon so gut wie sicher, auch ohne diesen unglückseligen Filmbericht, der wie ein Damoklesschwert über mir hängt. Ich habe Ihnen gleich gesagt, daß es keine gute Idee ist... Reden Sie mir bloß nicht ein, daß Sie mir helfen wollten. Sie möchten doch nur, daß ich in Ihrer Schuld stehe, oder?"

Abigail sprach leise weiter, und Buckley wechselte einen Blick mit Toby. „Was haben Sie herausgefunden?" fragte Buckley.

„Pat Traymore war in Apple Junction", antwortete Toby. „Sie schnüffelte in alten Ausgaben des Lokalblattes herum. Außerdem besuchte sie die pensionierte Schuldirektorin und anschließend auch Saunders. Der hat sich über Abby das Maul zerrissen."

„Könnten die beiden der Senatorin schaden?"

Toby zuckte die Achseln. „Kommt darauf an. Haben Sie etwas über das Mietverhältnis in Pat Traymores Haus herausgefunden?"

„Ein bißchen", sagte Buckley. „Der Makler, der mit der Vermietung beauftragt war, hatte einen neuen Mieter an der Hand, aber die Bank, die das Vermögen für die Erben verwaltet, teilte ihm mit, daß jemand aus der Familie einziehen wolle."

„Jemand aus der Familie?" wiederholte Toby. „Wer?"

„Vermutlich Pat Traymore", sagte Buckley voller Ironie.

„Spielen Sie nicht den Schlaumeier!" brummte Toby. „Ich will wissen, wem das Haus heute gehört und wer dieser eigenartige Familienangehörige ist."

MIT gemischten Gefühlen verfolgte Pat die Berichterstattung des Potomac-Senders über den Rücktritt des Vizepräsidenten. Es würde so kommen, wie Sam vorausgesagt hatte: Nun lag es auch an ihr, dafür zu sorgen, daß zum erstenmal in der Geschichte der USA eine Frau zur Vizepräsidentin ernannt wurde.

In der letzten Nacht hatte Pat wieder einmal geträumt, was sie allmählich beunruhigte. Erinnerte sie sich tatsächlich an ihre Eltern, oder verwechselte sie bereits die Filme und Bilder, die sie von beiden gesehen hatte, mit wirklichen Erinnerungen? Die Erinnerung an die Zärtlichkeit ihres Vaters war echt, dessen war sie sicher. Aber hatte es nicht auch Tage gegeben, an denen sie sich die Decke über den Kopf zog, weil sich ihre Eltern zankten und gegenseitig anschrien?

Entschlossen blätterte sie weiter in den Unterlagen aus den Kartons, auch wenn die Hinweise auf ihre Mutter sie immer stärker beunruhigten. Sie fand Briefe ihrer Großmutter an Renée. Ein Schreiben, ein halbes Jahr vor der Tragödie verfaßt, lautete: „Renée, mein Liebes, der Ton Deines letzten Briefes beunruhigt mich. Wenn Du wieder Depressionen hast, mußt Du fachkundigen Rat suchen."

Dann stieß Pat auf einen Brief, den ihr Vater kurze Zeit später an ihre Mutter geschrieben hatte.

> Liebe Renée,
> ich war sehr bestürzt, als ich die Nachricht erhielt, daß Du den ganzen Sommer mit Kerry in New Hampshire verbringen willst. Du weißt, wie sehr ihr mir beide fehlt. Und es ist für mich außerordentlich wichtig, daß ich nach Wisconsin gehe. Versuch's doch noch einmal mit mir. Bitte, Schatz – tu's meinetwegen!

Zum erstenmal hatte Pat das Gefühl, daß sie tatsächlich im Begriff war, alte Wunden aufzureißen. Wenn sie so weitermachte, wären schmerzliche Erfahrungen unvermeidlich.

Der Briefträger kam und brachte jede Menge Karten und Briefe von Freunden aus Boston. „Besuch uns doch bald einmal, wenn Du es irgendwie einrichten kannst." – „Wir alle warten gespannt auf Deine Sendung!" – „Diesmal bekommst Du sicher den Journalistenpreis, Pat, Du wirst schon sehen!"

Ein Brief war ihr von ihrem früheren Sender in Boston nachgeschickt worden. Als Absender war angegeben: „Catherine Graney, 22 Balsam Place, Richmond, Virginia." Graney, dachte Pat. So hieß doch der Pilot der Unglücksmaschine, mit der Willard Jennings abgestürzt war. Sie riß den Umschlag auf.

> Liebe Miß Traymore,
> aus der Zeitung erfuhr ich, daß Sie eine Sendung über Senatorin Abigail Jennings vorbereiten. Ich möchte Sie darauf aufmerksam machen,

daß diese Sendung zum Anlaß einer gerichtlichen Auseinandersetzung werden könnte. Vor allem muß ich mich dagegen verwahren, daß die Senatorin den Vorwurf wiederholt, ihr Mann sei durch menschliches Versagen des Piloten ums Leben gekommen. Welche Ironie des Schicksals, daß ausgerechnet Mrs. Jennings die trauernde Witwe spielt! Wenn Sie sich mit mir unterhalten wollen, können Sie gern anrufen.

Pat ging zum Telefon und wählte die angegebene Nummer. Es klingelte lange. Sie wollte schon wieder auflegen, als sich Catherine Graney meldete. „Ich bin Inhaberin eines Antiquitätengeschäfts", erklärte sie, „und habe heute eine Weihnachtsauktion. Aber morgen können wir uns gerne treffen."

Pat vereinbarte eine Zeit und ließ sich den Weg beschreiben.

Am Spätnachmittag ging Pat in die Stadt. Zuerst suchte sie eine Kunsthandlung auf, wo sie einen der alten Stiche, die ihr Vater gesammelt hatte, zum Rahmen gab. Das Bild wollte sie Sam zu Weihnachten schenken. Dann erledigte sie ihre Lebensmitteleinkäufe, und schließlich erstand sie noch im Blumenladen einen schön gewachsenen Weihnachtsbaum.

Am Abend schmückte sie das Wohnzimmer weihnachtlich. Den Baum stellte sie in die Nähe der Terrassentür, und den Kaminsims dekorierte sie mit Tannenzweigen. Ein Feuer, dachte sie. Wir hatten immer ein Feuer.

Im offenen Kamin zündete sie das Zeitungspapier an, über dem sie ein paar dicke Holzscheite aufgeschichtet hatte; in wenigen Minuten prasselte ein gemütliches Feuer. Dann machte sie sich einen Salat und ein Omelett, stellte ihr Abendessen auf ein Tablett und ging damit ins Wohnzimmer.

Sie schaltete den Fernseher ein. Der Präsident und die First Lady bestiegen die Maschine „Air Force One", um Weihnachten im Kreis ihrer Familie zu verbringen. Reporter bedrängten den Präsidenten, sich zur Ernennung eines neuen Vizepräsidenten zu äußern. „Bitte lassen Sie mir bis Neujahr Bedenkzeit!" bat er. „Dann werde ich bekanntgeben, welche Politikerin – oder welchen Politiker – ich dazu ausersehen habe."

Welche *Politikerin!* War es Absicht gewesen, daß er eine Frau an erster Stelle genannt hatte? Natürlich!

Wenige Minuten später meldete sich Sam telefonisch aus Kalifornien. „Wie geht's dir, Pat?"

Sie ärgerte sich, daß ihr beim Gedanken an Sam beinahe die Stimme versagte. „Bestens. Hast du eben den Präsidenten im Fernsehen gesehen?"

„Ja. Hört sich tatsächlich so an, als wolle er eine Frau ernennen. Ich rufe gleich mal Abigail an. Wahrscheinlich kaut sie schon aufgeregt an den Fingernägeln."

„Ich an ihrer Stelle würde es tun." Pat spielte an ihrem Gürtel herum. „Wie ist das Wetter?"

„Heiß. Ehrlich gesagt ist mir Weihnachten in winterlicher Umgebung lieber. Was machst du an den Feiertagen? Gehst du zu Abigails Empfang?"

„Ja. Es wundert mich, daß sie dich nicht eingeladen hat."

„Sie hat mich schon eingeladen, aber ich sagte, ich sei verreist. Pat, es ist schön hier in Kalifornien. Karen und ihr Mann Tom sind sehr lieb zu mir, aber . . . nun ja, ich langweile mich ein bißchen."

„Stellt dir Toms Mutter nicht all ihre unverheirateten Freundinnen vor?"

Sam lachte. „Leider ja. Du brauchst aber keine Angst zu haben. Ich glaube kaum, daß ich's hier bis Neujahr aushalte."

„Du fehlst mir, Sam", sagte sie nachdrücklich.

Eine Pause entstand. Pat konnte sich seinen besorgten Gesichtsausdruck vorstellen, während er nach einer passenden Antwort suchte. „Bist du noch dran, Sam?" fragte sie.

Seine Stimme klang gepreßt. „Du fehlst mir auch, Pat. Du bedeutest mir wirklich sehr viel!"

O Sam! dachte sie. „Und du bist und bleibst mein allerbester Freund." Ohne eine Antwort abzuwarten, legte sie auf.

„VATER, hast du meine Stoffpuppe gesehen?"

Arthur lächelte Glory an und hoffte, daß sie ihm seine Nervosität nicht anmerkte. „Nein. Hattest du sie nicht im Schlafzimmer?"

„Ja. Ich weiß nur nicht . . ." Sie schien besorgt. „Vater, ist dir nicht gut? Du hast in den letzten Nächten im Schlaf gesprochen. Du hörst doch nicht schon wieder diese Stimmen, oder?"

Er las Angst in ihrem Blick. Er hätte Glory niemals etwas über die Stimmen verraten dürfen! Sie hatte nicht begriffen, was sie zu bedeuten hatten. „O nein. Es war nur ein Scherz, als ich dir davon erzählte."

Sie nahm ihn beim Arm. „Im Schlaf hast du immer wieder Mrs. Gillespies Namen gerufen. Das ist doch die Frau, die im Heim gestorben ist. Wahrscheinlich ist dir ihr Tod sehr nahegegangen."

Nachdem Glory in die Stadt gefahren war, um ihre Weihnachtseinkäufe zu erledigen, saß Arthur in der Küche und dachte nach. Schwester Elizabeth und die Ärzte hatten ihn nach Mrs. Gillespie gefragt.

„Wie oft haben Sie nachts nach ihr geschaut?"

„Einmal. Sie schlief, und es ging ihr gut."

„Mrs. Harnick und Mrs. Drury behaupten beide, Sie nachts vor Mrs. Gillespies Zimmer gesehen zu haben. Mrs. Drury meint, es sei um fünf nach drei gewesen, Mrs. Harnick glaubt allerdings, daß sie Sie später noch einmal beobachtet hat."

„Mrs. Harnick irrt sich. Ich war nur einmal im Zimmer."

Sie mußten ihm glauben. Mrs. Harnick war verkalkt. *Manchmal aber hatte sie ihre lichten Augenblicke!*

Arthur dachte an Glory. Morgen würde er wieder in Pat Traymores Haus eindringen. Er mußte es tun, denn Glory wollte ihre Puppe wiederhaben.

8

AM HEILIGEN ABEND machte sich Pat um elf Uhr vormittags auf den Weg zu Catherine Graney nach Richmond. Nachdem sie die Schnellstraße verlassen hatte, war sie falsch abgebogen. Daher dauerte es eine ganze Weile, bis sie Balsam Place fand, einen kleinen Platz mit alten Fachwerkhäusern. An Haus Nummer 22 hing ein geschnitztes Holzschild : ANTIQUITÄTEN.

Catherine Graney wartete bereits an der Tür. Sie war etwa fünfzig Jahre alt und hatte ein scharf geschnittenes Profil, blaue Augen, graumeliertes Haar und eine schlanke Figur. Sie führte Pat ins Haus. „Ich habe das Gefühl, Sie bereits zu kennen. Ich schaute mir immer Ihre Sendung an, wenn ich in Boston war."

Im Erdgeschoß war der Verkaufsraum untergebracht. Stühle, Sofas, Vasen, Lampen, Gemälde, Porzellan und herrliche alte Gläser waren geschickt arrangiert. Vor einer Barockkommode schlief ein Hund, ein irischer Setter mit rotbraunem Fell.

„Meine Wohnung ist im ersten Stock", sagte Mrs. Graney. „Eigentlich ist der Laden heute geschlossen, aber vorhin hat ein Kunde angerufen, der noch dringend ein Geschenk braucht. Bitte setzen Sie sich. Sie trinken doch einen Kaffee, ja?"

„Ja bitte." Pat zog ihren Mantel aus und setzte sich. Mrs. Graney war viel sympathischer, als sie gedacht hatte. Deshalb kam sie sofort zum Thema. „Mrs. Graney, Ihr Brief war einigermaßen verblüffend. Warum haben Sie sich eigentlich nicht an den Potomac-Sender gewandt, sondern an meine Privatadresse geschrieben?"

Catherine Graney goß Kaffee ein und reichte Pat eine Tasse. „Wie ich eben schon sagte, habe ich einige Ihrer Dokumentarfilme gesehen.

Ich fand Ihre Berichterstattung immer sehr ehrlich. Deshalb nehme ich auch nicht an, daß Sie Mrs. Jennings' Behauptung, mein verstorbener Mann sei schuld an Willard Jennings' Tod, in Ihrer Sendung verbreiten wollen. Mein Mann war ein hervorragender Pilot. Als Abigail Jennings den Absturz zum Anlaß nahm, sich zur Vorkämpferin für eine Verschärfung der Flugsicherheitsbestimmungen zu machen, hätte ich sofort auf die Barrikaden steigen müssen."

Der Setter, der die Nervosität seiner Herrin zu spüren schien, war aufgewacht. Er streckte sich, trabte durch den Verkaufsraum und ließ sich zu ihren Füßen nieder.

„Und warum haben Sie es nicht getan?"

„Aus verschiedenen Gründen. Ich war schwanger und bekam nur wenige Wochen nach dem Unfall das Kind. Außerdem wollte ich aus Rücksicht auf Willards Mutter jegliches Aufsehen vermeiden. Wissen Sie, George hat Willard oft geflogen, und die beiden haben sich angefreundet. Die alte Mrs. Jennings wußte das, und als das Wrack der Maschine gefunden worden war, kam sie zu mir – zu *mir,* nicht zu ihrer Schwiegertochter! Ich wollte ihr alle weitere Aufregung ersparen. Daher verzichtete ich darauf, das schwere Geschütz aufzufahren, das ich gegen Abigail Jennings hätte einsetzen können."

„Hatten Sie etwas gegen Abigail Jennings in der Hand?"

„Nein – aber ich hätte ihre Glaubwürdigkeit erschüttern können. Willard war denkbar unzufrieden mit ihr und mit den ganzen politischen Aktivitäten, in die er involviert war. Am Tage seines Todes wollte er eine Pressekonferenz abhalten, auf der er bekanntgeben wollte, daß er sich nicht zur Wiederwahl stellen würde. Am Vormittag hatten er und Abigail am Flughafen eine schreckliche Auseinandersetzung. Sie flehte Willard an, seinen Verzicht auf die Wiederwahl noch einmal zu überdenken. Daraufhin meinte er wörtlich: ‚Abigail, das kann dir doch egal sein. Wir haben uns ohnehin nichts mehr zu sagen.'"

„Bedeutet das, daß Abigail und Willard Jennings vor der Scheidung standen?"

„Das ganze Schauspiel von der trauernden Witwe war Getue. Mein Sohn George ist inzwischen Pilot bei der Air Force. Er hat seinen Vater nie kennengelernt. Aber ich lasse nicht zu, daß er miterleben muß, wie der Name seines Vaters durch die Lügen dieser Frau in den Schmutz gezogen wird. Notfalls werde ich sie verklagen. Ich werde der ganzen Welt vor Augen führen, was für eine Schlange diese Frau ist."

„Mrs. Graney", meinte Pat, „ich werde verhindern, daß der Name Ihres Mannes in der Sendung erwähnt wird. Allerdings muß ich Ihnen sagen, daß ich einen anderen Eindruck von der Senatorin und ihrem verstorbenen Mann gewonnen habe. In den Unterlagen findet sich vieles, was darauf hindeutet, daß Abigail und Willard eine harmonische Ehe führten."

Catherine Graney verzog spöttisch das Gesicht. „Wie schade, daß wir nicht mehr sehen können, wie die alte Mrs. Jennings auf eine solche Behauptung reagiert hätte! Ich gebe Ihnen einen guten Tip: Auf dem Rückweg sollten Sie am Anwesen der Jennings vorbeifahren. Dann können Sie sich vielleicht ein Bild davon machen, wie sehr Mrs. Jennings senior ihre eigene Schwiegertochter gehaßt haben muß. Sie hat Abigail die Villa und das Grundstück nicht vermacht – geschweige denn einen roten Heller von ihrem Vermögen."

Eine Viertelstunde später betrachtete Pat die Villa der Jennings durch einen hohen Eisenzaun. Als Willards Witwe hatte Abigail damit rechnen können, diesen Besitz eines Tages zu erben. Als geschiedene Frau dagegen wäre sie schon von vornherein vom Erbe ausgeschlossen gewesen. Wenn man Catherine Graneys Worten Glauben schenken wollte, hatte sich das Unglück für Abigail gerade zum richtigen Zeitpunkt ereignet.

„Ja, so steht er richtig, Abby", meinte Toby.

„Stimmt – er müßte bei den Aufnahmen gut herauskommen", bestätigte sie. Die beiden bewunderten den Weihnachtsbaum in Abigails Wohnzimmer. Der Eßzimmertisch war bereits für das kalte Buffet ins Wohnzimmer gestellt worden.

„Morgen vormittag treiben sich draußen bestimmt viele Reporter herum", sagte Abigail. „Erkundige dich mal, wann der Weihnachtsgottesdienst in der National Cathedral anfängt. Ich sollte mich dort vielleicht sehen lassen." Sie wollte jede Chance nutzen. Seitdem der Präsident gesagt hatte: „Dann werde ich bekanntgeben, welche *Politikerin* ich ausersehen habe", fieberte sie förmlich vor Aufregung.

„Ich bin die bessere Kandidatin", hatte sie schon ein dutzendmal gesagt. „Claire Lawrence stammt aus seiner Gegend. Das ist ungünstig für sie. Wenn ich nur schon diese dumme Fernsehsendung hinter mir hätte!"

„Vielleicht hilft sie dir ja doch", meinte Toby, obwohl er insgeheim ebenso besorgt war wie sie.

Für den Weihnachtsempfang am nächsten Tag hatte Abigail die Gästeliste sorgfältig zusammengestellt; zum Kreis der Erlesenen gehörten zwei Senatoren, drei Kongreßabgeordnete, ein ehemaliger Richter des Obersten Gerichtshofs und Luther Pelham. „Ich wünsche nur, Sam Kingsley wäre hier und nicht in Kalifornien", sagte sie.

Gegen sechs Uhr war alles arrangiert. Abby hatte den Gänsebraten, den sie morgen abend kalt servieren wollte, in den Ofen geschoben. Der appetitanregende Geruch erfüllte das Haus, und Toby fühlte sich an die Küche im Haus der Saunders erinnert.

„Na, dann ziehe ich jetzt los, Abby", erklärte er plötzlich.

„Hast du eine interessante Verabredung, Toby?"

„Wie man's nimmt." Die kleine Kellnerin, mit der er sich traf, begann ihn bereits zu langweilen, was ihm früher oder später bei allen Frauen passierte. „Gute Nacht, Senatorin."

Toby kehrte in seine Wohnung zurück. Er würde seine Freundin heute abend wohl oder übel ausführen müssen, wie er es versprochen hatte. Als er sich gerade seine dunkelgrüne Strickkrawatte umband, klingelte das Telefon. Abby war am Apparat, außer sich vor Wut. „Eben hat Buckley angerufen", meinte sie ungehalten. „Die ehemalige Miß Apple Junction und ihre elegante Mutter sind auf der Titelseite des *National Mirror* abgebildet. Wer hat das Bild ausgegraben? Wer?"

Toby umklammerte den Telefonhörer. Pat Traymore war in der Zeitungsredaktion in Apple Junction gewesen. Jeremy Saunders hatte Pat Traymore angerufen. „Senatorin, wenn dir jemand Steine in den Weg legen will, schlag ich ihn kurz und klein."

UM HALB vier Uhr traf Pat zu Hause ein. Sie hatte kaum die Tür hinter sich zugemacht, als das Telefon läutete. Es war Lila Thatcher, die Hellseherin, die soeben aus Kalifornien zurückgekehrt war. „Ich bin ja so froh, daß ich Sie erreiche, Pat. Der frühere amerikanische Botschafter in England – er wohnt zwei Häuser weiter – gibt heute ein Weihnachtsessen, und ich habe ihn angerufen und ihm gesagt, daß ich Sie gern mitbringen würde. Schließlich gehören Sie jetzt auch zu seinen Nachbarn." James Cardell, der Diplomat, war mit seinen achtzig Jahren noch überaus rüstig. In Politikerkreisen stand er nach wie vor in höchstem Ansehen.

„Ich komme gern mit", sagte Pat. „Vielen Dank, daß Sie an mich gedacht haben."

Nachdem sie aufgelegt hatte, ging sie nach oben. Sie hatte noch Zeit, ein Bad zu nehmen und sich dann kurz aufs Ohr zu legen.

Während sie im Badezimmer in der Wanne lag, fiel ihr auf, daß sich die schlichte beige Tapete an einer Ecke löste. Darunter kam ein blauer Streifen zum Vorschein – er mußte von der alten blauen Tapete stammen, an die sie sich noch erinnerte! *Das Bett im Schlafzimmer hatte eine elfenbeinfarbene Seidensteppdecke, und auf dem Boden lag ein blauer Teppich.*

Mit mechanischen Bewegungen trocknete sie sich ab, schlüpfte in einen Frotteekaftan und ging ins Schlafzimmer. Sicherheitshalber stellte sie den Wecker auf 17 Uhr 30, ehe sie sich hinlegte.

Zornige Stimmen ... Sie zog sich die Bettdecke über den Kopf ..., ein lautes Geräusch, ein zweites lautes Geräusch ... Barfuß ging sie die Treppe hinab ...

Das beharrliche Klingeln des Weckers riß sie aus dem Schlaf. Sie rieb sich die Stirn und versuchte krampfhaft, sich an ihren Traum zu erinnern. Sie kommt näher, dachte sie. Mit jedem Traum rückt die Wahrheit näher.

Zögernd stand sie auf und ging zum Wandschrank. Sie entschied sich für ein schwarzes Seidenkleid mit Manschetten aus Zobelfell. Die Gäste des Botschafters hatten sich bestimmt alle sehr schick gemacht.

Pünktlich um sechs Uhr klingelte Lila Thatcher, um Pat abzuholen. Sie hatte sich ein Weihnachtssträußchen an den Nerzmantel gesteckt und sah sehr festlich aus.

„Haben wir noch Zeit für ein Glas Sherry?" fragte Pat.

„Warum nicht?" Mrs. Thatchers Blick fiel auf den schmalen Tisch mit der Carraramarmorplatte, der im Flur stand, und auf den marmorgefaßten Spiegel, der darüber hing. „Ich habe diese Stücke immer gemocht. Schön, daß sie wieder da sind."

„Also wissen Sie Bescheid", sagte Pat. „Sie wissen, wer ich bin."

„Ja", antwortete Mrs. Thatcher. In der Tür zum Wohnzimmer blieb sie stehen. „Sie haben gute Arbeit geleistet. Natürlich ist es lange her, doch entspricht hier alles meinen Erinnerungen. Kein Wunder, daß ich mir solche Sorgen gemacht habe. Pat, sind Sie sicher, daß Sie richtig handeln?"

Die beiden Frauen setzten sich, und Pat schenkte Sherry ein. „Ich weiß es nicht. Auf jeden Fall ist die Suche nach der Vergangenheit für mich sehr wichtig."

„An wieviel erinnern Sie sich?"

„Nichts Zusammenhängendes, nur Bruchstücke."

„Ich habe damals öfter im Krankenhaus angerufen und mich nach Ihnen erkundigt. Sie waren monatelang bewußtlos. Eines Tages erschien dann die Todesanzeige."

„Meine Tante Veronica, die Schwester meiner Mutter, und ihr Mann hatten mich adoptiert. Und meine Großmutter wollte verhindern, daß mich die Tragödie zeitlebens verfolgte."

„Und deshalb änderte sie auch Ihren Vornamen?"

„Ich hieß von Anfang an Patricia Kerry. Kerry – das hatte sich vermutlich mein Vater ausgedacht. Meine Großmutter hieß auch Patricia."

„Aus Kerry Adams wurde also Patricia Traymore. Was hoffen Sie hier zu finden?" Mrs. Thatcher trank einen Schluck.

Voller Unruhe erhob sich Pat und ging zum Flügel. Sie berührte die Tasten, zog ihre Hand aber rasch wieder zurück.

Mrs. Thatcher hatte sie beobachtet. „Spielen Sie Klavier?"

„Ja, gelegentlich."

„Ihre Mutter spielte leidenschaftlich gerne. Wußten Sie das?"

„Ja, Tante Veronica hat es mir erzählt. Verstehen Sie, zuerst wollte ich nur nachvollziehen, was hier vorgefallen ist. Dann ging mir auf, daß ich meinen Vater gehaßt habe, seit ich denken kann – weil er mir so schrecklich weh tat, weil er mir die Mutter nahm. Vermutlich hoffte ich einen Hinweis darauf zu finden, daß er krank war, nervlich zerrüttet – ich weiß nicht, was ich erwartete. Doch inzwischen erinnere ich mich an einige Kleinigkeiten und muß erkennen, daß viel mehr auf dem Spiel steht. Bisher hatte ich nämlich festgefügte Ansichten – daß meine Mutter ein Engel war, mein Vater ein Teufel. Tante Veronica deutete einmal an, mein Vater hätte verhindert, daß Mutter als Pianistin Karriere machte. Aber was war mit *ihm*? Sie heiratete einen Politiker und weigerte sich dann, an seinem Leben teilzuhaben. War das fair? Und vor allem – welche Rolle spielte ich dabei? War ich gar der Auslöser für ihre vielen Streitigkeiten?"

„Der Auslöser", wiederholte Mrs. Thatcher. „Genau das sind Sie, Pat. Sie setzen Dinge in Bewegung, die vielleicht besser ruhen würden." Die Hellseherin stand auf. „Wir sollten den Botschafter nicht warten lassen", meinte sie, während sie Pat musterte. Sie glaubte Renées ausgeprägte Wangenknochen und den zarten Mund wiederzuerkennen; die weit auseinanderstehenden Augen dagegen hatte Pat von ihrem Vater, ebenso wie sein braunes Haar.

„Also, Lila, Sie haben mich jetzt lange genug angeschaut", sagte Pat. „Wem von beiden bin ich ähnlicher?"

„Sie ähneln mehr Ihrem Vater."

„O Gott, hoffentlich nicht in jeder Hinsicht!" Pat versuchte zu lächeln, aber es wollte ihr nicht gelingen.

Aus dem Schatten der Sträucher vor Pat Traymores Terrasse beobachtete Arthur Stevens die beiden Frauen. Sie waren festlich gekleidet. Ob sie ausgehen wollten? Aufmerksam betrachtete er Patricia Traymores Gesicht. Nahm sie seine Warnungen allmählich ernst?

Er war erst wenige Minuten auf seinem Posten, als die beiden Frauen sich zum Weggehen bereitmachten. Kurz darauf hörte er, wie die Haustür zuschlug. Er würde sich beeilen müssen.

Patricia Traymore hatte das Wohnzimmerlicht brennen lassen. Im Schein des Kronleuchters erkannte er, daß die Terrassentür mit einem Sicherheitsschloß versehen worden war. Selbst wenn er wieder eine Scheibe herausschnitt, würde er nicht ins Haus kommen. Damit hatte er gerechnet, und er wußte genau, was er tun mußte. Neben der Terrasse erhob sich eine Ulme, die einfach zu erklettern war. Ein dicker Ast reichte ganz nahe an das Fenster eines Zimmers im ersten Stock heran. Dort würde er problemlos einsteigen können.

Wenige Minuten später stand er in dem Zimmer, offensichtlich dem Gästezimmer. Er knipste seine Taschenlampe an, denn er wußte, daß er allein in dem Haus war. Wo sollte er mit der Suche beginnen?

Mit der Puppe hatte er sich solche Mühe gegeben! Beinahe hätte man ihn erwischt, als er im Labor des Pflegeheims ein Reagenzglas mit Blut mitgehen ließ, aber er hatte noch einmal Glück gehabt. Und nun mußte er die Puppe finden, damit Glory keinen Verdacht schöpfte.

Zum zweitenmal innerhalb einer Woche befand er sich in diesem Haus. Die Erinnerung an jenen Vormittag vor über zwanzig Jahren war noch immer außerordentlich lebendig: Der Krankenwagen hielt mit blinkendem Blaulicht und heulender Sirene in der Auffahrt; überall Polizisten, das Geschrei der Haushälterin, die die Toten gefunden hatte. Er stürmte mit seinen Kollegen aus dem Krankenwagen ins Haus. Ein Polizeibeamter hielt vor der Tür Wache. „Keine Eile, die brauchen euch nicht mehr."

Der Mann lag auf dem Rücken. Die Kugel, die er sich durch die Schläfe gejagt hatte, mußte ihn sofort getötet haben. Die Leiche der Frau war ein noch schrecklicherer Anblick: Aus einer Brustwunde strömte Blut und befleckte ringsum den Teppich.

Arthur hatte sich als erster um das kleine Mädchen gekümmert. Ihr kastanienbraunes Haar war von getrocknetem Blut verkrustet, das rechte Bein schien eigentümlich verdreht, und der Knochen stand heraus. Er hatte sich über sie gebeugt. „Sie lebt", hatte er geflüstert, und sofort kamen alle herbeigeeilt. Sein Kollege erschien mit dem Beatmungsgerät, dann schiente er das zerschmetterte Bein. Arthur hatte geholfen, den Kopf des Mädchens zu bandagieren. Jemand sagte, das Kind heiße Kerry. „Wenn es Gottes Wille ist, werde ich dich retten, Kerry", hatte er geflüstert.

Schon damals hatte er das Haus für einen Ort der Sünde und des Bösen gehalten, einen Ort, an dem zwei unschuldigen Wesen, der jungen Frau und ihrer kleinen Tochter, Gewalt angetan worden war.

Die kleine Kerry hatte zwei Monate lang auf der Intensivstation gelegen. Sie wachte nicht auf, sondern lag einfach nur da wie eine schlafende Puppe. Arthur hatte allmählich begriffen, daß es ihr nicht bestimmt war weiterzuleben, und hatte einen Weg gesucht, sie dem Herrn zu überantworten. Doch ehe er sein Vorhaben ausführen konnte, wurde sie in ein Krankenhaus in Boston verlegt, und einige Zeit später hatte er gelesen, daß sie gestorben war.

Er betrat Patricia Traymores Schlafzimmer, wo er mit der Suche nach Glorys Puppe begann. Gründlich inspizierte er den Wandschrank. Die Puppe war nicht da. Mit unterdrückter Wut betrachtete er die Garderobe der Frau: Seidenblusen, Negligés und Hosenanzüge, wie man sie in Modezeitschriften sehen konnte. Ein Gewand erstaunte ihn, eine braune Wolltunika mit geflochtenem Gürtel. Das Kleidungsstück erinnerte ihn an eine Mönchskutte. Er nahm es aus dem Schrank und hielt es sich an den Körper. Als nächstes untersuchte er die Schubladen der Kommode. Auch dort fand er die Puppe nicht. Er kehrte noch einmal in das Gästezimmer zurück und warf einen Blick in den Einbauschrank. Aber er war leer. Also ging er ins Erdgeschoß.

Patricia Traymore hatte im Flur das Licht ebenso brennen lassen wie im Wohnzimmer, wo auch die elektrischen Kerzen am Weihnachtsbaum eingeschaltet waren. Sündhafte Verschwendung! dachte er zornig. Es war ungerecht, soviel Energie zu verbrauchen, wenn sich manche alte Leute nicht einmal eine Heizung leisten konnten! *Ein Streichholz würde genügen – und der Baum würde sofort brennen!*

Ein kleiner Weihnachtsengel war zu Boden gefallen. Er hob ihn auf und hängte ihn wieder an den Baum.

Die Bibliothek durchsuchte er zuletzt. Sein Blick fiel auf einen Karton, der weit unter den Tisch geschoben worden war, und er ahnte sofort, daß er Glorys kostbare Puppe darin finden würde. Er zog den Karton heraus – da war sie!

Die Schürze war verschwunden, doch hatte er keine Zeit, danach zu suchen. Er kehrte in den ersten Stock zurück, denn er wollte auf demselben Weg verschwinden, den er gekommen war – durch das Fenster im Gästezimmer. Patricia Traymore benutzte diesen Raum nicht; wahrscheinlich schaute sie nur alle paar Tage einmal hinein.

Er war um 18 Uhr 15 ins Haus eingedrungen. Als er den Baum hinabglitt und im Dunkel der Nacht verschwand, schlug die Uhr der nahe gelegenen Kirche siebenmal.

JAMES CARDELLS Haus war eine geräumige Villa. Pats Blick fiel auf bequeme, mit kostbaren Stoffen bezogene Sofas und antike Tische im Stil des Klassizismus. Auf dem Eßzimmertisch war ein prächtiges kaltes Buffet aufgebaut worden.

Der Botschafter begrüßte Pat mit ausgesuchter Höflichkeit. Etwa

vierzig Gäste hatten sich versammelt, und Mrs. Thatcher erklärte Pat, um wen es sich handelte. „Der britische Botschafter und seine Frau, Sir John und Lady Clemens..., der französische Botschafter... Donald Arlen – er steht kurz vor seiner Ernennung zum Präsidenten der Weltbank ..."

Dann stellte sie Pat den Leuten aus der Nachbarschaft vor. Zu ihrer Überraschung fand sich Pat im Mittelpunkt des Interesses. Ob es Hinweise auf den Einbrecher gebe? Ob der Präsident wohl Senatorin Jennings zur Vizepräsidentin ernennen werde? Wie gestaltete sich die Zusammenarbeit mit der Senatorin?

Gina Butterfield, eine Redakteurin der *Washington Tribune*, hatte sich der Gruppe angeschlossen und hörte interessiert zu. „Offenbar nehmen Sie den Einbruch und die Drohungen nicht besonders ernst", bemerkte sie.

Pat versuchte, gelassen zu wirken. „Ich glaube, daß ich es mit einem harmlosen Irren zu tun habe. Das Problem ist nur, daß der Einbruch soviel Staub aufgewirbelt hat."

Die Redakteurin lächelte. „Meine Liebe, wir leben doch in Washington. Sie dürfen nicht glauben, man könnte hier eine sensationelle Neuigkeit einfach unter den Teppich kehren! Offenbar läßt Sie die Sache ziemlich kalt. Ich an Ihrer Stelle würde mir wegen des Einbruchs und der Drohungen große Sorgen machen."

„Um so mehr, als es mit diesem Haus eine besondere Bewandtnis hat", bemerkte jemand. „Hat man Ihnen schon vom Fall Adams erzählt? Von diesem schlimmen Mord, der sich dort zutrug?"

Pat betrachtete ihr Champagnerglas. „Ja, ich habe die Geschichte gehört. Aber sie liegt sehr lange zurück, nicht wahr?"

„Soll das heißen", hakte Gina Butterfield sofort ein, „Sie wohnen in dem Haus, das dem Kongreßabgeordneten Dean Adams gehörte?"

„Müssen wir unbedingt *davon* sprechen?" unterbrach Mrs. Thatcher die Redakteurin. „Wir haben Weihnachten."

In diesem Moment schloß sich der Botschafter der Runde an. „Bitte, das kalte Buffet ist eröffnet", sagte er. Pat wandte sich ab, um ihm zu folgen, hielt aber inne, als sie hörte, wie sich die Redakteurin mit einem anderen Gast unterhielt.

„Sie wohnten schon hier, als sich der Mord ereignete?"

„O ja", antwortete die Frau. „Wir leben nur zwei Häuser weiter und kannten die Adams ziemlich gut."

„Stimmt es denn, daß hinter dem Fall wesentlich mehr steckte, als in der Öffentlichkeit bekannt wurde?"

„Natürlich." Die Nachbarin lächelte vielsagend. „Mrs. Adams' Mutter, Mrs. Schuyler, sagte damals vor der Presse, ihre Tochter habe erkannt, daß ihre Ehe ein Irrtum gewesen sei, und habe sich von Dean Adams scheiden lassen wollen. Ich bin mir dessen nicht so sicher. "

„Sie meinen, die Richter hätten ihre Ehe vielleicht gar nicht geschieden?" fragte Mrs. Butterfield.

„Ich möchte es zumindest bezweifeln", erwiderte die Frau. „Mrs. Schuyler setzte dieses Gerücht in die Welt. Ihre Tochter war nämlich schrecklich eifersüchtig, und für seine Arbeit hatte sie kein Verständnis. Auf Partys war sie eine Langweilerin, weil sie den Mund nicht aufbrachte. "

Das glaube ich einfach nicht! dachte Pat. Ich will es nicht glauben! Was hatte die Redakteurin jetzt gefragt? Ob Dean Adams als Frauenheld gegolten hätte?

„Er war so anziehend, daß sich viele Frauen um ihn bemühten", gab die Nachbarin zu verstehen. „Auch ich mochte ihn sehr gern. Abends ging er häufig mit der kleinen Kerry spazieren. Dabei richtete ich es immer so ein, daß ich den beiden zwangsläufig begegnen mußte, aber bei Dean Adams hatte ich keine Chancen. "

„War Dean Adams labil?" wollte Mrs. Butterfield wissen.

„Natürlich nicht. Ich bin der Ansicht, daß seine Frau damals die Beherrschung verlor und um sich schoß. Auf der Waffe wurden die Fingerabdrücke von beiden gefunden. Und was den Tod der kleinen Kerry anbelangt . . . Ich halte es nicht für ausgeschlossen, daß auch daran die Mutter die Schuld trug. "

SAM nippte an seinem Bier und betrachtete desinteressiert die Menschen im Tennisclub von Palm Springs. Ihm gegenüber saßen seine Tochter Karen und ihr Mann Tom. Thomas Walton Snow war ein guter Ehemann und geschäftlich sehr erfolgreich. Toms Familie hingegen fand Sam ziemlich langweilig.

„Paps, bitte tu mir den Gefallen und schau nicht mehr so finster drein, ja?" Karen beugte sich über den Tisch, gab ihm einen Kuß und kuschelte sich dann an ihren Mann.

„Schätzchen", sagte Sam, „als du mich gefragt hast, ob der Präsident wohl Senatorin Jennings zur Vizepräsidentin ernennen würde, antwortete ich, ich wüßte es nicht. Aber wenn ich ehrlich bin, glaube ich schon, daß sie den Posten bekommen wird. Morgen abend gibt die Senatorin einen Weihnachtsempfang; Ausschnitte davon werden in der Fernsehsendung nächsten Mittwoch zu sehen sein. Ich habe auch eine Einladung bekommen, und ich glaube fast, ich sollte mich dort einmal blicken lassen. "

Diesen Grund zur Abreise akzeptierte sogar seine Tochter, und zu Hause informierte sich Tom telefonisch sogleich über die Abflugzeiten. Wie interessant, an einem Empfang teilzunehmen, der im Fernsehen übertragen wurde!

Karen lachte beim Abschied. „Paps, mach uns nichts vor. Ich habe läuten hören, die Senatorin habe ein Auge auf dich geworfen!"

UM 22 UHR 15 verließen Pat und Mrs. Thatcher die Villa des Botschafters; zu Fuß machten sie sich auf den Heimweg. Vor Mrs. Thatchers Haus verabschiedeten sie sich. Mrs. Thatcher glaubte sich entschuldigen zu müssen: „Pat, das alles tut mir wirklich schrecklich leid."

„Lila, ich möchte nur noch eines wissen: Ist an dem, was diese Nachbarin gesagt hat, etwas Wahres dran?"

„Pat, diese Frau ist eine üble Klatschbase. Sie hat doch nur darauf gewartet, daß diese Redakteurin sie über das Haus Ihrer Eltern ausfragt, um mit ihrer Geschichte in die Zeitung zu kommen."

„Bestimmt täuscht sie sich, was meine Mutter anbelangt", sagte Pat tonlos.

„Sind Sie sicher?"

Die beiden Frauen standen vor Mrs. Thatchers Gartentor. Pat schaute über die Straße auf ihr Haus. Es kam ihr einsam und unheimlich vor. „Meine Mutter kann mir nichts angetan haben. An eines erinnere ich mich nämlich noch ganz genau: Als ich an jenem Abend durch den Flur ins Wohnzimmer rannte, bin ich über die Leiche meiner Mutter gestolpert." Sie schaute Mrs. Thatcher in die Augen. „Sie sehen selbst, was meine Nachforschungen bestätigt haben: Meine Mutter war neurotisch und hielt mich anscheinend für einen Plagegeist, und mein Vater verlor die Beherrschung und versuchte, mich umzubringen. Eine hübsche Erblast, finden Sie nicht auch?"

IM WOHNZIMMER leuchtete das Lämpchen des Anrufbeantworters. Auf dem Band war eine einzige Nachricht festgehalten: „Pat, hier Luther Pelham. Wir haben Probleme. Egal wie spät Sie nach Hause kommen, rufen Sie mich an. Ich bin bei Senatorin Jennings zu erreichen. Wir müssen uns dort unbedingt noch heute abend treffen."

Pat wählte Abigail Jennings' Nummer. Toby meldete sich.

„Hier Pat Traymore", sagte Pat. „Toby, was ist los?"

„Jede Menge. Sind Sie zu Hause? . . . Schön, Mr. Pelham schickt einen Wagen vorbei, der Sie abholen wird. Er müßte in zehn Minuten zur Stelle sein. Sie sind uns eine Erklärung schuldig." Er legte auf.

Eine halbe Stunde später klingelte Pat bei der Senatorin. Toby öffnete ihr mit ernster Miene und führte sie in die Bibliothek. Mehrere Gestalten saßen um einen Tisch und hielten Kriegsrat.

Senatorin Jennings gab sich frostig und würdigte Pat keines Blickes. Rechts von der Senatorin saß Buckley; sein dünnes, strähniges Haar wirkte unordentlich. Luther Pelhams Gesicht war vor Aufregung rot angelaufen. Hier brauchst du keine Erklärungen mehr abzugeben, dachte Pat, deine Schuld steht bereits fest. Aber woran sollte sie schuld sein? „Würde mir mal bitte jemand sagen, was hier los ist?" fragte sie.

Buckley schob Pat eine Zeitschrift hin. „Woher haben die das Foto?" fragte er in schneidendem Ton.

Pat starrte auf das Titelbild des *National Mirror*. Die Schlagzeile lautete: MISS APPLE JUNCTION – DIE ERSTE FRAU, DIE DAS AMT DES VIZEPRÄSIDENTEN BEKLEIDET? Das Bild zeigte Abigail als Schönheitskönigin neben ihrer Mutter. Die Vergrößerung ließ Francey Fosters Dickleibigkeit noch unvorteilhafter erscheinen. Ihr Arm, der auf Abigails Schulter ruhte, war ein unförmiger Fettkloß; ihr stolzes Lächeln konnte das massige Doppelkinn nicht verbergen.

„Sie haben dieses Bild schon mal gesehen", sagte Buckley barsch.

„Glauben Sie etwa, ich hätte es dem *National Mirror* zugespielt?"

„Hören Sie, Miß Traymore", meinte Toby. „Sparen Sie sich Ihre Lügen. Ich habe herausgefunden, daß Sie in Apple Junction herumgeschnüffelt haben – unter anderem haben Sie sich alte Ausgaben des Lokalblattes zeigen lassen."

„Ich habe die Senatorin darauf aufmerksam gemacht, daß Sie gegen meine Weisung nach Apple Junction gefahren sind!" rief Pelham.

Pat verstand die Warnung. Abigail sollte nicht erfahren, daß sie die Reise mit Pelhams Billigung unternommen hatte. „Frau Senatorin", sagte sie stockend. „Ich weiß, wie Ihnen zumute ist . . ."

Die Senatorin explodierte. „Ach wirklich?" rief sie, während sie aufsprang. „Ich dachte, ich hätte mich klar genug ausgedrückt. Aber ich sage es Ihnen gerne noch einmal: Ich möchte mit Apple Junction, diesem miesen Provinznest, nichts mehr zu tun haben. Ich weiß, daß Sie sich mit Jeremy Saunders unterhalten haben, diesem Nichtsnutz. Außerdem bin ich überzeugt, daß Sie das Foto weitergegeben haben, Miß Traymore. Und ich kenne auch den Grund. Sie sind entschlossen, mich auf *Ihre* Weise darzustellen. Sie lieben Aschenputtelgeschichten. Das Fernsehpublikum soll vor Rührung weinen, wenn Pat Traymore auf die Tränendrüse drückt. Dabei ist Ihnen völlig egal, daß mich das meine Karriere kosten kann!"

„Sie behaupten also, ich hätte das Bild weitergegeben, um Ihnen zu schaden? Ich habe die Zeitung überhaupt nicht mitgenommen." Pat blickte in die Runde. „Luther, hat die Senatorin das alternative Sendekonzept gesehen?"

„Welches alternative Sendekonzept?" fragte Buckley.

„Die Version, die ich gern ausarbeiten möchte. Ich kann Ihnen versichern, daß Apple Junction darin mit keinem Wort erwähnt wird. Frau Senatorin, in gewisser Beziehung haben Sie recht. Ich möchte, daß diese Sendung auf meine Art gemacht wird. Aber aus den lautersten Motiven. Ich habe Sie immer sehr bewundert." Pat hielt inne, um Luft zu holen, und fuhr dann eilig fort: „Dennoch will ich ganz ehrlich sein: Sie haben eine einzige Schwäche – die Öffentlichkeit hält Sie für kühl und zugeknöpft. Die Diskussion um dieses Foto ist ein Beispiel dafür. Offensichtlich schämen Sie sich des Bildes. Aber schauen Sie sich den Gesichtsausdruck Ihrer Mutter an! Sie ist über alle Maßen *stolz* auf Sie! Sie ist dick – stört Sie das? Dabei könnten Sie alle Zweifel an Ihrer Person zerstreuen. Sie brauchten nur zu sagen: ‚Ich nahm an dem Wettbewerb teil, weil ich wußte, wie glücklich ein Sieg meine Mutter machen würde.‘ Sämtliche Mütter auf der Welt würden Sie auf Anhieb in ihr Herz schließen. Ja, ich wage sogar zu behaupten: Wenn Sie nicht zur Vizepräsidentin ernannt werden, dann nicht wegen dieses Bildes, sondern wegen Ihrer Reaktion darauf. Und jetzt werde ich mich auf den Heimweg machen." Mit funkelnden Augen blickte sie Pelham an. „Sie können mir morgen telefonisch mitteilen, ob ich die Sendung auch weiterhin betreuen soll oder nicht."

Sie stand schon an der Tür, als sie noch einmal Luther Pelhams Stimme vernahm.

„Toby, machen Sie Kaffee!" befahl er. „Und Sie, Pat, setzen sich zu uns. Wir wollen sehen, wie wir Ordnung in dieses Durcheinander bringen können."

Es war 1 Uhr 30, als Pat nach Hause kam. Sie kochte Tee, nahm ihre Tasse mit ins Wohnzimmer und legte sich auf das Sofa.

Nachdenklich betrachtete sie den Weihnachtsbaum und ließ dabei den Tag Revue passieren. Wenn sie Catherine Graney Glauben schenken wollte, dann war die große Liebe zwischen Abigail und Willard Jennings eine Lüge. Wenn sie die Äußerungen der Nachbarin, die sie im Haus des Botschafters kennengelernt hatte, für bare Münze nahm, war ihre Mutter neurotisch gewesen. Und wenn Senatorin Jennings mit ihrer Einschätzung von Jeremy Saunders richtig lag, war dieser eine von Haß erfüllte Niete.

Er mußte das Bild von Abigail an den *National Mirror* geschickt haben. Zu einer solchen Gemeinheit war er fähig.

Pat trank ihren Tee aus und stand auf. Es hatte keinen Sinn, weiter darüber nachzugrübeln. Sie bückte sich, um die elektrische Weihnachtsbaumbeleuchtung auszuschalten, und hielt plötzlich inne. Als

sie mit Mrs. Thatcher hier beim Sherry gesessen hatte, war ihr ein
Weihnachtsengel aufgefallen, der am Boden lag. Jetzt war er nicht
mehr da. Ich sehe wohl schon Gespenster, dachte sie, zuckte die
Achseln und ging zu Bett.

9

AM ERSTEN Weihnachtsfeiertag stand Toby um Viertel nach neun in
Abigail Jennings' Küche und goß Wasser in die Kaffeemaschine.
Heute früh wußte er nicht zu sagen, ob sie gut gelaunt zum Frühstück
kommen würde oder nicht.

Nachdem Pat Traymore letzte Nacht gegangen war, hatten Abby,
Pelham und Buckley noch eine Stunde lang zusammengesessen und
beraten, wie sie sich verhalten sollten. Abby hatte Pelham mehrmals
angebrüllt, und Toby war insgeheim erstaunt, daß sich der Nachrich-
tenchef eine solche Behandlung gefallen ließ. Erst später hatte ihm
Buckley offenbart, was hinter dieser Duldsamkeit steckte: „Verstehen
Sie doch, Pelham ist der bekannteste Fernsehkommentator im Lande.
Die Krönung seiner Laufbahn würde der Chefsessel in der amtlichen
Nachrichtenagentur darstellen. Wenn er der Senatorin mit seiner
Sendung in den Sattel hilft, wird sie sich eines Tages bestimmt
revanchieren."

Jetzt hörte er Abbys Schritte im Flur.

„Guten Morgen, Toby. Fröhliche Weihnachten." Ihre Stimme
klang ironisch, aber beherrscht. Abby hatte sich wieder gefangen.

„Fröhliche Weihnachten, Senatorin. Abby, du siehst großartig
aus!"

Sie trug ein elegantes dunkelblaues Kostüm. Pelham hatte ihr vorgeschlagen, einen Weihnachtsgottesdienst zu besuchen und sich dafür
besonders fotogen anzuziehen. Sie griff nach ihrer Kaffeetasse und hob
sie hoch, als proste sie Toby zu. „Wir ziehen die Sache durch, nicht
wahr, Toby?"

„Darauf kannst du wetten!"

DIE Senatorin wurde bereits vor der National Cathedral erwartet.
Kaum war Abigail aus dem Wagen gestiegen, streckte ihr ein
Fernsehreporter ein Mikrofon entgegen. „Fröhliche Weihnachten,
Frau Senatorin. Werden Sie an etwas Besonderes denken, wenn Sie
heute beim Gottesdienst Ihr Gebet sprechen?"

„Ich glaube, wir alle sollten für den Weltfrieden beten, nicht wahr?"
antwortete Abby. „Außerdem gilt mein Gebet den Hungernden

dieser Erde. Wäre es nicht wundervoll, wenn wir wüßten, daß jeder Mann, jede Frau und jedes Kind heute vor einem vollen Teller säße?"

Der nächste Reporter hatte sich offenbar vorgenommen, die Senatorin zu verunsichern. „Frau Senatorin, haben Sie zufällig schon den *National Mirror* dieser Woche gesehen?"

Abby setzte ein freundliches Lächeln auf. „Aber ja."

„Und? Haben Sie sich sehr über das Foto aufgeregt?"

„Aber überhaupt nicht. Warum auch? Das Bild erinnert mich daran, wie glücklich meine Mutter war, als ich den Wettbewerb gewann. Ich machte damals nur mit, um ihr eine Freude zu bereiten. Sie war verwitwet, wissen Sie, und mußte mich allein großziehen. Wir standen uns sehr, sehr nahe."

Nun füllten sich ihre Augen mit Tränen, ihre Lippen begannen zu zittern. Rasch wandte sie sich ab und schloß sich dem Strom der Gottesdienstbesucher an, die durch das Portal in die Kirche eilten.

Als Pat vom Morgengottesdienst zurückkehrte, leuchtete das Lämpchen am Anrufbeantworter. Sie spielte das Band ab und hörte Sams Stimme: „Pat, ich versuche laufend, dich zu erreichen. Gleich besteige ich das Flugzeug nach Washington. Wir sehen uns heute abend bei Abigail." Sam hatte bis Neujahr bei Karen und ihrem Mann bleiben wollen. Und jetzt reiste er Hals über Kopf ab, um an Abigails Weihnachtsempfang teilnehmen zu können! Wie weit reichten die freundschaftlichen Beziehungen der beiden schon?

Luther Pelham hatte sich ebenfalls gemeldet. „Setzen Sie die Arbeit am zweiten Sendekonzept fort. Ich erwarte Sie um fünfzehn Uhr im Haus der Senatorin."

Der nächste Anrufer war eine Frau, deren Stimme leise und besorgt klang. „Miß Traymore..., äh, Pat... Sie erinnern sich vielleicht nicht mehr an mich. Hier spricht Margaret Langley, die frühere Direktorin des Gymnasiums von Apple Junction. Bitte rufen Sie mich zurück."

Es läutete nur einmal, bevor Mrs. Langley abhob. „Miß Traymore, stellen Sie sich vor: Nach all den Jahren hat mich Eleanor Brown neulich angerufen!" berichtete sie. „Sie meldete sich mit ihrer schüchternen Stimme, und wir mußten beide weinen."

„Miß Langley, wo ist Miß Brown? Was macht sie?"

„Das hat sie mir nicht verraten. Sie sagte nur, es ginge ihr viel besser und sie trage sich mit dem Gedanken, sich zu stellen."

„Sie will sich stellen?" Pat dachte an Miß Browns hilflosen Gesichtsausdruck nach dem Schuldspruch. „Was haben Sie ihr geraten?"

„Ich bat sie inständig, Sie anzurufen. Ich dachte, Sie könnten sich dafür einsetzen, daß sie nicht wieder ins Gefängnis muß!"

„Ich werde alles tun, was in meiner Macht steht", versprach Pat. „Ein guter Freund von mir ist Kongreßabgeordneter; vielleicht kann er etwas erreichen."

„Ich wußte doch, daß Sie helfen würden. Sie sind ein guter Mensch."

Nachdenklich legte Pat den Hörer auf. Eleanor Brown würde all ihren Mut zusammennehmen müssen, um sich zu stellen. Für Abigail Jennings aber konnte es unerfreulich werden, wenn in den nächsten Tagen eine schüchterne junge Frau ins Gefängnis zurückgebracht wurde, die weiterhin Stein und Bein schwor, den Diebstahl in Abigails Büro nicht begangen zu haben.

Als Arthur Stevens den Korridor des Pflegeheims entlangging, witterte er sofort die Gefahr und war auf der Hut. Auf den ersten Blick sah alles friedlich aus. Weihnachtsbäumchen und Kerzen standen auf Klapptischen, aus der Stereoanlage im Aufenthaltsraum erklangen weihnachtliche Melodien. Aber irgend etwas stimmte nicht.

„Guten Morgen, Mrs. Harnick. Wie geht es Ihnen?" Mit Hilfe ihres Laufgestells bewegte sich die alte Frau langsam durch den Flur. Sie hielt inne und schaute mit ängstlichem Blick zu ihm auf.

„Kommen Sie mir nicht zu nahe, Mr. Stevens", sagte sie zitternd. „Ich habe den Ärzten gesagt, daß Sie in Mrs. Gillespies Zimmer waren, und ich weiß, daß ich mich nicht getäuscht habe."

„Natürlich war ich in ihrem Zimmer", erwiderte er. „Schließlich waren wir miteinander befreundet."

„Das stimmt nicht. Mrs. Gillespie hatte Angst vor Ihnen."

Er versuchte, sich seinen Zorn nicht anmerken zu lassen. „Hören Sie, Mrs. Harnick . . ."

„Mrs. Gillespie wollte leben. Sie erwartete nämlich den Besuch ihrer Tochter Annemarie. Es sei ihr gleich, sagte Mrs. Gillespie, wann sie stürbe, solange sie nur ihre Annemarie noch einmal sehen könnte." Die Frau wich vor ihm zurück.

Im Stationszimmer saß Schwester Elizabeth an ihrem Schreibtisch. Er haßte ihr strenges Gesicht, ihre bleigrauen Augen. „Mr. Stevens!" rief sie und stand auf. „Ehe Sie mit Ihrer Runde anfangen, kommen Sie doch bitte mal mit."

Er folgte ihr in die Verwaltung, wo ein junger Mann mit einem Kindergesicht auf ihn wartete. Obwohl der Fremde sich freundlich gab, ließ sich Arthur nicht täuschen.

Der junge Mann stellte sich vor. „Ich bin Inspektor Barrott."

Dr. Cole, der Chef des Pflegeheims, war ebenfalls anwesend. „Mr. Stevens, setzen Sie sich", sagte er ruhig. Arthur nahm auf einem Besucherstuhl Platz und tat so, als sei er überrascht.

„Sie wissen, daß letzten Donnerstag Mrs. Gillespie gestorben ist", begann Inspektor Barrott.

Arthur nickte und setzte eine schmerzvolle Miene auf. „Ja. Dabei hoffte ich so sehr, daß sie noch ein Weilchen durchhalten würde. Ihre Tochter wollte nämlich zu Besuch kommen, Mrs. Gillespie hatte sie schon lange nicht mehr gesehen."

„Das wußten Sie?" fragte Dr. Cole.

„Natürlich. Mrs. Gillespie hat es mir erzählt."

„Waren Sie froh, als Mrs. Gillespie starb?" fragte der Kriminalbeamte.

„Ich war froh, daß sie starb, ehe der Krebs noch schlimmer wurde. Sie hätte schreckliche Schmerzen leiden müssen. Aber ich wünschte, sie hätte zuvor ihre Annemarie noch einmal sehen können. Dafür habe ich auch mit Mrs. Gillespie gebetet."

Inspektor Barrott musterte ihn aufmerksam. „Mr. Stevens, waren Sie letzten Donnerstag in Mrs. Gillespies Zimmer?"

„O ja. Kurz bevor Schwester Erica ihre Runde machte. Mrs. Gillespie wollte aber nichts."

„Mrs. Harnick behauptet, sie hätte Sie gegen vier Uhr morgens aus Mrs. Gillespies Zimmer kommen sehen. Stimmt das?"

Arthur hatte seine Antwort parat. „Nein. Ich betrat das Zimmer nicht, sondern schaute nur hinein. Mrs. Gillespie schlief. Sie hatte eine schlechte Nacht hinter sich, und ich machte mir ihretwegen Sorgen. Mrs. Harnick sah mich wohl vor dem Zimmer stehen."

„Neulich haben Sie aber behauptet, Mrs. Harnick müsse sich irren."

„Ja, weil ich gefragt worden war, ob ich Mrs. Gillespies Zimmer ein zweitesmal *betreten* hätte. Als ich dann aber genauer darüber nachdachte, fiel mir ein, daß ich gegen vier noch einmal hineingeschaut hatte."

Dr. Cole lächelte. „Mr. Stevens ist ein besonders gewissenhafter Pfleger."

Inspektor Barrott blieb beharrlich. „Mr. Stevens, ist es hier üblich, daß die Pfleger mit den Patienten beten, oder sind Sie der einzige, der das tut?"

„Ach, ich glaube, ich bin der einzige. Wissen Sie, ich wollte einmal Priester werden. Leider wurde ich aber krank und mußte mein Studium aufgeben. Dennoch betrachte ich mich in gewisser Hinsicht als Geistlichen."

Die freundliche Art des Kriminalbeamten hatte etwas Anziehendes.

„Sagen Sie mal, Mr. Stevens", fragte er, „wo haben Sie denn
studiert?"

„In Collegeville, Minnesota."

Inspektor Barrott nahm ein Notizbuch zur Hand und schrieb sich
etwas auf. Zu spät erkannte Arthur, daß er zuviel verraten hatte. Wenn
sich nun Barrott mit dem Priesterseminar in Verbindung setzte und
erfuhr, daß man Arthur nach Pater Damians Tod relegiert hatte?

Die Befragung war damit zwar vorbei, aber Arthur ging seine
Antwort auf die letzte Frage des Inspektors nicht aus dem Kopf.
Obwohl Dr. Cole ihn aufgefordert hatte, seine Arbeit wiederaufzunehmen, konnte er sich nicht mehr beruhigen. Er spürte, wie ihn
mißtrauische Blicke von Schwester Elizabeth und den Patienten
trafen.

Arthur versuchte wie immer, freundlich zu lächeln, doch allmählich
bekam er so starke Kopfschmerzen, daß er sich nicht mehr konzentrieren konnte. Was jetzt passieren würde, wußte er ganz genau. Während
er durch den Aufenthaltsraum ging, blickte er auf den Fernseher. Er
war ausgeschaltet, doch schon verwandelte sich der Bildschirm in ein
Gesicht. Arthur erkannte darin den Erzengel Gabriel. Der Engel
sprach zu ihm: *Arthur, du bist hier nicht mehr sicher.*

„Ich verstehe."

Er ging zu seinem Spind in den Umkleideraum und packte seine
persönliche Habe zusammen. Morgen und Mittwoch hatte er frei;
deshalb würde es eine ganze Weile dauern, ehe sein Verschwinden
bemerkt würde. In die Tasche seines Regenmantels steckte er das Paar
Socken, in dem er dreihundert Dollar verborgen hatte. Diesen Betrag
bewahrte er immer als eiserne Reserve auf; es konnte ja täglich
vorkommen, daß er plötzlich verschwinden mußte.

Es war kalt und feucht im Umkleideraum. Obwohl er ganz allein
war, wurde er unruhig. Sie hatten nicht das Recht, ihn so zu
behandeln! Wie konnten sie es wagen, über ihn zu flüstern, ihn zu
verhören! Sein Blick wanderte durch den weiten Raum und blieb
schließlich an der Tür zur Besenkammer hängen. Dort würde er jede
Menge Reinigungsmittel und Staublappen finden.

Er entdeckte einen halbvollen Kanister Terpentin, drehte den
Verschluß auf und legte das Gefäß auf die Seite. Terpentin tropfte auf
den Boden. Dann zündete er eine Zigarette an, zog daran, bis er sicher
war, daß sie nicht wieder ausgehen würde, und ließ sie auf einen der
Müllbeutel fallen, die vor dem Umkleideraum lagen. Dann verließ er
schnellen Schrittes das Gebäude.

Es würde nicht lange dauern. Der Müllbeutel würde sich entzün-
den, die anderen Beutel ebenso. Das Terpentin würde dafür sorgen,

daß sich der Brand rasch ausbreitete, die Putzlappen im Besenschrank würden dichten Rauch erzeugen. Wenn schließlich das Personal sämtliche alten Leute ins Freie geschafft hätte, wäre das Gebäude sicher nicht mehr zu retten.

ALS Arthur nach Hause kam, hatte ihm Glory ein Weihnachtsessen zubereitet: Brathähnchen, Preiselbeersauce und Weißbrot.

„Ich habe ein Geschenk für dich", sagte er während des Essens zu Glory. „Es wird dir bestimmt gefallen." Gestern hatte er eine hübsche weiße Schürze für Glorys Stoffpuppe gekauft. Er hatte sie der Puppe angezogen und sie in Weihnachtspapier eingepackt, damit die Überraschung größer war.

„Ich habe auch ein Geschenk für dich, Vater", erwiderte sie, während sie das Päckchen vorsichtig öffnete. Jetzt entdeckte sie die Puppe mit der neuen Schürze. „Was . . ., o Vater!" Sie war erstaunt. „Was für eine hübsche Schürze!" Sie schien erfreut zu sein, wenn auch nicht so ausgelassen glücklich, wie er erwartet hatte. Sie setzte sogar eine nachdenkliche Miene auf. „Schau dir das arme, traurige Gesicht der Puppe an! Genauso habe ich mich auch immer gefühlt! Ich erinnere mich noch genau, wie ich der Puppe dieses Gesicht verpaßt habe. Ziemlich dumm von mir, nicht wahr? Jetzt mußt du aber dein Geschenk aufmachen."

Es war ein dicker blau-weißer Wollpullover. „Habe ich für dich gestrickt, Vater", verkündete Glory fröhlich. „Es ist mir endlich gelungen, eine Sache bis zum Ende durchzuhalten!"

Allmählich wurde es Zeit, ihr reinen Wein einzuschenken. „Glory", sagte er bedächtig, „heute habe ich ein ganz besonderes Angebot bekommen. Es gibt da in Tennessee ein Pflegeheim, das zuwenig Leute hat und die Art Hilfe braucht, die ich den Patienten geben kann. Ich soll so bald wie möglich dort anfangen."

„Heißt das, daß wir umziehen? Schon wieder?" Sie blickte ihn bestürzt an.

„Ja, Glory. Ich tue hier auf Erden Gottes Werk und muß seinem Ruf folgen. Wir reisen Donnerstag früh ab." Er war sicher, daß ihm bis dahin nichts passieren würde.

Glory schwieg lange. Dann sagte sie: „Vater, wenn Mittwochabend ein Foto von mir in der Sendung gezeigt wird, stelle ich mich der Polizei. Immer wieder frage ich mich, warum viele Leute mich so anstarren; wahrscheinlich tun sie es, weil sie genau wissen, wer ich bin." Ihre Unterlippe zitterte, und sie wußte, daß sie den Tränen nahe war. „Wenn kein Foto von mir erscheint", fuhr sie fort, „begleite ich dich nach Tennessee."

Arthur trat neben sie und streichelte ihre Wange. Er konnte ihr nicht sagen, daß er seine Abreise hauptsächlich wegen der Sendung auf Donnerstag verschoben hatte.

UM 13 UHR 30 klingelte Mrs. Thatcher an Pats Haustür. Sie hielt einen Teller in der Hand. „Fröhliche Weihnachten! Ich bleibe nicht lange; ich wollte Ihnen nur ein Stück Schokoladenkuchen vorbeibringen, eine Spezialität von mir."

Spontan drückte Pat sie an sich. „Ich bin froh, daß Sie da sind. Wie wär's mit einem Glas Sherry?"

Sie führte Mrs. Thatcher ins Wohnzimmer, holte Kuchenteller, Besteck und Gläser, schenkte Sherry ein und teilte den Kuchen auf. „Großartig!" rief sie, nachdem sie davon probiert hatte.

Mrs. Thatcher blickte sich im Zimmer um. „Irgend etwas hat sich verändert."

„Ich habe ein paar Bilder ausgetauscht. Mir war aufgegangen, daß sie am falschen Ort hingen."

„Wie konkret sind Ihre Erinnerungen?"

„Sie werden immer deutlicher", erwiderte Pat. „Sagen Sie, Lila – waren Sie jemals zur Weihnachtszeit bei meinen Eltern zu Gast? Wie war es hier?"

„Im Jahr vor ihrem Tod waren Sie dreieinhalb Jahre alt und bekamen das Fest zum erstenmal richtig mit. Ihre Eltern waren entzückt von Ihnen, beide!"

„Manchmal habe ich das Gefühl, mich an bestimmte Einzelheiten zu erinnern. Meine Mutter spielte zu Weihnachten sicher Klavier, nicht wahr?"

„Ja."

Pat ging zum Flügel. „Wissen Sie noch, was sie spielte?"

„Ihr Lieblingslied war bestimmt ‚Die Weihnachtsglocken'."

„Ich kenne es", meinte Pat und spielte das Weihnachtslied.

Mrs. Thatcher beobachtete sie und lauschte. Als die letzten Töne verklangen, sprach sie: „Ich sagte Ihnen schon, daß Sie Ihrem Vater ähneln, aber allmählich merke ich, daß die Ähnlichkeit verblüffend ist. Früher oder später wird das jemandem auffallen, der Ihren Vater gut gekannt hat."

UM DREI Uhr erschien das Kamerateam des Fernsehens bei Senatorin Jennings, um die Höhepunkte ihres Weihnachtsempfangs aufzuzeichnen. Toby beobachtete die Vorbereitungen und sorgte dafür, daß die Kameramänner kein Durcheinander verursachten.

Pat Traymore und Luther Pelham trafen kurz hintereinander ein.

Pat trug ein weißes Wollkleid, das ihre Figur gut zur Geltung brachte. Das Haar hatte sie zu einem Knoten zusammengebunden. Toby hatte sie mit dieser Frisur noch nie gesehen. Sie sah sehr verändert aus und kam ihm doch vertraut vor. An wen erinnerte sie ihn?

Während Pat gelöst wirkte, schien Abigail ziemlich gereizt, und es kam auch sofort zu Spannungen. Pelham erwähnte, daß Abigail bei ihren Partys stets sämtliche Speisen selbst zubereite. Sofort wollte Pat Aufnahmen von ihr machen, wie sie in der Küche arbeitete. Abigail lehnte dieses Ansinnen brüsk ab, doch Pat ließ nicht locker.

„Frau Senatorin, bestimmt glauben die Bürger in diesem Land, daß Sie das Feld einem Partyservice überlassen, wenn Sie Gäste einladen. Wenn die Leute aber erfahren, daß Sie sich wie ein gewöhnlicher Sterblicher in die Küche stellen, wird Ihnen das große Sympathien einbringen."

Schließlich gelang es Toby, die Senatorin umzustimmen. „Komm schon", sagte er. „Zeig aller Welt, daß du eine richtige Küchenfee bist!"

Und richtig, als Abby die Vorspeisen, die sie tags zuvor vorbereitet hatte, fertigmachte und auf großen silbernen Platten arrangierte, offenbarte sich sofort, daß sie auf dem Gebiet der feinen Küche eine Künstlerin war. Während in der Küche die Kameras surrten, entspannte sich die Senatorin sichtlich.

Nach einigen Einstellungen sagte Pat: „Vielen Dank, Frau Senatorin. Die Aufnahmen sind bestimmt sehr gut gelungen. Wenn Sie jetzt bitte das Kleid anziehen würden, das Sie heute abend tragen wollen . . ."

Abigail ging nach oben. Bei ihrer Rückkehr trug sie eine gelbe Seidenbluse, die zu ihrem gelbgestreiften Taftrock paßte. Sie sah atemberaubend aus, und ihre Ausstrahlung schien stärker denn je zu sein. Toby wußte auch, woran das lag. Sam Kingsley hatte angerufen und mitgeteilt, daß er doch kommen würde. Kein Zweifel – Abby hatte es auf den Kongreßabgeordneten abgesehen.

PÜNKTLICH um fünf Uhr erschien der erste Gast, ein ehemaliger Richter des Obersten Gerichtshofs. „Fröhliche Weihnachten, Frau Vizepräsidentin in spe", sagte er zur Begrüßung.

Abigail lachte. „Ihr Wort in des Präsidenten Ohr!"

Andere Gäste trafen ein, und die Senatorin ließ Champagner ausschenken.

Sam kam als letzter. Abigail öffnete ihm persönlich die Tür und küßte ihn zur Begrüßung auf die Wange. Pelham ließ die Kameras auf die beiden richten, was Pat seltsam berührte. Sam und Abigail gäben ein hübsches Paar ab, dachte sie beunruhigt. In diesem Augenblick machte Abigail eine lustige Bemerkung zu den Umstehenden, und alles lachte. Sam strahlte sie förmlich an.

„Der Höhepunkt des Abends, nicht wahr, Pat?" sagte der Kameramann. „Wann sieht man die Senatorin schon mal Arm in Arm mit einem Mann? Das Fernsehpublikum wird begeistert sein."

„Viel Glück dem jungen Paar", antwortete Pat spöttisch.

„Genug, genug!" rief Pelham den Kameraleuten zu. „Nun wollen wir die Senatorin und ihre Gäste in Ruhe lassen. Pat, ich erwarte Sie morgen früh zu weiteren Aufnahmen im Büro der Senatorin." Er wandte sich zum Gehen.

Auch Pat verabschiedete sich und eilte in das Arbeitszimmer, wo sie ihren Mantel abgelegt hatte.

„Pat, du willst doch nicht schon aufbrechen?" Sam stand an der Tür.

Sie griff nach ihrem Mantel. „Ich wüßte nicht, was mich hier noch hielte."

Er legte ihr die Hand auf die Schulter. „Pat, ich kann jetzt noch nicht weg, aber in etwa einer Stunde müßte ich mich loseisen können. Fährst du nach Hause?"

„Ja. Wieso?"

„Weil ich noch bei dir vorbeikommen will, sobald es geht. Ich führe dich zum Abendessen aus."

„Die meisten Lokale werden heute geschlossen haben. Bleib nur hier und amüsier dich gut." Sie versuchte, sich von ihm zu lösen.

„Pat", ertönte eine Stimme aus dem Hintergrund. „Wenn Sie mir Ihre Schlüssel geben, fahre ich gerne Ihren Wagen vor."

Verlegen wich Sam einen Schritt zurück. „Toby, was machen Sie hier?" fragte er barsch.

Toby musterte ihn gleichmütig. „Die Senatorin bittet zum Essen, und sie trug mir auf, alle Gäste zusammenzutrommeln. Und um Sie, meinte sie, sollte ich mich besonders kümmern."

Pat schlüpfte in ihren Mantel. „Ich finde meinen Wagen auch allein, Toby." Entschlossen blickte sie ihm in die Augen. Er stand in der Tür und starrte sie an, ohne Anstalten zu machen, sie vorbeizulassen. „Sie gestatten doch?"

„Na klar ..., Entschuldigung!" Er trat zur Seite. Unwillkürlich drückte sie sich an die Wand, um zu verhindern, daß sie ihn im Vorbeigehen berührte.

PAT fuhr mit halsbrecherischer Geschwindigkeit nach Washington zurück. Sie ärgerte sich bei dem Gedanken an die freundliche Begrüßung zwischen Abigail und Sam. Und sämtliche Gäste hatten so getan, als sei es die größte Selbstverständlichkeit der Welt. Jeder nahm an, daß die beiden zusammengehörten.

Zu Hause machte sie sich ein belegtes Brot und schenkte sich ein Glas Wein ein. Damit setzte sie sich vor den Fernseher. Der Potomac-Sender brachte jede volle Stunde „Aktuelles vom Tage", eine Nachrichtensendung. Pat fragte sich, ob Abigail wohl beim morgendlichen Kirchgang gezeigt würde – und prompt sah sie sie auf dem Bildschirm! Leidenschaftslos verfolgte sie, wie Abigail aus dem Wagen stieg, ihr Gebet für die Hungernden dieser Welt ankündigte und sich mit Tränen in den Augen an den Wunsch ihrer Mutter erinnerte, daß sie an dem Schönheitswettbewerb teilnehmen sollte. Dann kam der Moderator der Sendung ins Bild. „Der Potomac-Sender wünscht Senatorin Abigail Jennings ein schönes Weihnachtsfest", erklärte er, „und weiterhin viel Erfolg bei ihrer politischen Arbeit."

„Du meine Güte!" rief Pat laut und schaltete das Gerät aus. „Und Pelham hat die Nerven, das als Nachrichtensendung zu bezeichnen! Kein Wunder, wenn wir wegen Parteilichkeit kritisiert werden."

Erneut versuchte sie, sich ein objektives Bild von der Senatorin zu machen. Sie hatte in den letzten Tagen so viel Widersprüchliches gehört: über den Fall Eleanor Brown, über den Piloten Graney, über Abigails Ehe mit Willard Jennings. Nichts paßt zusammen, dachte Pat. Absolut nichts!

Es war fast elf Uhr, als Sam an Pats Haustür klingelte. Eine halbe Stunde vorher, als Pat beinahe schon nicht mehr mit seinem Kommen rechnete, hatte sie sich bereits umgezogen. Jetzt trug sie einen seidenen Hausanzug. Allerdings hatte sie sich noch nicht abgeschminkt. Warum soll ich wie eine graue Maus aussehen, dachte sie, wenn er direkt von der Schönheitskönigin kommt?

Sam zeigte sich zerknirscht. „Pat, es tut mir schrecklich leid. Ich konnte nicht so schnell weg, wie ich gehofft hatte. Du hast dich ja schon umgezogen – wolltest du etwa schon zu Bett gehen?"

„O nein. Wenn man der Werbung Glauben schenken kann, eignen sich solche Hausanzüge bestens für Abende zu Hause, an denen man noch spät gute Freunde empfängt."

„Sei aber vorsichtig, was die Wahl dieser Freunde anbelangt", bemerkte Sam. „Manch einer könnte auf dumme Gedanken kommen, wenn er dich so sieht."

Sie nahm ihm den Mantel ab, und er gab ihr einen Kuß auf die Wange.

„Wie steht's mit einem Drink?" fragte sie. Ohne seine Antwort abzuwarten, führte sie ihn in die Bibliothek und deutete auf die Bar.

Er schenkte zwei Cognacs ein und reichte ihr eines der Gläser. „Ich
nehme an, daß das jetzt das richtige ist, oder?" meinte er, während er
auf dem Sofa Platz nahm.

Sie nickte und setzte sich in den Sessel gegenüber. „Na, wie war es
noch auf Abigails Empfang?" fragte sie schließlich.

„Ziemlich unverändert. Einen Höhepunkt gab es allerdings: Der
Präsident rief an und wünschte Abigail ein schönes Weihnachtsfest.
Ich vermute jedoch, daß er auch Claire Lawrence angerufen hat."

„Wenn Senatorin Jennings durch meine Sendung noch mehr in die
Schlagzeilen gerät, könnte das ihre Ernennung zur Vizepräsidentin
vereiteln?"

„Möglich wäre es. Ein Präsident, der bisher im Amt keine
Probleme hatte, wird sich nicht freiwillig Ärger einhandeln wollen."

„Das hatte ich befürchtet." Sie erzählte ihm von Eleanor Brown und
Catherine Graney. „Ich weiß nicht, was ich tun soll", sagte sie
schließlich. „Soll ich Pelham dazu überreden, diese beiden Themen zu
übergehen? Wenn ich das erreiche, wird er aber der Senatorin Gründe
für seinen Entschluß nennen müssen."

„Ihr müßt Abigail jede weitere Aufregung ersparen", meinte Sam in
ernstem Ton. „Als die anderen gegangen waren, schien sie ziemlich
mit den Nerven fertig."

„Als die anderen gegangen waren? Soll das heißen, du bist noch
geblieben?"

„Sie bat mich darum."

„Verstehe." Pats Verzweiflung wuchs. Soeben hatten sich ihre
schlimmsten Befürchtungen bestätigt. „Dann soll ich Pelham also
nichts davon sagen?"

„Es wäre besser. Wenn Eleanor Brown dich anruft, rätst du ihr
folgendes: Sie soll ihr Vorhaben, sich zu stellen, noch so lange
aufschieben, bis ich weiß, ob wir für sie auf dem Gnadenwege etwas
erreichen können. Auf diese Weise kannst du verhindern, daß ihr Fall
wieder in die Schlagzeilen gelangt, bevor der Präsident seine
Entschcidung bekanntgegeben hat."

„Kannst du auch im Fall Catherine Graney etwas unternehmen?"

„Ich will mir mal die Akten der Untersuchungskommission zu dem
Absturz ansehen. Wahrscheinlich hat Mrs. Graney keinerlei rechtliche
Handhabe. Glaubst du, die Drohungen, die du erhalten hast, könnten
von einer der beiden Frauen stammen?"

Pat schüttelte den Kopf. „Der Anrufer war ein Mann, da bin ich
ganz sicher."

„Aber er hat nicht wieder angerufen?"

Sie schaute auf den Karton unter dem Tisch und spielte mit dem

Gedanken, Sam die Stoffpuppe zu zeigen. Aber dann überlegte sie es sich anders; er sollte sich ihretwegen nicht noch mehr Sorgen machen. „Nein“, erwiderte sie.

„Das ist ja mal eine gute Nachricht.“ Sam leerte sein Glas. „Ich muß gehen, Pat. Es war ein langer Tag, und du bist sicher auch müde.“

Ja, ich bin auch müde, dachte sie. Jetzt galt es, reinen Tisch zu machen. „Sam“, sagte sie, „heute abend auf dem Heimweg habe ich einmal gründlich nachgedacht. Als ich nach Washington kam, hatte ich drei Ziele. Ich wollte einen bahnbrechenden Filmbericht über eine sympathische Politikerin produzieren. Ich wollte eine Erklärung für das schreckliche Verbrechen finden, das mein Vater an meiner Mutter begangen hat. Und ich wollte dich wiedersehen, und es sollte die Begegnung des Jahrhunderts werden. Nun ja, keiner dieser drei Pläne entwickelte sich so, wie ich es erwartete: Abigail Jennings ist eine engagierte Politikerin, doch steckt sie zugleich voller Widersprüche. Auch von meiner Mutter habe ich inzwischen ein anderes Bild; es scheint so, als hätte sie meinen Vater an jenem Abend zu seiner Wahnsinnstat getrieben. Und was uns betrifft, Sam, muß ich mich bei dir entschuldigen. Es war wohl ziemlich naiv von mir anzunehmen, daß ich dir mehr bedeute als eine beiläufige Affäre. Aber in Zukunft brauchst du dir meinetwegen keine Sorgen zu machen: Ich werde dich nicht mehr mit Liebeserklärungen in Verlegenheit bringen. Es liegt doch auf der Hand, daß du etwas mit Abigail Jennings hast.“

„Ich habe nichts mit Abigail!“

„Du hast doch deinen Urlaub nicht ohne Grund abgebrochen und bist Hals über Kopf nach Washington zurückgeflogen. Komm, Sam, sei ehrlich! Deine Entschuldigung, du könntest im Augenblick keine Entscheidung treffen, weil du überarbeitet seist, war doch nur eine Ausrede.“

„Nein, Pat, das stimmt wirklich!“

„Dann reiß dich zusammen und ändere diesen Zustand! Diese Rolle steht dir nicht!“

Mit gerötetem Gesicht stand er auf. „Wenn du jetzt fertig bist, gehe ich. Ich mag das Gefühl nicht, unerwünscht zu sein.“ Nicht ohne Befriedigung hörte Pat, wie die Haustür zuknallte.

10

„ABBY, wahrscheinlich wirst du vom Fernsehen eingeladen, als Studiogast für die ‚Heute‘-Sendung“, sagte Toby. Es war der Morgen des 26. Dezember, und Toby fuhr die Senatorin ins Büro.

„Ich habe keine Lust, in der ‚Heute'-Sendung aufzutreten",
brummte Abigail. „Ich habe letzte Nacht kein Auge zugemacht,
Toby. Der *Präsident* hat mich angerufen..., mich persönlich, Toby!
Jetzt bin ich ganz nahe dran ... Ach, warum habe ich mich nur von
Luther Pelham zu diesem Filmbericht überreden lassen?"

„Senatorin, hör zu: Dieses Foto vom Schönheitswettbewerb wurde
möglicherweise genau zum richtigen Zeitpunkt veröffentlicht. Pat
Traymore hat recht: Die Aufnahme bringt dir gewiß Sympathien
ein."

„Ich habe hart gearbeitet, um so weit zu kommen", sagte Abby. „Es
wäre nicht fair, wenn ich noch im letzten Augenblick alles verlieren
müßte."

„Du wirst alles gewinnen, Senatorin."

„Ich weiß nicht. Diese Pat Traymore hat eine Art an sich, die mich
nervös macht. Es ist ihr gelungen, mich in einer einzigen Woche
zweimal in die Schlagzeilen zu bringen. Und leider nicht zu meinem
Vorteil, ich sag's dir!"

Der Wagen hielt vor dem Russell-Gebäude. Toby sprang aus dem
Wagen, um Abby den Schlag aufzuhalten. „Senatorin, ich verspreche
dir, Pat Traymore im Auge zu behalten. Sie wird dir keine Scherereien
mehr machen."

In Abigails Büro besprach Pat mit den Kameraleuten die geplanten
Einstellungen. „Die Zuschauer sollen das Gefühl haben, daß die
Senatorin als erste ins Büro kommt und mit ihrer Arbeit beginnt, ehe
alle anderen eintreffen", erklärte sie. „Dann filmen wir Mr. Buckley,
der ihr Büro betritt, um ihr eine Analyse zu überreichen. Es folgt das
Lesen der Tagespost. Anschließend wird die Senatorin eine Bürgerin
aus ihrem Wahlkreis begrüßen. Sie wissen selbst, was wir zeigen
wollen – einen Blick hinter die Kulissen der hohen Politik."

Als Abigail eintraf, erklärte ihr Pat die erste Aufnahme. Die
Senatorin nickte und kehrte ins Vorzimmer zurück. Die Kameras
surrten, während sie erneut ihr Büro betrat. Ihre Miene verriet tiefen
Ernst und äußerste Konzentration. Sie legte den grauen Kaschmirum-
hang ab, den sie über ihrem anthrazitfarbenen Hosenanzug trug, und
setzte sich an ihren Schreibtisch.

„Sehr gut, Frau Senatorin", sagte Pat. „Genauso haben wir uns das
vorgestellt."

Abigail Jennings lächelte vielsagend. „Was machen wir als nächstes?"

Pat erklärte ihr die Szenen mit Buckley, mit der Post und mit der
Bürgerin ihres Wahlkreises. Für die letzte Bildfolge war Maggie

Sayles ausgewählt worden, die Frau, für deren Mutter Abigail einen Pflegeheimplatz besorgt hatte.

Die Arbeit lief gut. Pat fiel auf, daß die Senatorin eine hervorragende Selbstdarstellerin war. Die Kameras liefen, während sie mit großer Routine die Tagespost durchging. Als Maggie Sayles hereingeführt wurde, sprang Abigail auf, um sie zu begrüßen. Mit einem Lächeln geleitete sie ihre Besucherin zu der kleinen Sitzgruppe..., aufmerksam, freundlich, fürsorglich.

Diese Fürsorglichkeit ist tatsächlich ihre Stärke, dachte Pat. Ich habe ja selbst miterlebt, wie sie sich für die Mutter dieser Frau einsetzte. Jetzt aber ist das meiste in ihrem Auftreten Schau. Sind alle Politiker so? Bin ich tatsächlich naiv?

ARTHUR stand auf, kochte Kaffee und setzte sich zu Glory an den Tisch. „Du hast nicht gut geschlafen, nicht wahr?" fragte sie. „Immer wieder hast du im Schlaf gesprochen. Macht dir Mrs. Gillespies Tod so sehr zu schaffen, Vater?"

Schreckliche Angst überfiel ihn. Was sollte geschehen, wenn Glory seinetwegen verhört wurde? Was würde sie verraten? Er wählte seine Worte mit Bedacht. „Ich bin sehr traurig, daß Mrs. Gillespie ihre Tochter nicht mehr sehen konnte. Wir beide hatten uns das gewünscht. Was habe ich denn im Schlaf gesagt?"

„Du hast Mrs. Gillespie immer wieder aufgefordert, sie solle die Augen zumachen."

Auch als Glory zur Arbeit gegangen war, fand Arthur keine Ruhe. Er entschloß sich zu einem Spaziergang, aber auch das half nichts. Schon nach zweihundert Metern kehrte er wieder um. Als er in der Nähe seines Hauses um die Ecke bog, sah er am Straßenrand einen Streifenwagen. Suchten sie ihn? Oder Glory?

Er mußte Glory warnen, damit sie gemeinsam verschwinden konnten. Die dreihundert Dollar hatte er bei sich; sie mußten reichen, bis er eine neue Stelle gefunden hatte. Rasch ging er wieder um die Ecke und rief Glory von einer Telefonzelle aus im Büro an. Ihre Stimme klang ungeduldig. „Vater, was ist denn los?"

Arthur erzählte ihr von dem Streifenwagen. Er hatte erwartet, daß sie weinen oder sich aufregen würde, aber sie reagierte überhaupt nicht – sie schwieg nur.

„Glory...?"

„Ja, Vater." Ihre Stimme klang leise und tonlos.

„Du mußt sofort aufbrechen; sag niemandem etwas. Am besten, wir treffen uns im U-Bahnhof, am Eingang in der Zwölften Straße. Wir verschwinden von hier, ehe die Fahndung rausgeht."

„Nein, Vater." Glorys Stimme klang plötzlich fest. „Du brauchst meinetwegen nicht mehr zu fliehen. Ich gehe zur Polizei."

„Glory! Nein! Warte! Vielleicht kommt ja alles in Ordnung, ich rufe dich noch einmal an. *Tu's nicht!* Versprich es mir!"

Ein Streifenwagen kam langsam näher. Endlich flüsterte Glory: „Ja, ich versprech's dir!" Da legte er auf und drückte sich rasch in einen Hauseingang. Als die Luft rein war, machte er sich auf den Weg zur U-Bahn.

Abigail war sehr nachdenklich, als sie um 10 Uhr 30 das Russell-Gebäude verließ. Toby hatte den Wagen vorgefahren. „Toby, mir ist noch nicht danach, nach Hause zu gehen", sagte sie. „Bring mich zum Watergate-Hotel, ich will dort eine Kleinigkeit essen."

„Ja, Senatorin." Er wußte, warum Abby sich dieses Hotel ausgesucht hatte. Sam Kingsley wohnte im Watergate-Hochhaus. Wenn Mr. Kingsley zu Hause war, würde sie vermutlich versuchen, ihn zu einer Tasse Kaffee einzuladen.

Vor dem Watergate-Hochhaus öffnete ein Pförtner die Wagentür; Toby fiel auf, daß der Mann besonders freundlich lächelte, als er sich vor der Senatorin verbeugte. Es gab hundert Senatoren in Washington, aber nur einer würde zum Vizepräsidenten ernannt werden. Ich wünsche dir, daß du es schaffst, Abby, dachte Toby.

Als Abigail im Hotel verschwunden war, parkte er den Wagen und begann, Zeitung zu lesen. Auf Seite drei entdeckte er die „Nachrichten aus der Washingtoner Gesellschaft", eine Kolumne, die von Gina Butterfield geschrieben wurde und sich großer Beliebtheit erfreute. Die Schlagzeile über ihrem Bericht lief heute über zwei Seiten. Toby traute seinen Augen kaum, als er sie las: NEUE DROHUNGEN GEGEN PAT TRAYMORE. WAS HAT SENATORIN ABIGAIL JENNINGS DAMIT ZU TUN? Der Artikel begann mit den Worten:

> Pat Traymore, die talentierte junge Fernsehjournalistin, die derzeit einen Filmbericht über Senatorin Jennings produziert, wird von einem Unbekannten bedroht. Ihr Leben sei in Gefahr, hieß es in einem anonymen Brief, falls sie die Arbeit an ihrer Sendung fortsetzen würde.
> Als Gast des exklusiven Weihnachtsempfangs in der Villa des Botschafters James Cardell offenbarte die sympathische junge Journalistin, daß sich in dem Haus, das sie gemietet hat, vor vierundzwanzig Jahren ein sensationeller Mordfall ereignete, in den der damalige Kongreßabgeordnete Dean Adams verwickelt war.

Der Rest des Artikels befaßte sich mit Einzelheiten der Tragödie. Zwischen den Zeilen war zu lesen, daß die Redakteurin die Alleinschuld von Dean Adams in Zweifel zog.

Patricia Schuyler, die Mutter von Renée Adams, vertrat zeitlebens die Ansicht, daß der Kongreßabgeordnete Adams äußerst labil veranlagt war. Doch gibt es auch Gerüchte, daß Renée Adams an jenem Abend die tödlichen Schüsse abgefeuert hat. „Sie war grenzenlos eifersüchtig", erzählt eine frühere Nachbarin der Adams. War Eifersucht das wahre Motiv der Tat? Dann stellt sich allerdings die Frage: *Wer* mag dem Glück des Paares im Wege gestanden haben? Vierundzwanzig Jahre nach dem schrecklichen Ereignis wartet Washington noch immer auf des Rätsels Lösung.

Ein Foto von Abigail, auf dem sie als Miß Apple Junction zu sehen war, nahm großen Raum ein. Die Bildunterzeile lautete:

Die geplante Sendung über Senatorin Jennings wird in dieser Woche vermutlich die höchsten Einschaltquoten des Jahres erreichen. Immerhin könnte die Senatorin die erste Frau auf dem Sessel des Vizepräsidenten werden. Nun fragt sich jedermann: Wer haßt Abigail Jennings so sehr, daß er eine junge Journalistin bedroht, die eine Sendung über sie vorbereitet?

Dann folgte ein Absatz, der mit „Seltsame Zusammenhänge" überschrieben war.

Es muß als eigenartiger Zufall gelten, daß Senatorin Abigail Jennings in den späten fünfziger Jahren zu den häufigsten Gästen im Hause Adams gehörte. Sie und ihr Mann, Kongreßabgeordneter Willard Jennings, waren mit Dean und Renée Adams sowie John F. Kennedy und seiner Frau eng befreundet. Die drei attraktiven jungen Paare konnten natürlich nicht ahnen, daß der Schatten des Schicksals bereits über ihnen lag.

Auf den Bildern waren die sechs zusammen im Garten des Hauses in Georgetown und auf dem Anwesen der Jennings in Virginia zu sehen. Mehrere Fotos stammten aber auch aus der Zeit nach Willards Tod: Sie zeigten Abigail allein mit den Kennedys und den Adams.

Toby fluchte und zerknüllte wütend die Zeitung. Plötzlich fiel ihm jedoch ein, daß Abby den schlimmen Artikel gewiß sehen wollte.

Eine Stunde später trat die Senatorin aus dem Hotel. Sam Kingsley begleitete sie zum Wagen. Galant öffnete er ihr die Tür und half ihr beim Einsteigen.

„Vielen Dank, daß Sie mir Gesellschaft geleistet haben, Sam", sagte sie. „Jetzt bin ich schon viel zuversichtlicher. Schade, daß Sie zum Abendessen nicht frei sind."

„Sie haben versprochen, daß wir es ein andermal nachholen."

Toby fuhr schnell, als gälte es, Abigail so rasch wie möglich nach Hause zu bringen, wo sie den Blicken der Öffentlichkeit entzogen wäre. Erst dort wollte er ihr die Neuigkeit schonend beibringen.

„Mr. Kingsley ist ein Schatz", meinte Abby plötzlich und brach damit das drückende Schweigen. „Seltsam – irgendwie erinnert er mich an Willy. Ich habe das Gefühl, als könnte sich zwischen Sam und mir etwas anbahnen."

Toby blickte in den Rückspiegel. Abigail hatte sich entspannt zurückgelehnt, sie wirkte gelöst und lächelte.

Und ihm kam wieder einmal die undankbare Aufgabe zu, ihr die unangenehmen Wahrheiten ins Gesicht zu sagen.

WÄHREND Pat nach Hause fuhr, fragte sie sich, ob Eleanor Brown wohl noch einmal Mrs. Langley angerufen hatte. *Eleanor Brown*. Je mehr Pat an der Ehrlichkeit der geplanten Fernsehsendung zweifelte, desto wichtiger wurde dieses Mädchen für sie.

Als sie zu Hause war, ging sie in die Bibliothek und schlug ihr Notizbuch auf. Auf eine leere Seite schrieb sie: ELEANOR BROWN. Was hatte Mrs. Langley über das Mädchen gesagt? Stirnrunzelnd begann Pat, ihre Eindrücke von dem Gespräch niederzuschreiben: „Miß Brown war schüchtern . . . Sie liebte ihre Arbeit bei der Senatorin . . . Eleanor war gerade erst befördert worden . . . Sie besuchte einen Zeichenkurs . . . Am Tag des Diebstahls wollte sie zur Chesapeake-Bucht hinausfahren, um zu zeichnen . . ."

Immer wieder las Pat die Stichworte. Eine junge Frau, die sich in einer neuen Stellung bewährt hatte und gerade erst befördert worden war – und gleichzeitig so dumm war, daß sie gestohlenes Geld im eigenen Keller versteckte. Das heißt, nur einen kleinen Teil des gestohlenen Geldes, denn der größere – siebzigtausend Dollar – war nicht wiederaufgetaucht.

Und was war mit Toby? Er war der Zeuge, der Miß Browns Aussage widersprochen hatte. Er hatte geschworen, er hätte sie nicht telefonisch aufgefordert, in das Wahlkampfbüro zu fahren und nach Abigails Ring zu suchen. Und Senatorin Jennings hatte Tobys Behauptung bestätigt, daß er sie zum Zeitpunkt des angeblichen Anrufs gefahren habe. Konnte es sein, daß Senatorin Jennings Toby deckte und dafür sogar in Kauf nahm, daß ein unschuldiges Mädchen im Gefängnis landete?

Aber einmal angenommen, jemand, der wie Toby *sprach,* hätte Eleanor Brown angerufen: Dann hätten alle drei – Miß Brown, Toby und die Senatorin – die Wahrheit gesagt. Wer konnte sonst noch von dem Keller gewußt haben, der zu Eleanor Browns Wohnung gehörte?

Die nächste Seite überschrieb Pat mit dem Wort „Toby" und suchte dann aus der Schreibtischschublade die Kassette heraus, auf der sie ihre

Gespräche mit ihm aufgezeichnet hatte. Bei ihrer ersten Unterhaltung mit Toby klang seine Stimme ziemlich gedämpft. Pat stellte den Ton lauter und machte sich Notizen: „Vielleicht hat aber auch mal Abby für mich den Kopf hinhalten müssen... Ich arbeitete bei einem Buchmacher. Eines Tages wurde mir dieser Job zu heiß... Früher fuhr ich Abby und Willard Jennings öfter dorthin, zu Partys... Hübsches kleines Ding... Kerry..."

Pat wechselte die Kassette und hörte sich ihr Gespräch mit Ethel und Ernie Stubbins an. Am Schluß sagte Mr. Stubbins: „Grüßen Sie Toby von mir. Fragen Sie ihn, ob er sein Geld immer noch auf der Rennbahn durchbringt."

Dann lauschte sie Jeremy Saunders' Stimme: „Vermutlich holen sie sich gegenseitig die Kastanien aus dem Feuer, wie in alten Zeiten."

Nach dieser letzten Kassette wußte Pat, was sie tun mußte. Wenn Eleanor Brown sich freiwillig stellte, wollte Pat unbedingt noch einmal die Frage nach der Schuld der jungen Frau aufwerfen, auch wenn dabei Porzellan zu Bruch ginge.

Pat trat in den Flur hinaus und betrachtete die Treppe. Die erste Stufe nach dem Treppenabsatz. Dort hatte sie immer als Kind gesessen. Spontan eilte sie die Stufen hinauf, setzte sich oberhalb des Treppenabsatzes und schloß die Augen.

Ihr Vater war im Flur. Rasch verließ sie ihren Sitzplatz auf der Treppe und versteckte sich in ihrem Zimmer, denn sie wußte, daß er zornig war.

Pat eilte die restlichen Stufen hinauf. Ihr früheres Kinderzimmer lag hinter dem Gästezimmer an der Rückseite des Hauses. Es war leer, doch sie erinnerte sich noch genau an ihr Bettchen mit dem rüschenbesetzten weißen Himmel, an den kleinen Schaukelstuhl am Fenster, an die Regale mit Spielzeug.

Ich legte mich an dem Abend wieder ins Bett. Ich hatte Angst, weil Papi so wütend war. Ich konnte Stimmen hören, die beiden brüllten sich an. Dann das laute Geräusch und Mamis Schrei: „Nein... nein!"

Ihre Mutter hatte geschrien. Nach dem Schuß. Hatte sie noch schreien können, nachdem sie getroffen worden war, oder hatte sie geschrien, als ihr aufging, daß sie ihren Mann niedergeschossen hatte?

Pat begann am ganzen Leib zu zittern und mußte sich an der Tür festhalten. Sie drehte sich um und erkannte, daß sie den Gang entlanglief, daß sie die Treppe hinabraste. Ich bin wieder hier, dachte sie, ich werde mich erinnern!

„Papi, Papi", rief sie leise. Am Fuße der Treppe drehte sie sich um und ging mit ausgestreckten Armen unsicher durch den Flur. „Papi... Papi!"

An der Wohnzimmertür sank Pat in die Knie. Die Schatten der

Vergangenheit umgaben sie, wollten aber keine Gestalt annehmen. Sie barg das Gesicht in den Händen und begann zu schluchzen: „Mutter, Vater . . .“

ARTHUR ging in ein Kino an der Wisconsin Avenue. Er kaufte eine Tüte Popcorn und setzte sich auf einen Platz in der hintersten Reihe. Immer wenn er aufgeregt war, schaute er sich einen Film an. Dabei ließ sich gut nachdenken.

Die Idee mit dem Feuer war ein Fehler gewesen. Die Zeitungen hatten nichts darüber berichtet. Beim Verlassen der U-Bahn hatte er im Pflegeheim angerufen und mit der Vermittlung gesprochen. Dabei hatte er ein Tuch vor den Hörer gelegt und gesagt: „Ich bin Mrs. Harnicks Sohn. Wie schlimm war der Brand?“

„Nicht so tragisch, nur eine qualmende Zigarette. Wir wußten gar nicht, daß unsere Kranken etwas davon mitbekommen haben.“

Das hieß, daß man den umgestürzten Terpentinbehälter gefunden hatte. Niemand würde glauben, daß er von allein umgefallen war.

Wenn er nur nicht von dem Priesterseminar gesprochen hätte! Würde die dortige Verwaltung den Beamten mitteilen, wie sein geistlicher Mentor ums Leben gekommen war? Würde man die Unterlagen des Pflegeheims durchgehen und nachschauen, welche Patienten gestorben waren und mit wie vielen davon er sich näher befaßt hatte? Gewiß würde niemand verstehen, daß er den Patienten ja nur einen Gefallen tat. Nur wenn es für sie keine Hoffnung mehr gab, nur wenn sich Ärzte und Verwandte einig waren, daß es ein Segen wäre, wenn Gott den armen Menschen zu sich nähme – nur dann half er ihnen, dieses Jammertal zu verlassen.

Hätte er gewußt, daß sich Mrs. Gillespie auf den Besuch ihrer Tochter freute, hätte er noch gewartet. Allein aus Sorge um Glory war er so unvorsichtig vorgegangen. Deutlich erinnerte er sich noch an den Abend, an dem Glorys alte Angst wiederaufgelebt war. Sie las gerade Zeitung, als sie plötzlich rief: „O nein!“ Die Nachricht, daß das Fernsehen eine Sendung über Senatorin Jennings plane, brachte sie völlig aus der Fassung. Arthur hatte Glory angefleht, sich nicht aufzuregen, es würde sicher alles gut werden. Aber sie hatte nicht auf ihn gehört und zu schluchzen begonnen. „Vielleicht ist es besser, der Wirklichkeit ins Auge zu sehen“, hatte sie gesagt. „Ich möchte mich nicht ewig verstecken müssen.“

Er starrte auf die Leinwand und aß Popcorn. Man hatte ihn nicht zur Priesterweihe zugelassen. Also hatte er selbst vor Gott das Gelübde abgelegt, stets in Armut, Keuschheit und Gehorsam zu leben. Noch nie hatte er dieses Gelübde gebrochen.

Vor neun Jahren hatte er Glory kennengelernt. Mit ihrer Stoffpuppe im Arm saß sie im kahlen Wartezimmer der Klinik, in der er damals arbeitete, und wartete auf einen Termin beim Psychiater. Wegen der Puppe war er auf sie aufmerksam geworden, und er paßte sie ab, als sie die Klinik verließ. Sie gingen ein Stück weit zusammen. Er erklärte ihr, daß er Priester sei, seine Gemeinde aber verlassen habe, um für kranke Menschen zu sorgen. Sie erzählte ihm alles über sich. So erfuhr er, daß sie wegen eines Verbrechens, das sie nicht begangen hatte, im Gefängnis gewesen sei. Nun war sie auf Bewährung entlassen worden und mußte sich einer Behandlung unterziehen. Am schlimmsten war für sie das möblierte Zimmer, in dem sie wohnte. „Ich darf dort nicht mal rauchen", meinte sie, „oder mir eine Kochplatte hinstellen, um mir Kaffee oder eine Suppe zu machen."

Dann begann sie zu weinen und sagte, sie würde lieber sterben als dorthin zurückkehren. Daraufhin hatte er sie mit zu sich nach Hause genommen. „Du sollst von nun an in meiner Obhut leben", hatte er gesagt. Er überließ ihr sein Schlafzimmer und schlief auf dem Sofa. Aber ihr seelischer Zustand war gleichbleibend schlecht. Einige Wochen lang tauchten in der Klinik immer wieder Polizisten auf, die nach ihr fragten, dann verloren sie jedoch das Interesse an ihr.

Schließlich hatte er sie nach Baltimore mitgenommen. Damals hatte er ihr klargemacht, daß es besser wäre, wenn sie sich Fremden gegenüber als Vater und Tochter ausgäben und sie sich Gloria nenne.

Allmählich besserte sich ihre seelische Verfassung. Doch nach wie vor verließ sie die Wohnung nur nachts, da sie fürchtete, jeder Polizist werde sie erkennen.

Vor zwei Jahren mußten sie aus Baltimore weg und zogen nach Washington. Hier gefiel es Glory. Ihre Depressionen ließen nach, und sie brauchte immer weniger von der Medizin, die er ihr aus dem Pflegeheim mitbrachte. Schließlich hatte sie wieder zu arbeiten angefangen.

Arthur hatte die Popcorntüte leer gegessen. Er würde Washington erst morgen abend verlassen, nachdem er die Sendung über Senatorin Jennings gesehen hatte. Er konnte Patricia Traymore nicht ohne Beweise verurteilen. Wenn das Fernsehen nichts über Glory brachte und auch kein Foto von ihr ausstrahlte, wäre Glory in Sicherheit. Dann konnte er sie von hier fortbringen.

Wurde Glory aber wieder als Diebin hingestellt, würde sie von sich aus zur Polizei gehen. Diesmal würde sie im Gefängnis sterben, davon war er überzeugt. In diesem Fall mußte er Patricia Traymore für ihre schreckliche Sünde bestrafen! Er würde in ihr Haus eindringen und Gerechtigkeit walten lassen.

N-Street 300. Schon das Haus, in dem Patricia Traymore lebte, war ein Symbol für Leiden und Tod.

Der Film war zu Ende. Wohin jetzt? *Du mußt dich verstecken, Arthur.*

„Aber wo?" Er merkte plötzlich, daß er laut gesprochen hatte. Eine Frau in der Reihe vor ihm warf ihm einen neugierigen Blick zu.

N-Street 300, flüsterte die Stimme. *Geh dorthin. Denk an den leeren Einbauschrank.*

Vor seinem geistigen Auge erschien das Bild des leeren Einbauschranks in dem unbenutzten Gästezimmer. Wenn es dunkel war, würde er sich dort verstecken. Niemand würde auf den Gedanken kommen, ihn in Pat Traymores Haus zu suchen.

Um ein Uhr mittags arbeitete Lila Thatcher gerade an einem Vortrag über das Thema „Entdecke deine geheimen Kräfte", als ihr das Hausmädchen die *Washington Tribune* brachte. Fünf Minuten später las die Hellseherin in ohnmächtigem Zorn, was sich Gina Butterfield aus den Fingern gesogen hatte. Als sie mit dem Artikel fertig war, überquerte sie die Straße und klingelte bei Pat. „Ich muß Ihnen mal etwas zeigen", sagte sie, als Pat an die Tür kam.

Die beiden Frauen gingen in die Bibliothek. Mrs. Thatcher schlug die Zeitung auf, und als Pat die Schlagzeilen gelesen hatte, erbleichte sie. Ungläubig überflog sie den Text, betrachtete die Fotos. „O Lila, das klingt ja, als hätte ich nur auf eine Gelegenheit gewartet, um über den Einbruch, die Senatorin, dieses Haus nach Lust und Laune plaudern zu können! Undenkbar, wie bestürzt alle sein werden!"

Mrs. Thatcher faltete die Zeitung zusammen. „Sie dürfen sich das nicht weiter anschauen. Ich mußte es Ihnen zwar zeigen, aber Sie brauchen ja nicht auch noch zu lesen, wie Sie damals vor dem offenen Kamin lagen – wie eine zerbrochene Puppe."

Pat umklammerte Mrs. Thatchers Arm. „Wie kommen Sie auf diesen Vergleich?"

Mrs. Thatcher starrte sie an. „Er steht in der Zeitung! Ich hab's eben gelesen. Schauen Sie." In ihren Artikel hatte Gina Butterfield Zeitungsmeldungen aus jener Zeit eingeflochten.

> Polizeichef Collins sagte über den Tatort: „Es war der grausigste Anblick meines Lebens. Als ich das arme kleine Mädchen am Boden liegen sah wie eine zerbrochene Puppe, fragte ich mich, warum er sie nicht gleich mit erschossen hatte. Es wäre einfacher für sie gewesen."

„Eine zerbrochene Puppe!" rief Pat. „Wer auch immer sie vor den Kamin legte, kannte mich von damals."

„Vor den Kamin legte? Was meinen Sie denn damit, Pat?"

Pat besann sich, ehe sie antwortete: „Lila, in der Nacht, in der bei mir eingebrochen wurde, ließ der Unbekannte nicht nur einen Zettel hier." Während sie Mrs. Thatcher schilderte, wie sie die Puppe gefunden hatte, zog sie den Karton unter dem Tisch hervor. Hastig wühlte sie ihn durch. „Die Puppe . . ., sie ist fort!"

„Sind Sie sicher?"

„Ich habe sie selbst hier hineingelegt! Lila, ich band der Puppe sogar die Schürze ab, weil sie so schlimm aussah, und stopfte sie ganz tief in den Karton. Hier, hier ist sie ja."

Mrs. Thatcher starrte auf den zerknitterten Stoff, der mit rotbraunen Flecken übersät war. „Wann haben Sie die Puppe zum letztenmal gesehen?"

„Freitag vormittag. Ich hatte sie auf den Tisch gelegt. Dann erschien der Chauffeur der Senatorin, der weitere Fotoalben brachte, und ich versteckte die Puppe wieder im Karton. Er sollte sie nicht sehen." Pat zögerte. „Moment mal – Toby benahm sich irgendwie seltsam, als er ins Haus kam. Er behandelte mich kühl und schaute überall im Zimmer herum. Ich war nicht sofort an die Tür gegangen, und vermutlich fragte er sich, was ich gemacht hatte. Und dann sagte er, er fände allein wieder hinaus. Als ich die Tür zufallen hörte, nahm ich mir vor, die Kette vorzulegen, aber da ging die Tür schon wieder auf. Toby hielt eine Kreditkarte in der Hand. Er wollte mir weismachen, er habe nur mal eben das Schloß testen wollen, in meinem Interesse. Lila, er kannte mich schon, als ich noch ganz klein war! Vielleicht ist *er* der Mann, der mich bedroht?"

„Wir müssen sofort die Polizei benachrichtigen", schlug Mrs. Thatcher vor. „Die wird ihn verhören."

„Das geht nicht. Können Sie sich vorstellen, was die Senatorin dazu sagen würde? Es wird sich bestimmt schon alles wieder einrenken. Außerdem wäre es ohnehin zu spät, denn morgen abend läuft die Sendung im Fernsehen."

Kurze Zeit später verabschiedete sich Mrs. Thatcher. Ihr Hausmädchen öffnete bereits die Tür, als sie sich dem Haus näherte. „Ich habe bereits nach Ihnen Ausschau gehalten, Mrs. Thatcher", sagte sie. „Als Sie vorhin gingen, wirkten Sie schrecklich aufgeregt."

Mrs. Thatcher begab sich sofort in ihr Eßzimmer; von dort aus konnte sie die gesamte Front und die rechte Seite von Pats Haus überblicken. „So ein Pech", murmelte sie. „Der Unbekannte ist durch Pats Terrassentür eingedrungen, und die sehe ich von hier aus nicht."

„Was haben Sie gesagt, Mrs. Thatcher?"

„Nichts. Ich will heute nacht hier am Fenster Wache halten."

„Ja, aber warum denn?"

„Weil ich das Gefühl habe, daß Miß Traymore Gefahr droht."

„Glauben Sie, der Einbrecher könnte zurückkommen?"

Lila starrte auf die schwarzen Schatten, die über Pats Haus lagen. Voll dunkler Ahnungen antwortete sie: „Genau das meine ich."

NACH Vaters Anruf hatte Glory jeden Augenblick mit dem Besuch der Polizei gerechnet. Endlich war es soweit. Die Tür des Maklerbüros, in dem sie arbeitete, ging auf, und ein etwa fünfunddreißigjähriger Mann trat ein. „Inspektor Barrott", sagte der Besucher und zeigte seinen Dienstausweis. „Ich würde gern mal mit Gloria Stevens sprechen. Ist sie hier?"

Glory stand auf. Im Geiste hörte sie bereits seine Fragen: Heißen Sie nicht in Wirklichkeit Eleanor Brown? Haben Sie nicht gegen Ihre Bewährungsauflagen verstoßen?

Inspektor Barrott kam auf sie zu. Sein Blick war fragend, aber nicht unfreundlich. „Miß Stevens?" begann er. „Könnten wir uns mal unter vier Augen unterhalten?"

„Ja, im Nebenzimmer." Sie führte den Beamten in einen kleinen Raum, in dem nur zwei Bürostühle standen.

„Sie scheinen Angst zu haben", sagte der Inspektor beiläufig. „Seien Sie unbesorgt. Es geht um Ihren Vater, den wir gerne sprechen möchten. Wissen Sie, wo wir ihn erreichen können?"

Sie kamen also wegen Vater! Glory schluckte. „Als ich zur Arbeit fuhr, war er noch zu Hause. Wahrscheinlich ist er zum Bäcker gegangen."

„Hat er Sie zufällig heute früh schon angerufen?"

Dieser Mann glaubte, daß Arthur ihr Vater war. Er interessierte sich gar nicht für sie! „Er . . ., ja, er rief an."

„Was wollte er?"

„Er wollte, daß ich mich mit ihm treffe, aber ich sagte ihm, das ginge nicht."

„Wo sollte das Treffen stattfinden?"

Vaters Worte hallten ihr durch den Kopf: U-Bahnhof, Eingang in der Zwölften Straße. War er jetzt dort? Steckte er in Schwierigkeiten? Vater hatte sich all die Jahre um sie gekümmert. Sie konnte ihm jetzt nicht weh tun.

Glory überlegte sich ihre Antwort gut. „Ich . . . ich sagte ihm nur, ich könne nicht aus dem Büro weg. Warum wollen Sie mit ihm reden? Was ist los?"

„Nun ja, vielleicht ist es nichts." Der Mann sprach noch immer sehr freundlich. „Erwähnt Ihr Vater Ihnen gegenüber seine Patienten?"

„Ja. Sie liegen ihm sehr am Herzen."

„Hat er je von einer Mrs. Gillespie gesprochen?"

„Ja. Sie ist letzte Woche gestorben, nicht wahr? Das ging ihm sehr nahe. Er erzählte, daß ihre Tochter sie noch besuchen wollte."

„Ist er Ihnen in letzter Zeit verändert vorgekommen – nervös oder so?"

„Er ist der beste Mensch, den ich kenne, und er liebt seinen Beruf über alles. Erst gestern hat man ihn im Pflegeheim gebeten, nach Tennessee zu ziehen und dort auszuhelfen."

Der Kriminalbeamte lächelte. „Wie alt sind Sie, Miß Stevens?"

„Vierunddreißig."

Diese Antwort schien ihn zu überraschen. „So alt sehen Sie aber gar nicht aus. Nach der Personalakte ist Arthur Stevens neunundvierzig." Er schwieg einen Moment und fragte dann in freundlichem Ton: „Er ist nicht Ihr leiblicher Vater, oder?"

Jetzt konnte es nicht mehr lange dauern, dann hatte er sie mit seinen Fragen in die Enge getrieben. „Er war früher Gemeindepfarrer, faßte dann aber den Entschluß, sein Leben der Krankenpflege zu widmen. Als ich krank war und niemanden hatte, der für mich sorgte, nahm er mich bei sich auf."

Gleich würde er ihren richtigen Namen wissen wollen. Aber er fragte nicht.

„Ich verstehe. Miß Stevens, wir möchten dringend mit ... äh ... Mr. Stevens sprechen. Melden Sie sich bei mir, wenn er Sie anruft?" Er gab ihr seine Visitenkarte. Sie spürte, wie sein prüfender Blick auf ihr ruhte. Dann verabschiedete er sich und ging.

Sie blieb allein in dem leeren Zimmer sitzen, bis ihre Kollegin Sarah nach ihr schaute. Sarah war die beste Freundin, die Glory je gehabt hatte. Sie hatte ihr wieder das Gefühl gegeben, ein Mensch zu sein.

„Gloria, was ist los?" fragte Sarah. „Du siehst schrecklich blaß aus."

„Ich habe Kopfschmerzen. Meinst du, ich kann nach Hause gehen?"

„Klar doch. Ich erledige deine Briefe."

Glory ging zu Fuß. Es war ein trüber, kalter Tag; nicht einmal Mantel und Handschuhe spendeten genügend Wärme. Die Wohnung kam ihr seltsam leer vor, und sie spürte, daß ihr Vater nicht hierher zurückkehren würde. Glory ging zu dem Schrank, der im Flur stand, und holte den alten schwarzen Koffer heraus, den Vater einmal auf dem Flohmarkt erstanden hatte. Sie packte ihre Stoffpuppe, ihre spärliche Garderobe und die wenigen Kosmetika ein, die sie besaß.

O Vater, dachte sie, ich wünschte, ich könnte hierbleiben, bis du mich abholst. Aber dieser Kriminalbeamte wird die Wahrheit über mich herausfinden. Vielleicht lassen sie Gnade vor Recht ergehen, wenn ich mich selbst stelle.

Ein Versprechen wollte sie allerdings zuvor noch einlösen. Miß
Langley hatte sie gebeten, Patricia Traymore anzurufen, die bekannte
Fernsehjournalistin. Diesen Anruf erledigte sie nun. Sie erzählte Miß
Traymore von ihrem Vorhaben und hörte sich ungerührt den Vor-
schlag der Journalistin an, sie solle sich mit der Ausführung ihres
Planes noch gedulden. Gegen drei Uhr brach sie endlich auf.

An der nächsten Straßenecke parkte ein Wagen, in dem zwei
Männer saßen. „Das ist das Mädchen", sagte einer der beiden.

Der andere ließ den Motor an. „Ich habe dir ja gleich gesagt, daß sie
uns nicht die ganze Wahrheit erzählt hat. Wollen wir wetten, daß sie
uns zu Stevens führt?"

PAT raste mit dem Wagen durch die Stadt. Ihr Ziel war das
Restaurant Lotus. Verzweifelt suchte sie nach einer Möglichkeit,
Eleanor Brown davon abzubringen, sich den Behörden zu stellen.

Sam hatte sie leider nicht erreichen können. Als sie schließlich das
Lokal betrat, fragte sie sich besorgt, ob sie das Mädchen erkennen
würde.

Eleanor Brown saß an einem rückwärtigen Tisch; vor ihr stand ein
Glas Wein. Sie sah fast noch genauso aus wie auf den Bildern, die Pat
gesehen hatte, nur ein bißchen älter und nicht mehr ganz so zer-
brechlich wie früher. Als sich Pat ihr gegenüber setzte, sagte Eleanor
Brown leise: „Miß Traymore? Vielen Dank, daß Sie gekommen sind.
Möchten Sie etwas bestellen?"

Pat schüttelte den Kopf. „Miß Brown, bitte hören Sie mir zu. Als
Sie sich damals über die Bewährungsauflagen hinwegsetzten, waren
Sie nur vermindert zurechnungsfähig. Immerhin hatten Sie ja erst
kurz zuvor einen Nervenzusammenbruch. Ein guter Anwalt
bekommt Sie gegen Kaution wieder frei."

Der Kellner brachte Miß Brown ein Reisgericht mit Krabben. „Im
Gefängnis habe ich von einem solchen Essen immer geträumt", sagte
die junge Frau. Sie wirkte blaß, aber ihre Miene verriet Entschlossenheit. „Miß Traymore, ich hoffe auch, daß ich noch einmal Bewährung
bekomme, aber selbst wenn das nicht möglich ist, fühle ich mich
inzwischen stark genug, um die ursprüngliche Strafe abzusitzen.
Wenn ich danach wieder auf freiem Fuß bin, brauche ich mich nicht
mehr zu verstecken und werde den Rest meines Lebens dazu
verwenden, meine Unschuld zu beweisen."

„Miß Brown, in Ihrem Keller wurde damals aber doch ein Teil
des Geldes gefunden, oder nicht?"

„Nun, die meisten meiner damaligen Kollegen im Büro wußten
von dem Kellerraum. Als ich in die Wohnung zog, zu der der Keller

gehörte, halfen mir sieben oder acht Leute. Ja, es stimmt, ein *Teil* des Geldes wurde dort gefunden, aber siebzigtausend Dollar sind in die Tasche eines anderen gewandert."

„Sie behaupteten damals, Toby Gorgone hätte Sie angerufen. Er bestreitet das. Fanden Sie es nicht ungewöhnlich, als er Sie bat, an einem Sonntag ins Wahlkampfbüro zu fahren?"

Miß Brown stocherte in ihrem Reisgericht herum. „Nein. Wir waren ja mitten im Wahlkampf, deshalb mußten täglich, auch an Sonntagen, im Büro Postwurfsendungen frankiert und abgeschickt werden. Die Senatorin kam gelegentlich vorbei und half uns. Und wenn sie das tat, zog sie ihren Diamantring ab. Sie hatte ihn schon mehrmals liegenlassen, und jemand von uns tat ihn dann in den Safe."

„Toby oder jemand, der sich als Toby ausgab, behauptete, sie hätte ihn wieder einmal dort verlegt?"

„Ja. Da ich wußte, daß sie Sonnabend im Büro gewesen war, kam mir das alles ganz logisch vor. Die Stimme klang gedämpft, und der Anrufer machte nicht viele Worte. Etwa so: ‚Schauen Sie mal nach, ob der Ring der Senatorin im Safe liegt, und geben Sie ihr Bescheid.‘ Miß Traymore, wenn Abigail Jennings nicht so oft von der neuen Chance gesprochen hätte, die sie mir geben wollte, wenn sie mich nicht ständig als Vorbestrafte bezeichnet hätte, dann wäre ich mit meiner Aussage vielleicht durchgekommen. Dann hätte man mir vielleicht zugute gehalten, daß die Richter in Beweisnot waren. Ich habe elf Jahre meines Lebens wegen eines Delikts verloren, das ich nicht begangen habe. Und nun möchte ich unter die ganze Angelegenheit einen Schlußstrich ziehen."

Sie stand auf und legte Geld auf den Tisch. „Das müßte für das Essen und den Wein reichen", meinte sie, ehe sie sich bückte und ihren Koffer nahm. „Eines macht mir allerdings Sorgen", fügte sie noch hinzu. „Wenn ich mich jetzt stelle, breche ich ein Versprechen. Der Mann, bei dem ich bis jetzt gelebt habe, bat mich nämlich, noch nicht zur Polizei zu gehen. Ich wünschte, ich könnte ihm alles erklären, aber ich weiß nicht, wo er steckt."

„Kann ich Ihrem Bekannten später vielleicht etwas ausrichten? Wie heißt er?"

„Arthur Stevens. Leider hat er in dem Heim, in dem er arbeitet, Ärger bekommen. Dort wird er also nicht zu erreichen sein, und ich fürchte, Sie können nichts für ihn tun. So – nun wünsche ich Ihnen viel Erfolg für Ihre Sendung. Auf Wiedersehen, Miß Traymore."

Mit einem Gefühl der Hilflosigkeit schaute Pat Eleanor Brown nach. Als die junge Frau das Restaurant verlassen hatte, erhoben sich zwei Männer, die an einem Ecktisch gesessen hatten, und folgten ihr.

„ABER Abby, so schlimm ist es doch gar nicht!" Toby nahm die Senatorin in die Arme, was noch nie geschehen war.

Sie schluchzte. „Warum hast du mir nicht gesagt, daß Pat Traymore in diesem Haus wohnt?"

„Dazu hatte ich keinen Grund."

Die beiden saßen in Abbys Wohnzimmer. Kurz nach der Ankunft hatte er ihr den Artikel gezeigt.

„Toby, es wird langsam unerträglich! *Dieses Bild!* Wenn sich jemand das Foto genau anschaut . . ."

„Abby, niemand wird sich die Mühe machen." Unbeholfen klopfte er ihr auf die Schulter. Obwohl es ihn schmerzte, war er sich der Rolle, die er bei Abby spielte, längst bewußt: Er war ihr Chauffeur und ihr Leibwächter, gelegentlich mußte er aber auch als ihr seelischer Mülleimer dienen.

„Toby, diese Journalistin – diese Pat Traymore. Wie kommt es, daß sie ausgerechnet in diesem Haus wohnt? So etwas kann kein Zufall sein."

„Das Haus hatte in den letzten vierundzwanzig Jahren zwölf verschiedene Mieter. Pat Traymore ist eine Mieterin unter vielen."

Das Telefon klingelte, und Abby fuhr zusammen. Nervös schüttelte sie den Kopf. „Wer auch immer jetzt anruft, ich bin nicht zu sprechen."

„Hier bei Senatorin Jennings", sagte Toby mit seiner Butlerstimme. Eine Pause entstand. Plötzlich legte er die Hand auf die Sprechmuschel. „Abby, es ist der *Präsident!*" rief er überrascht. „Er will dich sprechen!"

Sie starrte Toby ungläubig an. Dann eilte sie zu ihm und nahm ihm den Hörer ab, wobei auch sie die Hand auf die Muschel legte. „Wehe, wenn du mir einen Streich spielen willst . . .", flüsterte sie zornig. Schließlich meldete sie sich: „Abigail Jennings."

Toby beobachtete, wie sich ihr Gesichtsausdruck veränderte. „Herr Präsident . . . Ja, selbstverständlich kann ich morgen um 20 Uhr 30 im Weißen Haus sein . . . Ja . . . Oh, wie zuvorkommend von Ihnen . . . Sie wollen – soll das heißen . . . Ich weiß gar nicht, was ich sagen soll . . . Danke sehr, Herr Präsident!"

Sie legte auf und blickte Toby wie betäubt an. „Ich soll es keiner Menschenseele verraten. Morgen abend nach der Sendung wird er seine Entscheidung bekanntgeben. Toby, ich werde Vizepräsidentin der Vereinigten Staaten!" Mit einem hysterischen Lachen fiel sie ihm in die Arme.

„Abby, du hast es geschafft!" Ausgelassen drehte er sich mit ihr im Kreis herum.

Sogleich gebot sie ihm Einhalt. „Toby", meinte sie mit ernster Miene, „nun darf nichts mehr passieren!"

Er ergriff ihre Hand. „Abby, ich schwör's dir: Kein Mensch kann dir jetzt noch deinen Erfolg streitig machen."

Sie mußte gleichzeitig lachen und weinen. „Toby, ich komme mir vor wie in einer Berg-und-Tal-Bahn. Nun werde ich also doch *Vizepräsidentin!*"

„Nachher machen wir noch eine kleine Spazierfahrt und schauen mal an deiner neuen Amtsvilla vorbei, Abby. Endlich bekommst du dein Traumhaus."

„Später, Toby, ich muß mich erst beruhigen. Ach, mach uns eine Tasse Tee, Toby. Ich werde Vizepräsidentin! O Toby!"

Er ging in die Küche und setzte den Kessel auf. Dann lief er, ohne einen Mantel anzuziehen, zum Briefkasten am Gartentor hinaus und öffnete ihn. Das übliche Sammelsurium – Gutscheine, Preisausschreiben, Prospekte. Dazwischen erblickte Toby einen blauen Umschlag mit einer handgeschriebenen Adresse. Ein persönlicher Brief an Abby. Er sah sich den Absender an und spürte, wie ihm das Blut aus dem Gesicht wich. Der Brief stammte von Catherine Graney.

Zu SEINER Verabredung im Gebäude der amerikanischen Zivilluftfahrtbehörde kam Sam zu spät. Tief in Gedanken fuhr er mit dem Lift in den achten Stock hinauf und nannte der Empfangsdame seinen Namen. „Bitte, gedulden Sie sich noch einen Moment", sagte sie. „Mr. Saggiotes telefoniert gerade mit dem Vorsitzenden der Pilotenvereinigung."

Sam setzte sich in einen Sessel. Hatten sich Abigail und Willard Jennings am Tag des Flugzeugabsturzes tatsächlich heftig gestritten, wie die Witwe des Piloten behauptete? Und wenn ja, hatte dieser Umstand etwas zu bedeuten? Sam und Janice hatten sich auch gelegentlich in den Haaren gelegen, und jeder Außenstehende hätte in einem solchen Moment annehmen müssen, daß sie sich nicht ausstehen konnten. Vielleicht war es an jenem Tag bei Abigail und Willard Jennings ähnlich gewesen.

Sam hatte seinen Freund Jack Carlson beim FBI angerufen und ihn gebeten, ihm die Berichte über den Absturz herauszusuchen. „Du hast Glück", hatte Jack geantwortet. „Akten dieser Art werden nach zehn Jahren vernichtet, doch wenn es sich bei den Opfern um Prominente handelt, kommen die Berichte der Untersuchungskommission ins Archiv des Amtes für Zivilluftfahrt. Der Leiter des Archivs heißt Larry Saggiotes. Er wird die Akten mit dir durchgehen."

„Es ist soweit, Sir", sagte die Empfangsdame. „Mr. Saggiotes kann Sie jetzt empfangen." Sam folgte ihr durch den Korridor.

Larry Saggiotes war ein hochgewachsener Mann, dessen dunkler Teint seine griechische Abstammung verriet. Nach der Begrüßung trug Sam eine sorgfältig überlegte Begründung vor, warum er sich für den Absturz interessierte. „Ich kann Sie gut verstehen, Mr. Kingsley", meinte Saggiotes. „In diesem Land starten und landen jeden Tag Tausende von Flugzeugen. Deshalb sind wir alles andere als glücklich, wenn eine Maschine runterfällt, die von einem erfahrenen Mechaniker gewartet und von einem zuverlässigen Piloten geflogen wurde, noch dazu an einem Tag mit guter Sicht."

„Sie meinen die Maschine, mit der Willard Jennings flog?"

„Richtig", bestätigte Saggiotes. „Ich habe den Bericht eben durchgelesen. Die Unfallursache? Leider kennen wir sie nicht. Der Flug hatte die günstigsten Voraussetzungen – alles funktionierte beim Start in Richmond einwandfrei. Es war ein Routineflug."

„Und die Untersuchungskommission kam zu dem Ergebnis, daß ein Versagen des Piloten vorliegen müsse?" fragte Sam.

„Als *mögliche* Ursache wurde menschliches Versagen angegeben. So enden die Berichte immer, wenn keine anderen Ursachen festgestellt werden. Die Maschine selbst war bestens gewartet. Also mußten wir auf Zeugenaussagen zurückgreifen. Willard Jennings' Witwe gab zu Protokoll, ihr Mann hätte Angst gehabt, wenn er sich in eine kleine Chartermaschine setzte. Außerdem sei er besorgt gewesen, weil Graney in letzter Zeit einige unsaubere Landungen hingelegt hätte."

„Kam je der Verdacht auf, daß dem Absturz ein Verbrechen zugrunde liegen könnte?"

„Mr. Kingsley, diese Möglichkeit wird bei einem solchen Fall immer in Betracht gezogen. Es gibt verschiedene Methoden, wie man ein Flugzeug vom Himmel holen kann. Hätte sich zum Beispiel jemand am Stromgenerator von Graneys Maschine zu schaffen gemacht oder womöglich ein Kabel durchschnitten, hätte Graney während des Fluges die Kontrolle über die Maschine verloren. Jemand hätte ihm auch einen Säurebehälter an Bord stellen können, etwa in den Gepäckraum oder unter einen Sitz. Die Säure hätte sich innerhalb einer Stunde durch die Kabel gefressen, und auch dann wäre die Maschine nicht mehr manövrierbar gewesen."

„Ist die Untersuchungskommission auf Beweise gestoßen, die einen solchen Schluß zugelassen hätten?" wollte Sam wissen.

„Leider fand man nicht genügend Wrackteile von der Maschine, um überhaupt Ermittlungen anstellen zu können. Also suchten wir nach einem Motiv für ein Verbrechen, mußten aber auch in dieser Hinsicht passen. Graneys Charterfluggesellschaft ging es wirtschaftlich gut. Die Möglichkeit eines Freitods, auch aus familiären Gründen, schied damit mit großer Sicherheit ebenfalls aus."

„Mr. Saggiotes, ich möchte es jetzt genau wissen: Wurde von der Untersuchungskommission die Äußerung getan, George Graney sei ein unerfahrener oder unvorsichtiger Pilot gewesen?"

„Aber überhaupt nicht. Er hatte als Pilot einen tadellosen Ruf, und seine Maschinen waren immer tipptopp in Ordnung."

„George Graneys Witwe hat also guten Grund, sich darüber aufzuregen, wenn jemand so tut, als sei seine Schuld an dem Absturz einwandfrei erwiesen."

„In der Tat!"

Um zehn vor vier rief Pat aus dem Foyer des Potomac-Senders Sam an. Sie erreichte ihn zu Hause. Ohne auf den Streit nach Abigails Weihnachtsempfang zurückzukommen, erzählte sie ihm von Eleanor Brown. „Ich konnte sie nicht aufhalten. Sie hat sich gestellt."

„Beruhige dich, Pat. Ich schicke ihr einen Anwalt. Wie lange bist du im Sender zu erreichen?"

„Das kann ich noch nicht sagen. Hast du die heutige *Washington Tribune* schon gelesen? Eine Redakteurin, die ich neulich kennenlernte, hat herausgefunden, daß ich im Haus von Dean Adams wohne, und die ganze alte Geschichte wieder ausgegraben."

„Pat, ich muß heute nicht mehr fort. Komm zu mir, wenn du im Sender fertig bist."

Luther Pelham erwartete Pat in seinem Büro. Sie fürchtete schon, ihr Chef würde sie wie eine Aussätzige behandeln, aber er schien sich wieder beruhigt zu haben. „Ich habe mir die Aufnahmen von gestern abend und heute früh angesehen", sagte er und sog an seiner Zigarette. „Ganz gut gelungen. Sie hätten Abigail noch ein bißchen mehr bei der Arbeit am Schreibtisch zeigen können, aber alles in allem bin ich zufrieden. Die Bilder vom Weihnachtsempfang sind gut." Sein Tonfall veränderte sich plötzlich, und auf seinen Wangen erschienen rote Flecken. „Pat, würden Sie mir bitte mal erklären, warum Sie der *Washington Tribune* diese Geschichte erzählt haben?"

„*Was* soll ich getan haben?"

„Es mag ja viele Leute geben, die es für einen Zufall halten, daß der Name der Senatorin in dieser Woche gleich ein paarmal in die

Sensationsblätter geraten ist. *Ich* glaube aber nicht an solche Zufälle und Abigail auch nicht. Sie wollten uns zwingen, die Sendung so zu produzieren, wie Sie wollten. Dabei haben Sie jeden nur denkbaren Trick angewandt, um selbst in die Schlagzeilen zu kommen. "

„Wenn Sie das wirklich glauben, sollten Sie mich auf die Straße setzen. "

„Um Ihnen damit erneut zu einem Presserummel zu verhelfen? Das fehlte noch! Aber ich bin nun mal ein neugieriger Mensch und hätte gerne eine Antwort auf meine Frage. Gleich zu Beginn unserer Zusammenarbeit bat ich Sie, jeden Hinweis auf den Kongreßabgeordneten Adams und seine Frau zu vermeiden. Wußten Sie, daß Sie das Haus gemietet haben, in dem die beiden lebten?"

„Ja."

„Hätte es dann nicht nahegelegen, diese Tatsache mir gegenüber zu erwähnen?"

„Nein, denn ich halte das für eine private Angelegenheit. Außerdem habe ich – sehr geschickt, wie ich meine – aus den Filmen der Senatorin alle Bildfolgen ausgeblendet, in denen sie zusammen mit den Adams zu sehen war. "

„Trotzdem würde mich interessieren, wie Sie sich diese Drohungen erklären, die Sie erhalten haben. Jeder, der sich auch nur ein bißchen in unserer Branche auskennt, weiß doch, daß eine solche Sendung auf alle Fälle – Drohungen hin oder her – ausgestrahlt wird. "

„Offenbar nahm jemand an, daß das Projekt in der Versenkung verschwände, wenn ich erst einmal das Handtuch geworfen hätte. Dieser große Unbekannte konnte natürlich nicht wissen, daß ich lediglich die Galionsfigur einer großangelegten Werbekampagne bin, die sich zum Ziel gemacht hat, Abigail Jennings ins Amt des Vizepräsidenten zu heben. "

„Wollen Sie mir unterstellen . . . "

„Nein, das ist keine Unter-, sondern eine Feststellung! Hören Sie, ich bin glatt auf Ihre Täuschung reingefallen. Ich glaubte, hier als Journalistin die Chance zu erhalten, ungehindert arbeiten zu können. Das ist jedoch nicht der Fall. Was immer diese Sendung an ehrlicher Dokumentation enthält, wird aus den wenigen Sequenzen bestehen, zu denen ich Sie und Abigail nur mit Mühe überreden konnte. Nun gut – im Interesse des Potomac-Senders will ich mir größte Mühe geben, die Senatorin so positiv wie möglich darzustellen. Nach der Sendung aber habe ich vor, einigen Dingen auf den Grund zu gehen. "

„Zum Beispiel . . .?"

„Zum Beispiel der Sache mit Eleanor Brown, die bezichtigt wurde, Wahlkampfgelder gestohlen zu haben. Ich habe heute mit ihr gesprochen, bevor sie sich der Polizei gestellt hat. Sie schwört nach wie vor, daß sie das Geld nicht angerührt hat. Ich bin mittlerweile auch der Ansicht, daß sie unschuldig ist. Und wenn das stimmt, werde ich mich dafür einsetzen, daß sie einen neuen Prozeß bekommt."

„Sie ist schuldig!" erklärte Pelham barsch. „Nicht umsonst ist sie während der Bewährungszeit untergetaucht! Sind Ihnen außerdem noch Dinge bekannt, die sich negativ auf das Image der Senatorin auswirken könnten?"

Pat berichtete Pelham von ihrem Gespräch mit Catherine Graney und erläuterte, warum die Witwe des Piloten auf die Senatorin nicht gut zu sprechen war. „Nun habe ich Ihnen alles erzählt", schloß sie. „Miß Brown und Mrs. Graney sind die beiden einzigen Menschen, die der Senatorin noch eine schlechte Presse einbringen könnten."

„Na schön." Pelham schien sich allmählich zu beruhigen. „Ich werde die Dreharbeiten zur Sendung heute abend noch abschließen. Und Sie halten sich bitte solange von der Senatorin fern. Übrigens – haben Sie eigentlich einmal Ihren Vertrag mit dem Sender durchgelesen?"

„Ja."

„Dann wissen Sie, daß wir Ihr Arbeitsverhältnis jederzeit gegen Zahlung einer Abfindung beenden können. Wenn ich ehrlich sein soll: Ich nehme Ihnen die Geschichte mit dem Unbekannten, der den Film verhindern will, nicht ab. Aber ich bewundere Sie für Ihr Durchhaltevermögen! Sie haben es geschafft, in Washington Gesprächsthema Nummer eins zu werden – auf Kosten einer Frau, die ihr ganzes Leben dem Dienst an der Öffentlichkeit gewidmet hat."

„Mr. Pelham", entgegnete Pat, „wenn *Sie* meinen Vertrag gelesen haben, wissen Sie, daß mir darin die redaktionelle Verantwortung für alle Sendungen zugesichert wird, deren Moderation ich übernehmen soll. Sind Sie etwa der Ansicht, daß Sie diese Klausel bisher erfüllt haben?" Pat hatte bereits die Bürotür geöffnet, damit die Redakteure und Sekretärinnen im Vorzimmer mithören konnten.

„Nächste Woche um diese Zeit werden die Bedingungen Ihres Vertrages ohnehin hinfällig sein!" rief Pelham erregt, während Pat etwas tat, was sie in ihrem bisherigen Leben noch nie getan hatte: Wortlos ging sie hinaus und knallte die Tür hinter sich zu.

EINE Viertelstunde später nannte Pat dem Pförtner im Watergate-Hochhaus ihren Namen. Sam holte sie oben am Lift ab. „Pat, du siehst müde aus", sagte er.

„Bin ich auch." Erschöpft blickte sie zu ihm auf. Er nahm sie beim Arm, und sie gingen den Korridor entlang.

Die Einrichtung seiner Wohnung überraschte sie. Dunkelgraue, aus Einzelelementen zusammengesetzte Möbel waren in der Mitte des Wohnzimmers gruppiert. Der Teppich war hellgrau. Aus irgendeinem Grund hatte sie mit einer konservativeren Ausstattung gerechnet – einer Couch mit Armlehnen, Sesseln, Familienerbstücken. Sam fragte sie, was sie von der Wohnung halte, und Pat antwortete, sie sehe aus wie eine Hotelhalle.

Sam kniff die Augen zusammen. „Damit hast du wieder einmal jede Menge Punkte bei mir gesammelt. Aber du hast recht. Seinerzeit habe ich mit der Vergangenheit Schluß gemacht, ohne zu wissen, wie die Zukunft aussehen soll." Sam hatte seine Bemerkung scherzhaft gemeint, aber er spürte, daß seine Worte plötzlich viel zu ernst klangen.

„Haben Sie einen Scotch für eine müde junge Dame?" fragte Pat und sank in einen der modernen Sessel.

„Aber ja." Er ging zur Bar, schenkte zwei Gläser voll Whisky und stellte sie auf den Cocktailtisch. „Na, wie war dein Arbeitstag im Studio?" fragte er und setzte sich ihr gegenüber.

„Pelham glaubt, ich würde es bewußt darauf anlegen, möglichst oft in die Schlagzeilen zu kommen. In diesem Zusammenhang bewundert er auch mein Durchhaltevermögen."

„Abigail scheint ähnlich über dich zu denken."

Pat runzelte die Stirn. „Sicher warst du der erste, mit dem sie darüber gesprochen hat. Sam, ich hätte nach gestern abend eigentlich nicht gedacht, daß ich dich so schnell wieder anrufen würde. Aber ich brauche dringend deine Hilfe."

„Du weißt doch, daß du immer auf mich zählen kannst."

Sam hatte sich verändert, Pat spürte es deutlich. Es schien, als hätte er ein wenig von seiner früheren Begeisterungsfähigkeit zurückgewonnen. „Sam", fuhr sie fort, „zu dem Einbruch muß ich dir noch etwas beichten." Sie versuchte gelassen zu bleiben, als sie ihm von der Stoffpuppe erzählte. „Und jetzt ist die Puppe verschwunden. Es ist wieder jemand im Haus gewesen."

„Dann wirst du keine Minute mehr dort zubringen."

„Das ist nicht die Lösung. Sam, es ist zwar irgendwie verrückt, aber ich finde es beinahe beruhigend, daß die Puppe verschwunden ist. Ich glaube nicht, daß der große Unbekannte, der mich bedroht, mir wirklich etwas antun will. Sonst wäre er längst zur Tat geschritten. Wahrscheinlich hat er Angst, daß die Sendung für *ihn* Konsequenzen haben könnte. Ich glaube, ich kann mir denken, weshalb." In kurzen Worten legte sie ihm dar, wie sie den Fall Eleanor Brown beurteilte. „Wenn Eleanor Brown nicht gelogen hat, muß Toby der Lügner sein.

Aber es könnte ja auch sein, daß eine dritte Person im Spiel ist, die Tobys Stimme nachahmt und die von Miß Browns Keller wußte."

„Wie erklärst du dir dann die Puppe und die Drohungen?"

„Ich glaube, daß mich jemand, der mich schon als Kind kannte, erschrecken will, um zu verhindern, daß die Sendung ausgestrahlt wird. Toby kannte mich beispielsweise, als ich noch klein war. In letzter Zeit begegnet er mir ziemlich feindselig. Er macht mich nervös. Könntest du ihn mal überprüfen lassen und feststellen, ob er etwas auf dem Kerbholz hat?"

„Ja, gerne. Dieser Kerl hat mir noch nie gefallen." Sam stand auf, trat hinter Pat und legte ihr die Arme auf die Schultern. „Du hast mir gefehlt, Pat."

Sie schmiegte ihren Kopf an ihn. „Seit gestern abend?"

„Nein, seit zwei Jahren."

Pat drehte sich zu ihm um. „Sam, mit einem kleinen Rest an Gefühlen kann ich nichts anfangen. Warum läßt du nicht einfach . . ."

Plötzlich zog er sie hoch und küßte sie leidenschaftlich. Und als sich ihre Lippen wieder lösten, sagte er: „Ich glaube, die Gefühlsreste machen sich ganz schön bemerkbar!"

Lange standen sie so am Fenster; unten auf dem Potomac spiegelte sich der Sonnenuntergang als feuerroter Lichtschein. Endlich trat Pat einen Schritt zurück, und Sam sah ihr in die Augen. „Pat", sagte er, „was du gestern abend gesagt hast, stimmt haargenau – bis auf eine Kleinigkeit. Zwischen Abigail und mir ist nichts. Läßt du mir noch ein bißchen Zeit, wieder zu mir selbst zu finden?"

Sie versuchte zu lächeln. „Vergiß nicht, daß auch ich noch Zeit brauchen werde. Die Rückkehr in die Vergangenheit ist längst nicht so einfach, wie ich sie mir vorgestellt hatte. Weißt du, allmählich glaube ich, daß es vielleicht doch meine Mutter gewesen sein könnte, die an jenem Abend durchdrehte."

„Wie kommst du darauf?"

„Mich interessiert im Augenblick nicht, wie ich darauf komme, sondern *warum* sie möglicherweise die Beherrschung verlor. Nun ja, ab morgen kann sich die Welt mit Leben und Werk der Abigail Jennings auseinandersetzen. Und dann fange ich erst richtig an, mich um die Schatten der Vergangenheit zu kümmern."

Sams Einladung zum Abendessen lehnte Pat dankend ab. „Es war sehr anstrengend heute. Ich werde nach Hause fahren und mich gleich ins Bett legen."

An der Tür umarmte er sie noch einmal. „Wenn ich siebzig bin", meinte er, „bist du erst neunundvierzig."

„Und wenn du hundertdrei bist, bin ich zweiundachtzig. Schluß damit! Bitte nimm dir Toby Gorgone vor; und gib mir Bescheid, wenn du etwas in Sachen Eleanor Brown erfährst, ja?"

„Selbstverständlich."

ARTHUR saß in einem Café und wartete auf den Einbruch der Dunkelheit. Sein Plan stand fest. Er würde nach Georgetown fahren und erneut durch das Fenster im Gästezimmer in Patricia Traymores Haus eindringen. Dort würde er sich im Einbauschrank verstecken – gut versorgt mit Mineralwasser, Brot und Erdnußbutter. Damit mußte er bis zur Sendung morgen abend auskommen.

In der Drogerie um die Ecke kaufte er eine Packung Koffeintabletten. Und in einem Kaufhaus erstand er für neunzig Dollar einen winzigen Schwarzweißfernseher mit Kopfhörern, damit er die Sendung in Patricia Traymores Haus verfolgen konnte.

Eine Dreiviertelstunde später wanderte Arthur durch die Straßen von Georgetown; das Viertel, in dem Pat Traymore wohnte, war wie ausgestorben. Er schlich in den Garten des unbeleuchteten Nachbarhauses. Der Holzzaun, der die beiden Grundstücke trennte, war nicht hoch. Er stellte die beiden Plastiktüten mit seinen Einkäufen auf einer Schneewehe ab und stieg über den Zaun.

Arthur wartete. Nichts war zu hören. Miß Traymores Wagen stand nicht in der Auffahrt, und im Haus brannte kein Licht.

Es war schwierig, auf den Baum zu klettern und dabei die Plastiktüten mitzuschleppen, aber er schaffte es. Schließlich stieg er durch das Fenster in das Gästezimmer ein. Drinnen harrte er bange Minuten in der Nähe des Fensters aus; beim kleinsten Geräusch hätte er sofort die Flucht ergriffen. Doch im Haus rührte sich nichts.

Er ging daran, sich sein Versteck im Einbauschrank einzurichten. Auf dem obersten Regal entdeckte er eine dicke Steppdecke, die er auf den Boden legte. Dann stellte er sich seine Vorräte und den Fernseher zurecht. Nach wenigen Minuten war er fertig. Nun mußte er einen Rundgang durchs Haus machen.

Im Schein seiner Taschenlampe schlich er durchs Haus; dabei hielt er den Lichtkegel tief, damit kein Strahl auf die Fenster fiel. Aufmerksam schritt er vom Gästezimmer zum Schlafzimmer, wobei er auf jede einzelne Diele trat. So ermittelte er die eine, die bei jedem Tritt knarrte.

Der Weg vom Einbauschrank über den Flur in Pats Zimmer dauerte zwölf Sekunden. Er schlich zu ihrem Schminktisch. Dort lagen eine Bürste und ein hübscher Kamm aus ziseliertem Silber. Zornig mußte er daran denken, daß auch Glory an solchen Dingen Freude hätte.

War die Polizei in Glorys Büro erschienen und hatte sie verhört?

Hatte Glory sich gestellt? Nein, wahrscheinlich lag sie zitternd im Bett und wartete ab, ob ihr Bild im Fernsehen gezeigt würde.

Geduckt kauerte er neben dem Schminktisch. Glory fehlte ihm bereits. Aber er wußte, daß ihm bald die Stimmen Gesellschaft leisten würden.

„LOS, Beeilung!" rief Pelham seinem Kamerateam zu.

Die Männer packten in Abigails Wohnzimmer ihre Ausrüstung zusammen. Toby spürte, daß sich Abigail nach Ruhe sehnte und Pelham ihr diesen Wunsch erfüllen wollte.

„Ich weiß, es war ein langer Tag für Sie, Frau Senatorin", sagte Pelham schließlich und lächelte. „Jetzt haben wir nur noch einen Drehtermin morgen früh im Studio, dann ist alles im Kasten." Er zog seinen Mantel an. „Der Präsident hat für morgen abend um neun eine Pressekonferenz im Weißen Haus anberaumt. Werden Sie dort sein, Frau Senatorin?"

„Ja, ich bin auch eingeladen", erwiderte sie.

„Das läßt Ihnen und uns ja sogar noch ein bißchen Luft bei der zeitlichen Planung, denn unsere Sendung läuft zwischen 18 Uhr 30 und 19 Uhr."

„Luther, ich bin schrecklich müde", meinte Abigail.

„Selbstverständlich, verzeihen Sie. Wir sehen uns morgen früh."

Als Abigail und Toby endlich allein waren, sagte sie zu ihm: „Noch eine Minute länger, und ich wäre aus der Haut gefahren. Wenn ich mir vorstelle, daß diese Sendung absolut überflüssig ist . . ."

„Nein, sie ist nicht überflüssig, Senatorin", antwortete Toby in ruhigem Ton. „Deine Nominierung muß schließlich vom Kongreß bestätigt werden. Und es wäre doch prima, wenn möglichst viele Leute dem Kongreß Telegramme schickten, die sich für deine Nominierung aussprechen. Dazu kann dir die Sendung verhelfen."

„Dann ist es die Mühe wert."

„Abby, hast du heute abend noch Arbeit für mich?"

„Nein, ich gehe früh zu Bett. Es war ein anstrengender Tag." Sie lächelte. „Na – was hast du denn noch vor heute abend? Zieht es dich zu deiner kleinen Kellnerin, oder geht's zur Pokerrunde?"

PAT schaltete das Licht im Wohnzimmer aus. Das Licht im Flur dagegen ließ sie noch brennen. Ihr fiel auf, daß es die Treppe genau bis zu der Stufe beleuchtete, auf der sie als Kind immer gesessen hatte.

An jenem Abend läutete es plötzlich an der Tür. Ihr Vater öffnete, jemand stürmte an ihm vorbei ins Haus. Die zornigen Worte des Vaters hallten durch den Flur: „Du hättest nicht kommen dürfen."

Pat merkte, wie ihre Hand zitterte, als sie sich am Geländer festhielt. Ich bin übermüdet, dachte sie, weiter nichts. Jetzt ziehe ich mich um und mache mir noch eine Kleinigkeit zu essen.

Im Schlafzimmer legte sie rasch ihr Kleid ab und streifte sich den braunen Wollkaftan über, der sie angenehm wärmte. Am Schminktisch band sie sich das Haar zurück und schminkte sich ab. Während sie in den Spiegel blickte, fiel ihr wieder ein, was sie einmal gehört hatte: Wenn man sich einen beliebigen Punkt auf der eigenen Stirn vorstellt und darauf starrt, kann man sich selbst hypnotisieren und in die Vergangenheit zurückkehren. Eine volle Minute lang konzentrierte sie sich auf den imaginären Punkt und hatte das seltsame Gefühl, als dringe sie rückwärts in einen Tunnel ein . . . Plötzlich schien es ihr, als wäre sie nicht allein. Irgendein anderes Wesen war in ihrer Nähe.

Lächerlich, dachte sie, du verlierst schon den Verstand!

In der Küche machte sie sich schließlich ein Omelett, eine Tasse Kaffee und eine Scheibe Toast. Beim Essen dachte sie daran, daß sie viel Zeit mit ihren Eltern hier in der Küche verbracht haben mußte. War es Einbildung, daß sie sich zu erinnern glaubte, hier auf dem Schoß ihres Vaters gesessen zu haben?

Pat stellte das Geschirr in die Spülmaschine, um sich dann – wenn es ihr auch schwerfiel – dem Zeitungsartikel zuzuwenden. Sie hoffte, daß er ihr neue Aufschlüsse über Dean und Renée Adams geben würde.

Die Zeitung lag noch auf dem Tisch in der Bibliothek. Im ersten Absatz des Artikels wurden die Gerüchte wiederholt, die sie schon beim Weihnachtsessen des Botschafters gehört hatte: die Ehe ihrer Eltern sei unglücklich gewesen, Renée habe ihren Mann bedrängt, Washington zu verlassen, da sie die ewigen Empfänge haßte. Das Zitat der Nachbarin: „Sie war grenzenlos eifersüchtig."

Pat betrachtete die Fotos, die den größten Teil von Seite vier einnahmen. Das erste Bild zeigte das Ehepaar Jennings: Willard wirkte sehr gebildet, und Abigail sah atemberaubend aus. Dann fiel Pats Blick auf eine ziemlich verschwommene Aufnahme, und sie hielt die Zeitung ans Licht. Es war ein Schnappschuß, der, so die Bildunterschrift, aus der Zeit nach Willards Tod stammte. Er zeigte Pats Eltern mit Abigail und zwei anderen Leuten am Strand. Renée hatte sich in ein Buch vertieft, die beiden Fremden lagen im Sand und sonnten sich. Im Vordergrund saßen Pats Vater und Abigail; die Art, wie sie sich anschauten, wirkte vertraulich.

In der Tischschublade lag eine Lupe. Pat holte sie heraus und hielt sie über das Foto. In der Vergrößerung betrachtete sie Abigails Gesichtsausdruck: Anbetung lag in ihrem Blick, den Pats Vater voller Zärtlichkeit erwiderte. Ihre Fingerspitzen berührten sich.

Pat faltete die Zeitung zusammen. Was bedeutete das Bild? Ein harmloser Flirt zwischen einem attraktiven Mann und einer schönen jungen Witwe?

Wie immer, wenn Pat aufgeregt war, versuchte sie sich mit Musik zu beruhigen. Im Wohnzimmer schaltete sie die Weihnachtsbaumbeleuchtung ein und setzte sich an den Flügel.

Ihr Vater und Abigail Jennings. Hatten sie etwas miteinander gehabt? War sie für Dean Adams eine von vielen bedeutungslosen Affären gewesen?

Pat schlug Beethovens „Pathétique" an. Hatte Mutter dieses Stück auch gespielt? Die Melodie verbreitete eine melancholische Stimmung.

„Renée, hör bitte auf zu spielen, ich muß mit dir reden."

„Ich kann jetzt nicht. Laß mich in Ruhe."

Die Stimmen – die des Vaters besorgt und drängend, die der Mutter voller Verzweiflung.

Sie haben sich so oft gestritten, dachte Pat. Und nach den Auseinandersetzungen spielte Mutter stundenlang Klavier. Doch manchmal, in glücklichen Stunden, durfte ich neben ihr auf die Klavierbank.

„Nein, Kerry, so. Und das Handgelenk tiefer halten . . ."

Pat stand auf. Zu viele Gespenster hausten in diesem Zimmer.

Als sie gerade ins Obergeschoß hinaufgehen wollte, rief Sam an. „Der Haftrichter will Eleanor Brown nicht freilassen", sagte er. „Er befürchtet, daß sie wieder die Flucht ergreifen würde. Anscheinend wird der Mann, mit dem sie zusammengelebt hat, wegen einiger unerklärlicher Todesfälle in einem Pflegeheim gesucht."

„Sam, der Gedanke, daß die junge Frau jetzt wieder allein in einer Zelle sitzt, ist unerträglich!"

„Frank Crowley, der Anwalt, den ich beauftragt habe, meint auch, daß sie die Wahrheit sagt. Gleich morgen früh beschafft er sich die Akten ihres Prozesses. Wir werden für sie tun, was in unserer Macht steht. Pat, wie geht es dir?"

„Ich wollte soeben ins Bett gehen."

„Alles gut abgeschlossen?"

„Ja, Sam. Ich habe auch die Schließkette vorgelegt."

„Gut. Pat, die Sache ist sowieso bald gelaufen. Der Präsident hat für morgen abend eine wichtige Verlautbarung angekündigt."

„Sam, du meinst . . .?"

„Ich weiß es nicht. Der Präsident läßt sich nicht in die Karten schauen. Aber wer auch immer ernannt wird, wir beide werden groß ausgehen und feiern."

„Und wenn du mit der Wahl des Präsidenten nicht einverstanden bist?"

„Im Augenblick ist mir gleichgültig, wen er sich aussucht. Mir steht der Sinn einzig und allein danach, das Zusammensein mit dir zu feiern. Ich möchte möglichst bald nachholen, was ich versäumt habe. Nach unserer Trennung konnte ich das Gefühl der Leere nur überwinden, indem ich mir immer wieder die Gründe vorbetete, warum es mit uns beiden niemals geklappt hätte, selbst wenn ich frei gewesen wäre. Schließlich habe ich meine eigenen Lügen für wahr gehalten."

Pat lächelte glücklich und mußte mit den Tränen kämpfen, die ihr in die Augen schossen. „Die Entschuldigung nehme ich gern an."

Seine Stimme klang entschlossen und selbstbewußt, als er fortfuhr: „Weißt du, Pat, damals auf Cape Cod verliebte ich mich hoffnungslos in dich. Jetzt kann mir diese Liebe niemand mehr nehmen. Ich bin dir sehr dankbar, daß du auf mich gewartet hast."

„Ich hatte gar keine andere Wahl. O Sam, ich liebe dich so sehr!"

Nachdem sie sich voneinander verabschiedet hatten, blieb Pat noch eine ganze Weile neben dem Telefon stehen; ihre Hand hatte sie auf den Hörer gelegt, als könne sie durch die Berührung jedes Wort zurückholen, das Sam gesagt hatte. Dann stieg sie mit einem Lächeln auf den Lippen die Treppe hinauf. Ein knarrendes Geräusch, das von oben kam, ließ sie zusammenfahren. Sie kannte dieses Knarren: Es rührte von einer Diele im oberen Gang her, die sich bemerkbar machte, wenn man darauf trat.

Alles wieder nur Einbildung, dachte sie. Rasch ging sie durch den oberen Gang zu ihrem Schlafzimmer. Da bemerkte sie, daß die Tür zum Gästezimmer nicht ganz geschlossen war. Sie betrat den Raum, ein kalter Lufthauch schlug ihr entgegen. Er kam vom Fenster, das einen Spaltbreit offenstand. Als Pat es schließen wollte, stellte sie fest, daß es klemmte. Das muß die Ursache für das Geräusch gewesen sein, dachte sie. Der Luftzug im Zimmer war vielleicht so stark, daß die Tür von Zeit zu Zeit gegen den Rahmen schlug.

Beruhigt ging Pat ins Schlafzimmer; sie zog sich aus und legte sich ins Bett. Einfach lächerlich, diese Nervosität, sprach sie zu sich selbst. Denk an Sam, denk an das Leben, das wir zusammen führen werden. Bevor sie schließlich einschlief, hatte sie noch einmal das Gefühl, daß sie nicht allein war.

MIT einem Seufzer der Erleichterung hängte Catherine Graney das Schild mit der Aufschrift GESCHLOSSEN in ihre Ladentür. Für den ersten Tag nach den Weihnachtsfeiertagen war das Geschäft erstaunlich gut gewesen.

Mrs. Graney schaltete das Licht aus und begab sich nach oben in ihre Wohnung; Sligo, ihr irischer Setter, folgte ihr. In der Küche bereitete sie das Abendessen zu. Nächste Woche, wenn ihr Sohn George zu Besuch kam, würde sie ein richtiges Menü kochen. Heute abend gab sie sich mit Kotelett und Salat zufrieden.

George hatte sie am Vortag angerufen und ihr ein schönes Weihnachtsfest gewünscht. Dann war er mit der großen Neuigkeit herausgeplatzt. Er war zum Major befördert worden. „O George!" rief sie. „Dein Vater wäre stolz auf dich!" Ein weiterer Grund für sie, nicht zuzulassen, daß Abigail Jennings den Namen von George Graney senior in den Schmutz zog.

Sie dachte an den Brief, den sie an die Senatorin geschickt hatte, und fragte sich, wie Abigail Jennings wohl darauf reagierte.

Ich muß darauf bestehen, daß Sie die geplante Fernsehsendung zum Anlaß nehmen, in aller Öffentlichkeit klarzustellen, daß es zu keiner Zeit Beweise für die Behauptung gegeben hat, der tödliche Unfall Ihres Mannes wäre auf einen Fehler des Piloten zurückzuführen. Sie müssen diese Angelegenheit bereinigen! Falls Sie es aber nicht tun, werde ich Sie wegen Verleumdung verklagen und an die große Glocke hängen, wie es um Ihre Beziehung zu Willard Jennings in Wirklichkeit bestellt war.

Um elf Uhr verfolgte sie die Nachrichten. Eine halbe Stunde später wurde sie von Sligo angestupst. „Ich weiß, ich weiß", meinte sie mit einem müden Lächeln. „Na schön, hol deine Leine."

Es war eine kalte, düstere Nacht. Mrs. Graney schlug ihren Mantelkragen hoch. „Es wird nur ein kurzer Spaziergang", sagte sie zu Sligo.

Unweit des Hauses lag ein Wäldchen, durch das ein Weg führte. Dort ging Mrs. Graney täglich mit Sligo spazieren.

Als sie die ersten Bäume hinter sich gelassen hatten, zerrte der Hund ungewöhnlich heftig an der Leine, und plötzlich fing er laut zu knurren an.

„Was ist denn, Sligo?" fragte Mrs. Graney ungeduldig.

Sligo sprang auf einen Busch zu. Ungläubig beobachtete Mrs. Graney, wie aus dem Gestrüpp blitzschnell eine Hand hervorschoß, die sich Sligo um den Hals legte. Ein Knacken ertönte, und der Setter sank in den Schnee.

Mrs. Graney versuchte zu schreien, aber sie brachte keinen Laut über die Lippen. Eine Gestalt sprang aus dem Busch hervor und packte sie am Hals.

Sekunden bevor sie starb, fand sie die Erklärung für das schreckliche Ereignis, das nun schon so lange zurücklag.

AM 27. DEZEMBER stand Sam um sieben Uhr auf und sah sich noch einmal den Bericht der Untersuchungskommission über den Flugzeugabsturz an, der Willard Jennings das Leben gekostet hatte. Dann rief er den FBI-Beamten Jack Carlson an. „Wie kommst du mit deinen Nachforschungen über Toby Gorgone voran?"

„Bis um elf müßte mir sein komplettes Sündenregister vorliegen."

„Bist du zum Mittagessen frei? Ich muß dir etwas zeigen." Damit meinte er einen Absatz in dem Polizeiprotokoll, das nach dem Absturz gemacht worden war: „Der Chauffeur des Kongreßabgeordneten, Toby Gorgone, stellte das Gepäck in die Maschine." Sam wollte Jack Carlsons Bericht über Toby lesen, ehe er weitere Spekulationen anstellte. Deshalb verabredeten sie sich um zwölf Uhr in einem Restaurant namens „Flagship".

Als nächstes rief Sam Rechtsanwalt Frank Crowley an, den er mit der Vertretung von Eleanor Brown beauftragt hatte, und lud ihn zum gleichen Termin in das Lokal ein. „Bitte bringen Sie das Protokoll von Eleanor Browns Prozeß mit, ja?"

Sam schenkte sich Kaffee ein und schaltete das Radiogerät in der Küche ein. Am Schluß der Achtuhrnachrichten hörte er eine Suchmeldung der Polizei: Gefahndet wurde nach einem Unbekannten, der die bekannte Antiquitätenhändlerin Catherine Graney aus Richmond, Virginia, in der Nähe ihres Hauses ermordet hatte.

Catherine Graney – ermordet! Gerade als sie im Begriff war, etwas publik zu machen, das Abigail in einen Skandal verwickeln konnte! Sam glaubte nicht an einen Zufall.

Den Rest des Vormittags quälte er sich mit seinem Verdacht herum. Mehrmals griff er zum Telefonhörer, um im Weißen Haus anzurufen, zog die Hand aber jedesmal wieder zurück. Er hatte keinen Beweis dafür, daß sich Toby Gorgone irgendeines Verbrechens schuldig gemacht hatte. Und selbst wenn Abigails treu ergebener Leibwächter und Chauffeur ein Verbrechen begangen haben sollte, war damit noch lange nicht gesagt, daß die Senatorin von seinem Treiben wußte.

Mit Sicherheit würde der Präsident heute abend verkünden, daß er sich für Abigail entschieden hatte. Die Anhörungen, die zu ihrer Bestätigung im Amt durch das Parlament führen würden, fanden dagegen erst in einigen Wochen statt. Es blieb also genug Zeit, um eine umfassende Ermittlung in Gang zu setzen. Und da, dachte er grimmig, sorge ich dafür, daß nichts verschleiert wird.

Nervös verschränkte Abigail die Finger. „Wir hätten früher losfahren sollen", sagte sie. „Schau dir den Verkehr an."

„Mach dir keine Sorgen, Senatorin", antwortete Toby ruhig. „Wir stehen hier zwar im Stau, aber ohne dich kann Pelham nicht mit den Aufnahmen anfangen. Wie hast du geschlafen?"

„Ich bin zwischendurch immer wieder aufgewacht. Mein einziger Gedanke war: ‚Ich werde Vizepräsidentin der Vereinigten Staaten.' Mach das Radio an. Mal hören, was über mich berichtet wird."

Soeben begannen die Neunuhrnachrichten. „Es verdichten sich die Gerüchte um den Grund für die Pressekonferenz, die der Präsident für heute abend einberufen hat. Es wird vermutet, daß er bei dieser Gelegenheit entweder Senatorin Abigail Jennings oder Senatorin Claire Lawrence zur Vizepräsidentin der Vereinigten Staaten ernennen wird." Kurz danach hieß es: „Als tragischer Zufall entpuppt sich die Tatsache, daß es sich bei Mrs. Catherine Graney, der Antiquitätenhändlerin aus Richmond, die beim Spaziergang mit ihrem Hund ermordet wurde, um die Witwe jenes Piloten handelt, der vor fünfundzwanzig Jahren bei einem Flugzeugabsturz mit Willard Jennings umkam, dem Mann von Abigail Jennings . . ."

„Toby! Wie schrecklich!"

„Ja, schlimm." Er blickte in den Rückspiegel und beobachtete, wie sich Abigails Miene verfinsterte.

„Ich werde nie vergessen, daß Willards Mutter zu *ihr* ging, als das Flugzeug abgestürzt war. *Mich* rief sie nicht einmal an, meine Gefühle interessierten sie überhaupt nicht."

„Nun ja, im Tod sind die beiden jetzt wieder vereint, Abby. Schau, der Verkehr fließt wieder. Wir kommen noch pünktlich ins Studio."

Um elf Uhr wurde Eleanor Brown einem Test mit dem Lügendetektor unterzogen. Sie hatte in ihrer Gefängniszelle erstaunlich gut geschlafen. Das Gefühl, sich nicht mehr verstecken zu müssen, erfüllte sie mit einer ungeahnten Ruhe.

„Hier hinein." Der Wärter führte sie in ein kleines Zimmer unweit ihrer Zelle, wo Inspektor Barrott sie erwartete. Darüber freute sie sich, denn er behandelte sie ganz und gar nicht wie eine Lügnerin.

Als ein zweiter Beamter eintrat, der sie an den Lügendetektor anschloß, erkundigte sie sich ein wenig verlegen, ob sie ihre Stoffpuppe behalten dürfe. Sie war erleichtert, als Inspektor Barrott bejahte. Schließlich gesellte sich auch noch ihr Anwalt, Frank Crowley, hinzu, ein netter, väterlich wirkender Mann, dem sie vertraute. Gestern hatte sie ihm zu erklären versucht, daß sie wahrscheinlich nicht genügend Geld hätte, um sein Honorar zu bezahlen. Crowley hatte nur geantwortet, sie solle sich deswegen keine Gedanken machen.

Zunächst stellte der Beamte, der sie verhörte, einfache Fragen über ihr Alter, ihre Ausbildung und ihre Hobbys. Dann kamen die Fragen, die sie erwartet hatte.

„Haben Sie jemals etwas gestohlen?"

„Nein."

„Und die Flasche Parfüm, als Sie noch in die Schule gingen?"

„Das war *nicht* gestohlen, ich schwör's Ihnen. Ich hatte nur vergessen, das Parfüm der Verkäuferin zu geben."

„Haben Sie die fünfundsiebzigtausend Dollar aus dem Wahlkampfbüro der Senatorin gestohlen?"

Als ihr diese Frage vor vielen, vielen Jahren schon einmal gestellt wurde, hatte sie die Beherrschung verloren. Jetzt sagte sie einfach: „Nein."

„Hatten Sie fünftausend Dollar von diesem Geld in Ihrem Keller versteckt?"

„Nein."

„Entspricht es der Wahrheit, daß Toby Gorgone Sie damals angerufen hat?"

„Ja."

„Sind Sie sicher, daß es Toby Gorgone war?"

„Wenn er es nicht war, klang die Stimme wie seine."

Dann kamen Fragen, die ihr unfaßbar erschienen. „Wußten Sie, daß Arthur Stevens seit dem Tod einer seiner Patientinnen, einer gewissen Mrs. Anita Gillespie, des Mordes verdächtigt wird?"

Sie erschrak zu Tode. „Nein, das glaube ich nicht!" Dann fiel ihr ein, wie er im Schlaf gebrüllt hatte: „Machen Sie doch die Augen zu, Mrs. Gillespie! Machen Sie die Augen zu!"

„Vater könnte niemandem etwas zuleide tun, er will allen Menschen nur helfen", flüsterte sie. „Er nimmt es sich so zu Herzen, wenn einer seiner Patienten Schmerzen hat."

„Halten Sie es für möglich, daß er versucht, den Patienten diese Schmerzen zu ersparen?"

„Ich weiß nicht, was Sie meinen."

„Ich glaube doch, Miß Brown. Am Weihnachtstag versuchte Arthur Stevens, das Pflegeheim in Brand zu stecken."

„Unmöglich!"

Entsetzt starrte Eleanor den Beamten an, der nun seine letzte Frage stellte: „Hatten Sie je Grund zu der Annahme, daß Arthur Stevens geistesgestört ist?"

Während der Nacht schluckte Arthur alle zwei Stunden Koffeintabletten. Er durfte nicht einschlafen: Die Gefahr, daß er im Traum sprach, war viel zu groß. Zusammengekauert hockte er in dem Einbauschrank und starrte in die Dunkelheit.

Er war sehr unvorsichtig gewesen. Als Patricia Traymore nach Hause kam, hatte er an der Schranktür gelauscht, um zu verfolgen, was sie tun würde. Schließlich hatte sie sich an den Flügel gesetzt und zu spielen begonnen. Da wußte er, daß er sich hinauswagen konnte. Auf der obersten Treppenstufe ließ er sich nieder, um zuzuhören.

Kurze Zeit später hatten sich die Stimmen bei ihm gemeldet. Er hatte ihnen so aufmerksam gelauscht, daß er nicht merkte, wie die Musik endete. Erst als er Patricia Traymores Schritte auf der Treppe hörte, kam er zu sich.

Bei seiner hastigen Flucht ins Versteck trat er auf die knarrende Diele, und die Journalistin schöpfte Verdacht. Er wagte kaum zu atmen, als sie durch das Gästezimmer schritt, um das Fenster zu schließen. Zum Glück kam sie nicht auf den Gedanken, im Einbauschrank nachzuschauen.

Dann hatte er die Nacht durchgewacht. Es war für ihn eine Erlösung, als Pat Traymore morgens endlich aus dem Haus ging; trotzdem wagte er das Versteck nur jeweils für ganz kurze Zeit zu verlassen. Er wußte ja nicht, ob vielleicht eine Putzfrau oder eine Haushälterin käme, die ihn hören könnte.

Die Stimmen wiesen ihn nun an, die braune Kutte aus Pats Kleiderschrank zu nehmen und anzuziehen. Wenn die Journalistin Glory verriet, wäre er passend angezogen, um sie zu bestrafen.

Pat traf um 9 Uhr 30 beim Sendegebäude ein. Zunächst ging sie jedoch in ein benachbartes Café, um zu frühstücken. Noch war sie nicht bereit, sich der gespannten Atmosphäre auszusetzen, die der Tag der Sendung mit sich bringen würde. Schon beim Gedanken daran bekam sie Kopfschmerzen.

Während der Fahrt hatte sie im Radio von Catherine Graneys Tod erfahren. Immer wieder erschien ihr das Bild der Frau. Sie erinnerte sich noch genau an ihren Gesichtsausdruck: Ihre Miene hatte sich stets ein wenig aufgehellt, wenn sie von ihrem Sohn sprach. Diese tüchtige Frau war nun tot.

Pat aß das Brötchen, das sie bestellt hatte, nur zur Hälfte, ehe sie bezahlte und ging. Als sie im Studio ankam, war Pelham bereits zur Stelle. Sein kritischer Blick wanderte hierhin und dorthin, stets auf der Suche nach Schwachstellen. „Ich sagte doch, die Blumen sollen verschwinden!" brüllte er. „Und der Stuhl dort ist nicht hoch genug

für die Senatorin! Der sieht ja aus wie ein Melkschemel." Er entdeckte
Pat. „Ah, da sind Sie ja endlich! Haben Sie schon von dem Mord an
Catherine Graney gehört? Wir werden die Stelle umarbeiten müssen,
an der sich Abigail zur Sicherheit im Flugverkehr äußert. Der Pilot
kommt da zu schlecht weg. Aufnahmebeginn in zehn Minuten."

Pat starrte ihren Chef an. Ein Mensch war ermordet worden! Und
woran dachte Pelham? An nichts anderes als an seine Sendung!
Wortlos machte sie kehrt und ging in die Garderobe.

Dort saß Senatorin Jennings vor einem Spiegel; man hatte ihr ein
Handtuch um die Schultern gelegt, und eine Maskenbildnerin tupfte
ihr Puder auf die Nase. Die Senatorin begrüßte Pat, die ebenfalls vor
einem Spiegel Platz nahm, freundlich, kam dann aber auch gleich auf
die Sendung zu sprechen. „Natürlich bin ich einverstanden", meinte
sie, „daß wir den Text über die Flugsicherheit jetzt ändern. Trotzdem
möchte ich noch einmal auf die Notwendigkeit hinweisen, kleine
Flughäfen besser auszurüsten. Außerdem habe ich beschlossen, daß
wir mehr über meine Mutter sagen sollten. Wir müssen all denjenigen,
die sich über die Artikel im *National Mirror* und in der *Washington
Tribune* mokieren, den Wind aus den Segeln nehmen."

Pat legte die Bürste, mit der sie sich frisiert hatte, aus der Hand und
sagte erstaunt: „Ach, wirklich?"

VIER Stunden später saßen Pat, Pelham, Abigail, Buckley und Toby
bei belegten Broten und Kaffee im Vorführraum und schauten sich das
vollständige Videoband der Sendung an. Die ersten Bilder zeigten Pat,
Pelham und die Senatorin, die im Halbkreis im Studio Platz
genommen hatten. „Guten Abend, willkommen zu unserer ersten
Sendung aus der Serie *Frauen in der Politik...*" Pat beobachtete sich
kritisch: Ihre Stimme klang ein wenig heiser, ein Zeichen innerer
Anspannung. Pelham machte dagegen einen völlig entspannten
Eindruck. Abigails blaues Seidenkleid war eine gute Wahl; es ließ die
Senatorin fraulich erscheinen, ohne dabei bieder oder allzu streng zu
wirken. Um ihre Lippen spielte ein gewinnendes Lächeln.

Sie unterhielten sich über das Amt der Senatorin als Abgeordnete
von Virginia. „Es ist eine gewaltige, anspruchsvolle und sehr
befriedigende Aufgabe", erklärte Abigail. Dann folgte die Montage
der Aufnahmen aus Apple Junction: Abigail und ihre Mutter. Ein
liebevoller Unterton lag in Abigails Stimme: „Meine Mutter kämpfte
mit einem Schicksal, dem sich auch heute noch viele berufstätige
Mütter gegenübersehen. Als ich sechs war, starb mein Vater. Mutter
verzichtete auf eine Karriere im Hotelfach und arbeitete als Haushälterin, um für mich Zeit zu haben, wenn ich von der Schule nach Hause

kam. Wir standen uns sehr nahe. Meine Mutter hatte eine Drüsen-krankheit, und ihr Übergewicht machte ihr zeitlebens sehr zu schaffen. Aber sie war eine liebe, tapfere, humorvolle Frau." Abigails Stimme zitterte. Dann sprach sie über die Mißwahl. „Mutter war so stolz auf mich . . ."

Beinahe gegen ihren Willen fühlte sich Pat in Abigails Bann gezogen. War das dieselbe Frau, die kurzerhand ihre Assistentin entlassen hatte? Kaum vorstellbar, dachte Pat. Abigail Jennings ist eine ausgezeichnete Schauspielerin.

Es folgten die Aufnahmen vom Hochzeitsempfang und von Willards erstem Wahlkampf. Pat interviewte Abigail: „Frau Senato-rin, Sie waren erst wenige Wochen verheiratet und halfen Ihrem Mann bereits beim Wahlkampf für seinen Einzug in den Kongreß. Erzählen Sie uns mehr darüber."

„Es war wunderbar! Ich war ja so verliebt! Deutlich erinnere ich mich noch an den Augenblick, als wir erfuhren, daß Willard gewählt worden war – ach, diesen Moment werde ich nie vergessen!"

Als nächstes kam die Szene mit den Kennedys bei Willard Jennings' Geburtstagsfeier. Abigail sagte: „Wir waren alle jung und wurden von der Überzeugung getragen, daß wir mithelfen könnten, die Welt zu verändern und die Lebensqualität zu verbessern. Heute sind John F. Kennedy und mein Mann schon lange tot, aber ich betrachte ihre hohen Ideale bei meiner Amtsführung als Vermächtnis."

Mehrere Szenen waren wirklich rührend. Maggie Sayles bei Abigail im Büro, überschäumend vor Dank, weil die Senatorin für ihre Mutter einen Platz im Pflegeheim gefunden hatte; eine junge Mutter, die ihre dreijährige Tochter an sich drückte und schilderte, in welche Notlage sie durch das komplizierte Elternrecht gekommen war: „Niemand wollte mir helfen, niemand! Dann gab mir jemand den Tip: ,Ruf doch Senatorin Jennings an, die erledigt das für dich.'"

Im Gespräch mit Pelham erwähnte Abigail dann auch den Fall Eleanor Brown. Als Pelham ihr mitteilte, daß Eleanor sich kürzlich der Polizei gestellt habe, sagte Abigail: „Ich kann nur hoffen, daß sie so ehrlich ist und den Rest des gestohlenen Geldes zurückgibt."

Im Vorführraum drehte sich Pat um. Im Zwielicht sah sie Toby, der in seinem Sessel saß und zustimmend nickte. Er hatte die Hände unter dem Kinn verschränkt, und an seinem Ringfinger schimmerte der mächtige Onyxring. Rasch wandte sich Pat wieder um, denn sie wollte Tobys Blick nicht begegnen.

Pelham fragte inzwischen im Filmbericht Abigail nach ihrer Einstellung zur Sicherheit in der Zivilluftfahrt. „Wissen Sie", sagte die Senatorin, „wie viele ehemalige Militärpiloten sich aus zweiter Hand eine Maschine kauften, um eine Charterfluggesellschaft zu gründen? Die meisten gingen pleite. Sie hatten nicht genug Geld, um ihre Maschinen richtig zu warten. Mein Mann starb vor fünfundzwanzig Jahren in einem kleinen Charterflugzeug, und ich habe seither dafür gekämpft, daß Kleinflugzeuge auf verkehrsreichen Flughäfen keine Start- und Landeerlaubnis mehr bekommen und die Auflagen für die Piloten dieser Maschinen erheblich verschärft werden."

Kein Wort über George Graney, doch wieder die Unterstellung, der Pilot sei an Willard Jennings' Tod schuld gewesen. Pat mußte zugeben, daß die Sendung genau das bewirkte, was Pelham angestrebt hatte: Sie stellte Abigail Jennings als sympathischen Menschen und hingebungsvolle Politikerin dar. Diese Erkenntnis stimmte Pat traurig.

Der Bericht neigte sich dem Ende zu: Abigail kehrte vom Büro nach Hause zurück, und Pat erläuterte, daß die Senatorin den Abend damit verbringen werde, Gesetzesvorlagen zu studieren. Das Bild verdunkelte sich, und alle standen auf. Abigail drehte sich zu Toby um, der anerkennend nickte, woraufhin die Senatorin die Sendung als überaus gelungen bezeichnete. Sie wandte sich an Pat. „Es war doch richtig, daß Sie meine Jugendzeit in Apple Junction hereingenommen haben. Tut mir leid, daß ich Ihnen solche Schwierigkeiten gemacht habe. Luther, was meinen Sie?"

„Ich glaube, Sie kommen ganz groß raus. Pat, wie ist Ihre Ansicht?"

Pat überlegte. Alle waren zufrieden, und genaugenommen war das Ende der Sendung so in Ordnung. Was bewog sie also dazu, eine zusätzliche Szene vorzuschlagen? Der Brief! Aus irgendeinem Grund wollte sie den Brief vorlesen, der mit „Geliebter Willy" überschrieben war. „Ich sehe noch ein Problem", sagte sie. „Der Eindruck des persönlichen Kennenlernens macht diese Sendung zu etwas Besonderem. Aus diesem Grund wäre es mir lieber, wenn wir einen Schlußpunkt setzten, der nicht ganz so sachlich und nüchtern erscheint."

Abigail runzelte ungeduldig die Stirn. Pat fuhr ruhig fort: „Frau Senatorin, bei den Unterlagen, die Toby mir brachte, entdeckte ich einen Brief, der der Sendung zum Abschluß vielleicht noch eine persönlichere Note geben könnte. Selbstverständlich dürfen Sie ihn lesen, bevor wir die Aufnahme machen, aber ich finde, es würde im Film natürlicher wirken, wenn Sie es nicht tun. Wie auch immer, wenn es nicht funktioniert, bleibt es beim jetzigen Ende."

Abigail schaute auf Pelham. „Haben Sie den Brief gelesen?"

„Ja, und ich teile Pats Ansicht. Aber die Entscheidung liegt bei Ihnen."

Sie wandte sich an Buckley und Toby. „Ihr beide habt alle persönlichen Dokumente überprüft, nicht wahr?"

„Alles, Frau Senatorin."

Sie zuckte die Achseln. „Wenn das so ist . . ."

Wenige Minuten später saß sie mit Pelham und Pat wieder im Studio. Pelham ergriff das Wort: „Senatorin, wir möchten Ihnen danken, daß Sie uns Ihre Zeit gewidmet haben. Während der Vorbereitungen zu dieser Sendung fanden wir einen Brief, den Sie Ihrem Mann schrieben, dem Kongreßabgeordneten Willard Jennings. Ich glaube, dieser Brief veranschaulicht auf eine rührende Weise, wie die Bewunderung für die Arbeit Ihres Mannes am Anfang Ihrer eindrucksvollen Karriere stand. Würden Sie es gestatten, daß Miß Traymore den Brief vorliest?"

Abigail nickte voller Spannung.

Pat entfaltete den Brief. Mit heiserer Stimme las sie langsam vor. „Geliebter Willy." Etwas schnürte ihr die Kehle zu, und sie mußte sich zwingen weiterzusprechen. „Bei der Anhörung heute nachmittag warst Du großartig. Ich bin ja so stolz auf Dich! Ich liebe Dich unvorstellbar und freue mich darauf, mein ganzes Leben mit Dir zu verbringen und mit Dir zusammenzuarbeiten. O mein Liebster, wir werden die Welt verändern!"

Pelham fügte hinzu: „Dieser Brief wurde am dreizehnten Mai geschrieben, und am zwanzigsten Mai kam Willard Jennings ums Leben. Von diesem Tag an waren Sie auf sich gestellt, Frau Senatorin, und mußten versuchen, die Welt allein zu verändern. Frau Senatorin, wir danken Ihnen!"

„Schnitt!" rief der Regisseur.

Pelham erhob sich. „Das war ausgezeichnet, Frau Senatorin, wir alle hier . . ."

Er brach ab, denn Abigail sprang auf und entriß Pat den Brief. „Woher haben Sie diesen Brief?" kreischte sie. „Versuchen Sie schon wieder, mir ein Bein zu stellen?"

Ungläubig starrte Pat Abigail an. Die Miene der Senatorin war vor Zorn und Schmerz verzerrt. Währenddessen stürzte eine stämmige Gestalt auf die Senatorin zu. Es war Toby, der Abigail am Arm packte und sie beinahe anbrüllte: „Abby, nimm dich doch zusammen! Das war ein tolles Ende für die Sendung! *Die Öffentlichkeit darf den letzten Brief, den du an deinen Mann geschrieben hast, ruhig kennen!*"

„Meinen . . . letzten . . . Brief?" Abigail hielt sich erschrocken die Hand vor den Mund. „Natürlich . . . Tut mir leid . . . Willard und ich schrieben uns andauernd solche Briefe . . . Ich bin ja so froh, daß Sie . . . den letzten gefunden haben."

Pat war wie gelähmt. Geliebter Willy..., geliebter Willy... Die Worte dröhnten in ihrem Kopf. Sie klammerte sich an den Armlehnen ihres Sessels fest und bemerkte, wie Toby sie zornig anstarrte. Dann wandte er sich wieder Abigail zu und geleitete sie mit Pelham und Buckley aus dem Studio. Die Scheinwerfer wurden nacheinander ausgeschaltet. „He, Miß Traymore!" rief ihr der Kameramann zu. „Sie sind sicher auch froh, daß die Sendung im Kasten ist, oder?"
Endlich vermochte sie aufzustehen. „Das kann man wohl sagen", bestätigte sie.

IMMER wenn sich Sam mit einem ernsten Problem herumschlug, half ihm ein langer Spaziergang. Aus diesem Grund entschloß er sich, zu Fuß zum „Flagship" zu gehen, obwohl das Restaurant, das am Potomac lag, von seiner Wohnung weit entfernt war. Unterwegs betrachtete er die sanften Wellen auf dem Fluß. Sie erinnerten ihn an Cape Cod – und an seine Spaziergänge mit Pat: Hand in Hand am Strand, das Haar vom Wind zerzaust. Das waren Augenblicke des Glücks, dachte er. Nächsten Sommer fahren wir wieder dorthin!
Jack Carlson saß bereits an einem Tisch am Fenster. Carlson war ein schlanker, grauhaariger Mann mit hellen, wachen Augen. Sam und Carlson waren seit Jahren miteinander befreundet.
Sam bestellte einen Martini. „Den brauche ich jetzt zur Beruhigung", erklärte er und rang sich ein Lächeln ab.
„Ich habe dich auch schon in besserer Stimmung erlebt", stellte Carlson fest. „Sam, wie kommt es denn, daß du dich für Toby Gorgone interessierst?"
„Irgend so ein dumpfes Gefühl, daß er etwas auf dem Kerbholz haben könnte." Seine Nervosität wuchs. „Hast du etwas über ihn herausgefunden?"
„Schon, aber viel ist es nicht gerade."
In diesem Augenblick trat Frank Crowley an den Tisch. Das sonst so blasse Gesicht des Anwalts war von der Kälte gerötet, sein dichtes weißes Haar vom Wind zerzaust. Er setzte sich, rückte seine silbergefaßte Brille zurecht und zog einen dicken Umschlag aus der Aktentasche. „Ihr habt Glück, daß ich's noch geschafft habe", verkündete er. „Als ich das Prozeßprotokoll zu lesen begann, hätte ich darüber bald alles andere vergessen. Der ganze Fall Eleanor Brown läßt sich auf eine Kernfrage reduzieren: Wer von beiden hat gelogen – Miß Brown oder Toby Gorgone? Der Staatsanwalt führte Miß Browns Vorstrafe auf eine Art und Weise ins Feld, daß man annehmen mußte, sie hätte den Staatsschatz in Fort Knox geraubt. Und die Senatorin, die andauernd davon sprach, daß sie Miß Brown eine

Chance geben wollte, hat die junge Frau noch mehr reingerissen." Er reichte Carlson die Akte.

Der FBI-Mann zog seinerseits einen Umschlag aus der Tasche. "Sam, hier ist das Sündenregister von Toby Gorgone, das du haben wolltest."

Sam überflog den Text, runzelte die Stirn und las den Bericht dann gründlich durch.

> *Apple Junction:* Verdacht auf Autodiebstahl. Unfall im Zuge der polizeilichen Verfolgung verursachte drei Todesopfer. Freispruch mangels Beweisen.
> Verdacht auf Wettbetrug. Freispruch mangels Beweisen.
> *New York:* Verdacht auf Teilnahme an einem Brandanschlag auf einen Pkw, bei dem ein Geldverleiher ums Leben kam. Freispruch mangels Beweisen. Möglicherweise Zugehörigkeit zur Mafia, aber nicht erwiesen.

"Eine völlig saubere Weste!" sagte Sam voller Ironie.

Während des Essens unterhielten sich die drei Männer über Toby Gorgone und seine mögliche Beteiligung an bestimmten Verbrechen. Zunächst wandten sie sich dem Flugzeugabsturz zu, der Willard Jennings das Leben gekostet hatte. Toby war in technischen Dingen sehr versiert, und es war bekannt, daß er kurz vor dem Start einen Koffer zum Flugzeug gebracht hatte. Dann kamen sie auf den Diebstahl der Wahlkampfgelder zu sprechen. Toby wettete gern und hatte zu der Zeit, als die Summe verschwand, möglicherweise bei Buchmachern in der Kreide gestanden.

"Sieht so aus, als stelle sich Senatorin Jennings stets schützend vor ihren Chauffeur", bemerkte Crowley.

"Ich kann mir nicht denken, daß Abigail es zugelassen hat, daß ein unschuldiges junges Mädchen seinetwegen ins Gefängnis kam", entgegnete Sam. "Genausowenig halte ich es für wahrscheinlich, daß sie sich an der Ermordung ihres Mannes beteiligt hätte."

"Vielleicht hatte die Senatorin mit Tobys Aktionen gar nichts zu tun", meinte Carlson. "Aber nehmen wir einmal an, Toby wußte, daß Willard Jennings sich von Abigail scheiden lassen wollte. Willards Mutter hatte die Hand auf dem Geld, außerdem wäre Abigails politische Karriere von heute auf morgen zu Ende gewesen – sie hätte auf ihren Ruhm als ehemalige Schönheitskönigin aus einer Kleinstadt im Staat New York zurückgreifen müssen. Und dazu wollte Toby es nicht kommen lassen."

"Und sie revanchierte sich für diesen Gefallen, indem sie ihn beim Prozeß um die gestohlenen Wahlkampfgelder deckte?" folgerte Sam.

"Es kann auch anders gewesen sein", schaltete sich Frank Crowley ein. „Abigail Jennings gab vor Gericht an, sie hätten etwa um die Zeit, als Miß Brown den Anruf erhielt, an einer Tankstelle gehalten. Der Motor hatte zu stottern begonnen, und Toby wollte nachschauen. Sie schwört, sie habe ihn nicht aus den Augen gelassen. Aber wenn er eine Zeitlang seinen Kopf vorn unter die Motorhaube steckte, um dann vielleicht nach einer Weile die Werkzeugkiste aus dem Kofferraum zu holen und schließlich sogar unter den Wagen zu kriechen, kann man sich schon vorstellen, daß er sich eine Minute lang ganz verdrücken konnte, ohne daß es ihr auffiel. Und wie lange dauert es wohl, zum Münzfernsprecher zu eilen und eine kurze Nachricht zu übermitteln? Wenn er allerdings den Diebstahl begangen hat, begreife ich nicht, warum er den Verdacht ausgerechnet auf Eleanor Brown lenkte."

„Das ist ganz einfach", sagte Carlson. „Er wußte von ihrer Vorstrafe. Deshalb war ihm klar, daß er unbehelligt bleiben würde."

„Falls unsere Vermutungen hinsichtlich Toby Gorgone zutreffen", schloß Sam, „könnte er auch den Mord an Catherine Graney begangen haben."

„Und wenn Abigail Jennings heute abend vom Präsidenten zur Vizepräsidentin ernannt wird", fuhr Carlson fort, „und sich dann erweist, daß ihr Chauffeur Catherine Graney ermordet hat, muß sich die Senatorin auf einen Sturm der Entrüstung gefaßt machen."

Die drei Männer saßen am Tisch und dachten bedrückt an den Skandal, der sich entwickeln konnte. Schließlich brach Sam das Schweigen. „Ein Gedanke beruhigt mich allerdings: Wenn Toby nachgewiesen werden kann, daß er die Drohbriefe an Pat Traymore geschrieben hat, wird er verhaftet, und ich brauche mir um Pat keine Sorgen mehr zu machen."

Frank Crowley nickte. „Vielleicht gibt er dann auch zu, daß er die Wahlkampfgelder gestohlen hat. Jedenfalls ist Eleanor Brown ein rührendes Geschöpf. Seit sie wieder im Gefängnis ist, schleppt sie andauernd eine Puppe mit sich herum. Irgendwie unheimlich, zumal diese Puppe auch noch so traurig aussieht."

„Eine Puppe?" rief Sam. „Eine Stoffpuppe?"

Als Crowley erstaunt nickte, winkte Sam jedoch ab. „Ach, es war nur so ein Gedanke", sagte er müde. „Aber er hätte uns auf die falsche Fährte gelockt. Wir müssen ganz von vorn anfangen."

TOBY servierte Abigail einen eisgekühlten Drink. „Trink das, Senatorin, es wird dir guttun." Er setzte sich auf einen Stuhl gegenüber der Couch.

„Toby, woher hatte sie diesen Brief? *Woher?* Bei den Sachen, die du ihr gegeben hast, kann sie ihn nicht gefunden haben. Und wieviel weiß sie? Wenn sie beweisen kann, daß ich an jenem Abend dort war ... "

„Das kann sie nicht, Senatorin. Nie im Leben! Hör mal, sie hat dir im Grunde einen Gefallen getan. Dieser Brief wird dir sehr viele Sympathien einbringen. "

Tobys Worte beruhigten die Senatorin zwar ein wenig, aber sie fühlte sich noch immer entsetzlich elend. Und in wenigen Stunden sollte sie ins Weiße Haus fahren!

„Hör mal, Abby", fuhr er fort. „Ich mache dir jetzt etwas zu essen, anschließend nimmst du ein Bad und schläfst eine Stunde. Dann ziehst du dein schönstes Kleid an. Immerhin steht dir der wichtigste Augenblick deines Lebens bevor!" Dieser dumme Brief, dachte er. Abby hätte durch ihre Reaktion beinahe alles verpatzt, aber wieder einmal hatte er sie vor einem schrecklichen Fehler bewahrt.

Abby griff nach ihrem Glas. „Wie wird die Sendung? Gut?"

„Ja, ganz großartig. Jetzt mußt du dich aber entspannen. Ich bringe dir das Essen nach oben, sobald es fertig ist. "

„Ja, das wäre schön. Toby, ist dir klar, daß ich in wenigen Stunden Vizepräsidentin der Vereinigten Staaten sein werde? Wenn ich mich bewähre, wird man mir in zwei Jahren die Kandidatur für das höchste Amt nicht versagen können. "

„Ich weiß, Senatorin." Toby stand auf. Er ertrug ihren Anblick nicht mehr. Dieser rücksichtslose Ehrgeiz, der sich in ihrer Miene spiegelte! Zum erstenmal war ihm dieser Gesichtsausdruck an ihr aufgefallen, als sie erfuhr, daß sie für das Stipendium nicht in Frage kam. Sie war zu ihm gerannt und hatte ihm den Brief gezeigt. Damals war sie achtzehn gewesen. „Toby, ich möchte aber unbedingt am Radcliffe-College studieren! Ich will in dieser miesen Stadt nicht weiter verkümmern. Ich habe sie so satt!"

Daraufhin hatte er ihr vorgeschlagen, sich an den unmöglichen Jeremy Saunders heranzumachen. Auch bei anderen Gelegenheiten hatte er ihr geholfen, hatte dafür gesorgt, daß sie ihren Weg fortsetzen konnte. Und jetzt versuchte wieder jemand, alles zunichte zu machen!

Toby ging in die Küche. Während er das Essen zubereitete, rief Buckley an. „Toby, ich habe die Information, die Sie haben wollten. Raten Sie mal, wem Pat Traymores Haus gehört? Halten Sie sich fest – Pat Traymore! Der Grundbesitz wurde seit ihrem vierten Lebensjahr für sie verwaltet!"

Toby stieß einen leisen Pfiff aus. Die Augen, das Haar, ein gewisser Zug um ihren Mund herum ... Warum war er nicht früher darauf gekommen?

„Haben Sie mich verstanden?" fragte Buckley ungeduldig.

„Ja, ja. Behalten Sie diese Neuigkeit bitte für sich, Buckley. Was die Senatorin nicht weiß, macht sie nicht heiß."

Kurze Zeit später kehrte er in seine Wohnung über der Garage zurück. Auf sein Drängen hin hatte sich die Senatorin zu Bett gelegt. Die Sendung sollte um 18 Uhr 30 beginnen. Um 19 Uhr 30 würde er mit dem Wagen vorfahren, um Abigail ins Weiße Haus zu bringen.

Er wartete, bis die Sendung angefangen hatte. Dann verließ er auf leisen Sohlen die Wohnung. Sein Privatwagen, ein schwarzer Toyota, stand in der Auffahrt. Er schob ihn an, bis er rollend die Straße erreicht hatte. Abby sollte nicht wissen, daß er fort war. Knapp eine Stunde blieb ihm für die Fahrt zu Pat Traymores Haus und zurück.

Diese Zeit würde genügen, um das Notwendige zu erledigen.

13

PAT fuhr geistesabwesend nach Georgetown zurück. Heftige Kopfschmerzen machten ihr zu schaffen.

Als sie nach Hause kam, schloß sie die Tür hinter sich und legte den Mantel ab. Dabei fiel ihr Blick auf die erste Stufe über dem Treppenabsatz. *Ein Kind saß dort. Ein Kind mit langem, rötlichem Haar, das Kinn in die Handflächen gestützt.*

Ich konnte nicht einschlafen, erinnerte sich Pat. Als ich es klingeln hörte, wollte ich sehen, wer uns besuchte.

Papi öffnete die Tür, und eine Gestalt drängte sich an ihm vorbei ins Haus. Papi war zornig. „Du hättest nicht kommen dürfen!" rief er. Ich schlich in mein Zimmer und legte mich wieder hin. Als ich den ersten Schuß hörte, bin ich nicht sofort nach unten gerannt. Ich blieb im Bett liegen und schrie nach Papi. Aber er kam nicht, und ich hörte einen zweiten Schuß und lief die Treppe hinab ins Wohnzimmer. Und dann . . .

Pat überfiel ein seltsames Schwindelgefühl. Sie zitterte am ganzen Körper. In der Bibliothek schenkte sie sich einen Brandy ein und trank mit schnellen Schlucken. Warum war die Senatorin so erschrocken, als sie den Brief vorlas? Abigails Reaktion hatte zugleich Verärgerung und Angst verraten. Und warum, so überlegte Pat weiter, beschäftigt *mich* dieser Brief so sehr, daß ich immer wieder an ihn denken muß?

Tobys haßerfüllter Blick, als er mich ansah. Die Art, wie er die Senatorin anschrie. Er versuchte nicht, sie zu beruhigen, sondern wollte ihr eine Warnung zukommen lassen. Eine Warnung wovor?

Die *Washington Tribune* lag noch aufgeschlagen auf dem Tisch. Pat setzte sich auf einen Stuhl, um den Artikel noch einmal zu studieren. Immer wieder kehrte ihr Blick zu dem Foto zurück, das ihren Vater und Abigail Jennings am Strand zeigte. Irgend etwas schien die beiden zu verbinden. Was wäre geschehen, wenn Pats Mutter aufgeschaut und bemerkt hätte, wie zärtlich sich die beiden in die Augen sahen? Pat schauderte. Warum war sie so nervös? Letzte Nacht hatte sie sehr schlecht geschlafen. Ein Nickerchen täte ihr sicher gut. Langsam ging sie nach oben – und hatte wieder das unheimliche Gefühl, nicht allein zu sein.

Plötzlich läutete das Telefon. Pat ging an den Apparat in ihrem Schlafzimmer. Es war Lila Thatcher.

„Pat, ist alles in Ordnung? Ich mache mir Sorgen. Sie sind in Gefahr, ich spüre es deutlich. Bitte kommen Sie zu mir herüber, das ist besser für Sie!"

„Lila, ich glaube, daß Ihr Eindruck Sie nicht trügt. Wahrscheinlich dauert es gar nicht mehr lange, und die Erinnerung an den schlimmen Abend vor vierundzwanzig Jahren kehrt zurück. Ich hatte heute nämlich schon ein Schlüsselerlebnis. Aber ich werde allein damit fertig."

„Pat, *hören Sie!* Sie dürfen nicht in dem Haus bleiben!"

„Ich muß hierbleiben – nur so bekomme ich alles wieder zusammen!"

Nachdem Pat aufgelegt hatte, zog sie einen Frotteebademantel an. Sie setzte sich an den Schminktisch, löste ihr Haar und bürstete es gründlich. Sie wollte es heute abend offen tragen. So gefiel es Sam am besten.

Schließlich legte sie sich ins Bett und schaltete das Radio ein. Nach kurzer Zeit begann sie zu dösen, und erst als sie Eleanor Browns Namen hörte, schreckte sie hoch. Die Uhr auf dem Nachttisch zeigte 18 Uhr 15. In einer Viertelstunde begann die Sendung.

„Miß Brown", erklärte der Nachrichtensprecher, „stellte sich den Behörden und wurde in Gewahrsam genommen. Als Grund für ihren Entschluß gab sie an, sie ertrüge die Angst nicht länger, erkannt zu werden. In den neun Jahren, in denen sie sich versteckt hatte, lebte sie mit einem Krankenpfleger namens Arthur Stevens zusammen. Stevens wird im Zusammenhang mit mysteriösen Todesfällen in einem Pflegeheim gesucht. Er gilt als religiöser Fanatiker und ist auch unter dem Namen ‚Engel der Pflegeheime' bekannt."

Pat sprang aus dem Bett. Bei seinem ersten Anruf hatte sich der Unbekannte als „Engel der Gnade, der Erlösung und der Rache" bezeichnet. Sie griff zum Telefonhörer und wählte hastig Sams Nummer. Aber er meldete sich nicht, obwohl sie es lange läuten ließ. Wenn sie doch nur gleich richtig geschaltet hätte, als Miß Brown über Arthur Stevens sprach! Stevens hatte Eleanor Brown angefleht, nicht

zur Polizei zu gehen. Um sie zu retten, wollte er womöglich versuchen, die Sendung zu verhindern.

Als Pat die Treppe hinabeilte, fragte sie sich, wo Stevens stecken
mochte. Würde er sich die Sendung anschauen und es ihr anlasten,
wenn ein Foto von Eleanor Brown gezeigt würde?

Im Wohnzimmer machte sie Licht und knipste die elektrische
Weihnachtsbaumbeleuchtung an. Dann schaltete sie das Fernsehgerät
ein. Es war 18 Uhr 25. Eigenartigerweise wirkte das Zimmer trotz des
weihnachtlichen Schmucks kühl und freudlos. Pat setzte sich auf die
Couch.

Sie war froh, daß sie die Sendung allein anschauen konnte. Im
Studio hätte sie mehr auf die Reaktionen der anderen geachtet.
Gleichzeitig erkannte sie jedoch, daß sie eigentlich gar keine Lust
hatte, sich die Sendung noch einmal anzusehen.

Mit einem Brummen sprang im Keller die Heizung an, und das
Geräusch ließ Pat zusammenfahren. Verrückt, was mir in diesem
Haus alles einen Schrecken einjagt, dachte sie.

Die Sendung begann. Kritisch musterte Pat die drei Gestalten auf
dem Bildschirm – die Senatorin, Luther Pelham und sich selbst.
Abigail ließ nichts von der Nervosität ahnen, die sie vor und nach den
Aufnahmen gezeigt hatte. Ihre Erinnerungen an ihre Jugendzeit ließen
sie außerordentlich sympathisch erscheinen. Und alles ist gelogen!
dachte Pat.

Die Bildfolge mit Abigail und Willard beim Hochzeitsempfang,
Abigails liebevoll gesprochene Erinnerungen, während die Filmaus-
schnitte eingeblendet wurden. „Willard und ich . . .“ – „Mein Mann
und ich . . .“ –

Komisch, dachte Pat, nie nennt sie ihn Willy . . .

ARTHUR STEVENS hörte, wie Patricia Traymore die Treppe hinabg-
ging. Auf Zehenspitzen schlich er zur Tür und vernahm den leisen
Ton des Fernsehers aus dem Wohnzimmer. Er hatte schon befürchtet,
sie würde sich die Sendung zusammen mit Freunden ansehen. Aber sie
war allein.

Zum erstenmal in all den Jahren hatte er das Gefühl, eine von Gott
bestimmte Kleidung zu tragen. Mit schweißfeuchten Handflächen
strich er über die teure Wollkutte. Woher nahm sich diese Frau das
Recht, das Gewand der Erwählten zu tragen?

Er kehrte in sein Versteck zurück, setzte den Kopfhörer auf und
schaltete sein kleines Fernsehgerät ein. Und dann verfolgte er, vor
dem Empfänger wie vor einem Altar kniend und die Hände zum
Gebet gefaltet, die Sendung.

WÄHREND sich Lila Thatcher die Fernsehsendung ansah, verstärkte sich ihr Gefühl, daß Pat Traymore in großer Gefahr schwebte. Pat will nicht auf mich hören, dachte sie verbittert. Aber sie muß das Haus verlassen! Die Zeit wird knapp für sie.

Die Hellseherin kannte Sam Kingsley seit längerem und mochte ihn sehr. Sie spürte, daß er Pat viel bedeutete. Hatte es Sinn, wenn sie ihn anrief und ihm von ihren Sorgen berichtete? Konnte sie ihn dazu bewegen, Pat zu sich zu holen, bis sich die Aura der Düsternis, die über ihrem Haus lag, verflüchtigt hatte? Sie stand auf und griff nach dem Telefonbuch, um sich Sam Kingsleys Nummer herauszusuchen.

SAM war aus dem Flagship sofort mit dem Taxi ins Büro gefahren, wo er sich allerdings auf nichts konzentrieren konnte. Immer wieder kehrten seine Gedanken zu seinem Gespräch mit Crowley und Carlson zurück.

Die Stoffpuppe schien dagegen zu sprechen, daß Toby die Drohbriefe verfaßt hatte. Wenn Toby mit dem Flugzeugabsturz und dem Gelddiebstahl nichts zu tun hatte, wenn Catherine Graney das Opfer eines von keinem der Beteiligten begangenen, blindwütigen Mordes war, dann sprach nichts mehr gegen Abigail. Aber je intensiver Sam über Toby nachdachte, desto größer wurde seine Beunruhigung.

Um sechs Uhr schloß Sam seinen Schreibtisch ab, da er sich die Sendung in Ruhe zu Hause anschauen wollte. In diesem Augenblick klingelte das Telefon.

Jack Carlson meldete sich. „Sam, wir haben Neuigkeiten im Fall Catherine Graney. Ihr Sohn fand den Entwurf eines Briefes, den sie vor ein paar Tagen an Senatorin Jennings geschickt hat. Ziemlich starker Tobak. Mrs. Graney hatte vor, die *Washington Tribune* anzurufen. Sie beabsichtigte, einige Dinge klarzustellen, die das Verhältnis zwischen Senatorin Jennings und ihrem Mann betrafen. Und sie strebte eine neue Untersuchung des Flugzeugabsturzes an."

Sam stieß einen Pfiff aus. „Dann muß Abigail den Brief ja schon erhalten haben, oder?"

„Genau. Aber das ist noch nicht alles. Einer von Mrs. Graneys Nachbarn veranstaltete gestern abend eine Party. Wir haben die Gäste befragt. Ein junges Paar wollte sich bei einem Mann, der gerade zwei Straßen weiter in seinen Wagen stieg, nach dem Weg erkundigen. Er gab ihnen jedoch keine Auskunft und fuhr davon. Bei dem Auto handelte es sich um einen schwarzen Toyota mit einem Kennzeichen aus Virginia, und die Personenbeschreibung könnte auf Toby Gorgone passen. Die junge Frau erinnert sich sogar noch an den protzigen Ring, den er am Finger trug. Wir lassen Toby festnehmen und zum Verhör bringen. Ob Sie nun im Weißen Haus anrufen oder nicht, müssen Sie allerdings selbst entscheiden."

„Zuerst muß Abigail informiert werden", sagte Sam. „Ich fahre sofort zu ihr. Sie soll eine Chance bekommen, von sich aus auf die Kandidatur für das Amt zu verzichten. Selbst wenn sie keine Ahnung hatte, was Toby im Schilde führte, trägt sie doch die moralische Verantwortung."

SOSEHR sich Abigail auch bemühte, sie konnte sich nicht entspannen. Die Erkenntnis, daß sie in wenigen Stunden zur Vizepräsidentin der Vereinigten Staaten ernannt würde, erregte sie viel zu sehr. Vertreterin des amerikanischen Präsidenten in aller Welt zu sein! Und in zwei Jahren vielleicht sogar vor der Kandidatur für das höchste Amt im Staat zu stehen!

Es war 18 Uhr 15. Abigail erhob sich von ihrem Sofa, ging zum Schminktisch, bürstete sich das Haar und trug noch etwas Lidschatten auf. Rouge brauchte sie nicht; von der Erregung waren ihre Wangen schon genug gerötet.

Sie trat vor ihren Kleiderschrank und entschied sich für eine dreiteilige Kombination – einen Rock, eine Seidenbluse und eine Strickjacke in aufeinander abgestimmten Grau- und Rosatönen. An der Jacke befestigte sie eine goldgefaßte Diamantbrosche.

Das Fernsehgerät in der Bibliothek hatte den größten Bildschirm. Dort sah sie sich „ihre" Sendung an. Obwohl sie die Szenen fast auswendig kannte, erfüllten sie sie nun mit neuem großem Stolz. Das verschneite Apple Junction wirkte wie eine Idylle. Nachdenklich betrachtete Abigail das Haus der Saunders. Sie mußte an den Tag denken, an dem Mrs. Saunders sie auf die Straße hinausgeschickt und gezwungen hatte, noch einmal durch den Dienstboteneingang ins Haus zu gehen. Für die Erniedrigung, die ihr in diesem Haus angetan worden war, hatte sie die gemeine Hexe bezahlen lassen!

Wo würde sie heute stehen, wenn Toby nicht darauf gekommen wäre, wie sie sich das Geld für Radcliffe beschaffen könnte?

Das beharrliche Schrillen der Türglocke ließ sie zusammenfahren. Sie versuchte, das Klingeln zu ignorieren, aber es wollte gar nicht mehr aufhören. Schließlich eilte sie doch zur Tür. „Wer ist da?"

„Sam Kingsley."

Sie ließ ihn eintreten. Sam blickte finster drein, doch Abigail beachtete ihn kaum. „Sam, warum schauen Sie sich nicht die Sendung an? Kommen Sie!" Sie führte ihn in die Bibliothek.

„Abigail, ich muß mit Ihnen reden."

„Ich bitte Sie, Sam! Ich will meine Sendung sehen!"

„Mein Anliegen duldet keinen Aufschub." Und während die Sendung lief, offenbarte er ihr, warum er gekommen war. Sie reagierte ungläubig.

„Wollen Sie etwa behaupten, Toby hätte diese Mrs. Graney getötet? Sie sind ja verrückt!"

„Ach, wirklich? Zwei Leute haben eine genaue Personenbeschreibung von ihm abgegeben. Sein Motiv war der Brief, den Catherine Graney Ihnen schrieb."

„Welcher Brief?"

Die beiden starrten sich an, und Abigail erbleichte.

„Toby holt für Sie die Post ins Haus, nicht wahr, Abigail? Hat er Ihnen gestern denn keinen Brief gebracht?"

„Nein, nur den üblichen Werbekram. Moment mal, Sam! Sie können hier nicht einfach solche Anschuldigungen erheben, ohne daß Toby dabei ist."

„Dann rufen Sie ihn. Er wird sowieso bald zum Verhör abgeholt."

Abigail ging zum Telefon, wählte Tobys Nummer und ließ es lange klingeln. „Wahrscheinlich geht er während der Sendung nicht ran", meinte sie und legte auf. „Sam, Sie glauben doch selbst nicht, was Sie da behaupten. Pat Traymore hat Sie angestiftet. Sie war von Anfang an gegen mich."

„Pat hat nichts mit der Tatsache zu tun, daß Toby Gorgone in der Nähe von Catherine Graneys Haus gesehen wurde."

Auf dem Bildschirm sprach Abigail über die Sicherheit im Flugverkehr: „Mein Mann starb vor fünfundzwanzig Jahren in einem kleinen Charterflugzeug, und ich habe seither dafür gekämpft, daß Kleinflugzeuge auf verkehrsreichen Flughäfen keine Start- und Landeerlaubnis mehr bekommen und die Auflagen für die Piloten dieser Maschinen erheblich verschärft werden."

Sam deutete auf den Bildschirm. „Diese Äußerung hätte Catherine Graney morgen früh an die Öffentlichkeit treten lassen – und Toby wußte das. Abigail, wenn der Präsident Sie heute abend als zukünftige Vizepräsidentin vorzustellen gedenkt, sollten Sie ihn bitten, diese Ankündigung hinauszuschieben, bis alles aufgeklärt ist."

„Haben Sie den Verstand verloren? Mir ist egal, ob Toby in der Nähe des Hauses gesehen wurde, in dem Mrs. Graney wohnte. Was beweist das schon? Ach, ich wünschte, ich hätte Sie gar nicht erst eingelassen!"

Sam wurde nervös. Gestern hatte Pat ihm anvertraut, Toby sei ihr in letzter Zeit feindselig begegnet. Er faßte Abigail beim Arm. „Könnte es sein, daß Toby in Pat Traymore eine Gefahr für Ihre politische Karriere sieht?"

„Sam, hören Sie endlich auf! Lassen Sie mich los! Toby kannte Pat Traymore bis vor einer Woche überhaupt nicht."

Sam überlegte: Toby kannte Pat nicht? Falsch. Er hatte sie schon als Kind gekannt. War Toby auf die Wahrheit gestoßen? Abigail hatte mit Pats Vater ein Verhältnis gehabt. Verzeih mir, Pat, dachte Sam. Ich muß es ihr sagen. „Abigail, Pat Traymore ist Dean Adams' Tochter Kerry."

„Pat Traymore ist . . . Kerry?" Abigail riß entsetzt die Augen auf. „Aber Kerry Adams ist tot!"

„Ich kann Ihnen versichern, Pat ist Kerry. Ich habe gehört, Sie hätten ihrem Vater einmal sehr nahegestanden. Wäre es nicht sogar möglich, daß Sie den tödlichen Streit unter den Eheleuten ausgelöst haben? Seit einigen Tagen erinnert sich Pat an Einzelheiten, die an jenem Abend vorgefallen sind. Will Toby Sie vielleicht vor den Dingen schützen, die durch Pats Nachforschungen ans Tageslicht kommen könnten?"

„Nein", sagte Abigail tonlos. „Mir ist egal, ob sie sich daran erinnert, mich in ihrem Elternhaus gesehen zu haben. Was damals geschah, war nicht meine Schuld."

„Aber was ist mit *Toby?* War er auch dabei?"

„Sie kann ihn nicht gesehen haben. Als er noch einmal ins Haus ging, um meine Handtasche zu holen, war sie schon bewußtlos – das sagte er jedenfalls."

Beide begriffen augenblicklich, was Abigails Worte bedeuteten. Sam eilte zur Tür, die Senatorin folgte ihm taumelnd.

ARTHUR STEVENS betrachtete auf dem Bildschirm den Film, in dem Glory zu sehen war: Glory, wie sie nach dem Schuldspruch in Handschellen aus dem Gerichtssaal geführt wurde. Der namenlose Schmerz in ihrem Blick trieb Arthur Tränen in die Augen. Und dann – er traute seinen Ohren nicht – hörte er Luther Pelhams Worte: „Gestern stellte sich Eleanor Brown der Polizei. Sie ist derzeit in Untersuchungshaft, und in den nächsten Tagen wird sich entscheiden, ob sie ihre ursprüngliche Strafe abbüßen muß."

Sie hatte sich gestellt! Glory hatte ihr Versprechen nicht gehalten!

Nein. Sie war dazu *getrieben* worden, ihr Versprechen zu brechen – getrieben von der Gewißheit, daß sie nach dieser Sendung zum Freiwild würde.

Und schon meldeten sich zornig und rachelüstern die Stimmen. Als sie schließlich wieder verstummten, riß er sich den Kopfhörer herunter, verließ sein Versteck, trat auf den Gang hinaus und eilte dann die Treppe hinab.

REGLOS verfolgte Pat die Sendung. Sie sah sich selbst den Brief vorlesen, der mit „geliebter Willy" begann.

„Willy", flüsterte sie. „Willy." Gebannt beobachtete sie, wie Abigail Jennings für einen Augenblick rot anlief und unwillkürlich die Fäuste ballte, ehe es ihr gelang, eine gerührte Miene aufzusetzen, während der Brief zu Ende gelesen wurde. Schon öfter war Pat dieser zornige Gesichtsausdruck bei der Senatorin aufgefallen.

„Geliebter Willy . . ., geliebter Willy."

„Du darfst Mami nicht ‚Renée' nennen . . ."

„Aber Papi nennt dich doch Renée . . ."

Die Art und Weise, wie Abigail sich auf sie gestürzt hatte, als die Kameras abgeschaltet waren! „Woher haben Sie diesen Brief? Versuchen Sie schon wieder, mir ein Bein zu stellen?"

Tobys Ausruf: „Abby! Die Öffentlichkeit darf den letzten Brief, den du an deinen Mann geschrieben hast, ruhig kennen!" *An deinen Mann* – das hatte er ihr mitzuteilen versucht!

Es war Abigail gewesen, die an jenem schrecklichen Abend geklingelt hatte, die sich an Pats Vater vorbeigedrängt hatte, das Gesicht eine Fratze ohnmächtigen Zorns.

„Du darfst mich nicht ‚Renée' nennen und Papi nicht ‚Willy'."

Dean *Wilson* Adams. Ihr Vater – nicht Willard Jennings – war Willy!

Der Brief! Sie hatte ihn auf dem Boden der Bibliothek gefunden, und zwar an dem Tag, an dem sie versucht hatte, die persönlichen Unterlagen ihres Vaters vor Toby zu verstecken. Er war aus *seinen* Unterlagen herausgefallen, nicht aus Abigails.

Abigail war Zeuge jenes schrecklichen Abends gewesen. Sie und Willy Adams waren ein Liebespaar gewesen. Hatte Abigail den schicksalhaften Streit ausgelöst?

Das kleine Mädchen lag zusammengerollt in seinem Bett, die Hände auf die Ohren gepreßt, um die zornigen Stimmen zum Schweigen zu bringen. Der Schuß. „Papi! Papi!" Ein zweiter Schuß. Und dann lief ich nach unten. Ich stolperte über Mutter. Aber es war noch jemand da.

Abigail? O Gott! Sah Abigail Jennings zu, wie ich in das Zimmer lief?

Das Telefon klingelte. Im gleichen Moment ging das Licht aus. Pat sprang auf und fuhr herum. Im Schein der elektrischen Weihnachtskerzen sah sie eine gespenstische Gestalt: Ein großer, hagerer Mönch mit ausdruckslosem, starrem Gesicht und silbrigem Haar, das ihm wirr in die Stirn fiel, stürzte auf sie zu.

TOBY fuhr in Richtung Georgetown. Er wußte, daß Abby in der nächsten halben Stunde vor dem Fernsehgerät sitzen bleiben würde. Wenn sie ihn nach der Sendung anrief, konnte er behaupten, er sei draußen gewesen, um nach dem Wagen zu schauen. Von Anfang an war ihm Pat Traymore irgendwie vertraut vorgekommen. Abby hatte recht gehabt: Pat Traymore hatte es offenbar darauf abgesehen, Abby und ihm Steine in den Weg zu legen. Das würde er nun für immer unterbinden.

In Georgetown bog er nach rechts in die N-Street ein, fuhr dann aber weiter in eine Seitenstraße, wo er den Wagen parkte. Er ging zu Fuß bis zu Pat Traymores Grundstück. Dort sprang er über den Zaun und verschwand im Schatten der Bäume, die neben der Terrasse standen.

Unwillkürlich dachte er an jenen Abend vor vierundzwanzig Jahren – er hatte Abby hier herausgezerrt, ihr die Hand auf den Mund gepreßt, damit sie nicht schrie, sie auf den Rücksitz des Wagens gestoßen, als sie entsetzt ausrief: „Meine Tasche ist noch drin!" Daraufhin war er noch einmal ins Haus zurückgekehrt.

Toby drückte sich an der Hauswand entlang. An der Terrassentür spähte er vorsichtig ins Wohnzimmer.

Das Blut stockte ihm in den Adern: Pat Traymore lag auf der Couch, an Armen und Beinen gefesselt; ein breiter Streifen Pflaster klebte über ihrem Mund. Eine Gestalt in einer Mönchskutte kniete mit dem Rücken zur Tür neben ihr und entzündete Kerzen, die in einem silbernen Ständer steckten. Was hatte das zu bedeuten?

Der Mann brüllte Pat an. Er schien nicht ganz bei Verstand zu sein. „Du hast meine Warnungen nicht beachtet! Aber du hattest die Wahl!"

Warnungen. Alle hatten geglaubt, Pat Traymore hätte sich die Geschichte ausgedacht – aber wenn das nicht der Fall war ... Toby schaute zu, wie der Mann den Kerzenständer zum Weihnachtsbaum trug und unter dem untersten Ast abstellte. Er wollte das Haus anzünden! Und Pat war darin gefangen! Toby brauchte nur noch zum Wagen zurückzugehen und nach Hause zu fahren.

Er drückte sich ganz dicht an die Wand. Die Mönchsgestalt kam auf die Terrassentür zu. Toby hatte plötzlich eine Idee: Er mußte dafür sorgen, daß dieser Kerl das Haus nicht verlassen konnte. Alle Welt wußte schließlich, daß Pat Traymore bedroht worden war. Wenn also das Haus niederbrannte und ihre Leiche zusammen mit derjenigen des großen Unbekannten gefunden wurde, der sie bedroht hatte, war alles ausgestanden. Keine weiteren Ermittlungen, keine Gefahr für ihn oder die Senatorin.

Toby beobachtete aus den Augenwinkeln, wie die Gestalt in dem langen, wallenden Gewand die Verandatür öffnete und sich noch einmal umdrehte, um einen letzten Blick in das Zimmer zu werfen. Lautlos schlich sich Toby von hinten an.

ALS sich die Fernsehsendung ihrem Ende zuneigte, wählte Lila Thatcher erneut Sam Kingsleys Nummer. Noch immer meldete sich niemand. Schließlich versuchte sie es auch bei Pat noch einmal. Nachdem sie es sechsmal hatte klingeln lassen, legte sie auf und ging zum Fenster. Pats Wagen stand nach wie vor in der Auffahrt. Mrs. Thatcher war überzeugt, daß sie zu Hause war. Plötzlich glaubte sie in einem der Fenster einen rötlichen Schimmer wahrzunehmen.

Sollte sie die Polizei anrufen? Wenn aber Pat gerade im Begriff war zu erkennen, warum ihr Vater oder ihre Mutter ihr so schlimme Verletzungen zugefügt hatten? Wenn die Gefahr, in der Pat schwebte, lediglich im psychischen Bereich angesiedelt war?

Was sollte sie tun? Hilflos stand sie am Fenster und starrte auf die düsteren Schatten, die das Haus auf der anderen Straßenseite umgaben.

DIE Terrassentür war an jenem Abend plötzlich aufgegangen.

Sie hatte ihn gesehen und war zu ihm gelaufen und hatte ihm die Arme um die Beine geschlungen. Toby, ihr Freund, der sie immer auf seinen Schultern reiten ließ! Und er hatte sie hochgerissen und fortgeschleudert!

Toby ... *Toby* hatte ihr das Schlimme angetan! Und auch jetzt war er wieder zur Stelle, stand dicht hinter Arthur Stevens ...

Arthur spürte Tobys Gegenwart und fuhr herum. Tobys Handkantenschlag traf ihn an der Kehle und ließ ihn rückwärts ins Wohnzimmer torkeln. Mit einem erstickten Schrei brach er am Kamin zusammen.

Toby betrat das Zimmer. Pat erschauderte beim Anblick der kräftigen Hände und des riesigen Onyxringes an seinem Finger.

Er beugte sich über sie. „Du weißt Bescheid, Kerry, nicht wahr? Als mir endlich klar wurde, wer du in Wirklichkeit bist, wußte ich, daß du versuchen würdest, die Wahrheit über die Ereignisse von damals in alle Welt hinauszuposaunen. Mir tut leid, was an jenem Abend geschah, aber ich mußte für Abby sorgen. Sie war verrückt nach Willy. Als sie sah, wie deine Mutter ihn erschoß, verlor sie die Nerven. Wäre ich nicht ins Haus zurückgekehrt, um ihre Handtasche zu holen, hätte ich dich nicht angefaßt, das schwöre ich dir. Ich wollte dich nur für ein Weilchen zum Schweigen bringen. Aber jetzt hast du es auf Abby abgesehen, und das darf ich nicht zulassen."

Die Tannenzweige über dem Kerzenständer loderten plötzlich auf. „Gleich wird das Zimmer in Flammen stehen, Kerry. Ich muß zurück. Es ist ein großer Abend für Abby."

Schon brannte der Baum lichterloh. Rauch wallte zur Decke empor. Während Pat beobachtete, wie Toby die Terrassentür hinter sich

schloß, begann bereits der Teppich zu qualmen. Sie versuchte, den Atem anzuhalten. Ihre Augen brannten fürchterlich, so daß sie sie zumachen mußte. Wenn sie hierblieb, würde sie qualvoll umkommen.

Sie ließ sich vom Sofa rollen, wobei sie mit der Stirn gegen das Couchtischchen stieß. Das Klebeband über ihrem Mund erstickte ihren Schrei. Schließlich robbte sie, so gut es ging, auf die Tür zu, die zum Flur führte. Auf der Schwelle hielt sie inne. Wenn sie die Tür vom Flur aus zudrückte, konnte sich das Feuer nicht ganz so schnell ausbreiten. Sie mühte sich in den Flur hinaus. Dort zwängte sie sich zwischen die Tür und die Wand, ehe sie der Tür mit ihrer Schulter einen kräftigen Stoß gab, so daß sie ins Schloß fiel. Schon füllte sich der Flur mit Rauch. Sie wußte nicht, in welche Richtung sie robbte. Wenn sie sich irrte und in der Bibliothek landete, hatte sie keine Chance mehr. Also nahm sie den Verlauf der Bodendielen als Anhaltspunkt und kroch langsam auf die Haustür zu.

Noch einmal versuchte Lila Thatcher, Pat anzurufen. Schließlich wählte sie die Nummer der Störungsstelle und bat darum, Miß Traymores Anschluß zu überprüfen. Aber Pats Telefon war offenbar in Ordnung.

Jetzt konnte sie nicht länger warten: Sie rief die Polizei an. Irgend etwas Schreckliches war im Gange. Sie konnte den Beamten ja sagen, sie hätte einen Einbrecher beobachtet, der in Pats Haus eingedrungen sei. Doch als sich der diensthabende Wachtmeister meldete, brachte sie kein Wort heraus. Ihre Kehle war zugeschnürt, als müsse sie ersticken. Ihr war, als dringe beißender Rauchgestank in ihre Nase, als schmerzten plötzlich ihre Hand- und Fußgelenke. Eine Hitzewelle schien ihr den Atem zu rauben. Der Polizeibeamte wurde bereits ungeduldig und wiederholte seinen Namen. Endlich fand Mrs. Thatcher ihre Stimme wieder. „N-Street 300!" kreischte sie. „Patricia Traymore ist in Lebensgefahr!"

Sam fuhr, so schnell es ging. Abigail saß neben ihm.

„Abigail, ich will jetzt die Wahrheit wissen. Was geschah in der Nacht, in der Dean und Renée Adams starben?"

„Willy hatte mir versprochen, sich scheiden zu lassen. An jenem Tag rief er mich an und eröffnete mir, er bringe es nicht fertig, er müsse versuchen, seine Ehe zu retten, er könne nicht ohne seine Tochter leben. Ich dachte, Renée wäre in Boston, und suchte ihn auf, um ihn umzustimmen. Als Renée mich sah, verlor sie die Beherrschung. Sie hatte die Wahrheit über uns herausgefunden. Willy bewahrte in seiner Schreibtischschublade immer eine Waffe auf. Renée richtete sie gegen sich selbst, und er versuchte sie ihr wegzunehmen. Ein Schuß löste sich... Es war ein Alptraum. Er starb vor meinen Augen!"

„Aber wer hat *sie* umgebracht?" wollte Sam wissen. „Wer?"

„Sie tötete sich selbst", schluchzte Abigail. „Toby, der mich hergefahren hatte, ahnte, daß es Ärger geben würde. Von der Terrasse aus hatte er alles beobachtet. Er schleppte mich zum Wagen hinaus. Sam, ich stand unter Schock! Ich wußte nicht mehr, was mit mir geschah. Das letzte, woran ich mich noch erinnere, war der Anblick von Renée, die im Wohnzimmer stand und die Waffe in der Hand hielt. Toby mußte noch einmal ins Haus zurück, um meine Handtasche zu holen. Sam, ich hörte den zweiten Schuß, *ehe* er wieder im Haus war, das schwöre ich Ihnen! Von Kerry erzählte er mir erst am nächsten Tag. Er sagte, sie müsse die Treppe heruntergekommen sein, als wir das Haus gerade verlassen hatten. Renée hätte sie vermutlich weggestoßen, um sie aus der Schußlinie zu haben."

„Pat erinnert sich daran, daß sie über die Leiche ihrer Mutter stolperte."

„Nein, das ist unmöglich! So kann es nicht gewesen sein."

Sam bog plötzlich in die Wisconsin Avenue ein; die Reifen seines Wagens quietschten. „Sie haben immer nur Toby geglaubt", sagte er anklagend, „weil Sie ihm glauben *wollten*. Dachten Sie wirklich, der Flugzeugabsturz wäre Zufall gewesen, Abigail? Vielleicht sogar ein glücklicher Zufall? Vertrauten Sie Toby, als Sie ihm bei dem Diebstahl der Wahlkampfgelder zu einem Alibi verhalfen?"

„Ja..., ja..."

Sam raste durch Georgetown; an der Ecke der N-Street trat er so heftig auf die Bremse, daß die Senatorin nach vorn geschleudert wurde.

„O... mein Gott!" schrie Abigail, als Sam endlich anhielt.

Eine ältere Frau hämmerte schreiend an die Tür von Pat Traymores Haus, und ein Streifenwagen der Polizei näherte sich mit heulender Sirene. Das Haus stand in Flammen.

TOBY rannte durch den Garten. Nun war alles gelaufen. Es gab keine Schwachstellen mehr. Keine Pilotenwitwe, die Ärger machen wollte. Keine Kerry Adams, die sich daran erinnern konnte, was an jenem Abend im Wohnzimmer geschehen war.

Gerade erreichte er den Zaun, als er vorn an der Haustür jemanden um Hilfe rufen hörte. Mit quietschenden Reifen hielt ein Wagen. Türen wurden zugeschlagen, und ein Mann rief Pats Namen. Sam

Kingsley! Toby mußte hier verschwinden. Die ganze Rückseite des Hauses drohte in Flammen aufzugehen. Man würde ihn sehen.

„Nicht durch die Haustür, Sam!" rief eine Frauenstimme. „Hinten herum, hierher!"

Toby fiel vor Schreck in den Zaun. Es war Abby! Sie lief am Haus entlang zur Terrasse. Er stürzte auf sie zu, hielt sie fest. „Abby, misch dich hier nicht ein!"

Mit wirrem Blick starrte sie ihn an. Rauchgestank verpestete die Nachtluft. Eine Fensterscheibe platzte mit lautem Knall, Flammen schlugen bis auf den Rasen heraus.

„Toby, ist Kerry im Haus?" Abby packte ihn am Jackett.

„Ich weiß nicht, was du meinst."

„Toby, man hat dich in der Nähe von Mrs. Graneys Haus gesehen."

„Abby, halt den Mund! Gestern abend bin ich mit meiner kleinen Kellnerin ausgegangen. Du hast selbst gesehen, daß ich um halb elf nach Hause kam."

„Nein, du lügst!"

„Abby, das kannst du mir nicht antun! Ich kümmere mich um dich, und du kümmerst dich um mich. So ist es immer gewesen."

„Dann stimmt es also . . ., was Sam mir erzählt hat."

Ein zweiter Streifenwagen raste mit blinkendem Blaulicht vorbei.

„Abby, ich muß hier weg."

„Ist Kerry im Haus? Antworte!"

„Ja. Aber ich habe den Brand nicht gelegt."

„Du Idiot! *Hol sie raus!* Tu, was ich dir sage!" rief sie.

Einen Augenblick lang starrten sich die beiden an. Dann gab Toby achselzuckend nach und lief auf das Haus zu. Als er die Terrassentür eintrat, heulten in der Ferne die Feuerwehrsirenen los.

Die Hitze im Zimmer war unerträglich. Toby zog seinen Mantel aus und wickelte ihn sich um Kopf und Schultern. Kerry hatte auf dem Sofa gelegen, unweit von der Tür. Jetzt ist das Spiel aus, Abby, dachte er. Mit dieser Sache kommen wir nicht durch.

Er hatte das Sofa erreicht und tastete mit den Händen daran entlang. Sehen konnte er nichts. Kerry war nicht da. Er suchte den Boden rings um das Möbelstück ab. Über ihm ertönte ein explosionsartiger Knall. Er mußte hier raus, gleich würde das ganze Haus einstürzen!

Er stolperte auf die Terrassentür zu und ließ sich dabei von dem kühlen Luftzug leiten, der hereindrang. Putz fiel von der Decke herab. Toby wurde getroffen, er verlor das Gleichgewicht und stürzte. Als er sich wieder aufrappeln wollte, berührte er einen menschlichen Körper. Ein Gesicht, aber es gehörte nicht Kerry. Es war der Verrückte.

Toby raffte sich gerade auf, als er spürte, wie die Wände des Zimmers bebten. Im nächsten Augenblick stürzte die Decke ein. Mit seinem letzten Atemzug hauchte er: „Abby!" Aber er wußte bereits, daß sie ihm diesmal nicht helfen konnte.

MÜHSAM robbte Pat durch den Flur vorwärts. Der Strick, mit dem sie an den Beinen gefesselt war, schnitt ihr ins Fleisch; längst spürte sie ihr rechtes Bein nicht mehr. Die Dielen fühlten sich unerträglich heiß an, und der ätzende Rauch brannte in den Augen wie Feuer. Zu allem Unglück hatte sie die Orientierung verloren. Es war hoffnungslos. Sie würde qualvoll verbrennen. Dann hörte sie es . . ., das Hämmern . . ., die Stimme . . ., Lila Thatchers Stimme, die um Hilfe schrie. Pat wand sich hin und her, versuchte in die Richtung zu kriechen, aus der die Laute kamen. Ein Dröhnen aus dem hinteren Teil des Hauses ließ den Boden erzittern. Das Haus stürzte ein! Voller Panik dachte Pat, daß sie nun doch in diesem Haus sterben würde.

Kurz bevor sie ohnmächtig wurde, vernahm sie das Geräusch splitternden Holzes. Jemand war dabei, die Tür einzuschlagen. Pat war der Rettung so nahe! Ein Hauch kühler Luft. Mächtige Flammen, vom Luftzug entfacht. Erregte Männerstimmen: „Zu spät! Sie können da nicht mehr hinein!" Lila Thatchers Schreie: „Helfen Sie ihr doch!" Sams verzweifelte, zornige Stimme: „Lassen Sie mich los!"

Und plötzlich eine Gestalt, die an ihr vorbeieilte. Sam, der ihren Namen brüllte. Mit letzter Kraft zog Pat die Beine an und trat gegen die Wand.

Sam drehte sich um. Im Schein der Flammen sah er sie, riß sie hoch und rannte mit ihr auf den Armen aus dem Haus.

DICHT GEDRÄNGT standen die Einsatzwagen von Polizei und Feuerwehr auf der Straße. Neugierig blickten Schaulustige auf das Feuer. Abigail stand reglos wie ein Denkmal bei der Mannschaft eines Notarztwagens, die sich um Pat kümmerte. Sam kniete neben der Trage und hielt Pats Hand. Er war leichenblaß vor Besorgnis. Einige Schritte entfernt stand Lila Thatcher; sie zitterte am ganzen Körper. Ringsum regneten glühende Brocken hernieder, die aus dem lodernden Haus geschleudert wurden.

„Ihr Puls wird stärker", sagte ein Sanitäter.

Pat bewegte sich, schob die Sauerstoffmaske zur Seite. „Sam . . ."

„Ich bin hier, Liebling."

Abigail berührte Sam an der Schulter, und er blickte auf. Ihr Gesicht war rußgeschwärzt, ihre Kleidung, die sie zur Pressekonferenz im Weißen Haus hatte tragen wollen, zerknittert und schmutzig.

„Ach Sam, ich bin so froh, daß es Kerry gutgeht. Sie müssen sich um sie kümmern."

„Das tue ich ja schon."

„Ich lasse mich von der Polizei zur nächsten Telefonzelle fahren. Ich bringe es im Moment nicht fertig, dem Präsidenten gegenüberzutreten. Trotzdem muß ich ihm ja mitteilen, daß ich mich aus dem öffentlichen Leben zurückziehen werde. Geben Sie mir Bescheid, wenn ich etwas unternehmen soll, um Eleanor Brown zu helfen."

Mit langsamen Schritten ging sie auf einen der Streifenwagen zu. Die Schaulustigen erkannten sie, raunten einander erstaunt die Nachricht von der Anwesenheit der Senatorin zu und machten ihr bereitwillig eine Gasse frei. Einige begannen zu klatschen. „Ihre Sendung war toll, Frau Senatorin!" rief jemand. „Wir hoffen, Sie werden Vizepräsidentin!" meldete sich eine andere Stimme.

Als sie in den Wagen gestiegen war, wandte sich Abigail Jennings noch einmal den Schaulustigen zu. Mit einem gequälten Lächeln hob sie die Hand und bedankte sich zum letztenmal für den Zuspruch der Menge.

14

AM 29. DEZEMBER betrat der Präsident um 21 Uhr mit energischem Schritt den Empfangssaal des Weißen Hauses, um die Pressekonferenz zu eröffnen, die er vor zwei Tagen kurzfristig verschoben hatte. Er ging zum Rednerpult und rückte sich die Mikrofone zurecht. Feierlich begann er: „In diesem Land gibt es viele hervorragende Politiker, die bestens geeignet wären, das Amt des Vizepräsidenten zu übernehmen. Die Person, auf die meine Wahl fiel, wird gleichwohl in der Geschichte dieses Landes einen ganz besonderen Platz einnehmen. Meine Damen und Herren, es ist mir ein großes Vergnügen, Ihnen die erste Frau im Amt des Vizepräsidenten der Vereinigten Staaten vorzustellen, Senatorin Claire Lawrence aus Ohio."

Beifall brandete auf, und alle Anwesenden erhoben sich von den Sitzen.

SAM und Pat saßen eng aneinandergeschmiegt in Sams Wohnzimmer auf der Couch und verfolgten die Pressekonferenz. „Ich wüßte gern, was aus Abigail wird", sagte Pat.

„Sie verläßt Washington in den nächsten Tagen. Aber sie wirkt ungebrochen. So wie ich sie kenne, wird sie gewiß ein Comeback versuchen. Und dann ohne diesen üblen Kerl an ihrer Seite."

„Sie hat so viel Gutes getan", sagte Pat betrübt. „In mancher Hinsicht war sie tatsächlich die Frau, für die sie alle gehalten haben."

Beide hörten sich Claire Lawrence' Antrittsrede an. Schließlich nahm Sam Pats Gesicht in beide Hände. „Ist es nicht schön, daß du das Krankenhaus schon so bald wieder verlassen konntest?"

„Ja, Sam."

Sam war glücklich. Beinahe hätte er Pat verloren, aber nun war alles gut.

Besorgt blickte Pat zu ihm auf. „Was wird mit Eleanor Brown geschehen?" wollte sie wissen. „Du hast mir noch nichts von ihr erzählt, und ich hatte Angst, nach ihr zu fragen."

„Abigail hat ihre Aussage von damals widerrufen, Miß Browns Unschuld steht also fest. Und was ist mit dir? Nachdem du nun die Wahrheit kennst – welche Gefühle bewegen dich, wenn du an deine Eltern denkst?"

„Ich bin froh, daß es nicht mein Vater war, der die Tat begangen hat. Und daß weder mein Vater noch meine Mutter mir etwas zuleide getan haben. Die beiden waren offenbar nicht füreinander geschaffen. Vielleicht lehrt mich diese Geschichte, die Menschen ein wenig besser zu verstehen. Wenigstens hoffe ich das."

„Vergiß eines nicht: Wenn deine Eltern sich nicht getroffen hätten, gäbe es dich nicht – und ich müßte vielleicht den Rest meines Lebens in einer Wohnung verbringen, die wie eine Hotelhalle eingerichtet ist."

Pat mußte lachen. Er fuhr fort: „Hast du wegen deiner Arbeit schon eine Entscheidung getroffen?"

„Nein, Sam. Es sieht so aus, als wolle Pelham mich behalten. Er hat mich gebeten, eine Sendung über Claire Lawrence zu machen, und schwört, daß ich diesmal tatsächlich die redaktionelle Verantwortung haben werde. Das ist natürlich eine große Versuchung."

Sie standen auf. Sam legte Pat den Arm um die Schultern und führte sie zum Fenster. Auf dem Potomac spiegelten sich die Lichter der Stadt.

„Ich will dich nie wieder verlieren, Pat", erklärte Sam und gab ihr einen Kuß. „Pat, ich meine es ernst: Laß uns keine Zeit mehr vergeuden. Wärst du mit Flitterwochen auf Hawaii einverstanden?"

„Warum denn in die Ferne schweifen, Sam? Ich möchte viel lieber noch einmal nach Cape Cod!"

„In das kleine Hotel von damals?"

„Erraten! Mit nur einer Änderung." Sie schaute ihm in die Augen und lächelte glücklich. „Diesmal fliegen wir gemeinsam in derselben Maschine nach Hause!"

Foto: Sigrid Estrada

Mary Higgins Clark

Für viele Leser der Reader's Digest Auswahlbücher ist Mary Higgins Clark eine gute Bekannte: *Wintersturm, Die Gnadenfrist, Wo waren Sie, Dr. Highley?* und *Ein Schrei in der Nacht* hießen ihre bisherigen Bestseller. *Wachzeit* ist der fünfte Roman aus der Feder der Autorin, und ihr Name gilt längst als Gütesiegel für spannende Lektüre.

Mit dem Schreiben begonnen hat Mary Higgins Clark 1964, als sie nach dem plötzlichen Tod ihres ersten Mannes für sich und ihre fünf Kinder sorgen mußte. Damals arbeitete sie für eine Werbe- und Nachrichtenagentur, zu deren Kunden die großen New Yorker Rundfunkanstalten zählten, und bald stieg die begabte Reporterin zur Rundfunkjournalistin auf. Nebenbei verfaßte sie ihre ersten Kurzgeschichten und holte schließlich, als ihre Kinder größer wurden, sogar einen Hochschulabschluß nach. Nun wagte sie sich an ihren ersten Roman, *Wintersturm,* der auf Anhieb ein Bestseller wurde.

Unersättliche Neugier, ein Gespür für dramatische Situationen und ein hervorragendes Gedächtnis zeichnen die Schriftstellerin aus. Die Anregungen für ihre Romane erhält sie meistens aus dem Tagesgeschehen. Zum Beispiel brachte sie 1981 das Attentat auf Präsident Reagan auf die Idee, ihren nächsten Roman in der hohen Politik anzusiedeln. So entstand *Wachzeit,* und beim Schreiben war die Autorin froh, auf die Erfahrungen aus ihren „Rundfunktagen" zurückgreifen zu können. Als Journalistin hatte sie mehrere Kongreßabgeordnete kennengelernt und eines Tages auch Nelson Rockefeller interviewt, den damaligen Vizepräsidenten der USA.

Das Kernstück des Romans, der „Mordfall Adams", hat sich tatsächlich ereignet. Mary Higgins Clark erinnert sich an einen ganz ähnlich gelagerten Fall, der in New York großes Aufsehen erregte, als sie noch ein Kind war.

„Mein Gedächtnis läßt mich nur äußerst selten im Stich", meint die Schriftstellerin. „Zum Glück – schließlich kommt es ja oft vor, daß ich eine längst zurückliegende Begebenheit in einem Roman verarbeiten möchte."

Ein Gauner von Format

Eine Kurzfassung des Buches von
ROBERT FRANKLIN LESLIE

Ins Deutsche übertragen von
Hanna Lux

Illustrationen von Norman Adams

Ein höchst ungewöhnlicher Auftrag hat Bob Leslie in die

Abgeschiedenheit der kanadischen Wildnis geführt. Er soll

Beweise für die Existenz des sagenumwobenen Affenmen-

schen „Bigfoot" herbeischaffen. Tatsächlich bleibt Bob in

seinem einsamen Camp am Seeufer nicht lange allein.

Allerdings scheint sein Gast von eher harmloser Wesensart:

ein pfiffiger Waschbär, der den Biologen zum Freund

erkoren hat, gegen freie Kost und Logis, versteht sich!

Doch bald entpuppt sich Bobs Schützling als ein ausge-

kochtes Schlitzohr, das allerhand Lastern frönt. Und immer

wieder sorgen die Gaunereien des putzmunteren Kerlchens

für turbulente Zwischenfälle am Seeufer.

In seinem amüsanten Bericht schildert Bob Leslie Wochen

voller Späße und Aufregungen und das Abenteuer einer

Freundschaft, an deren Anfang ein Rätsel steht.

I

TIEFHÄNGENDE Wolken, strömender Regen und rollender Donner
machten die Nacht zum 1. Juli in British Columbia reichlich
ungemütlich. Ein heftiger Wind aus Südwesten peitschte den Wald
hinter meinem Lagerplatz, wühlte die weite Fläche des Nicomensees
auf und fegte gespenstisch weiße Schaumkronen über das brodelnde
Wasser. Der ganze See schien unter den niederzuckenden Blitzen zu
kochen. Kiefern, Lärchen und Fichten schwankten knarrend über
meinem kleinen Zweimannzelt, als würden sie jeden Moment
umstürzen und mich in meinem Schlafsack unter sich begraben.

Kurz nach Mitternacht übertönte das Scheppern einer Geschirr-
lawine den tosenden Sturm. Der Aufruhr weckte einen entsetzlichen
Verdacht in mir: Sasquatch, der Schrecken des Nordens, war im
Begriff, meinen Rucksack zu plündern! Bevor ich mich zur Ruhe
begab, hatte ich eine starke Nylonschnur über einen Ast geworfen und
meinen Proviant sowie die Kochutensilien in luftige Höhe gezogen,
um Schwarzbären und Buschratten von meinem Eigentum fernzu-
halten.

Wer anders als Sasquatch selbst, der riesenhafte, legendäre Affen-
mensch, sollte also an den Rucksack herankommen? Angeblich
überragte das gefürchtete Monster sogar einen Basketballspieler! Von
Panik erfaßt, kroch ich tiefer in den Schlafsack, zog ihn mir über den
Kopf und wagte nicht, mich zu rühren. Während die Bestie meine
Ausrüstung stahl, schwatzte sie mit hoher Stimme leise vor sich hin.

EIN kalifornischer Naturschutzverein hatte mich hierher in die
Wildnis um den Manning Park in der kanadischen Provinz British
Columbia geschickt – eine Gegend, in der dem Vernehmen nach
besonders viele Hinweise auf den legendären Affenmenschen gefunden worden waren. Meine Auftraggeber hofften, es könnte mir
gelingen, dem sagenumwobenen Monster auf die Spur zu kommen.
Bei meiner Einmannexpedition hatte ich also nichts weiter zu tun,
als eine Sasquatchfährte zu finden, Gipsabdrücke davon anzufertigen
sowie ein paar Schnappschüsse von dem Untier selbst zu machen,
falls ich bei seinem Anblick vor Schreck nicht gleich in Ohnmacht
fiel.

Dem unausrottbaren Glauben an die Existenz des Fabelwesens hatte 1967 ein Fotograf neue Nahrung verschafft, als er mit einem sensationellen Zwölfsekundenfilm von einem Streifzug durch die Wildnis Nordkaliforniens zurückkehrte. Seine Aufnahmen von einem in den Wald flüchtenden Affenmenschen hatten für Tage die Schlagzeilen beherrscht. Alsbald meldete sich ein ganzes Rudel von Sportsfreunden zu Wort, das den „amerikanischen Yeti", der wegen seiner überdimensionalen „Schuhgröße" auch „Bigfoot" genannt wurde, gesehen haben wollte. Viele Jäger wußten auch von zirka zweieinhalb Meter großen „Gorillas" zu berichten, die in den kanadischen Cascade Mountains nahe der Grenze zu den Vereinigten Staaten ihr Unwesen trieben – genauer gesagt, im Manning Park in der Umgebung des Nicomensees! Die Ungetüme hatten, laut völlig unbewiesenen Behauptungen, „eindeutig" Menschen verschleppt ...

Für meine brisante Aufgabe war ich engagiert worden, weil ich als begeisterter Wanderer und Naturfreund British Columbia und besonders den Manning Park wie meine Westentasche kannte; doch war mir dort nie etwas unter die Augen gekommen, was auch nur im entferntesten einem Affenmenschen geglichen hätte. Dennoch hatte ich am 28. Juni auf einer Anhöhe neben dem See Stellung bezogen.

Da war ich nun. Tief im Schlafsack verkrochen. Und unbewaffnet! Vor Entsetzen über den unerwarteten Besuch wie gelähmt, rührte ich mich nicht von der Stelle und verpaßte so die vielleicht einmalige Gelegenheit, eines der seltensten Geschöpfe dieser Erde mittels Blitzlicht auf den Film zu bannen. Schließlich verriet weiteres lautes Geklirr, daß der Rohling meine Töpfe und Pfannen brutal beiseite stieß, während er sich einen Weg aus dem Lager bahnte und in dem ächzenden Wald verschwand. Unwillkürlich drängte sich mir die Frage auf, ob es auf unserem Planeten irgend etwas gab, was sich einem Sasquatch entgegenstellen könnte.

Jetzt, da das Monster sich endlich davongemacht hatte, konnte ich es kaum erwarten, Gipsmasse in seine Spuren zu gießen, um sie der Nachwelt zu erhalten. Natürlich durfte ich nicht riskieren, daß der Regen die Fährte noch vor der Morgendämmerung verwischte! Andererseits bin ich bei Tageslicht wesentlich tapferer, und ich entsann mich nur zu gut einiger grauenvoller Geschichten, die ich einst gelesen hatte: Geschichten über Camper, die zu mitternächtlicher Stunde aus ihren Schlafsäcken gezerrt worden waren und für immer verschollen blieben. Auch die Berichte von Großwildjägern fielen mir wieder ein, die das unheimliche Gebrüll von Sasquatch vernommen hatten, „bei dem jedem Sterblichen das Blut in den Adern gefror". Nur hatte meines Wissens keiner je ein so schrilles Gekecker gehört,

wie es an meine ängstlich gespitzten Ohren drang, als der ungebetene
Gast durchs Lager geisterte.

Nach diesen Überlegungen beschloß ich, die weitere Entwicklung
der Lage vorerst noch vom Schlafsack aus zu verfolgen.

IM LAUFE der Nacht fegte ein warmer Ostwind die Gewitterwolken
fort, die wie geronnene Milch am Himmel schwammen, und geheimnisvolle Stille senkte sich wieder auf den See. Kurz bevor das
Morgenrot die Gipfel überhauchte, kroch ich aus dem Schlafsack und
sah vor dem Zelt einige Eulen schattengleich in das Dämmergrau
tauchen, das die Cree-Indianer „frühes Eulenlicht" nennen.

Als es schließlich hell genug wurde, wagte ich mich aus dem Zelt
und untersuchte rasch den Inhalt des in den Baum gehievten Ruck-
sacks. Die Inventur zeigte, daß eine Aluminiumtasse, eine Packung
Nüsse und ein Stück Seife fehlten. Andere Gegenstände lagen auf dem
Boden verstreut. Hatte Sasquatch gelernt, aus einer Tasse zu trinken,
und pflegte der Riesenaffe sich gründlich abzuseifen, wenn er ein Bad
im See nahm?

Ich suchte alles ab, fand in der weichen Erde jedoch keine Bigfoot-
Spuren. Wie konnte der gräßliche Kerl, der doch zweieinhalb bis
dreieinhalb Zentner wiegen mußte, verschwinden, ohne in dem
pappigen Lehm Fußabdrücke zu hinterlassen? Außerdem hätte er sich
meine kompletten Lebensmittelvorräte samt Rucksack und Tragge-
stell unter den Nagel reißen können. Wieso hatte er darauf verzichtet?

Den größten Teil der folgenden Nacht schlief ich nicht, sondern
legte mich mit dem Fotoapparat auf die Lauer. Diesmal klapperten
weder Töpfe, noch keckerte jemand noch erklang sonstiger Lärm. Als
ich aber am nächsten Morgen den Rucksack herunterholte, stellte ich
fest, daß trotzdem ein paar Päckchen Rosinen, zwei Tafeln Schoko-
lade und meine einzige Gabel auf wundersame Weise verschwunden
waren. Während ich kurz eingedöst war, mußte sie mir irgendwer
klammheimlich geklaut haben.

Diesmal lieferten verräterische Spuren in Größe und Form von Kin-
derhändchen den deutlichen Beweis: Ein außerordentlich geschickter
Langfinger aus der Sippe der Waschbären war auf Beutezug.

Da so ein Waschbär zu den besten Kletterern unter den Tieren des
Nordens gehört, war es für ihn eine Kleinigkeit, auf einen Baum zu
kraxeln und sich an einer der Leinen zum Rucksack abzuseilen, um
alles mögliche daraus zu mausen. Diese flinken Gesellen haben vier
„Hände" und somit zwanzig behende Finger, die denen der Affen an
Gelenkigkeit in nichts nachstehen.

Am Morgen des dritten Juli siegte dann entweder die Neugier des

Banditen, oder der Duft von Speck und Pfannkuchen betäubte seine angeborenen Instinkte. Wie dem auch sei, jedenfalls gelang es mir, ein großes Waschbärenmännchen ins Lager zu locken, indem ich ihm als Köder einen halben Pfannkuchen offerierte – und mich dabei auf allen vieren fortbewegte. Ein aufrecht auf zwei Beinen gehendes Geschöpf erschreckt die meisten wilden Tiere. Nicht umsonst pflegen die Indianer zu kriechen, wenn sie das Vertrauen eines solchen scheuen Geschöpfes gewinnen wollen. Ein wenig skeptisch kam mein Gast schließlich in wiegendem Gang herangezockelt und nahm nahe am Feuer auf einem Holzklotz Platz, den irgend jemand von dem umgestürzten Stamm einer riesigen Hemlocktanne abgesägt hatte. Ich nannte diese provisorische Sitzbank den „Grübelbalken", weil ich mich immer darauf setzte, wenn ich ernsthaft nachdenken mußte. Der Waschbär musterte mich neugierig. Ihm stand die Durchtriebenheit ins Gesicht geschrieben, und ich war mir jetzt ziemlich sicher, wer hier als Sasquatch durch die Wälder spukte.

Als ich zum Zelt ging, um einen Teller zu holen, vergaß ich, weiter auf den Knien herumzurutschen, und der kleine Räuber nahm kreischend Reißaus. Doch dauerte es nicht lange, bis er sich an meine normale Haltung gewöhnte.

Seine Keckheit ließ mich vermuten, daß vor mir schon andere Camper seine Bekanntschaft gemacht und ihn mit Leckerbissen verwöhnt hatten. Sicherlich hatte er mich von einem verborgenen Versteck aus einige Tage beobachtet, um auszukundschaften, ob ich mich als neuer Nährvater eignete.

Da ich nun einigermaßen überzeugt davon war, daß Sasquatch mir noch keinen Besuch abgestattet hatte, setzte ich mich auf den Grübelbalken, um mein Frühstück in diesem Märchenland zu genießen. Ich befand mich jedoch nicht allein auf dem eineinhalb Meter langen Klotz. Mir gegenüber hatte sich der Waschbär niedergelassen. Während ich den Rand meines Aluminiumtellers fester umklammerte, packte er von der anderen Seite zu. So zogen wir beide nach Leibeskräften und grapschten dabei nach Speck und Pfannkuchen. Leider war er mir mit seinen zwanzig Fingern bei weitem überlegen. Halb auf dem Rücken liegend, stützte er sich mit dem Schwanz ab, hielt den Teller mit den Hinterpfoten fest und stopfte sich mit beiden Vorderpfoten ungeniert das Maul voll. Die wütenden Blicke, die wir tauschten, sprachen Bände. Jeder hielt den anderen für einen unverschämten Vielfraß. Ich war nicht nur äußerlich, sondern auch innerlich hin- und hergerissen. Einerseits spürte ich das heftige Verlangen, ihn mit ein paar saftigen Hieben auf sein dickes Hinterteil aus dem Lager zu jagen, andererseits hatte ich Lust, den drolligen Kerl

EIN GAUNER VON FORMAT453
an mein Herz zu drücken. Ich ließ beides sein. Ein Waschbär, der solche Gefühlsäußerungen in den falschen Hals kriegt, kann schlimmer zubeißen als ein Fuchs.

Nach dem hastig verschlungenen Frühstück hämmerte mein Besucher mit dem leeren Teller auf das Holz und keckerte dazu mit Fistelstimme, was meine letzten Zweifel daran beseitigte, wer meinen Rucksack geplündert hatte. Unwillkürlich mußte ich an John Ringo denken, einen berüchtigten Bösewicht aus der Zeit des Wilden Westens. Immer wenn er eine Bank ausraubte oder eine Postkutsche überfiel, hatte John Ringo mit hoher Stimme vor sich hin gesummt. Es war eine Art Markenzeichen gewesen.

Und so kam Ringo, der räuberische Waschbär, zu seinem Namen.

DER Vergleich von Ringos Gewohnheiten mit jenen seines wenig ehrenwerten Taufpaten führte mir erschreckend klar vor Augen, worauf ich mich eingelassen hatte: Möglicherweise würde ich mehrere Wochen in Gesellschaft eines Schurken verbringen, der seinen Lebensunterhalt fast nur durch Diebstahl und Plünderung bestritt. Andererseits hatte Ringo etwas Rätselhaftes an sich, etwas, das mich für ihn einnahm.

Was hatte ein Flachlandbewohner wie er in tausendfünfhundert Meter Höhe verloren? Warum schlief er nicht tagsüber in einem Schlupfwinkel in einem der tiefer gelegenen Canyons und wurde erst nachts aktiv, wie es seinen natürlichen Gewohnheiten entsprochen hätte? Statt dessen lungerte er, offenbar besorgt, er könne etwas versäumen, in der Nähe meines Lagers herum und begleitete mich, wenn ich Brennholz sammelte oder in der Umgebung des Sees nach Bigfoot-Spuren suchte.

Selbst in seiner angestammten Heimat in der Ebene verläßt ein Waschbär selten das sumpfige Gelände, wo Bäume oder Höhlen bis zu fünf Familien als Behausung dienen. Zwar trennen sich bisweilen einzelne Tiere von einer Kolonie, um eine eigene Siedlung zu gründen, entfernen sich dabei aber keine zwei Kilometer von ihrem einstigen Zuhause. Normalerweise sucht der Waschbär also die Gesellschaft seiner Artgenossen. Deshalb verblüffte es mich, daß Ringo an einem abgeschiedenen Seeufer, wo es von seinen natürlichen Feinden nur so wimmelte, in einer zugigen Felsspalte ein Einsiedlerleben führte. Hier fand er weder sein gewohntes Futter, noch bot sich ihm viel Gelegenheit, jene Beutezüge auszuhecken, die einfach nötig waren, um ein Wesen mit so diebischen Gelüsten zu befriedigen. Ich fragte mich, ob er etwas verbrochen hatte, was dann zu seiner Verbannung geführt hatte. Bei Waschbären kommt so was vor.

Überhaupt steckte Ringo voller Überraschungen. Ganz im Gegensatz zur üblichen Waschbärensitte, „wusch" er im Lager kein Futter, ehe er es fraß, obwohl wir doch dicht beim Wasser kampierten. Lediglich „wilde" Nahrung – Insekten, Mäuse und Beeren – wurde in den See getunkt. Dafür säuberte sich diese pedantische Pelzkugel bis zu zwanzigmal am Tag die „Hände".

Auch was sein Verhalten gegenüber anderen Tieren betraf, erwies sich Ringo als recht untypischer Vertreter seiner Zunft. Zwar fürchten seine Artgenossen große Raubtiere wie Puma und Luchs, lassen sich ansonsten aber von den meisten Vierbeinern und Vögeln kaum aus der Ruhe bringen. Ringo hingegen, der doch gut fünfzehn Kilo wiegen mochte, stürzte fauchend und schreiend davon, als ein kaum fünf Kilo schweres Murmeltier, das ich auf ein paar Nüsse und Rosinen eingeladen hatte, ins Lager gewatschelt kam. Ja, selbst die kaum meerschweinchengroßen Pfeifhasen auf einigen benachbarten Felsen schafften es, meinen Helden so in Panik zu versetzen, daß er zitterte, stöhnte und rülpste wie ein gerstefressender Maulesel, sobald sie auch nur eine hastige Bewegung in seine Richtung machten.

Mit einem über dreißig Kilo schweren Biber aber, der sich in der unterhalb des Sees gelegenen Schlucht herumtrieb, freundete er sich sofort an. Dort im Teich wühlten die beiden in holder Eintracht im Schlamm und gingen gemeinsam schwimmen. Und ein Schneehase – der Snob der nördlichen Wälder – erlaubte Ringo nicht nur, ihm das Fell zu filzen, sondern hopste auch im Kreis umher, wenn der taktlose Wicht versuchte, die geheimnisvollen Tiefen der langen Hasenlöffel zu erkunden. Die beiden vertrieben sich mit solchen Spielchen stundenlang die Zeit.

Ringos Reaktionen auf seine Nachbarn zeigten deutlich, daß er eine eigenwillige Persönlichkeit mit einem ausgeprägten Gefühlsleben war. Auf seinem Gesicht mit der schwarzen Maske erschien unweigerlich ein „schuldbewußter" Ausdruck, wenn ich ihm einen Rüffel erteilte, weil er mir bei einer Mahlzeit die Bissen vor der Nase wegschnappte. Als ich ihn einmal dabei erwischte, wie er die Eier eines Regenpfeifers verspeiste, und ihm darauf kräftig die Leviten las, nahm er die Gardinenpredigt mit hängendem Kopf entgegen. Allerdings bezweifle ich, daß seine Armesündermiene tatsächlich von einem schlechten Gewissen herrührte. Vermutlich war ihm nur nicht wohl, weil ich so aufgeregt wirkte.

Am Ende der ersten Woche mit ihm sah ich mich dann gezwungen, zu drastischen Maßnahmen zu greifen, um meine Proviantvorräte zu verteidigen. Ich versohlte ihm den wohlgerundeten Allerwertesten mit einer Rute. Offenbar begriff er, was ich ihm damit sagen wollte.

Wenn Ringo gerade nicht mit seinen diversen Spielgefährten oder seinem Laster, dem Diebstahl, beschäftigt war, widmete er sich einer weiteren großen Leidenschaft: dem Zerlegen von Dingen. Nichts, was sich aufschnüren, auseinanderziehen oder aufhaken ließ, war vor ihm sicher. Während er den ausersehenen Gegenstand mit den Hinterpfoten fest umklammerte, wandten sich die geschäftigen Finger seiner vorderen Extremitäten allerhand Aufgaben zu, für deren Bewältigung man zwei freie Hände braucht: dem Öffnen verschiedener Beutel mit Trockennahrung, meiner Proviantdose, der Schmalzbüchse sowie dem Enthäuten gebratener Forellen.

Wozu diese Finger fähig waren, beeindruckte mich, als uns bei unserem ersten Ausflug zur anderen Seite des Sees ein betagter Kojote zu nahe kam. Ohne sich auf den Bergstock zu verlassen, den ich zur Verteidigung stets bei mir trug, schoß Ringo auf seinen Gegner zu, packte den zottigen alten Sängerknaben, verbiß sich wie eine Bulldogge in ihn und würgte ihn dann mit einem so blitzartigen, professionellen Vierhandgriff, wie er in der nordamerikanischen Wildnis wohl einzigartig war. Seine Behendigkeit war kaum zu glauben. Ich dachte, der Präriewolf würde sich hüten, Ringo wieder in die Quere zu kommen, aber offenbar hatte er, wie wir Wochen später feststellen mußten, noch immer nicht genug abgekriegt.

Der Kampf war eines von vielen Beispielen dafür, daß Ringo nur dank seiner Intelligenz, seiner Schnelligkeit und seinem Mut in der Wildnis bestehen konnte. Waschbären bevölkern diese Erde schon einige Millionen Jahre länger als der Mensch. Rasche Kopf- und Beinarbeit, ein flexibler Lebensrhythmus und anspruchslose Freßgewohnheiten haben ihre Art vor dem Aussterben bewahrt. Dabei wird das einzelne Exemplar kaum älter als acht, neun Jahre.

UNSERE wachsende Freundschaft tat Ringos Selbstvertrauen sichtlich wohl. Seit er mich auf seiner Seite wußte, spielte er in der Umgebung des Lagers den starken Max, besonders, als er herausfand, wie leicht es war, Murmeltiere und Pfeifhasen ebenso zu bluffen, wie sie ihn geblufft hatten. Ich schrieb ein Notizbuch voll mit Beispielen aus Ringos Repertoire an durchtriebenen Kniffen. Seine wahre Kunst jedoch war schamloser Diebstahl. Lautlos klaute er jedem „wilden" Sammler glänzende Gegenstände und sonst allerlei erstrebenswerten Kram. Auf jeder Wanderung bemerkte ich, daß er sich genauso geschickt Nüsse, Kerne, Larven und Beeren aneignete, die seine Nachbarn zum Trocknen ausgebreitet hatten. Ringo schien gestohlenes Futter viel besser zu schmecken als alles, was er selbst auftrieb.

Einige wohlmeinende Leute sagen, daß Tiere nicht wirklich stehlen, sondern sich nur nehmen, was sie brauchen. Aber wer würde denn einen Kojoten, Fuchs oder Luchs die Gänse hüten lassen, auch wenn er noch so satt wäre? Ringo war ein Dieb mit Leib und Seele, doch wenigstens ließ seine zerknirschte Miene manchmal darauf schließen, daß er so etwas wie „Schuldgefühle" empfand, wenn ich mit ihm schimpfte.

Legte ich einen Keks auf den Grübelbalken und schärfte ihm ein, ihn ja nicht anzurühren, wartete er, bis ich ihm den Rücken kehrte, und streckte dann heimtückisch und schlangengleich eine Pfote danach aus. Sowie ich herumwirbelte, zog er hastig die diebischen Finger zurück, was aber nur besagte, daß er sich für den Moment dem Unterschied in unserem Größenverhältnis beugte. Wenn ich ihn den Keks erwischen und hineinbeißen ließ, senkte er, auf frischer Tat ertappt, den Kopf, schaute mir von unten flehend in die Augen, keckerte in den jämmerlichsten Tönen und hielt mir ein Stückchen als „Versöhnungsgeschenk" hin. Strafte ich ihn mit beleidigtem Schweigen, benahm er sich wie ein in Ungnade gefallener Hofnarr, der die Gunst des Königs zurückerobern will. Er schmiegte sich an mich, brummelte sanft, kraulte mir den Bart (statt daran zu reißen, wofür er postwendend eins auf den Deckel bekam) und brachte mir einen Tannenzapfen oder eine so ausgesuchte Köstlichkeit wie einen Mistkäfer.

Während der zweiten Woche unserer Bekanntschaft legte Ringo eine merkwürdige Geschäftigkeit an den Tag. Bald wurde mir klar, daß es sich dabei um die Vorbereitungen zu einer räuberischen Großoffensive handelte. Ringos habgieriger Sinn trachtete offenbar nach dem Nestschmuck der benachbarten Raben und Krähen: Schlüsseln, Schnipseln von Aluminiumfolien, Kugelschreibern, Sonnenbrillen – Beutestücken, die die Vögel auf einem Campingplatz in dem nahen Similkameen-Tal stibitzt hatten.

Krähen, Füchse und Buschratten, die zu den unverbesserlichen Kleptomanen im Tierreich gehören, klauen glitzernden Plunder ganz impulsiv, weil sie dem reizvollen Funkeln, das sie magisch anzieht, nicht widerstehen können. Ringo dagegen handelte gewiß nicht aus dem Zwang des Augenblicks heraus. Vielmehr verwandte er ganze Tage damit, den Schauplatz seiner Verbrechen sorgfältig auszuspionieren. Dann wählte er mit kühler Überlegung eine ganz bestimmte Beute. Außerdem sah ich ihn nie etwas klauen, dessen Erlangung wenig oder gar keine Kunst erforderte. Schließlich stand für mich fest, daß er zu jener Sorte von Dieben gehörte, die ganz einfach Spaß am Stehlen haben. Und jetzt war das Bürschchen offenbar dabei, einen Plan auszuhecken, bei dem er mir die Rolle des Komplizen zuteilte.

Leicht verunsichert fragte ich mich, ob er mich am Ende nur ins Herz geschlossen hatte, weil ich ihm bei seinen krummen Touren von Nutzen sein konnte ...

II

ZUSÄTZLICH zu unbedeutenden Gaunereien und offenkundigem Raub betätigte sich Ringo meisterhaft als Taschendieb. Oft spürte ich plötzlich, wie sich behutsam Finger in die Tiefen meiner Jacke oder Hose vortasteten, wo attraktive Beute klimperte. Und Ringo klaute nicht nur Dinge, die ich zu Unrecht für waschbärensicher gehalten hatte. Er verbrachte auch lange Stunden mit der Vorbereitung von Feldzügen in entlegenere Gebiete, wo er unter meiner Schutzherrschaft ahnungslose Nestbesitzer auszuplündern gedachte. Wenn ich seine Taten auch nicht gutheißen konnte, so mußte man den gerissenen Gauner doch einfach gern haben. Bald hatte er mich so weit, daß ich ihm überallhin folgte, wo er mich hinzuführen versuchte.

Sofern er in der Woche um den 10. Juli nicht gerade emsig in waghalsige Abenteuer verwickelt war, kletterte der rührige Strolch auf eine hohe Kiefer, um, wie ich anfangs glaubte, die herrliche Aussicht zu genießen. Was er aber in Wirklichkeit so fasziniert betrachtete, war eine stattliche Kollektion schimmernder Schätze, die ein Krähennest im benachbarten Baum zierte. Die riesige, locker zusammengefügte Schlafstätte gehörte einem Kräherich, den ich Pattex nannte. An seinem Schnabel schien nämlich jedes transportable Glitzerobjekt automatisch haftenzubleiben. Als Ringo nach seinem ersten Ausflug zu der Kiefer wieder ins Lager zurückschlurfte, schien er bereits tief in Gedanken versunken. Und spätestens nachdem er bei den Mahlzeiten auf dem Grübelbalken meinem Blick auszuweichen begann und mich nicht einmal anschaute, wenn ich mit ihm sprach oder ihm einen Leckerbissen antrug, wußte ich, daß er etwas im Schilde führte.

Eigentlich war Ringo kein größerer Gauner als die, die er bestahl. Schon lange vor jenem Sommer am Nicomensee kam ich zu dem Schluß, daß Tiere sich oft gegenseitig Beutestücke wegnehmen, um damit einem künftigen Gefährten zu imponieren. Frechheit als Charakterzug oder als erlerntes Handwerk wird in der Natur sehr geschätzt.

Am Nachmittag des 12. Juli beobachtete ich durch den Feldstecher, wie mein Freund zu dem momentan verlassenen Krähennest hinaufstieg. Dort raffte der Schurke so viele glänzende Gegenstände an sich, wie er tragen konnte. Er versteckte sie in einer kleinen Höhle am Abfluß des Sees, kehrte seelenruhig ans Lagerfeuer zurück, setzte sich neben mich auf den Holzklotz und schaute mir mit dem Unschuldsblick eines neugeborenen Lämmleins in die Augen.

Nach Einbruch der Dunkelheit trottete er zu seinem Versteck, um sich am Ertrag seines Raubzugs zu weiden. Er sah im Finstern fast ebenso gut wie bei Tageslicht.

Mit einem hatte Ringo allerdings nicht gerechnet: daß ihn jemand verpfeifen würde. Doch schon tags darauf nahm das lärmende Krähenvolk bittere Rache. Es jagte Ringo zuerst am Seeufer hin und her und trieb ihn schließlich in den Wald. Dort hatte er reichlich Gelegenheit zu bereuen, daß er den Gemeinschaftssinn der Schwarzgefiederten unterschätzt hatte. Sobald durch einen gut funktionierenden Nachrichtendienst innerhalb der Familien der Notstand ausgerufen worden war, hatten sich die Vögel zu einem Kampfgeschwader zusammengeschlossen. Wie teuflisch eine erboste Krähe hacken konnte!

Als der bedrängte Übeltäter in seiner Not zum Grübelbalken hetzte und auf meinem Schoß Zuflucht nahm, glichen sein breiter Rücken und sein nicht minder breites Hinterteil einem Streuselkuchen. Die Schmach der Schnabelhiebe schmerzte ihn zweifellos mehr als sein Gewissen. Endlich geborgen, hockte er da und sah zu, wie Pattex, unterstützt von seinem Weibchen, die Beute aus der Höhle wieder in das leere Nest schaffte.

Mein Waschbär blies Trübsal und schmollte, doch ich hütete mich, ihn auszulachen. Viele Tiere sind lautem menschlichem Gelächter gegenüber äußerst empfindlich. Aber er las mir von den Augen ab, daß ich mir meinen Teil dachte.

Ringo vertrödelte fast den ganzen folgenden Tag, als wollte er zur Abwechslung bloß einmal faulenzen. Er kühlte seine Wunden im See und hockte mit gedankenverlorenem Blick stundenlang auf dem Grübelbalken. In Wirklichkeit hatte er eine Familie „begüterter“ Rotfüchse im Visier, die in den wilden Rosenbüschen in der Nähe hauste. Das einzige Geschöpf in den Wäldern, das einen Fuchs überlisten kann, ist ein anderer Fuchs. Doch in einem Anflug jugendlichen Leichtsinns hatte Ringo beschlossen, sich mit einem der raffiniertesten Halunken zu messen, die auf unserem Planeten umherschleichen. Die von Ringo angepeilte Fuchsfamilie hatte ein Vermögen erlesener Schätze angehäuft: höchst begehrenswerte Hasenpfoten, die strahlendweißen Brustbeine jüngst verblichener Gänse, verlockend bunte Krickentenflügel und einen verdorrten Eulenfuß –

um nur einige der Trophäen zu nennen, auf die Ringo ein Auge geworfen hatte.

Herr und Frau Fuchs krochen für gewöhnlich immer kurz vor Sonnenuntergang aus ihrem dornenumzäunten Wohnsitz, um vor der Jagd ein Bad zu nehmen – eine schlaue Maßnahme, durch die sie den verräterischen Fuchsgeruch abstreiften und sich auch mit dem Wind anpirschen konnten. Dem Waschbären waren die Gepflogenheiten seiner Opfer sicher nicht unbekannt. Am 16. Juli nämlich verließ er das Lager, genau eine Viertelstunde nachdem die Füchse zu ihrem abendlichen Jagdausflug aufgebrochen waren. Von einem nahen Baum aus beobachtete er das Paar, wie es zum Mäusefang zu einer Bergheide hinaufschlich. Mein kleiner Schlaumeier glitt daraufhin in den stachelbewehrten Bau und sortierte die Prunkstücke aus dem Familienbesitz aus, darunter auch das schönste Kleinod – den vertrockneten Eulenfuß. Aber wieder machte er einen Fehler. Er hätte dem Beispiel der Füchse folgen und ein Bad nehmen sollen, bevor er zuschlug. Er unterschätzte Reinekes Spürnase – eine der feinsten im Königreich der Tiere.

Die Füchse stöberten den dreisten Einbrecher so mühelos in seiner Schatzkammer am See auf, als wären sie einem Elefanten im Schnee gefolgt. Zunächst holten sie sich Stück um Stück ihr Eigentum wieder (und etwas von dem seinen dazu) und trugen alles in ihren Bau. Am nächsten Morgen schritten sie dann zur Bestrafung. Statt wie sonst friedlich in der Sonne zu dösen, drangsalierten sie Ringo nach allen Regeln der Kunst. Sie hinderten ihn daran, auf Bäume zu klettern, mein Lager zu betreten oder in den See zu flüchten, weil sie mindestens dreimal so schnell waren wie er. Kaum hatte die Füchsin ihm den Weg versperrt, um ihm eins überzubraten, stürzte sich auch schon ihr Gemahl auf ihn und holte sich ein Stück Waschbärenpelz. Mein bedauernswerter Schützling saß in der Klemme. Kein einzelner Fuchs kann es mit einem ausgewachsenen Waschbären aufnehmen, aber die zwei waren mit vereinten Kräften durchaus imstande, ihm ernsthafte Verletzungen zuzufügen. Daher eilte ich ihm zu Hilfe, und die Füchse traten den Rückzug in das Rosengestrüpp an.

Ringo schleppte sich ins Lager, leckte seine Wunden und verschmähte sogar jeden „Gaumentrost". Er mied meinen Blick und machte sich bei Sonnenuntergang auf den Weg zu seiner ausgeräumten Unterkunft.

Am 18. Juli kam er zurück und benahm sich aufgeregter als eine Gans, die unter eine Schar Enten geraten ist. Er stelzte vor mir auf und ab, zog an meinen Hosenbeinen, schmatzte mit den Lippen und schnurrte und keckerte in dem Bestreben, mich als Komplizen für irgendein krummes Ding anzuwerben. Für einen Augenblick gab ich mich schon der Illusion hin, er könnte einen Hinweis auf Sasquatch entdeckt haben.

Nachmittags folgte ich ihm zu einem Buschrattendorf. Die Nager, die zu wissen schienen, daß feiste Buschratten für Waschbären die reinste Delikatesse sind, türmten Hals über Kopf. Nun konnte sich Ringo an die Arbeit machen. Er schuftete über eine Stunde lang, bis er die Wigwams der Buschratten in jämmerliche Ruinen verwandelt hatte – immerhin war jeder aus Zweigen errichtete Bau fast einen Meter hoch und maß ebensoviel im Durchmesser.

Als von den Wohnungen nichts übriggeblieben war außer den „Salons", trat Ringo ein und raffte den Familienschatz an sich: Schmuck, Münzen, Besteck, eine Schere und eine Armbanduhr – Wertsachen aller Art, die Campern und Wanderern entwendet worden waren. Mit Kleinkram wie Folien, Flaschenverschlüssen und Nägeln hielt sich Ringo gar nicht erst auf.

Anschließend flitzte der herzlose Schurke zweimal am Ufer entlang zu seiner Höhle, wo er seinen neuen Reichtum stapelte. Doch dann kam unerwartet eine dramatische Wendung.

Ich hatte bereits Unheil gewittert, als ich sieben ausgewachsene Ratten sah, die sich gemeinsam in den Wald verkrümelten. Binnen einer halben Stunde schien jedes Dickicht Buschratten auszuspeien. Ein Heer erboster, zirka ein Viertelkilo schwerer brauner Krieger mit buschigen Schwänzen hetzte Ringo in wilder Jagd zum See. Zum Glück war er nicht so dämlich, ins Wasser zu springen. Buschratten können nämlich genauso gut schwimmen wie Waschbären. Auch die Flucht auf einen Baum wäre sinnlos gewesen, denn die Verfolger sind geübte Kletterer. Der wütende Sturmtrupp rachedurstiger Buschratten rückte Ringo immer dichter auf den Pelz.

In seiner Not gelang dem Schlaumeier jedoch ein glänzender Schachzug. Allerdings weiß ich bis heute nicht, ob Ringo das ihn verfolgende Lynchkommando absichtlich oder nur rein zufällig unter jene verdorrte Pappel führte, auf der Habichte, Rotschwanzbussarde und große Uhus faul vor sich hindösten, ehe sie sich auf die Suche nach einer Abendmahlzeit machten. Jedenfalls wurden die Vögel sofort

putzmunter und stießen auf die schrill quiekenden Reihen der Nager nieder. Damit war für Ringo die Sache geritzt. Ganz gleich, ob er die Ratten nun durch Zufall oder aufgrund kalter Berechnung in die Falle gelockt hatte, mit dem Ergebnis durfte er jedenfalls zufrieden sein.

Sichtlich beflügelt, weil wenigstens dieser Coup ein gutes Ende genommen hatte, verbrachte er die nächsten Tage auf den Hängen über dem Abfluß des Sees, wo es Beeren und Pilze in Hülle und Fülle gab und er sich nach Herzenslust den Wanst vollschlagen konnte. Am 21. Juli erschienen zwei Schwarzbärinnen mit vier Jungen und zwei einjährigen Halbstarken auf den höher gelegenen Wiesen. Wenn acht Bären Einzug halten, machen sich üblicherweise alle anderen Tiere aus dem Staub. Bärenmütter dulden nicht einmal die Väter in der Nähe ihrer Nachkommen. Überhaupt mögen sie keine Gesellschaft, solange die Jungen noch klein sind.

Bei ihrem Wanderleben hatten die Bären natürlich wenig Gelegenheit, Besitztümer anzuhäufen. Um so mehr hing das Herz der beiden Nomadenfamilien an einem einzigen, liebgewordenen Gegenstand: einer runden holzigen Knolle von der Größe einer Pampelmuse. Diese süßschmeckende Knolle, die der Erdbeerbaum hervorbringt, wurde von den Bären sogar bei der Futtersuche mitgetragen. Beide Familien hüteten die Knolle, an der sie leckten und mit der sie herumtollten, wie ihren Augapfel, und stets blieb ein Tier in unmittelbarer Nähe des guten Stücks.

In sicherer Entfernung lag Ringo in Deckung und beobachtete die Bären ... und die Knolle! Ich sagte ihm im Geist schon Lebewohl. Diesen Schatz den Bären zu klauen würde seine Schläue und Geschicklichkeit auf die bisher härteste Probe stellen.

Bären gehören zu den Waldbewohnern, denen am meisten Respekt

entgegengebracht wird. Sie hassen es, belästigt zu werden, und verstehen es, ihrem Wunsch nach Ruhe und ehrfürchtigem Abstand notfalls mit fürchterlichen Tatzenhieben Nachdruck zu verleihen.

Schon seit einiger Zeit bildete sich Ringo offenbar ein, daß mein Steine schleudernder Arm ihn jederzeit vor feindlichen Angriffen beschützen würde. Nach der tüchtigen Abreibung, die ihm Pattex und Co. erteilt hatten, erlaubte ich den Krähen nicht mehr, auf ihn einzuhacken, und bei den Füchsen genügte meistens schon ein strenger Blick, um sie daran zu erinnern, daß Ringos Hinterteil für sie tabu war. Folglich wagte sich der Gauner selten außer Rufweite, wenn er damit rechnete, Rückendeckung zu brauchen. Ich glaubte aber, daß er mittlerweile erkannt hätte, wie sehr ich gewisse Gemeinheiten mißbilligte, mit denen er sich in der Nachbarschaft unbeliebt machte.

Am Nachmittag des 21. Juli mußte die Temperatur in der wuchernden Wildnis fast vierzig Grad erreicht haben.

Als ich den verflixten Racker in dieser Gluthitze nicht entdecken konnte, schwante mir Übles. Außerdem war er zuvor so besonders sanft und anschmiegsam gewesen ...

Zuerst glaubte ich noch, daß er entweder in seiner Höhle ein Schläfchen hielt, im schattigen Sumpf unterhalb des Sees Kaulquappen fing oder am luftigen Berghang Beeren mampfte. Ich hätte mir eingestehen müssen, daß er nie zu müde, zu hungrig oder zu beschäftigt war, um auf ein Abenteuer zu verzichten.

Als mir plötzlich einfiel, wie er kürzlich die Bären beobachtet hatte, hängte ich mir den Feldstecher um, nahm meinen Bergstock, erklomm den steilen Hügel südlich des Sees und suchte mit den Blicken die Wiese ab, wo ich Familie Petz auf Futtersuche vermutete. Endlich erspähte ich acht schwarze, im Kreis hingefläzte Geländeerhebungen – die Bären hielten Siesta im Schatten eines Espendickichts. Die angeknabberte Knolle lag deutlich sichtbar inmitten der trauten Runde neben der größeren Bärin.

Und dort im dichten Gras, knapp außerhalb des Kreises, kroch Ringo, der Gesetzlose, herum, ein Knirps im Vergleich zu diesen Riesen. Ein einziger Prankenhieb von einer der Bärinnen hätte genügt, ihm den Garaus zu machen. Aber unbemerkt schob er sich langsam immer näher an die ersehnte Knolle heran. Das Herz klopfte mir bis zum Hals, als der Satansbraten sich zwischen den schlummernden Ungetümen hindurchschlängelte. Mit äußerster Behutsamkeit streckte er den Kopf vor, machte einen geradezu anmutigen Schwanenhals und nahm ganz, ganz vorsichtig die grandiose Trophäe ins Maul. Die Bären schliefen, schlapp hingegossen, den Schlaf der Gerechten.

Die Knolle fest zwischen die Kiefer geklemmt, raste der Gauner über die Wiese, den Hang hinunter und am See entlang. Im Schweinsgalopp verschwand er in seiner Höhle.

Nun hatte auch ich es eilig, genügend Abstand zwischen mich und die Bären zu bringen, ehe sie ihren Verlust bemerkten. Also gab ich schleunigst Fersengeld, wobei ich jede nur mögliche Abkürzung zum Lager wählte. Mein hastiges Dahinkeuchen an einem so heißen Tag störte ein Wapitihirschpaar, das verstimmt den Kopf schüttelte, ehe es fortfuhr, seinen storchenbeinigen Kälbern das Äsen beizubringen. Eine Murmeltierkolonie stimmte ein protestierendes Pfeifkonzert an, als ich über ihre Erdlöcher sprang.

Kaum hatte ich die erste geeignete Kiefer nicht weit vom Lager erklommen, stockte mir der Atem. Drüben am Hang tauchten acht brüllende Titanen auf und holperten wie schwarze Felsblöcke zur Talsohle herab. Unten angekommen, strebten sie schnurstracks auf mein Zelt zu. Beide Beine um den mickrigen Stamm der Kiefer geschlungen, packte ich meinen derben Bergstock fester und wappnete mich zum Kampf. Lieber wollte ich es mit jeweils einem Bären hier oben auf dem Baum aufnehmen als mit allen acht auf der Erde.

Die Bären waren jedoch hinter einem anderen her. Ohne mich zu beachten, stürmten sie wutentbrannt durchs Lager und rannten am sandigen Ufer dem See-Ende zu. Armer Ringo! Mir steckte bei dem Gedanken, wie sehr ich ihn vermissen würde, plötzlich ein Kloß in der Kehle.

Bären genießen den Ruf, hochintelligent zu sein. Sie hatten wohl die ganze Zeit über den Unterschlupf des kleinen Schwerenöters gekannt und brauchten jetzt nicht lange zu überlegen, wo sie nach der Knolle suchen mußten. Einen Bären würde es weniger als eine halbe Minute kosten, Ringos Versteck aufzureißen und den Waschbären in seine Einzelteile zu zerlegen. Selbst wenn sich Ringo nicht in seine Höhle geflüchtet hätte, gäbe es für ihn kein Entkommen, denn die Nasen der Bären würden ihn überall aufspüren.

Als Ringo sah, daß er in seiner eigenen Behausung in der Falle saß, beschloß er, die weiße Fahne zu hissen. Eben noch rechtzeitig gab er der magischen Knolle einen Schubs, so daß sie ans Ufer hinausrollte. Die Anführerin des Vergeltungskommandos schnappte sich die Kugel, wandte sich um und trottete friedlich zurück zur Schlummerwiese. Die restlichen sieben, die sich ihr anschlossen, warfen immer wieder drohende Blicke zum Waschbärenquartier zurück. Ihr Gebrumm war eine unmißverständliche Warnung davor, was geschehen könnte, falls dieser miese Wicht je wieder auf die Wahnsinnsidee käme, ihr geliebtes Spielzeug anzurühren. Bei der

Hitze an diesem Nachmittag fanden die Bären es wohl nicht der Mühe wert, Ringo eine ordentliche Tracht Prügel zu verabreichen.

Die Tatsache, daß es ihm gelungen war, den Kolossen ihr Allerheiligstes buchstäblich unter dem Hintern wegzuschnappen, gab Ringo enormen Auftrieb. Vermutlich hatte er das Ding vor allem deshalb gedreht, weil er sich nach seiner leidvollen Erfahrung mit Krähenschnäbeln und Fuchszähnen beweisen mußte, daß er trotz allem ein Ganove von Format war. Nach vollbrachter Tat wandte sich sein reger Geist nun anderen Dingen zu. Ich argwöhnte, daß es dabei um das Geheimnis ging, das seinem ungewöhnlichen Aufenthaltsort und seiner Lebensweise zugrunde lag. Meinem Eindruck nach mußte es etwas sein, das ihm seinen Seelenfrieden raubte und ihn nicht zur Ruhe kommen ließ.

Mehrere Tage hindurch unternahm Ringo ganz offenbar große Anstrengungen, mir etwas mitzuteilen. Immer wieder fing er an zu fiepen und zu winseln und zerrte an meinen Hosenbeinen. Als er merkte, daß ich überhaupt nicht begriff, was er von mir wollte, hüpfte er vor mir auf und ab wie ein Jo-Jo und kreischte dazu in schönster Schimpansenmanier. Sowie er sicher war, daß ich mich ehrlich anstrengte, den Sinn des ganzen Theaters zu ergründen, begann er zu keckern und zupfte mich sanft an den Haaren auf meinem Unterarm. Trotzdem verstand ich nicht, worauf er hinauswollte.

Am 27. Juli mußte ich ihn unbedingt zum Seeufer begleiten. Als ich endlich imstande war, diesen Teil seiner Botschaft zu entschlüsseln, nahm ich den Bergstock und stiefelte ihm nach.

Nach jedem kurzen Hopser über den feuchten Ufersand blieb er stehen, schnurrte und klatschte in die „Hände", um mir seine Begeisterung darüber zu zeigen, daß ich wenigstens ein bißchen was von seinem Gebrabbel begriffen hatte. Auf diese Weise führte er mich zu seiner Höhle am Abfluß des Sees, die ich bisher nur durch meine Beobachtungen mit dem Feldstecher kannte.

Im Sand vor seinem Zuhause, einer moosbewachsenen Mulde unter einem Granitfelsen, zeichneten sich frische Bärenspuren ab. Vielleicht waren die zornigen Halbstarken der Familie nachts zurückgekehrt, um ihn ein wenig durchzuwalken, damit er nicht gar zu sehr ins Kraut schoß.

Aber nicht nur die Bären, sondern auch Krähen, Füchse, Buschratten und zahllose Unbekannte waren vor Ringos Junggesellenbude auf und ab patrouilliert. Die kreuz und quer verlaufenden Fährten legten Zeugnis dafür ab, daß sich eine ganze Gläubigergemeinde an seiner Schwelle eingefunden hatte in der Hoffnung, gestohlenes Eigentum wiederzuerlangen.

Ringo erhob keine Einwände, als ich in seine Höhle griff und mir meine Tasse, meine Gabel, den Kugelschreiber, das Taschenmesser, den Zeltpflock und diverse Sicherheitsnadeln zurückeroberte. Mit seinem schicksalergebenen Schweigen schien er mir sagen zu wollen: Alle haben sich ihr Zeug zurückgeholt. Da kommt's jetzt auf deinen Krempel auch nicht mehr an!

Besonders zu denken gab mir die Entdeckung, daß rings um seine Mulde kein einziger Artgenosse hauste. Schon dieser Umstand mochte die Erklärung für seine geheimnisvolle Anwesenheit am Nicomensee enthalten. Wäre er kein von einer Kolonie Verstoßener gewesen, hätten sich Anhaltspunkte dafür finden müssen, daß wenigstens ein weiterer Waschbär in der Nähe der Höhle Quartier bezogen hatte.

Während ich neben ihm saß und sein lebhaftes Mienenspiel beobachtete, zermarterte ich mir das Hirn, welches Problem Ringo quälte ... und was er sich von mir erhoffte. Mehr denn je mußte ich annehmen, daß er zu Beginn der warmen Jahreszeit wegen Mordes, schweren Diebstahls an Artgenossen, Faulheit oder allgemeiner Niedertracht von seiner Sippschaft vertrieben worden war. Das sind die üblichen Verbrechen, derentwegen Waschbären den Laufpaß bekommen. Der Nicomensee war beim besten Willen kein Waschbärengebiet. Hierher in die Verbannung zu gehen, wo es so viele große, gefährliche Raubtiere, nur spärliches Futter und noch dazu ein widriges Klima gab, bedeutete noch vor September den beinahe sicheren Tod. Von den folgenden sechs Hungermonaten gar nicht zu reden. Im Januar würden bis zu fünf Meter Schnee die ebenen Flächen bedecken, und die Wächten würden noch höher sein. Kilometerweit gab es keinen hohlen Baum oder Strunk und daher für Ringo keine Höhle, in der er die schweren Winterstürme verschlafen könnte. Die feuchte, zugige Felsspalte hier würde ihm zum Verhängnis werden, da Waschbären keinen richtigen Winterschlaf in tiefer Erstarrung und mit herabgesetztem Stoffwechsel halten.

Ringos Einsiedlerleben am verlassenen Nicomensee hatte mich von Anfang an gewundert. Und ebenso widersinnig schien es, daß ein intelligentes wildes Tier mit normaler Überlebensfähigkeit sich ausgerechnet einen Menschen als Verbündeten wählte. Zwar schließen sich Waschbären bisweilen anderen Säugetieren an, um eine Symbiose, eine Partnerschaft zu gegenseitigem Nutzen, einzugehen, nicht aber Menschen. Unter den Tieren der Umgebung gab es dagegen durchaus solche Verbindungen: Eine Krähe führte einen Fuchs zu einem Kaninchenbau. Der Fuchs tötete zwei Kaninchen. Krähe und Fuchs hatten zu fressen.

Eine Zeitlang war ich fast davon überzeugt, daß Ringo von Menschen aufgezogen und später ausgesetzt worden war – ein Schicksal, das junge, als Hausgenossen angeschaffte Wildtiere häufig erleiden. Auf sich allein gestellt, sah er sich nicht nur seinem mysteriösen inneren Konflikt gegenüber, sondern auch unüberwindlichen Schwierigkeiten in dieser unbarmherzigen Umgebung. Überdies haßte er wie alle Waschbären die Einsamkeit. Ein Mensch war für ihn im Augenblick die einzige Lösung.

Ringo war klug genug, um seine Lage zu erkennen. Und so hängte er sich eben an einen zweibeinigen Gefährten, einen Homo sapiens, den er völlig richtig als gutmütigen Trottel einschätzte, auf den er sich verlassen und den er nach Belieben herumscheuchen konnte. Seltsam, woher die Biester so was so genau wissen!

III

NACH dem vertraulichen Ausflug zu seiner Höhle wurden wir endgültig dicke Freunde. Ringo mauste nie wieder heimlich etwas von meinen Vorräten oder meiner Ausrüstung. Mir schien, als bemühe er sich nun ehrlich, eine wahre Freundschaft aufzubauen, und ich schloß den munteren Kerl endgültig in mein Herz.

Um ihn nicht von mir abhängig zu machen, bot ich meine ganze Willensstärke auf und versorgte ihn nicht mehr so reichlich. Das ständige Schnorren an meiner Futterkrippe hätte ihn veranlassen können, sich überhaupt nicht mehr selbständig zu verpflegen. Außerdem wäre ihm durch die Abhängigkeit vom Menschen auch die Fähigkeit verlorengegangen, sich gegen seine natürlichen Feinde zu behaupten. Also teilte ich ihm von nun an nur noch äußerst knapp bemessene Rationen zu und streifte mit ihm durch Sumpfland und Hochmoor, wo er seine richtige Nahrung finden konnte: Insekten, Würmer, Beeren, Pilze, Frösche, Wassernattern und Fische. Beinah täglich gingen wir durch den Wald und hielten Ausschau nach Kletterahorntrieben und Moosbeeren.

Bei diesen Ausflügen flaute mein Interesse an Sasquatch-Spuren zunehmend ab, da die Gegend mir immer vertrauter wurde und ich mir kaum noch vorstellen konnte, daß hier Ungeheuer zu Hause wären. Trotzdem blieb ich bei der Stange und opferte regelmäßig eine gewisse Zeitspanne für meine ursprüngliche Aufgabe.

Ringo machte eher den Eindruck, als rechne er ständig mit dem Auftauchen irgendwelcher Monster. Schon die geringste Bewegung im Unterholz versetzte ihn in Angst und Schrecken. Daß die Gefahren meist nur in seiner Einbildung existierten, war dabei nebensächlich. In seinem Blick zeigte sich abgrundtiefe Furcht, und wenn wir zufällig auf einen Fischermarder, Kojoten oder Luchs stießen, reagierte er mit blankem Entsetzen. Vielleicht hatte es ihn stark verunsichert, daß ich ihn die Suppe, die er sich bei seinen Diebestouren eingebrockt hatte, alleine hatte auslöffeln lassen. Trotzdem erwiderte er meine Liebkosungen und erwartete geradezu, sie zu empfangen. Mag sein, daß er glaubte, mein einziger Lebenszweck bestehe darin, für sein Wohlergehen zu sorgen. Als Einzelgänger im Feindesland hatte er mich, ein für ihn harmloses Geschöpf, für sich beschlagnahmt und eine enge Beziehung geschaffen – ein Vertrauensverhältnis, das versprach, seine Ängste zu lindern. Ungeachtet seiner Motive und des Umstands, daß er eine rechte Nervensäge sein konnte, schmeichelte es mir, von einem in freier Wildbahn lebenden Tier zum Adoptivvater erwählt worden zu sein.

Kurz nach Ringos Bravourstückchen mit der Erdbeerbaumknolle kam es zu einer der merkwürdigsten Tierfreundschaften, die ich je in der Wildnis erlebt habe. Ringo bändelte mit einem Baumstachelschwein an, das ich Porky taufte.

Was die beiden an ihrem Kameradschaftsbund reizte, ist mir bis heute unklar. Meines Wissens ging es dabei nicht um gegenseitigen Profit. Waschbär und Baumstachler ernähren sich von grundverschiedenen Dingen. Ringo klapperte auf Nahrungssuche Sumpf und Wiesen ab, Porky suchte sich im dichten Wald junge Kiefern aus, die er hingebungsvoll entrindete. Ringo hatte sich an ein Leben bei Tageslicht angepaßt, Porky wurde in der Dämmerung aktiv und zwinkerte finster unter einer Last von dreißigtausend spitzen Borsten in die Welt. Seine geistigen Qualitäten waren kümmerlich wie die der meisten Nager. Ringo dagegen besaß eine schillernde Persönlichkeit – er war lebhaft, verspielt, gescheit. Eine Gemeinsamkeit hatten sie allerdings: Die Fleischfresser der Umgebung stellten sowohl für Ringo als auch für Porky eine gewisse Bedrohung dar, aber kein Kojote, Luchs oder Fischermarder hätte sich mit den zwei Kumpeln gleichzeitig eingelassen, und das besiegelte wohl ihre Freundschaft.

Ende Juli beobachtete ich Porky und Ringo oft. Ihre Lieblingsbeschäftigung bestand darin, auf einen Baum zu steigen, eine Stunde lang Seite an Seite auf einem Ast zu hocken und dabei Laute von sich zu geben, die fast so komisch wirkten wie der Anblick dieser holden Zweisamkeit. In einer an moderne Komponisten erinnernden Folge unmelodischer Töne gurgelten, brummelten und schnatterten die beiden munter drauflos und knirschten im Duett mit den Zähnen.

Wenn Ringo und ich uns abends auf die Suche nach Sasquatch-

Spuren begaben, stießen wir im Unterholz am Rande einer Espen-
gruppe häufig auf Porky. Bei solchen Gelegenheiten bemühte sich der
Waschbär sofort um ein seriöses Auftreten. Porky benahm sich
ohnehin immer ernsthaft und gesetzt. Sie ließen sich nieder, wie um
ihre endlose Unterhaltung in b-Moll wieder anzufangen, doch das
Gesumme und Gebrumme dauerte nur ein paar Minuten. Beim
Abschied von seinem Partner schien Ringo wachsamer, ja sogar
nervös, als hätten sich die beiden im Gespräch bestätigt, welch

tödliche Gefahr von ihren Feinden ausging. Das Ritual solcher
Zusammenkünfte änderte sich nie.

Leider konnte auch die Freundschaft mit Porky Ringos Ängste nicht
wesentlich mildern. Zu seinen speziellen Alpträumen gehörten die
heftigen Sommergewitter, die er wie die Pest fürchtete.

Die Sonne war am 30. Juli eben untergegangen, und turmhohe
schwarze Wolken begannen über die Gipfel der nahen Berge empor-
zuquellen. Es sah ganz nach einer unmittelbar bevorstehenden Sintflut
aus. Ich machte mich im Laufschritt zu Ringos Höhle auf, um ihn zu
beruhigen, aber mein Schützling kam mir schon auf halbem Weg
entgegen und gab mir durch allerhand Bewegungen zu verstehen, daß
wir uns in mein Zelt begeben sollten, das er für den wesentlich
geeigneteren Unterschlupf hielt.

Wir waren kaum hineingekrochen, als der erste Donnerschlag alles
rundum erzittern ließ. Ein heftiger Wind peitschte den ächzenden
Wald und wühlte den See auf. Gleich darauf spaltete ein Blitz eine

zweihundert Jahre alte Lärche ganz in der Nähe. Was von dem Baum
übrigblieb, fing Feuer, und als die Blitze immer schneller niederzuck-
ten, breitete sich Rauchgeruch in dem knochentrockenen Becken um
den See aus.

Auf unserer Seite des Sees gab es nur wenig Unterholz und am
hügeligen Ost- und Südufer so gut wie gar keines, doch im Westen,
wo die Schlucht des Similkameen-Flusses begann, wurde der Wald
dicht und bot jede Menge Brennmaterial – ein Pulverfaß aus Kiefern,
Fichten, Lärchen und Hemlocktannen. Verkohlte Baumstümpfe
erinnerten im ganzen Gebiet an die Waldbrände, die früher hier
gewütet hatten. Selbst wenn uns das Feuer verschonen sollte, konnte
uns der Qualm ersticken, der sich kilometerweit im Umkreis
entwickeln würde, falls es zu einem Inferno kam. Ganze Serien von
Blitzen, die direkt vor uns neue Flammen aufzüngeln ließen, und
ohrenbetäubend krachender Donner trieben den Waschbären und
mich unaufhaltsam an den Rand des Wahnsinns.

Auf dem watteweichen Schlafsack ausgestreckt, hörten wir Hagel-
körner niederprasseln, die kleinen Eiswürfeln glichen. Für Ringo war
es die Hölle. Er, der sonst liebend gern in jeden See, Teich oder Fluß
plumpste, hielt sich für tödlich verletzt, wenn ihn ein Regentröpfchen
oder gar ein winziges Hagelkörnchen traf.

Gluckend wie eine Bruthenne, kuschelte er sich an meine Helden-
brust, an die er bei jedem grellen Blitz und lauten Donnerschlag
wimmernd den Kopf preßte. Dazu bibberte er wie in einem akuten
Anfall von Schüttelfrost. Er klapperte mit den Zähnen und stöhnte, als
der Rauch etlicher Brandherde uns in der Kehle zu kratzen begann.
Endlich – endlich! – öffnete der Himmel seine Schleusen, ganze
Wasserwände stürzten herab und löschten die glosenden Feuer.

Gegen neun Uhr abends ließ das Toben draußen allmählich nach.
Wir krochen ins Freie, teilten uns brüderlich ein heißes Bohnenge-
richt, und dann folgte ich Ringo, der sich langsam am Ufer entlang zu
seiner Höhle trollte. Ich merkte, wie schwer es ihm fiel, auf ein
trockenes Plätzchen in meinem Daunenschlafsack zu verzichten. Die
Wolken hingen noch immer tief, und es war so finster, daß ich den
schweigsam dahinbummelnden kleinen Kerl alle paar Meter aus den
Augen verlor. Als ich mich setzte und ihn rief, sprang er auf meinen
Schoß, gluckste, miaute wie ein Kätzchen und schlang mir die
Vorderpfoten um den Leib. Mein Herz schmolz. Von da an nächtigte
er bei mir im Schlafsack.

Sosehr er engen körperlichen Kontakt genoß – Kraulen, Händchen-
halten, Streicheln –, sosehr zappelte er und wand sich wie ein Aal,
wenn ich ihn aufhob und ihn mir unter den Arm klemmte. Von einem

„anderen Tier" in den „Fängen" getragen zu werden war für ihn eine unerhörte Erniedrigung. Deshalb beschränkte ich diese Art der Beförderung nur auf Notfälle.

Wenn ihn das plötzliche Auftauchen irgendwelcher Waldbewohner erschreckte – und das war häufig der Fall –, kletterte er meist auf meine Schultern, machte es sich dort rittlings bequem und würgte mich mit den Hinterbeinen. Mit den „Händen" hielt er sich, merklich begeistert von seinem sicheren Logenplatz, an meinem Haar oder meinen Ohren fest. Auch wenn keine Gefahr drohte, pflegte er manchmal per Anhalter zu reisen, indem er sich einfach an meinen malträtierten Skalp klammerte und auf meinen Schultern umherhüpfte wie ein Gummiball. Für ihn war es ein Heidenspaß, mir dagegen bekam es weniger gut. Der Bursche hatte nämlich zugenommen. Ende Juli wog er an die siebzehn Kilo.

WÄHREND all der Zeit hatte ich die Suche nach Sasquatch-Spuren fortgesetzt. Freilich war mir bekannt, daß noch nie ein Wissenschaftler in der westlichen Hemisphäre zuverlässige Hinweise auf Hominiden★ gefunden hatte. Weder Skelette noch Fossilien noch sonstige, wie auch immer geartete Überbleibsel aus den Gebieten, wo man das Monster angeblich gesichtet hatte, können die Augenzeugenberichte untermauern. Kein Jäger hat je einen Sasquatch vor die Flinte gekriegt. Und etliche sehr überzeugende Fotos des Riesenaffen waren von maßgeblichen Autoritäten als Schwindel entlarvt worden: Es hatte sich um gestellte Aufnahmen in geliehenen oder hausgeschneiderten Kostümen gehandelt.

Ungeachtet der dürftigen Beweislage und meiner privaten Meinung, verlangte mein Gewissen, daß ich die gesamte Region gründlich absuchte. Meine Brötchengeber wären kaum erbaut gewesen, wenn ich ihnen die Erlebnisse mit einem diebischen Waschbären als Ersatz für die Gipsabdrücke wesentlich spektakulärerer Sasquatch-Spuren auftischte.

Anfang August war ich zu dem Schluß gekommen, daß der Riesenaffe unter der Rubrik Jägerlatein eingeordnet werden mußte. Doch angesichts der Rechtschaffenheit jener Leute, auf deren Geheiß ich mich hier befand, war ich noch nicht gewillt, den lieblichen Mythos zur ewigen Ruhe zu betten. Daher verstärkte ich meine Bemühungen, und das hatte zur Folge, daß auch Ringo seine Streifzüge ausdehnte. Wenn er dann erst spät in der Nacht heimkehrte,

---

★ Familie der Menschenartigen, sowohl die heute noch lebenden wie die ausgestorbenen Rassen

hob er einfach den Saum des Moskitonetzes, schlich, während ich schlief, auf leisen Sohlen ins Zelt und erschreckte mich fast zu Tode, indem er mir einen Finger ins Ohr bohrte oder mich in die Nase zwickte. Ich gab ihm durch eine Ohrfeige zu verstehen, daß diese Unverschämtheit ihm die nähere Bekanntschaft mit einem Ahornstock eintragen könnte, aber er muß angenommen haben, daß ich die Drohung nicht wahrmachen würde. Es gab nämlich Nächte, in denen er ohne jede Vorwarnung in den Schlafsack kroch. Dann spielten plötzlich zehn kalte, feuchte und schmierige Finger und zehn ebensolche Zehen auf meinem nackten Rücken Klavier und schmückten ihn mit Drecktappen.

Trotz dieser Unannehmlichkeiten sah ich es mit Genugtuung, daß Ringo auch weiterhin seine abendlichen Streifzüge unternahm und so selbst für sein Futter sorgte. Als jedoch die Augustnächte am Nicomensee kalt und regnerisch wurden, verzichtete mein Schützling immer häufiger auf seine Mondscheinausflüge. Ich konnte ihm dies nicht übelnehmen. Sich für einen trockenen Schlafsack und einen warmen Bettgenossen zu entscheiden war zweifellos vernünftiger, als mit knurrendem Magen durch die Kälte zu schleichen und sich den Raubtieren zum Fraß anzubieten.

Wenn draußen der Sturm ums Zelt heulte, wurden die Abende so richtig gemütlich. Ringo brachte mir bei, mit ihm sein einziges „Lied" zu brummen, während ich im Licht der Taschenlampe seinen dicken Pelz nach Flöhen und Zecken absuchte, bevor er in den Schlafsack durfte. Nie kam er dabei auf den Gedanken, daß ich ihm diesen Liebesdienst aus purem Eigennutz erwies.

Sobald ich den Reißverschluß zuzog, streckte er sich zu seiner vollen Länge aus und kuschelte sich eng an meine Brust und meinen Bauch. Er bewegte sich kaum, bis seine innere Uhr ihm sagte, daß es dämmerte. Die Aussicht auf Futter und neue Abenteuer war reizvoller als der Luxus warmer Geborgenheit – sofern es nicht regnete.

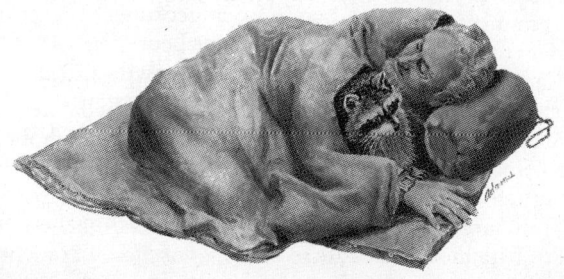

EIN GAUNER VON FORMAT

Das unwirtliche Wetter der ersten Augusthälfte ließ uns seelisch noch enger zusammenrücken. Wir verschlummerten Regenschauer und triefnassen Nebel, warteten schlotternd, bis Gewitter vorüberzogen, und unternahmen dann weite Ausflüge, um die verlorene Zeit wettzumachen. Ringo plünderte die Vorratskammern von Backen- und Eichhörnchen, und ich schaute tatenlos zu. Mein schlechtes Gewissen beruhigte ich, indem ich mir einredete, dies sei eben der Lauf der Natur. Tiere bestehlen einander, seit die ersten Lebewesen durch den Urschlamm gekrochen sind.

Manchmal saß Ringo ruhig mit mir auf einem vermodernden Baumstumpf im Wald des Canyons. Wie gut er mir die Gedanken von den Augen ablas! Das Auge ist der Spiegel der Seele – ob beim Waschbären oder beim Menschen. Und in seinen Blicken las ich, wie gern er mich hatte.

Während ich mit Ringo an meiner Seite nach dem Riesenaffenphantom suchte, hielt ich ständig auch Ausschau, ob sich einer von Ringos natürlichen Feinden in der Nähe aufhielt. Selbstverständlich war dies unsinnig, denn es untergrub die angeborene Wachsamkeit des Waschbären. Bei dem vertrauten Umgang, der sich zwischen mir und diesem liebenswerten Schwerenöter ergeben hatte, vergaß ich allzu leicht, daß Ringo ein Geschöpf der Wildnis war.

In lichten Momenten mahnte ich mich zu mehr Abstand und bemühte mich redlich zu verhindern, daß sich unsere Freundschaft verhängnisvoll auf seine Unabhängigkeit auswirkte, da der Tag meiner Abreise unvermeidlich näher rückte. Wenn ich mein Notizbuch zur Hand nahm und über solche Zusammenhänge nachdachte, kam es oft vor, daß Ringo mir einen Pilz, die Knolle einer wilden Zwiebel oder eine sich krümmende Wassernatter brachte. Seine kleinen Gaben sollten vielleicht eine Art Rückerstattung für meinen Beitrag zu unserer Interessengemeinschaft sein. Daneben hatte ich aber auch den leisen Verdacht, daß solche Geschenke ein „Vorschuß" auf noch zu leistende Dienste sein könnten. Eines war mir jedenfalls klar: Wenn's ums Klauen und Bestechen ging, konnte es so schnell keiner mit einem Waschbären aufnehmen.

In der Nacht zum 16. August erwachte ich plötzlich und vermochte danach keinen Schlaf zu finden. Bedrückende Gedanken, die ich während eineinhalb sorgenfreier Monate beiseite geschoben hatte, ließen mir keine Ruhe mehr.

Ursprünglich hatten mir meine Auftraggeber höchstens eine Frist bis Ende Juli zugebilligt, um Gipsabdrücke zu machen, falls ein Sasquatch vor meinem Zelt aufkreuzte. Inzwischen war nicht nur der ganze Juli, sondern auch der halbe August vergangen, und mir kam plötzlich zu Bewußtsein, daß meine Lebensmittelvorräte sich ebenso verflüchtigt hatten wie die Zeit. Aber ich konnte doch auf keinen Fall von hier fortgehen und Ringo seinen unzähligen Feinden überlassen! Der schlaue kleine Racker hatte sich hier am See nach Kräften unbeliebt gemacht. Ohne den militärischen Rückhalt durch meinen Bergstock, die Steine, die ich schleuderte, und mein Gebrüll würde nach meinem Aufbruch unweigerlich ein katastrophales Strafgericht über ihn hereinbrechen.

Voller Tatendrang hatten ein alter Fischermarder und der bereits bekannte ältere Kojote einen Seniorenklub gegründet, der sich ausschließlich einem gemeinsamen Ziel verschrieben hatte: der Waschbärenjagd! Auch das Damwild haßte Ringo, weil er sich einen Spaß daraus machte, geräuschlos heranzupirschen, dann wie ein Springteufel vor ihnen aufzutauchen und sie zu erschrecken. Aus ähnlichem Grund hatten auch die Dickhornschafe ein Hühnchen mit meinem Freund zu rupfen. Wenn ich meine schützende Hand von ihm abzog, mußte der Gute also damit rechnen, daß sich sämtliche Huftiere gegen ihn zusammenrotteten.

Außer der Heerschar von Tieren, die eine Rechnung mit ihm begleichen wollten, würde Ringo bald auch von Väterchen Frost in die Zange genommen werden. Daher blieb mir am 16. August keine andere Wahl, als mich zum Vorrätefassen in die nächste Stadt zu begeben. Um vier Uhr morgens bereits – Ringo schnarchte noch gemütlich im Zelt – machte ich mich leise davon. Bei Sonnenaufgang hatte ich schon den halben Fußweg zum Tal des Similkameen-Flusses zurückgelegt.

Auf der Landstraße im Tal reagierte ein Fernfahrer auf mein Winken und nahm mich bis Princeton mit. Ein Gemischtwarenhändler füllte meinen Rucksack mit Proviant und stopfte zum Abschluß noch Zuckerstangen, Nüsse und Rosinen hinein, die meinem naschhaften Dauergast großes Entzücken bereiten würden. Dann rief ich die Sasquatch-Fans in Südkalifornien an. Ich erhielt die Erlaubnis, die Suche in der Nicomen-Region noch fünf oder sechs Wochen weiterzubetreiben – allerdings auf meine eigenen Kosten. Im Handumdrehen hatte ich wieder einen mitleidigen Autofahrer aufgetrieben, der mich bis zum Bergpfad mitnahm, doch der Rückmarsch dauerte dann bis tief in die Nacht hinein. Das schummrige Licht der Mondsichel machte den Pfad zwar halbwegs erkennbar, aber nicht weniger mühsam zu bewältigen. Der verwünschte Rucksack wog nämlich über zwanzig Kilo.

Noch bevor ich das Lager erreichte, rief ich Ringos Namen, doch der Waschbär war während meiner fast vierundzwanzigstündigen Abwesenheit verschwunden. Es war drei Uhr morgens. Die Luft war eisig und reglos, und ein gespenstischer Nebel verhüllte den See. Ich hängte den Rucksack an einen dicken Ast und kroch ins Zelt. Mein letzter besorgter Gedanke galt dem verschollenen Racker. Dann fiel ich in den tiefen Schlaf totaler Erschöpfung.

Ich lag wohlig sägend auf dem Rücken, als mich kurz vor Tagesanbruch zwei Hände brutal an den Ohren packten und mir den Kopf niederdrückten. Zugleich vollführte jemand einen wilden Kriegstanz auf meinem Bauch.

Selbst unter solchen Folterqualen wurde ich nur langsam wach. Als Zelt und Waschbär allmählich Konturen annahmen, schrie ich aus voller Kehle: „Aufhören, du Miststück! Und wenn du das je wieder tust, zieh ich dir bei lebendigem Leib das Fell ab, das schwör ich dir!"

Gänzlich unbeeindruckt schlang mir der Gauner die Arme um den Hals und zog mir zärtlich seine schlabbrige Zunge quer übers Gesicht. Eine Weile zwang ich mich, noch hart zu bleiben und ihm diesen gräßlichen Empfang nicht gleich zu vergeben. Doch meine guten Vorsätze waren der stürmischen Wiedersehensfreude nicht gewachsen, und ich mußte lachen, daß mir die Tränen über die Wangen liefen. Ich bin sicher, er lachte auf seine Weise auch. In jenem Sommer kamen wir überhaupt auf eine phantastische Zahl von Lachstunden.

Die Sonne brachte an den Tag, was Ringo zu solch heftigen Liebesbeweisen angespornt hatte. Es galt, eine gewaltige Kastanie aus dem Feuer zu holen. Vom Zelt aus sah ich, dicht hinter meinem Munitionsdepot – einem sauber aufgeschichteten Haufen von handlichen Steinen – ein Rudel Kojoten stumm ums Lager paradieren. In meiner Abwesenheit hatte Ringo wahrscheinlich die meiste Zeit über den höchsten Ast einer Kiefer angewärmt. Ein Kojote allein hätte es sich dreimal überlegt, sich mit einem kräftigen Waschbärenmännchen anzulegen, aber die stattlichen sieben da drüben konnten Ringo in ein schmackhaftes Mahl verwandeln. Trotzdem fragte ich mich, ob allein dieser Wunsch die „sieben Aufrechten" veranlaßt hatte, sich hier zusammenzurotten.

Die Antwort ließ nicht lange auf sich warten. Ein dünner Klagelaut, der klang, als kratze jemand auf der Geige das hohe C, lenkte meine Aufmerksamkeit auf eine massige Kiefer hinter dem Zelt. Gleich darauf ertönte das Wimmern wieder und lockte mich dorthin. Die Belagerer erstarrten und ließen ein drohendes Knurren ertönen. Bei sorgfältiger Prüfung der „Wimmerkiefer" entdeckte ich zwei Knopfaugen, die von einem Ast in halber Höhe herabspähten.

Unmöglich! Ein zwei Kilo schwerer Kojotensprößling auf einem Baum? Kein ausgewachsener Kojote konnte auf einen Baum klettern, geschweige denn ein junger..., es sei denn, die Schubkraft eines Waschbären hätte ein bißchen nachgeholfen.

Ich brauchte kaum fünf Minuten, um die Kiefer zu erklimmen, den fauchenden, beißenden, kratzenden Welpen zu packen und der Mutter ihren mißgelaunten Balg zurückzugeben.

Ringo, der „Kindesentführer", saß vor dem Zelteingang und widmete sich in aller Unschuld der Maniküre seiner Fingernägel.

Nun hätten die aufgebrachten Kojoten nach der glücklichen Wiedervereinigung von Mutter und Kind eigentlich verduften sollen, aber sie blieben hartnäckig in unserer Nähe. In knapp zehn Meter Entfernung strichen sie nervös ums Lager. Ringo wich mir keinen Zentimeter von der Seite.

Nach dem Frühstück war meine Geduld zu Ende. Mit einem halben Dutzend Steinen bewaffnet, nahm ich den anscheinend ältesten, langsamsten und erbostesten Rüden – offenbar war es der Großpapa – aufs Korn. Die Überraschungstaktik hatte Erfolg. Ich erwischte den wütenden alten Herrn in einem unaufmerksamen Moment und bombardierte ihn, bis er jaulend Reißaus nahm. Das Rudel gab für diesmal den Kampf verloren und verschwand in Richtung Similkameen-Tal.

Ich wundere mich bis heute, wie es Ringo gelungen sein mag, den Kojotensprößling auf den Baum zu befördern. Vermutlich packte er den Burschen am Genick und trug ihn im Maul, genauso wie es die Mutter zu ebener Erde tat. So waren ihm vier Hände zum Klettern frei geblieben.

Obwohl die Kojotenmeute sich einstweilen fern von unserem Lager herumtrieb, plagte Ringo noch immer die Angst. Abends, wenn andere Tiere im Schein unseres Lagerfeuers ums Camp schlichen, sträubte er immer wieder sein Rückenhaar. Sein Schreckensschrei, wenn die Waldkäuze uns vom Geäst herab in der Dämmerung anbuhten, war durchzittert von Grauen, und auch sein Gebrabbel hatte den Beiklang von Panik. Wie sein Sehvermögen und sein Geruchssinn war auch sein Gehör hervorragend ausgebildet. Es ist eine bekannte Tatsache, daß die Tiere mit den schärfsten Sinnen oft unter einem chronischen Angsttrauma leiden. Überängstliche und bedrohte Tiere leben dank ihrer Vorsicht am längsten.

In der Wildnis kann eine Waschbärengruppe beinah jedem Angriff Widerstand leisten. Die bis zu achtzehn Kilo schweren Männchen fügen Jagdhunden, die dumm genug sind, Familienverbände zu

überfallen, tödliche Wunden zu. Es wird sogar von Waschbärenpär-
chen berichtet, die gemeinsam einem jagenden Puma auflauerten und
ihn erledigten.

Um topfit für eventuelle Kämpfe zu bleiben, absolvierte Ringo ein
hartes Dauertraining. Nur ein Fischermarder konnte ihn im Klettern
übertreffen. Nur Otter und Biber schwammen schneller als er. Er
lebte wie ein Gesundheitsapostel – regelmäßige Bäder und ausgegli-
chene Kost, kombiniert mit viel Ruhe. Da Waschbären in Kolonien
hausen, scheinen sie übermäßig viel Zeit mit geselligen Veranstaltungen zu verbringen. Wassersport, Ringkämpfe und Wettläufe stehen
auf der Tagesordnung und dienen offenbar der körperlichen Ertüchti-
gung.

Obwohl Ringos Tischmanieren sich nicht gebessert hatten und er
wie eh und je zu allerhand Unfug neigte, kam ich doch in den Genuß
einiger guter Sitten, die das Zusammenleben in Waschbärenkolonien
mit sich bringt. Ringo leckte meine Hand zum Zeichen der
Dankbarkeit für besondere Köstlichkeiten, schnappte mir beim Essen
zwar gewisse unwiderstehliche Bissen weg, sprang jedoch, wenn ich
angelte, nie ins Wasser, um eine am Haken zappelnde Forelle zu
packen. Und beim Wandern trieb er mich nie an, wenn ich
verschnaufen wollte, obwohl er selbst praktisch unermüdlich war. In
der richtigen Stimmung war er so rücksichtsvoll, so betörend
charmant, daß ich nicht umhinkonnte, ihm viele seiner Streiche und
schäbigen Tricks nachzusehen.

IN DER Eintragung vom 20. August bezeichnete ich in meinem
Notizbuch bestimmte Glanzpunkte unserer täglichen Streifzüge als
„einen Regenbogen weben", ein Ausdruck, den ich gerne erläutern
will. Zum Beispiel fanden wir beide großen Gefallen am Geruch, den
der warme Waldboden, die eßbaren Pilze, süßen Beeren oder
duftenden Lilien verströmten. Immer wieder schnüffelte Ringo an den
Blüten, um sich daran zu berauschen. Wir blieben stehen und
beobachteten einen Adler, wie er reglos hoch in der Luft dahin-
schwebte und dann mit atemberaubender Präzision auf seine Beute
niederstieß. Während die großen Raubtiere schliefen, räkelte ich mich
mit der träg blinzelnden Pelzkugel an meiner Seite auf den letzten
weichen Kissen von Wintergrün und Melisse ... Unser sorgloses
Dasein erinnerte mich an Ralph Hodgsons schönes Gedicht:

> Ob eines Regenbogens müßig bunte Weile,
> Ob kleiner Wellen emsig laute Eile –
> Gott liebt sie beide.

Der größte Quell der Freude aber war das Vertrauen und die Freundschaft, die Ringo und mich verbanden. Mit freundlichem Gebrumm und Küssen, deren Hauch jedem Komposthaufen zur Ehre gereicht hätte, belohnte er mich für die Geborgenheit, die unsere Verbindung ihm schenkte.

Ringos Launen waren immer spontan, abwechslungsreich und meist überraschend. Nach einem Fehlschlag war er so griesgrämig wie ein in Gefangenschaft geratener Luchs. Jedes gelungene Ganovenstück feierte er mit ausgelassener Freude und tollte, durch den Erfolg ganz aufgedreht, herum wie ein Kind. Wenn er sich der Melancholie hingab, weil etwas nicht nach Wunsch verlaufen war, bot er ein Bild des Jammers. Manchmal wirkte er bedrückt und elend, als hätte er Heimweh nach seinen Gefährten. Trotzdem woben wir aus unseren Stimmungen und Erlebnissen immer wieder einen Regenbogen.

IV

WÄHREND der Waschbär und ich uns in schillernde Träume einspannen, schickte die kalte Jahreszeit ihre Vorboten mit einer märchenhaften Farbpalette in unser Reich. In der letzten Augustwoche trug jede Bergwiese ein buntes Herbstkleid. Der Nachtfrost stahl sich in den Tag hinein, und als der September kam, zerstörte die Realität unerbittlich unser Gespinst aus Spiel und Spaß.

Die Zeit schritt mit Siebenmeilenstiefeln voran, und die Suche nach einer passenden Höhle, in der Ringo die Winterstürme verschlafen konnte, wurde dringlicher, da alles, wovon er sich in freier Wildbahn ernährte, unaufhaltsam verschwand. Auch die großen Räuber begannen den Stachel des Hungers zu spüren. Luchs, Vielfraß und Puma waren nun ernsthaft hinter schmackhaftem Waschbärenfleisch her. Manchmal ignorierten sie glatt meine Gegenwart, bis ich mein Kriegsgeschrei erschallen und die Steinartillerie in Aktion treten ließ. Dann erklomm Ringo meine Schultern, indem er sich am Bergstock festhielt und wie ein Stabhochspringer aufschwang. Sein Beitrag zu unserer Verteidigung beschränkte sich darauf, daß er fauchte und abwechselnd die „Fäuste" schüttelte.

Am späten Vormittag des 2. September wanderten wir beide gemächlich im Nicomen-Creek-Canyon dahin – fast einen Kilometer unterhalb des Sees – und drehten auf der Suche nach Wasserwanzen und Schlammfliegenlarven da und dort einen Stein um. Ringo machte den Eindruck, als wolle er demnächst sein großes Geheimnis enthüllen. Er begann in höchst vertraulicher Weise zu schnurren. Vielleicht beabsichtigte er, mich zu einer fernen Kolonie seiner Brüder zu führen. In genau diesem Moment registrierte ich aus den Augenwinkeln eine winzige Bewegung, so leicht, als fiele ein Eiskristall von einem Blatt. Direkt über uns duckte sich, keine zwei Meter entfernt, auf einem Felsblock ein hungriger Luchs zum Sprung!

Ohne zu merken, daß ich die gefährliche Raubkatze schon gesehen hatte, erstarrte Ringo und ließ im Duett mit dem warnenden Schrei eines kanadischen Unglückshähers seine Alarmsirene ertönen.

Noch während sich der geschmeidige Körper des Angreifers spannte, ergriff ich gedankenschnell einen Stein und schleuderte ihn mit ganzer Kraft nach ihm. Dazu brüllte ich wie Tarzan in seinen besten Zeiten. Das Geschoß prallte dumpf gegen den Brustkorb der großen Katze. Mit einem schrillen Jaulen, bei dem selbst Dracula das Blut in den Adern gefroren wäre, sprang der Luchs etwa einen Meter hoch in die Luft. Ich packte meinen knorrigen Bergstock fester, um mich für seinen Angriff zu rüsten, obwohl ich genau wußte, daß ich ihn damit bestenfalls ein bißchen kitzeln konnte. Aber zum Glück für uns beide überlegte er es sich anders, drehte sich zweimal um die eigene Achse und flüchtete in langen Sätzen aus dem Canyon. Das war eben noch mal gutgegangen. Trotzdem zitterten wir beide am ganzen Leib. Der unheimliche Zwischenfall zeigte, daß es mit „Regenbogenweben" für uns endgültig vorbei war.

IN DER ersten Septemberwoche war ich zutiefst beunruhigt. Ringo weigerte sich als wohl einziges Tier im ganzen Gebiet, Vorbereitungen für den Winter zu treffen. Dickbäuchig, wie er war, konnte er vielleicht zwei Schlechtwetterwochen verschlafen..., vorausgesetzt, daß er ein kältefestes Quartier besaß. Danach würde er jedoch gezwungen sein, aufzuwachen und ins Freie zu gehen, um eine kräftige Mahlzeit aufzutreiben. Aber in dieser Höhe würde alles, wovon er sich zu ernähren pflegte, unter mehreren Metern Schnee begraben liegen. Und im Nicomen-Becken gab es kein kältefestes Waschbärendomizil. Leider mußte ich aus Ringos Verhalten schließen, daß er die lästigen Alltagssorgen schon lange auf mich abgewälzt hatte. Sollte ich mir ruhig den Kopf zerbrechen, ihm stand der Sinn mehr nach Jux und Vergnügungen. Und wenn dem Gauner mal kein neuer Unfug einfiel, putzte er sich vergnüglich Fell und Fingernägel, während ich über Futter- und Unterkunftsproblemen brütete.

Am 10. September wurde der eitle Fatzke bei seiner Maniküre jedoch empfindlich gestört. An unserem Lagerplatz hatte sich eine Meute Eichhörnchen eingestellt, die ein Heidenspektakel veranstalteten. Sie bellten und keckerten ununterbrochen, und bei dem ständigen

Lärm verlor Ringo die Beherrschung. Er schrie vor Wut, erkannte aber bald, daß es nur eine Möglichkeit gab, den Plagegeistern zu entrinnen – die bedingungslose Flucht.

Mit der Schnelligkeit eines gereizten Pavians stürzte er zu mir, packte mein Hosenbein und bettelte darum, den unerträglich lauten Ort zu verlassen, bevor er den Verstand verlor. Seine angegriffenen Nerven trieben ihn zu solcher Eile, daß ich kaum mit ihm Schritt halten konnte, als er am Ufer entlangflitzte. Schnurstracks hastete er zum Canyon hinab und genau auf die Stelle zu, wo uns um Haaresbreite der Luchs am Wickel gepackt hätte.

Als wir zu dem Felsblock kamen, der dem Schurken als Hochsitz gedient hatte, stieg Ringo sicherheitshalber auf meine Schultern und nahm rittlings in meinem Genick Platz. Er riß mir die Mütze ab, damit er sich an meinem Skalp festhalten konnte, und schnurrte dann wie ein Kätzchen, während er mir die Sporen gab und mich durch den Canyon trieb. Knapp einen Kilometer vom Schauplatz unserer Begegnung mit dem Luchs entfernt, blieb ich stehen, um zu rasten, aber Ringo brummte und trillerte, plapperte und zischte, bis ich mich wieder in Bewegung setzte. Zum erstenmal gönnte er mir keine Pause. Ich hatte keine Ahnung, wohin er wollte. Hauptsache, er wußte es. Jedenfalls mußte ich weiter. Erbarmungslos trieb er mich in gestrecktem Galopp, indem er mich an Bart und Haaren riß und mich in die Ohren kniff. Zu allem Überfluß trommelte er dazu noch auf meine Schädeldecke ein, als müsse er die Begleitung zu einem wüsten Kriegstanz schlagen.

Nachdem ich eine Weile durch das Gestrüpp vorangestürmt war, gelangte mein wilder Reiter zu der Einsicht, daß das Geholper auf meinen Schultern, bei dem ihm ständig Zweige ins Gesicht klatschten, keine optimale Beförderungsart war. Zu meiner Erleichterung stieg er aus dem Sattel, hielt sich mit einer „Hand" an meiner Hose fest und schleppte mich durch die Schlucht in eine feuchte, modrig riechende Gegend, die wir noch nie gemeinsam erkundet hatten.

Je weiter wir in den Nicomen-Canyon vordrangen, desto dichter wurde der Wald. Riesige Lärchen, Hemlocktannen und Fichten drängten hinauf ans Sonnenlicht. Der Feldahorn verschränkte seine Zweige mit den Ranken von Bocksdorn-, Feuerdorn- und wilden Stachelbeerbüschen zu einem stachligen Dickicht. Der Marsch wurde ein mühsames Stapfen über glitschigen, weichen Boden, stinkendes Moos und schleimige Pilze. Dutzende farnüberwucherte Baumstämme versperrten uns den Weg. Wir ackerten uns durch einen verfilzten, fauligen Urwald. Um mich anzufeuern, zerrte Ringo an meinen Jeans und stieß mich in die Kniekehlen, was meinem schnellen

Vorankommen, an dem ihm so sehr gelegen schien, nicht unbedingt
förderlich war. Doch ein unwiderstehlicher Drang schien ihn zu
immer größerer Hast anzutreiben.

SCHLIESSLICH erreichten wir den Skaist, einen über drei Kilometer
vom Nicomensee entfernten Fluß. Vor Hunderten von Jahren hatte
am gegenüberliegenden Ufer des seichten Flußbetts eine Gruppe von
alten Balsampappeln die Kiefern verdrängt. An diesem schönen
Herbsttag sickerte helles Sonnenlicht durch das gelbe Laub. Wir
überquerten einen breiten Riedgrasstreifen und gingen dann durch
breiigen Morast aufs Flußbett zu. Als wir durch den Schlamm
planschten, sah ich unzählige Waschbärenspuren – Ringos Kolonie!
   Endlich hatte er sein Geheimnis preisgegeben.
   Mit gesträubtem Fell, wodurch er fast doppelt so groß wirkte,
übernahm der kleine Bandit nun tollkühn die Führung. Wie ein
Preisboxer, der finster entschlossen in den Ring steigt, marschierte er
wacker voran und stieß dabei ein lautes, hohes Kriegsgeschrei aus.
   Drüben am anderen Ufer glitten fünf Waschbärenmännchen aus
hohlen Pappelstämmen hervor, stolzierten ans Wasser, stellten sich in
Positur und ließen ihre buschigen, schwarzberingten Schwänze wie
Peitschen hin- und herschnellen. Fünf häßliche, aufgerissene Mäuler
zeigten imposante Reißzähne. Die großen Kerle schwenkten die
Köpfe vor und zurück wie Schiffchen auf einem Webstuhl. Diese
Militärparade der Muskelprotze am anderen Ufer war nicht gerade
eine Aufforderung zu einem harmlosen Tanz. Warum, um alles in der
Welt, fragte ich mich, wollte es der kleine Narr gleich mit fünf solcher
Kampfmaschinen aufnehmen, die noch dazu Heimvorteil genossen?
Sie würden Hackfleisch aus ihm machen.
   Allmählich dämmerte auch Ringo, worauf er sich da eingelassen
hatte. Nachdem er die gegnerische Streitmacht rasch taxiert hatte,
nahm er diskret Abschied von seinen Feldzugplänen. Sein schrilles
Kriegsgeschrei ging in ein kleinlautes Piepsen über, die gesträubten
Deckhaare knickten um wie Weizenhalme in einem Tornado, und sein
angriffslustiges Hinundhergeschlingere verwandelte sich in ein sanftes
Wiegen, als wolle er bloß den juckenden Bauch am Boden reiben. Der
Schrecken vom Nicomensee kletterte plötzlich in verräterischer Eile
auf meine Schultern. So offenbarte sich sein wahrer Charakter: Er war
ein Papiertiger!
   Freilich darf nicht vergessen werden, daß die meisten von Ringos
Ängsten von dem psychischen Druck herrührten, den das Leben in der
Verbannung bei einem solch geselligen Tier auslösen mußte. Seine
zunächst so forsche Annäherung an die Waschbärenkolonie hatte mir

überdies bewiesen, daß Ringo nicht in menschlicher Obhut aufgewachsen war. Jeder zahme Waschbär reagiert nämlich mit panischer Angst, sobald ihn auch nur der Geruch seiner wilden Artgenossen erreicht. Überhaupt war die Begegnung sehr aufschlußreich. Der Aufmarsch des feindseligen Empfangskomitees bedeutete nämlich, daß Ringo tatsächlich wegen irgendeines Vergehens aus der Kolonie ausgeschlossen worden war. Und fürs erste schien er auch von seinen Heimkehrbestrebungen kuriert zu sein. Mit Hilfe der Zeichen- und Lautsprache, die wir entwickelt hatten, gab er mir deutlich zu verstehen, daß ich ihn schleunigst zum See zurücktransportieren solle.

AM NÄCHSTEN Tag nahmen wir unsere alltäglichen Gepflogenheiten wieder auf, aber der unerbittlich näher rückende Winter begann unserer sorglosen Lebensweise ein Ende zu setzen. Der Himmel über dem See war nun mit geschwätzigen Wasservögeln bevölkert, die in Schwärmen zu den Lagunen der mexikanischen Küste zogen. Gemächlich wanderte am Ende der zweiten Septemberwoche das Damwild aus dem Hochland an unserem Lager vorbei und führte den Nachwuchs zu tiefer gelegenen Weideflächen, wo in den nächsten Monaten keine so undurchdringliche Schneedecke liegen würde.

Das besorgniserregendste Anzeichen aber, das auf einen frühen Winter hinwies, traf unerwartet in Form eines nordwestlichen Wirbelsturms vom Alaska-Golf ein. Der Frost fegte im Handumdrehen die Laubbäume kahl und ließ die Bergwiesen erstarren. Der Abendhimmel glühte in feurigem Purpur. Schafgarbe, Berufskraut und Goldrute verschwanden nun endgültig von den Hängen, alle frühere Pracht wich dem Grau des Winters, und ich begann mich wie ein Verbannter zu fühlen.

ANGESICHTS der bitteren Kälte und der Tatsache, daß mein kleiner Freund wirklich aus Waschbärhausen vertrieben worden war, faßte ich den Entschluß, ihn in den Sümpfen und schützenden Wäldern des Similkameen-Tales wieder anzusiedeln. Beim ersten heftigen Schlechtwettereinbruch wollte ich meinen Plan ausführen, aber bis dahin noch so lange wie möglich mit Ringo an unserem geliebten See bleiben.

Am 15. September räkelte sich das ganze weite Gebiet des Manning Parks in einem überraschend milden Nachsommer. Kein Wind, kein Regen, kein Frost – das bedeutete eine Galgenfrist für Ringos Nahrungsversorgung, falls er eine Schar lauernder Feinde daran hindern konnte, ihm den Garaus zu machen.

Ich bezweifelte, daß es eine Chance gab, in naher Zukunft einen

Friedensvertrag mit seiner Kolonie herbeizuführen. Wird ein Waschbär erst einmal verstoßen, kehrt er nur selten in denselben Clan zurück, weil seine Rückkehr eine komplette Umkrempelung der sozialen Hierarchie nach sich ziehen würde. In einer Kolonie herrscht eine geradezu militärisch stramme Rangordnung, die sogenannte Hackordnung, ein Begriff, der ursprünglich vom Federvieh stammt und hier fest umrissene Tret- und Beißrechte bezeichnet. Der ranghöchste Waschbär, Alpha, kann jeden verdreschen, aber kein anderer wagt es, ihn anzutasten. Beta darf alle knuffen bis auf Alpha. Gamma kann seinerseits wieder jeden außer Alpha und Beta vermöbeln ... und so weiter bis zum Schlußlicht, dem armen Omega, der keine Rechte besitzt und mit unterwürfigem Grinsen den Prügelknaben spielen muß. In zahlreichen Vogelscharen, Herden und Kolonien hat die Hackordnung wenig mit Größe, Alter oder Familienstand zu tun. Und bei den Waschbären bestimmen ausschließlich Charaktertugenden wie Intelligenz, Führungsqualitäten und persönliche Ausstrahlung die gesellschaftliche Karriere. Das kräftigste junge Männchen kann ohne weiteres ganz unten rangieren, während ein mickriges altes Weibchen jahrelang einen Alpha- oder Betaposten behauptet.

Aufgrund verschiedener Indizien hielt ich es für unwahrscheinlich, daß Ringo in der Siedlung am Skaist eine gehobene Position eingenommen hatte. Er war ein Rebell, dem es im Blut lag, gegen die Regeln aufzubegehren und so seine Befugnisse zu überschreiten. Ein Waschbär, der mehr stiehlt, als er tragen kann, fordert Vergeltungsmaßnahmen heraus und bringt die Gemeinschaft in Gefahr. Vielleicht hatte Ringo übertrieben lange Finger gemacht und ihm war deshalb „gekündigt" worden. Seine Eitelkeit ließ außerdem darauf schließen, daß er ein Casanova war, der sich an die Herzdamen seiner Kollegen herangemacht hatte. Mit derlei Eskapaden verschafft man sich in einer Waschbärenkolonie jedoch keinen Freundeskreis.

Auch wenn er in brenzligen Situationen gern das heulende Elend kriegte, hatte es Ringo vor meiner Ankunft am Nicomensee weder an Mut noch an Kraft gefehlt, sonst wäre sein Schicksal schon in seiner ersten Woche als Ausgestoßener besiegelt gewesen. Daraus folgerte ich, daß ich einen zunehmend schlechten Einfluß auf ihn ausübte oder daß seine angebliche Angst eine weitere Variante seiner Durchtriebenheit war, ein Schwindel, um mein Herz zu erweichen. Dem Strolch durfte man so ziemlich alles zutrauen.

Eines aber stand außer Frage: Statt sich als freier Unternehmer zu etablieren und sich aus eigener Kraft durchzuschlagen oder als Omega in einer anderen Kolonie die Prügel einzustecken, hatte er sich mit kühler Überlegung für ein Bündnis mit einem menschlichen

Wesen entschieden, von dem er kostenlos Futter, Obdach und Schutz geliefert bekam. Wenn ich bloß daran denke, wie er auf die Tränendrüsen drückte, wenn er einen Platz im Schlafsack ergattern wollte! Wie er weder auf persönliche Unabhängigkeit noch auf angeborene Vorlieben verzichtete, obwohl er sich mit einem Menschen eingelassen hatte!

AM 18. SEPTEMBER labte sich Ringo an einer Grashüpferinvasion, die die Bergwiesen über dem See heimsuchte. Der Frost hatte den Pflanzenwuchs in eine braune Matte verwandelt, in der nun die Heuschrecken wüteten. Urplötzlich und ohne sich einen Pfifferling um mich zu scheren, sprang Ringos alter Feind, der Kojote, hinter einem Felsen hervor und stürzte sich auf den kreischenden Waschbären. Ich unterdrückte den Impuls, mich einzumischen, und Ringo fühlte sich wahrscheinlich schmählich im Stich gelassen.

Gleich darauf wurde eine Hilfeleistung meinerseits ohnehin überflüssig. Während der nun folgenden mörderischen Balgerei schlossen sich Ringos Kiefer mit den nadelscharfen Zähnen schraubstockartig um den Hals des Angreifers. Der Waschbär demonstrierte den Überlebenswert seiner vier „Hände", indem er die Lefzen des Kojoten zerfetzte. Innerhalb einer Minute jedoch lockerte er den tödlichen Griff, mit dem er die Kehle der alten Heulboje umklammert hielt, und kam zu mir gerannt, ohne den Feind umzubringen, der ihn schon seit langem verfolgte. Hatte der Umgang mit mir Ringo so zahm gemacht, daß er in einem Kampf auf Leben und Tod seinen natürlichen Tötungsinstinkt unterdrückte? Der blutende Kojote humpelte winselnd davon. Er hatte wohl ein für allemal genug von diesem Ort, der ihm nur Niederlagen bescherte.

AUSSER dem Kojoten und dem Luchs gab noch ein Feind Grund zur Besorgnis: der Vielfraß. Zweimal erhaschten wir aus respektvollem Abstand einen Blick auf den rötlichbraunen, schwerfällig wirkenden Verwandten von Marder und Skunk, doch erst am 20. September zeigte der gefährliche Einzelgänger sein wahres Gesicht.

Am frühen Morgen hatte Ringo die Unverfrorenheit, mich zum Bau des Vielfraßes zu führen, zweifellos in der Hoffnung, ich würde den höchst unangenehmen Gesellen ins Jenseits befördern. Als wir uns der tief im Wald unter zwei umgestürzten Hemlocktannen liegenden Behausung näherten, schoß der wütende Räuber heraus, grollte wie ein Bär und zeigte uns zähnefletschend seine schreckliche Fratze. Seinem Aussehen nach – er war fast bis zum Skelett abgemagert – mußte er halb verhungert sein. Nachdem er seinen „Hauseingang" mit einem übelriechenden Sekret besprüht hatte, zog er sich in den Wald hoch über Ringos Höhle am Seeabfluß zurück. Wir freuten uns nicht sonderlich über diesen Rückzug, weil wir die scheinbare Feigheit als schlaue Finte durchschauten. Da wir wußten, daß es keinen feigen Vielfraß gab, behielten wir den bissigen Gesellen wachsam im Auge. Und das war gut so.

Die erstaunlichste Entdeckung für mich war, daß die Vielfraße den wohl ausgefallensten Geschmack von allen Dieben in Kanada haben. Unser gemeinsamer Feind hatte in und vor seinem Bau fünf Dutzend großer und schwerer Metallgegenstände zusammengetragen, mit denen er meiner Meinung nach kaum etwas anfangen konnte. Da lagen eine gußeiserne Bratpfanne, eine Schaufel, verschiedene Äxte, ein Vorschlaghammer, zahlreiche große Schraubenschlüssel, Angelruten, Spulen, Töpfe und sogar das Nachtgeschirr eines Campers, um nur einige Beispiele aufzuzählen. Der Großteil der stattlichen Beute stammte eindeutig vom Campingplatz im Similkameen-Tal und war von dem kräftigen Kleptomanen über zehn Kilometer weit durch unwegsames, steiles Gelände geschleppt worden.

Während Ringo und ich noch staunend vor dem stinkenden Bau standen, schlich sich der Vielfraß im Schutz der Bäume wieder näher heran, um zum Angriff überzugehen. Angesichts des übermächtigen Gegners suchte Ringo sein Heil in der Flucht. Während er auf den See zuhetzte, schnitt ihm der Gegner jedoch den Weg ab, erhob sich wie ein Bär auf die Hinterbeine und holte zu einem vernichtenden Schlag aus. Der Hieb schleuderte Ringo gute drei Meter durch die Luft und war um so bemerkenswerter, als der Vielfraß allenfalls fünf Kilo mehr wog als der Waschbär – ein ziemlich überzeugender Beweis dafür, daß der Vielfraß im Verhältnis zu seinem Körpergewicht wohl das stärkste Säugetier der Welt ist.

Knurrend wie ein Wachhund kam Ringo wieder auf die Beine. Er schäumte vor Wut. Der zweite Angriff des Vielfraßes richtete sich gegen mich, doch ehe er sich's versah, bekam sein Hinterteil Ringos scharfe Zähne und meinen Bergstock zu spüren, was den Angreifer bis ins Mark erschütterte. Schockiert flüchtete er sich auf die nächste Lärche, um die Lage zu sondieren, und Ringo und ich verzogen uns ans freie Ufergelände. Vorher „borgte" ich mir noch die schönste Axt des Alteisensammlers. Wir wußten genau, was uns blühte, wenn wir darauf warteten, bis er von seinem Aussichtsturm herunterglitt.

Nachts roch ich noch manchmal den Gestank des Vielfraßes und spürte seinen heißen Atem dicht an der Zeltwand, aber tagsüber zeigte er sich während meines restlichen Aufenthalts nur noch selten so offen und versuchte auch nie, wieder in den Besitz seiner Axt zu gelangen.

V

ETLICHE gefährliche Begegnungen mit größeren Raubtieren hatten bewiesen, daß Ringo kein Feigling war, obwohl ihn die Angst so oft peinigte. Bei seiner Keilerei mit dem Kojoten hatte er zwar Gnade walten lassen, doch er wußte, daß er sich keine Schwäche leisten durfte, wenn es wirklich hart auf hart ging. Der Verlust seiner Position in der Kolonie mochte sich negativ auf seinen Verteidigungswillen ausgewirkt haben, aber der Vielfraß und der Kojote hatten seinem Selbsterhaltungstrieb wieder auf die Sprünge geholfen.

Da wir beide spürten, daß die Lage sich zuspitzte, blieben wir ununterbrochen auf der Hut. Wir lasen uns gegenseitig von den Augen ab, wie bedrohlich wir die schleichenden Schatten fanden, die jede Nacht vom Waldrand hinter dem Lager näher heranglitten, während wir auf dem Grübelbalken dicht am Feuer saßen, an das sich kein Feind heranwagte. Wenn Ringo sich fürchtete, keuchte er, als hätte er eben einen steilen Gipfel erklommen. Es war gar nicht so abwegig zu glauben, daß er in seinen Alpträumen Ungeheuer sah, die nur seine Einbildungskraft schuf.

Zwei seiner irdischeren Spukgestalten erschienen am 24. September. Wir unternahmen gerade unseren Morgenspaziergang am Rande des Sees, als Ringo plötzlich in schnellen Sprüngen davonjagte.

Von einer Sekunde auf die andere brachen zwei Kojoten aus einem Weidendickicht und kreisten meinen Schützling nach einem ähnlichen System ein, wie die Füchse dies nach der Plünderung ihres Baues getan hatten. Getreu meinem Entschluß, ihn wieder auf ein selbständiges Leben in der Wildnis vorzubereiten, eilte ich ihm nicht sofort zu Hilfe. Ringo schrie auch nicht gleich nach meiner Unterstützung, sondern stellte sich aufrecht auf die Hinterbeine. Die beiden Kojoten hüteten sich, mit ihm auf Tuchfühlung zu gehen, denn sie wußten, wie blitzschnell er ihnen an die Gurgel fahren konnte. Ringo erkannte in den Angreifern wahrscheinlich die Schatten wieder, die in der Dunkelheit ums Lager streiften, wenn wir schlotternd auf dem Grübelbalken hockten. (Überhaupt übten wir uns dort ohnehin viel öfter im Zittern als im Nachdenken.)

Jetzt bewies der gewitzte Ringo seine Fähigkeit, in Bedrängnis klar zu überlegen (oder instinktiv richtig zu handeln, wenn man es so sehen will), denn er sprang sofort in den See, als er merkte, daß die zwei hungrigen Gesellen ihn in die Zange nehmen wollten. Mit bewundernswerter Schnelligkeit schwamm er an eine mindestens zwei Meter

tiefe Stelle und wandte sich dann dem Ufer zu, damit er seine Feinde im Auge behielt. Hier im Wasser war der Waschbär in seinem Element und konnte gelassen das weitere Vorgehen seiner Angreifer abwarten. Hätten die Kojoten Ringo so weit hinaus verfolgt, hätte er sie mit seinen messerscharfen Krallen packen und unerbittlich ertränken können, ohne sich dabei übermäßig anzustrengen. In Anerkennung der Wehrhaftigkeit ihres Gegners gaben die zwei Sangesbrüder ein paar enttäuschte Jodeltöne von sich und verschwanden dann unter dem Geschoßhagel meiner faustgroßen Steine im Wald.

ABER die Tage des mächtigen Magenknurrens waren nicht mehr fern, und bald würden die Räuber lernen, ihren Angriffen eine genauere Planung zugrunde zu legen, weil sie sonst verhungern mußten. Die Not würde sie zwingen, den Waschbären zu fangen, bevor er ins Wasser sprang. Und was am allerschlimmsten war – die meisten Feinde durften damit rechnen, daß der See bald zufror. Angesichts dieser Lage durchforschte ich das Kartenmaterial über die Region, um einen geeigneten Lebensraum für Ringo zu finden. Aber leider entdeckte ich nichts, was meinen Vorstellungen entsprach.

Gefiederte Hochlandbewohner, viele Säugetiere und die meisten fliegenden Insekten hatten das Nicomen-Gebiet schon vor dem 25. September verlassen. Jetzt waren die Angst vor dem Hunger und die Erinnerungen an schmerzlich leere Gedärme schrecklicher als der augenblickliche Hunger selbst. Der Mangel an Beute machte die Jäger zu wandelnden Gerippen. Was von den rasch schwindenden Möglichkeiten, sich zu sättigen, noch blieb, rief gierige Gefräßigkeit hervor, ehe Mitte November die bittere Fastenzeit begann. Die hier heimischen Räuber jagten Tag und Nacht und metzelten mehr Nagetiere, Hasen und junge Huftiere nieder, als sie verzehren konnten. Obwohl das hektische Morden nur ein paar Tage dauerte, bedeutete es für Ringo eine vorübergehende Glückssträhne. Er holte sich rücksichtslos seinen Anteil an den Festessen. Immer wieder lief ich ihm nach, wenn seine Nase oder ein Rabenschwarm ihn zu Kadavern führte, die noch nicht zu verwesen begonnen hatten.

AM SECHSUNDZWANZIGSTEN saß ich bei Sonnenaufgang angespannt wie ein Rodeoreiter auf dem Grübelbalken und preßte meine Fersen an das Holz. Während ich darum kämpfte, meine Portion Maisbrei und Dosenmilch zu bekommen, bereute ich, Ringo erlaubt zu haben, aus einem Geschirr mit mir zu essen. Mit Ausnahme dessen, was er von der überschüssigen Beute anderer Tiere abbekam, war seine Versorgung nun ein ernstes Problem geworden, daher verpflegte ich ihn zusätzlich, damit er seine für die Überwinterung lebenswichtige Fettschicht nicht verlor. Wenn ich beim Frühstück aufstand und mit meinem Teller wegging, half das gar nichts. Er stieg mir auf die Schultern und bediente sich ungeniert. Meine einzige Chance lag darin, daß ich schneller kauen und schlucken konnte als er.

Als das hitzige Handgemenge um den Brei schließlich beendet war, blieben wir sitzen und starrten einander an, bis uns ein kaum vernehmbares Knistern aufhorchen ließ. Wir reagierten ganz automatisch irritiert auf jedes Geräusch, das wir nicht selbst verursachten. Plötzlich sprang mir Ringo ins Genick, pfiff wie eine Dampflokomotive und trommelte mir auf die Schädeldecke. Starr vor Staunen sah ich, wie ein dreister Fichtenmarder, der kaum größer war als eine Hauskatze, mit schrillem Gequieke ums Lager raste und dabei höllischen Gestank verbreitete. Meine indianischen Vettern von den Okanagan-Crees prophezeien, daß es bald schneien wird, wenn dieses äußerst scheue Tier die Baumkronen verläßt und den Menschen einen Besuch abstattet. Unser in einen exquisiten braunen Pelz gehüllter Gast ignorierte den fauchenden Wichtigtuer auf meinen Schultern und fraß mir Nüsse aus der Hand – eine ungewöhnliche, wohl durch das Bedürfnis nach Salz bedingte Abweichung von seinem normalen Geschmack, da seine Kost sonst aus Vögeln, Eichhörnchen und Insekten bestand. Für den geizigen Ringo war jeder von einem Fremden verzehrte Bissen eine persönliche Beleidigung, und er überschüttete mich mit einer Flut von Beschimpfungen.

Nach kaum fünf Minuten hatte der vornehme Marder von dem rabiaten Waschbären genug. Er schnellte in geschmeidigen Sätzen davon und verschwand im tiefen Schatten des Waldes.

BEVOR wir nach diesem Kurzbesuch zu unserer täglichen Wanderung aufbrachen, blieb Ringos Blick unentwegt auf mich gerichtet. Er hatte sich wieder beruhigt und saß vor- und zurückschaukelnd auf

dem Grübelbalken, während wir warteten, bis die Sonne den Flor
scharfer Eiskristallnadeln auf dem Boden schmolz, die wie Kaktus-
stacheln an jeder tiefergelegenen Stelle glitzerten. Ganz offensichtlich
ging dem Schlawiner etwas im Kopf herum.

Weil Ringos Leben ein Spießrutenlauf zwischen Fängen und Krallen
geworden war, enttäuschte es mich ein bißchen, daß er seinen Platz auf
meinen Schultern nicht verlassen und den Marder nicht angegriffen
hatte. Wer in der Wildnis überleben wollte, wo das Gesetz „Fressen
oder gefressen werden" galt, durfte sich nicht darauf beschränken,
drohend die Faust zu schütteln oder böse zu keifen, wenn ein anderes
Tier auftauchte, um an kostbarer Nahrung mitzunaschen.

An diesem Tag hatte ich vor, systematisch den im Canyon unter
dem Abfluß des Sees gelegenen Sumpf zu erforschen. Wir hatten gut
die Hälfte des Weges dorthin bewältigt, als Ringo mir dringlich
mitteilte, daß uns ein neues Schrecknis bevorstand.

Im selben gräßlichen Augenblick sahen wir beide ein riesiges
schwarzes Monster vom Ufer aus in den düsteren Wald schlüpfen.
Der von dichtem Gebüsch und Bäumen verborgene Unhold pirschte
sich nicht etwa leise an uns heran, sondern brach mit Getöse durchs
Unterholz. Ein aufrecht gehendes Wesen steuerte in beängstigendem
Tempo auf uns zu.

Mir schossen plötzlich schauerliche Jägergeschichten über den auf
Menschenfleisch versessenen Sasquatch durch den Kopf. Seit Wochen
schon hatte ich die Hoffnung aufgegeben, Beweise für die Existenz des
großen Affen zu finden, und da preschte er nun immer näher. Er kam
aus der Richtung unseres Lagers, wo er sicher meine Ausrüstung
zertrampelt und meine ohnehin kargen Vorräte verschlungen hatte.
Und jetzt schien er uns unaufhaltsam einzuholen.

Vom Beginn meines Vorhabens an hatte ich mir überlegt, wie ich
mich bei einer Begegnung mit dem Monster am besten verhalten
sollte. Ich hatte erwogen, seelenruhig auf dem Grübelbalken sitzen
zu bleiben und dem gigantischen Affen eine Handvoll Erdnüsse anzubieten. Sollte er die milde Gabe verschmähen, würde ich in Todesangst Sprinterqualitäten entwickeln, denen kein Sasquatch gewachsen
war – zumindest hoffte ich das.

An diesem entsetzlichen Morgen dachte ich allerdings nicht mehr
daran, einfach davonzulaufen, weil ich dadurch Ringo dem Untier
ausgeliefert hätte. Plötzlich wies mir ein Geistesblitz den möglichen
Ausweg: Ich mußte so schnell wie möglich mit meinem Schützling
nach Waschbärhausen am Skaist rennen. Vielleicht würden die
grimmigen Bewohner der Kolonie uns beistehen. Zehn oder zwölf
Waschbärenmännchen konnten ordentlich austeilen. Gewiß würde

Sasquatch nicht riskieren, sich den Winterpelz aufschlitzen zu lassen. So packte ich, ohne mich umzuschauen und das laute Krachen zu beachten, meinen zitternden Gefährten am Schwanz, warf ihn mir über wie einen Kartoffelsack und rannte wie von Furien gehetzt den Canyon hinab. Ringo haßte es, am Schwanz aufgehoben zu werden, aber er machte keine Mätzchen und versuchte auch nicht, sich aus meinem Griff zu befreien. Im Gegenteil – er klammerte sich mit allen vieren an meine Jacke.

Ich rechnete mit dem Ärgsten, als ich erkannte, daß ich Sasquatch auf diesem dornigen, glitschigen Weg durch die Schlucht keinesfalls davonlaufen konnte. In meiner Not floh ich in die Ruine einer ehemaligen Trapperhütte zwischen den Bäumen und tat Ringo unmißverständlich kund, daß ich ihm den Hals umdrehen würde, wenn er nur den leisesten Muckser von sich gab. Hinter den schiefen, fensterlosen Wänden war uns die Sicht auf unseren Verfolger versperrt. Aus den Erzählungen von Wanderern wußte ich, daß sich Grislybären am Nicomensee herumtrieben. Falls sich herausstellen sollte, daß Sasquatch ein Grisly war, mußten wir versuchen, uns auf einem Baum in Sicherheit zu bringen; bei Mr. Sasquatch persönlich würde uns dies leider nicht viel nützen, denn der war als Affe ja auf Bäumen zu Hause.

Als ich den Kopf hinausstreckte und vorsichtig einen Blick riskierte, fiel mir das Herz in die Hose. Das Biest hielt direkt auf unser Versteck zu.

Dann schaute ich wie ein Verurteilter, der seinen Augen nicht traut, wenn man ihm das Begnadigungsschreiben unter die Nase hält, ein zweites Mal hin. Was da auf die verfallene Hütte zutrottete, war ein junger Schwarzbär. Nur ein Bär! Mein Atem setzte genau in dem Moment wieder ein, als ich schon blaurot anlief. Ringo, der mir noch immer die Arme um die Hüften schlang, ließ ein Winseln hören. Ich interpretierte es als die Frage: Was, zum Teufel, siehst du denn? Als wir aus unserem verlotterten Unterschlupf stiegen, machte sich ein einfältiges Grinsen auf unseren Gesichtern breit.

Das „Untier" war eine gutmütige, etwa ein Jahr alte kleine Bärin, die ein Vagabundendasein führte und sich als Bettlerin im Manning Park durchschlug. Sie war klapperdürr und fast am Verhungern, wie die meisten verwaisten Bärenjungen. Zweifellos war sie an den Umgang mit Menschen gewöhnt, da sie mit Sicherheit zu den regelmäßigen Besuchern der Campingplätze im Tal gehörte. Aber jetzt, Ende September, waren die meisten Camper bereits lange fort. Die Ärmste mußte kilometerweit unser Lagerfeuer und die verlockenden Düfte unserer Mahlzeiten gerochen haben.

Da stand sie nun vor uns auf den Hinterbeinen, drehte sich im Kreis wie ein abgerichteter Tanzbär und „sang" herzerweichend dazu – eine Vorführung, die ihr garantiert immer eine Belohnung von mitleidigen Campern eintrug.

„Komm, Ringo", sagte ich. „Sie braucht unbedingt einen Happen zu futtern, sonst fällt sie uns noch um."

Auf dem Rückweg traf mich wie ein Blitzstrahl die erstaunlichste Erkenntnis meiner bisherigen Sasquatchforschungen. Die Erklärung für das Entstehen einer Legende kann wirklich ganz simpel sein – etwa so simpel wie die Fährte dieser Bärin im feuchten Sand. Wenn sie galoppierte, trat sie mit ihren Hintertatzen in die Abdrücke der Vordertatzen, wodurch gigantische Spuren entstanden. Wegen ihrer leicht O-förmigen Vorderbeine hinterließ sie eine Fährte, die den größten Skeptiker davon überzeugt hätte, daß Sasquatch höchstpersönlich am Ufer entlanggestapft war.

Waschbär und Bärin mußten sich beeilen, um mit mir auf dem Weg zurück ins Lager Schritt zu halten. Merkwürdigerweise schien sich Ringo nicht vor ihr zu fürchten, und auch sie zeigte keine Abneigung gegen ihn. Die beiden schlossen sofort Freundschaft.

Mit tauben Ohren für das Protestgeheul des Wüterichs auf meinen Schultern griff ich am Zelt tief in unseren schwindsüchtigen Vorratssack und stopfte das Waisenmädchen voll, bis sein Bauch prall war wie die straff gespannte Membran einer Pauke. Vernünftige Leute hätten die Fütterung als Verantwortungslosigkeit verdammt, auch wenn ich versorgt gewesen wäre wie im Schlaraffenland. Konservennahrung schädigt die Verdauungsorgane eines Bären, und was noch viel schlimmer ist, das Füttern beeinträchtigt den Freiheitsinstinkt eines wilden Tieres. Aber sie war so hungrig . . . und ich war so selig, daß sie nicht Sasquatch war!

Nach der Mahlzeit ging ich wieder ans Ufer, sprühte ein paar Pfotenabdrücke aus, um jede Einzelheit zu erhalten, und goß dann Gipsmasse in die irreführenden Vertiefungen im Sand. Während die Masse hart wurde, tollten Ringo und seine neue Freundin vergnügt umher.

Vier Abdrücke gelangen so makellos, wie man es sich nur wünschen konnte. Später, nach meiner Rückkehr nach Los Angeles, hatte ich allerdings größte Schwierigkeiten, den Leuten klarzumachen, daß es sich bei diesen herrlichen Abdrücken eben nicht um Sasquatchspuren handelte. Viele Naturfreunde hatten entweder ähnliche Abdrücke gesehen oder persönlich Abgüsse davon angefertigt, ohne zu erkennen, daß es sich um eine doppelte Bärenfährte handelte. Einige besonders empörte Sasquatch-Anhänger hofften sogar, man würde mich vor Gericht bringen, weil ich unbewaffnete Wanderer dazu verleitete, völlig arglos durchs Reich des lauernden Riesenaffen zu streifen.

Das Schlitzohr vom Nicomensee betrachtete die Bärin bald als seinen zweiten Leibwächter. Er begriff sehr schnell, daß unser Findelkind selbst dann nicht ernsthaft böse wurde, wenn er seine Geduld auf eine harte Probe stellte. Schlimmstenfalls fauchte die Bärin ihn an, wenn er mit Engelsmiene an ihrem verfilzten Pelz zog, an ihren schwarzen Klauenstümpfen kaute, sie in den weichen Bauch kniff und seine neugierigen Finger in ihre Ohren bohrte. Er wollte wissen, wie weit er gehen konnte. Dafür nahm er ihre leichten Tatzenhiebe in Kauf und lernte, sich abzurollen wie eine Bowlingkugel, wenn er einen wohlgezielten Schwinger auf sein Hinterteil kassierte.

Obwohl er sich lautstark wehrte, packte sie ihn eines Nachmittags, hielt ihn fest und verabreichte ihm ein saftiges Spuckebad. Bärinnen lieben es, ihre Jungen zu säubern, und für sie war Ringo wie ein Kind. Meine Weigerung, ihm zu helfen, als sie ihn festnagelte, inspirierte den Teufelsbraten, sich später im Schlafsack zu rächen, wo er mir bis Mitternacht mit der Zunge den Rücken einweichte.

Im großen und ganzen betrachtete Ringo die sanftmütige kleine Bärin als einen Punchingball, an dem er endlich seine überschüssigen Kräfte austoben konnte. Zwar schwärmte sie nicht für Erdbeerbaum-knollen, dafür aber für eine ganz bestimmte Tanne, die sie umarmte, abschleckte, kratzte und laufend inspizierte. Vermutlich als Schmuck oder Geschenke legte sie Zweige und Kiefernzapfen vor ihrem Heiligtum nieder, und wenn Ringo sich auch nur in dessen Nähe wagte – was er oft tat, als er herausfand, daß es sie ärgerte –, zischte sie wie eine Gans, der man die Eier wegnimmt.

Mit seinem untrüglichen Gespür fand der unverbesserliche Schlingel ziemlich rasch heraus, daß die Bärin es haßte, kalt und unverwandt angestarrt zu werden. Er mußte ein paar heftige Ohrfeigen einstecken, weil er sie absichtlich mit einem dämlichen Schafsgesicht anglotzte, das sie unerträglich fand. Ich überlegte, ob er nicht mit der seltsamen Augensprache experimentierte, die manchmal die Kluft zwischen den Arten überbrückt. Die Bärin ließ sich fast alles von ihm gefallen, aber sie weigerte sich, vorsätzliches, leeres Gaffen zu dulden, und wies ihn mit drohend erhobener Tatze in die Schranken.

Sehr bald begann ich, mich mit ihr durch Blicke und bestimmte Gebärden zu verständigen. Doch während sie meine optischen Signale innerhalb einer Woche begriff, brauchte ich umgekehrt wesentlich länger.

Sie erschien mir wie ein Kind, das unter schwierigen Verhältnissen aufwächst und daher an spielerisches Herumalbern nicht gewöhnt ist. In den ersten Tagen mit uns eingefleischten Scherzbolden konnte sie Spaß und Ernst oft nicht unterscheiden. Doch schließ-

lich fand sie Gefallen an dieser Art des Zeitvertreibs, besonders als sie und Ringo darin übereinkamen, mich zur Zielscheibe ihrer Streiche zu machen. Ich wurde geknufft, gezwickt, gebissen und überhaupt schändlich mißhandelt. Die beiden versuchten sogar, mich aus meinem eigenen Zelt zu vertreiben! Trotzdem waren sie ideale Gefährten in einem der letzten unberührten Naturparadiese von Nordamerika.

Zu seiner eigenen Sicherheit lehrte ich unseren Findling, auf den Namen Wahnoma zu hören, ein Wort aus der Sprache der Cree-Indianer, das „Bärin" bedeutet. Bequemlichkeitshalber kürzte ich es auf ein schlichtes „Noma" ab. Für ein Tier bedeutet der Name, den ihm ein Mensch gibt, nicht mehr als ein Lautsignal, das nach einer Reaktion verlangt – eine Art Mahnung zur Aufmerksamkeit. Tonfall, Blick und Gebärden vermitteln einem Bären oder Waschbären den Inhalt einer Botschaft am besten. Der Schlüssel zum Erfolg ist unermüdliche Wiederholung.

Bären lernen viel schneller als Hunde und behalten meiner Erfahrung nach das Erlernte länger. So fing Noma auch an zu begreifen, daß sie als mutterloses Jungtier zu den verwundbarsten Geschöpfen des Waldes gehörte. Eines Tages versuchte gar der gerissene Vielfraß, sie zu seinem Bau zu locken, aber Ringo warnte sie davor, ihm zu folgen. Fortan hütete sie sich, dem bedrohlichen Gesellen zu nahe zu kommen, und sie tat gut daran. Der verhältnismäßig kleine Vielfraß bringt es nämlich fertig, selbst einen ausgewachsenen Bären zu töten, von einem Jungtier ganz zu schweigen.

AM ABEND des 30. September goß es wieder wie aus Kübeln. Noma unternahm allein Streifzüge durch die Nacht, aber Ringo und ich verzogen uns in das trockene Zelt. Wir hatten ungefähr zwei Stunden geschlafen, als die Bärin zurückkam und energisch Einlaß begehrte. Ihr Pelz triefte vor Nässe, ihre Tatzen waren mit Dreck paniert, und aus ihrem Rachen wehte ein umwerfender Duft nach wilden Zwiebeln. Bisher hatte sie am Rand des Moskitonetzes vor dem Zelt geschlafen. Drinnen war für sie einfach kein Platz, selbst wenn ich den Schmutz und den Mundgeruch in Kauf genommen hätte. Aber Noma wollte unbedingt zu uns und kratzte hartnäckig am Eingang.

Widerwillig kroch ich hinaus, um sie zur Räson zu bringen, da zwängte sie sich auch schon an mir vorbei ins warme Zelt. Weder zorniges Protestieren noch sanftes Bitten vermochten sie wieder herauszulocken. Mir blieb nichts anderes übrig, als eine Nylonplane zwischen zwei Bäumen aufzuspannen und den Rest der Nacht unter diesem erbärmlichen Dach zu kauern. Naß bis auf die Haut, erfror ich fast, während Ringo und Noma im wasserdichten Zelt behaglich auf einem teuren, daunengefüllten Schlafsack ruhten.

Während dieser unfreiwilligen Wache hatte ich jedoch die Muße, mich zu einem Entschluß durchzuringen. Die Nahrung wurde nun für jeden Dauerbewohner der Region bedenklich knapp. Täglich trieb ein weiteres großes Säugetier seine Familie zusammen und brach zu angenehmeren Gefilden in den Flußtälern auf. Ich mußte der Bärin und dem Waschbären ebenfalls bessere Lebensbedingungen bieten und beschloß daher, meine beiden Schützlinge am nächsten Morgen ins Similkameen-Tal zu führen.

BEI Tagesanbruch hörte es zu regnen auf. Nach einem gemeinsamen üppigen Frühstück packte ich meinen feuchten Hausrat und überredete meine widerstrebenden Freunde, mir den Pfad ins Tal hinab zu folgen. Im Gegensatz zu mir machten sie sich keine Sorgen um ihre unmittelbare Zukunft. Die zwei Clowns balgten sich, spielten Haschen und maunzten zwischendurch darüber, daß sie das Gebiet verlassen mußten, in dem sie sich doch so wohl fühlten.

Der schlammige, schlüpfrige Pfad, der diese Bezeichnung eigentlich gar nicht verdiente, führte bald in den dichten Wald. Der Wind pfiff durch die Bäume wie der schwere Atem eines erkälteten Riesen. Zwei arrogante Elche zwangen uns, einen kleinen Sumpf zu umgehen, weil sie sich einbildeten, die ganze Gegend wäre nur für sie da. Falls wir daran zweifelten, schienen sie gerne bereit, uns zu einem kleinen Querfeldeinrennen zu verhelfen.

Endlich verließen wir den tropfenden Wald und erreichten kurz nach Mittag den Campingplatz von Hampton am linken Ufer des Similkameen-Flusses.

Von da an ging alles schief. Die beiden Pudel eines Campers griffen

Noma und Ringo an. Kaum hatte der brüllende Besitzer seine
zerzausten Köter wieder eingefangen, als Noma sich einen halben
Schinken von einem Campingtisch grapschte, um sich das leckere
Stück in großen Bissen einzuverleiben. Gleichzeitig schnappte Ringo
einem anderen Camper seinen Teller Spaghetti vom Tisch. So spät im
Jahr waren ohnehin nur wenige Camper hier, aber einer davon mußte
ausgerechnet leidenschaftlicher Amateurfunker sein.

Auf seinen SOS-Ruf hin kam eine Polizeistreife mit Sirenengeheul
in einem klapprigen alten Ford angebraust. Die erste Amtshandlung
der beiden Ordnungshüter war, meine vierbeinigen Begleiter zu
einem gefährlichen öffentlichen Ärgernis zu erklären, wogegen ich
lediglich als öffentlich ärgerlich, nicht aber als gefährlich eingestuft
wurde.

Die nächste Amtshandlung der beiden war starker Tobak: Noma
und Ringo wurden zum Tode verurteilt und sollten auf der Stelle
erschossen werden.

VI

Die Camper, die sich zuvor lautstark über die beiden vierbeinigen
Übeltäter aufgeregt hatten, schimpften jetzt noch lauter auf die
Polizisten ein, weil diese derart rigorose Maßnahmen ergriffen. Auf
amtliches Geheiß machte ich meine beiden „Verbrecher" mittels
Leinen, an denen sie wie wild zerrten, dingfest, den Schinken bezahlte
ich, für die Spaghetti und die verprügelten Pudel bat ich ergebenst um
Verzeihung. Hoffnungsvoll wandte ich mich mit einem Gnadenge-
such an die beiden Hüter des Gesetzes.

„Ich will beide Tiere etwa zwanzig Kilometer von hier im unteren Teil des Tales freilassen", sagte ich. Ringo kletterte auf meine
Schultern und saß so bolzengerade wie ein Abgeordneter des
Unterhauses auf der Gartenparty der englischen Königin. Er knackte
mit den Fingernägeln, zischte wie ein Teekessel und besprühte die
schneidigen Polizeibeamten mit einem Spuckeregen. Noma hatte sich
auf die Hinterbeine erhoben und bearbeitete mich mit den Vordertatzen. Ich war überrascht, daß meine beiden Schützlinge in Anbetracht
der ungewohnten Leinen nicht zu drastischeren Maßnahmen griffen.

Ein Parkaufseher, ein junger, finster dreinblickender Cree-Indianer, erschien. Er lehnte sich in Hörweite an einen Baum und zündete
seine Pfeife an. Seine langen schwarzen Zöpfe baumelten unter einem
breitrandigen, einstmals weißen Stetson hervor. Mit kaltem Blick
beobachtete er die Szene, und seine Miene war so düster wie die eines

Medizinmanns bei einer Geisterbeschwörung. Trotzdem spürte ich in ihm einen Verbündeten, doch er machte keine Anstalten, mir zu Hilfe zu kommen.

Die beiden uniformierten Wichtigtuer beratschlagten kurz und machten mir dann einen gewaltigen Strich durch die Rechnung.

„Die Region hier ist bereits mit Überwinterern gepflastert, mein Guter", sagte der eine. Ich entdeckte eine Spur von Milde in seiner Stimme, da uns nun ein Dutzend murrender Camper umringte.

„Führt zu Futtermangel, wissen Sie", erklärte sein Untergebener. „Der Waschbär und die Bärin würden sich da unten auf den Farmen bedienen und garantiert abgeknallt werden. Spätestens dann kriegen wir eins aufs Dach, weil wir nichts unternommen haben."

„Also bringen Sie die Tiere gefälligst dorthin zurück, wo Sie sie herhaben", befahl der Ranghöhere, „oder wir erschießen sie!"

Der indianische Parkaufseher paffte seine Pfeife. Man sah ihm an, daß er sich Sorgen machte. Mit seinem durchdringenden Blick wollte er mir eindeutig etwas mitteilen, was die zwei unruhig an der Leine zerrenden Gesellen betraf, aber ich kapierte es nicht. Im Augenblick blieb mir keine andere Wahl, als mich der polizeilichen Anordnung zu fügen. Mit meinem Quälgeist im Genick, der wie üblich auf meinen Schädel eintrommelte (was die Camper so erheiterte, daß sie vor Wonne grölten), machte ich mich auf den beschwerlichen Marsch zurück zum Nicomensee. Wenigstens konnte ich mich damit trösten, daß wir alle drei mit heiler Haut davongekommen waren. Noma und Ringo freilich hatten Trost nicht nötig. Die beiden Rabauken, die innerhalb von fünf Minuten den ganzen Campingplatz aufgemischt hatten, tollten so unbeschwert neben mir her, als könnten sie kein Wässerchen trüben.

JETZT, da der Oktober Einzug gehalten hatte, wurde die Lage am See immer schwieriger. Noch bevor wir am nächsten Morgen das Lager verließen, um auf Futtersuche zu gehen, wurde Ringo von Kojoten belästigt. Noma eilte herbei und verhinderte, daß sie ihm den Fluchtweg zum See abschnitten. Ein Paar hartgesottener Fischermarder piesackte ihn am Ufer und ging dann auf die Bärin los. Die Angreifer nahmen Deckung, als Noma sich auf die Hinterbeine stellte und mit ihren Pranken kräftig durch die Luft hieb. Ihr dicker Pelz schützte sie vor den flink zubeißenden, scharfen Fischermarderzähnen.

Ich raste mit gezücktem Bergstock an den Schauplatz des Geschehens und sah dabei einen Puma zwischen zwei wilden Stachelbeerbüschen in Wartestellung gehen. Belauert zu werden war uns nichts Neues, aber so zahlreich waren die Feinde bisher nie aufgekreuzt.

Als ich endlich Zeit fand, abends allein am Grübelbalken die Lage zu überdenken, stand mir die Wahrheit klar vor Augen: So grausam der Gedanke an Abschied auch war, die eisigen Oktoberstürme würden mich bald zum Aufbruch zwingen. Schon in Kürze konnte der Schnee den Pfad zur Bushaltestelle in der Nähe der Aufsichtsstation des Manning Parks unpassierbar machen.

Bevor ich schlafen ging, machte ich Noma klar, daß sie nicht wieder ins Zelt durfte. Ich drohte ihr mit dem Stock, und danach versuchte sie nie wieder, mich auszubooten.

Eigentlich hatte ich schon im September abreisen wollen und daher weder Schneeschuhe noch wärmenden Parka mitgebracht. Murmeltiere und Backenhörnchen hatten sich bereits in ihren Erdlöchern unter der Frostgrenze verkrochen, um die grausame Kälte zu verschlafen. Fette Pfeifhasen hockten vor ihren sorgsam aufgeschichteten Heuhaufen und trotzten noch dem kalten Nordwind ... Mit ihrem Rufen schienen sie mir sagen zu wollen: Hau ab! Hau doch ab!

DA ICH mir keinen anderen Rat wußte, raffte ich mich am Morgen des 4. Oktober zu einem letzten Versuch auf, Ringo wieder in Waschbärhausen anzusiedeln. Vielleicht würde ihm seine Sippe einen kleinen Schlupfwinkel zugestehen, wo er überwintern konnte. Zu meiner Verblüffung folgte er mir so eifrig durch den unwegsamen Canyon, als wolle er meinen Verdacht bestätigen, daß ihn ein seltsamer Zwang dazu trieb, sich auf möglichst waghalsige Unternehmen einzulassen. Noma ließen wir am Sumpf zurück, wo sie Rohrkolbenknollen ausgrub, um ihren knurrenden Magen zu besänftigen.

Als Ringo und ich uns dem mittlerweile kahlen Pappelhain näherten, stand das bewährte Empfangskomitee parat: fünf muskelbepackte Veteranen mit gesträubtem Nackenhaar, die uns durch kriegerisches Gehabe davon abhalten wollten, den Skaist zu überqueren, der jetzt keine zehn Zentimeter mehr tief war. Mit Ringo auf meinen Schultern, der zischte, knurrte und die Zähne fletschte, stapfte ich dennoch ans andere Ufer. Die Wachposten schienen wenig Lust zu verspüren, sich mit mir und meinem Bergstock anzulegen, und schlüpften hastig in die hohlen Pappelstämme, wo sie im Chor drauflossummten wie eine Hochspannungsleitung. Ich versuchte, Ringo in die nächstgelegene Öffnung an einem der Bäume zu schieben, aber er zitterte und setzte sich kreischend zur Wehr, als hätte ich vor, ihn ins sichere Verderben zu stürzen. Dann drehte er sich um, schaute mir in die Augen, knirschte mit den Zähnen und tauchte todesmutig in den dunklen Schlund des Pappelstammes.

Der Kampf, der auf dem engen Schlachtfeld folgte, erschütterte die riesige Baumhülse. Eine Viertelstunde lang drangen ersticktes Knurren, schrille Quietscher, dumpfe Schläge und satte Grunzer aus den Öffnungen. Aus den großen Astlöchern, die als Höhleneingänge dienten, dampfte es in der frostigen Morgenluft wie aus Kaminen.

Dann trat eine merkwürdige Stille ein. Ein paar maskierte Gesichter guckten aus den Fenstern einer benachbarten Pappel, und ich machte mir bittere Vorwürfe, meinen mir blind vertrauenden Freund in einen solch schrecklichen Tod geschickt zu haben.

Hoch oben, wie von einer Zinne, spähte der behelmte Kopf einer großen Eule in eine Schießscharte der umkämpften Waschbärenburg. Plötzlich erhielt der neugierige Krummschnabel von hinten einen derben Stoß, der ihn zwang, die Flügel zu breiten und abzustreichen. Ringos ärgerliches Pelzgesicht erschien über der Brüstung.

Der arme Tropf war verletzt. Ganze Büschel seines prächtigen Haarkleides fehlten. Blut rann aus tiefen Kratzern auf seinem Kopf und seinem Rücken. Da er sich auf der schmalen Rampe seine Wunden nicht lecken konnte, kroch er aus dem Spalt und kletterte an der Außenseite des Stammes zu einer Astgabel herab. Dort hielt er inne und warf mir mordlüsterne Blicke zu.

Brütende Stille lastete über dem Waschbärenreich. Endlich hangelte sich Ringo den knorrigen Stamm herunter, und ich trug ihn über den Fluß, während ein zischendes Publikum von den Pappeln aus unseren Rückzug beobachtete. Ich tauchte Ringo ins Wasser, kühlte seine Wunden, wusch ihm das Blut ab und fühlte mich elend. Wie um mich in meiner tiefen Zerknirschung noch mehr zu beschämen, stand plötzlich Noma da, der es so vorkommen mußte, als ob ich ihren Busenfreund aus unerfindlichen Gründen zu ersäufen versuchte.

Obwohl wir es Ringo überließen, das Tempo zu bestimmen, war der Weg zurück zum See langsam und qualvoll. Ringo fauchte und spuckte, wenn ich ihn wieder tragen wollte, aber er machte nie Anstalten, mich zu beißen. Immer wenn seine Schmerzen unerträglich wurden, taumelte er an den die Schlucht durchfließenden Bach und steckte den Kopf ins Wasser. Im Lager schüttelte er sich am Feuer trocken und krabbelte dann ins Zelt, ohne das leiseste Interesse an einem Abendessen zu bekunden. Noma umkreiste das Lager ein paarmal geräuschlos wie eine Eule und weigerte sich, zum Grübelbalken zu kommen. Offenbar war sie davon überzeugt, daß ich Ringo halb totgeprügelt hatte.

RINGO hatte sich selbst bewiesen, daß er der Hackordnung trotzen und in engen Höhlen sogar gegen eine Übermacht kämpfen konnte, weil dort immer nur ein „hohes Tier" an ihn herankam. Von diesem

Tag an schien sein Selbstbewußtsein zumindest äußerlich so gewachsen, daß seine früheren Angstzustände zur Seltenheit wurden. Er war jetzt kühner als vor dem Kampf in der hohlen Pappel – gerissener als die meisten seiner Artgenossen war er ja schon lange.

Feiner, gefrierender Bodennebel legte sich in der Nacht des 7. Oktober über das Nicomen-Becken. Meine beiden Anhängsel mußten im Lager bleiben, weil ihre Feinde in der Nebelsuppe lauerten und nur darauf warteten, daß sich einer hinauswagte. Wie ein gespenstischer Basketball hing die Sonne über den Schwaden und sandte ein schummriges, fahl orangefarbenes Licht herab, das die Umgebung unwirklich erscheinen ließ.

Zum Angeln war das Wetter eben noch gut genug, und da es so spät im Jahr kaum noch Insekten gab, erzielte ich große Erfolge mit künstlichen Fliegen. Doch während ich wenigstens am See Beschäftigung fand, hinderte der Nebel meine beiden Schützlinge an größeren Ausflügen und schuf ein günstiges Klima für allerlei Schabernack.

Erwachsene Bären können sich zwar rühmen, zu den größten Schlaumeiern der Wälder zu gehören, doch ein erwachsener Waschbär ist einem halbwüchsigen Bären bei weitem überlegen. Durch den Hausarrest verbrachte Noma viel Zeit bei ihrem heißverehrten Baum, unter dem sie auf dem Rücken schlief und dabei alle viere von sich streckte. Ringo dagegen war hellwach, und sein Gehirn arbeitete auf Hochtouren. Er mag sich vorgestellt haben, daß der Spaß, den er aussheckte, meinen Beifall finden würde. Interessiert schaute ich zu, wie der kleine Schurke auf den geheiligten Bärenbaum kletterte, sich abstieß und eine perfekte Punktlandung auf Wahnomas Nabel hinlegte. Ehe sie sich hochrappeln konnte, war er schon außer Reichweite.

Mit zornigem Gebrumm trottete Noma zum Feuer und hockte sich, innerlich kochend, nieder, um darüber nachzusinnen, wie sie den lästigen Balg bestrafen sollte. Doch noch ehe sie zu einem klaren Entschluß gelangt war, kehrte der kaltblütige Strolch ins Lager zurück und ging daran, Noma und mich in sein nächstes Projekt einzubeziehen, wodurch sein eben begangener Streich natürlich ungesühnt blieb.

Aufgeblasen wie ein Miniaturgorilla, stolzierte Ringo hin und her. Meinte er damit etwa mich? Ringo und ich waren so vertraut miteinander geworden, daß unsere Verständigungstechnik normalerweise reibungslos klappte. An diesem trüben Tag jedoch begriff ich nicht, was er mir sagen wollte, bis Ringo Noma zur Unterstützung heranzog.

Die beiden inszenierten nun ein Großreinemachen der Stelle, die Noma als Schlafplatz diente. Das brachte mich auf die Idee, daß die

Bärin vielleicht gern einen eigenen Unterstand hätte. Also nahm ich die Axt, die ich dem Vielfraß verdankte, fällte ein paar junge Kiefern und zimmerte daraus einen Anbau mit Pultdach vor dem Zelt. Meine lieben Tierchen tollten in grenzenloser Begeisterung herum, während ich die provisorische Hütte mit trockenem Moos ausstopfte, um Wind, Regen und Kälte abzuhalten. Als das Bauwerk fertig war, schien Noma mit dem Ergebnis mindestens ebenso zufrieden wie ich.

Neuerdings ging Noma meist nachts auf Futtersuche, statt Ringo und mich morgens zu begleiten. Deshalb brauchte sie jetzt dringend ein Mittagsschläfchen, doch der umtriebige Waschbär hatte sie in letzter Zeit kaum zur Ruhe kommen lassen.

Die neue Hütte bot ihr nun endlich die Möglichkeit, den kleinen Racker an die frische Luft zu setzen, wenn er lästig wurde.

Die zweite Episode, die sich noch am selben Tag ereignete, mag vielleicht unglaubwürdig klingen, doch sie ist wahr und ein verblüffendes Beispiel für das Denkvermögen von Tieren. Kaum hatte ich die Bärenvilla fertiggestellt, als Noma die Axt ins Maul nahm und damit in den Wald rannte. Ringo zerrte an meinen Jeans und schnurrte – sein Zeichen, daß ich ihm folgen sollte. Sein Ziel war eine hohle Lärche, die ungefähr sechzig Meter vom Lager entfernt am Berghang stand. Der Stamm hatte viel zuwenig Umfang für eine Behausung, daher brauchte ich ihn gar nicht erst zu fällen. Ich begriff nicht, worum es ging, bis Ringo zum ersten Astloch kletterte und seinen Arm bis zur Schulter hineinschob. Er brachte eine Faustvoll Honigwaben zum Vorschein, starrte auf mich herunter und leckte sich genüßlich die Finger.

Es dauerte keine zwei Stunden, den Baum umzuhacken und den Stamm aufzuspalten. Wir schmausten alle drei Honig, soviel wir nur konnten. Und noch die ganze folgende Woche fanden drüben an der Lärche mitternächtliche Kämpfe statt, weil sich diverse andere Leckermäuler um die Reste der Süßspeise rauften. Den Vielfraß ertappten wir gar dabei, wie er morsches Holz verschlang, an dem Honigwaben geklebt hatten.

GEGEN zehn Uhr morgens am 10. Oktober, einem kühlen, regnerischen Tag, bemerkte ich von meinem Lagerfeuer aus auf dem am Hang entlangführenden Pfad eine Bewegung. Gleich darauf konnte ich einen kräftigen jungen Indianer mit einem Rucksack ausmachen, der langsam auf unser Lager zukam. Er war völlig durchweicht. Seinen gleichmäßigen Schritten entnahm ich jedoch, daß ihn der Marsch im Regen vom Similkameen-Tal bis hierher viel weniger angestrengt hatte als mich bei trockenem Wetter. Mit seinem einstmals weißen Stetson war der Besucher leicht als der Parkaufseher wiederzuerkennen, den ich unten am Campingplatz gesehen hatte.

„Guten Morgen", begrüßte ich ihn, als er ans qualmende Feuer trat. Ich fürchtete, er könnte mir nicht wohlgesinnt sein, weil ich eine Bärin „in Gefangenschaft" hielt. Die Okanagan-Crees sind ganz vernarrt in Bären und springen nicht eben sanft mit Leuten um, die ihrem altehrwürdigen Totem die Freiheit rauben.

„Hallo", sagte er müde, aber mit einem breiten Lächeln und nahm den Rucksack ab. Der tropfende, breitkrempige Hut ließ ihn als wahren Riesen erscheinen. Er war etwa dreißig Jahre alt und so kräftig gebaut, daß ein Bär es sich schon überlegt hätte, ihn anzugreifen. Für die Kletterei über den halsbrecherischen Pfad hatte er seine langen schwarzen Zöpfe zusammengebunden. Aus seiner Jacke und seinen Jeans triefte das Wasser. Jeder andere hätte unter diesen Umständen gejammert, aber Crees jammern nie.

Wir schüttelten uns die Hand und stellten uns vor. Er hieß Clark Tallreed. Gelassen betrachtete er mich mit seinen stahlgrauen Augen, die jedes Gegenüber sehr schnell auf seine wahre Größe schrumpfen lassen konnten. Es wäre unmöglich gewesen, vor diesem durchdringenden Blick etwas zu verbergen.

„Ich bin im Placer-Tal im Osten von hier zu Hause", erzählte er, während er seine klammen Finger über das Feuer hielt. „Von Juni bis Oktober arbeite ich im Park – bin für ziemlich alles zuständig, vom Abfällesammeln bis zum Streitschlichten, wenn ein paar Hitzköpfe aneinandergeraten. Ich hab gehört, was die Polizisten zu Ihnen gesagt haben. Was mit dem Waschbären geschieht, kümmert mich einen feuchten Dreck, aber Bären verehren wir Crees als Totemgeister."

Er löste seine triefenden Zöpfe und schaute Noma an. Als er lächelte, schien sich sein ganzes Gesicht zu erwärmen.

„Ich vermute, Sie gehören zum Stamm der Okanagan-Crees", sagte ich.

„Stimmt. Und wir alle glauben, daß die Seelen unserer Toten – wenn sie gute Menschen waren, versteht sich – in den Körpern von Bären weiterleben. Mein Stamm verehrt die Bären seit der Zeit unserer Vorväter. Deshalb bin ich gekommen, um mich nach der kleinen Bärin zu erkundigen. Haben Sie schon Pläne für sie?"

Ich wurde den starken Verdacht nicht los, daß er Noma bereits kannte und sie vom Campingplatz weggeschickt hatte, weil er fürchtete, irgendein Idiot, der einen Bettvorleger brauchte, könnte ihr eins auf dem Pelz brennen. Auch Nomas Verhalten ließ darauf schließen, daß ihr der Indianer nicht fremd war. Auf ein Zeichen von ihm kam sie aus ihrem Blockhaus zum Grübelbalken und schmiegte sich an seine Beine. Ringo hatte sich bei der Ankunft des Besuchers auf eine Kiefer verzogen, saß auf dem höchsten Ast und gab ein ununterbrochenes Fiepen von sich – wohl ein Wink mit dem Zaunpfahl, man möge ihn einladen, an der Versammlung teilzunehmen.

„Ich weiß ehrlich nicht, was ich mit den Tieren machen soll", sagte ich. „Das Wetter wird jeden Tag schlechter, und das Futter ist knapp. Ich kann nicht bleiben, bis Noma ihren Winterschlaf beginnt. Ringo könnte ich mitnehmen..., das ist der Waschbär. Aber Sie haben ja die Polizisten gehört. Außerdem befürchte ich, daß die Bärin versuchen wird, mir zu folgen. Gibt es noch einen anderen Weg aus dem Nicomen-Becken, auf dem ich nicht am Campingplatz vorbei muß? Sie sind ein Cree – was würden Sie an meiner Stelle tun?"

„Zuallererst würde kein Cree gegen den Willen des Großen Geistes handeln. Wir halten den Menschen nicht für den Herrn der Wälder – ganz im Gegenteil. Wir nennen auch die Tiere, die hier leben, nicht ‚wild‘ und ein unberührtes Gebiet nie eine ‚Wildnis‘. Das sind die Worte des weißen Mannes."

Bis jetzt hatte er meine Fragen nicht beantwortet. Ich hakte nach. „Die Raubtiere in der Umgebung haben es alle auf Noma abgesehen. Noch kann ich sie mit dem Bergstock und mit Steinen vertreiben, aber mir scheint, Ihr Großer Geist sollte jemanden abkommandieren, der auf die Bärin aufpaßt, bis sie das selber kann."

Clark Tallreed warf den Kopf zurück, als hätte ich seinen Gott beleidigt. Er saß hoch aufgerichtet da und durchbohrte mich mit dem Blick aus seinen kalten grauen Augen.

„Es gibt drei Pfade, die aus dem Becken führen", sagte er schließlich. „Und ich bin mir noch nicht sicher, was ich tun würde. Vielleicht nichts. Wenn ich darf, möchte ich gern ein paar Tage bleiben und mir selbst ein Bild machen ..."

„Gern. Wie wär's jetzt erst einmal mit einem Becher Kaffee? Danach werde ich mich nach etwas zum Beißen umsehen."

„Gut! Danke!"

Das Lagerfeuer taute ihn in jeder Hinsicht auf, und während er, noch immer tropfnaß, dicke Maisfladen briet, sauste ich zum See und fing vier große Forellen. Als ich die Fische ausnahm, glitt Ringo, der nach den Eingeweiden gierte, von seinem Ausguck herunter und versuchte, sich hinter meinen Beinen zu verstecken, wobei er Clark Tallreed beäugte wie ein verschämtes Kind. Mein Fingerschnippen, das so viel bedeutete wie „Es ist serviert", ließ ihn blitzartig seine Hemmungen vergessen. Er sprang aus der Deckung, schnappte sich den größten Fisch vom Rost und zog ihm die Haut ab, obwohl er sich am siedendheißen Fleisch die Pfoten verbrannte. Noma hob vornehm Schnauze und Blick gen Himmel, stöhnte leise und wartete, bis sie ihre Portion überreicht bekam. Ringo ließ unterdessen Clark nicht aus den Augen, schimpfte und war ständig auf dem Sprung, um bei der geringsten verdächtigen Bewegung des Indianers davonzuschießen. Kaum hatte er seine Forelle gefressen, raste er ins Zelt, und ich fluchte inbrünstig, weil es mir nicht mehr gelang, den Schlafsack vor seinen fetttriefenden Fingern in Sicherheit zu bringen.

Nachdem Noma das Hungerleiderfrühstück verschlungen hatte – der Fisch war für ihren Magen nicht mehr als ein Tropfen auf einen heißen Stein –, lehnte sie sich wieder an Clarks Knie, als würde sie ihn schon ein Leben lang kennen. Er trat ihr die Hälfte seiner Forelle und einen Maisfladen ab.

„Meine Verpflegung reicht leicht für den ganzen Oktober", erklärte er, „aber die Bärin wird frühestens Mitte Dezember schlafen gehen. Wir müssen vorher was unternehmen."

Er krümmte sich vor Lachen, als ich ihm unsere erste Begegnung mit Noma schilderte, und wollte dann so viel wie möglich über sie wissen. Ich gab ihm mein Notizbuch. Eine Stunde später, als er sämtliche Eintragungen gelesen hatte, sagte er so leise, daß ich näher rücken mußte, um ihn zu verstehen: „Robert, Sie schreiben immer wieder über Sasquatch... trotz der Gipsabgüsse von Nomas Fährte. Wollen Sie hören, wie die Sasquatch-Legende entstanden ist? Mein Vater hat's mir vor vielen Jahren erzählt."

„Gern", antwortete ich, fühlte mich aber ein wenig unbehaglich, weil er jetzt meine geheimsten Gedanken kannte. „Sie haben's ja gelesen, daß ich auch nicht mehr an den Kerl glaube."

„Die Sasquatch-Legende ist erst etwa sechzig Jahre alt", begann er. „Es fing damit an, daß ein Filmteam aus Hollywood hierherkam, um die Außenaufnahmen für einen Monsterfilm à la ‚King Kong' zu drehen. Eines Abends nach den Dreharbeiten zogen sich ein paar Spaßvögel Affenkostüme an und geisterten als Ungeheuer durch ein kleines Dorf namens Osoyoos. Die armen Farmer dort haben sich vor Angst fast in die Hosen gemacht, und sie haben nie erfahren, was in Wahrheit hinter dem Spuk steckte.

Außerdem gibt es Leute, die selbst dann noch felsenfest an Sasquatch glauben würden, wenn man einen der Scherzbolde herbeiholen und direkt vor ihren Augen aus seinem Affenkostüm schälen würde. Jedes Jahr sieht wieder ein Jäger, dem sein Zielwasser das Gehirn vernebelt hat, einen Bären auf den Hinterbeinen gehen und schwört, es sei der berühmte Sasquatch gewesen. Dabei haben ernstzunehmende Biologen längst belegt, daß heutzutage auf der Welt nirgends mehr ein Affenmensch existieren kann – und schon gar nicht an der Nordwestküste des Pazifiks. "

Nachdem er seine Pfeife geraucht und den Kaffee getrunken hatte, baute Clark sein Zelt auf und begann sich häuslich einzurichten. Ringo schlüpfte aus meinem Zelt und stieg auf den Grübelbalken, um besser sehen zu können. Er tat zwar so, als ließe ihn das alles ganz kalt, doch in Gedanken fotografierte er jeden glänzenden Gegenstand von Clarks Ausrüstung. Ich warnte den Indianer, der in Ringo nur ein possierliches Kerlchen sah.

Trotz seiner diebischen Anwandlung wirkte Ringo auf mich seltsam bedrückt. Vielleicht spürte er, daß die Zeit für meine Abreise gekommen war und daß Clark, der sich „einen feuchten Dreck" um Waschbären kümmerte, mich ablösen sollte. Wahrscheinlich hatte mein Schützling einen Begriff davon, was es hieß, wieder allein leben zu müssen: Hunger, Kälte und scharenweise Feinde mit verhängnisvoll schnellen Beinen. An jenem Morgen verkündete ein Eisrand rund ums Seeufer die baldige Ankunft des Winters. Der unglückliche Waschbär muß gewußt haben, daß es mit seiner Selbstverteidigung im tiefen Wasser aus und vorbei sein würde, sowie der See zufror.

Bis zum 12. Oktober waren Ringos Wunden beinah verheilt, sein Gemütszustand aber hatte sich nicht gebessert. Ich berichtete Clark von unseren Erlebnissen in der Waschbärenkolonie und bat ihn um Rat. Der Okanagan-Cree betrachtete lange nachdenklich den See.

„Sie könnten es noch einmal probieren", meinte er schließlich. „Aber wenn Sie ihn dort lassen, ohne daß die anderen ihn voll akzeptieren, gehe ich mit Ihnen jede Wette ein, daß sie ihn massakrieren, sobald Sie außer Sicht sind."

Clark wußte besser über die Tiere dieser Gegend Bescheid als die meisten Menschen und bestimmt besser als ich. Das zeigte sich in der Art, wie Noma sich ihm anschloß, und in seinem tiefen Verständnis für alles Leben in den Wäldern des Nordens.

Ich wollte unbedingt noch einen letzten Versuch wagen, Ringo mit seiner Sippe wiederzuvereinen, bevor ich mich endgültig entschloß, ihn mit nach Hause zu nehmen.

Meine viel zu leichte Sommerkleidung ließ mich auf dem trübsinnigen Marsch zum Pappelhain mit den Zähnen klappern, wogegen Ringo durch seinen dicken Winterpelz vor der Kälte geschützt war. Im Bewußtsein, daß uns aus dem mit Eiszapfen behangenen Unterholz zu beiden Seiten des engen Canyons gierige Blicke folgten, leisteten wir uns nicht die kleinste Unaufmerksamkeit, während wir uns am Ufer des zugefrorenen Baches entlang einen Weg bahnten. Ringo glaubte offenbar an Glücksbringer, denn von Zeit zu Zeit hob er Zweige, Steine, Blätter oder Federn auf und trug sie mit. Hatte er das von mir abgeguckt? Ich trug nämlich stets einen geschliffenen Diamanten in meiner rechten Jackentasche, der schon meinem Großvater im Bürgerkrieg als Talisman gedient hatte.

Ringo wieselte eifrig dahin, was mich in meiner Meinung bestärkte, daß er meine bevorstehende Abreise ahnte. Vielleicht begriff er, wie dringend er ein Winterquartier brauchte. Der Canyon war wie eine dunkle Kühlhalle. Sogar dort, wo der Bach in den Skaist mündete, herrschte finsteres Schweigen in der ungastlichen Schlucht.

Vor Waschbärhausen angelangt, blieben wir wie angewurzelt stehen und starrten entgeistert zum anderen Ufer hinüber. Dort marschierten mit drohendem Geschrei zwölf wütende Waschbärkrieger auf und ab und droschen mit den „Händen" auf den gefrorenen Uferschlamm ein. Die zwölf „glorreichen Halunken" witterten Blut. Sie lechzten danach, sich für unseren letzten Besuch zu rächen.

Weder Ringo noch ich verspürte große Lust, angesichts einer solchen Streitmacht den Helden zu spielen. Wir machten deshalb kurz entschlossen kehrt und traten den Rückzug durch den Canyon an.

Auf einer Lichtung nahe dem Abfluß des Nicomensees gruben ein Skunkweibchen, das ich Mutter Aroma genannt hatte, und ihre fünf Jungen Ameiseneier aus einem vermoderten Baumstamm. Ringo hatte sich seit einiger Zeit mit der Familie angefreundet und gesellte sich nun unter stürmischen Willkommensbekundungen zu ihr. Ich fürchtete, daß es mit unserer guten Luft bald zu Ende sein würde, aber mein Schützling ließ der Rasselbande irgendwie die Nachricht zukommen, daß sie den Zweibeiner ebenfalls als Freund betrachten konnte . . .

Anfangs waren den fünf jungen Stinkerchen Ringos plump vertrauliche Finger nicht geheuer. Er mußte einfach jedes von ihnen genauestens untersuchen. Sie revanchierten sich, indem sie auch meine Hände, Füße und Beine gründlich beschnüffelten. Glücklicherweise ohne die Absicht, mit schwerer Artillerie aufzufahren.

Zu guter Letzt traten und kniffen die Kleinen den Waschbären, sie bissen und kratzten ihn und kletterten auf seinen Rücken, um das schöne alte Hoppe-Reiter-Spiel mit ihm zu praktizieren. So erfuhr der gute Ringo nun einmal am eigenen Leib, wie es war, geknufft und schikaniert zu werden, eine Behandlung, die er sonst ja so großzügig Noma und mir angedeihen ließ.

Mit seinen Händen, die er so geschickt einzusetzen wußte wie kein anderes Tier in Nordamerika, bugsierte der Waschbär die schwarzweißen Fünflinge wieder hinab zur Erde. Er behandelte sie so sanft, als wären sie aus Glas. Sobald er sich von den munteren Kletten befreit hatte, erklomm er hastig meine Schultern und brabbelte etwas, das ich in meinem eigenen Interesse als „Nichts wie weg!" auslegte. Ich war nicht sehr erpicht darauf, fünf kleinen Stinkern mit scharfer Munition bei ihrer Suche nach Ringo als Kletterbaum zu dienen.

ALS wir am Seeufer entlangstiefelten, stieß Ringo nervöse Seufzer aus. Offenbar litt er an einem Anfall akuter Schwermut. Nur in flottem Trab konnte man mit dem Rabauken Schritt halten, wenn ihm vor Sehnsucht nach Noma unsichtbare Flügel wuchsen. Meine Beine waren so steif gefroren, daß ich oft stolperte und fiel. Dann hatte Ringo wenigstens den Anstand zu warten, bis ich mich wieder aufrappelte.

Clark und Noma kamen uns schon entgegengelaufen.

„Sie haben ihn nicht aufgenommen", erriet Clark aus der Tatsache, daß ich nicht alleine zurückkehrte.

Sobald ich wieder halbwegs Luft bekam, erzählte ich ihm von den zwölf feindseligen Koloniebewohnern. „Ich werde ihn in die Stadt mitnehmen müssen", fügte ich hinzu.

Stirnrunzelnd schüttelte Clark den Kopf. „Eingepfercht in eine Kiste im Bauch eines Düsenflugzeugs und halbtot vor Angst! Ringo ist ein Wald- und Sumpftier. Er paßt nach Los Angeles wie ein Frosch in die Punschschüssel der Königin. Nein, in einer Stadt würde er seelisch zugrunde gehen. Ich weiß noch keine Lösung, aber was Sie vorhaben, ist nicht im Sinne der Natur."

Am Nachmittag wälzten sich Ringo und Noma im feuchten Sand und jagten einander, während Clark und ich angelten und weiter über das Problem berieten. Durch die Versorgung im Lager hatte Noma überschüssige Energie aufgespeichert. Als sie später auf einem Felsblock saß und ihr Spiegelbild im See erblickte, schlug sie mit der Tatze danach – aber nur ganz leicht, für den Fall, daß der „andere Bär" zurückschlug.

„Die Forellen wollen auch nicht mehr so recht beißen, Robert", sagte Clark, als wir mit weniger Fischen als gewöhnlich zum Lager zurückkehrten. „Wenn sich wie jetzt schmale blaue Flecken zwischen den Wolken zeigen und der Wind klingt, als würde eine Zeltplane reißen, können Sie Ihren letzten Dollar darauf wetten, daß es bald schneien wird."

Wir zogen die Handschuhe aus, um unsere Finger über einem brodelnden Vulkan von hüpfenden roten Bohnen zu wärmen. Noma verließ Ringo und setzte sich neben Clark ans Feuer. Es war rührend mitanzusehen, wie ein wildes Tier und ein Mensch einander so zugetan waren. Clark gab schließlich zu, daß er sich um die frisch verwaiste Bärin gekümmert hatte, beteuerte aber, er habe nichts getan, um sie zu zähmen.

Der Indianer begleitete jetzt Noma meist bei ihrer Futtersuche, die einen Großteil des Tages in Anspruch nahm. Die beiden stiegen über die Hänge voller Buchweizen und Heidekraut zu den freien Wiesen östlich des Sees hinauf, wo die Bärin große flache Steine umdrehte. Irgend etwas Freßbares fand sich meist darunter, und mit ein bißchen Glück erwischte sie manchmal sogar eine Wühlmaus. War Nomas erster Hunger gestillt, verließen sie die Bergflanken und erforschten den dichten Wald des Canyons. Manchmal ging es auch weiter zum Skaist hinab, wo die Bärin den Fröschen zu Leibe rückte. Wenn sie dann am Abend zurückkehrten, teilte Clark mit Noma sein Essen, seinen Platz auf dem Grübelbalken und sein Zelt.

Jeden Tag forderte Clark uns auf, zur „Abhärtung" ein kurzes Bad in dem eisigen See zu nehmen. Richtig genießen konnte aber nur er diesen Akt indianischer Zähigkeit, doch die beiden Tiere und ich bissen lieber die Zähne zusammen und machten die Tortur mit, als in seinen Augen als Feiglinge dazustehen.

IN DER Nacht des 21. Oktober überfiel uns der „Alte aus dem Norden", während wir schliefen. Er breitete seinen weiten weißen Mantel aus und verwandelte unsere herbstliche Welt in das kristallfunkelnde Königreich des Winters. Wie so oft nach dem ersten Schnee fegte bald ein scharfer Nordwestwind den Himmel rein, aber die Temperaturen blieben unter dem Gefrierpunkt.

Mein lächerlicher Versuch, die Zeit anzuhalten, war endgültig gescheitert.

Am Morgen des Zweiundzwanzigsten rannten Ringo und ich zum See. Ein ungefähr zwei Meter breiter Eisstreifen säumte das Ufer. Wenn der Indianer sich einbildete, er würde den Waschbären oder mich noch einmal da hineinkriegen . . .

Clark packte nach dem Frühstück wortlos seine Sachen. Wir wußten alle, daß wir uns nun trennen mußten.

„Mein Freund", sagte er, „ich lasse dir Verpflegung für eine Woche da. Noma und ich werden am Pinto Creek flußaufwärts ziehen und dann über den Three-Brothers-Paß gehen – eine Abkürzung zu meinem Tal. Der Waschbär könnte nicht mithalten." Taktvoll verschwieg er, daß auch ich es nicht schaffen würde. „Die Bärin wird in meiner Hütte überwintern, und wenn der Mond des Elchkindes, der Juni, kommt, setze ich sie frei. So ist es im Sinn von Mutter Natur. Sicher bleibst du noch ein paar Tage und wartest ab, was geschieht ... Laß dich auf jeden Fall wieder einmal blicken, ja?"

Ein Kloß in meiner Kehle hinderte mich daran, ihm zu antworten. Er las mir vom Gesicht ab, wie mir zumute war. Dann lächelte er, als kenne er ein Geheimnis, von dem ich nichts ahnte. Als wir uns zum Abschied die Hände reichten, stand Noma daneben und winselte. Ich streichelte ihr den mächtigen Schädel und drückte sie an mich. Bevor sie Clark folgte, lief sie zu ihrem Baum, umarmte ihn, kaute die Rinde und markierte den Stamm mit ihrem Urin. Als der Indianer pfiff, sauste sie zu Ringo, leckte ihm übers Gesicht, gab ihm einen sanften Klaps und rannte schließlich ihrem angebeteten Ziehvater nach.

Von einem verschneiten Felsen auf einer Anhöhe aus schauten Ringo und ich zu, wie die dunklen Silhouetten unserer Freunde unten am glitzernden Ufer immer kleiner wurden. Plötzlich stürzte der Waschbär davon. Fünf Minuten später blieben Clark und die Bärin stehen und warteten auf den kreischenden Ringo. Durch den Feldstecher beobachtete ich, wie der Indianer den Rucksack abnahm und sich in den Schnee setzte. Noma hockte sich neben ihn. Als Ringo bei ihnen ankam, nahm Clark ihn auf den Schoß, und ich schloß aus den dampfenden Atemwolken, die von seinem Mund aufstiegen, daß er ihm gut zuredete. Behutsam stellte er den Schelm auf den Boden, schulterte den Rucksack und winkte der Bärin, ihm zu folgen.

Da ging er hin – Clark Tallreed, ein echter Sohn des Nordens, der sich aus tiefer Überzeugung an die Gesetze von Mutter Natur hielt.

Ringo blieb allein sitzen, bis ihn seine eiskalten vier Buchstaben ans Lagerfeuer erinnerten. Dann sprang er auf und schlich langsam ins Camp zurück. Seinen schwarzgeringelten Schwanz schleifte er traurig nach. Dieser Schwanz war wie ein Barometer. Die Art, wie er ihn trug, verriet stets seine Stimmung.

DREI Tage blieb das Wetter schön. Abends kündigte sich die schneidende Kälte der Nacht mit einem feinen Knistern an, einem zarten, metallischen Klirren, das das starre Schweigen der Dämmerung noch vertiefte. Kein einziger Räuber lauerte mehr im Wald, nicht einmal der zählebige Vielfraß. Ringo und ich saßen auf dem Grübelbalken und beugten uns übers Feuer, bis das flackernde Nordlicht seinen Totentanz auf den Himmel malte.

Am Fünfundzwanzigsten war uns noch eine dürftige Zweitageration geblieben. Kein Fisch ließ sich verlocken, durch ein in die Eisdecke gehacktes Loch nach Fliege oder Köder zu schnappen. Ringsum schien alles wie ausgestorben. Am Siebenundzwanzigsten, als wir unser letztes Abendessen teilten, versprach ich Ringo, wir würden uns am nächsten Morgen bei Sonnenaufgang auf den Weg machen. Er schob hurtig seine Pfoten, die ungefähr so warm waren wie Eiszapfen, unter meinen Hemdkragen. Es war ein solcher Schock, daß ich aufschrie, aber er ließ sie ungerührt an Ort und Stelle, bis sie sich erwärmten.

Am Achtundzwanzigsten – es war gerade hell geworden – legte ich mein Zelt zusammen, als Ringo wie ein heiseres Schneehuhn zu krächzen begann. Er zerrte an meinen Hosen, ohne den Blick vom See zu wenden.

„Tut mir leid, alter Junge, aber es gibt kein Frühstück. Na, komm schon! Vielleicht haben wir Glück und finden was zum Futtern."

Er hopste in altbewährter Manier vor mir auf und nieder und zog mich zur Lichtung oberhalb des Ufers.

Zwei dunkle, noch weit entfernte Gestalten liefen über den beinhart gefrorenen Schnee. Man hörte, wie er unter ihren Schritten knirschte, konnte sie aber unmöglich identifizieren, weil eine Wolke von Atemdampf sie einhüllte. Ich stellte den Feldstecher scharf ein, doch durch die Wärme meiner Augenbrauen beschlug sich das Glas. Endlich erkannte ich zwei große Waschbärenmännchen, die, so schnell es die glatte Schneekruste zuließ, aufs Lager zusteuerten. Beunruhigt und verwirrt schlug Ringo mit einer Hand auf den Boden und mit der anderen auf mein Knie.

Mich durchzuckte ein böser Verdacht. Hatte die Kolonie zwei kräftige Schläger ausgesandt, um Ringo zu töten, damit er keinen weiteren Versuch unternehmen konnte, in Waschbärhausen Winterquartier zu beziehen? Hastig holte ich den Bergstock und pflanzte mich damit auf wie Rübezahl mit der Keule. Wie ich Clark und Noma herbeisehnte!

Als die beiden Muskelmänner mit wiegendem Gang ins Camp schlingerten, sah ich bestürzt, daß alle beide erheblich größer als Ringo waren. Mein Schützling sträubte das Deckhaar, bis er einem dicken Stachelschwein glich, und ignorierte meinen Befehl, seinen Allerwertesten auf meine Schultern zu schwingen. Mit markerschütterndem Kriegsschrei stürzte er auf den ersten Eindringling los. Der große Kerl duckte sich, hielt die Pfoten vors Gesicht und winselte. Er ergab sich kampflos! Noch nie zuvor hatte ich erlebt, daß ein Waschbär die Gelegenheit zu einer zünftigen Keilerei ungenützt verstreichen ließ.

Der entfesselte Ringo fletschte sein prachtvolles Gebiß, ließ die Kiefer klicken wie Kastagnetten und stürzte sich auf den zweiten Besucher. Mit seinen langen, scharfen Zähnen packte er den Fremden an der Gurgel, der sich sofort auf den Rücken rollte – eine Demutsgebärde – und ihm den ungeschützten Bauch darbot. Ringo, der sehr wohl wußte, was von einem Gentleman erwartet wurde, gab seine strategisch überaus günstige Position auf. Die drei steuerten den Grübelbalken an, nahmen wie zu einer Ratsversammlung Platz und starrten einander in rätselhaftem Schweigen an, während ich mich zum Eingreifen bereithielt, falls die zwei Besucher einen miesen Trick geplant hatten. Dann folgte eine kurze, nur für Eingeweihte verständliche Unterhaltung, und nach einem weniger als drei Minuten dauernden, aber intensiven Studium ihrer Mienen rannte Ringo zu mir und zog an meinen Hosenbeinen.

Einen entsetzlichen Moment lang glaubte ich schon, ich hätte nun drei aus der Kolonie verbannte Grobiane am Hals. Ich konnte mir lebhaft die Gesichter der beiden Polizisten im Tal vorstellen, wenn ich mit diesem Kleeblatt anspaziert kam.

Aber Ringo und ich hatten unsere Verständigung derart perfektioniert, daß ich gleich darauf erkannte, wonach er verlangte. Ich sollte ihm folgen. Er argwöhnte eine Falle und brauchte mich als Rückendeckung.

Hohe Zirruswolken überkräuselten den Himmel – ein untrügliches Zeichen für schlechtes Wetter –, und da ich fürchtete, daß es noch kälter werden könnte, zog ich alles an, was ich an Kleidungsstücken besaß.

AM EISVERKRUSTETEN Ufer des Sees entlang hetzte ich den drei Waschbären nach, die im Eiltempo dem Canyon zustrebten. Den Pelz mit Reif vom Atemdampf und aufstäubendem Schnee bedeckt, raste das Trio auf der Spur der beiden Abgesandten zurück. Vor meinem geistigen Auge erstand ein grauenhaftes Bild: Angenommen, diese hinterhältigen Teufel führten meinen Freund zu seiner Hinrichtung nach Waschbärhausen! Der Verdacht lag nahe, und Ringo hegte ihn wohl auch.

Das rastlose Trio wählte eine einigermaßen gangbare Route über Schneewehen und erreichte nach einer Stunde den Pappelhain am

Skaist. Dort zählte ich vierzehn stumme, maskierte Beobachter, die vom gegenüberliegenden Ufer aus zusahen, wie die drei über den zugefrorenen Fluß schlitterten.

Als Ringo bei der Kolonie ankam, stellte er behutsam bestimmte Mitglieder auf die Probe, indem er ihnen leicht eins über den Schädel gab und flüchtig an ihrem Hinterteil schnüffelte.

Nun war's zwar nicht gerade so, daß dem Racker gleich eine in Liebe entbrannte Gefährtin in die Arme gesunken wäre, aber ein schnurrender Chor gab ihm zu verstehen, daß er seine, für welche Verbrechen auch immer verhängte Strafe abgebüßt hatte. Der Clan schien ihn wohlwollend ins Innere der riesigen Pappel einzuladen, wo er vor gar nicht langer Zeit noch einige von ihnen vermöbelt hatte. Bevor er in den Bau schlüpfte, wandte Ringo sich um und warf mir einen verschmitzten Blick zu. Diese eine verstohlene Botschaft sagte alles. Endlich hatte Ringo ein Winterquartier gefunden.

Obwohl niemand je wissen wird, welches Vergehen damals zu Ringos Vertreibung geführt hatte, neige ich zu der Annahme, daß Waschbären nicht so unversöhnlich sind, gestrauchelte Verwandte auf ewig zu verdammen. Im großen Plan der Natur war Ringo genauso ein echtes Geschöpf der Wildnis wie Clark Tallreed oder Noma. Und Mutter Natur selbst trug Sorge dafür, Ringos schicksalhafte Vertreibung glücklich enden zu lassen. Jetzt verstand ich auch das wissende Lächeln des Okanagan-Cree.

Meinem befangenen Urteil nach hatte sich die Waschbärenkolonie einen ebenso schamlosen wie liebenswerten Heimkehrer eingehandelt – einen Schurken, der jetzt endlich rundum glücklich sein würde und bestimmt schon von alldem Unfug träumte, den er im nächsten Frühling wieder anrichten würde. Ich hoffte, und diese Hoffnung erfüllte mich mit Freude, daß er nie mehr einem Menschen durch den dunklen, gefährlichen Canyon folgen mußte, um an den steinigen Ufern des Nicomensees eine Strafe zu verbüßen.

Foto: Wendell Anderson

Robert Franklin Leslie

Mit seinem Buch über den unwiderstehlichen Ringo hat Bob Leslie ganz sicher einer Tierart Freunde gewonnen, die hierzulande erst seit wenigen Jahrzehnten heimisch zu werden beginnt. Allerdings hat der erstmals 1934 in Deutschland ausgesetzte Waschbär bei uns keine natürlichen Feinde und kann sich daher stark vermehren. Ende der siebziger Jahre wurde sein Bestand bereits auf 50 000 bis 70 000 Exemplare geschätzt. Wer nicht gerade eine Forellenzucht oder ein Maisfeld besitzt, wird sich über diese Entwicklung freuen, gibt sie ihm doch Gelegenheit, eine interessante Spezies in freier Wildbahn zu beobachten – ein Hobby, dem der Autor Bob Leslie seit seiner Kindheit nachgeht. „Ich war schon immer vernarrt in Tiere", erzählt er. „Wenn ich als Junge zum Zelten ging, fanden sich bei mir meist irgendwelche ‚neuen Freunde' ein, alles was hüpfen, kriechen oder fliegen konnte. Und meine Mutter sagte einmal, sie traue sich kaum noch ohne Schrotflinte in mein Zimmer, weil dort ständig das verrückteste Viehzeug zu Gast sei."

Als studierter Biologe fand Bob Leslie auch später immer wieder Zeit zu ausgedehnten Streifzügen durch die Wildnis und entwickelte dabei ausgesprochenes Geschick im Beobachten der Tierwelt. So beschreibt eines seiner Bücher den freundschaftlichen Umgang mit Wölfen, ein anderes erzählt von einer Bärensippe, die bereit war, ihn als neues Familienmitglied zu adoptieren.

Was an Bob Leslie jedoch am meisten beeindruckt, ist seine Vielseitigkeit. Er unterrichtete lange Zeit Französisch und Spanisch, baute als Hobbyarchäologe eine bemerkenswerte Sammlung auf, die Einblick in indianische Traditionen und Handwerkstechniken gibt, und leitete außerdem zahlreiche Fotoexkursionen durch indianische Reservate sowie durch die Wildnis Mexikos und Kanadas. Natürlich haben all diese Unternehmungen dem Fünfundsiebzigjährigen einen reichen Schatz an Erlebnissen und Anekdoten eingetragen, die er in seinen Büchern einem breiten Publikum zugänglich macht. „Im Moment geistern mir drei Buchkonzepte im Kopf herum, und ich brenne darauf, wenigstens eines davon zu verwirklichen", erklärt der Autor, der mit seiner Frau in Kalifornien lebt. Wetten, daß Bob Leslies Anhänger genauso ungeduldig einem neuen Buch des humorvollen Naturkundlers entgegensehen?